教育部高等学校特色专业建设项目
汉语言文学专业师范教育系列教材

U0866937

中国古代文学名篇导读

主编 过常宝 康 震
编者 侯文华 周剑之
刘全志 向铁生

北京师范大学出版集团
BEIJING NORMAL UNIVERSITY PUBLISHING GROUP
北京师范大学出版社

图书在版编目(CIP)数据

中国古代文学名篇导读 / 过常宝，康震主编. —北京：北京师范大学出版社，2017.7(2025.1 重印)

ISBN 978-7-303-21330-6

Ⅰ. ①中… Ⅱ. ①过… ②康… Ⅲ. ①中国文学－古典文学－文学欣赏－师范教育－教材 Ⅳ. ①I206.2

中国版本图书馆 CIP 数据核字(2016)第 243908 号

ZHONGGUO GUDAI WENXUE MINGPIAN DAODU

出版发行：北京师范大学出版社 https://www.bnupg.com
北京市西城区新街口外大街 12-3 号
邮政编码：100088

印　　刷：北京虎彩文化传播有限公司
经　　销：全国新华书店
开　　本：787 mm×1092 mm　1/16
印　　张：25.75
字　　数：490 千字
版　　次：2017 年 7 月第 1 版
印　　次：2025 年 1 月第 9 次印刷
定　　价：45.00 元

策划编辑：周劲含　　　　责任编辑：齐　琳　甄英军
美术编辑：王齐云　　　　装帧设计：锋尚设计
责任校对：陈　民　　　　责任印制：马　洁

目　录

绪　论 ………………………………………………………………………… 1

一、文学性 ………………………………………………………………… 1

二、经典性 ………………………………………………………………… 4

三、鉴赏方法 ……………………………………………………………… 8

第一章　古体诗 ……………………………………………………………… 12

第一节　古体诗的文体特征和发展脉络 ………………………………… 12

一、古体诗的文体特征 …………………………………………………… 12

二、古体诗的种类 ………………………………………………………… 12

三、古体诗发展的基本脉络 ……………………………………………… 14

第二节　古体诗鉴赏理论 ………………………………………………… 18

一、古人鉴赏品评古体诗的主要形式 …………………………………… 18

二、古人鉴赏品评古体诗的主要观点 …………………………………… 20

三、古体诗鉴赏的方法 …………………………………………………… 21

第三节　古体诗名篇导读 ………………………………………………… 25

一、四言诗 ………………………………………………………………… 25

关　雎 ……………………………………………………………………… 25

蒹　葭 ……………………………………………………………………… 27

静　女 ……………………………………………………………………… 30

采　薇 ……………………………………………………………………… 31

短歌行·其一 ……………………………………………………………… 34

二、骚体诗 …… 38
湘　君 …… 38
湘夫人 …… 40
三、乐府诗 …… 44
孔雀东南飞(并序) …… 44
陌上桑 …… 55
四、歌行体 …… 58
梦游天姥吟留别 …… 58
将进酒 …… 63
兵车行 …… 66
琵琶行(并序) …… 69
五、五言古诗 …… 74
行行重行行 …… 74
西北有高楼 …… 77
六、七言古诗 …… 79
长安古意 …… 79
春江花月夜 …… 84
第二章　格律诗 …… 88
第一节　格律诗的文体特征和发展脉络 …… 88
一、格律诗文体特征 …… 88
二、格律诗的种类 …… 89
三、格律诗发展的基本脉络 …… 90
第二节　格律诗鉴赏理论 …… 94
一、古人鉴赏品评格律诗的主要形式 …… 94
二、古人鉴赏品评格律诗的主要观点 …… 94
三、格律诗鉴赏的方法 …… 96
第三节　格律诗名篇导读 …… 98
一、五言律诗 …… 98
送杜少府之任蜀州 …… 98
次北固山下 …… 99
望洞庭湖赠张丞相 …… 101

过香积寺 …… 103
送友人 …… 105
登岳阳楼 …… 107
月 夜 …… 109
鲁山山行 …… 111
别云间 …… 112
二、五言绝句 …… 114
独坐敬亭山 …… 114
八阵图 …… 115
送灵澈上人 …… 117
问刘十九 …… 118
行 宫 …… 119
春 怨 …… 120
陶 者 …… 122
江上渔者 …… 123
夏日绝句 …… 125
三、七言律诗 …… 126
黄鹤楼 …… 126
登金陵凤凰台 …… 128
登 高 …… 129
左迁至蓝关示侄孙湘 …… 131
登柳州城楼寄漳、汀、封、连四州刺史 …… 133
钱塘湖春行 …… 135
酬乐天扬州初逢席上见赠 …… 136
锦 瑟 …… 138
村 行 …… 142
和子由渑池怀旧 …… 144
寄黄几复 …… 145
书 愤 …… 147
过零丁洋 …… 149

四、七言绝句 …… 151
出　塞 …… 151
闻王昌龄左迁龙标遥有此寄 …… 153
滁州西涧 …… 154
夜上受降城闻笛 …… 156
早春呈水部张十八员外 …… 158
乌衣巷 …… 159
泊秦淮 …… 160
夜雨寄北 …… 163
六月二十七日望湖楼醉书 …… 164
晓出净慈寺送林子方 …… 165
观书有感 …… 167
真州绝句 …… 168
第三章　词　曲 …… 171
第一节　词曲的文体特征和发展脉络 …… 171
一、词的文体特征和发展脉络 …… 171
二、散曲的文体特征和发展脉络 …… 174
第二节　词曲鉴赏理论 …… 176
一、古人鉴赏品评词曲的主要形式 …… 176
二、古人鉴赏品评词曲的主要观点 …… 176
三、词曲鉴赏的方法 …… 179
第三节　词曲名篇导读 …… 183
一、词 …… 183
菩萨蛮 …… 183
浣溪沙 …… 185
乌夜啼 …… 188
破阵子 …… 190
虞美人 …… 192
桂枝香·金陵怀古 …… 194
雨霖铃 …… 197
八声甘州 …… 200

凤栖梧 …… 203
念奴娇·赤壁怀古 …… 205
江城子·乙卯正月二十日夜记梦 …… 208
鹊桥仙 …… 210
苏幕遮 …… 212
一剪梅 …… 214
声声慢 …… 216
永遇乐·京口北固亭怀古 …… 220
扬州慢 …… 223
蝶恋花 …… 227
蝶恋花 …… 229
二、散 曲 …… 230
天净沙·秋思 …… 230
山坡羊·潼关怀古 …… 232
[仙吕]醉中天·咏大蝴蝶 …… 233
第四章 散 文 …… 236
第一节 散文的文体特征和发展脉络 …… 236
一、散文的文体特征 …… 236
二、散文的分类 …… 236
三、散文发展的基本脉络 …… 237
第二节 散文鉴赏理论 …… 242
一、古人鉴赏品评散文的主要形式 …… 242
二、古人鉴赏品评散文的主要观点 …… 243
三、散文鉴赏的方法 …… 244
第三节 散文名篇导读 …… 247
一、先秦两汉魏晋散文 …… 247
郑伯克段于鄢 …… 247
邹忌讽齐王纳谏 …… 250
逍遥游(节选) …… 252
报任安书(节选) …… 256
归田赋 …… 261

陈情表 …… 263
桃花源记 …… 266
二、唐宋散文 …… 268
滕王阁序(节选) …… 268
春夜宴从弟桃李园序 …… 272
祭十二郎文 …… 274
陋室铭 …… 279
阿房宫赋 …… 281
岳阳楼记 …… 284
前赤壁赋 …… 287
三、明清散文 …… 291
送东阳马生序 …… 291
项脊轩志 …… 294
西湖梦寻序 …… 298
登泰山记 …… 300
病梅馆记 …… 304
第五章　戏　曲 …… 307
第一节　戏曲的文体特征和发展脉络 …… 307
一、杂剧的文体特征和发展脉络 …… 307
二、明清传奇的文体特征和发展脉络 …… 309
第二节　戏曲鉴赏理论 …… 311
一、古人鉴赏品评戏曲的主要形式 …… 311
二、古人鉴赏品评戏曲的主要观点 …… 313
三、戏曲鉴赏的方法 …… 315
第三节　戏曲名篇导读 …… 318
一、元杂剧 …… 318
窦娥冤第三折 …… 318
长亭送别 …… 323
二、明清传奇 …… 329
闺　塾 …… 329
哀江南 …… 335

第六章　小　说 …………………………………… 339
第一节　小说的文体特征和发展脉络 ………………… 339
一、小说的文体特征 …………………………………… 339
二、文言小说的发展脉络 ……………………………… 340
三、白话小说的发展脉络 ……………………………… 342
第二节　小说鉴赏理论 ………………………………… 346
一、古人鉴赏品评小说的主要形式 …………………… 346
二、古人鉴赏品评小说的主要观点 …………………… 347
三、小说鉴赏的方法 …………………………………… 349
第三节　小说名篇导读 ………………………………… 352
一、南北朝小说 ………………………………………… 352
王子猷居山阴 …………………………………………… 352
王蓝田性急 ……………………………………………… 353
二、唐宋传奇 …………………………………………… 355
莺莺传(节选) …………………………………………… 355
虬髯客传 ………………………………………………… 359
三、明清白话小说 ……………………………………… 364
杜十娘怒沉百宝箱(节选) ……………………………… 364
鲁提辖拳打镇关西(节选) ……………………………… 371
林黛玉进贾府 …………………………………………… 377
四、明清文言小说 ……………………………………… 390
婴　宁 …………………………………………………… 390
柳　青 …………………………………………………… 398

绪　论

中国是一个文学的国度。在漫长的历史中，文学是塑造民族文化和传统人格的重要力量，是蕴含着深厚而丰富的民族精神的巨大宝藏。今天，古代文学已经失去了它的鲜活性，成为一种历史遗产，作为一种古典知识被学习和传承，但是，古代作品的文学意味并未减弱，它所展示的思想、情感、意境，它多样而精美的形式，仍然令当代读者流连忘返。植根于悠久历史中的知识性和萌发于伟大心灵的文学性，是古代文学的双重特质。所以，古代文学作品的教学，既要指出作品所蕴含的文化内涵及其知识形态，还要重新激活它的文学感染力。只有这样，才能全面把握古代文学的意义和价值。

一、文学性

中国古代文学的主要形态是书面文学。自有文字流传，文本就被赋予了各种内容和形式的规定性，从而与人们的日常生活语言有了明显的差异。文学形式就在这差异性中萌生、滋长。中国古代民间口头流传的歌谣、传说等，历史更为悠久，内容也非常丰富，它们很早并一直受到官方或文人的关注，被载录而成为书面文学一部分。在浩瀚的中国古代文献中，我们很难清晰地划定文学的疆域，差不多所有的文本都有着人文和精神的内涵，也都追求形式的美感。我们可以认定一首诗是文学的，但它同样也可能是政治的或教化的；而一篇奏折或家书，也许有着更多的文学性。所以，谈到古代文学，人们往往关注各类文本的文学性，而非仅限于当代文体学意义上的纯文学文本。这是中国传统文学的重要特点之一。

古代作品的文学性是如何界定的呢？大致可从三个方面来讨论：一是精神文化内涵，二是形式美感，三是文本的应用和传播方式。

精神文化内涵通常是指思想和情感。思想是指面向公众社会的观念和价值，情感则是个体的存在性感受。思想是各种认知学科的对象或成果，如哲学、伦理学、政治学、社会学、自然科学等，中国古代文学对于各类社会思想的贡献，主要表现在社会现象判断、个体精神实践和社会传播等层次上。中国文化有着浓厚的伦理气质，所有社会、政治、自然、哲学的观念和意识，都要求社会个体的精神认同，同时被赋予情感内涵，也就是说，所有这些“思想”都必须内化到个体的生命之中，而不是一个简单的接受过程，这就是“教化”。孔子论诗，认为其功用在于“兴、观、群、怨”，也就是说，诗可以认识社会、认同社会、批判社会，改造社会，使一些既定的思想和观念成为一种充满伦理情感的个体体验。这一过程，离不开“兴”，也就是诗歌对个体意志的感发作用，即审美感化作用。古人认为，仪式、歌咏、音乐、绘画等之所以有着移人心志的力量，就是因为其中的价值和观念因体悟、涵泳和某种戏剧情境的设置，而具有了感动性体验，也就自然地内化为自我人格的一部分。所以，“教化”就内在地包含了文学性体验，与此相应，也就出现了“文以载道”的观念，认为文学文本应该以传播思想和观念为目的，将作品所蕴含的思想视为评判作品价值的主要依据。

个体独特的精神和情感经验，是文学最有魅力的部分之一，能够更好地体现文学的审美性。中国传统意识形态具有很好的包容性，在主流思想之外，也留给个体精神和情感一定的空间。出于个体生存体验和感悟的文学作品，虽然不在“文以载道”的范畴之内，但也属于同一个文化传统，被人们认同和传诵。无端而起却缥缈如烟的爱情，季节变换中莫名的兴奋、忧伤甚至是煎熬，山水花树里摇曳的寂寞、感动和彻悟，还有总也无法左右的命运……这些独特的感受和领悟，会引起读者的共鸣，并使人意识到此在生命的丰富性。尤其是那些执着于即时的、神秘的、独特的精神体验的人，往往又能开辟一个新的境界，将人的精神空间伸展到更为幽深之处，并借此追问现实的价值和意义。也有人可能重返现实，并从切实的政治实践和伦理经验中找到一份温润和安宁。这些情感活动和精神实践，通过隐喻、象征、启示性等手段表现出来，从境界上拓展了人生的空间。

形式美感，首先体现在文体上。中国早期文体形成的原因是功能性的，也就是说，文本的应用方式、应用场合、应用者等决定了文体的形态。《诗经》中的风、雅、颂，由于采集的地点不同，应用的场合不同，其文本特征也有不同。先秦其他文献，诸如典诰、铭文、史著、语录、论辩等，也都各有功用，因此在文体上也会相互区别。后世文体新创也往往如此，如祭吊文、“古文”、文人乐府、笔记等，这些都包含着各自不同的实用目的和文化功能。在文人创作传统形成之后，对形式和技巧的追求，也会导致文体的创新，如骈体文、律诗、词曲、拟话本等。因此，求新、精致化、表现力、受众等，成为后世文体发展的动力。语言形式的规范化——韵律、对仗、习用语、结构、篇幅、语体风格等文本因素的统一和整齐，就形成了文体的形式特征，也构成了文本形式的美感。纷呈的文体，显示了文本写作的创造性和机趣，也刺激了人们的接受愿望。

作品形式的最基本单元是词语、句子和句群，它们也是修辞术的应用范围。文章的辞藻、譬喻、句式、韵律、叙事和描写等，诗歌中的叠句、联章复沓、用韵、对仗等，以及它们的变化形态，给人新奇和优美的惊叹，而在这所有的元素中，对仗应该是最具代表性的修辞术。它不仅出现在诗歌中，也出现在文章里。对仗追求的是句式和内容的对称，尤其追求错落有致中的均衡。就诗歌而言，对仗的形态有工对、宽对、流水对、扇面对、借对、当句对、错综对、蜂腰对、偷春对等。“欲穷千里目，更上一层楼”是流水对，“缥缈巫山女，归来七八年。殷勤湘水曲，留在十三弦”是扇面对，“桃花细逐杨花落，黄鸟时兼白鸟飞”是当句对。再加上格律诗对平仄等语音组合形式的追求，对仗可以说是中国文学语言形式美的一个最为典型的代表。当然，其他修辞术也有着同样的美学效果。此外，文本表达的深刻性、生动性、丰富性、隐喻性，文本风格的典型性和个性化，文本的结构或诗歌意象的独特性，等等，这些都是人们从文本中获取美学享受的重要来源和途径，也是判断一个文本文学性高低的重要尺度。文本形态虽然是文学性的重要标志，但古代并没有明确哪种形态属于文学，哪种形态不属于文学。一般来说，只要具有形式美感，都会被认为具有文学性，如疏奏是纯粹的公文，但诸葛亮的《出师表》、李密的《陈情表》就因其抒情性和突出的语言风格被公认为杰出的文学作品。

同样，以文学作品表达政治观点，是十分常见并被鼓励的。例如，儒家以《诗经》的温柔敦厚之风格界定了士大夫的政治伦理，要求在劝诫和批评时，怀着关切之心，采取委婉迂回的方式。于是，以诗讽谏就成了士大夫的重要政治手段。如白居易作新乐府诗，议论社会现象，并希望能够传达给皇帝，从而消除政治弊端。作诗讽谏，形成了中国古代政治生活中一道独特而优雅的景观，也为中国诗歌史增添了一份责任和凝重。诗歌还用于教育。中国古代的启蒙读物大多是以诗的形式编纂的，如晚唐胡曾所撰写的150多首《咏史诗》，均为标准的七言绝句，但这些诗歌创作的目的是对少儿进行历史教育。《咏史诗》每一首咏一个历史故事，每一个历史故事也都有一个明确的思想主题，教育的意图十分明确。除此之外，《三字经》《幼学琼林》等，虽然不是纯粹的诗歌，但也是韵文和对仗形式，诗歌意味浓厚。这些用于政治、教育的诗歌，大部分都应该算是文学作品。

诗歌还是文人社会交往的重要工具，其中有着浓郁的文学意味。春秋时期，贵族们通过赋诗，可以判断出吟诵者的性情和命运，显示了上古诗歌所带有的宗教神秘性特征。后世以诗交友，是相信诗歌可以进行精微的感悟，人和人之间得以进行超越现实的精神交流。白居易《问刘十九》是一首邀请朋友饮酒的诗：“绿蚁新醅酒，红泥小火炉。晚来天欲雪，能饮一杯无?”其中洋溢着亲切温馨的气氛，表达了一种知足常乐的人生意趣，非常生动。中国古代有唱和、雅集、集社、投赠、干谒等多种诗歌活动，这些活动都具有明显的社会交往意义，构成了文人生活的一个部分。唐代以诗艺高低选拔官员，政治生活也变得浪漫起来。史载朱庆余很得名诗人张籍的赞赏，在进士考试后，朱庆余作诗问张籍云："洞房昨夜停红烛，待晓堂前拜舅姑。妆罢低声问夫婿，画眉深浅入时无？"而张籍作诗回答云："越女新妆出镜心，自知明艳更沉吟。齐纨未足人间贵，一曲菱歌敌万金。"这段载录，可以看作是这个诗歌盛世的政治形态的一个典型案例：功名或政治，被包裹在优雅的隐喻中，被艺术化地呈现。古人以诗交友，使得自己的生活艺术化，也使得诗歌生活化，富有无限的情趣。

综上所述，我们很难以现代的文学观念，给中国传统的文本和欣赏活动划定一个确切的界限。反过来也可以说，中国古代的文学活动无处不在，文学有着无限广阔的空间。中国古代文献有经史子集四部分类法，诗词小说等都集中在集部，但经、史、子三部也都有被认为具有文学性的。准确地说，对于以上所说的诸多文学性因素，只要有任何一项有突出之处，就会被当作文学文本进行欣赏。

二、经典性

所谓文学名篇，是指经过历史汰择，而被普遍认为是文学经典的作品。经典的形成，一方面有赖作者所赋予的有意味的内涵和有美感的形式，另一方面也有赖读者的选择、传播和再创造。姚斯说："文学史是一部文学作品的接受史，其主角当然是接受者——读者。"(《接受美学》)中国古代文学，有着相当漫长的历史，也经受了更为严苛的选择，可以说，那些至今仍然广为传播的古典名著，是真正的经典。

文学的经典性是在传播过程中形成的。一些作品在它诞生之初就受到关注，并广泛传播，从而成为人们欣赏、模仿的典范。西晋作家左思撰写的《三都赋》，甫一问世，即声名远扬，"豪贵之家竞相传写，洛阳为之纸贵"(《晋书·文苑·左思传》)。此类作品或契合当时的审美情趣，容易引起人们的共鸣；或作者本人已拥有巨大的声誉，容易引起人们的关注。但只有在历史大河中最终沉淀下来的，才是真正的名作。初唐上官仪的诗，时人争相仿效，有"上官体"之称，但一时的喧嚣之后，却再无反响，与经典无缘。而有些作品会错过自己的时代，经过漫长的传播过程，其价值才会被人们逐渐认知，如陶渊明诗，自其创作之时，甚至经过整个唐朝，都不为人们推崇，直到北宋时代，经苏轼赏识之后，方能大放光芒，自此成为不朽的名著。

就古代文学而言，最为重要的传播途径不外乎两大类：教育和欣赏。教育包括一般知识素养教育和文学教育，如春秋以后人们对《诗经》的传诵和学习，是读经，也是一种典型的素质教育，诗歌在这里虽然也是审美的对象，但更主要的是政治观念、伦理思想、行为规范、名物知识的教材。不独《诗经》，中国古代以文学形式进行知识素养教育的情况很多。前文所说的胡曾的《咏史诗》，以诗歌的形式讲述重要历史故事，阐发政治、伦理价值，对幼童进行启蒙教育。晚清时，黄遵宪等提倡以小说教育民众，主要目的是启发民智，宣传新的社会理念，等等。素质教育偏重思想性，所以一些思想价值高的作品会被挑选出来，并在历代的教育行为中成为经典，如《出师表》《师说》《自京赴奉先县咏怀五百字》《赋得古原草送别》等，这样的作品非常之多。

诗文创作，在古代被认为是文人最为重要的技能之一，长期被视作个体才学的评价标准，由此带来了文学教育的发达。文学教育离不开对典范诗文的学习，这对确定文学经典起着非常重要的作用。比如宋代编纂的《千家诗》、清代编纂的《唐诗三百首》和《古文观止》等，都是很有影响的教材。实际上，这些文学教材并不是一蹴而就的，而是数代诗文教育的积累。吴乘权《古文观止自序》云："古文至今日，操选政者代有其人，骎骎乎有积薪之叹矣……且余两人非敢言选也，集焉云耳。集之奈何？集古今人之选而略者详之，繁者简之，散者合之，舛错者厘定之，差讹者校正之云尔。"显然，这几部选本是历代诗文教育家的经验总汇，文学教育实践也造就了作品的经典性。

更多的文学选本是出于欣赏或研究的目的，它们对文学作品经典性的形成有着更为重要的作用。《诗经》是春秋时代编辑而成的诗歌总集，《楚辞》编辑于汉代，此后，历代皆有诗歌总集和选本问世。散文编纂的历史也同样古老，先秦时期，《尚书》《春秋》及策士文献等就已经被收集和传播，尤其是策士文献，是供揣摩和模仿用的。及至南朝梁昭明太子编纂《文选》，其标准是"事出于沉思，义归乎翰藻"，有意以内容和形式的美感区别于经史著作，是文学性很强的选本。《文选》之后，历代皆有各种形式、各种标准的文学选本。这些选本虽然取舍尺度和趣味并不相同，对具体作品的看法也见仁见智，但它们在确认作品价值方面，有着更高的专业水平，也有着更为持久的影响力。一个好的选本，所反映出来的观点和倾向应该有着相当的代表性，它是某个历史时期、某些受众群体、某种美学观念的共同抉择。口头传播也能为文学作品赢得广泛的声誉，尤其是那些雅俗共赏的作品。《集异记》载，唐诗人王昌龄、高适、王之涣于旗亭饮酒，遇伶人会宴唱曲，三人云："我辈各擅诗名，每不自定其甲乙。今者可以密观诸伶所讴，若诗人歌词之多者，则为优矣。"结果，王昌龄以数多、王之涣以质优取胜。又北宋叶梦得《避暑录话》卷下载："尝见一西夏归朝官云：凡有井水饮处，即能歌柳词。言其传广也。"可见，王昌龄、柳永的作品，首先就是在市井的口头传播中获得声誉的。

中国古代很早就有文学评论活动，它以多种标准和方式对作品进行评骘，并由此造就了一大批文学经典。比如，楚辞以其浓烈的情感色彩、独特的地域文化、神奇的诗歌意象等，奠定了其抒情诗歌的经典地位，但在汉代，文学理论水平有限，并且受限于意识形态，司马迁和王逸等只能以儒家的思想和比兴方法来标榜楚辞，今人可能质疑这种方法，但在当时，它对确定楚辞的地位，还是起到了重要的作用。再如，钟嵘《诗品》以上中下三品衡量诗人，其目的就是为了分辨出文学经典来，在当时有着很大的影响。刘勰《文心雕龙》关于文学作品的价值、形态、创作过程、欣赏过程等方面的论断，对确立文学作品的经典性有着理论奠基的作用，《文心雕龙》中所褒扬的作品自然也就有了经典性。唐代元稹论杜甫诗“盖所谓上薄风骚，下该沈宋，言夺苏李，气吞曹刘，掩颜谢之孤高，杂徐庾之流丽，尽得古今之体势，而兼人人之所独专矣”(《唐故工部员外郎杜君墓系铭并序》)，是对杜诗经典性的高度概括。这些评论有着确认作品的经典性的作用。也有的评论者或赏析者能独具慧眼，从乱石丛中挑出宝石，对塑造文学经典有着独特的贡献。陶渊明在《诗品》中列为中品，到唐朝也一直名声不彰。杜甫曾注意到陶诗，他说：“陶潜避俗翁，未必能达道，观其著诗集，颇亦恨枯槁。”(《遣兴五首》之三)也就是说，唐人认为陶渊明对道的体认不够完善，文笔也不够丰满，评价并不高。但到北宋时期，苏轼云：“吾于诗人无所甚好，独好渊明之诗。渊明作诗不多，然其诗质而实绮，癯而实腴。自曹、刘、鲍、谢、李、杜诸人皆莫及也。”(《与苏辙书》)正是苏轼高超的鉴赏力，以及独到而深刻的评点，使人们体悟到陶诗深厚的内涵和隽永的形式，它们在平实质朴这一风格特征下得到完美的统一，是诗中的至上妙品。苏轼之后，陶诗被普遍接受，成为无可动摇的诗歌经典。此外，基于某种特别的文学理念，如古文运动对于先秦汉代散文的推崇，北宋西昆体对李商隐诗的推崇，等等，这些理论性的活动，也会造就出一批经典作品。

总之，文学作品的经典性，除了依赖作品的思想和艺术水平外，还特别依赖传播过程，取决于广大读者和专家学者的接受状况。到目前为止，我们所谓的古代文学名篇，差不多都入选过各种形式的选本，也都经过古代学者的评点，或是被某个文学流派所推崇。经典既是一种客观的存在，有着普遍的意义，同时，它也具有时代、群体、个体等特殊性。一代有一代的文学，一代有一代的文学经典。即使到了今天，我们仍然能够对经典的目录进行补充、删减，营造出属于我们时代或我们自己的经典来。文学名篇异彩纷呈，各具特色，但我们仍然可以从“经典性”这一角度，大致总结出它们的共同特征。

第一，必须具有深厚的人文精神。人文精神是对民族文化的深刻体认和反思，包括其历史性和现实性存在、社会价值观念、民族精神特质和美学理想，等等。一个优秀作品，必然会以自己独特的侧面折射出民族文化的璀璨光芒。其次，人文精神还包含着对个体存在的深切关怀，对独特思绪和个性精神的呵护和坚持。袅袅秋风中凛冽的洞庭之水，深夜秉烛却又不知所往的末世多士，举杯邀月共醉花丛的凌乱光影，豆棚瓜架下令人迷恋的秋坟鬼唱……这些，到底是缘于人性的脆弱，还是现实世界的虚幻呢？正是屈原、李白、蒲松龄执着于即时的、神秘的、独特的精神体验，在风吹云动、花开叶落的境界中，揭示了此在生命的丰富性，开拓了人类的精神世界，赋予短暂的生命以特别的意义。缺乏人文精神的作品，是空洞而乏味的，是不能成为经典的。

第二，必须具有优秀的美学品质。中国古人对情感的体验深度和表达方式，对文字和声音形态，对多种多样的传播途径，都有着非常敏感的追求，在这一追求过程中，完善并丰富了文学的表达技巧，创造出优美而繁富的文学形态。中国古代文学是一个充满了魅力的美学大花园：高楼孤月的幽怨，大漠飞雪的苍凉，金銮大殿的惶恐，古庙荒刹的宁静，村野市井的絮语，高山大河的激荡，历史深处的感慨，沙场横刀的悲歌，心系百姓的嗟叹，穷途末路的恸哭，才子佳人的温情，舐犊情深的慈爱，草末的露珠，深秋的蝉鸣，智者的思绪，狂者的怒吼……无论多么平凡的生活，多么琐碎的事实，多么刻板的道理，多么短暂的感受，都在作家的笔下有了美感，都成为引人共鸣、让人沉湎、发人深省的审美对象，所以，经典著作是赋予现实生活以美学品质的魔盒。文学名篇的语言技巧、文体创造，对读者也有着巨大的吸引力。中国文学是用方块字垒成的世界，再加上汉语音节的特点，特别容易造成形式上的美感。中国古代文学作品讲究炼字造句，讲究文字和语言的视觉效果和听觉效果，更讲究表达的精确性、独特性，也讲究表达的模糊性和通俗性，因此，形成了多种风格和文体。中国韵文学在句式和韵律上的追求，形成了诗、词、歌、赋等多种形态的名篇，自然也是语言和形式美学的典范，如宏阔而精致的司马相如赋，严谨而独具匠心的杜甫诗等。钟嵘《诗品》云："五言居文词之要，是众作之有滋味者也，故云会于流俗。岂不以指事造形，穷情写物，最为详切者耶！"形式美感是经典的滋味之一。

第三，必须具有不落窠臼的创造性。经典作品不能人云亦云，而要独出心机，并且是真情实感；同时，在语言运用、抒情方式、文体形态、表达风格等方面，能够别出心裁，表现出鲜明的个性特征，成为后世的典范。杜甫说："窃攀屈宋宜方驾，恐与齐梁作后尘。"苏轼说："然著成一家之言，则不容有所悔，当且博观而约取。"可以说，伟大的作家都有着可贵的创新意识，能够将自己的个性、学识、感悟和独特的形式融为一体，创作出新鲜的作品，开拓人们的意识领域和审美境界。例如，李白的古风所表达的超人般的意志、宏阔的自然境界、酣畅淋漓的抒情方式等，都非前人所能比拟；再如，李贺的诗作，探幽烛微，在宇宙自然的幽暗面，在人类心灵被遮蔽的深处，孤独经营，刻绘出震撼人心的杳渺意境，是一个独特的存在。还有那些在文体或风格上的创新，如柳宗元散文、苏轼词作等，都是独创性的代表。我们也可以说，大凡名篇，都有着他人难以企及的地方，也就是它的独创性。在大多数情况下，典型性和独创性是统一的。

经典作品有着广泛和久远的影响力。那些艰涩难懂、极端个人化、风格怪异的作品，接受程度低，也就难以成为经典。首先，优秀的作品必然被普遍地接受，前文所说的“凡有井水饮处，即能歌柳词”，只有在历史进程中得到普及的，才是真正的经典。如孟郊的《游子吟》，就非常经典地表达了母爱和孝道这对永恒的情感，它因为通俗，更因为隽永和醇厚，而成为普及性很高的经典。其次，经典因高标独树而成为竞相模仿和借鉴的对象。如王实甫的《西厢记》，除了模仿其情节和文辞而出现的《东墙记》《㑳梅香》等，《倩女离魂》《牡丹亭》《娇红记》甚至《红楼梦》，都受到《西厢记》的影响和启发，从而形成了一个文学传统。再次，经典因其历久弥新的影响力，而经常被注释、改编和续写。古典诗文名篇被注释者非常之多，其目的是传播，也是为了更好地理解原作。有的被改编或续写，如《三国演义》被改编为多种戏曲形式，《红楼梦》其后有 30 多种续书，这些都是为了满足人们不同层次上对经典的需求，也说明了经典著作广泛而巨大的影响力。

三、鉴赏方法

古典名篇有着自己的特征，也有着属于自己的欣赏方式。为了更好地领略和讲解古代名篇，我们必须做多方面的准备，尽可能多地阅读古典文学作品，在逐渐熟悉、深入了解和反复比较中，磨炼自己的文学感受能力。同时，古代名篇都经过了前人的赏析和研究，并且形成了一个独特的欣赏传统，这个传统会丰富、制约、引导着我们的理解和鉴赏，因此，还必须充分学习、认真揣摩前人的评论，做到既要把握和继承传统，又要独立思考，信任自己的真实感受。熟悉作品及其相关评价，是我们领略作品的前提，但要成为一个优秀的鉴赏者，还要做出更多的努力。

当代鉴赏者必须扎实地掌握古代语文知识、文化知识和文学史知识。古典作品是用古代语言写成的，即使是所谓白话小说、通俗戏剧，也与我们当下的语言差距很大，何况用文言文写成的诗词歌赋，尤其是远古的作品，如《诗经》楚辞、先秦散文、汉赋等。如果没有很好的古汉语水平和古代文化知识，理解都很难，更何况要感悟它、欣赏它呢！经典名篇是古代语言的桂冠，其语言使用技巧和风格，语义的丰富性、隐喻性，语言形式的创新性，都达到了很高的水平，所以，领会文学经典对我们的语言水平有着更高的要求。多阅读作品，多学习语言知识，是提升自己文学鉴赏能力的第一捷径。此外，古典名篇是历史文化、文学史的精华，因此，对古典名篇的理解要有历史意识，不能简单地套用今天的价值观、社会规范、行为逻辑来衡量古代作品。古代的民族关系、德义内涵、自然观念等，并不完全符合今人的标准，甚至有抵牾之处，但我们要从古代的社会历史现实和思想发展水平来理解它、评判它。每一篇古代经典都是文学史的产物。古代作家特别注重对前代作品的继承和学习，并期望通过各种方式，使自己的作品能够更多地体现或蕴含着文学传统，或者归属于某一个文学传统。因此，掌握更多的文学史知识，阅读更多的文学作品，对我们充分了解经典作品内涵和形式特征，也十分重要。

在古代，文学阐释活动是意识形态建构的一种重要方法，因此，鉴赏者往往关注作品中所蕴藏的政治意义和伦理教益。孔子说："诗可以兴，可以观，可以群，可以怨。"(《论语·阳货》)这里的"观""群""怨"意在调节个体与社会的关系，目的是维护政治和伦理秩序的正当性。孟子的"知人论世"(《孟子·万章》)，《汉书·艺文志》所谓"观风俗，知得失，自考正"，都是强调文学的政治或社会认知功能。这是古代文学鉴赏的主流理论，也是古代经典作品的一个非常重要的文化功能。古代作家大多有着"有益于世"的自觉意识，将文学创作看成是实现社会理想的一个重要途径，文学作品中包含着丰富的政治意蕴和人生寄托。因此，深入了解历史和作家本人的思想及处境，是充分、准确地理解作品内容和情感的重要前提，也有益于当代读者认知民族文化传统，塑造人格情操，有益于当代文化建设。因此，"知人论世"的鉴赏传统，应该在我们手里得到继承和发展。

古典名篇同时也是美学的典范，它的美学价值生成于特定的历史情境之中，却能超越时空，触动当代读者的心灵。文学的超越性，是指作家对生死、苦乐、悲喜等各种生存困境的深切体验，以及对这些生命体验的理解、领悟和超越。古往今来，社会现实发生了巨大的变化，但人类的精神状况却有着相似性、相通性。很多古典名篇在尝试突破人类自身生命有限性方面，做出了杰出的探索，有着深刻的精神内涵和永恒的美学魅力。文学的美学阐释，目的就是要引领读者以诗性思维面对并领悟这种诗意境界，以诗性情怀栖居于世。而作家的生命体验具有深刻、神秘、个性化的特点，"知人论世"的方法不能完全把握这些特点，所以，我们还需要有一个敏感的心灵，直探其超越性的精神内核，揭示其美学价值，这样才能赋予古典名篇以现代意义。

王国维《人间词话》云："诗人对宇宙人生须入乎其内，又须出乎其外。入乎其内，故能写之；出乎其外，故能观之。入乎其内，故有生气；出乎其外，故有高致。”这段话说的是诗人对于这个世界的体验和思考，但对文学鉴赏也有一定的启发意义。在文学鉴赏活动中，“入乎其内”是指鉴赏者必须进入作家曾经的体验当中，以求把握作品的内蕴。面对一个过去的文本，我们必须认真“聆听”它，揣摩作家当时的真情实感，捕捉那曾经电光石火般的灵感，和瞬间照彻古今的生命境界。相当一部分古典名篇诞生于作家独特的精神体验，也必定依赖鉴赏者的精神体验而“活”着，也就是说，一个优秀的阐释者也必须是一个敏感而丰厚的精神体验者，必须全心投入，以体验的方式“入乎其内”，重新捕获作家当时的生命感觉。所以，古典名篇的鉴赏，在本质上是对作家和鉴赏者所依附的社会环境的双重超越，在一个更深层次上求得“人同此心”，展现一个“心同此理”的精神世界。

“国家不幸诗家幸，赋到沧桑句便工”，“欢愉之词难工，愁苦之词易巧”，是说困境和困境体验对于文学创作的意义。当代鉴赏者很少有机会重新立于古人的境地，那么，如何才能“入乎其内”呢？我们相信，精神和文化积累也可以达到这一境地。只要我们对自己的生命经验常常进行反思，并通过阅读体悟他人的经验，就同样能够深刻地理解人生和社会，从而与那些伟大的作家站在同一个台阶上。鉴赏活动在很大程度上依赖鉴赏者的感性，依赖对文学的敏锐感觉，也依赖鉴赏者对人生的玄思和领悟。

传统鉴赏以评点为主，主要是感悟性、启发性、总结性的三言两语，言简意赅，有其自身的价值和意义。但评点法已不能适应当代思维方式和表述习惯，对审美的唤醒作用也大不如从前。古典名篇不能再以感悟的方式阐释，必须使用严密而细致的现代话语，因此，理论素养对于当代鉴赏者十分重要。当代学者在研究或鉴赏古代名篇时采用了现代哲学、美学、心理学、文艺学等理论，探讨作品中所表现的生存之境、审美机制、精神状况、文学形态等，并取得了很大成就。这一点值得我们重视和学习。过分依赖自身的主观体验，有可能使得阐释游离文本本身，从而损害了阐释的可信度。同样，当代话语中的概念、表达方式等，是理性高度发达的产物，虽然它们可能更精细、更有体系性，但它们和中国传统文化中那些幽微要眇的体悟活动毕竟存在着距离。所以，当我们以现代学术概念或表达方法来传达古典名著的意境时，就可能会出现偏差，形成阐释不足或者阐释过度。

为了使古典文学的鉴赏更加可信、更有意义，我们必须为鉴赏设置一个限度，主要有如下几个方面。首先，鉴赏应尊重历史的真实，这是古典文学鉴赏的文化限度。任何生存之境和超越形式，都是一个特定的文化内的存在。古典名篇的精神虽然可以超越时空，但它的存在本身必定依赖于一定的文化氛围，反映了作家当时的文化处境和生存认知。所以，理解作品一定要从作家特定的文化处境开始，并始终不能忘记这一现实。其次，鉴赏应尊重逻辑的真实，这是文学鉴赏的学理限度。鉴赏活动离不开鉴赏者的主观性情和意愿，也就必然允许一定的“误解”存在，所谓“作者之心何必然，读者之心何必不然”，但“误解”必须是合乎人情、合乎逻辑的。人情和逻辑本身并不意味着事实，但却是一个可接受的限度。人情在常识范围之内；合理与否，则取决于当下的学术规范和学术理念。再次，应尊重情与意的真实，这是作家情感和思想的个性特征所给定的限度。在特定的时代和社会中，作家的情感和思想必然受到一定限制，鉴赏者不能逾越这一限度，将不属于作者时代的情感方式、思想状况，强加于作品之上。最后，鉴赏还必须充分考虑到作家的人格、性情、认知水平等个性化特征，使所阐释出的情感、意志、思想仍然具有作家的个性特点。

古代经典名篇，是在当代读者面前展现出的一个历史性存在，无论是其所表现的社会现实层面的真实性，还是情感和精神层面的真实性，都有忠实于历史、超越历史的双重性质，而揭示出这双重性正是我们鉴赏的目的。

同时，中国古代文学中的经典名篇，也是中华优秀传统文化的重要组成部分。党的二十大报告指出，“中华优秀传统文化源远流长、博大精深，是中华文明的智慧结晶”。优秀的文学作品反映着一个国家、一个民族的文化创造能力和水平，衡量一个时代的文艺成就最终要看作品。习近平总书记强调，要运用历史的、人民的、艺术的、美学的观点评判和鉴赏作品。这就要求我们要客观辩证地思考文学作品、文学现象和文学潮流，以正确的立场为出发点，更深入地理解中国优秀的古典文学作品和文学精神，树立文化自信。

思考题

1. 何谓名著？判断古代名著的标准是什么？
2. 举例说明中国古典名著诞生的过程。
3. 中国古典名著的特征有哪些？
4. 鉴赏古典名著的方法和需要注意的问题有哪些？

第一章　古体诗

第一节　古体诗的文体特征和发展脉络

一、古体诗的文体特征

古体诗，又称古风，是与近体诗相对的一种诗体。它是指唐代近体诗形成之前的一种格律相对自由，不拘平仄、对仗，用韵较宽，也没有字数、句数限制的诗体。唐以后有诗人陆续仿作，这部分诗也属于古体诗。

从体制上看，古体诗具有如下特点。

第一，每句字数不限，三言、四言、五言、六言、七言乃至句子参差不齐的杂言都有。每首的句数也不定，少则四句，多则几十句。

第二，用韵比较自由。可一韵到底，也可中途换韵；偶数句、奇数句均可用韵；韵字可以重复；可用平声韵，也可用仄声韵。

第三，不拘平仄。在平仄方面，古体诗没有严格的要求。唐以后虽然也有讲究平仄的古体诗，但并没有成为一种规定。

第四，对仗随意。古体诗一般不讲究对仗，如果有些地方用了对仗，也只是修辞上的需要，而不是格律上的要求。

总之，古体诗不受近体诗格律的束缚，是一种相对自由的诗体。

二、古体诗的种类

古体诗种类颇多，有四言诗、骚体诗、五言古诗、七言古诗、杂言古诗、乐府诗、歌行体、古绝句以及柏梁体等。

1. 四言诗

指整首诗都是或基本是四字句写成的诗歌。在上古歌谣及《周易》韵语中，已有所见。中国第一部诗歌总集《诗经》，虽杂有三、五、七、八、九言之句，但基本上都是四言体。西汉一朝虽有五言诗兴起于民间，但文士之作，大体还是用四言体。东汉之后，五言诗取代了四言诗的地位，四言诗逐渐衰微。较能继承《诗经》遗风，称得上四言正体的，是曹操《步出夏门行》《短歌行》与陶渊明

《停云》诸作，篇中分章，反复吟咏。此外，嵇康的《幽愤诗》，以及韩愈的《元和圣德诗》、柳宗元的《平淮夷雅》，也有一定成就。南宋胡一桂亦工四言诗，但比起《诗经》中的作品，诗味大不相同，而且篇幅较长，又不分章，所以又被称为“四言变体”。

2. 骚体诗

又称“楚辞体”，是由战国时期楚国诗人屈原、宋玉等吸收南方民歌的精华，融合上古神话传说创造出的一种新体诗。楚辞体打破了《诗经》四言一句的格式，以六言句式为主，掺入五言、七言等各种句式，大体整齐而又参差灵活。句尾或句中多用语气词“兮”字，具有明显的楚地特色。楚辞体虽也合乐，但不拘章法，诗人放纵情思自由奔泻，或陈述，或悲吟，或呼告，或斥责，情之所至，笔之所及，率意而成。它的出现，给春秋以来的诗歌体式带来了一次大解放。与此前的四言诗相比，骚体诗长于抒情，尤其是愤懑之情，具有浓郁的浪漫色彩。

3. 五言古诗

简称“五古”，每句五字，句数不等，平仄不拘，不要求对仗，押平声韵和仄声韵皆可，可以一韵到底，也可以中途多次换韵。五言古诗大约形成于汉代。东汉末年的《古诗十九首》是文人五言诗的成熟之作。从此，五言诗作为一种重要诗体日益发展起来。魏晋六朝是五言古诗兴盛的时期，五言古诗是这一时期最为普遍的诗歌形式。五言古诗在章法结构上注重起承转合，在表现手法上注重比兴寄托，追求婉曲含蓄，旨趣遥深。

4. 七言古诗

简称“七古”，每句七字，平仄、对仗、押韵方面与五言古诗相似，并没有特别严格的要求。在章法结构上，七言古诗讲究大开大合，跌宕起伏。例如，苏轼《百步洪》(其一)共 24 句，前半用一连串的比喻描写水势，后半部分转入对人生的感慨，情感跌宕起伏，开合有度。

5. 杂言古诗

句式参差不齐，诗句少则一字，长则九字、十字以上，但还是以七言为多，所以通常也被归入七古。杂言古诗由于句式长短不受拘束，往往能予人以雄奇奔放、汪洋恣肆、酣畅淋漓之感，体现出别具一格的面貌，如李白《蜀道难》就是一首典型的杂言古诗。

6. 乐府诗

乐府原是秦汉时期设立的朝廷音乐机构，负责收集和改编民间音乐、创作音乐，以及进行演奏等。后来，人们就把这一机构收集并制谱的诗歌称为乐府诗，简称乐府。唐以后，文人摹拟汉魏六朝乐府而创作的乐府诗虽已不再配乐，但这种诗歌形式却留传下来，成为一种没有严格格律限制、篇幅长短不定的古体诗。乐府诗多本于“感于哀乐，缘事而作”的现实主义精神，反映社会丧乱和民生艰难，具有较为明显的叙事色彩。《孔雀东南飞》《陌上桑》《十五从军征》等都是乐府诗的代表作。

7. 歌行体

又称乐府歌行体，因汉魏以后的乐府诗题为“歌”“行”者颇多，以此得名。歌行体一般篇幅较长，以七言句式为主，但根据作者感情的起伏和叙事的需要，可以兼用杂言句，甚至还可以应用散文句式、语气词入诗，押韵、转韵也很自由。因此，歌行体的特色是形式灵活自由，风格流动酣畅。白居易《长恨歌》《琵琶行》、岑参《白雪歌送武判官归京》、杜甫《茅屋为秋风所破歌》《兵车行》、高适《燕歌行》等都是歌行体的代表作。

8. 古绝句

绝句有古绝和律绝之分。古绝不入律，不讲平仄，不粘不对，平仄韵均可用。王力《诗词格律》说：“凡合于下面的两种情况之一的，应该认为是古绝：(1)用仄韵；(2)不用律句的平仄，有时还不粘、不对。当然，有些古绝是两种情况都具备的。”古绝也有五言、七言两种，以五言古绝较为常见。例如，李白《静夜思》“疑是地上霜”一句，用“平仄仄仄平”，与近体诗的格律不同；“举头望明月”句的平仄与上句不粘，“低头”句的平仄与上句不对，所以这首诗是一首古绝。这里需要说明的是，律绝与古绝是有差别的。律绝跟律诗一样，不但押平声韵，而且依照近体诗的平仄规则，讲究粘对。在形式上它们等于半首律诗，属于近体诗的范畴。

9. 柏梁体

又称“柏梁台体”，实为七言古诗。其特点是句句用韵，而且一韵到底。汉元封三年，汉武帝在长安未央宫内的柏梁台与群臣赋七言诗，每人一句，句句押平声韵，柏梁体由此而得名。后人模仿此体而创作的古诗，也被称作“柏梁体”，如曹丕《燕歌行》(秋风萧瑟天气凉)等。

三、古体诗发展的基本脉络

中国是诗的国度，诗歌几乎是和古老的文明一起产生的。上古时期就有大量歌谣传唱，据说出自神农时代的《腊辞》：“土，反其宅！水，归其壑！昆虫，毋作！草木，归其泽！”(《礼记·郊特牲》)另有一首《驱旱魃咒》云：“神，北行！先除水道，决通沟渎！”(《山海经·大荒北经》)这些都是为了某些实际目的而祭祀神灵的歌谣，它们的准确年代已经不可得知。早期祭祀活动中，人们相信语言，尤其是韵语具有神奇的魅力，能够诱导鬼神的活动，所以，它被经常运用到祭祀中。夏禹时，涂山氏所咏《候人兮猗》是南音之始，而东音则起于夏孔甲的《破斧歌》。相信夏代已有较为完整的歌谣流传，如启时祭祀的《九歌》，应该是一首祭天神的歌谣。商代的歌谣，留传于今的是甲骨卜辞中的韵文和《周易》中某些卦爻辞。早期的韵文，句法简单，言辞简朴。甲骨文如："癸卯卜，今日雨。其自西来雨？其自东来雨？其自北来雨？其自南来雨？"(郭沫若《卜辞通纂》)就很有韵律感。《周易》卦爻辞中保存了很多的谣谚，如《中孚》九二"鸣鹤在阴，其子和之。我有好爵，吾与尔靡之"等。它们的内容涉及社会生活的各个方面：社会的不公，人生的痛苦，劳动的艰辛，爱情的欢乐，等等。其所运用的艺术手法也多种多样，如象征、比兴、白描、叠咏等。因此有学者认为《周易》中的歌谣是《诗经》的前驱。

上古歌谣虽然初步具有诗歌的某些文体特征，但体式不定，还不能称为完整意义上的诗歌。我国最早的诗体应该是四言的"诗经体"。《诗经》句式以四言为主，四句独立成章，其间杂有二言至八言不等。篇章结构多采用重章叠唱。押韵方式多样，常见的是一章之中只用一个韵部，隔句押韵，韵脚在偶句上，也有句句用韵的。有的诗篇换用两韵以上，甚至还有极少数无韵之作。

《诗经》之后，出现了以屈原《离骚》为代表的骚体诗。屈原和宋玉是骚体诗的代表作家。汉代，骚体诗也被称为辞或辞赋，并且出现了贾谊、东方朔、王褒、刘向诸人的仿骚作品。西汉末年，刘向将屈原、宋玉的作品以及汉代的一些仿作共16篇辑录成集，定名为《楚辞》。

继《诗经》《楚辞》之后，两汉乐府诗成为中国古代诗歌史上又一壮丽景观，呈现出旺盛的生命力。它继承了《诗经》的现实主义精神，本着"感于哀乐，缘事而发"的创作精神，反映现实生活中的苦与乐、爱与恨，表达出对人生短暂、世事多艰的哀伤。形式上以五言为主，通俗明快，对中国古代诗歌体式的嬗变起到了推动作用，实现了由四言诗向杂言诗和五言诗的过渡。

魏晋以后，乐府诗朝两个方向发展。一种是文人模拟创作的"古题乐府"，借用汉乐府旧题咏写时事，犹如"旧瓶装新酒"，如曹操《步出夏门行》《蒿里行》、杨炯《从军行》、李白《蜀道难》《将进酒》、李贺《雁门太守行》等。这些诗歌虽沿用了汉乐府旧题，但内容是新的，并从以叙事为主转变为以抒情为主；在形式、手法上，则借鉴汉乐府的通俗明快而又加以"雅化"，增添了文人色彩。

另一种则是"即事名篇，无复依傍"的新乐府。它不再借用汉乐府的旧题，而是根据所反映的内容自拟新题。杜甫可以说是新乐府的开创者。他经历了重大的社会动乱，用新乐府反映安史之乱前后的社会现实，如《兵车行》写唐王朝穷兵黩武的开边战争给人民带来的灾难，《三吏》《三别》写安史之乱给百姓带来的巨大痛苦。稍后的元结、顾况等诗人也写过若干首新乐府。至中唐，白居易、元稹等现实主义诗人有感于国家的衰落，期望用诗歌反映社会现实的弊端，以引起统治者的注意，遂大力提倡新题乐府，发起了“新乐府运动”。

五言诗是在乐府民歌中发展起来的新诗体。汉初乐府尚多杂言，至武帝设立乐府，在所收集的民歌中就有了较多的五言民歌。从现存史料考察，最早的文人五言诗是东汉班固的《咏史》，写汉文帝时孝女缇萦为父赎免刑罪的故事。诗中的形象塑造和抒情都较薄弱。班固之后，又有张衡的《同声歌》、秦嘉的《赠妇诗》、蔡邕的《翠鸟》、赵壹的《刺世疾邪诗》等，文人五言诗的创作，开始有了长足进步，五言诗也渐渐成为诗坛主流。汉末《古诗十九首》就是一组杰出的五言古诗，深刻地再现了汉末文人在社会思想大转变时期心灵的觉醒与痛苦。语言朴素自然，描写生动真切，具有浑然天成的艺术魅力。《古诗十九首》所抒发的是人生最基本、最普遍的情思意绪，令古往今来的读者常读常新，代表了文人五言诗的最高成就，被称为“五言之冠冕”（刘勰《文心雕龙》）。七言古诗的起源并不比五言古诗晚，但七言诗的兴盛要晚于五言诗。

在唐代近体律诗定型以后，古体诗作为一种诗体仍然流行，并贯穿于后来的诗歌发展史中。唐代五言、七言古诗虽源于前代，但并非单纯的因袭模拟，而是呈现出自己的面貌，具有鲜明的时代特色。在五言古诗方面，初唐陈子昂、张九龄等力追建安风骨，反对齐梁华靡秾丽的诗风，主张抒写个人独特的身世之感和心灵体验，开启了有思想、有个性、有特色的诗风。此后李白、杜甫勃兴，或抒发性灵，寄托规讽，或缘事而发，忧国伤时。王维、孟浩然等又以其清幽澹远的创作风格参与其间，在繁星璀璨的盛唐诗歌中闪烁着耀眼的光彩。中唐时期，出现了韦应物、柳宗元等名家，也都能以自己独特的风格予后人以启迪。在七言古诗方面，一些作品自觉或不自觉地吸纳律诗句法，形成“入律古风”。另一些七言古诗则有意识地避开律诗的句式章法，多用散行之句，语言奇崛古朴、折拗郁勃，情感沉郁滞重，追求一种质朴古奥的风格，如李益的《登天坛夜见海日》、韩愈的《山石》《八月十五夜赠张功曹》、李商隐的《韩碑》等。

汉魏以后的乐府诗，题为“歌”“行”者颇多，故称为歌行体。有些作品虽未题“歌”“行”二字，但因形式、风格相近，亦为歌行体。在歌行体发展过程中，南朝鲍照起到了非常重要的推动作用。歌行体至初唐基本定型成熟。一些诗人尝试将格律诗的句式、对仗等手法引入歌行体中。散句中杂以格律、对仗，读来抑扬顿挫，跌宕起伏，遂使歌行体面貌一新，如卢照邻的《长安古意》、骆宾王的《帝京篇》、张若虚的《春江花月夜》等。至盛唐，高适、岑参等人用此体创作了大量的边塞诗，如高适的《燕歌行》、岑参的《白雪歌送武判官归京》等，内容丰富壮阔，感情奔放激越，意象雄壮奇丽，语言多彩多姿。中唐白居易等人，在这种体式的基础上进一步融合叙事抒情，写出了名篇《长恨歌》《琵琶行》等，七言歌行体又呈现出新的面貌。清初，吴伟业用这种诗体写出了《圆圆曲》《永和宫词》等名篇，以七言歌行叙事咏史，形式上更讲究技巧，辞藻富艳，用典精切，回肠荡气，脍炙人口，形成婀娜多姿的艺术风貌，将七言歌行体提高到一个新的高度。

以上大概描述了我国古体诗产生、发展、流变的基本脉络，它与唐代出现的格律严整的近体诗(格律诗)共同构成中国古代诗歌的两种基本样式。

思考题

1. 与近体格律诗相比，古体诗具有怎样的文体特征？
2. 古体诗有哪些类型？试举例说明。
3. 简述古体诗的发展脉络。

第二节 古体诗鉴赏理论

一、古人鉴赏品评古体诗的主要形式

1. 诗话

诗话是中国古代评论诗歌、诗人、诗歌流派以及记录诗人言论、行事的著作，是中国古代诗歌理论批评的一种形式。大多数诗话并不以系统、严密的理论分析取胜，而常常是三言五语为一则，以简短的言论发表对诗歌、诗人、流派，以及创作、接受乃至艺术规律等具体问题的直观性的感受和认识。

早在诗话诞生以前，历代典籍中已经出现了许多对诗赋的品评，如《西京杂记》中记载了司马相如关于辞赋创作的思考、扬雄对司马相如赋的评论，《世说新语·文学》中有谢安摘评《诗经》佳句，《颜氏家训》中也有许多对于时人诗句的评论和考释。南朝钟嵘的《诗品》被认为是“诗话”之源，对古代诗话创体有开拓之功，清人何文焕所编《历代诗话》即以此书冠首，但严格地说，它还不是后世所说的诗话。唐代还出现了《诗式》《诗格》一类著作，更接近后世所说的诗话。

正式的诗话始于宋朝，欧阳修的《六一诗话》被认为是第一部诗话。欧阳修是北宋文坛上公认的领袖，其《诗话》既出，继作者接踵而来，如司马光有《续诗话》，刘攽有《中山诗话》等。早期的诗话以记事为主，主要记载有关诗人和诗作的琐事轶闻，后来逐渐增加了考订辨证、谈论句法等内容以及有关诗歌创作等理论问题，如张戒《岁寒堂诗话》、姜夔《白石道人诗说》、严羽《沧浪诗话》等，都是理论性很强的诗话。

宋以后，诗话继续发展，金代王若虚《滹南诗话》、明代李东阳《怀麓堂诗话》、谢榛《四溟诗话》、王世贞《艺苑卮言》、胡应麟《诗薮》等，都是重要的诗话著作，并不同程度地对诗歌创作产生过影响。清代诗话成就更高，王夫之《姜斋诗话》对于诗歌情与景、意与势的关系有精湛的论述和独到的见解。叶燮《原诗》不仅具有严整的理论体系，而且对诗歌与社会、时代的关系，对诗歌自身的发展规律等问题，都有系统、精辟的论述。袁枚《随园诗话》卷帙浩繁，主张独抒性灵，强调诗歌创作要出自真情实感，亦有不少精辟的论断。

2. 论诗诗

论诗诗其实就是以诗论诗，即以诗的形式表达对诗歌、诗人和诗史的认知与评价。以诗论诗是诗歌与文论的结合体，兼有文学与文艺理论双重性质。

以诗论诗这种文学批评方式在先秦时期即有萌芽。《诗经·大雅·崧高》中有“吉甫作诵，其诗孔硕”，《烝民》有“吉甫作诵，穆如清风”，其中的“孔硕”与“穆如清风”都是用来形容吉甫诗的。后来也有一些类似的情形，如李白在《古风》诗中也曾发表过对诗的意见，但不够完整。从严格意义上讲，这些都还不是论诗诗，但它们为后来的以诗论诗提供了启示和借鉴。

杜甫的《戏为六绝句》在诗论发展史上具有开创意义。它是杜甫以七言绝句组诗的形式对诗歌创作经验的总结，涉及唐诗发展过程中一系列重大理论问题。诗人将严正的笔意寄寓在轻松幽默的笔调中，娓娓道来，庄谐杂出，如“不薄今人爱古人，清词丽句必为邻”“别裁伪体亲风雅，转益多师是汝师”等。这组诗影响深远，为后代诗人所效仿。晚唐司空图的《二十四诗品》是一部以四言组诗的形式来探讨诗歌创作特别是诗歌美学风格问题的理论著作。它提炼出24种诗歌风格，并以形象的语言概括出各种风格的特点，对诗歌创作、评论与欣赏等方面都有很大的推动作用。金人元好问的《论诗绝句三十首》，依次论及从汉末建安到唐宋诗歌，有不少精辟的见解，如第17首：“眼处生心句自神，暗中摸索总非真。画图临出秦川景，亲到长安有几人。”强调写诗要亲身体验，不可闭门造车。这一组论诗诗的影响也非常大。明清两代，仿效元好问者风起云涌，如王士祯《戏效元遗山论诗绝句三十首》、谢启昆《读全唐诗仿元遗山论诗绝句一百首》、袁枚《仿元遗山论诗三十八首》、张晋《仿元遗山论诗绝句六十首》等。七言绝句组诗遂成为古代以诗论诗体式的首选。

3. 古诗评点

评点是古人研读诗词、文章的一种重要方法。古人在读书时往往以圈点勾画出重点，或用概括性语言撮要钩玄，标出心得，附于文学作品书页天地空白处，这种随文批评的形式就是评点。评点的方式通常有两种：或是逐字逐句循行批点，或是就一首诗、一段文章或一个章回写眉批总评。评点时所用符号有“。”“、”“△”“！”“？”等，也有在句旁画出长线，分别表示重要、精彩、存疑等。

评点起源甚早，钱锺书先生认为，若把晋代陆云《与兄平原书》中论及陆机文章的话分别附录于其文章“各篇之眉或尾，称赏处示以朱圈子，删削处示以墨勒帛，则俨然诗文评点之最古者矣”(《管锥编》)。南宋时评点开始有了相对定型的形态，吕祖谦的《古文关键》被视为文章评点的滥觞。宋末刘辰翁评点《世说新语》则为以后小说评点提供了借鉴。方回《瀛奎律髓》专评五、七言律诗，极其精细。明清时期，评点达到极盛，如钟惺、谭元春的《古唐诗归》就是一部很重要的评点著作。

评点这种文学批评方式具有自身的优势：发表意见比较自由灵活，批评者可以在全书卷首的总批以及每回的总批中，针对全书或书中某一部分发表见解。也可以在眉批和行批中，对局部的内容，用三言五语发表看法和感想。评点在中国古代文学理论建设和指导作品欣赏等方面，都有很重要的价值。

二、古人鉴赏品评古体诗的主要观点

1. 知人论世

知人论世是战国时期孟子提出的文学批评的原则和方法。《孟子·万章下》云："颂其诗，读其书，不知其人，可乎？是以论其世也，是尚友也。"孟子认为，了解诗人所生活的时代背景及其本人的思想观念对于理解作品具有重要意义，只有知其人、论其世，即了解作者的思想观念和创作的时代背景，才能客观地理解和把握文学作品的思想内容。孟子的这一原则对后世的文学批评产生了深远的影响，为历代文学批评家自觉或不自觉地遵循。清人章学诚在《文史通义·文德》中说："不知古人之世，不可妄论古人文辞也。知其世矣，不知古人之身处，亦不可以遽论其文也。"鲁迅在《"题未定"草(七)》中说道："我总以为倘要论文，最好是顾及全篇，并且顾及作者的全人，以及他所处的社会状态，这才较为确凿。要不然，是很容易近乎说梦的。"知人论世，应当首先"论世"，其次"知人"，在既"知人"又"论世"的基础上结合其他诗歌鉴赏方法，才能对作品做出较为客观的理解和评价。

2. 以意逆志

以意逆志也是孟子提出的一种文学批评方法。《孟子·万章上》："故说《诗》者，不以文害辞，不以辞害志；以意逆志，是为得之。"朱自清《诗言志辨·比兴》释曰："以意逆志，是以己之意迎受诗人之志而加以钩考。"即从作品的整体出发，由表及里、由浅入深地理解诗作的主旨，用自己的切身体会去推测作者的本意。也就是说，我们在鉴赏古诗时通常要结合自己的生活经验，把自己当作诗人，然后"将心比心"去领会、推测诗人在诗中所寄寓的情感，从而理解诗歌的内容和主旨。

"以意逆志"的"逆"是"迎合、揣摩"的意思，"志"是指诗人写诗的目的意图。而对"意"的理解，则历来众说纷纭。概括起来，主要有两种观点：一种认为"意"是指读者的意，如汉代赵岐《孟子章句》释曰："志，诗人志所欲之事。意，学者之心意也……人情不远，以己之意，逆诗人之志，是为得其实矣。"朱熹《四书集注》曰："当以己意迎取作者之志，乃可得之。"他们都认为"意"是读者的"前认识"，根据自己已有的生活经验、知识储备和情感基础去推求作者之"志"；另一种认为"意"是指客观地存在于诗篇中的意，如清人吴淇持此说。不过，孟子的本意可能还是以己意去逆诗人之志，这可以从他自己的文学批评实践中看出来。在《孟子·梁惠王》《公孙丑》等篇中他对《诗经》之《公刘》《绵》《灵台》《鸱鸮》《閟宫》等篇的解释中，都明显地表现了以己意去求诗人之志的特点。

3. 诗无达诂

"诗无达诂"一词，出自西汉董仲舒《春秋繁露》卷三《精华》。"达诂"意为确切的训诂或解释。春秋战国时代，赋诗言志成风，引《诗》说《诗》，皆非《诗》人之旨。西汉人解《诗》，如《韩诗外传》等，亦是如此。《诗》无达诂，也就是说对于《诗经》的训诂或阐释没有确切一定的答案。这实质上已经涉及文学艺术鉴赏中审美的差异性问题。

在诗歌鉴赏中，由于诗意往往隐而不显，加之鉴赏者知识背景、思想情感状况的不同，对同一首诗，常常会有不同的解释，见仁见智，各以其情而自得，即西方所说的"一千个读者，就有一千个哈姆雷特"。当然，承认审美鉴赏中的差异性，是必需的，却不能因此否认审美鉴赏的共性或客观标准的存在，不承认前者是不符合审美鉴赏实际的；不承认后者则会导致审美鉴赏中的绝对相对主义，同样不符合艺术鉴赏的历史实际。

4. 披文入情

刘勰在《文心雕龙·知音》篇中曰："夫缀文者情动而辞发，观文者披文以入情，沿波讨源，虽幽必显。"说的是创作者如何形成文章和读者如何阅读理解两个问题。作家的创作活动是"情动而辞发"，将自身的情感体验转化、凝结为语言；鉴赏者的活动则是"披文以入情"，通过对语言的咀嚼琢磨，去领悟创作者寄寓在作品中的情感体验。因此，从某种意义上说，文学活动的基本过程就是语言文本的制作和接受的过程。忽略了语言，不仅创作者的情感体验无从传达，鉴赏者也无从进入作品的意义世界。无论对于创作者还是对于鉴赏者，语言都是不可或缺的工具。人类只有借助于语言这一桥梁，才能跨越时空界限将创作者和鉴赏者连接起来，形成对话和交流。只有通过鉴赏者"披文入情"，才能挖掘出作品深层次的审美意蕴。

三、古体诗鉴赏的方法

1. 知人论世和以意逆志

"知人论世"和"以意逆志"的方法，对于一般的文学鉴赏和文学研究具有普遍的方法论意义，能帮助读者解读绝大部分的文学作品。古体诗当然也可以此法来进行鉴赏和研究。

任何一个生命个体在成长过程中都逃脱不了所在的时代和地域的影响，精神世界或多或少都会留下时代风气和地域文化的印记。诗歌是诗人精神世界的反映，诗歌中所蕴含的思想情感必然也会受到诗人所在的时代风气和地域文化的影响。因此，我们在鉴赏解读诗歌时，就不能不关注诗人所在时代的社会制度、时代风气和地域文化，并以此为切入点，去追索作品中所蕴含的思想和情感内涵。《诗经》是西周到春秋中叶这一历史时期的诗歌总集，而西周到春秋中叶是礼乐文化较为发达的时期，《诗经》中的许多诗篇尤其是雅诗和颂诗都是礼乐文化的反映，因此我们在解读《诗经》时就必须得将其置于礼乐文化的大背景中去考察。战国时期，南方楚国巫风盛行。屈原生活在战国晚期的楚国，受到南方巫楚文化的影响，其《离骚》《九歌》等作品，包含了大量巫楚文化的因素。我们在解读楚辞体作品时，也必须联系当时的巫楚文化背景。只有将作品置于南方巫楚文化的大背景中，才能准确地理解楚辞体作品所包含的神幻色彩和浪漫意味。

文学是以语言文字为工具形象化地反映客观现实的艺术，语言文字在一定程度上能够传达出诗人的思想和情感，是诗人和读者进行思想情感交流的桥梁。因此，读者是可以透过语言文字去揣摩蕴含在作品中的诗人的思想情感的，是可以做到“以意逆志”的。但是，要做到准确地“逆志”，仅仅有语言文字的功夫还不够，读者还需要不断地提高自身的知识储备，丰富自己的人生阅历，增厚自己的情感积累，只有这样才能拉近与诗人的距离，触摸到作品中所蕴含的思想和情感。但实际上，读者对诗的理解总是不可避免地带有自己的前认识，不可能和诗人的本意一致。如果读者的理解是在对作品的客观分析基础上形成的，那就可以和诗歌客观存在的“意”一致；如果读者的理解是建立在偏见和主观猜测的基础上，那可能就会歪曲诗人的本意。不过，有时候，诗人之心未必有，读者之心未必无，如果读者读诗时能够解读出一些诗人写作时未必想要表达但作品中却又客观存在的意味，那也未尝不可。这是读者在阅读过程中对作品的“增建”“再创造”，也是有意义的。

2. 文本细读法

要做到准确全面地把握作品的含义，读者就得对作品进行细致的解读。用文本细读法解读古体诗，读者可在以下几个方面做出努力。

第一，注重字词训诂，扫除字障词障。读古体诗时，读者要结合多种版本的注本，借助《说文解字》《辞源》《汉语大辞典》等训诂学著作和工具书，确切掌握每一个字词的具体含义，明确诗歌文本中涉及的历史人物、地名、名物以及典章制度等，扫除字障词障，这是阅读鉴赏古体诗的前提。

第二，抓取核心意象，体会意境之美。意象是客观物象经过创作主体独特的情感活动而创造出来的一种艺术形象。诗歌的创作过程是一个观察、感受、酝酿、表达的过程。诗人对外界事物心有所感，便将之寄托在一个所选定的具象上，这时客观具象便成了饱含诗人情感色彩的主观意象。而意境是文学艺术作品通过意象描写表现出来的境界和情调，是抒情作品中呈现的情景交融、虚实相生的意象及其诱发和开拓的审美想象空间。意境是意象或意象的组合，意象是构成意境的手段或途径。我们在阅读古体诗时，要留意诗人所选取的意象，体悟融情于景、情景交融的意境。如《诗经·邶风·柏舟》："泛彼柏舟，亦泛其流。耿耿不寐，如有隐忧。微我无酒，以敖以游。我心匪鉴，不可以茹。亦有兄弟，不可以据。薄言往诉，逢彼之怒。我心匪石，不可转也。我心匪席，不可卷也。威仪棣棣，不可选也。""柏舟"即柏木做的舟，松柏能够傲霜斗寒，因此诗人选用"柏舟"这一意象来隐喻女主人公清刚坚决的品格。《秦风·蒹葭》："蒹葭苍苍，白露为霜。所谓伊人，在水一方。溯洄从之，道阻且长。溯游从之，宛在水中央。"诗人选取了蒹葭、霜露、伊人、秋水等意象来寄托自己的情感。清秋时节，苍茫的苇丛、清冽的霜露、迷蒙的秋水营造出一种迷离渺茫、蕴藉空灵的意境；虽隐约可见却又遥不可及的伊人又使这一意境笼罩上一层淡淡的哀伤，为诗歌增添了一层悲情之美。

第三，了解诗人所运用的艺术表现手法。诗人在进行诗歌创作时，往往会运用一些艺术表现手法来表达思想和情感，如《诗经》常用的艺术表现手法是赋比兴："赋者，敷陈其事而直言之者也"，"比者，以彼物比此物也"，"兴者，先言他物以引起所咏之词也"（朱熹《诗集传》）。楚辞中则常用"香草美人"的比兴寄托手法，以香花香草比拟高洁的德行，以美人比拟君主、贤人或自喻。汉魏六朝诗人则常用"拟代"手法，即以"拟作""代言"方式创作诗歌。运用"拟代"手法的往往是男性诗人，他们在创作过程中以女性口吻来诉说相思离别之情或寄托其他的一些生命感受，即"男子作闺音"。如曹丕《燕歌行》："秋风萧瑟天气凉，草木摇落露为霜。群燕辞归鹄南翔，念君客游思断肠，慊慊思归恋故乡，君何淹留寄他方？贱妾茕茕守空房，忧来思君不敢忘，不觉泪下沾衣裳。"在这首诗中，曹丕为思妇代言，诉说悠悠别情。曹植《七哀诗》："明月照高楼，流光正徘徊。上有愁思妇，悲叹有余哀。借问叹者谁？言是宕子妻。君行逾十年，孤妾常独栖。君若清路尘，妾若浊水泥。浮沉各异势，会合何时谐？愿为西南风，长逝入君怀。君怀良不开，贱妾当何依？"在这首《七哀诗》中，曹植除为女子代言，表达相思之情外，还可能是借女子闺怨来隐喻君臣遇合的艰难，别有一番寄托。读者在阅读古体诗时，如果清楚这些艺术表现手法的运用，则能更加透彻地理解诗歌的内涵。

第四，理解诗人的思想情感，把握作品的主旨。在消除字障词障明确诗中每一字词的前提下，在涵泳诗歌意境的过程中，结合对诗人所运用的艺术手法的理解，通观全诗，以把握诗人在诗歌中所寄寓的思想和情感，是我们解读鉴赏诗歌的最终目的。诗歌是诗人用高度凝练的语言形象化地表达自己的思想和情感，反映社会现实的一门艺术。诗歌中蕴含着诗人对现实人生的深切体验和对社会现实的深刻思考，它能够超越时间和空间的限制为后人提供情感和思想的滋养。我们阅读古诗，就要突破时空的隔膜，去触摸诗人当年曾经拥有过的生命体验，汲取诗歌中所蕴含的思想情感营养，以为现实人生提供借鉴和指导。

第五，要充分展开想象和联想去理解诗歌。想象和联想是诗人创作诗歌的重要手段。诗人在创作过程中，通过运用想象和联想来刻绘意象和创造意境，那么，读者在阅读诗歌时也要借助于想象和联想去把握诗歌的意境和思想情感。如李白《宣州谢朓楼饯别校书叔云》："抽刀断水水更流，举杯消愁愁更愁。"在理解这句诗的时候，如果我们展开想象的翅膀，马上就会在眼前浮现出这样一幅景象：诗人手持利刃，意欲截断流水，流水反而更加湍急；举起酒杯，意欲浇灭忧愁，忧愁反而扑面而来。再展开联想，诗人不会只是在说"抽刀断水"和"举杯消愁"吧？当然不是。原来"抽刀断水"和"举杯消愁"只是比兴寄托，诗人用它们间接地表达自己尽管精神上可以在幻想的世界中遨游驰骋而身体却始终被羁束在污浊的现实之中的痛苦，并表达出自己力图摆脱精神痛苦的诉求和努力。读者在阅读古诗时，通过展开想象，以理解诗句的字面意思，体会意境之美；继而再通过联想，进一步探索蕴藏在诗句之中的深层次的精神内涵。想象和联想对于理解古诗具有重要意义。

思考题

1. 古人品评鉴赏古体诗主要有哪些观点？
2. 如何以文本细读法解读鉴赏古体诗？

第三节　古体诗名篇导读

一、四言诗

关　雎

《诗经·周南》

关关雎鸠①，在河之洲②。窈窕淑女③，君子好逑④。
参差荇菜⑤，左右流之⑥。窈窕淑女，寤寐求之⑦。
求之不得，寤寐思服⑧。悠哉悠哉⑨，辗转反侧⑨。
参差荇菜，左右采之。窈窕淑女，琴瑟友之⑪。
参差荇菜，左右芼之⑫。窈窕淑女，钟鼓乐之⑬。

【注释】

①关关：雌雄二鸟相互应和的叫声。雎(jū)鸠：水鸟名。

②洲：河中小块陆地。

③窈窕(yǎo tiǎo)：体态文静美丽的样子。淑：好、善。

④君子：古时对贵族男子的通称。好逑(qiú)：理想的配偶。逑，"雔"之借字，意为双鸟，即配偶。

⑤参差：长短不齐。荇(xìng)菜：水草名，可采摘食用。

⑥流：寻求，择取。

⑦寤：醒。寐：眠，睡着。

⑧思、服：二字同义，思念。

⑨悠哉：忧思深长的样子。

⑩辗转反侧：在床上翻来覆去。

⑪琴瑟友之：弹奏琴弦来同她亲近。

⑫芼(mào)：拔取。

⑬钟鼓乐之：敲钟打鼓来使她欢乐。钟、鼓，均是乐器，这里作动词用。

【评析】

《诗经》是我国古代第一部诗歌总集，收录了西周初年至春秋中叶大约500年的诗歌，其中包含风、雅、颂三部分。"风"指"国风"，主要反映各地风俗和民生疾苦。“雅”又分大雅、小雅，大雅主要是宫廷乐歌，小雅内容较广泛，还包括了一些政治怨刺诗。“颂”主要是王室祭祀祖先的乐歌。本篇选自《诗经·周南》，是《国风》的首篇，也是《诗经》的开卷之作。

全诗共四章，描写了一位青年男子对他所爱之人由不懈追求到结成良缘的过程。首章四句，以雎鸠和鸣求偶连类起兴，写青年男子对“窈窕淑女”一见倾心，被她的娴静美好打动，意欲与其结成配偶。次章八句，写男子对女子的相思和热恋到了“寤寐思服”“辗转反侧”的地步。三、四章，写男子对意中人的不懈追求，并终于结成了美满姻缘。诗篇反复吟唱男子对女子的热切思恋和执着追求，以及结成连理的幸福感受。诗意层层递进，感情奔放炽热，体现了民歌朴实清新的风格特色。

本诗巧妙运用了“兴”的表现手法。首章以雎鸠相向和鸣、相依相恋，兴起“淑女配君子”的联想；以下三章又以采摘荇菜这一行为兴起青年男子对女子的相思与热烈追求，情真意切。诗中以“琴瑟”之优雅缠绵写两人的爱情过程，以“钟鼓”的震天动地以宣告婚姻的成立，非常贴切地写出了爱情婚姻的本质和特征。

此外，这首诗语言质朴优美，使用了许多双声、叠韵和重叠词，如“参差”“窈窕”“辗转”“关关”等，增强了诗歌的音韵美和写人状物、拟声传情的生动性。全诗或句句押韵，或隔句押韵，回环使用，使诗句在参差变化之中富有节奏感和音乐美。重章叠唱的运用，也使诗歌情思饱满，酣畅淋漓。

【辑评】

师挚之始，《关雎》之乱，洋洋乎盈耳哉。

——《论语·泰伯》

《关雎》，乐而不淫，哀而不伤。

——《论语·八佾》

《关雎》之改、《樛木》之时、《汉广》之智、《鹊巢》之归、《甘棠》之报、《绿衣》之思、《燕燕》之情，曷？曰：童而皆贤于其初者也。《关雎》以色喻于礼。(第十简)……《关雎》之改，则其思益矣。(第十一简)……好，反纳于礼，不亦能改乎？(第十二简)其四章则喻矣！以琴瑟之悦，拟好色之愿，以钟鼓之乐，[喻求女之]好。(第十四简)

——上博简《诗论》

《关雎》，后妃之德也，风之始也，所以风天下而正夫妇也，故用之乡人焉，用之邦国焉……是以《关雎》乐得淑女以配君子，忧在进贤，不淫其色；哀窈窕，思贤才，而无伤善之心焉。是《关雎》之义也。

——《毛诗序》

故《易》基乾坤，《诗》始关雎，《书》美厘降，《春秋》讥不亲迎，夫妇之际，人道之大伦也，礼之用，唯婚姻为兢兢，夫乐调而四时和，阴阳之变，万物之统也。可不慎与？

——汉·司马迁《史记》

周之康王夫人晏出朝，《关雎》豫见，思得淑女以配君子。

——汉·刘向《列女传》

匡衡上疏云：臣闻之师曰：孔子论《诗》，以《关雎》为始。言太上者民之父母，后夫人之行不侔乎天地，则无以奉神灵之统而理万物之宜，故《诗》曰："窈窕淑女，君子好逑"，言能致其贞淑，不贰其操，情欲之感无介乎容仪，宴私之意不形乎动静，夫然后可以配至尊而为宗庙主。此纲纪之首，王教之端也。

——汉·班固《汉书》

诗人言雎鸠贞洁慎匹，以声相求，隐蔽于无人之处，故人君退朝入于私宫，后妃御见有度，应门击柝，鼓人上堂，退反宴处，体安志明。今时大人内倾于色，贤人见其萌，故咏《关雎》，说淑女，正容仪以刺时。

——刘宋·范晔《后汉书·明帝纪》李贤注引薛君《韩诗章句》

大妻唱舜歌，小妻鼓湘瑟。狂夫游冶归，端坐仍作色。不读《关雎》篇，安知后妃德。

——唐·刘叉《狂夫》

周邑之咏初婚者，故以为房中乐，用之乡人，用之邦国，而无不宜焉。

——清·方玉润《诗经原始》

【相关资料】

张震泽：《说〈关雎〉》，《文史哲》1982 年第 6 期。

张永鑫：《洋洋之"乱" 凛凛之"影"——〈诗经·关雎〉、柳宗元〈江雪〉名句赏美》，《名作欣赏》1997 年第 3 期。

闻一多：《闻一多诗经讲义》，上海古籍出版社 2005 年。

孙彩萍、尚学锋：《性情礼统一的价值追求——〈关雎〉主旨探析》，《名作欣赏》2011 年第 26 期。

蒹 葭[①]

《诗经·秦风》

蒹葭苍苍，白露为霜[②]。所谓伊人，在水一方[③]。溯洄从之，道阻且长[④]。溯游从之，宛在水中央[⑤]。

蒹葭萋萋，白露未晞[⑥]。所谓伊人，在水之湄[⑦]。溯洄从之，道阻且跻[⑧]。溯游从之，宛在水中坻[⑨]。

蒹葭采采，白露未已[⑩]。所谓伊人，在水之涘[⑪]。溯洄从之，道阻且右[⑫]。溯游从之，宛在水中沚[⑬]。

【注释】

①蒹葭(jiān jiā)：蒹，又称荻，一种细长的水草。葭，初生的芦苇。

②苍苍：老青色。

③伊人：这个人，即指所思念之人。一方：一旁，一边。马瑞辰《通释》："方、旁古通用，一方即一旁也。"指河的对岸。

④溯洄(sù huí)：逆流而上。

⑤溯游：顺流而下。宛：宛然，仿佛。

⑥萋萋：淡青色。晞(xī)：干。

⑦湄：水边。

⑧跻(jī)：升高，上升。

⑨坻(chí)：水中的沙洲，小渚。

⑩采采：众多。未已：未止，指白露尚未全干。

⑪涘(sì)：水边。

⑫右：迂回曲折。

⑬沚(zhǐ)：水中小沙滩。

【评析】

这是一首凄婉动人的爱情诗。诗中无处不在的水，不仅营造了蕴藉空灵的意境，也拉开了男女主人公之间不可消弭的距离。无论他顺流而下，还是逆流而上，"伊人"总是那样地可望不可即。从"白露为霜"到"白露未晞"，再到"白露未已"，时间的推移没能带走他的忧愁，也没能改变他执着追求的信念，没能冲刷掉他对"伊人"一如既往炽烈的爱恋。而在水一方的女主人公，瞻之在前，忽焉在后，总是飘忽不定，似乎有着超凡脱俗的缥缈和灵动。显然，这是一段无望而又不能放弃的爱情，它的结局令人悲怆唏嘘，给人以无限的惆怅和忧伤。

这首诗融情入景。秋风秋苇，秋霜秋水，天地茫茫，诗歌以深秋萧条的景致，渲染出一片凄婉、忧郁和苍凉的气氛，和诗中所表达的情感交融为一体，有着强烈的感染力。这首诗最为典型地体现了《诗经》比兴手法的艺术特点和艺术魅力。

【辑评】

言秋水方盛之时，所谓彼人者，乃在水之一方，上下求之而皆不可得。然不知其何所指也。

——宋·朱熹《诗集传》

异人异境，使人欲仙。

——明·钟惺《诗经评点》

贤人隐居水滨，而人慕而思见之。

——清·姚际恒《诗经通论》

细玩“所谓”二字，意中之人难向人说，而“在水一方”亦想象之词。若有一定之方，即是人迹可到，何以上下求之而不得哉？诗人之旨甚远，固执以求之抑又远矣。

——清·黄中松《诗疑辨证》

《蒹葭》，亦好贤诗也……平王东迁，地没于戎，秦虽得而有之，而所听信者寺人，所经营者甲兵，征战而不复以崇礼乐、敦教化为务。人材风俗，于是大变，然以地为周之旧也，故犹有守道之君子、能服习先王之教者，见其政变于上，俗移于下，是以深自韬晦，入山惟恐不深。诗人虽知其贤，然亦知其不适于当世之用，是以反复叹美而不胜其惋惜之情。

——清·崔述《读风偶识》

三章只一意，特换韵耳。其实首章已成绝唱。古人作诗，多一意化为三叠，所谓一唱三叹，佳者多有余音。

——清·方玉润《诗经原始》

意境空旷，寄托玄远。秦川咫尺，宛然有三山云气，竹影仙风。故此诗在《国风》为第一篇缥渺文字，宜以恍惚迷离读之。

——清·陈继揆《读诗臆补》

《诗》，《蒹葭》一篇最得风人深致。

——清·王国维《人间词话》

【相关资料】

黄立成、张淑琴：《从〈蒹葭〉看〈诗经〉的赋比兴艺术手法的运用》，《作家》2008 年第 4 期。

韩广：《美景当求而不至 佳人当望而不即——〈蒹葭〉诗朦胧暗示下的悲剧审美追求》，《名作欣赏》2008 年第 17 期。

张丽华：《不着一字 尽得风流——析〈诗经·秦风·蒹葭〉的空白美》，《山花》2009 年第 12 期。

静　女

《诗经·邶风》

静女其姝[①]，俟我于城隅[②]。爱而不见[③]，搔首踟蹰[④]。
静女其娈[⑤]，贻我彤管[⑥]。彤管有炜[⑦]，说怿女美[⑧]。
自牧归荑[⑨]，洵美且异[⑩]。匪女之为美，美人之贻。

【注释】

①静女：贞静娴雅之女。马瑞辰《毛诗传笺通释》：“静当读靖，谓善女，犹云淑女、硕女也。”姝：美好。

②俟：等待。城隅：城角。

③爱：同“薆”，隐蔽。

④踟蹰（chí chú）：犹豫徘徊的样子。

⑤娈：面目姣好。

⑥贻（yí），赠。彤管：一说红管的笔，一说与荑同为一物。

⑦炜（wěi）：盛明貌。

⑧说怿（yuè yì）：喜悦。

⑨牧：野外。归：借作“馈”，赠送。荑（tí）：白茅，茅之始生也。

⑩洵：实在，诚然。异：独特。

【评析】

《静女》是一首描写青年男女幽期密会的情诗。此诗情感生动，场面活泼，诙谐幽默，富有生活情趣。第一章描绘场景：约会之时，少女故意躲在城角，“爱而不见”，男子坐立不安，“搔首踟蹰”。女子的狡黠可爱，男子的憨厚赤诚，跃然纸上。后两章重在写心理：少女赠送彤管荑草，男子欣喜若狂。彤管、荑草本是寻常之物，但由于是美人所赠，让他觉得“洵美且异”。这一情节形象地体现了热恋中的男女所特有的心理体验。

本诗最具特色之处在于对人物形象的刻画。虽只是男主人公自言自语的几句话，而其憨态可掬、执着真诚已表现得淋漓尽致。在刻画男子的同时，女主人公机灵狡黠、活泼可爱的形象也呼之欲出，极富戏剧性和生活气息。

【辑评】

贤者不然，精气阗溢，而后伤时不可过也。不见道端，乃陈情欲，以歌道义。《诗》曰：“静女其姝，俟我于城隅。爱而不见，搔首踟蹰”。

——《韩诗外传》

（第一章）当是其夫出外为役，妇人思而候之，此是夫辞……（第三章）彤管，乐器之加饰者也，以遗其夫；荑，草之美者也，以遗其妇，交相为悦也。

——宋·王质《诗总闻》

《国风》云“爱而不见，搔首踟蹰”，瞻望弗及，伫立以泣，其辞婉，其意微，不迫不露，此其所以可贵也。

——宋·张戒《岁寒堂诗话》

后宫西北乃城隅，彤管徽声静女符。何异《关雎》求淑女，一深反侧一踟蹰。

——清·虞景璜《读葩经杂咏四十二首》第六

【相关资料】

俞平伯：《读诗札记》，《论诗词曲杂著》，上海古籍出版社 1983 年版。

吴小如：《三百篇臆札》（四），《吴小如自选集》，安徽教育出版社 1999 年版。

徐雁平：《〈邶风·静女〉的阅读史》，《古典文献研究》2003 年第 6 期。

采　薇[①]

《诗经·小雅》

采薇采薇[②]，薇亦作止[③]。曰归曰归[④]，岁亦莫止[⑤]。靡室靡家[⑥]，猃狁之故[⑦]。不遑启居[⑧]，猃狁之故。

采薇采薇，薇亦柔止[⑨]。曰归曰归，心亦忧止。忧心烈烈，载饥载渴[⑩]。我戍未定[⑪]，靡使归聘[⑫]。

采薇采薇，薇亦刚止[⑬]。曰归曰归，岁亦阳止[⑭]。王事靡盬[⑮]，不遑启处。忧心孔疚[⑯]，我行不来[⑰]。

彼尔维何[⑱]？维常之华[⑲]。彼路斯何[⑳]？君子之车[㉑]。戎车既驾[㉒]，四牡业业[㉓]。岂敢定居[㉔]，一月三捷。

驾彼四牡，四牡骙骙㉖。君子所依，小人所腓㉗。四牡翼翼㉘，象弭鱼服㉙。岂不日戒㉚，猃狁孔棘㉛。

昔我往矣，杨柳依依㉜。今我来思，雨雪霏霏㉝。行道迟迟㉞，载渴载饥。我心伤悲，莫知我哀。

【注释】

①该篇选自《诗经·小雅》，是一首征战归来的边防士兵所赋的诗。

②薇：野豌豆苗，可食。

③作：起，生长出来。止：句尾语气词。

④曰：发语词，无实义。归：回家。

⑤岁亦莫止：莫，即"暮"。止：语气助词。

⑥靡室靡家：没有正常的家室生活，男旷女怨。

⑦猃狁(xiǎn yǔn)：我国古代民族名。春秋时被称戎狄，秦汉时为匈奴，隋唐时为突厥。

⑧不遑：无暇，没有功夫。遑：暇。启居：指坐下来休息。古人席地而坐，坐时双膝着地，臀部贴在小腿上叫"居"；上身伸直，臀部离开脚后跟的叫"启"，又写作"跽"。

⑨柔：嫩。

⑩载饥载渴：又饥又渴。载，语气助词。

⑪戍：守。这里指防守的地点。未定：不固定。

⑫使：使者。聘：问候。

⑬刚：坚硬，指薇菜茎叶渐老变硬。

⑭阳：十月。郑玄《毛诗笺》云："十月为阳"。

⑮靡盬(gǔ)：没有止息。

⑯孔：很。疚：病痛。

⑰来：返，归。

⑱尔：花盛开的样子。维，句中语气词。

⑲常：通"棠"，即棠棣。

⑳路：辂，大车。

㉑君子：这里指将帅。车：兵车，战车，即下文的戎车。

㉒戎车：战车。既驾：已经把马系好。

㉓四牡：四匹公马。业业：强壮而高大的样子。

㉔岂敢定居：哪里敢固定在一个地方不动。

㉕一月三捷：一个月就打了三次胜仗，意指战事频繁。

㉖骙骙(kuí)：马强壮貌。

㉗腓(fēi)：庇护。依：指乘坐。小人：兵士。古代打仗是车战，主将在兵车上指挥，步兵在兵车后面，倚靠车身来掩护自己。

㉘翼翼：行列整齐貌。

㉙弭(mǐ)：弓末的弯曲处。鱼服：鲛鱼皮制的箭袋。

㉚戒：戒备。

㉛孔：很。棘：同“亟”。

㉜依依：树枝柔弱随风飘拂的样子。

㉝思：语末助词。霏霏(fēi)：雪下得很大的样子。

㉞迟迟：缓慢的样子。

【评析】

这首诗是写一位饱尝羁旅行役、思家念亲之苦的戍边战士在归乡途中的所思所想。

全诗共六章。前三章回笔倒叙，追忆征战苦况。主人公长期远离家室，漂泊不定，王事无休无止，战士们无暇休息，有时还得采薇充饥。但为了抵御玁狁的侵扰，安定边境，将士们将个人忧伤和痛苦埋在了心底。四、五两章笔锋陡转，描写将士出征的场面，写出了车驾的精良和高度戒备的精神状态，显示了主人公的爱国情怀。末章忆昔伤今，通过多方对比，尤其是从“雨雪霏霏”到“杨柳依依”的情境变化，写出了战争对个体生命的戕害。归路漫漫，行囊匮乏，又饥又渴，在这忧伤的旅途上，还弥散着戍卒对父母妻儿、对未来生活的深切担忧。“我心伤悲，莫知我哀”，全诗在孤独无助的悲叹中结束。

本篇以采薇起兴，但兴中兼赋。因薇菜可食，戍卒正采薇充饥，所以这随手拈来的起兴之句，是眼前景，反映了戍边士卒的生活苦况。第四章以棠棣盛开象征军容之壮、军威之严，新颖奇特。前三章重章叠唱，“薇亦作止”“薇亦柔止”“薇亦刚止”，形象地刻画了薇菜从破土发芽，到幼苗柔嫩，再到茎叶老硬的生长过程。同“岁亦莫止”和“岁亦阳止”一起，寓示了时间的流逝和戍役的漫长。末章“昔我”四句，分别抒写当年出征和今日生还两种特定时刻的景与情，对比强烈，奇崛突兀，意味深远，历来是《诗经》广为传诵的名句。

【辑评】

谢公因子弟集聚，问：“《毛诗》何句最佳?”遏称曰：“昔我往矣，杨柳依依。今我来思，雨雪霏霏。”

——南朝·刘义庆《世说新语》

此遣戍役之诗。以其出戍之时，采薇以食，而念归期之远也。故为其自言，而以采薇起兴。曰“采薇采薇”，则“薇亦作止”矣；“曰归曰归”，则“岁亦莫止”矣。然凡此所以使我舍其室家而不暇启居者，非上之人固为是以苦我也，直以猃狁侵凌之故，有所不得已而然耳。盖叙其勤苦悲伤之情，而又风以义也。

——宋·朱熹《诗集传》

“昔我往矣，杨柳依依；今我来思，雨雪霏霏。”以乐景写哀，以哀景写乐，一倍增其哀乐。

——清·王夫之《姜斋诗话》

《小序》《集传》皆以为遣戍役而代其自言之作。唯姚氏谓戍役还归诗也，盖以诗中明言“曰归曰归”及“今我来思”等语，皆既归之词，非方遣所能逆料者也。愚谓曰归、岁暮可以预计，而柳往、雪来，断非逆睹。使当前好景亦可代言，则景必不真；景不真，诗亦何能动人乎？此诗之佳，全在末章，真情实景，感时伤事，别有深情，非可言喻，故曰“莫知我哀”。不然，凯奏生还，乐矣，何哀之有耶？

——清·方玉润《诗经原始》

“昔我往矣，杨柳依依。今我来思，雨雪霏霏”，深入雅致，正在借景言情。若舍景不言，不过春往冬来，有何意味？

——清·刘熙载《艺概》

【相关资料】

张永鑫：《匀称和谐 典雅庄重——〈诗经·小雅·采薇〉的形式美》，《名作欣赏》1989 年第 5 期。

赵立生：《〈诗经·小雅·采薇〉末章四句“以乐景写哀”说质疑》，《清华大学学报》1989 年第 1 期。

于爱成：《〈采薇〉重读：经典解构与身体叙事》，《文艺理论与批评》2009 年第 5 期。

短歌行·其一[①]

曹　操

对酒当歌，人生几何？譬如朝露，去日苦多[②]。慨当以慷[③]，忧思难忘。何以解忧？唯有杜康[④]。青青子衿，悠悠我心[⑤]。但为君故，沉吟至今⑥。呦呦鹿鸣，食野之苹。我有嘉宾，鼓瑟吹笙⑦。明明如月，何时可掇⑧？忧从中来，不可断绝。越陌度阡⑨，枉用相存⑩。契阔谈宴⑪，心念旧恩。月明星稀，乌鹊南飞。绕树三匝⑫，何枝可依？山不厌高，海不厌深⑬。周公吐哺，天下归心⑭。

【注释】

①短歌行：乐府曲调名，属《相和歌·平调曲》，一般于宴饮时演唱。

②去日：过去的岁月。苦多：恨多。苦，极言时光易逝的哀切之感。

③慨当以慷：慨而且慷，即慷慨，指的是不能及时建功立业的悲慨之情。

④杜康：相传古代酒的发明者，这里代指酒。

⑤衿：衣领。青衿是周代学子的服饰。悠悠，长远的，形容思绪的连绵不断。这里作者引用《诗经·郑风·子衿》“青青子衿，悠悠我心”的成句，用以表达对贤才的渴慕。

⑥沉吟：低吟。

⑦呦呦：鹿鸣声。苹：艾蒿。这四句是《诗经·小雅·鹿鸣》的成句，作者在此直接引用，表示自己渴望贤才。

⑧掇：拾得。一作“辍”，停止。明明：指满月的光辉，也指高尚的德行。《诗经·大雅·大明》：“明明在下，赫赫在上。”《毛传》：“文王之德明明在下，故赫赫然著于天上。”

⑨阡、陌：田间小路。南北为阡，东西为陌。这句是说贤才从四面八方远道而来。

⑩枉：屈驾。用：以。存：问候。

⑪契阔：聚散，离合。这里是偏义复词，强调久别之意。

⑫匝(zā)：周。

⑬厌：嫌弃。《管子·形势解》：“海不辞水，故能成其大；山不辞土石，故能成其高；明主不厌人，故能成其众。”

⑭周公：姬旦，周武王之弟。哺：口中咀嚼着的食物。《韩诗外传》说周公“一饭三吐哺，犹恐失天下之士”。意思是说周公忙于接待天下贤士，连吃饭的时间也没有。

【评析】

曹操(155—220)，字孟德，东汉沛国谯(今安徽省亳州市)人，汉末著名政治家、军事家、文学家，三国曹魏政权的缔造者，为统一中国北方做出了重要贡献，奠定了三国鼎立的政治格局。官至丞相，封魏王。曹丕称帝后，追尊其为魏武帝。曹操是建安时期的代表作家。其诗作风格悲凉，慷慨雄健；散文清峻通脱，简约严明。

这首四言古诗是曹操的名篇。这是曹操在宴席上，为前来投奔的旧友所唱的佐酒之歌。诗人开口即云“对酒当歌，人生几何？譬如朝露，去日苦多”，咏叹了人生的短暂和悲凉。这一主题自汉末古诗延续而来，是战乱年代普遍的社会情绪。曹操作为一个志在千里的政治家，总有一种时不我待的急迫感，尤其是此诗作于赤壁之战前后，其时，紧张的戎马生涯又使其平添了一份英雄迟暮的嗟伤。所以，当把酒临盏之际，不免喷薄而出。而在一番深沉的感慨之后，曹操随即倾诉了自己对朋友、贤才的思念，以及相见后的喜悦之情。“周公吐哺，天下归心”，既表明了自己海纳百川、求贤若渴的心情，也抒发了成就大业的雄心壮志。人生短暂的悲凉和求贤若渴的急切，构成了这首诗的两个主题。人生短暂的慨叹赋予现实的政治努力一种苍凉的情调，但也更显出这种努力的执着和坚强。

诗中两个主题，都极为深婉诚挚，连贯而下。在表达思念之情时，诗人先写“青青子衿，悠悠我心。但为君故，沉吟至今”，再写“明明如月，何时可掇？忧从中来，不可断绝”，情感如潮水一般，吞吐往复，余音袅袅，给人以荡气回肠之感。更为可贵的是，诗人并不沉湎于这种忧郁悲凉的情绪，“我有嘉宾，鼓瑟吹笙”及“周公吐哺，天下归心”这样的句子，有力地振起全诗，使得诗歌的主体情绪由悲凉哀婉升华为慷慨激越，既真实地再现了诗人对人生的感受，也抒发了诗人积极有为的人生信念。

这首诗巧妙地使用了比兴寄托和使事用典的手法。“朝露”之比，形象鲜明，意蕴深刻；“明明如月”四句既是眼前景，也别有寄托，诗人以乌鹊择枝的情景来肯定宾客的选择。“青青子衿”和“呦呦鹿鸣，食野之苹。我有嘉宾，鼓瑟吹笙”，皆是借用《诗经》原句，前者表达对贤才的渴慕，语气婉转，情味隽永；后者描写宾主欢宴的情景，表达了对各位宾客的真诚欢迎；“周公吐哺”四句，画龙点睛，披肝沥胆，明确地表明了求贤的心志。情、理、景的完美统一，诗歌意象和语言形式的渊源有自，使得这首诗显得醇厚典雅，质朴自然，意蕴绵远。

【辑评】

曹公《短歌行》……工堪为则矣……缘不受《雅》《颂》困耳。

——明・徐祯卿《谈艺录》

魏武《短歌行》二篇。其一“对酒当歌”末四语，含寄已自不浅。其一亦四言，首言西伯，次齐桓，又次言晋文，则终篇皆挟天子令诸侯，三分天下之意，而犹以“尊王攘寇，臣节不坠”为盛德。噫！孟德之心，不待分香卖履而后见矣。

——明·胡应麟《诗薮》

跌宕悠扬，极悲凉之致。

——清·陈祚明《采菽堂古诗选》

如周公吐哺下士，集众思以成大业，则天下归心。结纳英雄，正今日之事也。孟德以倾汉为心，其借口周公，不异王莽。

——清·王尧衢《古唐诗合解》

《短歌行》从来真英雄，虽极刻薄，亦定有几分吉凶与民同患意。思其与天下贤才交游，一定有一段缱绻体恤情怀。观魏武此作及后《苦寒行》，何等深，何等真！所以当时豪杰乐为之用，乐为之死。今人但知魏武杀孔融、杨修辈，以为惨刻极矣，不知其有厚道在。

——清·吴淇《六朝选诗定论》

此叹流光易逝，欲得贤才以早建王业之诗。

——清·张玉谷《古诗赏析》

月明星稀四句，喻客子无所依托。

——清·沈德潜《古诗源》

此诗即汉高《大风歌》思猛士之旨也。“人生几何”发端，盖《传》所谓古者王者知寿命之不长，故并建圣哲，以贻后嗣。次两引《青衿》《鹿鸣》二诗，一则求之不得而沉吟忧思；一则求之既得而笙簧酒醴。虽然，鸟则择木，木岂能择鸟？天下三分，士不北走，则南驰耳。分奔吴、蜀，栖皇未定。若非吐哺折节，何以来之？山不厌土，故能成其高；海不厌水，故能成其深；王者不厌士，故天下归心。说者不察，乃谓孟德禅夺已萌，而沉吟未决，畏人讥嫌，感岁月之如流，恐进退之失据。试问篇中《子衿》《鹿鸣》之诗，契阔燕谈之语，当作何解？且孟德吐握求贤之日，犹王莽谦恭下士之初，岂肯直吐鄙怀，公言篡逆者乎？其谬甚矣。曹公苍莽古直悲凉，其诗上继变雅，无篇不奇，但亮节慷慨，无烦笺释。

——清·陈沆《诗比兴笺》

【相关资料】

刘跃进：《横槊赋诗 充满霸气——读曹操〈短歌行〉》，《古典文学知识》1995年第5期。

叶嘉莹：《建安诗歌·曹操》，《汉魏六朝诗讲录》，河北教育出版社1997年版。

顾农：《略谈曹操的〈短歌行〉》，《古典文学知识》2002年第5期。

蒋民主：《巧用比喻妙尽心曲——曹操〈短歌行·对酒当歌〉赏析》，《阅读与鉴赏》2011年第6期。

二、骚体诗

湘　君

屈　原

君不行兮夷犹[1]，蹇谁留兮中洲[2]？美要眇兮宜修[3]，沛吾乘兮桂舟[4]。令沅湘兮无波，使江水兮安流[5]！望夫君兮未来，吹参差兮谁思[6]？

驾飞龙兮北征，邅吾道兮洞庭[7]。薜荔柏兮蕙绸，荪桡兮兰旌[8]。望涔阳兮极浦，横大江兮扬灵[9]。扬灵兮未极，女婵媛兮为余太息[10]。横流涕兮潺湲，隐思君兮陫侧[11]。

桂櫂兮兰枻，斫冰兮积雪[12]。采薜荔兮水中，搴芙蓉兮木末[13]。心不同兮媒劳，恩不甚兮轻绝[14]。石濑兮浅浅，飞龙兮翩翩[15]。交不忠兮怨长，期不信兮告余以不闲[16]。朝骋骛兮江皋，夕弭节兮北渚[17]。鸟次兮屋上，水周兮堂下[18]。捐余玦兮江中，遗余佩兮澧浦[19]。采芳洲兮杜若，将以遗兮下女[20]。时不可兮再得，聊逍遥兮容与[21]。

【注释】

①君：湘君。夷犹：犹豫不决。

②蹇：发语词。中洲：洲中，水中的陆地上。

③要眇：体态美好的样子。宜修：修饰得恰到好处。

④沛：形容船行速度快。桂舟：用桂木做成的舟。

⑤沅湘：沅水、湘水，均在洞庭湖南。江：长江。安流：静流无波。

⑥夫：语词。参差：洞箫，用竹管编成的乐器，一说是排箫。谁思：思谁。

⑦飞龙：舟名。邅(zhān)：转道。

⑧薜荔：蔓生香草。柏：附着。蕙：一种香草。绸：帷幕。荪：一种香草。桡(ráo)：短桨。旌：旗杆顶端的饰物。

⑨涔(cén)阳：江岸名，今在湖南省澧县。极浦：遥远的对岸。横：横渡。扬灵：显扬自己的精诚。

⑩未极：未达到。女：侍女。婵媛：内心关切而表现出牵持不舍的样子。太息：叹息。

⑪潺湲：水流的样子。隐：痛。陫侧：通“悱恻”，欲言不得而心情不宁。

⑫櫂：长桨。枻(yì)：短棹。积雪：冰屑好像积雪。句意为用长桨短棹斫开冰块，冰屑像积雪似的飞溅。

⑬搴(qiān)：手取。芙蓉：莲花。木末：树梢。句意为在水中采摘香草薜荔，在树梢找寻莲花。比喻物失其处，事与愿违。

⑭甚：深。句意为心意不同，媒人就会徒劳无功；恩情不深，双方就会轻易断绝。

⑮石濑(lài)：石滩上的急流。浅浅：水流快的样子。翩翩：龙飞翔的样子。

⑯交：交友。怨长：长相怨恨。期：期约。不闲：没有空暇。句意为相交不忠实，就有长相怨；约会不践约，就说没有闲暇。

⑰朝骋骛(wù)：乱驰。江皋：水边高地。弭：止。节：马鞭。渚(zhǔ)：水涯。

⑱次：止宿。周：环绕。

⑲捐：舍弃。玦(jué)：玉的一种，似环而有缺，表决绝之意。遗：留下。澧：澧水，在今湖南省，流入洞庭湖。

⑳芳洲：芳草丛生的小岛。杜若：一种香草。遗(wèi)：赠予。下女：侍女。

㉑聊：姑且。逍遥：游玩。容与：舒闲的样子。

【评析】

屈原(约前340—前278)，名平，字原。战国时期楚国贵族出身，任三闾大夫、左徒，兼管内政外交大事。他主张任举贤能，修明法度。后因遭贵族排挤，被流放沅、湘流域。公元前278年，秦军攻破楚国郢都，屈原投汨罗江自尽。他在楚国民歌的基础上创造了新的诗歌体裁——楚辞，写下许多不朽诗篇，体现了他对理想的不懈追求和为此九死不悔的精神，成为中国古代浪漫主义诗歌的奠基者。

《湘君》和《湘夫人》均选自屈原《九歌》。相传舜死于苍梧，葬于九嶷山。他的两个妃子娥皇、女英闻讯前去奔丧，因伤心过度而死于湘江。后来，天帝封舜帝为湘水之神，号湘君；封二妃为湘水女神，号湘夫人。在楚人心目中，他们是一对配偶神。作为祭神歌曲，《湘君》和《湘夫人》是前后相连的整体，甚至可以看作同一乐章的两个部分。

《湘君》由女神的扮演者演唱，表达了因男神未能如期赴约而产生的伤心、失望、怀疑、幽怨的复杂感情。首段写美丽的湘夫人在做了一番精心打扮后，乘着小船兴致勃勃地来到与湘君约会的地点，可是却不见湘君前来，于是在失望中抑郁地吹起了哀怨的排箫。第二段写久等不至，湘夫人便驾着轻舟向北往洞庭湖去寻找，忙碌地奔波在湖中江岸，结果依然不见湘君的踪影。诗歌在这里把四处寻找的行程和她的内心感受紧密地结合在一起：北出湘浦，转道洞庭，远眺涔阳，横越大江，可是除了眼前浩渺的湖水和装饰精美的小船外，一无所见，只有身边的侍女为之深深叹息。第三段主要是失望至极后怨恨之情的倾泻。诗中用在水中摘采薜荔和树上收取芙蓉的比喻，表明追求不过是一种徒劳，而“心不同”“恩不甚”“交不忠”“期不信”一连串斥责和埋怨，体现了湘夫人极度失望的心情。第四段写湘夫人回到“北渚”等待，在无奈中把玉玦抛入江中，把当年的定情信物玉佩留在岸边，其中的愤怒和决绝，其实意味着对湘君无法遏止的爱。最后四句忽作转折：当湘夫人心情逐渐平静下来，在水中的芳草地上采集杜若准备送给安慰她的侍女时，一种良辰不可待的心情油然而生。于是她决定从长计议，松弛一下绷紧的心弦。这样的结尾使整个故事和整首歌曲都余音袅袅，给人留下了回味的余地。

本篇以浓郁的浪漫主义笔法塑造了一位对爱情热切期盼、执着追求的女神形象。全篇句法参差错落，形式灵活多变。句中多用“兮”字，情致跌宕，音韵协调，一唱三叹，韵味无穷。

（辑评及相关资料见下一篇。）

湘夫人

屈　原

帝子降兮北渚，目眇眇兮愁予[①]。嫋嫋兮秋风，洞庭波兮木叶下[②]。登白薠兮骋望，与佳期兮夕张[③]。鸟何萃兮蘋中，罾何为兮木上[④]？

沅有茝兮澧有兰，思公子兮未敢言[⑤]。荒忽兮远望，观流水兮潺湲[⑥]。麋何食兮庭中？蛟何为兮水裔[⑦]？朝驰余马兮江皋，夕济兮西澨[⑧]。闻佳人兮召予，将腾驾兮偕逝[⑨]。

筑室兮水中，葺之兮荷盖[⑩]。荪壁兮紫坛，播芳椒兮成堂[⑪]。桂栋兮兰橑，辛夷楣兮药房[⑫]。罔薜荔兮为帷，擗蕙櫋兮既张[⑬]。白玉兮为镇，疏石兰兮为芳[⑭]。芷葺兮荷屋，缭之兮杜衡[⑮]。合百草兮实庭，建芳馨兮庑门[⑯]。九嶷缤兮并迎，灵之来兮如云[⑰]。

捐余袂兮江中，遗余褋兮澧浦[18]。搴汀洲兮杜若，将以遗兮远者[19]。时不可兮骤得，聊逍遥兮容与[20]！

【注释】

①帝子：帝的女儿。诗中指湘夫人，传说帝舜之妃为帝尧之女，故称帝子。眇眇：望而不见的样子。愁予：使我忧思愁苦。

②嫋嫋(niǎo)：同“袅袅”，形容秋风轻轻吹拂。波：扬波，起波涛。下：落。

③薠(fán)：草名，似莎而大。骋望：纵目远望。张：陈设帷帐。

④蘋：多年生水草。罾(zēng)：捕鱼的网。句意为小鸟不在树上而在水草中，渔网不在水里而在树上，事与愿违，隐喻佳人难来。

⑤沅：沅水；澧：澧水。二水同在今湖南省。茝(chǎi)：白芷，一种香草。公子：同“帝子”，指湘夫人。

⑥荒忽：同“恍惚”，不分明，迷茫的样子。潺湲：水流缓慢。

⑦麋(mí)：兽名，似鹿较大。蛟，无角的龙。水裔：水边。句意为麋不在山林里而在庭院中，蛟不在深渊中而在浅水旁。用物失所在比喻人事愿望难成。

⑧皋：水边高地。澨(shì)：水边。

⑨佳人：湘夫人。腾驾：驾着马车奔腾飞驰。偕逝：同游。

⑩葺：搭建。盖：屋顶。

⑪荪壁：用荪草装饰墙壁。紫：紫贝。坛：中庭。椒：香木。

⑫栋：屋栋，屋脊柱。橑(lǎo)：屋椽。辛夷：木名，初春升花。楣：门上横梁。药：白芷。句意为用桂木做屋梁，用兰枝做屋椽，用辛夷做门梁，用香茝来装饰卧房。

⑬罔：通“网”，意为编织。帷：帷帐。擗(pǐ)：析开。櫋(mián)：室中隔扇。句意为用薜荔做的帷帐已撑起，用蕙草做的隔扇已拉开。

⑭镇：镇压坐席之物。疏：分布陈列。石兰：一种香草。句意为用白玉垫压坐席，陈列石兰使满屋芳香。

⑮芷：香草名。缭：缠绕。杜衡：一种香草。句意为在屋顶的荷叶上面再覆盖一层芷草，然后用杜衡缭绕在屋的四旁。

⑯合：聚。百草：众芳草。实：充实。建：陈设。庑(wǔ)：廊。句意为用许多芳草来充实庭院，从廊下到门前到处飘着迷人的馨香。

⑰九嶷：山名，传说中舜的葬地，在湘水南。这里指九嶷山神。缤：众多。灵：山神。

⑱袂（mèi）：衣袖。褋（dié）：外衣。

⑲汀：水中或水边的平地。杜若：一种香草。遗：给。远者：指湘夫人。

⑳骤得：数得，屡次得到。

【评析】

《湘夫人》由男神的扮演者演唱，抒发了湘君如期赴约却不见湘夫人的惆怅和迷惘。

第一段写湘君带着虔诚的期盼，久久徘徊在洞庭湖的山岸，渴望湘夫人的到来。这是一个环境气氛都十分耐人寻味的画面：在一个令人伤感的深秋季节，萧瑟的秋风中，树叶片片飘零，而那期待已久的恋人，却立在一个孤岛之上，朦朦胧胧，可望而不可即。其中既有期待，又有失望，热烈的情思和浓郁的哀伤牢牢地交织在一起，构成一幅烟雨迷蒙而又悱恻凄艳的画面，具有极大的感染力。

第二段以水边泽畔的香草兴起对伊人的默默思念，又以缓缓的流水暗示远望中时光的流逝，情景交融。第三段则纯粹是湘君幻想中与湘夫人如愿相会的情景。这是一个令人目不暇接、眼花缭乱的神奇世界：建在水中央的庭堂都用奇花异草和香木构筑修饰。其色彩之缤纷、香味之浓烈，无与伦比。诗人不厌其烦地罗列了荷、荪、椒、桂、兰、辛夷、薜荔、蕙、石兰、芷、杜衡等十多种植物，极力表现约会地的华美艳丽。其目的在于以流光溢彩的外部环境来烘托和反衬充溢于人物内心的欢乐和幸福。

最后一段与《湘君》结尾不仅句数相同，而且句式也完全一样。湘君在绝望之余，也像湘夫人那样情绪激动，向江中和岸边抛弃了对方的赠礼，但表面的决绝却无法抑制内心的思念。他最终同样恢复了平静，打算在耐心的等待和期盼中，坦然承受相恋的苦楚。

《湘君》和《湘夫人》同是写深爱之人相约不遇而产生的悲情体验，一写女子的爱慕，一写男子的相思，所取角度不同，所抒情意却同样缠绵悱恻。作品汲取了民间情歌酣畅淋漓的抒情方式，运用传统的比兴寄托手法，加强了作品的艺术感染力。因此，尽管这种热烈大胆、真诚执着的爱情被包裹在宗教仪式的外壳中，但它本身所具有的强大生命内核会经久不息地释放出无限的能量，让历代的读者都能从中不断汲取不畏艰难追求理想与爱情的巨大动力。

【辑评】

文字有江湖之思，起于《楚辞》。“袅袅兮秋风，洞庭波兮木叶下”，模想无穷之趣，如在目前，后人多仿之者。杜子美云：“蒹葭离披去，天水相与永”，意近似而语亦老。陈止斋《送叶正则赴吴幕》云"秋水能隔人，白苹况连空"，意尤远而语加活。水心《送王成叟侄》云"林黄橘柚重，渚白蒹葭轻"，意含蓄而语不费。

——宋·吴子良《林下偶谈》

此篇(《湘君》)盖托为湘君以思湘夫人之词；后篇(《湘夫人》)又托为湘夫人以思湘君之词……湘君则捐玦遗佩而采杜若以遗夫人，夫人则捐袂遗褋而搴杜若以遗湘君。盖男女各出其所有，以通殷勤，而交相致其爱慕之意耳。二篇为彼此赠答之词无疑。

——明·汪瑗《楚辞集解》

"沅有芷兮澧有兰，思公子兮未敢言。恍忽兮远望，观流水兮潺湲"，唐人绝句千万，不能出此范围，亦不能入此阃域。"袅袅兮秋风，洞庭波兮木叶下"，形容秋景入画；"悲哉秋之为气也，憭栗兮若远行，登山临水兮送将归"，模写秋意入神，皆千古言秋之祖。六代、唐人诗赋，靡不自此出者。

——明·胡应麟《诗薮》

王逸谓湘君，水神；湘夫人，舜之二妃。或又以娥皇为湘君，女英为湘夫人。其说始于秦博士对始皇之妄说，《九歌》中并无此意。《孟子》言舜卒于鸣条，则《檀弓》卒葬苍梧之说亦流传失实。而九疑象田，湘山泪竹，皆不足采。安得尧女舜妻为湘水之神乎？盖湘君者，湘水之神；而夫人，其配也。《山海经》言"洞庭之山，帝之二女居之"，帝，天帝也；洞庭之山，吴太湖中山，非巴陵南湖，郭璞之疑近是。湘水出广西兴安县之海阳山，北至湘阴，合八水为洞庭，楚人南望而祀之。

——清·王夫之《楚辞通释》

《九歌》中如《湘君》《湘夫人》及大少《司命》，虽各有乐章，而意相承顾，读者须细玩其血脉之暗相注处也。

——清·吴世尚《楚辞疏》

旧说但以不合于神为不合于君，总以"隐写忠爱"四字了之。他篇犹可，至于《湘君》《湘夫人》两篇，误解为离骚求女之意，并为一谈，牢不可破，熟知离骚求女，一则为怀王之惑郑袖，再则为怀王之迎妇于秦，三则为顷襄迎妇于秦，第眩乱其词，以隐其急耳，未尝以求女比思君也。况此事神而非寓言之比，岂有典册所载，皇皇圣配，而敢于狎侮若沿袭之解云云？古今天壤，无此文章也。

——清·顾成天《九歌解》

写水波、写木叶、写秋风，皆所以写神不来，冷韵凄然。

——清·戴震《屈原赋注》

叙物以言情谓之赋，余谓《楚辞·九歌》最得此诀。如“袅袅兮秋风，洞庭波兮木叶下”，正是写出“目眇眇兮愁予”来；“荒忽兮远望，观流水兮潺湲”，正是写出“思公子兮未敢言”来，俱有“目击道存，不可容声”之意。

——清·刘熙载《艺概》

开篇“袅袅秋风”二句，是写情之妙。其中皆有情景相生，意中会得，口中说不得之妙。人知“山有木兮木有枝，心悦君兮君不知”犹“沅有芷”二句起兴之例，而不知“不尽长江滚滚来”，实以“袅袅秋风”二句作蓝本也。

——清·林云铭《楚辞灯》

【相关资料】

马茂元：《论〈九歌〉》，《晚照楼论文集》，上海古籍出版社1981年版。

王熙九：《谈〈九歌·湘君〉》，《南京师范大学学报》1981年第3期。

张丛林：《〈湘夫人〉的艺术构思》，《名作欣赏》2000年第6期。

三、乐府诗

孔雀东南飞（并序）

汉末建安中①，庐江府小吏焦仲卿妻刘氏②，为仲卿母所遣，自誓不嫁。其家逼之，乃投水而死。仲卿闻之，亦自缢于庭树。时人伤之，为诗云尔。

孔雀东南飞，五里一徘徊③。“十三能织素④，十四学裁衣，十五弹箜篌⑤，十六诵诗书。十七为君妇，心中常苦悲⑥。君既为府吏，守节情不移。鸡鸣入机织⑦，夜夜不得息。三日断五匹⑧，大人故嫌迟⑨。非为织作迟，君家妇难为。妾不堪驱使⑩，徒留无所施⑪。便可白公姥⑫，及时相遣归⑬。”

府吏得闻之，堂上启阿母⑭：“儿已薄禄相⑮，幸复得此妇。结发同枕席⑯，黄泉共为友⑰。共事二三年，始尔未为久⑱。女行无偏斜⑲，何意致不厚？⑳”阿母谓府吏：“何乃太区区㉑！此妇无礼节，举动自专由㉒。吾意久怀忿，汝岂得自由！东家有贤女，自名秦罗敷。可怜体无比㉓，阿母为汝求。便可速遣之，遣去慎莫留！”府吏长跪告，伏惟启阿母㉔：“今若遣此妇，终老不复取㉕！”阿母得闻之，槌床便大怒㉖：“小子无所畏，何敢助妇语！吾已失恩义㉗，会不相从许㉘！”

府吏默无声，再拜还入户。举言谓新妇[29]，哽咽不能语[30]："我自不驱卿[31]，逼迫有阿母。卿但暂还家，吾今且报府[32]。不久当归还，还必相迎取[33]。以此下心意[34]，慎勿违吾语。"新妇谓府吏："勿复重纷纭[35]！往昔初阳岁[36]，谢家来贵门[37]。奉事循公姥[38]，进止敢自专[39]？昼夜勤作息[40]，伶俜萦苦辛[41]。谓言无罪过，供养卒大恩[42]。仍更被驱遣，何言复来还？妾有绣腰襦[43]，葳蕤自生光[44]。红罗复斗帐[45]，四角垂香囊[46]。箱帘六七十[47]，绿碧青丝绳[48]。物物各自异，种种在其中。人贱物亦鄙，不足迎后人[49]。留待作遗施[50]，于今无会因[51]。时时为安慰，久久莫相忘！"

鸡鸣外欲曙，新妇起严妆[52]。著我绣夹裙[53]，事事四五通[54]：足下蹑丝履[55]，头上玳瑁光[56]。腰若流纨素[57]，耳著明月珰[58]。指如削葱根，口如含朱丹[59]。纤纤作细步[60]，精妙世无双。上堂谢阿母，母听去不止[61]。"昔作女儿时，生小出野里。本自无教训，兼愧贵家子。受母钱帛多[62]，不堪母驱使。今日还家去，念母劳家里。"却与小姑别[63]，泪落连珠子[64]："新妇初来时，小姑始扶床。今日被驱遣，小姑如我长。勤心养公姥，好自相扶将[65]。初七及下九，嬉戏莫相忘。"[66]出门登车去，涕落百余行。

府吏马在前，新妇车在后，隐隐何甸甸[67]，俱会大道口。下马入车中，低头共耳语："誓不相隔卿[68]！且暂还家去，吾今且赴府。不久当还归，誓天不相负！"新妇谓府吏："感君区区怀[69]。君既若见录[70]，不久望君来。君当作磐石[71]，妾当作蒲苇[72]；蒲苇纫如丝，磐石无转移[73]。我有亲父兄[74]，性行暴如雷。恐不任我意，逆以煎我怀[75]。"举手长劳劳[76]，二情同依依。

入门上家堂，进退无颜仪[77]。阿母大拊掌[78]："不图子自归[79]！十三教汝织，十四能裁衣，十五弹箜篌，十六知礼仪，十七遣汝嫁，谓言无誓违[80]。汝今无罪过，不迎而自归？"兰芝惭阿母[81]，"儿实无罪过。"阿母大悲摧[82]。

还家十余日，县令遣媒来。"云有第三郎，窈窕世无双[83]。年始十八九，便言多令才[84]。"阿母谓阿女："汝可去应之。"阿女衔泪答[85]："兰芝初还时，府吏见丁宁[86]，结誓不别离。今日违情义，恐此事非奇[87]。自可断来信，徐徐更谓之[88]。"阿母白媒人："贫贱有此女[89]，始适还家门[90]；不堪吏人妇，岂合令郎君[91]？幸可广问讯[92]，不得便相许。”

媒人去数日，寻遣丞请还[93]。“说有兰家女，承籍有宦官[94]。云有第五郎，娇逸未有婚。遣丞为媒人，主簿通语言[95]。直说太守家，有此令郎君。既欲结大义，故遣来贵门[96]。”阿母谢媒人：“女子先有誓，老姥岂敢言[97]？”阿兄得闻之，怅然心中烦[98]。举言谓阿妹：“作计何不量[99]！先嫁得府吏，后嫁得郎君。否泰如天地[100]，足以荣汝身。不嫁义郎体，其往欲何云[101]？”兰芝仰头答：“理实如兄言。谢家事夫婿，中道还兄门。处分适兄意[102]，那得自任专？虽与府吏要[103]，渠会永无缘[104]！登即相许和[105]，便可作婚姻。”媒人下床去，诺诺复尔尔[106]。还部白府君[107]：“下官奉使命，言谈大有缘。”府君得闻之，心中大欢喜。视历复开书[108]，便利此月内，六合正相应[109]。良吉三十日，今已二十七，卿可去成婚[110]。”交语速装束[111]，络绎如浮云[112]。青雀白鹄舫，四角龙子幡[113]，婀娜随风转[114]。金车玉作轮，踯躅青骢马[115]，流苏金镂鞍[116]。赍钱三百万[117]，皆用青丝穿。杂彩三百匹[118]，交、广市鲑珍[119]。从人四五百，郁郁登郡门[120]。

阿母谓阿女：“适得府君书，明日来迎汝。何不作衣裳？莫令事不举[121]！”阿女默无声，手巾掩口啼，泪落便如泻。移我琉璃榻[122]，出置前窗下。左手持刀尺，右手执绫罗，朝成绣夹裙，晚成单罗衫。晻晻日欲暝[123]，愁思出门啼。

府吏闻此变，因求假暂归[124]。未至二三里，摧藏马悲哀[125]。新妇识马声，蹑履相逢迎。怅然遥相望，知是故人来。举手拍马鞍，嗟叹使心伤[126]。“自君别我后，人事不可量。果不如先愿，又非君所详。我有亲父母，逼迫兼弟兄，以我应他人，君还何所望[127]！”府吏谓新妇：“贺卿得高迁[128]！磐石方且厚，可以卒千年[129]；蒲苇一时纫，便作旦夕间[130]。卿当日胜贵[131]，吾独向黄泉。”新妇谓府吏：“何意出此言！同是被逼迫，君尔妾亦然。黄泉下相见，勿违今日言！”执手分道去，各各还家门。生人作死别，恨恨那可论！念与世间辞，千万不复全[132]。

府吏还家去，上堂拜阿母：“今日大风寒。寒风摧树木，严霜结庭兰[133]。儿今日冥冥[134]，令母在后单。故作不良计，勿复怨鬼神[135]！

命如南山石，四体康且直[136]。”阿母得闻之，零泪应声落。“汝是大家子，仕宦于台阁[137]。慎勿为妇死，贵贱情何薄[138]？东家有贤女，窈窕艳城郭[139]。阿母为汝求，便复在旦夕[140]。”府吏再拜还。长叹空房中，作计乃尔立[141]。转头向户里，渐见愁煎迫[142]。

其日牛马嘶[143]，新妇入青庐[144]。奄奄黄昏后[145]，寂寂人定初[146]。“我命绝今日，魂去尸长留[147]。”揽裙脱丝履[148]，举身赴清池[149]。府吏闻此事，心知长别离。徘徊庭树下，自挂东南枝。

两家求合葬，合葬华山傍[150]。东西植松柏，左右种梧桐。枝枝相覆盖，叶叶相交通[151]。中有双飞鸟，自名为鸳鸯。仰头相向鸣[152]，夜夜达五更。行人驻足听[153]，寡妇起彷徨。多谢后世人，戒之慎勿忘[154]。

【注释】

①建安：东汉献帝年号，公元 196 至 219 年。建安中，即建安年间。

②庐江府：汉代郡名，郡治起初在今安徽省庐江县西，汉末徙今安徽省潜山市。府，指郡守的官府。

③这两句是以孔雀起兴，写夫妻离散，意思是说孔雀向东南飞去，但因留恋它的配偶而边飞边徘徊顾盼。

④素：白色丝绢。从这一句到“及时相遣归”都是刘兰芝对焦仲卿所说的话。

⑤箜篌(kōng hóu)：亦作“空侯”，古代的一种拨弦乐器。

⑥苦悲：痛苦悲伤。《玉台新咏》在此句下有“贱妾留空房，相见常自稀，彼意常依依”三句。是说兰芝自 17 岁嫁到焦家后，因仲卿忠于职守，平时寄宿府中不常回家，兰芝受虐待无处倾诉，所以心中悲伤痛苦。

⑦入机织：到织布机上去织布。

⑧断：把织物截断，从织机上取下来。

⑨大人：对长辈的尊称，这里是兰芝称呼其婆母，指焦仲卿的母亲。故：依然。

⑩不堪：不胜任，受不住。

⑪无所施：没有用处。

⑫白：禀告。公姥(mǔ)：公婆。从全诗看，仲卿父已不在，所以公姥在这里是偏义复词，指婆母。

⑬及时：趁早，赶快。遣归：打发回去，休弃。

⑭堂上：应作“上堂”。启：禀告。

⑮禄相：古人迷信认为一个人的富贵贫贱都是命中注定的，这句是说：我已注定了运乖命薄。

⑯结发：束发。古时男子20岁束发加冠，女子15岁束发而笄，表示已经成年。

⑰黄泉：地下之泉。人死葬于地下，故黄泉是指人的死亡。

⑱尔：如此，这里是指二人婚后的共同生活。

⑲偏斜：不正。

⑳何意：想不到。不厚：不厚遇，不喜爱。

㉑区区：指见识狭小、目光短浅。

㉒自专由：自作主张，不受管束。

㉓可怜：可爱。

㉔长跪：古人席地而坐，为表示恭敬就将上身伸直，成长跪的姿势。伏惟：古人说话时常用以表示卑谦的发语词。

㉕终老：直到死，一辈子。取：同“娶”。

㉖槌：同“捶”，击。

㉗失恩义：恩断义绝。

㉘会：必定。从许：依从允许，答应。

㉙举言：发言。新妇：媳妇。

㉚哽咽：因悲痛而声气阻塞。

㉛自：本。卿：古时君呼臣，或平辈间互称，这里是对妻子的昵称。

㉜报府：一作“赴府”，到郡府去。

㉝相迎取：去把你接回来。

㉞下心意：安下心，沉住气。

㉟重纷纭：再找麻烦。这句的意思是说：不要再多事接我回来了。

㊱初阳岁：冬末春初的季节。

㊲谢家：辞家。

㊳奉事：侍奉。循：遵照。

㊴进止：举止、行动。

㊵作息：操作和休息。在这里是偏义复词，即操作、劳动。

㊶伶俜(pīng)：孤独。萦(yíng)：缠绕。这句是说自己一直孤独而又辛苦。

㊷谓言：自以为。供养：侍奉。这二句是说：我本以为自己没有什么过错，只要好好侍奉婆母报答她的恩德就行了。

㊸绣腰襦(rú)：一种绣花的短袄。

㊹葳蕤(ruí)：草木茂盛的样子。这里是形容刺绣的花样，花繁叶茂，闪闪发光。

㊺斗帐：一种上狭下宽的床帐，形如覆斗。红罗复斗帐，即红罗做的双层斗帐。

㊻香囊：装有香料的小口袋。

㊼箱帘：箱子和镜奁。帘，又作"奁"，梳妆匣子。

㊽绿碧：形容青色。

㊾后人：后来者，指仲卿将来再娶的妻子。

㊿做遗(wèi)施：作为赠送人用的东西。遗，赠送。又作"遣"。

51因：机会。无会因：没有见面的机会。

52严妆：郑重地梳妆打扮。

53绣夹裙：绣花的裙子。

54这二句是说：兰芝要尽量打扮得齐整，穿好绣裙后，需要做的事还有四五件。指下文的穿鞋、插簪等。

55蹑(niè)：踩，穿。

56玳瑁(dài mào)：一种像龟似的爬行动物，其甲壳有光泽，可作装饰品。

57若：或"著"之误。流：飘动。纨素：纨和素都是细绢。

58珰(dāng)：耳环一类的装饰品。

59削葱根：削尖了的葱白。朱丹：一种红色的宝石。

60纤纤：细小。

61母听去不止：婆母听任她去，并不留阻。

62钱帛：指彩礼。

63却：还，再。

64泪落连珠子：眼泪像串串珍珠似的不断流下来。

65好自相扶将：可以很好地侍奉老人。

66初七及下九：七月初七是七夕，古时妇女在这天晚上供祭织女，乞巧。每月的十九日是"下九"，妇女们停止针凿，集聚在一起游戏玩耍，叫"阳会"。

67隐隐、甸甸：都是车声。

68隔：犹"绝"，断绝。

69区区怀：真诚的心意。

70见：被、蒙。录：记。

71磐石：大石。磐石沉重不能移动，以喻忠诚不变。

72蒲苇：蒲草和苇子，皆水草，柔韧不可折断，以喻爱情的坚贞。

73纫(rèn)：当作"韧"。转移：移动。

⑭亲父兄：从下文来看兰芝父已不在，此指亲兄。

⑮逆：违逆。这句是说：违背我的意愿，使我内心痛苦。

⑯劳劳：忧伤。这句是说，二人挥手告别，悲伤不已。

⑰进退：偏义复词，即进见。无颜仪：没脸，难为情。

⑱拊(fǔ)掌：拍手，这里是一种表示惊讶的动作。

⑲不图：没想到。

⑳誓违：违誓。无违誓，即不违反婆家的约束(规矩)。

㉑惭阿母：感到没有脸面见母亲。

㉒大悲摧：极度悲痛忧伤。摧，疑作"慛"(cuī)，忧伤。

㉓窈窕：容貌美好。

㉔便(pián)言：善于辞令，有口才。令：美好。

㉕衔泪：含泪。衔，一作"含"。

㉖丁宁：嘱咐。今作"叮咛"。见叮咛，受到仲卿的叮嘱。

㉗奇：佳、好。这句是说：恐怕这样做很不好。

㉘来信：指县令派来的媒人。这二句是说：还是回绝了媒人，等以后慢慢地再说吧。

㉙贫贱：我家门第低贱，这是刘母自谦之词。

㉚适：出嫁。这句是说：刚刚出嫁就被休弃回了娘家。

㉛这二句是说：她连吏人妇都当不了，怎么能配得上贵公子呢！

㉜问讯：打听消息。这句是说：希望你去多打听一些别人家的姑娘。

㉝寻：不久。丞：县丞，官名。

㉞承籍：承继先辈的户籍、家世。有宦官：家中有做官为宦的人。这二句是县丞转述太守的话。兰家女，应作"刘家女"，指兰芝。

㉟娇：娇美。逸：特出，超过一般。娇逸，即特别娇美。主簿：官名，此处应是指郡府的主簿。

㊱直说：直截了当地说。结大义：做亲家，结成婚姻关系。以上四句是县丞到刘家说亲的话。

㊲老姥：刘母自称，即老妇。

㊳怅然：愤恨不满的样子。

㊴作计：作决定，打主意。不量：欠思考，不好好衡量。

⑩否(pǐ)：厄运。泰：好运气。这句是说二次结婚一好一坏，真有天渊之别。

⑩其往欲何云：长这样下去又将怎么办呢？

⑩处分：决定，处理。

⑩要：同“约”，约定。

⑩渠：他，指仲卿。无缘：没有缘分，没有机缘。

⑩登即：立即，马上。

⑩诺诺复尔尔：好了，好了，就这样办吧。

⑩还部：回到府衙。白：回报。府君：指太守。

⑩视历、开书：为互文，即为挑选吉日而查检历书。

⑩便：就。利：适宜。六合：古人迷信认为结婚必须选择六合相应的吉日。《南齐书·礼志》：“五行说十二辰为六合，月建与日辰相合也。”即子与丑、寅与亥、卯与戌、辰与酉、巳与申、午与未相合，为六合。六合相应就吉利。

⑩良吉：良辰吉日。以上三句是太守吩咐县丞的话。

⑪交语速装束：向各处传话让赶快筹办婚事。交：让，打发。

⑫络绎：连续不绝。为娶亲作准备的人多得像浮云一样连续不断。

⑬青雀白鹄舫：青雀舫和白鹄舫，是贵人乘坐的画舫。龙子幡(fān)：一种画有龙形的幡旗。舫的四角插着幡。

⑭婀娜：飘拂动摇的样子。这里是指龙子幡。

⑮踯躅(zhí zhú)：缓步前进。青骢(cōng)马：青白杂毛的马。

⑯流苏：用五彩羽毛做成的穗子。金镂鞍：金雕鞍，用金属雕镂的马鞍。

⑰赍(jī)：赠送。

⑱杂彩：各种颜色的缎料。

⑲交、广：交州和广州。交州，汉郡名，今广东、广西等地。广州，三国吴置，在今广东省。市：购买。鲑(guī)珍：珍贵的海味。这句是说：还有从交州、广州买来的珍贵海产。

⑳郁郁：盛多的样子。这里是形容人马物品之多。登郡门：登当作“发”。发郡门，即从郡邑出发。

㉑莫令事不举：不要让事情办得不周全。

㉒琉璃榻：琉璃，即玻璃。榻，一种矮而窄的小床。琉璃榻，即镶嵌着琉璃或玉石的榻。

㉓晻晻(yǎn)：日色昏暗无光的样子。暝：天黑，日落。

㉔求假：请假。

㉕摧藏：摧挫肝肠。藏：同“脏”。

㉖嗟叹使心伤：是说兰芝的悲叹使人听了为之伤心。

㉗以上八句是兰芝对仲卿说的话。

㉘高迁：高升，这里指兰芝再嫁太守之子。

㉙卒：终。这两句是以磐石自喻说：我如磐石一样方正厚实，可以保持千

年不变。

⑬⓪旦夕间：一朝一夕之间，极言其短暂。

⑬①日胜贵：一天比一天富贵高升。

⑬②这二句是说：决定与人世长辞，无论如何也不能再活下去了。

⑬③严霜结庭兰：寒霜冻坏了庭兰。这三句是仲卿用自然现象来比喻他和兰芝所受到的迫害。

⑬④日冥冥：黄昏日落。这是比喻自己生命即将结束。

⑬⑤不良计：不好的主意。这两句是说：这都怪母亲自己打的主意不好，不要去埋怨鬼神。

⑬⑥南山石：比喻寿命如山之高，如石之固。四体：四肢，指身体。直：舒坦、顺适。

⑬⑦台阁：尚书台。这两句是说：你是家世良好的子弟，先辈在台阁做过官。

⑬⑧贵贱情何薄：你的身份比兰芝高贵，所以休弃了她并不算薄情。

⑬⑨艳城郭：艳于城郭之人，比全城的人都美。

⑭⓪便复在旦夕：很快就可以得到回信儿。

⑭①作计乃尔立：自杀的主意就这样确定了。乃尔：如此，这样。

⑭②愁煎迫：为忧愁所煎熬逼迫，极端痛苦。

⑭③牛马嘶：牛马嘶叫，是说迎亲的牛车马骑之多。

⑭④青庐：一种用青布搭成的帐篷，是古时举行婚礼的地方。据段成式《酉阳杂俎》记载："北朝婚礼，青布幔为屋，在内门外，谓之青庐，于此交拜迎妇。"

⑭⑤庵庵：同"晻晻"。

⑭⑥人定初：人们刚刚安息的时候。

⑭⑦"我命绝今日"二句：刘兰芝临死时的自语。

⑭⑧揽裙：撩起裙子。

⑭⑨举身：纵身。

⑮⓪华山：应是庐江郡的一座小山。

⑮①交通：连接在一起。

⑮②相向鸣：相对而鸣。

⑮③驻足：停下脚步。

⑮④多谢：多多致意。戒之：记住，引以为戒。这是诗人劝告世上做家长的话。

【评析】

《孔雀东南飞》最早见于南朝梁徐陵的《玉台新咏》，题为《古诗为焦仲卿妻作》。它是汉乐府中最长的一首叙事诗，与《木兰辞》并称“乐府双璧”。

《孔雀东南飞》以辞归、送别、逼婚、殉情四段主要情节，写了刘兰芝与焦仲卿的婚姻悲剧。刘兰芝和焦仲卿感情深厚，但在焦母的百般挑剔和多方逼迫之下，刘兰芝被迫离开焦家。二人在依依不舍地分别时约定相互守候。但刘兰芝归家后，屡遭兄长的逼嫁。万般无奈之下，刘兰芝以死抗争，焦仲卿听闻兰芝死讯，亦自缢殉情。在二人合葬的墓地上，枝叶交相覆盖意味着爱情绵延不绝。这首长诗歌颂了坚贞的爱情，感人至深；揭示了封建专制家长在儿女婚姻生活中的反面作用，认为正是他们的骄横和自私，断送了一对爱侣的生命。这一悲剧具有深刻的社会教育意义。

《孔雀东南飞》的人物形象也刻画得非常成功。刘兰芝的坚贞刚强，焦仲卿的软弱痴情，焦母的专横霸道，刘兄的自私势利，都在诗中得到了极为清晰而深刻的表现。刘兰芝面对婆婆的故意刁难，主动提出遣归，辞归时她向焦母恭敬地告归，说“今日还家去，念母劳家里”，不卑不亢；面对着送别自己的焦仲卿，她则立下“蒲苇纫如丝，磐石无转移”的誓言，表达了对爱情的坚贞；在生死决断的关头，刘兰芝则对焦仲卿说“同是被逼迫，君尔妾亦然。黄泉下相见，勿违今日言”，心存死志，语气坚定。这些人物语言，真切地表现了刘兰芝果敢坚强、善良贤惠而又忠于爱情的性格。焦仲卿性格相对软弱，他在处理家庭关系时处于一种被动状态。他对刘兰芝说“我自不驱卿，逼迫有阿母”，显示了他于孝道和感情之间难以取舍的矛盾。但在与刘兰芝辞别之时，却能深情约定“不久当还归，誓天不相负”。刘兰芝改嫁的消息传来时，他急忙去见刘兰芝，先是倾诉“吾独向黄泉”的悲愤，然后又相约以死抗争，显示了他对爱情的执着。此外，焦母、刘兄等人，虽然只有三言两语，但也非常传神。“小子无所畏，何敢助妇语”，描摹出焦母的专横；“否泰如天地，足以荣汝身”，写出刘兄的势利。这首诗以人物语言来刻画人物性格，在艺术上十分成功。清代沈德潜评价本诗说：“淋淋漓漓，反反复复，杂述十余人口中语，而各肖其声音面目，岂非化工之笔！”(《古诗源》)

【辑评】

“孔雀东南飞”一句兴起，余皆赋也。其古朴无文，使不用妆奁服饰等物，但直叙到底，殊非乐府。如云：“妾有绣腰襦，葳蕤自生光。红罗复斗帐，四角垂香囊。箱帘六七十，绿碧青丝绳。物物各自异，种种在其中。”又云：“鸡鸣外欲曙，新妇起严妆。着我绣夹裙，事事四五通。足下蹑丝履，头上玳瑁光。腰若流纨素，耳着明月珰。指如削葱根，口如含朱丹。纤纤作细步，精妙世无双。”又云：“交语速装束，络绎如浮云。青雀白鹄舫，四角龙子幡。婀娜随风转，金车玉作轮。踯躅青骢马，流苏金镂鞍。赍钱三百万，皆用青丝穿。杂彩三百匹，交广市鲑珍。”此皆似不紧要，有则方见古人作手，所谓没紧要处便是紧要处也。

——明·谢榛《四溟诗话》

《孔雀东南飞》，质而不俚，详而有体，五言之史也。而皆浑朴自然，无一字造作，诚为古今绝唱！

《孔雀东南飞》一首，骤读之，下里委谈耳。细绎之，则章法、句法、字法、才情、格律、音响、节奏，靡不具备，而实未有纤毫造作，非神化所至而何？

——明·胡应麟《诗薮》

汉人乐府五言《焦仲卿妻诗》，真率自然而丽藻间发，与《陌上桑》并胜，人未易晓。

——明·许学夷《诗源辩体》

叙事长篇动人啼笑处，全在点缀生活，如一本杂剧，插科打诨，皆在净丑。《焦仲卿》篇，形容阿母之虐，阿兄之横，亲母之依违，太守之强暴，丞吏、主簿、一班媒人的张皇趋附，无不绝倒，所以入情。若只写府吏、兰芝两人痴态，虽刻画毕肖，决不能引人涕泗纵横至此也。

《长庆》长篇，如白乐天《长恨歌》《琵琶行》，元微之《连昌宫词》诸作，才调风致，自是才人之冠，其描写情事，如泣如诉，从《焦仲卿篇》得来。

——明·贺贻孙《诗筏》

历述十许人口中语，各肖其声情，神化之笔也。凡长篇不可不频频照应，否则散漫。篇中如“十三织素”云云，“吾今赴府”云云，“盘石蒲苇”云云，及“鸡鸣”之于“牛马嘶”，及前后“两默无声”，皆是照应法。然用之浑然，初无形迹，乃神化于法度者。

两家闻二人之死，仓皇悲恸、各怀悔恨，必有一番情事。然再写则沓拖，故直言求合葬，文势紧峭，乃知通篇之缕缕无一闲语也。前此不写两家家势，不重其家势也。后此不写两家仓皇，不重其仓皇也。最无谓语而可以写神者，谓之不闲；若不可少，而不关篇中意者，谓之闲。于此可悟裁剪法也。

——清·陈祚明《采菽堂古诗选》

此诗乃言情之文，非写义夫节妇也。后人作节烈诗，辄拟其体，更益以纲常名教等语，遂恶俗不可耐。观府吏见新妇时，新妇云：“自君别我后，人事不可量。果不如先愿，又非君所详。我有亲父母，逼迫兼弟兄。以我应他人，君还何所望！”若在他人，新妇一见府吏便作死语，不应作尔语也……盖情到婉转缠绵，不言节义而节义自见。直写节义，便伧父面目。

——清·沈用济、费锡璜《汉诗总说》

作诗贵剪裁。入手若叙两家家世，末段若叙两家如何悲恸，岂不冗漫拖沓，故竟以一二语了之，极长诗中具有剪裁也。

——清·沈德潜《古诗源》

引声天籁岂人为，杂沓无文致益奇。前世村讴今绝唱，庐江小吏木兰诗。

——清·管世铭《论诗》

【相关资料】

俞平伯：《漫谈〈孔雀东南飞〉古诗的技巧》《略谈“孔雀东南飞”》，《论诗词曲杂著》，上海古籍出版社 1983 年版。

杨朴：《男权统治下的女性悲剧——〈孔雀东南飞〉主题的重新探讨》，《名作欣赏》2006 年第 7 期。

周景雨：《〈孔雀东南飞〉真的“脱文”了吗》，《名作欣赏》2010 年第 4 期。

周榆华：《从社会环境来解读〈孔雀东南飞〉的悲剧内蕴》，《名作欣赏》2010 年第 8 期。

刘安：《再探“孔雀东南飞”的文化内涵》，《文史杂志》2011 年第 4 期。

陌上桑①

日出东南隅②，照我秦氏楼。秦氏有好女，自名为罗敷。罗敷喜蚕桑③，采桑城南隅。青丝为笼系④，桂枝为笼钩⑤。头上倭堕髻⑥，耳中明月珠⑦。缃绮为下裙⑧，紫绮为上襦⑨。行者见罗敷，下担捋髭须⑩。少年见罗敷，脱帽著帩头⑪。耕者忘其犁，锄者忘其锄。来归相怨怒，但坐观罗敷。

使君从南来⑫，五马立踟蹰⑬。使君遣吏往，问是谁家姝⑭？“秦氏有好女，自名为罗敷。”“罗敷年几何？”“二十尚不足，十五颇有余。”使君谢罗敷⑮：“宁可共载不⑯？”罗敷前置辞⑰：“使君一何愚⑱！使君自有妇，罗敷自有夫。东方千余骑⑲，夫婿居上头⑳。何用识夫婿㉑？白马从骊驹㉒；青丝系马尾，黄金络马头㉓；腰中鹿卢剑㉔，可值千万余[25]。十五府小吏[26]，二十朝大夫[27]，三十侍中郎[28]，四十专城居[29]。为人洁白皙，鬑鬑颇有须[30]。盈盈公府步[31]，冉冉府中趋[32]。坐中数千人，皆言夫婿殊。”

【注释】

①陌上桑：在林间的小路上采桑。陌上桑是《乐府诗集》中的题名，属于“相和歌辞”。

②隅：角落。

③喜蚕桑：很会养蚕采桑。喜，或作“善”。

④青丝为笼系：用黑色的丝做篮子上的络绳。笼：篮子。系：缠绕篮子的绳子。

⑤笼钩：一种工具。采桑用来钩桑枝，行时用来挑竹筐。

⑥倭堕髻：堕马髻。发髻偏在一边，呈坠落状。

⑦耳中明月珠：耳朵上戴着宝珠做的耳环。明月，宝珠名。

⑧缃绮：浅黄色有花纹的丝织品。

⑨襦：短袄。

⑩下担捋髭须：放下担子，抚摸胡子。捋：抚摸。髭：嘴唇上方的胡须。须：下巴上的胡子。

⑪脱帽著帩头：把帽子脱下，只戴着纱巾。古代男子戴帽，先用头巾把发束好，然后戴帽。帩头：古代男子束发的头巾。

⑫使君：汉代对太守、刺史的通称。

⑬五马：五匹马拉的车。汉朝太守出行用五匹马拉车。

⑭姝：出色，与众不同，非同一般。这里指容貌出众的女子。

⑮谢：这里是“请问”的意思。

⑯不：通假字，通“否”。

⑰置辞：同“致辞”，即答语。

⑱一何：多么。

⑲东方：指夫婿当官的地方。千余骑：泛指跟随夫婿的人。

⑳居上头：在前列。意思是地位高，受人尊重。

㉑何用：何以。

㉒骊驹：黑马。

㉓黄金络马头：马头上戴着金黄色的笼头。络，这里指用网状物兜住。

㉔鹿卢剑：剑把用丝绦缠绕起来，像鹿卢的样子。鹿卢：辘轳，井上汲水的用具。

㉕千万余：指上千上万的钱。

㉖小吏：太守府的小官。有的版本作“小史”。

㉗朝大夫：朝廷上的高等文官。

㉘侍中郎：出入宫禁的侍卫官。

㉙专城居：作为一城的长官。专：独占。

㉚鬑鬑颇有须：胡须稀疏而长，指须发疏薄的样子。颇：稍微。

㉛盈盈：仪态端庄美好。公府步：摆官派，踱方步。

㉜冉冉：走路缓慢。

【评析】

这首《陌上桑》是汉乐府中的名篇。它叙述了采桑女秦罗敷拒绝一个好色“使君”调戏的故事。全诗从内容上可分三段。第一段从开始至“但坐观罗敷”，叙述罗敷的美貌。第二段从“使君从南来”至“罗敷自有夫”，写太守觊觎罗敷容姿，要求跟她“共载”而归，遭到罗敷严词拒绝。第三段从“东方千余骑”至结束，写罗敷在太守面前夸赞自己丈夫，用意在于彻底打消太守的邪念，并让他自惭形秽，对自己轻佻的举止感到羞愧。秦罗敷貌美品端、坚贞睿智，既有外在的美，又有内在的美，体现了中国传统女性的优秀品质。《陌上桑》可以说是一首对美丽坚贞的女性的颂歌。

整首诗情节生动，富于戏剧性，又具有诙谐的色彩。诗歌通过行者、少年、耕者、锄者对罗敷美貌的惊叹与欣赏，以至在罗敷之前手足无措的尴尬表现，尤其是“来归相怨怒，但坐观罗敷”的情境，映衬出罗敷令人惊叹的美貌。这些受人称道的侧面烘托手法，具有很高的艺术魅力。诗歌后半“使君”的出现，将这一戏剧性场面推向一个高潮。使君凭着自己的身份，在一步步靠近罗敷的时候，一心以为艳福将至。而罗敷的严词拒绝，尤其是“夸夫”的场面，击垮了使君的自信心，使得他无地自容。在使君丑恶嘴脸的映衬下，更显出罗敷的美好。诗中塑造人物形象，可谓生动活泼，情趣盎然。

【辑评】

《陌上桑》者，出秦氏女子。秦氏，邯郸人，有女名罗敷，为邑人千乘王仁妻。王仁后为赵王家令，罗敷出采桑于陌上，赵王登台，见而悦之，因置酒欲夺焉。罗敷乃弹筝，乃作《陌上桑》以自明，赵王乃止。

——宋·郭茂倩《乐府诗集》引崔豹《古今注》

古辞《陌上桑》有二，此则为罗敷也……另有《秋胡行》，其事与此不同。以其亦名《陌上桑》，致后人差互相说，如王筠《陌上桑》云“秋胡始停马，罗敷未满筐”，盖合为一事也。

——宋・郑樵《通志・乐典》

《陌上桑》云“罗敷善蚕桑……可值千万余”句，皆古色内含、华藻外见者也。

——明・许学夷《诗源辩体》

写罗敷全须写容貌，今止言服饰之盛耳，无一言及其容貌，特于看罗敷者尽情描写，诚妙。立踟蹰是人，而反言马，亦奇。

——清・陈祚明《采菽堂古诗选》

朱止溪曰：《陌上桑》歌“日出东南隅”，妇人以礼自防也。汉游女之情正，但令不可求而止；《陌上桑》之情亦正，惟言“罗敷自有夫”而止。皆正风也。

又费锡璜曰：“日出东南隅，照我秦氏楼”，起句便有“容华映朝日”之意，罗敷对使君之语只说夫婿，而自己之不可犯，使君之冒昧，更不必言。

——清末民初・黄节《汉魏乐府风笺》引

【相关资料】

游国恩：《论陌上桑》，《游国恩学术论文集》，中华书局 1989 年版。

张永鑫：《因形换步 随类赋彩——汉乐府〈陌上桑〉谈艺》，《古典文学知识》1994 年第 4 期。

骆玉明：《〈陌上桑〉与“秋胡戏妻”的故事》，《古典文学知识》1996 年第 1 期。

金文伟：《读〈陌上桑〉札记二则》，《文史知识》1997 年第 2 期。

张连举：《〈陌上桑〉中的罗敷形象新说》，《中山大学学报论丛》2001 年第 2 期。

四、歌行体

梦游天姥吟留别[①]

李　白

海客谈瀛洲，烟涛微茫信难求[②]；越人语天姥，云霞明灭或可睹[③]。天姥连天向天横[④]，势拔五岳掩赤城[⑤]。天台四万八千丈，对此欲倒东南倾[⑥]。我欲因之梦吴越，一夜飞度镜湖月[⑦]。湖月照我影，送我至剡溪[⑧]。谢公宿处今尚在，渌水荡漾清猿啼[⑨]。脚著谢公屐，身登青云梯[⑩]。半壁见海日，空中闻天鸡[⑪]。千岩万转路不定，迷花倚石忽已暝[12]。熊咆龙吟殷岩泉，栗深林兮惊层巅[13]。云青青兮欲雨[14]，水澹澹兮生烟。列缺霹雳[15]，丘峦崩摧。洞天石扉，訇然中开[16]。青冥浩荡不见底，日月照耀金银台[17]。霓为衣兮风为马，云之君兮纷纷而来下[18]。虎鼓瑟兮鸾回车，仙之人兮列如麻[19]。忽魂悸以魄动，恍惊起而长嗟[20]。惟觉时之枕席，失向来之烟霞[21]。世间行乐亦如此，古来万事东流水[22]。别君去兮何时还[23]？且放白鹿青崖间，须行即骑访名山[24]。安能摧眉折腰事权贵[25]，使我不得开心颜！

【注释】

①天姥：天姥山，在今浙江省新昌县东五十里，东接天台山。

②海客：浪迹海上之人。瀛洲：传说中的东海仙山。《史记·封禅书》："自威、宣、燕昭使人入海求蓬莱、方丈、瀛洲三神山者，其传在渤海中，去人不远，患且至则船风引而去。盖尝有至者，诸仙人及不死之药皆在焉。"烟涛：波涛渺茫，远看像烟雾笼罩的样子。微茫：模糊不清。信：实在。难求：难以寻访。

③越：此指今浙江一带。明灭：时明时暗。

④向天横：遮住天空。横：遮断。

⑤势拔五岳掩赤城：山势超过五岳，遮掩住了赤城山。拔：超出。五岳：东岳泰山、西岳华山、中岳嵩山、北岳恒山、南岳衡山。赤城：山名，在今浙江省天台县北，为天台山的南门，土色皆赤。

⑥天台：山名，在今浙江省天台县北。四万八千丈：极言天台山之高，是一种夸张的说法，并非实数。此：指天姥山。两句意为：巍然高耸的天台山同天姥山一比，好像矮了一截。

⑦之：天姥山及其传说。镜湖：又名鉴湖，在今浙江绍兴市南。

⑧剡溪：水名，在今浙江省嵊州市南，曹娥江上游。

⑨谢公：指谢灵运，东晋末刘宋初的文学家，陈郡阳夏(今河南省太康县)人，曾任永嘉太守，后移居会稽。他游览天姥山时曾在剡溪住过。渌水：清水。

⑩谢公屐：指谢灵运游山时穿的一种特制木鞋，鞋底下安着活动的锯齿，上山时抽去前齿，下山时抽去后齿。青云梯：高耸入云的山路。

⑪半壁：半山腰。天鸡：《述异记》卷下载："东南有桃都山，上有大树名曰桃都，枝相去三千里，上有天鸡。日初出照此木，天鸡则鸣，天下之鸡皆随之鸣。"

⑫暝：黄昏。

⑬熊咆句：熊咆龙吟，震荡着山山水水，使深林和山峰都惊惧战栗。殷：声音巨大，这里作动词，震响。

⑭青青：黑沉沉。

⑮列缺：闪电。

⑯洞天：神仙所居的洞府，意谓洞中别有天地。石扉：石门。訇然：声音大。

⑰青冥：青天。金银台：神仙所居之处。《史记·封禅书》载，据到过蓬莱仙境的人说，那里“黄金银为宫阙”。

⑱霓为衣兮：屈原《九歌·东君》有“青云衣兮白霓裳”，傅玄《吴楚歌》有“云为车兮风为马”。

⑲虎鼓瑟兮句：猛虎弹瑟，鸾鸟挽车。鸾：传说中凤凰一类的鸟。如麻：众多。

⑳魂悸：从梦中惊醒。

㉑惟觉时：梦醒后只剩下眼前的枕席，刚才梦中的烟霞美景都已消失。

㉒东流水：像东流水一样一去不复返。

㉓君：指东鲁友人。

㉔且放句：我且把白鹿放养在青山上，欲远行时就骑它去访问名山。

㉕折腰：陶渊明曾叹：“吾不能为五斗米折腰，拳拳事乡里小人邪！”

【评析】

李白(701—762)，字太白，号青莲居士，祖籍陇西成纪(今甘肃省天水市)，家世和出生地至今学术界尚无定论。最通行的一种说法是，隋末时其先祖流寓条支或碎叶(今巴尔喀什湖南面的楚河流域)，李白出生于此地，大约五岁时随父迁居绵州昌隆(今四川省江油市)青莲乡。少年时在四川读书学道，25岁出川远游，先后居住在安陆、鲁郡。在此期间曾西入长安，求取功名，失意东归。后来奉诏入京，供奉翰林。不久因受谗言出京，漫游各地。安史之乱起，为了平叛，入永王李璘幕；后来永王为唐肃宗所杀，因受牵连而被流放夜郎。途中遇赦，投奔族叔当涂(今属安徽省)县令李阳冰，不久病逝。他以富于浪漫主义色彩的诗歌描写山川，反映现实，抒发壮志，吟咏豪情，成为光照千古的伟大诗人，被后人称为“诗仙”，与杜甫并称“李杜”。

此诗又题作《别东鲁诸公》。天宝三载，李白被唐玄宗赐金放还，变相逐出京城，这是李白政治生涯的一次大挫败。离开长安后，李白与杜甫、高适同游梁、宋、齐、鲁，又在东鲁家中居住过一段时间。这时东鲁的家已颇具规模，尽可在家中怡情养性，颐养天年。但是李白没有这么做，他有一个不安定的灵魂，于是离别东鲁家园，又一次踏上漫游的旅途。这首诗就是他告别东鲁诸公时所作。

天姥山临近剡溪，与天台山相对，峰峦峭峙，仰望如在天表，传说登山的人听到过仙人天姥的歌唱，因此得名。正是这迷离而诱人的传说，引起了诗人无穷的兴致。梦境中，诗人驾月而行，月光将他的影子映照在镜湖之上，又将其送上了谢公当年曾经攀登过的石径——青云梯。深山中光线幽暗，渐见海日升空，天鸡高唱，曙色一片，但正在山花迷人、倚石暂憩之时，忽然暮色降临，熊咆龙吟，深林和山峰都为之战栗。就在这令人惊悚不已的幽深之中，霎时间“丘峦崩摧”，一个神仙世界“訇然中开”，仙人披彩虹为衣，驱长风为马，虎为之鼓瑟，鸾为之驾车，纷纷而来。这是一个令人着迷的美妙的境界，它有着诗人无限思慕的自由和绚丽，但却随着梦醒而在瞬间破灭。人生短暂，所谓及时行乐也只是虚幻如梦。如此的人生还要让自己再受“摧眉折腰”的委屈吗?也许只有吟赏烟霞，啸傲湖山，才是最快意的。“安能摧眉折腰事权贵，使我不得开心颜!”诗人一吐长安三年的愤郁之气，也唱出了多少怀才不遇壮志难酬之人的心声!

全诗意境雄伟壮阔，变化迷离惝恍，意象缤纷多彩。既写梦境，也写现实，构思缜密，极富想象，将神话传说和实境奇幻地交织在一起，使全诗显出富赡瑰丽的风格特征。

【辑评】

“天姥连天向天横”，重用“天”字，纵横如意。“半壁见海日，空中闻天鸡”，不独境界超绝，语音亦复高朗。“云青青兮欲雨，水澹澹兮生烟”，有意味，在“青青”“澹澹”字作叠。“虎鼓瑟兮鸾回车，仙之人兮列如麻”，太白写仙人境界皆渺茫寂历，独此一段极真、极雄，反不似梦中语。“世间行乐亦如此，古来万事东流水”，甚达，甚警策，然自是唐人语，无宋气。“安能摧眉折腰事权贵，使我不得开心颜”，万斛之舟，收于一柁。

——宋·严羽《沧浪诗话》

太白《梦游天姥吟》《幽涧泉吟》《鸣皋歌》《谢朓楼饯别叔云》《蜀道难》诸作，豪迈悲愤，《骚》之苗裔。

——明·贺贻孙《诗筏》

范德机云：梦吴越以下，梦之源也。以次诸节，梦之波澜也。其间显而晦，晦而显，至“失向来之烟霞”，梦极而与人接矣。非太白之胸次、笔力，亦不能发也。“枕席”“烟霞”二句最有力。

——清·王琦《李太白全集》注引

昔人谓其以气为主，以自然为宗 ，以俊逸高畅为贵，咏之使人飘扬欲仙。而尤推其《天姥吟》《远别离》等篇，以为虽子美不能道。此篇夭矫离奇，不可方物，然因语而梦，因梦而悟，因悟而别，节次相生，丝毫不乱，若中间梦境迷离，不过词意伟怪耳。

——清·乾隆帝《唐宋诗醇》

托言梦游，穷形尽相，以极洞天之奇幻，至醒后顿失烟霞矣。知世间行乐，亦同一梦，安能于梦中屈身权贵乎？吾当别去，遍游名山以终天年也。诗境虽奇，脉理极细。

——清·沈德潜《唐诗别裁集》

李供奉歌行长句，纵横开阖，不可端倪，高下短长，唯变所适。“昂昂若千里之驹，泛泛如水中之凫”，太白斯近之也。

——清·管世铭《读雪山房唐诗序例》

《梦游天姥吟留别》诗，离奇惝恍，似无门径可寻。细玩之，起首入梦不突，后幅出梦不竭，极恣肆幻化之中，又极经营惨淡之苦。若只貌其格句字面，则失之远矣！一起淡淡引入，至“我欲因之梦吴越”句乘势即入，使笔如风……“千岩万转”二句，用仄韵一束，以下至“仙之人兮”句，转韵不转气，全以笔力驱驾，遂成鞭山倒海之能，读去似未曾转韵者，有真气行乎其间也……出梦时用“忽魂悸以魄动”四句，若不再足以“世间行乐”一句，非但点题不醒，抑亦尚欠圆满。“且放白鹿”二句，一纵一收，用笔灵妙不测，后宋惟东坡解此法，他人多昧昧耳。

——清·延君寿《老生常谈》

太白被放以后，回首蓬莱宫殿，有若梦游，故托天姥以寄意。首言求仙难必，遇主或易，故“我欲因之梦吴越，一夜飞渡镜湖月”，言欲乘风而至君门也。“身登半壁”以下言金銮召见，置身云霄，醉草殿廷，侍从亲近也。“忽魂”以下，言一旦被放，君门万里。题曰留别，盖寄去国离都之思，非徒酬赠握手之什。

——清·陈沆《诗比兴笺》

发想超旷，落笔天纵，章法承接，变化无端，不可以寻常胸臆摸测，如列子御风而行，如龙跳天门、虎卧凤阁，威风九苞，祥麟独角，日五彩，月重华，瑶台绛阙，有非寻常地上凡民所能梦想及者。至其词貌，则万不容袭，蹈袭则凡儿矣。

大约太白诗与庄子文同妙，意接词不接，发想无端，如天上白云，卷舒灭现，无有定形。

又有：“我欲”以下正叙梦，愈唱愈高，愈出愈奇，“失向”句收住。“世间”二句入作意，因梦游推开，见世事皆成虚幻也，不如此则作诗之旨无归宿。

——清·方东树《昭昧詹言》

【相关资料】

吴功正：《李白〈梦游天姥吟留别〉简析》，《北京师范大学学报》1978 年第 3 期。

安旗：《〈梦游天姥吟留别〉新探》，《诗探索》1981 年第 2 期。

吴小如：《说李白〈梦游天姥吟留别〉》，《名作欣赏》1987 年第 5 期。

王运熙：《读李白〈梦游天姥吟留别〉小记》，《古典文学知识》2000 年第 2 期。

施正荣：《现实的焦虑 灵境的启示——李白〈梦游天姥吟留别〉新解》，《古典文学知识》2004 年第 4 期。

将进酒①

李 白

君不见黄河之水天上来，奔流到海不复回②。君不见高堂明镜悲白发，朝如青丝暮成雪③。人生得意须尽欢，莫使金樽空对月④。天生我材必有用，千金散尽还复来。烹羊宰牛且为乐，会须一饮三百杯⑤。岑夫子，丹丘生⑥，将进酒，杯莫停⑦。与君歌一曲，请君为我侧耳听。钟鼓馔玉不足贵，但愿长醉不愿醒⑧。古来圣贤皆寂寞⑨，惟有饮者留其名。陈王昔时宴平乐，斗酒十千恣欢谑⑩。主人何为言少钱，径须沽取对君酌⑪。五花马⑫，千金裘，呼儿将出换美酒，与尔同销万古愁⑬。

【注释】

①将(qiāng)进酒：汉乐府旧题，内容多为咏唱饮酒放歌之事。将：发语词，意为请。

②天上来：黄河发源于昆仑山脉，因为高远所以说天上来。不复回：一去不返。两句借河水的奔流比喻时光流逝，一去不返。

③高堂：高大的厅堂。雪：形容头发花白的样子。这两句表达时光飞逝，生命短暂。

④得意：舒心顺畅。尽欢：尽情欢乐。金樽：名贵的酒杯。

⑤会须：应该。

⑥岑夫子：岑勋，本为世家子弟，后隐居。丹丘生：元丹丘，隐者。二人都是李白好友。

⑦将进酒，杯莫停：一作“将进酒，君莫停”。

⑧钟鼓馔玉：指富人家的音乐和美食。

⑨寂寞：默默无闻，不被重用。

⑩陈王：指曹植，曾被封为陈王。平乐：观名，故址在今河南省洛阳市。恣欢谑：纵情欢乐。

⑪径须：只管。沽：买。酌：饮酒。

⑫五花马：五色花纹的马，指名贵的宝马。

⑬将出：拿出。销：消除。万古愁：极言愁之深。

【评析】

此诗大概作于唐玄宗天宝十一载(752)，时李白已 52 岁。诗人满怀建功立业的雄心壮志，却一无所成。自长安放还以后，政治理想几近幻灭，常与友人岑勋到嵩山元丹丘家中做客。三人登高宴饮，酒逢知己，而作者又正值“抱用世之才而不遇合”之际，于是借酒浇愁，抒发内心的渴望与苦闷。

诗歌以爆发式抒情起始。发端使用两组排比长句，喷薄而出，势不可遏，裹挟着一股强大的力量，如山风海雨迎面扑来，气势逼人。“君不见黄河之水天上来，奔流到海不复回”，登高纵目，故借黄河以起兴。黄河源远流长，落差极大，如从天而降，一泻千里。黄河入海，则势不可回，景象壮观。一起一落，形成舒卷往复的咏叹效果。紧接着“君不见高堂明镜悲白发，朝如青丝暮成雪”，恰似一波未平，一波又起。悲叹人生短促，极富夸张之能事。开篇两组排比长句从空间和时间两个范畴极尽夸张，突出时光易逝而生命短暂，定下全诗悲怆的感情基调。其后由“悲”而翻作“欢”“乐”，诗情渐趋狂放，又由狂放而转为愤激，由愤激回到狂放，最后结于“万古愁”。全篇情感饱满，笔墨酣畅，结构大起大落，大张大阖，章法变化莫测，而又气韵贯通，首尾呼应。

全诗以七言为主，而间以杂言，参差错落，奔放而不流溢，如五音繁会，纵横驰骋，气势不凡。诗句以散行为主，又杂以短小的对仗句，节奏疾徐有变，声情跌宕有致。夸张手法的运用，使诗情更显豪迈和超逸。

【辑评】

一往豪情，使人不能句字赏摘。盖他人作诗用笔想，太白但用胸口一喷即是。此其所长。

——宋·严羽《沧浪诗话》

谢枋得曰：此篇可与子美《曲江》高兴并驰，虽似放达，亦以不遇而自慰之意。

——［日］近藤元粹《李太白诗醇》引

如兵家之阵，方以为正，又复为奇；方以为奇，忽复为正。奇正出入变化，不可纪极。备此法者，惟李、杜也。

——元·范德机《诗评》

此篇虽似任达放浪，然太白素抱用世之才而不遇合，亦自慰解之词耳！

——元·萧士赟《分类补注李太白诗》

按《将进酒》之曲，古人皆以颂武功、美君德，白借其题以言目前燕饮之乐，用其名而不述其义。时出新意，如化工生物于枯根朽株而发鲜葩。白之才，殆所谓天授者欤！

——明·朱谏《李诗选注》

宋人抑太白而尊少陵，谓是道学作用，如此将置风人于何地？放浪诗酒，乃太白本行；忠君忧国之心，子美乃感辄发。其性既殊，所遭复异，奈何以此定诗之优劣也？太白游梁宋间，所得数万金，一挥辄尽，故其诗曰："天生我材必有用，千金散尽还复来！"意气凌云，何容易得？

——明·陆时雍《诗镜总论》

"天生我材必有用，千金散尽还复来"，"仰天大笑出门去，我辈岂是蓬蒿人"，浅浅语使后人传道无已，以其中有灵气。

——明·陆时雍《唐诗镜》

太白此歌最为豪放，才气千古无双。

——清·徐增《而庵说唐诗》

此篇用长短句为章法，篇首用两个"君不见"领起，亦一局也。

——清·王尧衢《古唐诗合解》

这种格调，太白从心化出。

又：读李诗者，于雄快之中，得其深远宕逸之神，才是谪仙人面目。

——清·沈德潜《唐诗别裁集》

李白才气豪迈，全以神运，自不屑束缚于格律对偶，与雕绘者争长。

——清·赵翼《瓯北诗话》

【相关资料】

安旗：《李白〈将进酒〉赏析》，《诗探索》1982 年第 4 期。

施蛰存：《李白〈将进酒〉》，《唐诗百话》，华东师范大学出版社 1996 年版。

柯贵文：《〈将进酒〉：矛盾成就的诗篇》，《文史知识》2003 年第 12 期。
魏娜：《从〈将进酒〉看“太白遗风”》，《古典文学知识》2005 年第 2 期。
周啸天：《李白〈将进酒〉赏析》，《国学》2007 年第 2 期。

兵车行[①]

杜　甫

车辚辚[②]，马萧萧[③]，行人弓箭各在腰[④]。耶娘妻子走相送[⑤]，尘埃不见咸阳桥[⑥]。牵衣顿足拦道哭，哭声直上干云霄[⑦]。道旁过者问行人[⑧]，行人但云点行频[⑨]。或从十五北防河[⑩]，便至四十西营田[⑪]。去时里正与裹头[⑫]，归来头白还戍边。边庭流血成海水[⑬]，武皇开边意未已[⑭]。君不闻汉家山东二百州，千村万落生荆杞[⑮]。纵有健妇把锄犁，禾生陇亩无东西[⑯]。况复秦兵耐苦战[⑰]，被驱不异犬与鸡。长者虽有问，役夫敢伸恨[⑱]？且如今年冬，未休关西卒[⑲]。县官急索租，租税从何出？信知生男恶，反是生女好。生女犹得嫁比邻[⑳]，生男埋没随百草。君不见青海头[㉑]，古来白骨无人收。新鬼烦冤旧鬼哭，天阴雨湿声啾啾[㉒]。

【注释】

①兵车行：“行”本是乐府中常见的一种命名方式。《兵车行》是杜甫缘事而发，自创的新题。

②辚(lín)辚：车轮声。

③萧萧：马嘶叫声。

④行人：指被征从军的士兵。

⑤耶：通假字，同“爷”，父亲。走：奔跑。

⑥咸阳桥：指便桥。汉武帝所建，唐代称咸阳桥，故址在今陕西省咸阳市西南。

⑦干(gān)：犯，冲。

⑧过者：路人，这里是杜甫自称。

⑨点行(xíng)频：频繁地点名征调壮丁。

⑩或：不定指代词。防河：当时常与吐蕃发生战争，曾征召陇右、关中、朔方诸军集结河西一带防御。因其地在长安以北，故云“北防河”。

⑪西营田：古时军队有屯田制，军队无战事即种田，有战事即作战。

⑫里正：唐制，每百户设一里正，负责管理户口、检查民事、催促赋役等。古时以皂罗(黑绸)三尺裹头，曰头巾。新兵因为年纪小，所以需要里正给他裹头。

⑬边庭：边疆。

⑭武皇：汉武帝刘彻。唐诗中常以汉代唐，委婉表达。这里以汉武帝代指唐玄宗。开边：用武力开拓边疆。

⑮荆杞：荆棘与杞柳，均为野生灌木。

⑯陇亩：耕地。陇，通“垄”，在耕地上培成一行的土埂，中间种植农作物。无东西：不分东西，意思是行列不整齐。

⑰秦兵：指关中一带的士兵。

⑱长者：即上文的“道旁过者”，指诗人自己。征人敬称他为“长者”。

⑲关西：当时指函谷关以西的地方。

⑳比邻：近邻。

㉑青海头：青海边。这里是自汉代以来，汉族经常与西北少数民族发生战争的地方。唐初也曾在这一带与突厥、吐蕃发生大规模的战争。

㉒啾啾：象声词，呜咽声。

【评析】

杜甫(712—770)，字子美，京兆杜陵(今陕西省西安市西南)人，生于巩县(今河南省巩义市)，祖籍襄阳(今湖北省襄阳市)。青少年时代在南北各地漫游。先后两次应举皆不第。35岁后在长安生活了十年。安史之乱中沦陷长安，后逃奔赴凤翔朝见唐肃宗，官左拾遗。后被贬，弃官入蜀。晚年漂泊西南，曾任检校二部员外郎之职。大历五年(770)死于潭州赴岳州途中。杜甫是伟大的现实主义诗人，他的诗歌有“诗史”之称，在艺术上取得了辉煌的成就，对于诗歌形式的发展具有重要的意义。杜诗在北宋被辑为《杜工部集》。

这首诗约作于唐玄宗天宝十载(751)，旨在讽刺唐玄宗穷兵黩武。天宝以后，唐王朝对我国边疆少数民族的征战越来越频繁，战争的性质，已由天宝以前的制止侵扰、安定边疆，转化为残酷肆意的征伐。是年四月，剑南节度使鲜于仲通伐南诏，大败；杨国忠在关中大举募兵，再攻南诏。连年征战，给边疆民族和中原人民都带来深重的灾难。诗歌开头用尘埃障天、哭声撼地来描述唐军征召军人的情状，接着又通过行人和士兵的对话，讲述了征人或到老不归、或身丧他乡，田园荒芜官府却照样催租等事实。诗人不由感慨：“信知生男恶，反是生女好。生女犹得嫁比邻，生男埋没随百草。”在重男轻女的时代，这可以看作一个悖论，其中所包含的无可奈何的悲愤，发人深思。

这首七言歌行多处使用顶真手法，累累如贯珠。用韵平仄相间，错落有致，很好地表现了诗人内心情感的激荡。诗中还运用了对话方式和民间口语，寓抒情于叙事当中，使读者有身临其境之感，有着巨大的感染力，是一首能体现“诗史”特征的力作。

【辑评】

齐梁以来，文人喜为乐府词，往往失其命题本意……唯老杜《兵车行》《悲青坂》《无家别》等篇，皆因事自出己意立题，略不更蹈前人陈迹，真豪杰也。

——宋·蔡启《蔡宽夫诗话》

（“长者虽有问，役夫敢伸恨”）寻常读之，不过以为漫语而已，更事之余，始知此语之信。盖赋敛之苦、贪暴之苦，非无访察之司、陈述之令，而言之未必见理，或反得害。不然，虽幸复申，而异时疾怒报复之，祸尤酷。此民所以不敢言也，虽言“敢”字，曲尽事情。

——元·吴师道《吴礼部诗话》

（杨伦）注谓玄宗用兵吐蕃而作，是已，然未详。按《唐鉴》：天宝六载，帝欲使王忠嗣攻吐蕃石堡城，忠嗣上言：“石堡险固，吐蕃举国守之，非杀数万人不能克，恐所得不如所亡，不如候衅取之。”帝不快。将军董延光自请取石堡，帝命忠嗣分兵助之。忠嗣奉诏而不尽副延光所欲，盖以爱士卒之故。延光过期不克。八载，帝使哥舒翰攻石堡，拔之，士卒死者数万，果如忠嗣之言。所以有“边庭流血”等语。

——明·王嗣奭《杜臆》

此章是一头两脚体。下面两扇，各有起结，各换四韵，各十四句，条理秩然而善于曲折变化，故从来读者不觉耳。

——清·仇兆鳌《杜诗详注》

天宝十载，鲜于仲通讨南诏蛮，士卒死者六万。杨国忠掩其败状，反以捷闻。制大募两京及河南、北兵，以击南诏。人闻云南瘴疠，士卒未战而死者十八九，莫肯应募。国忠遣御史分道捕人，连枷送诣军所。于是行者愁怨，父母妻子送之，所在哭声震野。此诗序南征之苦，设为役夫问答之词。“君不闻”以下言征戍之苦、海内驿骚，不独南征一役为然，故曰“役夫敢申恨”也。“且如”以下言土著之民亦不堪赋役，不独征人也。“君不见”以下举青海之故，以明征南之必不返也，不言南诏而言山东、言关西、言陇右，其词哀怨而不迫如此。曰“君不闻”“君不见”有诗人呼祈父之意焉。是时国忠方贵盛，未敢斥言之。杂举河陇之事错互其词，若不为南诏而发者，此作者之深意也。

——清·钱谦益《杜诗笺注》（又名《钱注杜诗》）

只写形色，不言所事，如风来潮来，令人目眩。

——清·浦起龙《读杜心解》

此体创自老杜，讽刺时事而托为征夫问答之词。言之者无罪，闻之者足以为戒，《小雅》遗音也。篇首写得行色匆匆，笔势汹涌，如风潮骤至，不可逼视。以下出点行之频，指出开边之非，然后正说时事，末以惨语结之。词意沉郁，音节悲壮，此天地商声，不可强为也。

——清·乾隆帝《唐宋诗醇》

以人哭起，以鬼哭住，照应在有意无意，章法最奇。

——清·沈德潜《说诗晬语》

结与起对看，悲惨之极。见目中之行人，皆异日之鬼队也。此诗之意，务令上之人知好战之害与民情之愁苦如此。而居高者每不知，所以不得已于作也。

——清·方东树《昭昧詹言》

【相关资料】

唐长孺：《〈兵车行〉写作年代质疑》，《魏晋南北朝隋唐史资料》第 13 辑，武汉大学出版社 1994 年版。

何锡光：《论〈兵车行〉在杜诗创作历程中的地位》，《杜甫研究学刊》1995 年第 3 期。

秦绍培：《关于杜甫〈兵车行〉的现代思考》，《杜甫研究学刊》1996 年第 3 期。

戴建华、陆精康：《〈兵车行〉本事系年考》，《杜甫研究学刊》2003 年第 4 期。

琵琶行(并序)

白居易

元和十年，予左迁九江郡司马[①]。明年秋，送客湓浦口[②]，闻舟中夜弹琵琶者，听其音，铮铮然有京都声[③]。问其人，本长安倡女，尝学琵琶于穆、曹二善才[④]。年长色衰，委身为贾人妇[⑤]。遂命酒，使快弹数曲。曲罢悯然[⑥]。自叙少小时欢乐事，今漂沦憔悴，转徙于江湖间。予出官二年，恬然自安，感斯人言，是夕始觉有迁谪意。因为长句，歌以赠之。凡六百一十六言，命曰《琵琶行》。

浔阳江头夜送客[⑦]，枫叶荻花秋瑟瑟[⑧]。主人下马客在船，举酒欲饮无管弦。醉不成欢惨将别，别时茫茫江浸月。忽闻水上琵琶声，主人忘归客不发。寻声暗问弹者谁？琵琶声停欲语迟。移船相近邀相见，添酒回灯重开宴[⑨]。千呼万唤始出来，犹抱琵琶半遮面。转轴拨弦三两声[⑩]，未成曲调先有情。弦弦掩抑声声思[⑪]，似诉平生不得意。低眉信手续续弹，说尽心中无限事。轻拢慢捻抹复挑[⑫]，初为《霓裳》后《绿幺》[⑬]。大弦嘈嘈如急雨[⑭]，小弦切切如私语[⑮]。嘈嘈切切错杂弹，大珠小珠落玉盘。间关莺语花底滑[⑯]，幽咽泉流冰下难[⑰]。冰泉冷涩弦凝绝[⑱]，凝绝不通声暂歇。别有幽愁暗恨生[⑲]，此时无声胜有声。银瓶乍破水浆迸，铁骑突出刀枪鸣[⑳]。曲终收拨当心画，四弦一声如裂帛[㉑]。东船西舫悄无言，唯见江心秋月白。沉吟放拨插弦中[㉒]，整顿衣裳起敛容[㉓]。自言本是京城女，家在虾蟆陵下住[㉔]。十三学得琵琶成，名属教坊第一部[㉕]。曲罢曾教善才伏，妆成每被秋娘妒[㉖]。五陵年少争缠头[㉗]，一曲红绡不知数[㉘]。钿头银篦击节碎[㉙]，血色罗裙翻酒污[㉚]。今年欢笑复明年，秋月春风等闲度[㉛]。弟走从军阿姨死，暮去朝来颜色故。门前冷落鞍马稀，老大嫁作商人妇。商人重利轻别离，前月浮梁买茶去[㉜]。去来江口守空船，绕船月明江水寒。夜深忽梦少年事，梦啼妆泪红阑干[㉝]。我闻琵琶已叹息，又闻此语重唧唧[㉞]。同是天涯沦落人，相逢何必曾相识[㉟]。我从去年辞帝京，谪居卧病浔阳城。浔阳地僻无音乐，终岁不闻丝竹声。住近湓江地低湿，黄芦苦竹绕宅生。其间旦暮闻何物？杜鹃啼血猿哀鸣。春江花朝秋月夜[㊱]，往往取酒还独倾。岂无山歌与村笛？呕哑嘲哳难为听[㊲]。今夜闻君琵琶语，如听仙乐耳暂明。莫辞更坐弹一曲，为君翻作琵琶行[㊳]。感我此言良久立，却坐促弦弦转急[㊴]。凄凄不似向前声，满座重闻皆掩泣。座中泣下谁最多，江州司马青衫湿[㊵]。

【注释】

①左迁：降职。九江郡：隋郡名，天宝元年改为浔阳郡，乾元元年复改为江州，治所在今江西省九江市。司马：官名，州刺史的副职。

②湓浦口：湓口，在九江市西湓水入江处。

③京都声：京城流行的声调。

④穆、曹二善才：当时著名的琵琶师。唐称琵琶师为善才。

⑤委身：封建社会，妇女没有独立的经济地位，必须依附男子，所以称出嫁为“委身事人”。

⑥悯然：含愁不语。

⑦浔阳江：长江流经九江市北一段的名称。

⑧瑟瑟：风吹草木声。

⑨回灯：重新张灯。

⑩转轴拨弦：在弹奏前先调弦校音做好准备工作。三两声：指试弹。

⑪弦弦句：指弹奏时用掩按抑遏的手法，声调幽咽，一声声都含有意味深长的情思。

⑫轻拢句：拢、捻、抹、挑都是弹琵琶用的不同手法。

⑬霓裳：《霓裳羽衣曲》。绿幺：琵琶曲名。

⑭嘈嘈：声音沉重舒长。

⑮切切：声音短促轻细。

⑯间关：形容莺语声。滑：指声音流利。

⑰冰下难：形容音乐声像冰下流动的泉水，幽咽难鸣。

⑱弦凝绝：指弦声凝滞停顿。

⑲幽愁：藏在心中的悲伤。暗恨：无人知晓的隐恨。

⑳银瓶二句：形容静寂之后，忽然又发出激越而雄壮的声音。

㉑曲终二句：写弹到尾音，戛然而止。拨：弹琵琶用的拨片。当心画：指用拨片在琵琶的正中用力一划。如裂帛：形容声音强烈而清脆。

㉒沉吟：踌躇欲言又止的样子

㉓敛容：指收敛起演奏时的面部表情，重新和人郑重见礼。

㉔虾蟆陵：在长安东南曲江的附近，是当时的歌舞伎聚居的地方，原名下马陵。

㉕教坊：唐玄宗时设置左右教坊，是教习训练歌舞技艺的机构。

㉖秋娘：当时长安城中著名的乐伎。唐代以歌舞为职业的女子，多以秋娘为名。

㉗五陵年少：泛指当时长安的贵族富豪子弟。缠头：当时的风俗，歌舞伎演奏完毕，用绫帛之类为赠，叫作缠头彩。

㉘绡：一种精细轻薄的丝织品。

㉙钿头句：意为珍贵的装饰品因歌舞击节而被打碎。钿头银篦：镶嵌着花钿的银发篦。击节：打拍子。

㉚血色句：谓和少年们嬉戏，打翻酒而污损了红裙。

㉛等闲度：随随便便地度过。

㉜浮梁：古县名，今江西景德镇市。

㉝阑干：纵横貌。

㉞唧唧：叹息声。

㉟同是二句：意为彼此过去未曾相识，但遭遇有共同之处，因而即使是偶然相逢，也可以倾谈心事。

㊱春江句：是“春江花朝，秋江月夜”的略文。

㊲呕哑嘲哳(zhā)：都是指杂乱而繁碎的声音。

㊳翻：依照曲调写成歌词。

㊴却坐：退回原处，重新坐下。

㊵青衫：唐制，青是文官品级最低的服色。这时白居易是州司马，官阶是将仕郎，从九品，所以穿青衫。

【评析】

白居易(772—846)，字乐天，号香山居士，祖籍太原，出生于河南新郑(今河南省新郑市)。贞元十六年(800)进士，历任左拾遗、东宫赞善大夫、江州司马、杭州刺史、苏州刺史、太傅等职。白居易倡导新乐府运动，提出“文章合为时而著，歌诗合为事而作”的主张，强调诗歌的“美刺”作用。其诗题材广泛，形式多样，语言平易通俗。现存诗3000多首，有《白氏长庆集》。

元和十年，白居易因为忠言直谏得罪权贵，遭谗被贬为江州司马，情怀抑郁，无处宣泄，于次年秋天送客湓浦口之际，借描写琵琶女的不幸身世，抒发对自身遭际的无限感伤和对黑暗政治的强烈愤慨。

诗歌从开头至“东船西舫悄无言，唯见江心秋月白”为第一段，叙述与琵琶女的偶遇以及琵琶女的精湛琴艺。诗人送客江头，秋风萧瑟，一片凄凉。琵琶女在诗人的邀请下，“千呼万唤始出来，犹抱琵琶半遮面”。诗人从琵琶女的试弹动作开始写起，一步步将读者引入优美的情境之中。“低眉信手续续弹”“轻拢慢捻抹复挑”，表明她技艺娴熟，精湛神妙。接着又运用一系列复杂、连贯、贴切、优美的比喻，形象地描绘了琵琶声的美妙。嘈嘈急雨、切切私语、珠落玉盘、莺语花底、泉流冰下、冰泉冷涩、银瓶乍破、铁骑突出、声如裂帛……仿佛使读者身临其境。最后，诗人用“东船西舫悄无言，唯见江心秋月白”作结，说明了乐曲的动人效果。从“沉吟放拨插弦中”至“梦啼妆泪红阑干”为第二段。琵琶女自诉其辛酸经历和眼下的不幸遭遇。她曾是个色艺俱佳的艺人，可惜红颜弹指老，刹那芳华尽，“老大嫁作商人妇”后，只能独守空闺，被抛弃的命运使得诗人唏嘘不已。最后一段是诗人的感慨。人生无常，盛衰有时。被流放到僻远之地又抱病在身的诗人从琵琶女的身世中体认到自己的艰难处境，不由得发出“同是天涯沦落人，相逢何必曾相识”的悲叹。这也是普天下所有命运多舛的人的悲叹，因此能引起巨大的共鸣。

本篇构思新颖精巧。诗人的迁谪之感是通过惋叹一个歌女的身世表现出来的，而歌女的身世又是先通过琵琶的弹奏表现出来的，百转千回，终归一处。如其写琵琶女的出场云：“寻声暗问弹者谁？琵琶声停欲语迟”“千呼万唤始出来，犹抱琵琶半遮面。转轴拨弦三两声，未成曲调先有情”，将一个多愁善感的女子的情态逼真地描摹出来。诗中描写音乐和演奏技巧的句子段落更是千古绝唱，或悠扬或急骤，或轻灵或滞涩，或幽怨或愤激，一连串的比喻将乐曲的种种变化起伏、婉转情态，表现得如在目前。这一段描写既有弹奏技巧，又有乐声模拟，还有琵琶女的心绪，可谓完美地结合在一起，并为全诗奠定了一个感情基调。全诗语言平易简洁，生动形象，具有很强的表现力。写景如画，抒情如诉，画意鲜明，诗情浓郁。清词妙喻，络绎不绝。

【辑评】

缀玉联珠六十年，谁教冥路作诗仙。浮云不系名居易，造化无为字乐天。童子解吟《长恨》曲，胡儿能唱《琵琶》篇。文章已满行人耳，一度思卿一怆然。

——唐·李忱（唐宣宗）《吊乐天》

读者但羡其风致，敬其词章，至形于乐府、咏歌之不足，遂以谓真为长安故倡所作，予窃疑之。唐之法网虽于此为宽，然乐天尝居禁密，且谪官未久，必不肯乘夜入独处妇人船中，相从饮酒，至于极弹丝之乐，中夕方去。岂不虞商人者它日议其后乎？乐天之意，直欲摅写天涯沦落之恨耳。东坡谪黄州，赋《定惠院海棠》诗，有“陋邦何处得此花，无乃好事移西蜀”“天涯流落俱可念，为饮一尊歌此曲”之句，其意亦尔也。或谓，殊无一话一言与之相似，是不然。此真能用乐天之意者，何必效常人章摹句写而后已哉？

——宋·洪迈《容斋随笔》

满腔迁谪之感，借商妇以发之，有同病相怜之意，比兴相纬，寄托遥深，其意微以显，其音哀以思，其辞丽以则。

——清·乾隆帝《唐宋诗醇》

诸本“此时无声胜有声”，既无声矣，下二语如何接出？宋本“无声复有声”，谓住又弹也……小住复弹，此余声也。

——清·沈德潜《唐诗别裁集》

《琵琶行》亦是绝作。

——清·赵翼《瓯北诗话》

“无声复有声”，语稚而意浅，并失二句斗转之妙，沈说非是。

——清·高步瀛《唐宋诗举要》

白居易对音节与情绪的关系悟得很深。凡是转到伤感的地方，必定改用仄声韵。《琵琶行》中“大弦嘈嘈”“小弦切切”一段，好比staccato(断音)，像琵琶的声音极切；而“此时无声胜有声”的几句，等于一个长的pause(中止)，“银瓶……水浆迸”两句，又是突然的attack(起奏)，声势雄壮。

——傅雷《傅雷家书》

【相关资料】

吴功正：《琵琶声声 激越动人——谈〈琵琶行〉的艺术特色》，《安徽师范大学学报》1980年第2期。

王林书：《谈〈琵琶行〉的意境》，《名作欣赏》1985年第3期。

金学智：《白居易〈琵琶行〉中的音乐美——兼谈白居易的音乐美学思想》，《学术月刊》1985年第7期。

刘淑丽：《〈琵琶行〉的易感魅力》，《名作欣赏》2003年第4期。

陈寅恪：《琵琶引》，《元白诗笺证稿》，生活·读书·新知三联书店2009年版。

杨朴：《天涯沦落恨的同构性象征——〈琵琶行〉故事后面的原型模式》，《名作欣赏》2009年第15期。

五、五言古诗

行行重行行①

行行重行行，与君生别离②。相去万余里，各在天一涯③。道路阻且长④，会面安可知？胡马依北风，越鸟巢南枝⑤。相去日已远，衣带日已缓⑥。浮云蔽白日，游子不顾反⑦。思君令人老，岁月忽已晚。弃捐勿复道⑧，努力加餐饭。

【注释】

①该篇选自《古诗十九首》，是《古诗十九首》的第一首。重(chóng)：又。

②生别离：活着时却要分开。屈原《九歌·少司命》：“悲莫悲兮生别离。”

③相去：相距，相离。

④阻：艰险。

⑤胡马：北方所产的马。越鸟：南方的鸟。“胡马依北风，越鸟巢南枝”是当时习用的比喻，借喻眷恋故乡。

⑥远：久。缓：宽松。衣带日已缓，指身体渐渐消瘦。

⑦顾反：还返，回家。反：通“返”。

⑧弃捐：抛弃。

【评析】

《古诗十九首》是汉末文人五言诗的代表作。南朝梁萧统编《文选》，将东汉末 19 首无名氏诗人的作品编选在一起，称“古诗十九首”。这些诗篇主要反映当时下层文人失意彷徨的苦闷，长于抒情，情景交融，有着很高的艺术成就，标志着古代五言诗发展的新阶段。

这是一首动荡年月中的相思离乱之歌。诗人采用拟代手法，以闺中思妇口吻委婉地抒发了妻子对远行丈夫的悠悠别情。“悲莫悲兮生别离”，由于古代交通不便，再加上身处战乱，离别意味着孤独和永诀，是一种带有普遍意义的生存状态。在这种普遍的离别之情背后，隐藏着无以逃避的人生大悲哀。

本诗语句质朴自然，生动活泼。采用叠字、叠句回环往复地表达自己的感受。首句五字，连叠四个“行”字，仅以一“重”字绾结。“行行”言其远，“重行行”，极言其远，不仅指空间之遥远，也指时间之久远，表现了漫长岁月中无休止的飘荡给游子心灵带来的创伤。复沓的声调，迟缓的节奏，疲惫的步伐，颓唐的情绪，使全诗基调痛苦伤感。“与君生别离”，是思妇的相思之情无法遏止而发出的激烈而直白的呼喊。“相去万余里”“相去日已远”“道路阻且长”“游子不顾反”，意思相类，但全诗通过这种一唱三叹的形式，烘托出主人公忧伤难遣的情怀。后四句收束全篇。岁月催人老，相思无益，只能“努力加餐饭”，在漫漫长夜里给自己渺茫的希望。

这首诗运用比兴寄托手法来传情达意。“胡马依北风，越鸟巢南枝”，喻行人思归，精当绝伦，寄托遥深。“衣带日已缓”，以衣带渐宽暗示相思之苦，以烘托人物的痴情，形象动人。柳永的经典名句“衣带渐宽终不悔，为伊消得人憔悴”就源出于此。

【辑评】

《诗》曰：“觏闵既多，受侮不少”，初无意于对也。《十九首》云：“胡马依北风，越鸟巢南枝”，属对虽切，亦自古老。六朝惟渊明得之，若“芳草何茫茫，白杨亦萧萧”是也。

——明·谢榛《四溟诗话》

一句一情，一情一转。“行行重行行”，哀何绻也；“与君生别离”，情何惨也；“相去日已远，衣带日已缓”，神何悴也；“浮云蔽白日，游子不顾反”，怨何温也；“弃捐勿复道，努力加餐饭”，前为废食，今乃加餐，亦无奈而自宽云耳。“衣带日已缓”一语，韵甚。“浮云蔽白日”意有所指，此诗人所为善怨。此诗含情之妙，不见其情；蓄意之深，不知其意。

——明·陆时雍《古诗镜》

张琦云：此逐臣之辞。谗谄蔽明，方正不容，可以不顾返也；然其不忘欲返之心，拳拳不已，虽岁月已晚，犹努力加餐，冀幸君之悟而返己。

——刘履《古诗十九首集释》引

通首板作四解，而起、结两句，另作一顿。

——清·金圣叹《唱经堂古诗解》

用意曲尽，创语新警。

——清·陈祚明《采菽堂古诗选》

《十九首》中，如“弃捐勿复道，努力加餐饭”，“空床难独守”，“无为守贫贱，坎坷常苦辛”，“忧伤以终老”，“荡涤放情志，何为自结束”，“不如饮美酒，被服纨与素”，皆透过人情物理，立言不朽，至今读之，犹有生气 。

——清·费锡璜《汉诗说》

“行行”六句，一直赋去，如骏马下坂。忽用七句八句，作二比顿住，以下却缓缓赋来，格调最好。

——清·吴淇《古诗十九首定论》

此只是室思之诗。起六句追述始别，夹叙夹议，“道路”二句顿挫住。“胡马”二句忽纵笔横插，振起一篇奇警，逆摄下游子不返，非徒设色也。“相去”四句，遥接起六句，反承“胡马”“越鸟”，将行者顿断，然后再入己今日之思，与始别相应。“弃捐”二句换笔换意，绕回作收，作自宽语。凡六换笔换势，往复曲折……古人作书有往必收，无垂不缩，翩若惊鸿，矫若游龙，以此求其文法，即以此通其词意，然后知所谓“如无缝天衣”者如是，以其针线密，不见段落裁缝之迹也。

——清·方东树《昭昧詹言》

“代马”“飞鸟”两句，大概是汉代流行的歌谣，《韩诗外传》和《盐铁论》都引用到这两个比喻，可见到了《吴越春秋》才改为散文……越地滨海，所以变了下句；但越地不以马著，所以不变上句。东汉文体，受辞赋的影响，不但趋向骈偶，并且趋向工切。“海日”对“北风”，自然比“故巢”工切得多。本诗引用这一套比喻，因为韵的关系，又变用“南枝”对“北风”，却更见工切了。

——朱自清《古诗十九首释》

【相关资料】

叶嘉莹：《古诗十九首》，《汉魏六朝诗讲录》，河北教育出版社 1997 年版。

朱自清：《古诗十九首释》，朱自清、马茂元《朱自清 马茂元说古诗十九首》，上海古籍出版社1999年版。

马茂元：《古诗十九首探索·行行重行行》，朱自清、马茂元《朱自清 马茂元说古诗十九首》，上海古籍出版社1999年版。

周绚隆：《岁暮的独白——兼谈〈行行重行行〉的结构》，《名作欣赏》2000年第3期。

曹旭：《〈行行重行行〉鉴赏》，《国学》2011年第3期。

西北有高楼

西北有高楼，上与浮云齐。交疏结绮窗①，阿阁三重阶②。上有弦歌声，音响一何悲！谁能为此曲？无乃杞梁妻③。清商随风发④，中曲正徘徊⑤。一弹再三叹，慷慨有余哀⑥。不惜歌者苦⑦，但伤知音稀⑧。愿为双鸿鹄⑨，奋翅起高飞。

【注释】

①疏：透刻。绮：有花纹的细绫。这句是说窗上透刻着细绫花纹一样的格子。

②阿阁：四面有曲檐的楼阁。这句是说阿阁建在有三层阶梯的高台上。

③无乃：莫非，大概。杞梁妻：杞梁妻的故事，最早见于《左传·襄公二十三年》，后来许多书都有记载。据说齐国大夫杞梁，出征莒国，战死在莒国城下。其妻临尸痛哭，一连哭了十个日夜，连城墙也被她哭塌了。这两句是说，楼上谁在弹唱如此凄婉的歌曲呢？莫非是像杞梁妻那样的人吗？

④清商：乐曲名。清商曲音清越，宜于表现哀怨的情绪。

⑤中曲：乐曲的中段。徘徊：乐曲旋律回环往复。

⑥慷慨：壮士不得志于心。

⑦惜：痛。

⑧知音：识曲的人，借指知心人。相传俞伯牙善鼓琴，钟子期善听琴，子期死后，伯牙再不弹琴，因为再没有知音的人。这两句是说，我难过的不是歌者心有痛苦，而是她内心的痛苦没有人理解。

⑨鸿鹄：据朱骏声《说文通训定声》说："凡鸿鹄连文者即鹄。"鹄，即天鹅；一作"鸣鹤"。

【评析】

这是一首听曲知心、感叹知音难遇的诗歌。诗人是一位失意彷徨的游子。当一阵凄凉的乐声从高楼上隐隐传来，这位漂泊无依的游子就被深深地触动了。从那感慨哀伤的一唱三叹之中，诗人仿佛触摸到了歌者内心的哀伤和孤独。高楼女子所弹奏的悲哀之音，正是当时文人普遍的生存感受，自然能引起游子的共鸣。但高高的楼阁阻断了知音的交流，所以，这令人伤感的琴音只能给孤独的旅人留下更为深沉的悲哀。在那个时代，“但伤知音稀”的意蕴已经超越了个体的生命体验，而直探普遍的、广阔的人生际遇。

全诗情景交融，景中含情。那华丽的高楼、缱绻的浮云和随风飘落的弦歌声，使整首诗笼罩着一层缥缈的哀怨，一种四顾无侣、知音不遇、无法收拾的无边寂寞和伤情。此诗情绪幽怨哀伤，意境缥缈迷离。

【辑评】

此篇明高才之人仕宦未达，知人者稀也。西北，乾位，君之居也。

——唐·李善《文选》注

抚衷徘徊，四顾无侣。“不惜歌者苦，但伤知音稀”，“愿为双鸿鹄，奋翅起高飞”，空中送情，知向谁是？言之令人悱恻。

——明·陆时雍《古诗镜》

伤知音稀，亦与“识曲听其真”同慨，二诗意相类。

——清·陈祚明《采菽堂古诗选》

《古艳歌·日出东南隅》是赋艳，故就东南写；此是赋感，故就西北写……摹写声音，正摹写其人也。

——清·张庚《古诗十九首解》

说得缥缈，令人可想而不可即……(《古诗十九首》中)惟此首最为悲酸。

——清·吴淇《古诗十九首定论》

此，忠言不用而思远引之诗。通首用比。首四，以高楼比君门，君门在西北，故曰西北。结窗重阶，有谗馅蔽明意。中八，以悲曲比忠言，孤臣寡妇正是一类，故以杞妻为喻，叙次委曲。末四，以歌苦知稀，点醒忠言不用，随以愿为黄鹄高飞，收出不得已而引退之意，总无一实笔。

——清·张玉谷《古诗赏析》

此言知音难遇，而造境创言，虚者实之，意象笔势文法极奇，可谓精深华妙。一起无端，妙极；五六句叙歌声；七八句硬指实之，以为色泽波澜，是为不测之妙。“清商”四句顿挫，于实中又实之，更奇。“不惜”二句，乃是本意交代，而反似从上文生出溢意，其妙如此。收句深致慨叹，即韩公《双乌诗》、《调张籍》“乞与飞霞佩”二句意也。

——清·方东树《昭昧詹言》

【相关资料】

朱自清：《古诗十九首释》，朱自清、马茂元《朱自清 马茂元说古诗十九首》，上海古籍出版社1999年版。

马茂元：《古诗十九首探索·西北有高楼》，朱自清、马茂元《朱自清 马茂元说古诗十九首》，上海古籍出版社1999年版。

周绚隆：《妙在飘忽有无间——谈〈西北有高楼〉中的以实写虚》，《名作欣赏》2000年第6期。

张玉琴：《古诗“西北有高楼”及三首拟作解读》，《古典文学知识》2004年第1期。

六、七言古诗

长安古意[①]

卢照邻

长安大道连狭斜[②]，青牛白马七香车[③]。玉辇纵横过主第[④]，金鞭络绎向侯家。龙衔宝盖承朝日，凤吐流苏带晚霞[⑤]。百尺游丝争绕树[⑥]，一群娇鸟共啼花。啼花戏蝶千门侧，碧树银台万种色[⑦]。复道交窗作合欢[⑧]，双阙连甍垂凤翼[⑨]。梁家画阁中天起，汉帝金茎云外直[⑩]。楼前相望不相知，陌上相逢讵相识？借问吹箫向紫烟[⑪]，曾经学舞度芳年。得成比目何辞死，愿作鸳鸯不羡仙。比目鸳鸯真可羡，双去双来君不见？生憎帐额绣孤鸾[⑫]，好取门帘帖双燕。双燕双飞绕画梁，罗帷翠被郁金香[⑬]。片片行云着蝉翼，纤纤初月上鸦黄[⑭]。鸦黄粉白车中出，含娇含态情非一。妖童宝马铁连钱，娼妇盘龙金屈膝[⑮]。御史府中乌夜啼，廷尉门前雀欲栖。隐隐朱城临玉道[⑯]，遥遥翠幰没金堤[⑰]。挟弹飞鹰杜陵北[⑱]，探丸借客渭桥西[⑲]。俱邀侠客芙蓉剑[⑳]，共宿娼家桃李蹊[㉑]。娼家日暮紫罗裙，清歌一啭口氛氲。北堂夜夜人如月[㉒]，南陌朝朝骑似云[㉓]。南陌北堂连北里[㉔]，五剧三条控三市[㉕]。弱柳青槐拂地垂，佳气红尘暗天起。汉代金吾千骑来[㉖]，翡翠屠苏鹦鹉杯[27]。罗襦宝带为君解，燕歌赵舞为君开[28]。别有豪华称将相，转日回天不相让[29]。意气由来排灌夫[30]，专权判不容萧相[31]。专权意气本豪雄，青虬紫燕坐春风[32]。自言歌舞长千载，自谓骄奢凌五公[33]。节物风光不相待[34]，桑田碧海须臾改[35]。昔时金阶白玉堂，即今惟见青松在。寂寂寥寥扬子居[36]，年年岁岁一床书[37]。独有南山桂花发[38]，飞来飞去袭人裾。

【注释】

①古意：是六朝以来诗歌中常见的标题，与“拟古”之意相仿。此诗借汉写唐，名为“古意”，实抒今情。

②狭斜：狭窄的小巷。斜：巷的别名。

③“青牛”句：古代驾车，牛马并用。《拾遗记》载，魏文帝曾以青牛文车迎接美人薛灵芸。七香车：用多种香木制成的华美小车。

④玉辇：帝王的车。此泛指贵人所乘的车。主第：公主的府第。

⑤“龙衔”二句：车盖的支柱雕成龙形，龙口犹如衔着华美的车盖。车盖沿边雕凤，嘴端挂着的流苏，犹如从口中吐出。流苏：彩色绣球缀以下垂的丝缕。带：映带，辉映。

⑥游丝：虫类所吐在空中飘扬的丝。

⑦银台：白色的亭台。

⑧复道：楼阁之间的上层通道。交窗：木条交错成格的窗。合欢：又名马樱花，一个大叶由多个小叶成对排列组成，夜间小叶两两相合。此指窗格图案对称似合欢。

⑨甍(méng)：屋脊。垂凤翼：指望楼上所饰的凤凰，垂着双翅。

⑩梁家画阁：东汉顺帝时外戚梁冀在洛阳大造宅第，雕梁画栋，楼阁相通。此借指当时长安的豪贵之家。汉帝金茎：汉武帝好神仙，于建章宫内立二十丈高的铜柱，上置铜仙人，掌托承露盘，目的是收集露水，与玉屑同饮，以求长生。金茎：指铜柱。

⑪吹箫向紫烟：传说春秋时秦穆公女弄玉从丈夫萧史学吹箫作凤鸣，后双双乘凤飞去。此借指怀春少女。紫烟：紫云。

⑫生憎：最讨厌。

⑬翠被：饰以翡翠鸟羽毛的锦被。郁金香：一种名贵的香。《本草纲目》：“郁金香生大秦国(罗马帝国)，二三月有花，状如红蓝，其花即香也。”

⑭蝉翼：把鬓发梳成蝉翼般的式样。崔豹《古今注》：“魏文帝宫人莫琼树始制为蝉鬓，望之缥缈如蝉翼然。”鸦黄：嫩黄色，此指额黄，在额头涂上黄色

图形，一般作弯月状，是六朝及唐代女子的一种装饰。

⑮妖童：指打扮妖艳的随从歌童。铁连钱：连钱式的青色斑纹。娼妇：指随从的歌伎舞女。盘龙：盘龙髻的省称，指妇女盘绕卷曲的发髻。屈膝：屈戌，古代女子盘头的物件，形如窗与窗相连处的铰链。

⑯朱城：指宫城。玉道：洁白的大道。

⑰翠幰(xiǎn)：翠色车帏，此代指妇女所乘之车。金堤：形容坚固的石堤。幰：车前的帏幔。

⑱挟弹飞鹰：指豪门子弟尚武好猎的豪纵生活。《后汉书・袁术传》："少以侠气闻，数与诸公子飞鹰走狗。"杜陵：在长安城东南，秦时为杜县，汉宣帝葬此，改称杜陵。

⑲探丸：探取弹丸。《汉书・尹赏传》载，长安少年有专门谋杀官吏的组织，行动前，将赤、黑、白三色弹丸混在一起，探得赤丸者杀武官，探得黑丸者杀文官，探得白丸者为行动中死去的同伙办丧事。借客：替人，助人。《汉书・朱云传》有"借客报仇"之语，此为略文。渭桥：在长安西北，横跨渭水。

⑳芙蓉剑：春秋时越国铸造的宝剑，名"纯钧"。据《越绝书》卷十一载，秦客薛烛善相剑，越王以纯钧示之，薛赞曰："光乎如屈阳之华，沉沉如芙蓉始生于湘。"此处泛指宝剑。

㉑桃李蹊：古谚"桃李不言，下自成蹊"。此谓往来人多。

㉒北堂：后堂。

㉓南陌：南街，代指门前。

㉔北里：指平康里，唐代娼妓多居于此，其地在长安城北，故称。

㉕"五剧"句：谓道路纵横，市面繁荣。剧：交错的道路。《尔雅・释宫》郭璞注："今南阳冠军乐乡，数道交错，俗呼之为五剧乡。"条：通达的道路。班固《西都赋》："披三条之广路。"控：贯通。市：商业繁盛之大街。左思《魏都赋》："廓三市而开廛。"五剧、三条、三市均用成语，五、三、三并非实指。

㉖金吾：执金吾的简称，统率禁军，负责巡防京师。此泛指禁军军官。

㉗翡翠：玉石名，这里形容酒的颜色。屠苏：美酒名。鹦鹉杯：状似鹦鹉的酒杯。

㉘燕歌赵舞：古燕、赵地区以歌舞著称，此泛指美妙的歌舞。开：举行，引申为表演。

㉙转日回天：极言势力之大。东汉宦官左倌擅权，封上蔡侯，时号为左回天。

㉚灌夫：汉武帝时将军，勇猛任侠，好使酒骂座，为丞相武安侯田蚡所害。事见《史记・魏其武安侯列传》。

㉛判：同“拼”，拼死。萧相：指汉高祖丞相萧何。刘邦定天下后群臣争功，汉祖以萧何功劳最大，武臣皆不服。见《史记·萧丞相世家》。

㉜青虬、紫燕：均为骏马名。

㉝五公：指汉代张汤、杜周、萧望之、冯奉世、史丹五个著名权贵，见班固《西京赋》“盖冠如云，七相五公”句李善注。

㉞节物：不同季节的景物。

㉟桑田碧海：谓世事变化。《神仙传》载，麻姑谓王方子曰：“接待以来，见东海三为桑田。”

㊱扬子：指汉代扬雄，仕途失意后闭门著书，以文章名世。其《解嘲》曰：“惟寂惟寞，守德之宅。”左思《咏史》四：“寂寂扬子居，门无卿相舆。寥寥空巷里，所讲在玄虚……悠悠百世后，英名擅八区。”

㊲床：几案。

㊳南山：指长安附近的终南山，多隐者。

【评析】

卢照邻(约 630—680)，字升之，自号幽忧子，幽州范阳(今河北省涿州市)人，曾被横祸下狱，又服丹药中毒，以致手足残废。后因不胜病痛，投水自尽。他与王勃、杨炯、骆宾王以诗文齐名，号为“初唐四杰”。

这首长篇七古是卢照邻的代表作。诗人借用历史题材，描述了唐代长安城的富丽繁华，揭露了贵族统治集团生活的淫逸骄奢。全诗可分四部分：第一部分从“长安大道连狭斜”到“娼妇盘龙金屈膝”，极力铺陈长安豪门贵族竞相豪奢、追逐享乐的生活。四通八达的大道与密如蛛网的小巷交织，无数的香车宝马川流不息，玉辇纵横、金鞭络绎、龙衔宝盖、凤吐流苏，其中豪贵骄奢，狭邪艳冶，可谓无所不有。第二部分从“御史府中乌夜啼”到“燕歌赵舞为君开”，以市井娼家为中心，写形形色色人物的夜生活。夜幕笼罩下的长安是冒险家的乐园。这里有挟弹飞鹰的浪荡公子，有暗算公吏的不法少年，有仗剑行游的侠客，有大批执金吾的禁军军官等，在这里迷恋于歌舞，陶醉于氤氲的香氛，拜倒在紫罗裙下，夜以继日地享乐。第三部分从“别有豪华称将相”至“即今惟见青松在”，写长安文武百官除追逐富贵享乐以外，对权力的迷恋也驱使他们互相倾轧。末四句为第四部分，诗人以穷愁潦倒、老来著书的扬雄自况，与前文长篇铺叙的长安豪华场景形成鲜明对比，非常醒目地突出了现实的不公正，表达了对骄奢庸俗生活的批判，同时也展示了诗人孤芳自赏的情怀。

全诗用极大的篇幅，极力铺陈渲染上层社会生活的奢侈、出游排场的华丽、宫阁建筑的壮观、歌姬美女的众多、嫖娼宿妓的纵情、官场的专权倾轧，实际都是为后面的批判和否定作铺垫。作者仅用四句，就有力地讽刺和批判了前面所极力描写的上层社会生活的奢华糜烂，抒发时不我与的愤慨不平，也寄寓了世事无常、荣华难久的讽喻之旨。全诗辞藻华美富赡，除首尾外，几乎每联对仗，韵味深厚。其中“得成比目何辞死，愿作鸳鸯不羡仙”等句，广为世人传诵。

【辑评】

此篇铺叙长安帝都繁华，宫室之美，人物之盛，极于将相而止，然而盛衰相代，唯子云安贫乐道，乃久垂令名耳。但词语浮艳，骨力较轻，所以为初唐之音也。

——元・杨士弘《批点唐音》

建安以后，五言日盛。晋宋齐间，七言歌行寥寥无几，独《白纻歌》《行路难》时见文士集中，皆短章也。梁人颇尚此体，《燕歌行》《捣衣曲》诸作，实为初唐鼻祖。陈江总持、卢思道等，篇什浸盛，然音响时乖，节奏未协，正类当时五言律体。垂拱四子，一变而精华浏亮，抑扬起伏，悉协宫商，开合转换，咸中肯綮。七言长体，极于此矣！

又：李杜歌行，扩汉魏而大之，而古质不及；卢骆歌行，仿齐梁而畅之，而富丽有余。

——明・胡应麟《诗薮》

初唐如《帝京》《畴昔》《长安》《汾阴》等作，非巨匠不办。非徒博丽，即气概充硕……唐人无赋，此调可以上敌班、张。盖风神流动，词旨宕逸，即文章属第二义。

——明・毛先舒《诗辩坻》

是将西京诸赋改入七言者。

——清・王夫之《唐诗评选》

卢之音节颇类于杨，《长安古意》一篇则杨所无。写豪狞之态，如“意气由来排灌夫”，尚不足奇，“专权判不容萧相”，虽萧无此事，俨然见霍氏凌蔑车千秋，赵广汉突入丞相府召其夫人跪庭下。至摹写游冶，“北堂夜夜人如月，南陌朝朝骑似云”，亦为酷肖。自寄托曰：“寂寂寥寥扬子居，年年岁岁一床书。独有南山桂花发，飞来飞去袭人裾。”不唯视《帝京篇》结语酝藉，即高达夫“有才不肯学干谒”，亦逊其温柔敦厚也。

——清・贺裳《载酒园诗话又编》

长安大道，豪贵骄奢，狭邪艳冶，无所不有。自嬖宠而侠客、而金吾、而权臣，皆向娼家游宿，自谓可永保富贵矣。然转瞬沧桑，徒存墟墓，不如读书自守者之为得也。借言子云，聊以自况云尔。

——清·沈德潜《唐诗别裁集》

【相关资料】

林家英：《颠狂中有战栗——浅谈〈长安古意〉的批判精神》，《名作欣赏》1982年第4期。

闻一多：《四杰》，《唐诗杂论》，中华书局2009年版。

春江花月夜①

张若虚

春江潮水连海平，海上明月共潮生。滟滟随波千万里②，何处春江无月明。江流宛转绕芳甸③，月照花林皆似霰④。空里流霜不觉飞⑤，汀上白沙看不见。江天一色无纤尘，皎皎空中孤月轮。江畔何人初见月，江月何年初照人。人生代代无穷已，江月年年只相似。不知江月待何人，但见长江送流水。白云一片去悠悠，青枫浦上不胜愁⑥。谁家今夜扁舟子？何处相思明月楼。可怜楼上月徘徊，应照离人妆镜台。玉户帘中卷不去，捣衣砧上拂还来⑦。此时相望不相闻，愿逐月华流照君。鸿雁长飞光不度，鱼龙潜跃水成文⑧。昨夜闲潭梦落花⑨，可怜春半不还家。江水流春去欲尽，江潭落月复西斜。斜月沉沉藏海雾，碣石潇湘无限路⑩。不知乘月几人归，落月摇情满江树⑪。

【注释】

①《春江花月夜》是乐府旧题，相传为陈后主所创，事见《旧唐书·音乐志》。这首诗虽用的是乐府旧题，但实为七古。

②滟滟：微波荡漾的样子，这里指月光随波荡漾。

③芳甸：散发着芬芳的郊野。

④霰：小雪珠，这里形容洁白月光照耀下的花朵。

⑤空里流霜：月光皎洁如霜，在空中流荡。

⑥清枫浦：又名双枫浦，在今湖南省浏阳市境内。此处泛指水边送别之地。浦：水口，古人常用来指分别之地。

⑦捣衣砧：古代缝制衣服前，须先将衣料捣过。砧为垫石。因妇女为赶制

寒衣每于秋夜捣衣，故古诗常以捣衣声表达怀念之情。

⑧鸿雁二句：上句仰望长空，下句俯视江面，都是写夜景寂寞、望月怀人的心情。说“鸿雁”，说“鱼”，取鱼雁传书之意。

⑨闲潭：幽静的潭水。

⑩碣石：山名，在今河北省乐亭县西南。潇湘：湘水和潇水。二水在今湖南省永州市零陵区合流，称为潇湘，北入洞庭。这里以碣石潇湘表示一南一北，相距遥远。

⑪落月句：落月的余晖洒落在江边的树林中，树影和着离人的情思一起摇漾。

【评析】

张若虚(约660—720)，扬州(今江苏省扬州市)人，曾任兖州兵曹，与贺知章、张旭、包融并称“吴中四士”。今存诗仅二首，而其中之一的《春江花月夜》已足以让他享誉千古。

这首诗被闻一多誉为“诗中的诗，顶峰上的顶峰”。诗中描绘了春天江边月夜下的美景，抒发了思妇游子的相思之情，并生发出对宇宙人生的深沉思索。

诗人入手擒题，从起句到“皎皎空中孤月轮”，勾勒出一幅春江花月夜的壮丽画面：海上春潮涨起，波澜无边，一轮明月冉冉而生，月光随波流动，轻洒银辉。一切都消融在水光月色之中，天地一体，无边无际。这是一个纯净而缥缈的世界，饱满而充实。澄明而颤动着的空气，细密得若有若无的花林，还有朦朦胧胧隐约着的沙滩……它们都在月光的照耀下绽放出各自的光彩，整个世界显得轻灵而自由。

这美妙的月色，引发了诗人对宇宙人生的思考：高悬空中的明月，亘古不变，而对月之人却只能如流水匆匆而逝，一去无返。面对着这轮永恒的明月，人的意义又在哪里呢？一种忧伤的感受深深地浸染了这片月色。

从“白云一片去悠悠”开始，诗歌转入抒写别情。月光洒落在思妇的梳妆台上，痴迷地徘徊在她的左右。她想随月光飞到游子身边，然而鸿雁不可传书，鱼龙不可捎信，皆因路途太遥远。远方的游子也在梦中见落花成尘，悲伤年华渐逝，归期难料。梦醒时，落月西斜，徒然映照着东去的长江水。春江花月夜将尽了，斜月藏入海雾中，天南海北，路途无限，相会无期，游子的心坠入了茫茫迷雾当中。这样静谧安闲的月夜，谁能有幸戴月归乡呢？他只有望着落月，将满怀愁情借落月余辉洒在江边的树上。

诗以春江花月夜的美景开篇，在悠悠的喟叹中收尾，抒发了对宇宙无穷、人生有限的无奈哀叹。全诗融情入景，景、理、情水乳交融，诗情荡漾，意蕴无限。

【辑评】

张若虚《春江花月夜》流畅婉转，出刘希夷《白头翁》之上。

——明·胡应麟《诗薮》

钟云："浅浅说去，节节相生，使人伤感，未免有情，自不能读，读不能厌。"谭云："《春江花月夜》，字字写得有情、有想、有故。"钟云："将春、江、花、月、夜五字炼成一片奇光，分合不得。"

——明·钟惺、谭元春《唐诗归》

张若虚春江潮水篇，不着粉泽，自有腴姿，而缠绵蕴藉，一意萦纡，调法出没，令人不测，殆化工之笔哉！

——明·毛先舒《诗辩坻》

此篇是逐解转韵法。凡九解：前二解是起，后二解是收，起则渐渐吐题，收则渐渐结束，中五解是腹。虽其词有连有不连，而意则相生；至于题目五字，环转交错，各自生趣。"春"字四见，"江"字十二见，"花"字只二见，"月"字十五见，"夜"字只二见。于"江"则有用海、潮、波、流、汀、沙、浦、潇湘、碣石等以为陪，于"月"则用天空、霰、霜、云、楼、妆台、帘、砧、鱼、雁、海雾等以为映。于代代无穷乘月望月之人之内，摘出扁舟游子、楼上离人两种，以描情事。楼上宜"月"，扁舟在"江"，此两种人于"春江花月夜"最独关情。故知情文相生，各各呈艳，光怪陆离，不可端倪，真奇制也。

——清·王尧衢《古唐诗合解》

前半见人有变易，明月常在，江月不必待人，惟江流与月同无尽也。后半写思妇怅望之情，曲折三致。题中五字安放自然，犹是王、杨、卢、骆之体。

——清·沈德潜《唐诗别裁集》

王闿运云：张若虚《春江花月夜》用《西洲》格调，孤篇横绝，竟为大家。李贺、商隐，挹其鲜润；宋词、元诗，尽其支流。

——清·陈兆奎《王志》卷二《论唐诗诸家源流——答陈完夫问》引

这是诗中的诗，顶峰上的顶峰。

——闻一多《宫体诗的自赎》

【相关资料】

程千帆：《张若虚〈春江花月夜〉的被理解和被误解》，《文学评论》1982年第4期。

周振甫：《〈春江花月夜〉的再认识》，《学林漫录》第七辑，中华书局1983年版。

吴小如：《说张若虚〈春江花月夜〉》，《北京大学学报》1985 年第 5 期。
王瑶：《论齐梁诗》，《王瑶全集》第一卷，河北教育出版社 2000 年版。
过常宝：《温情：作为生命的证明》，《文史知识》2001 年第 5 期。
闻一多：《宫体诗的自赎》，《唐诗杂论》，中华书局 2009 年版。

思考题

1. 试说明“比兴”手法在《诗经·周南·关雎》中是如何体现的。

2. 试分析《诗经·小雅·采薇》的主题思想和艺术成就。

3. 屈原的《湘君》《湘夫人》表现了怎样的思想情感？在艺术上有什么样的特色？

4.《孔雀东南飞》在诗歌叙事上取得了怎样的成就？

5. 作为李白的代表作之一，《将进酒》体现了李白诗歌怎样的特色？

6. 在《琵琶行》中，为什么诗人会对琵琶女发出“同是天涯沦落人，相逢何必曾相识”的感慨？

7. 试分析《古诗十九首·西北有高楼》所体现的情感及其表现方式。

8. 为什么《春江花月夜》能够成为享誉千古的名篇？试结合作品加以分析。

第二章　格律诗

第一节　格律诗的文体特征和发展脉络

一、格律诗文体特征

古体诗是相对自由的诗体，在格律上的要求是比较宽松的。而近体诗恰恰相反，不但要特别讲究平仄、用韵、对偶，而且句数、字数也都有非常严格的规定。因此，近体诗又被称为格律诗。从体制上看，格律诗的文体特征主要体现在以下几个方面。

第一，句数、字数有比较严格的规定。律诗都是八句，绝句则是四句。在同一首诗中，每句的字数都是一定的，或是五个字一句，或是七个字一句。

第二，平仄有严格的要求。所谓平仄，是对古代汉语的声调的归纳。古代汉语的声调分为平声、上声、去声、入声。平声中又包括阴平和阳平；上、去、入三声则为仄声。格律诗就是通过平仄的不同组合来形成声律上的跌宕起伏、错落有致。格律诗要求诗歌的平仄遵循一定的原则。第一是交替错落，每一句中的平仄是有规律地交替的。第二是"对"，在每一联中，出句和对句的平仄是基本相反的。出句用平声字的地方，对句往往要用仄声字，而出句用仄声字，则对句相应的地方用平声字，以形成对照。平仄相对，这是格律诗一项最基本的原则。第三是"粘"，上一联的对句与下一联的出句，这两句的第二个字要求平仄相同。我们可以看几个简单的例子，如五律中以仄声开头的一种体式：

		王维《终南山》
仄仄仄平平(韵)	平平仄仄平(韵)	太乙近天都，连山到海隅。
平平平仄仄	仄仄仄平平(韵)	白云回望合，青霭入看无。
仄仄平平仄	平平仄仄平(韵)	分野中峰变，阴晴众壑殊。
平平平仄仄	仄仄仄平平(韵)	欲投人处宿，隔水问樵夫。

王维的《终南山》就遵循了上述提及的几项原则。除了以仄声开头的五律，还有以平声开头的，这里不再赘述。七律是在五律的基础上增加一个诗歌的节奏，也就是在每句的开头添加两个字，这两个字同五律本身开头两字平仄相

对，比如：

仄仄平平仄仄平(韵)	平平仄仄仄平平(韵)
平平仄仄平平仄	仄仄平平仄仄平(韵)
仄仄平平平仄仄	平平仄仄仄平平(韵)
平平仄仄平平仄	仄仄平平仄仄平(韵)

在一首格律诗中，一些地方的要求是严格的，也有一些地方属于可平可仄、不那么严格。人们通常总结为“一三五不论，二四六分明”。这条规律虽然大体可行，但其实是不够全面的。比如，有时会出现“拗”句，也就是不合律的情况，这个时候需要通过改变一些地方的平仄来实现“救”。例如，在出句“平平平仄仄”的句式中，第三字位置本该用“平”，但如果用了“仄”，那么就要在第四字位置补回一个平声字，变成“平平仄平仄”，如杜甫的《天末怀李白》的首句：

凉风起天末
平平仄平仄

此外还有其他的拗救方式，但原理是相似的。拗救是律诗中常见的现象，凡经过拗救的句子，也算是合律的。

第三，讲究对仗。对仗又叫对偶，是按照字音的平仄和字义的虚实组成一对语句。上下两句在平仄上要形成相对，如“春蚕到死丝方尽，蜡炬成灰泪始干”(李商隐《无题》)的平仄是：平平仄仄平平仄，仄仄平平仄仄平。两句中处在相同位置的词在词性上也要一致，名词要对名词，动词要对动词，如“草枯鹰眼疾，雪尽马蹄轻”(王维《观猎》)。律诗的中间两联必须对仗，也有四联八句全都对仗的。

第四，格律诗的押韵也很严格。一般只能押平声韵，很少有押仄声韵的，并且必须一韵到底，中间不能换韵。

以上即是格律诗的基本特征。

二、格律诗的种类

格律诗主要包括律诗、绝句和排律。其中以律诗为代表，律诗在格律方面的要求也最为严格。

1. 律诗

律诗每首皆为八句。每句五个字的律诗叫五言律诗，简称五律；每句七个字的律诗叫七言律诗，简称七律。律诗每两句为一联，八句共四联，名称依次是首联、颔联、颈联、尾联。颔联和颈联必须使用对仗。每一联中，上句又称出句，下句称对句。每一联的对句必须押韵，首联出句可押可不押。

2. 绝句

绝句分为古绝和律绝两种。古绝属于古体诗，而律绝属于格律诗。古绝的格律是比较自由的，而律绝的格律要求则与律诗相近。一种说法认为，绝句是截取律诗的一半，因而只有四句，又称为“截句”。实际上，绝句的形式很早就已经出现。但在唐代以前，大多为古体绝句，要到唐代以后，伴随着律诗的成熟，律绝才逐渐发展起来。不过，一般情况下人们并不刻意区分古绝和律绝，而是都称为绝句。每句五个字的绝句叫五言绝句，简称五绝；每句七个字的绝句叫七言绝句，简称七绝。五言绝句中古绝比较常见，它们又常常被放在五言古诗的范围内。七言绝句中，古绝比较少见，而以律绝为多。《春晓》《静夜思》等是五言古绝；《宿建德江》《登鹳雀楼》等是五言律绝。我们这里所说的格律诗中的绝句都是指律绝。

3. 排律

排律其实也是律诗的一种，它与一般律诗最大的差别是在句数。排律的句数超过八句，具体数量没有限制，但必须为偶数。较短的如六韵十二句，多的长达一百句(五十韵)甚至两百句(一百韵)。排律与律诗一样，要严格遵守平仄、押韵等原则。除首尾两联外，中间各句都要两两对仗。排律通常都用五言，七言极少。代表性的作品如杜甫《夔府书怀四十韵》、白居易《代书诗一百韵寄微之》等。

三、格律诗发展的基本脉络

中国古代诗歌的发展，经历了一个由不讲求格律到讲求格律的演变过程，这一演变过程的转折点是南朝齐梁时期。南齐永明年间，周颙发现了汉语的平上去入四种声调。后沈约将四声用之于诗歌的格律，总结出作诗时应避忌的“八病”。伴随着“声律说”的日益盛行，诗人在创作中特别注意对偶及音调和谐，一种讲究格律的新诗体——永明体——逐渐发展起来。这种新诗体实是格律诗的滥觞。“永明体”的代表诗人有谢朓、沈约等人。谢朓以山水诗著名，诗风清新流丽。宋人严羽说：“谢朓之诗，已有全篇似唐人者。”他创作的新体诗对唐代格律诗的成熟有一定影响。

诗歌发展到唐代，迎来了高度成熟的黄金时代。唐人在永明体的基础上继续探索，促使诗歌格律日益发展成熟，从而确立为一种崭新的诗歌体制。

初唐的前五十年，代表唐诗面貌的是以上官仪为代表的“上官体”。上官仪作诗严格讲求对仗，提出了“六对”“八对”等名目，为后来格律诗的发展设立了一种规范。“上官体”的创作者主要是皇帝身边的大臣，因而体现出浓厚的宫廷文学气息。初唐时期在思想内容上更具开创意义的是随后的初唐四杰——王勃、杨炯、卢照邻、骆宾王。他们的诗虽然因袭了齐、梁风气，但诗歌题材在他们手中得以扩大，五言八句的律诗形式也在他们手里初步定型。王勃的代表作《送杜少府之任蜀州》中的“海内存知己，天涯若比邻”是千载传诵的名句。骆宾王的《在狱咏蝉》托物比兴，是初唐五律中情采与风骨兼备的佳作。稍晚的沈佺期、宋之问，则进一步总结了六朝以来声律方面的艺术经验，最终确立了律诗的形式。沈佺期的七律《古意》、宋之问的五律《度大庾岭》等是律诗定型的标志。

盛唐是格律诗形式与规律的完成期。盛唐初期，张九龄、贺知章、王湾、王翰等著名诗人对唐代格律诗的发展各有建树。如王湾的《次北固山下》，从格律形式方面来看，已经非常工整，且写景鲜明，气势壮美，日益向着风骨与声律俱备的方向前行。到王维与孟浩然等盛唐诗人手里，格律诗已日益成熟。孟浩然的《望洞庭湖赠张丞相》《宿建德江》，王维的律诗《使至塞上》《山居秋暝》等，都已经体现出非常成熟的格律运用技巧，进一步标志了近体格律诗的完成。还有，边塞诗派中的王昌龄，尤其擅长七言绝句，有“诗家天子王江宁”和“七绝圣手”之称。他诗集中的《出塞》(秦时明月汉时关)、《芙蓉楼送辛渐》《闺怨》等都堪称千古绝唱。

李白的诗歌在体裁和格律方面非常自由奔放。李白的五律似乎不受格律的束缚，多是任意挥洒，脱口而出，然笔墨过处，却又自成平仄，对仗天然，起承转合，样样具备。他的七言绝句尤其出色，如《望天门山》《黄鹤楼送孟浩然之广陵》《闻王昌龄左迁龙标遥有此寄》等，都是时代传诵的名篇。李白的格律诗往往涂饰上非常艳丽的色彩，极想象夸张之妙，写出了许多想落天外的诗句。“兴酣落笔摇五岳，诗成笑傲凌沧州”，李白以其积极浪漫主义的诗作扫尽六朝浮艳诗风，在中国古代诗歌史上树立了无与伦比的独特风格。

杜甫是格律诗发展历程中的一个重要人物。到杜甫这里，格律诗不但日臻成熟，而且产生了一些具备创新意味的变化。杜甫诗共1400余首，大半是五言诗；五言诗中又大半是律诗。杜甫所作五律，以律法严密著称，特别讲究平仄、对仗、用韵等，同时又气格高古，情感沉郁，因此名作尤多，如《旅夜书怀》《登岳阳楼》等。除了五律，杜甫对七言律诗的发展同样有着重要推动作用。七言律诗的产生和成熟在五言律诗之后，它是运用五言律诗的基本格律又进一步扩充发展的结果。七言律诗虽然兴起于初唐，定型于沈、宋，但诗人致力于这种诗体者，还不太多。杜甫则在七言律诗上耗费了大量心血，并取得了重要的成就。杜甫在七言律诗上的成就，不仅表现在诗歌内容、诗歌境界上，而且表现在诗歌格律、表现技巧、句法变化上。如代表作《秋兴》八首、《咏怀古迹》五首、《登高》、《闻官军收河南河北》等，既有诗律的精美，又有意境的浑融。

他的律诗可以说达到了尽善尽美的程度，成为后人学习的典范。

中唐诗歌是盛唐诗歌的延续和发展。诗律愈严，变化也愈多。刘长卿擅长近体诗，尤工五律，被称为“五言长城”。他的代表作有《逢雪宿芙蓉山主人》《送灵澈上人》等。白居易是唐诗人中存诗最多的诗人，他诗集中的闲适诗、杂律诗中多为格律诗，也不乏名篇，如《钱塘湖春行》《问刘十九》等。白居易与元稹往来唱和的长篇排律，也体现着这一时期格律诗的发展。韩愈风格与白居易、元稹等人不同，善以文入诗，好用奇字、造拗句、押险韵，把新的语言风格、章法技巧带入了诗歌，扩大了诗的表现领域。他也有不少的近体诗佳作，如《左迁至蓝关示侄孙湘》《春雪》等，气势雄伟，想象丰富。孟郊与贾岛都以“苦吟”而著名，追求奇险，苦思锤炼是他们的共同特点。刘禹锡的律诗和绝句也很有名，如《酬乐天扬州初逢席上见赠》《金陵怀古》等。柳宗元到柳州时以七言诗为主，且多近体。他在柳州创作的七言律诗成就之高，亦为后人所称道，如《得卢衡州书因以诗寄》，格律谨严，对仗精工；《登柳州城楼寄漳、汀、封、连四州》历来被称为七言律诗中的典范之作。

晚唐时期的诗歌感伤气氛浓厚，代表诗人有杜牧、李商隐等。杜牧以七言绝句形式写的咏史诗颇为著名，《泊秦淮》《过华清宫》《赤壁》等是这方面的代表作。此外，《秋夕》《山行》这些七绝，画面鲜明，情思隽永。李商隐的七律《锦瑟》《无题》，在格律上精益求精，文辞绮丽，意象优美，寄寓遥深，进一步发展了七律的表现艺术。他的七言绝句也十分有功力，融合了李白的飘然、王昌龄的深沉和刘禹锡的清新，风神摇曳，如《夜雨寄北》《嫦娥》等是其名作。

诗发展到宋代，虽不似唐代那般辉煌灿烂，但却自有它独特的风格。吴之振《宋诗钞·序》云：“宋人诗，变化于唐而出其所得，皮毛落尽，精神独存。”与唐代相比，宋代格律诗有着更为深细精工的追求。“譬如某一个意思写得比唐人透彻，某一个字眼或句法从唐人那里来而比他们工稳”（钱锺书《宋诗选注·序》）等，因而对诗歌发展同样有着不可取代的重要价值。

宋初的梅尧臣、苏舜钦并称“苏梅”，是奠定宋诗基础之人。欧阳修、王安石的诗对扫荡西昆体的浮艳之风起过很大作用。最能体现宋诗特色的是苏轼和黄庭坚的诗。缪钺的《论宋诗》（《宋诗鉴赏辞典》代序）云：“宋诗之有苏黄，犹唐诗之有李杜。元祐以后，诗人迭起，不出苏黄二家。而黄之畦径风格，尤为显异，最足以表宋诗之特色，尽宋诗之变态。”苏轼自由不羁、灵动超妙的个性在他的五、七言律诗中有鲜明表现。如七律《和子由渑池怀旧》，出入于格律畦畛之间，“雪泥鸿爪”的譬喻深刻隽永，全诗明快流畅，意境恣逸。黄庭坚是北宋后期的杰出诗人，诗风奇特拗崛，与陈师道一起开创了宋代影响最大的“江西诗派”。七律《寄黄几复》《登快阁》等都是他的代表作。南宋时期，诗作常充满忧郁、激愤之情。陆游是这个时代的代表人物。与他同时的还有以“田园杂兴”诗而出名的范成大和以写景说理而自具面目的杨万里。文天祥是南宋最后一个大诗人，高扬着宁死不屈的民族精神的《过零丁洋》是他的代表作。

元、明、清以后格律诗的创作仍然持续，但基本上不出唐宋两代所建立起来的规范。虽然偶有高潮，也出现了一些名家，但总体上创新不足，名篇佳作也渐少，整体成就难以与前代抗衡。随着梁启超的“诗界革命”口号的提出，新体诗崛起，格律诗没落了。

思考题

1. 简要概括格律诗的文体特征。
2. 格律诗有哪些主要类型？试举例说明。

第二节　格律诗鉴赏理论

一、古人鉴赏品评格律诗的主要形式

古体诗与格律诗在体制特征上虽各有特点，但都属于诗歌的范畴，在创作和鉴赏方面其实是大体相通的。古人鉴赏品评格律诗的主要形式，与古体诗一脉相承。诗话、论诗诗、评点，是古代最主要的几种形式。在许多情形下，对古体诗的鉴赏品评与对格律诗的鉴赏品评共存于同一部诗话或同一部选集中。相关内容在前一章中已有详细介绍，此处不再赘述。

二、古人鉴赏品评格律诗的主要观点

自格律诗兴起以后，历代诗话类著作、诗歌理论批评著作对格律诗的讨论也随之兴盛，对于格律诗的体制、创作、风格等各方面问题都有深入的探讨。在品评鉴赏格律诗时，有以下一些值得注意的观点。

1. 协律论

格律诗在格律方面要求比较严格，很多评论家都强调格律的重要性。在近体诗形成的过程中，人们就不断地追求着音律之美。较早提出这方面意见的是南朝沈约的“四声八病”说，指出“欲使宫羽相变，低昂互节，若前有浮声，后须切响。一简之内，音韵尽殊；两句之中，轻重悉异”，对诗歌声律样式的建立有重要意义。而在律诗定型以后，对声律的要求就更为严格。明代王世贞《艺苑卮言》说：“律如音律、法律，天下无严于是者。”清代钱良择《唐音审体》则说：“律者，六律也。谓其声之协律也，如用兵之纪律、用刑之法律，严不可犯也。”再如清代宋俊《柳亭诗话》所云：“律之为用，见之于乐、与兵、与刑，而诗亦遵之。一字弗当，一音弗当，与破律、失律、背律等。”由于律诗格律的严格性，写作起来就有很大的难度。胡应麟在《诗薮》中说得非常清楚：“近体之难，莫难于七言律。五十六字之中，意若贯珠，言如合璧。其贯珠也，如夜光走盘，而不失回旋曲折之妙；其合璧也，如玉匣有盖，而绝无参差扭捏之痕。”刘熙载《艺概・诗概》中语：“律体可喻以僧家之律：狂禅破律，所宜深戒；小禅缚律，亦无取焉。”律诗就是这样一种戴着镣铐跳舞的诗体，诗人们在严格的格律中施展自己的才性，写出了如此众多的经典之作，充分体现了古代诗人的创造性。

2. 对偶论

对偶是格律诗必要的修辞手法。所谓对偶，既有意义上的词性相对，也有声律的平仄相对。早在《文心雕龙·丽辞》中就已开始探讨对偶的优劣："丽辞之体，凡有四对：言对为易，事对为难；反对为优，正对为劣。言对者，对比空辞者也，事对者，并举人验者也；反对者，理殊趣合者也，正对者，事异义同者也。"虽然这里的对偶并非专指诗歌而言，但指出了对偶的一些基本法则，因此后来诗家多以此来品评诗歌的优劣。格律诗中对偶之法的成熟，大约是在初唐律诗形成之际，以上官仪提出六对为标志："一曰正名对，天地日月是也；二曰同类对，花叶草芽是也；三曰连珠对，萧萧赫赫是也；四曰双声对，黄槐绿柳是也；五曰叠韵对，彷徨放旷是也；六曰双拟对，春树秋池是也。"(见《诗人玉屑》)此后对偶的研究日渐繁复，如空海《文镜秘府论》结合元兢《诗髓脑》六种对、皎然《诗式》八种对及崔氏《唐朝新定诗格》三种对，将所有对偶形式合为二十九种。可见当时对诗歌对偶的重视与研究的深入。

经由唐宋诗人的创作实践，对偶之法日益精细，属对精切、一字不苟成为诗人们的普遍追求。王安石对偶尤其精严，认为"汉人语止可以汉人语对，若参以异代语，便不相类。"(《石林诗话》)他在《书湖阴先生壁》中的两句"一水护田将绿绕，两山排闼送青来"，"护田"和"排闼"都是出自《汉书》里的典故，并形成严密的对偶。不少诗人在对偶上求新求巧，苏轼《章质夫送酒六壶，书至而酒不达，戏作小诗问之》的"岂意青州六从事，化为乌有一先生"，"青州从事"指酒，"乌有先生"指酒的消失，这两句被认为是"浑然一意，无斧凿痕"(《复斋漫录》)。

与此同时，也有不少人开始反思过分讲究对偶的弊端，认为刻意的雕琢会使诗歌失去自然流畅的美感。一些论者指出对偶不能床上叠床、屋上架屋，如果对偶的两句是一个意思，会显得重复。北宋蔡居厚曾指出："晋宋间诗人造语虽秀拔，然大抵上下句多出一意。"(《蔡宽夫诗话》)这就是所谓的"合掌"，其实是诗家大忌。清人朱庭珍《筱园诗话》就强调："两句须自变幻，不可一律，致犯合掌之病。"要"一句自有一句之意境，两句迥然不同，却又呼吸相应"，这才是对偶应当追求的境界。

3. 锤炼说

古人写诗作文，非常看重锤炼的功夫。刘勰《文心雕龙》里就有《炼字》一篇。对于诗歌尤其是格律诗来说，炼字就更为重要。一处精心锤炼的字词，很可能会使一首诗焕发出鲜活的生命力。"吟安一个字，捻断数茎须"(卢延让《苦吟》)、"两句三年得，一吟双泪流"(贾岛《题诗后》)。还有贾岛"推"与"敲"的故事，都可见诗人在炼字上耗费的力气。"炼字"常常跟"诗眼"联系在一起。清人施补华《岘佣说诗》就说："五律需讲炼字法，荆公所谓诗眼也。"诗歌语言中最富表现力的词，往往被称为“诗眼”。“诗眼”的提法，大约在北宋就已有了。黄庭坚《赠高子勉诗》有云：“拾遗句中有眼。”认为杜甫的诗中存在极具表现力的字眼。范温则撰有《潜溪诗眼》一书。诗论家在评诗时，也特别注重诗中之眼。如叶梦得《石林诗话》称赞杜甫“江山有巴蜀，栋宇自齐梁”两句：“远近数千里、上下数百年，只在‘有’与‘自’两字间，而吞纳山川之气，俯仰古今之怀，皆见于言外。”“有”与“自”便是杜甫精心锤炼的诗眼。

随着格律诗的不断发展，古人对于锤炼又有新的见解。单纯的“炼字”渐渐被认为是技巧层面的功夫，人们更看重“炼意”“炼格”。如宋代释普闻《诗论》云：“炼字莫如炼句，炼句莫若得格。”姜夔《白石道人诗说》也说：“意格欲高，句法欲响，只求工于句字，亦末矣。”理想的诗作，应当是集炼字、炼句、炼意于一体，如张表臣《珊瑚钩诗话》所说：“诗以意为主，又须篇中炼句，句中炼字，乃得工耳。”经由各方面的锤炼，才能形成真正精彩的作品。

三、格律诗鉴赏的方法

格律诗鉴赏是诗歌鉴赏的一部分，其鉴赏的基本原则与古体诗鉴赏是相通的。不过，格律诗有自己的文体特征，因此格律诗鉴赏也有一些特殊性。格律诗是古代诗歌的代表性诗体之一，古人留下了格律诗品评的大量理论及范例，我们在鉴赏格律诗时要合理借鉴古人的经验。

首先，应了解诗歌的声律、对偶、押韵等基本知识，这是创作格律诗的基础，也是鉴赏者应当具备的文学修养。在此基础上，应掌握格律诗中不同的诗体，了解各种诗体的写作模式与风格特征。我们对一首诗的基本体制要有准确的把握，这样才能看菜吃饭、量体裁衣。例如绝句，其诗体特点是篇幅短小，小中见大，以凝练含蓄为上品。五律规模简重，意象浑融，七律则纡徐委折，畅达悠扬，各有其特点。

其次，要懂得分析格律诗的篇法结构。格律诗尤其是律诗，仅八句，要在八句之中完成起承转合并不容易，因此一首诗的篇法往往贯注着诗人的精细构思。例如，五言律体比较常见的体例是“前起后结，中四句，二言景，二言情”(胡应麟《诗薮》)，但不同时期诗人的追求有所不同，如“唐初多于首二句言景对起，止结二句言情，虽丰硕，往往失之繁杂。唐晚则第三四句多作一串，虽流动，往往失之轻儇。”(《诗薮》)其实律诗须是景情相融，有开有合，才能使格调庄严，气象闳丽。又如绝句，虽然篇幅短小，但在篇法上尤其能体现诗人的构思。李商隐《夜雨寄北》，由现在想到将来、并想象将来如何谈论现在，篇法奇特，而思念之情流溢其中。

再次，应特别关注诗中最精彩的名句。格律诗讲究修辞，追求精练的表达效果，其中的名句往往是在艺术上最为精彩的部分，既充满形式的美感，又富于浓郁的诗意，是一首诗的精华所在。鉴赏这些名句时，要善于分析其艺术表现手法，如对偶的工整、比喻的巧妙、用典的贴切等。杜甫的《登高》“无边落木萧萧下，不尽长江滚滚来”，既写出了空间的广阔，又写出了时间的不停流逝，以精工的对偶体现出宇宙时空的广大苍茫。又如李商隐《无题》的“春蚕到死丝方尽，蜡炬成灰泪始干”，巧用比喻象征手法，以“丝”喻“思”，以烛泪比喻人的眼泪，将至死不渝的爱情贯注于譬喻之中，从而成为千古名句。再如，王昌龄《出塞》中的“秦时明月汉时关”，采用的互文见义的修辞手法，从而写出了时间流逝与朝代变迁的沧桑感。对于这些名句的解读，有利于深入理解诗歌的主旨，感受诗歌的艺术魅力。

最后，还要细致鉴赏格律诗中的重点字词。正如上文所言，古人在写诗过程尤其注重字句的锤炼，而字句的锤炼也往往能够画龙点睛，使得一首诗滋生出强大的感染力。如孟浩然《宿建德江》“野旷天低树，江清月近人”中的“低”和“近”字，王维《使至塞上》“大漠孤烟直，长河落日圆”中的“直”和“圆”字，李白《秋登宣城谢朓北楼》“人烟寒橘柚，秋色老梧桐”的“寒”和“老”字，林逋《山园小梅》“疏影横斜水清浅，暗香浮动月黄昏”中的“疏”和“暗”字，等等。这些字词，或以极简的笔墨勾勒出了景物最具特色的一面，或通过词类的活用形成陌生化的艺术效果，使得诗句精彩灵动，充满生机。因此，我们在鉴赏古代格律诗时，要特别注重诗人对字词的选择，关心这些字词所带来的表达效果。

进入鉴赏的过程，实际上也是我们对诗歌的一个再创造的过程。在鉴赏诗歌时，应积极调动想象力和联想力，去体会诗歌中所创造的艺术境界。这种鉴赏不但能使读者获得艺术的熏陶，更让诗歌在一代又一代读者的解读和鉴赏中不断获得新的生命力。

思考题

1. 简述历代诗话类著作关于鉴赏格律诗的几种主要观点。
2. 简要谈谈应该从哪些方面来鉴赏一首格律诗。

第三节　格律诗名篇导读

一、五言律诗

送杜少府之任蜀州[①]

王　勃

城阙辅三秦[②]，风烟望五津[③]。
与君离别意，同是宦游人。
海内[④]存知己，天涯若比邻[⑤]。
无为在歧路[⑥]，儿女共沾巾[⑦]。

【注释】

①杜少府：名不详。少府，当时县尉的通称。之：去往。蜀州：泛指蜀地，今四川省。

②城阙：城墙和宫阙，这里指唐朝的京城长安。辅：这里指拱卫。三秦：指长安周围的关中地区。秦亡后，项羽三分秦故地关中，以封秦朝三个降将，因此关中又称“三秦”。

③风烟望五津：“风烟”两字名词用作状语，表示行为的处所。全句意为，在风烟迷茫之中遥望蜀州。五津：指岷江的五个渡口：白华津、万里津、江首津、涉头津、江南津。这里泛指蜀州。

④海内：四海之内。古人认为陆地的四周都为大海所包围，所以称天下为四海之内。

⑤天涯：天边，这里比喻极远的地方。比邻：并邻，近邻。

⑥无为：不要。歧路：岔路。古人送行常在大路分岔处告别。

⑦沾巾：泪水沾湿手巾。

【评析】

王勃(650—676)，字子安，绛州龙门(今山西省河津市)人，麟德初及第，曾任沛王府修撰，后因戏作《檄英王鸡》文，被高宗逐出王府。咸亨三年(672)，补虢州参军，因擅杀官奴当诛，遇赦除名。其父亦受累贬为交趾令。上元三年(676)，王勃南下探亲，渡海溺水受惊而亡。王勃与杨炯、卢照邻、骆宾王以诗文齐名，并称“初唐四杰”。

该诗是送别诗的名作。诗意劝勉对方不要在离别时感到悲哀。诗的开头“城阙辅三秦，风烟望五津”不说离别，只描画出这两个地方的形势和风貌。而举目千里，依依送别的无限情意自在其中。诗人于长安送别友人，五津本是看不见的，但诗人出以想象的视角，显得格外壮阔，远超出一般送别诗满篇柳枝、酒杯之词。接下来的“与君离别意，同是宦游人”，写求官漂流在外的人，离乡背井，含有无限凄恻的意绪，与开头的壮阔相比，形成一个波谷。

第三联奇峰突起，“海内存知己，天涯若比邻”，远离无法让真正的知己分开，只要同在四海之内，就是天涯地角也如同邻居一样，一秦一蜀又算得什么呢？气象阔大，志趣高远，表现真正的友谊不受时间的限制和空间的阻隔，既是永恒的，也是无所不在的，抒发了乐观豁达的情感，成为远隔千山万水的朋友之间表达深厚情谊的名句。

全诗不同于一般送别诗的依依惜别，而是慷慨豪壮，激励人心，颇能体现初盛唐时期人们志存高远的精神风貌。

【辑评】

(读此诗)乃知初唐所以盛，晚唐所以衰。

——明·顾璘《批点唐音》

唐初五言律惟王勃“送送多穷路”“城阙辅三秦”等作，终篇不著景物，而兴象宛然，气骨苍然。实首启盛、中妙境。

——明·胡应麟《诗薮》

【相关资料】

赵炳耀：《谈王勃的〈送杜少府之任蜀州〉》，《语文教学与研究》1981 年第 2 期。

张家琼：《〈送杜少府之任蜀州〉简析》，《中学语文》1982 年第 9 期。

孙全生：《王勃〈送杜少府之任蜀州〉分析》，《语文教学通讯》1982 年第 11 期。

次北固山下[①]

王　湾

客路青山外[②]，行舟绿水前[③]。

潮平两岸阔[4]，风正一帆悬[5]。
海日生残夜[6]，江春入旧年[7]。
乡书何处达？归雁洛阳边[8]。

【注释】

①次：住宿，此指停泊。北固山：在今江苏镇江市北，下临长江。

②客路：旅途。青山：指北固山。

③绿水：这里指长江。前：向前航行。

④潮平两岸阔：潮水涨满时，两岸之间水面宽阔。平：涨平，潮水涨得与岸齐平。

⑤风正：风顺而和。悬：挂。

⑥海日：海上的旭日。残夜：夜色已残，指天将破晓，夜将尽未尽的时候。

⑦江春入旧年：江上春早，旧年未过，新春已到。旧年：未尽的一年。

⑧归雁洛阳边：希望北归的大雁捎一封家信到洛阳。边：唐代口语，义同“处”，泛指某处。

【评析】

王湾(693—751)，字号不详，洛阳(今属河南省)人。存诗十首。最出名的就是这首《次北固山下》。这首诗描绘了诗人在北固山下停泊时所见到青山绿水、潮平岸阔的美丽景色，抒发了诗人因时近春节、归雁南飞而勾起的深切思乡之情。

颔联的“潮平两岸阔，风正一帆悬”是备受称赞的名句。“风正”说明了风向之顺、风力之和，故而能有“一帆悬”的饱满。透过“风正一帆悬”的细节小景，实际上更能映衬出“潮平两岸阔”的壮美，将自然开阔的平野、波平浪静的江流等大景也都表现出来了。故王夫之《姜斋诗话》中赞其能“以小景传大景之神”。简单两句诗中，呈现给读者的是一幅恢宏阔大的景象。

颈联的“海日生残夜，江春入旧年”，同样是脍炙人口的诗句。当残夜将尽未尽之时，一轮红日已从海上升起；当旧年还没有逝去，江上早已呈露春意。时间是那样匆匆不可待，不经意间一日又到，一年又始，这怎不叫身在“客路”的诗人顿生思乡之情呢？这两句诗不仅生动地写出了诗人因景物诱发的乡思，而且还蕴含了非常深刻的人生哲理——新事物往往孕育于旧事物解体之时。海上红日生于残夜之中，将驱尽黑暗；江边春意闯入旧年，将赶走严冬。

尾联顺着思乡之情延展开去。诗人想起遥远的故乡，恰好大雁南飞，于是想要托雁捎信：雁儿啊，烦劳你们飞过洛阳的时候，替我问候一下家里人。尾联密切呼应着首联的“客路青山外”，使得全篇笼罩着一层淡淡的思乡愁绪。不过，这种愁绪只是淡淡一缕，在潮平风正的壮阔景色、海日江春的人生哲理中，更多显现着作者积极乐观的心境。

【辑评】

盛唐句如“海日生残夜，江春入旧年”，中唐句如“风兼残雪起，河带断冰流”，晚唐句如“鸡声茅店月，人迹板桥霜”，皆形容景物，妙绝千古，而盛、中、晚界限斩然。

——明・胡应麟《诗薮》

“海日生残夜，江春入旧年”，诗人已来少有此句。张燕公(张说)手题政事堂，每示能文，令为楷式。

——唐・殷璠《河岳英灵集》

“风正一帆悬”……以小景传大景之神。

——清・王夫之《姜斋诗话》

【相关资料】

廖中秋：《〈次北固山下〉再解读》，《语文教学与研究》2007 年第 32 期。

刘春华：《不愁为何强说愁——质疑〈次北固山下〉的点评》，《语文教学通讯》2003 年第 32 期。

王海岳：《情景交会，妙含无痕——〈次北固山下〉赏析》，《江苏大学学报(高教研究版)》1981 年第 2 期。

望洞庭湖赠张丞相①

孟浩然

八月湖水平，涵虚混太清②。
气蒸云梦泽③，波撼岳阳城。
欲济无舟楫④，端居耻圣明⑤。
坐观垂钓者，徒有羡鱼情⑥。

【注释】

①诗题一作《临洞庭湖》。张丞相：一说为张九龄，一说为张说。

②涵虚：包含天空，指天倒映在水中。虚、太清：均指天空。

③云梦泽：古时云、梦为二泽，长江之南为梦泽，江北为云泽，后大部分淤为平地，唯存洞庭湖，人们习惯称云梦泽。宋范致明《岳阳风土记》："盖城据东北，湖面百里，常多西南风。夏秋水涨，涛声喧如万鼓，昼夜不息。"

④济：渡河。楫：划船的橹。

⑤端居：平常居处，闲居。耻圣明：有愧于圣明之世。这两句诗以比喻的方式说，想做官却苦无门路，无人引荐。但不做官又有辱圣明的时代。

⑥徒：白白地。羡鱼情：想得到鱼的愿望。《淮南子·说林训》："临渊而羡鱼，不如归家织网。"这句仍是表示希望入仕，企盼有人引荐。

【评析】

孟浩然(689—740)，襄阳(今湖北省襄阳市)人，世称"孟襄阳"。青少年时期在襄阳附近的鹿门山读书。40岁以后到京城长安考试，求取功名，没有考中，曾游历东南各地。在诗歌方面，他与王维齐名，并称为"王孟"。今存《孟浩然集》。

《望洞庭湖赠张丞相》是一首典型的干谒诗。所谓干谒，指的是古人为求显声扬名而拜见达官显贵，希望他们能够赏识自己、荐举自己或重用自己。这类题材的诗谓之干谒诗，相当于现代的自荐信。唐玄宗开元二十一年(733)，孟浩然西游长安，写了这首诗投赠当时的张丞相，目的是想得到张丞相的赏识和器重。

首联点明时令，描写洞庭湖秋水上涨、汪洋浩荡的壮阔景色。"混"字则写出高空为水光所包含、水天相接茫茫不分的景象，表现了洞庭湖的汪洋浩瀚。颔联"气蒸云梦泽，波撼岳阳城"被称为描写洞庭湖的名句。"蒸""撼"二字极有声势，不仅写出湖面的广阔，而且写出了狂波巨澜拍打着岳阳古城的声势。以上四句，都是紧扣题目中的"望洞庭"三字展开笔墨，写洞庭湖的壮丽景象和磅礴气势。

后四句转入抒情，与题目"赠张丞相"照应，表露作者想要入仕、渴望引荐之意。颈联"欲济无舟楫，端居耻圣明"，诗人以比兴的手法，以眼前之景来设喻，面对浩浩的湖水，要找出路却没有人接引，赋闲在圣明时代，实在可耻。尾联"坐观垂钓者，徒有羡鱼情"，巧妙运用"临渊羡鱼，不如退而结网"的古语，暗喻自己有做一番事业的愿望，委婉地向张丞相表达了自己渴求援引的心情。全诗气象壮阔，委婉含蓄，分寸得当，很能体现诗人不卑不亢的人格，因而被后人所称颂。

【辑评】

洞庭天下壮观，自昔骚人墨客，题之者众矣。……然未若孟浩然“气蒸云梦泽，波撼岳阳城”，则洞庭空旷无际，气象雄张，如在目前。

——宋·蔡绦《西清诗话》

“气蒸云梦泽，波撼岳阳城”，浩然壮语也；杜“吴楚东南坼，乾坤日夜浮”，气象过之。

——明·胡应麟《诗薮》

五言律起句最难，六朝人称谢朓工于发端，如“大江流日夜，客心悲未央”，雄压千古矣。唐人多以对偶起，虽森严，而乏高古……孟浩然“八月湖水平，涵虚混太清”。虽律也，而含古意，皆起句之妙，可以为法，何必效晚唐哉？

——明·杨慎《升庵诗话》

为诗须有章法、句法、字法。……字法要炼……如“气蒸云梦泽，波撼岳阳城”；“蒸”字、“撼”字，何等响，何等确，何等警拔也！

——清·王士禛《燃灯记闻》

前四句甚雄壮，后稍不称。

——明·许学夷《诗源辩体》

【相关资料】

朱庆和：《独标风韵，曲笔擒旨——孟浩然〈临洞庭湖赠张丞相〉赏析》，《中学语文园地(高中版)》2006年第4期。

景仁：《熔宏伟、含蓄于一炉的艺术佳品——孟浩然〈临洞庭赠张丞相〉赏析》，《语文教学通讯》1984年第12期。

徐昌才：《〈望洞庭湖赠张丞相〉赏析》，《阅读与作文(高中版)》2005年第11期。

过香积寺[①]

王 维

不知香积寺，数里入云峰[②]。
古木无人径，深山何处钟[③]。
泉声咽危石[④]，日色冷青松[⑤]。
薄暮空潭曲[⑥]，安禅制毒龙[⑦]。

【注释】

①香积寺：唐代著名寺院。《清一统志》："香积寺在长安县(今陕西省西安市)南神禾原上。"该寺建于公元681年(唐高宗永隆二年)，故址已废。

②入云峰：登上入云的高峰。

③钟：寺庙的钟鸣声。

④咽：呜咽。危：突出的石头。

⑤冷青松：为青松所冷。

⑥薄暮：黄昏。曲：水边。

⑦安禅：指身心安然进入清寂宁静的境界。毒龙：佛家比喻邪念妄想。见《涅槃经》："但我住处有一毒龙，想性暴急，恐相危害。"

【评析】

王维(约701—761)，字摩诘，蒲州(今山西省永济市)人，开元九年(721)进士。曾官至尚书右丞，故世称"王右丞"，晚年无心仕途，专诚奉佛，故后世人又称其为"诗佛"。王维是盛唐山水田园诗派的代表作家，与孟浩然合称"王孟"。著有《王右丞集》。王维多才多艺，精通音乐、书法和绘画。诗画相通成为王维作品的重要特色。苏轼曾赞他"味摩诘之诗，诗中有画；观摩诘之画，画中有诗"(《东坡志林》)。

这首诗首联凭空出语"不知香积寺"，虽然不知道在哪里，但是诗人仍旧在寻觅。颔联这里的"何处"与"无人"对偶，又照应开篇的"不知"，写出作者初访香积寺的情景，并且从视觉写到听觉，以动衬静，生动地表现出山的深幽。

"泉声咽危石，日色冷青松"一联历代被誉为炼字典范。它采用了倒装句法和拟人手法。因危石的阻隔，泉水不能顺利流淌，发出呜咽的声音。傍晚，夕阳的余晖洒在松林上，青松使日光仿佛也变冷了。在青松林中听到呜咽的泉声，更加衬托出山寺环境的幽静。

尾联两句才写到古寺，但仍然不写寺中景物，诗人跋涉许久，直到天快黑时才到香积寺，看到了寺前的水潭。"空潭"之"空"不能简单地理解为"什么也没有"。诗人是用"寂然"的心境在观照"潭曲"，讲究通过修行来消除杂念，得到解脱和自由。王维诗中常用"空"字，如"空山不见人""胜事空自知""空山新雨后"之类，这种"空"的境界，正是诗人所追求的诗中有禅的诗歌境界。

总之，此诗构思奇妙、炼字精巧。诗人并不正面描摹，而侧写周围景物，来烘托山寺之幽深。虽不直写寺院，而寺院已在其中。

【辑评】

下一“咽”字，则幽静之状恍然，著一“冷”字，则深僻之景若见。

——清·赵殿成《王右丞集笺注》

【相关资料】

鲍寅初：《王维〈过香积寺〉的艺术特色》，《苏州教育学院学报》1996 年第 4 期。

桑宝靖：《钟响古寺远 禅定心澹然——王维〈过香积寺〉赏析》，《世界宗教文化》2002 年第 3 期。

王莉：《深幽超尘 诗中有道——王维〈过香积寺〉赏析》，《古典文学知识》2007 年第 3 期。

送友人

李 白

青山横北郭①，白水绕东城②。
此地一为别③，孤蓬万里征④。
浮云游子意⑤，落日故人情。
挥手自兹去⑥，萧萧班马鸣⑦。

【注释】

①横：横亘，横跨。郭：外城。古时城有两重，内为城，外为郭。

②白水：明净的水。

③一：助词；一旦，加强语气。为别：分别。

④孤蓬：又名飞蓬，随风飘动的蓬草。比喻独身漂泊不定的旅人。诗人用“孤蓬”喻指即将孤身远行的友人。曹植《杂诗》：“转蓬离本根，飘摇随长风。”鲍照《芜城赋》：“孤蓬自振，惊沙坐飞。”征：征途，远行。

⑤游子：离家远游的人。意：心意，心情。

⑥自兹去：从此离开。兹，此。

⑦萧萧：象声词，马鸣声。《诗经·小雅·车攻》：“萧萧马鸣。”班马：离群的马。这里指载人远离的马。《左传·襄公十八年》：“有班马之声。”杜预注：“班，别也”。

【评析】

《送友人》是唐人送别诗的名篇。

诗的开篇不凡。首联“青山横北郭，白水绕东城”，点明送别之地。青山白水，北郭东城，属对工整。诗人在这两句诗中写山写水，一是点出送别的地点，二是渲染送别的环境气氛，三是运用“横”“绕”两字，隐含着他们的情谊绵长、难以阻隔的意味。

颔联以流水对承之。“此地一为别，孤蓬万里征”，此地与万里，形成极近与极远的对比；孤蓬与万里征行，形成极小与极大的对比。诗人描述了行者在未来的征途上形单影只，而且表达了离别在即的深沉。字里行间，充满了对友人的无限关怀。

颈联由写景转入抒情。不过诗人并没有直抒胸臆，而是移情于景：“浮云游子意，落日故人情。”巧妙地用“浮云”“落日”作比，把满怀情意融入眼前景物之中。天空中的白云，随风飘浮，象征着友人行踪不定；远处的夕阳徐徐而下，隐喻诗人与朋友的依依惜别之情。在这山明水秀、红日西照的背景下送别，使人更觉难舍难分。

李白的《送孟浩然之广陵》以“唯见长江天际流”的视觉形象收束，而此诗尾联“挥手自兹去，萧萧班马鸣”则出以听觉形象，诗人在此借助马鸣强化主客依依不舍的情状。马，本来是恋群之物，离群之时，往往回首萧萧长鸣。马犹如此，人何以堪！浓郁的惜别之情，于此绵延无尽。

【辑评】

即分离之地而叙景以发端，念行迈之遥而计程以兴慨。游子之意，飘若浮云，故人之情，独悲落日。行者无定，居者难忘也。而挥手就道，不复能留，唯闻班马之声而已。黯然消魂之思，见于言外。

——明·唐汝询《唐诗解》

此诗题目疑为后人妄加。细玩诗意，似非送人之作，而是留别之篇。诗中“孤蓬”自喻，句谓己将有万里之行；“浮云”亦自喻，句谓己此行无定所。“落日”则喻为己送行之“故人”。“故人”一词，虽然自称、称人皆可，但一般多称人。据日人花房英树编《李白歌诗索引》，《李集》中用“故人情”共三处，皆谓友人对己之情谊。

——安旗《李诗札记》

【相关资料】

黄建宏：《移情于景 情味不尽——读李白五律〈送友人〉》，《语文教学与研究》1983年第11期。

张汉清，方骏：《托物寓意 即景抒情——〈送友人〉浅析》，《宁夏教育》1983年第11期。

米春秀：《领异标新情更深——读李白〈送友人〉》，《安徽教育》1986年第8期。

曾明：《李白〈送友人〉之"友人"事迹考》，《社会科学研究》2009年第4期。

登岳阳楼[①]

杜　甫

昔闻洞庭水[②]，今上岳阳楼。
吴楚东南坼[③]，乾坤日夜浮[④]。
亲朋无一字，老病有孤舟[⑤]。
戎马关山北[⑥]，凭轩涕泗流[⑦]。

【注释】

①岳阳楼：在今湖南省岳阳市，临洞庭湖。

②昔闻：过去仅是听说过。

③吴楚：春秋时二国名，其地略在今湖南、湖北、江西、安徽、江苏、浙江一带。坼：裂开。这句是说，辽阔的吴楚两地被洞庭湖一水分割。

④乾坤：天地。这句说天水相连，好像整个天地都日夜浮动在苍茫的湖面上。

⑤老病：杜甫时年57岁，身患多种疾病。有孤舟：唯有孤舟一叶飘零无定。诗人晚年是在小船上度过的。这句写的是杜甫生活的实况。

⑥戎马：战争。这年秋冬，吐蕃又侵扰陇右、关中一带。

⑦凭轩：倚着楼栏杆。涕泗流：眼泪禁不住地流淌。

【评析】

杜甫创作的五言律诗《登岳阳楼》被誉为古今"登楼第一诗"。

首联看似平常，其实不然。诗人早就听说过洞庭湖名胜，期待能够登上岳阳楼，饱览这里的风光山水。不过，晚年终于登上岳阳楼时，却已不复早年的游览兴致了。这里并不是一种轻松欢快的心情，而是颇有一番感慨的思绪，诗人的心情其实是非常复杂的。

颔联“吴楚东南坼，乾坤日夜浮”意思是，吴楚被洞庭分成两片，而天地也就在这片水面上日日夜夜地沉浮。一个“浮”，映衬出洞庭湖包含日月的壮阔。而在这壮观的景色中，还折射出诗人内心情感的激荡，同时也暗示着唐王朝政局的动荡不安。

颈联笔势一转，诗境由阔到窄。由大的吴楚乾坤到小的孤舟凭轩，叙述了诗人自己的现实境况：亲戚朋友没有一点音讯，自己垂老患病在孤舟之上。杜甫常常运用这种由高而低、由历史到个人的写法。清代黄生《杜工部诗说》云：“前半写景，如此阔大；五六自叙，如此落寞，诗境阔狭顿异。”然而这种“阔狭顿异”的写法正是诗人的特色，这种“景大身小”的形式是作者有意经营的，他总是把自己个人的命运（亲朋离散、老病异乡）和国家的命运（远在视线之外的战乱）联系在一起，透过个人的漂泊天涯，寄托着对国家民生的关怀。因此，尾联又再将个人遭际抛开。诗人关心的是“戎马关山北”的时局，并为此“凭轩涕泗流”，真正体现出了诗人博大的襟怀。

【辑评】

“亲朋无一字，老病有孤舟”自然是登岳阳楼诗。尝试设身作杜陵，凭轩远望观，则心目中二语居然出现，此亦情中景也。孟浩然以“舟楫”“垂钓”钩锁合题，却自全无干涉。

——清·王夫之《姜斋诗话》

前半写景，如此阔大，五六自叙，如此落寞，诗境阔狭顿异。结语凑泊极难，转出“戎马关山北”五字，胸襟气象，一等相称，宜使人搁笔也。

——清·黄生《杜工部诗说》

杜五言感时伤事，如“亲朋无一字 ，老病有孤舟”，八句之中，着此一联，安得不独步乎？

——宋·刘克庄《后村诗话》

气压百代，为五言雄浑之绝。

——宋·刘辰翁《唐诗品汇》

过岳阳楼，观杜子美诗，不过四十字尔，气象宏放，涵蓄深远，殆与洞庭湖争雄，所谓富哉言乎者。太白、退之辈率为大篇，极其笔力，终不逮也。杜诗虽小而大，余诗虽大而小。

——宋·强幼安《唐子西文录》

洞庭天下壮观，自昔骚人墨客题之者众矣，……然未若孟浩然"气蒸云梦泽，波撼岳阳城"，则洞庭空旷无际，气象雄张，如在目前。至读杜子美诗，则又不然。"吴楚东南坼，乾坤日夜浮"，不知少陵胸中吞几云梦也。

——南宋·胡仔《苕溪渔隐丛话》引蔡绦《西清诗话》语

【相关资料】

徐炼：《〈登岳阳楼〉在杜诗中的典范意义》，《湘潭大学学报(哲学社会科学版)》2004年第6期。

徐炼：《读杜甫〈登岳阳楼〉》，《名作欣赏》2004年第12期。

孙绍振：《〈登岳阳楼〉赏析》，《福建论坛(社科教育版)》2007年第4期。

月　夜

杜　甫

今夜鄜州月①，闺中只独看。
遥怜小儿女②，未解忆长安③。
香雾云鬟湿，清辉玉臂寒④。
何时倚虚幌⑤，双照泪痕干⑥？

【注释】

①鄜(fū)州：今陕西省富县。当时杜甫的家属在鄜州的羌村，杜甫在长安。这两句设想妻子在鄜州独自对月怀人的情景。

②怜：爱。

③未解：尚不懂得。

④香雾云鬟(huán)湿，清辉玉臂寒：写想象中妻独自久立、望月怀人的形象。香，指云鬟里流溢出来的膏泽的芬芳。云，形容鬟的稠密蓬松。因为云鬟在夜雾笼罩之下，所以把雾说成香雾。望月已久，雾深露重，故云鬟沾湿，玉臂生寒。湿、寒二字，写出夜已深而人未寐的情景。

⑤虚幌：透明的窗帷。

⑥双照：与上面的"独看"对应，表示对未来团聚的期望。

【评析】

天宝十五载(756)春，安禄山由洛阳攻潼关。六月，长安陷落，杜甫携家眷逃往鄜州羌村。七月，肃宗在灵武(今宁夏灵武市)即位，杜甫获悉即从鄜州只身奔向灵武，不料途中被安史叛军所俘，押回长安。这首《月夜》即是困居长安时所写，是望月怀人的典范之作。

“独看”就是独自一人，不是两人共看，暗示分隔两地。至于诗人心情如何，没有直接说明，而是从妻子的角度写起，起笔甚妙。“闺中只独看”，是想象妻子在独看。所谓“独”，包含着两层意思：一是因为思念远方丈夫，感到自身孤独；二是因为孩子年纪幼小，尚不懂得母亲对父亲的思念。诗人采用从对方设想的方式，表达了对离乱中的妻子儿女的深切挂念，情真意切却明白如话。“香雾云鬟湿，清辉玉臂寒”，写妻子独自望月，一直到了深夜，露水润湿了她的发髻，月光映照在她雪白的手臂上。然而妻子丝毫没有感觉到，依然在思念着丈夫，仿佛希望月亮能够告诉自己何时才能跟丈夫团聚。

尾联与李商隐的《夜雨寄北》“何当共剪西窗烛，却话巴山夜雨时”有相似之处，又各有千秋。诗题为《月夜》，诗句皆围绕月来写，结尾的“双照”与开头的“独看”形成呼应。“独看”是现实，“双照”则是期待。二者的对照中，贯注着诗人对妻儿的深深思念。

【辑评】

公本思家，偏想家人思己，已进一层。至念及儿女不能思，又进一层。鬟湿臂寒，看月之久也。月愈好而苦愈增，语丽情悲。末又想到聚首时，对月舒愁之状，词旨婉切，见此老钟情之极。

——明·王嗣奭《杜臆》

言儿女不解忆，正言闺人相忆耳。

——元·方回选评，李庆甲校点《瀛奎律髓汇评》引纪昀语

心已驰神到彼，诗从对面飞来，悲婉微至，精丽绝伦，又妙在无一字不从月色照出也。

——清·浦起龙《读杜心解》

【相关资料】

赖筱倩：《何时倚虚幌 双照泪痕干——分析〈月夜〉中的放纵情思》，《西安文理学院学报(社会科学版)》2010年第2期。

庄海志：《读杜甫的〈月夜〉》，《语文教学与研究》2009年第23期。

孙绍振：《读杜甫〈月夜〉》，《语文建设》2009年第1期。

鲁山山行[①]

梅尧臣

适与野情惬[②]，千山高复低。
好峰随处改，幽径独行迷。
霜落熊升树，林空鹿饮溪。
人家在何许[③]？云外一声鸡[④]。

【注释】

①鲁山：在今河南省鲁山县。
②野情：喜爱山野景色的情趣。惬：相合，满足。
③人家：山中的住家。何许：何处。
④云外：指极遥远的地方。

【评析】

梅尧臣(1002—1060)，字圣俞，宣州宣城(今属安徽省)人，宣城古称宛陵，故世称宛陵先生。初试不第，以荫补河南主簿。皇祐三年(1051)始得宋仁宗召试，赐同进士出身。以欧阳修荐，为国子监直讲，累迁尚书都官员外郎，故又称"梅直讲""梅都官"。梅尧臣在北宋诗文革新运动中起了重要作用。有《宛陵先生集》。

这首五律颇有王维、孟浩然的田园风味，清新幽雅，朴素洗练，平淡自然。

首联起得突兀。这自然成趣的山中秀色，正和诗人情怀不谋而合。颔联中诗人借自己行进中视点不断变换来写山的变化。一个"改"字十分巧妙，可以同王维的"阴晴众壑殊"(《终南山》)、苏轼的"远近高低各不同"(《题西林壁》)参看。颈联富有"野趣"，诗人要表现的是山林的空、静，那么怎样表现才好呢？霜压叶落，只能略觉其空静，而能见到"熊升树""鹿饮溪"，则其空静不待言矣。

尾联令人想起"白云生处有人家"(杜牧《山行》)和"欲投人宿处，隔水问樵夫"(王维《终南山》)。都是在山中行走，杜牧已看到"人家"，王维已遇上了"樵夫"，可以说都已经见到了人。而梅尧臣却只听到"一声鸡"，以此暗示人家的存在。而这鸡声是从"云外"传来，可见"人家"之远。由"人家"之远、"鸡声"之鲜明，又进一步显现出山中之空静。

【辑评】

本朝诗惟宛陵为开山祖师。宛陵出，然后桑濮之哇淫稍息，风雅之气脉复续，其功不在欧、尹下。世之学梅诗者，率以为淡，集中如……“霜落熊升树，林空鹿饮溪”，“河汉微分练，星辰淡布萤”，“每令夫结友，不为子求郎”，“山形无地接，寺界与波分”，“山风来虎啸，江雨过龙腥”之类，殊不草草。盖逐字逐句铢铢而较者，决不足为大家数，而前辈号大家数者，亦未尝不留意于句律也。

——宋·刘克庄《后村诗话》

圣俞此诗尾句自然。熊鹿一联，人皆称其工。然前联尤幽而有味。

——元·方回《瀛奎律髓》

【相关资料】

徐冬香：《静谧恬然无萧瑟 意新语工有野情——浅析梅尧臣〈鲁山山行〉诗》，《语文月刊》2003年第9期。

陶文鹏：《云外一声鸡——梅尧臣〈鲁山山行〉》，《文史知识》2012年第1期。

别云间①

夏完淳

三年羁旅客②，今日又南冠③。
无限山河泪，谁言天地宽。
已知泉路近④，欲别故乡难。
毅魄归来日⑤，灵旗空际看⑥。

【注释】

①云间：今上海市松江区西部，是作者家乡。顺治四年(1647)，他在这里被逮捕。

②羁(jī)旅客：停留在路途上的人，这里指参加抗清斗争而漂泊在外的人。“三年”句：作者自顺治二年起，参加抗清斗争，出入于太湖及其周围地区，至顺治四年，共三年。

③南冠：古代南方楚人戴的帽子，后用为囚犯的代称。语出《左传》，楚人

钟仪被俘，晋侯见他戴着楚国的帽子，问左右的人："南冠而絷(拴，捆)者，谁也?"官吏回答："郑人所献楚囚也。"此处指被清兵逮捕。

④泉路：死期。泉，黄泉，指人死后埋葬的地穴。

⑤毅魄：坚毅的魂魄，即英魂。语出屈原《九歌·国殇》："身既死兮神以灵，魂魄毅兮为鬼雄。""毅魄"二句是说死后仍将抗清。

⑥灵旗：古代出征时所用的一种战旗。这里指后继者的队伍。

【评析】

夏完淳(1631—1647)，字存古，号小隐，松江华亭(今上海市松江区西部)人。他天资聪慧，才思敏捷，有神童之称。明亡后，随父亲夏允彝和老师陈子龙在南方起兵抗清，后被捕，英勇就义，年仅17岁，是历史上少见的少年英雄。其诗词或慷慨悲壮，或凄怆哀婉，充满了强烈的民族意识。著有《夏内史集》及《玉樊堂词》。

《别云间》是作者被清廷逮捕后、解往南京前临别松江时所作，是一首悲壮慷慨的绝命诗。

首联"三年羁旅客，今日又南冠"，回顾斗争的历史。这要结合作者的亲身经历来理解，诗人从15岁参加抗清斗争，到17岁被捕，正好是三年。此两句饱含壮志未酬身先死的悲痛。颔联"无限山河泪，谁言天地宽"，表达对祖国的热爱，面对无法收复的失地，痛声疾呼，唯有流不尽的河山泪，比天地还要多。

颈联"已知泉路近，欲别故乡难"，抒发对故乡的依恋之情，一个"难"字方显男人本色，为国流血牺牲不算什么，可难的是要永远离开生我育我的故乡。其时母亲、妻子、妹妹都在世，因此他对故乡仍然充满眷念。但即便是"难"，也不能改变他为国献身的毅然决然。尾联"毅魄归来日，灵旗空际看"，着重表达国仇未报的悲愤与誓死不屈的决心。全诗慷慨悲壮，激荡着昂扬的斗争精神。

【辑评】

天荒地老出奇人，报国能捐幼稚身。黄口文章惊老宿，绿衣韬略走谋臣。

——庄师洛《辑夏节愍(即完淳)集成题后》

【相关资料】

代安云：《哀而不伤 悲中见壮——夏完淳〈别云间〉赏析》，《语文天地》2007年第14期。

都春月：《义士诀别词 悲情动天地——读夏完淳〈别云间〉》，《课外语文》2009年第11期。

二、五言绝句

独坐敬亭山①

李 白

众鸟高飞尽②，孤云独去闲③。
相看两不厌④，只有敬亭山。

【注释】

①敬亭山：在今安徽省宣城市北。《元和郡县志》记载："在宣城县北十里。山有万松亭、虎窥泉。"《江南通志》卷一六宁国府："敬亭山在府城北十里。府志云：古名昭亭，东临宛、句二水，南俯城闉，烟市风帆，极目如画。"

②尽：没有了。

③孤云：陶渊明《咏贫士诗》中有"孤云独无依"的句子。朱谏注："言我独坐之时，鸟飞云散，有若无情而不相亲者。独有敬亭之山，长相看而不相厌也。"闲：形容云彩飘来飘去，悠闲自在的样子。

④相看：相互对望。厌：满足。

【评析】

这首诗是李白在政坛上遭到打击以后，第二次漫游安徽宣城时所作，时为天宝十二载(753)秋，表面是写独游敬亭山的情趣，而其深含之意是诗人生命历程中的孤独感。

"众鸟高飞尽，孤云独去闲。"喧嚣的众鸟，留下一片又一片的宁静；翻腾变幻的云彩，留下一份又一份的悠闲。"尽""闲"二字为我们留下恬静悠然的画面。此处以"动"衬"静"，不仅为诗人"独坐"进入物我两忘的境界渲染了浓重的气氛，而且暗示出诗人在这里欣赏已久，鸟都飞尽，云亦漂游。

"相看两不厌，只有敬亭山。"诗中没有正面描绘敬亭山的面貌，而是运用比拟的手法，赋予敬亭山以人的思想性格，不仅写出诗人已被秀丽的敬亭山陶醉，还写出敬亭山也已对诗人入迷了。一个"不厌"写尽了作者和敬亭山互相欣赏的喜悦。在被拟人化了的敬亭山中，诗人似乎找寻到了慰藉。然而，"只有"两字才是现实，更加突出诗人内心深处的孤独。柳宗元《江雪》"千山鸟飞绝，万径人踪灭。孤舟蓑笠翁，独钓寒江雪"，辛弃疾《贺新郎》"我见青山多妩媚，料青山、见我应如是”，均与本诗有异曲同工之妙。

【辑评】

胸中无事，眼中无人。

——明·钟惺《唐诗归》

传“独坐”之神。

——清·沈德潜《唐诗别裁集》

愿遗世独立，索知音于无情之物也。

——俞陛云《诗境浅说续编》

【相关资料】

王念选：《〈敬亭独坐〉探微》，《殷都学刊》1992 年第 3 期。

刘坦宾：《两怀高洁 不厌相看——李白〈独坐敬亭山〉欣赏》，《文史知识》1994 年第 7 期。

孟庆磊：《伟大的宁静 高贵的孤独——解读李白〈独坐敬亭山〉》，《现代语文(文学研究版)》2008 年第 1 期。

八阵图①

杜 甫

功盖三分国②，名成八阵图。
江流石不转③，遗恨失吞吴④。

【注释】

①八阵图：由八种阵势组成的图形，用来操练军队或作战。

②盖：超过。三分国：指三国时魏、蜀、吴三国。

③石不转：指涨水时，八阵图的石块仍然不动。

④失吞吴：失策而吞吴。魏黄初二年(221)，刘备在曹丕篡汉建魏后，于成都称帝，国号“汉”，以汉室宗亲的身份重新建立汉朝。同年，刘备以为关羽报仇的名义，发兵讨伐东吴，意图夺回荆州，但于公元 222 年夏被吴将陆逊在夷陵之战中打败，最终撤退到白帝城。这一战役破坏了蜀吴之间的联盟，并使得蜀国元气大伤。

【评析】

这首怀古绝句，具有融议论入诗的特点。诗歌语言精练，形象生动，抒情色彩浓厚，诗人把怀古和述怀融为一体，不但使其中的议论避免了空洞枯燥，而且显现出诗人卓越的知人论世之识，使人深思不已，回味无穷。

前两句“功盖三分国，名成八阵图”，用词明白如话，句式对偶严谨，巧妙而凝练地概括出诸葛亮一生中最重要的两大功业：一是帮助刘备促成三分天下之势，二是摆八阵图大败曹军以保住刘氏政权。“盖”“成”二字既包含着对诸葛亮所取功名的评价，又流露出对诸葛亮其人的仰慕。

“江流石不转，遗恨失吞吴。”即使经过江流大水的冲击，八阵图的石堆却依然矗立。在作者看来，这种“石不转”的神奇色彩和诸葛亮的精神心志有内在的联系：他对蜀汉政权和统一大业忠贞不贰，矢志不移，如磐石之不可动摇。“遗恨失吞吴”，说刘备吞吴失计，破坏了诸葛亮联吴抗曹的根本策略，以致统一大业中途夭折，而成了千古遗恨。这里在为诸葛亮惋惜的同时，也暗含了诗人对统治者的委婉劝谏。

【辑评】

尝梦子美喟叹：“世人多误会《八阵图》诗，以为先主武侯欲与关公报仇，故恨不能灭吴，非也。吾意本谓吴蜀唇齿之国，不当相图。晋之能取蜀者，以蜀有吞吴之志，以此为恨耳。”

——宋·苏轼《东坡志林》

此处两绝句，足尽武侯一生心事。

——清·仇兆鳌《杜少陵集详注》引张溍语

史：昭烈败秭归，诸葛亮曰：“法孝直若在，必能制主上东行，就使东行，必不倾危。”观此，则征吴非孔明意也。子美此诗，正谓孔明不能止征吴之举，致秭归挫辱，为生平遗恨。

——清·仇兆鳌《杜少陵集详注》引朱鹤龄语

【相关资料】

李炎：《杜甫〈八阵图〉〈武侯庙〉赏论》，《六盘水师范高等专科学校学报》1996年第3期。

童友斌：《亦歌亦叹 以诗论史——杜甫〈八阵图〉赏析》，《语文知识》1997年第5期。

送灵澈上人①

刘长卿

苍苍竹林寺②，杳杳钟声晚③。
荷笠带夕阳④，青山独归远。

【注释】

①灵澈上人：唐代著名僧人，本姓杨，字源澄，会稽（今浙江省绍兴市）人，后为云门诗僧。上人，对僧的敬称。

②苍苍：深青色。竹林寺：在现在江苏丹徒南。

③杳（yǎo）杳：深远的样子。

④荷（hè）笠：背着斗笠。荷，背着。

【评析】

刘长卿（709—约785），字文房，宣州（今安徽省宣城市）人，天宝末年登进士第，释褐长洲尉，仕至随州刺史，世称刘随州。刘长卿是大历诗风的主要代表之一，在近体诗上，用功甚深，尤工五律，自称"五言长城"。著有《刘随州集》。

这首送别诗别有一种闲淡的意境。前二句描绘出送别的情境。苍苍山林中的寺院，是灵澈的归处。远远传来寺院报时的钟响，点明时已黄昏。"苍苍""杳杳"两个叠词，从视觉和听觉两方面点染出灵澈归山时幽深寂静的氛围。在这里出现的寺庙的钟声，不但没有破坏自然界的安静，反而让原有的安静变得更为幽邃。

后二句勾画灵澈辞别归去情景。灵澈戴着斗笠，披带夕阳余晖，独自向青山走去，越来越远。这一情景不但体现了诗人对友人的惜别，还透露了诗人对友人的欣羡与追慕。诗人只写行者，未写送者，但诗人久久伫立，目送友人远去的形象仍显得非常生动。与李白的"孤帆远影碧空尽，惟见长江天际流"（《黄鹤楼送孟浩然之广陵》）异曲同工，而又添了几分清冷邈远的意味。

【辑评】

细淡而不显焕，观者当缓缓味之。

——元·方回《瀛奎律髓》

文房诗多兴在象外，专以此求之，则成句皆有余味不尽之妙矣。

——清·方东树《昭昧詹言》

【相关资料】

刘向群：《曲径通幽处 画外求深曲——刘长卿〈送灵澈上人〉析说》，《现代语文(高中读写版)》2003 年第 12 期。

骆玉明：《小诗的意境——谈刘长卿〈送灵澈上人〉》，《中学生阅读(初中版)》2005 年第 10 期。

钟林斌：《意在言外，情融画中——读刘长卿〈送灵澈上人〉》，《课外语文(初中)》2009 年第 3 期。

问刘十九[①]

白居易

绿蚁新醅酒[②]，红泥小火炉。
晚来天欲雪[③]，能饮一杯无[④]？

【注释】

①刘十九是作者在江州时的朋友，作者另有《刘十九同宿》诗，说他是嵩阳处士。

②绿蚁：酒面上绿色的泡沫，色微绿，细如蚁，称为“绿蚁”。古人常以此代称酒。醅：尚未滤过的酒。

③雪：下雪，这里作动词用。

④无：么，吗。

【评析】

这首诗是邀请朋友前来小饮的劝酒辞。

“绿蚁新醅酒，红泥小火炉。”酒是新酿的酒，炉火又正烧得通红。一“绿”一“红”色彩明艳，格调温暖。备下这酒与炉火，实与天气有关。“晚来天欲雪，能饮一杯无?”外面天色已晚，一场大雪眼看就要飘洒下来，你要不要过来喝一杯？我们可以围炉对酒，消度这欲雪的黄昏。此诗只是一个引子，真正热闹的场面还要在读者的想象中展开。如叙家常的语气，充满了友谊的醇香。这首诗不仅富于生活气息，而且写出了朋友间诚恳亲密的关系，仿佛散发着比酒更醇厚的芬芳。

【辑评】

信手拈来，都成妙谛。诗家三昧，如是如是。

——清·蘅塘退士《唐诗三百首》

用土语不见俗，乃是点铁成金手段。

——王文濡《唐诗评注读本》

末句之“无”字，妙作问语，千载下如闻声口也。

——俞陛云《诗境浅说续编》

【相关资料】

张丑平：《暖暖的诗情——读白居易〈问刘十九〉》，《名作欣赏》2005年第11期。

徐昌才：《温暖从哪里来——白居易〈问刘十九〉赏读》，《阅读与写作》2007年第1期。

蔡圣波：《浅谈白居易〈问刘十九〉中的诗味》，《诗词月刊》2008年第2期。

行 宫

元 稹

寥落古行宫①，宫花寂寞红。
白头宫女在，闲坐说玄宗②。

【注释】

①寥落：寂寞冷落。行宫：皇帝在京城之外的宫殿。

②玄宗：唐玄宗。

【评析】

元稹(779—831)，字微之，祖籍洛阳，六世祖迁居长安，贞元九年(793)明经及第，历任左拾遗、监察御史，官至尚书左丞。元稹是新乐府运动的倡导人和代表作家之一。著述颇丰，有《元氏长庆集》。

这是一首抒发盛衰之感的诗。第一句的“寥落”和“古”字暗示“古行宫”如今已是冷落、衰残，不复当年的繁华。第二句写时节当春，宫中开着红花，但却没有烂漫春意，宫花虽红，却与野花一样无人问津，反显得比野花更寂寞，更令人哀怜、令人绝望。后二句写白头宫女的动态。“闲”字写出了她们的寂寞和无聊。当年花容月貌，如花朵般娇艳，被众人瞩目，后来辗转落入宫中，年复一年过着禁锢的生活。如今青春消逝，红颜憔悴，早已不是当年入宫时的景象了，但是闲坐聊天时依然围绕当年的天子玄宗。其间逝去的多少岁月，皆隐约其中。

诗人采用了以乐景写哀的表现手法，即从对立面的角度来反衬，利用忧思愁苦的心情同良辰美景气氛之间的矛盾对比，以取得更好的艺术效果。诗所要表现的是凄凉哀怨的心境，但却着意描绘红艳的宫花。红花一般是表现热闹场面，在这里却起了很重要的反衬作用：盛开的红花和寥落的行宫相映衬，加强了盛衰之感；春天的红花和宫女的白发相映衬，表现了红颜易老的人生感慨；红花美景与凄寂心境相映衬，突出了宫女被禁闭的哀怨情绪。因此，此诗不着惊人之句，却饱含动魄之情。

【辑评】

语少意足，有无穷之味。

——宋·洪迈《容斋随笔》

语意绝妙，合(王)建七言《宫词》百首，不易此二十字也。

——明·胡应麟《诗薮·内编》

以乐景写哀。

——清·王夫之《姜斋诗话》

【相关资料】

朱鉴珉：《以少总多 从无见有——读元稹〈行宫〉》，《北京师范大学学报(社会科学版)》1991 年第 5 期。

蒋济永：《“在”的意义与追问——元稹〈行宫〉新析》，《阅读与写作》1999 年第 11 期。

曾晓渊：《一厢情愿的诗人——读元稹的〈行宫〉》，《古典文学知识》2006 年第 1 期。

春　怨

金昌绪

打起黄莺儿，莫教枝上啼[①]。

啼时惊妾梦[②]，不得到辽西[③]。

【注释】

①莫：不。教：让，使。

②妾：女子的自称。

③辽西：古郡名，在今辽宁省辽河以西。

【评析】

金昌绪，生卒年不详，余杭(今浙江省杭州市)人，身世不可考，诗传于世仅《春怨》一首。这是一首情真意切的闺怨诗。全诗寥寥二十字，由闺中少妇“打莺求梦”这一富于特征性的动作情境构成，将这一思妇的形象刻画得栩栩如生。

这首诗有两个特点：一是语言生动活泼，清新自然，口语化。“黄莺儿”是儿化音。“啼时惊妾梦，不得到辽西。”用质朴的语言表明了打黄莺是因为它惊扰了自己思念丈夫的美梦，非常自然地表现了女子对丈夫的思念之情。

二是结构独特。它虽然通篇只说思念一事，但却不一语道破，而是极尽曲折之妙，好似剥笋，剥去一层，还有一层。它总共只有四句诗，却是每一句都令人产生一个疑问，下一句解答了这个疑问，而又令人产生一个新的疑问。首句“打起黄莺儿”就如平地奇峰，让人疑惑。为何要这么做呢？其实是为了“莫教枝上啼”。那又为何不肯让黄莺啼叫呢？是因为“啼时惊妾梦”，这样我就“不得到辽西”去与守边丈夫相聚了。整首诗具有异常连贯的统一性，删去任何一句，结构就不完整了。

这首诗虽小，但也颇引人深思。思妇如此心心念念，只为在梦中能与丈夫团聚，可见在现实中见面有多么困难。因此，诗歌虽抒写儿女之情，却也涵括了深刻的时代内容，反映了当时边塞战争带给百姓的离愁别恨。

【辑评】

人问韩子苍诗法，子苍举唐人诗“打起黄莺儿”云云。予尝用子苍之言，偏观古人作诗，规模全在此矣。学诗者不可不知。

——宋·曾季貍《艇斋诗话》

五言绝，以调古为上乘，以情真为得体。“打起黄莺儿”云云，调之古者。

——明·胡应麟《诗薮》引顾华玉语

不怨在辽西者之不得归，而但怨黄莺之惊梦，乃深于怨者。

——清·李锳《诗法易简录》

篇法圆紧，中间增一字不得，著一意不得。

——清·王世贞《艺苑卮言》

一气蝉联而下者，以此为法。

——清·沈德潜《唐诗别裁集》

【相关资料】

陈文忠：《〈春怨〉阐释史新说》，《名作欣赏》1994年第1期。

何秀莲：《奇绝的结构，深沉的情思——金昌绪〈春怨〉赏析》，《安徽商贸职业技术学院学报》2004年第2期。

范琼飞：《千古佳作 怨诗精品——金昌绪〈春怨〉赏析》，《中学语文教学参考》2004年第7期。

陶者①

梅尧臣

陶尽门前土②，屋上无片瓦。

十指不沾泥③，鳞鳞居大厦④。

【注释】

①陶者：烧制陶器的匠人。

②陶：挖。

③十指不沾泥：十个指头没有沾泥土，意思是从来没干过活。

④鳞鳞：喻指屋上之瓦，像鱼鳞一样整齐地排列着，形象地表达出瓦房的高大气派。

【评析】

梅尧臣的诗风平淡通俗，自然清新，颇多反映民生疾苦，在当时影响很大，这首《陶者》就是一个典型代表。

“陶尽门前土，屋上无片瓦。”“尽”字内涵丰富，既指时间之长，日复一日，年复一年，无休无止的艰苦劳碌着；又指数量之多，门前的土都用尽了！然而，如此辛苦的劳动换来了什么？陶者“屋上无片瓦”，“片”字，极言砖瓦之少，一“尽”一“无”，劳动人民劳而不获的惨痛情况表现得淋漓尽致。对比之下，“十指不沾泥，鳞鳞居大厦”，“不沾”极言参加劳动之少，没有参加一点劳动的人，却高居大厦，享受荣华富贵。剥削阶级不劳而获的社会现实就清晰明白地展现在读者面前。

这首诗可以说是真实生活场面的速写，没有什么隐晦曲折，明白得清澈见底，语尽意尽。然而诗人高明之处，就在于将两种截然相反的生活画面交织在一起，形成鲜明强烈的对比。它的不合理便尖锐醒目，更能发人深思，令人心潮难平。

【辑评】

遍身罗绮者，不是养蚕人，天下事大都如此。

——清·陆次山《宋诗善鸣集》

这是写劳动人民辛苦产生的果实，全给剥削者掠夺去享受。汉代刘安《淮南子》卷十七《说林训》里有几句类似谚语的话讲到这种不合理的现象，也提及梅尧臣诗里所说的烧瓦工人："屠者藿羹，车者步行，陶人用缺盆，匠人处狭庐——为者不得用，用者不肯为。"可是这几句只是轻描淡写，没有把"为者"和"用者"双方苦乐不均的情形对照起来，不像后来唐代一句谚语那样衬托得鲜明："赤脚人趁兔，著靴人吃肉"（慧明《五灯会元》卷十一延沼语录，《全唐诗》第十二函第八册"语"类）。唐诗里像孟郊《织妇词》的"如何织纨素，自著蓝缕衣"，郑谷《偶书》的"不会苍苍主何事，忍饥多是力耕人"，于濆《辛苦行》的"垅上扶犁儿，手种腹长饥；窗下掷梭女，手织身无衣"；和杜荀鹤《蚕妇》的"年年道我蚕辛苦，底事浑身着苎麻"，也都表示对这种现象的愤慨。梅尧臣这首诗用唐代那句谚语的对照方法，不加论断，简辣深刻。

——钱锺书《宋诗选注》

【相关资料】

薛承富：《浅谈〈陶者〉的对比》，《四川教育》1985 年第 11 期。

谢若松：《〈江上渔者〉〈陶者〉〈蚕妇〉话异同》，《云南教育（基础教育版）》1991 年第 11 期。

李栋，张清：《梅尧臣〈陶者〉赏读》，《文学教育》2009 年第 9 期。

江上渔者①

范仲淹

江上往来人，但爱鲈鱼美②。

君看一叶舟③，出没风波里④。

【注释】

①渔者：捕鱼的人。

②但：只。爱：喜欢。鲈鱼：一种头大口大、体扁鳞细、背青腹白、味道鲜美的鱼。

③君：你。一叶舟：像漂浮在水上的一片树叶似的小船。

④出没：若隐若现。指一会儿看得见，一会儿看不见。

【评析】

范仲淹(989—1052)，字希文，吴县(今江苏省苏州市)人，宋真宗大中祥符八年(1015)进士，历任秘阁校理、右司谏、知开封府等职。庆历年间任枢密副参知政事，主持庆历新政。新政失败后知邓州、杭州等地，后病逝于徐州。有《范文正公集》传世。他是北宋杰出的政治家，有着政治家的博大胸怀和敏锐眼光。他的诗歌创作，首先是他政治家品格和胸襟的从容展现。对现实民生的关切，是范仲淹诗歌的主要内容之一。

在《江上渔者》中，诗人感情含而不露，首先沉静地对江岸风情作客观描绘："江上往来人，但爱鲈鱼美。"江岸上人来人往，十分热闹，都只是为味道鲜美的鲈鱼而来。然而食鱼人可曾知道这美味的鲈鱼从何而来呢？后两句一转："君看一叶舟，出没风波里。"诗人间接将前面问题的答案融入了后两句诗行里。"江上"和"风波"两种环境、"往来人"和"一叶舟"两种情态、"往来"和"出没"两种动态强烈对比，显示出全诗意旨所在。诗歌立意与唐代李绅《悯农》"谁知盘中餐，粒粒皆辛苦"相似。诗人在从容不迫地叙述中，揭示了渔人的惨淡生活，引人思索。

【辑评】

慨然有康济之志，作文章尤以传道为任。

——宋·晁公武《郡斋读书志》

范希文为诗，不徒然而作也。

——宋·江少虞《宋朝事实类苑》

发为诗词，温润和雅，蔼然仁人之言，粹然治世之音，即公不自知，而当时作者已信公为一代斯文之主盟矣。

——明·周孔教《万历本范文正公集序》

【相关资料】

李开林：《忧民情深 真切感人——读〈悯农〉和〈江上渔者〉》，《云南教育（基础教育版）》1982 年第 6 期。

诸葛忆兵：《蔼然仁人之言——读范仲淹〈江上渔者〉》，《古典文学知识》2010 年第 4 期。

夏日绝句

李清照

生当作人杰①，死亦为鬼雄②。
至今思项羽③，不肯过江东④。

【注释】

①人杰：人中的豪杰。汉高祖曾称赞开国功臣张良、萧何、韩信是“人杰”。

②鬼雄：鬼中的英雄。屈原《国殇》：“身既死兮神以灵，子魂魄兮为鬼雄。”

③项羽（前 232—前 202）：秦末下相（今江苏省宿迁市）人，曾领导起义军消灭秦军主力，自立为西楚霸王。后被刘邦打得大败，突围至乌江（在今安徽省和县），自刎而死。

④江东：项羽当初随叔父项梁起兵的地方。

【评析】

李清照（1084—约 1151），号易安居士，济南章丘（今山东省济南市章丘区）人。李清照能诗能词能文，词的成就最高。其词以靖康之变为界，可分为前后两期。前期词多反映闺中生活、自然风光、别思离愁，清丽明快；后期词因为丈夫去世及亡国伤痛，变为凄凉悲痛，多抒发怀乡悼亡情感，也寄托强烈的亡国之思。有《漱玉词》传世。

这是一首咏史诗，也是一首言志诗，充满了浩然正气和傲然风骨。“生当作人杰，死亦为鬼雄”，起调高亢：人活着就要作人中的豪杰，为国家建功立业；死也要为国捐躯，成为鬼中的英雄。“至今思项羽，不肯过江东。”李清照在这首诗中，不以成败论英雄，对楚汉之争中最后以失败而结束了自己生命的楚霸王项羽，表示了钦佩和推崇。“不肯”是诗人赋予项羽的壮志，爱国激情溢于言表，在当时确有振聋发聩的作用。

这首五绝，是与当时的历史背景及她个人的苦难经历密切相关的。靖康二年(1127)，金兵南侵，汴京失陷，徽宗、钦宗被掳。宋高宗赵构率领臣僚仓皇南逃，几经辗转，定都临安，构筑了南宋小朝廷，把淮河以北大片国土拱手让金。在战乱的年代里，朝廷却抛弃百姓逃之夭夭，所以诗人通过歌颂一位即使失败了也不屈膝投降的英雄——项羽，来表现崇尚气节的精神风貌。这对南宋统治者的苟且偷安，是一个有力的讽刺。

【辑评】

易安诗传者绝少，夏日七绝一首，嵚崎历落，出人意想之外，殊不屑为女儿语也。

——梁乙真《中国妇女文学史纲》

【相关资料】

高永宁，黄亚琴：《异曲同工咏史诗——杜牧〈题乌江亭〉和李清照〈夏日绝句〉赏析》，《语文天地》2006 年第 19 期。

三、七言律诗

黄鹤楼[①]

崔　颢

昔人已乘黄鹤去[②]，此地空余黄鹤楼。
黄鹤一去不复返，白云千载空悠悠。
晴川历历汉阳树[③]，芳草萋萋鹦鹉洲[④]。
日暮乡关何处是[⑤]？烟波江上使人愁。

【注释】

①黄鹤楼：故址在今武汉市蛇山(又名黄鹄山)。传说三国时费祎驾鹤登仙于此，因此得名。1985 年在今址重建。

②昔人：传说中的仙人。一说即费祎；一说指仙人王子安，他曾乘黄鹤经过这里。

③历历：清楚可数。汉阳：在武昌西，与黄鹤楼隔江相望。

④萋萋：形容草木长得很茂盛。鹦鹉洲：唐朝时在汉阳西南长江中，后逐渐被水冲没。

⑤乡关：故乡。

【评析】

崔颢(？—754)，汴州(今河南省开封市)人，开元十一年(723)进士，曾出使河东军幕，天宝年间历任太仆寺卿、司勋员外郎。早年行为轻薄，好作艳体诗。后从军边塞，诗风大变，写军旅生活，边地风光，俱有可观。殷璠称其“晚年忽变常体，风骨凛然，一窥塞垣，说尽戎旅”(《河岳英灵集》)。

《黄鹤楼》是咏黄鹤楼的千古绝唱。传说李白登黄鹤楼见到此诗，佩服之极，题言道：“眼前有景道不得，崔颢有诗题上头。”

诗的前四句思接千古，抒写人去楼空、世事苍茫的感慨。四句一气顺下，全然不顾格律，却绝无半点滞窒，以白云悠悠作结，更是将这奔腾的气势以轻柔的意象收住，取得一种大开大阖的效果。在这种大开大阖中，诗人巧妙地将自己对宇宙人事的思考托寓其中。

后四句即景写情，抒发乡思，视野开阔，感情真切。第三联实写登楼所见，前面总写了昔人驾鹤，杳然而去，写得极为空荡，这两句忽而转到眼前历历江树、萋萋芳草，登楼者的愁绪油然而生，诗歌的气势也顿时更加波澜起伏。尾联总承前三联，将前面诗人的所感所见总收为思乡之情。

这首诗在格律上也非常特别。此诗前半首用散调变格，后半首整饬规整。前四句中，有不少超出格律之处，如“空悠悠”，句尾连用三个平声字，这种三平调在古体诗中常见，但却是律诗的大忌。又如“黄鹤”反复出现，这本也是律诗不允许的地方。然而，诗歌的气势实在是奔腾直下，几乎让人无暇察觉它不入律之处。而诗歌后四句又回归到严整的律句上来。前后的对比与衔接，形成一种独特的美感，故能成为千古奇作，给人以极美的享受。

【辑评】

唐人七言律诗，当以崔颢《黄鹤楼》为第一。

——宋·严羽《沧浪诗话》

此诗前四句不拘对偶，气势雄大。

——元·方回《瀛奎律髓》

篇中凡叠十字，只以四十六字成章，尤奇尤妙。

——明·李攀龙《唐诗训解》

意得象先，神行语外，纵笔写去，遂擅千古之奇。

——清·沈德潜《唐诗别裁》

【相关资料】

杨有山：《同中有异 各擅胜境——崔颢〈黄鹤楼〉与李白〈登金陵凤凰台〉诗比析》，《名作欣赏》2005年第11期。

赵理直：《崔颢〈黄鹤楼〉诗主旨探析》，《古典文学知识》2010年第3期。

登金陵凤凰台①

李　白

凤凰台上凤凰游，凤去台空江自流。
吴宫花草埋幽径②，晋代衣冠成古丘③。
三山半落青天外④，二水中分白鹭洲⑤。
总为浮云能蔽日⑥，长安不见使人愁。

【注释】

①金陵：南京古称。凤凰台：故址在今南京市凤凰山。

②吴宫：三国时吴国建都金陵，故称。

③晋代：东晋亦建都于金陵。衣冠：指豪门贵族。丘：坟墓。

④三山：山名，在今南京市西南长江边，因三峰并列、南北相连而得名。半落：指三山有一半被云遮住。

⑤二水：秦淮河经金陵，西入长江，从白鹭洲中分为二。白鹭洲：古代长江中的沙洲，在今南京市水西门外。洲上多集白鹭，故名。今已与陆地相连。

⑥浮云能蔽日：比喻奸臣遮拦贤臣。浮云，陆贾《新语·慎微篇》："邪臣之蔽贤，犹浮云之障日月也。"

【评析】

这是首登高怀古的诗，字里行间却充满了伤今的感慨。

开头两句写凤凰台的传说，"凤凰台"在金陵凤凰山上，相传南朝刘宋永嘉年间有凤凰集于此山，山和台由此得名。当年凤凰来游象征着王朝的兴盛，如今凤去台空，六朝繁华也一去不复返了，只有长江的水仍然不停地流着。三、四句就"凤去台空"这一层意思进一步发挥。三国时的吴和后来的东晋都曾建都于金陵。而今也如同"凤去台空"般，吴国昔日繁华的宫廷已经荒芜，东晋的一代风流人物也早已进入坟墓。一时的烜赫，最终也只能烟消云散。

但诗人并没有让自己的感情一直沉浸在对历史的凭吊之中，眼前的山水又把他拉回现实，“三山半落青天外，二水中分白鹭洲”。三山在金陵西南长江边上，三峰并列，南北相连。陆游《入蜀记》云：“三山，自石头及凤凰山望之，杳杳有无中耳。及过其下，距金陵才五十余里。”由此可见，李白把三山半隐半现、若隐若现的景象写得恰到好处。白鹭洲在金陵西长江中，把长江分割成两道，所以说“二水中分白鹭洲”。这两句诗气象壮丽，对仗工整，是难得的佳句。

从六朝帝都金陵的兴亡中诗人又想到了唐都长安，然而现实却是灰暗的：“总为浮云能蔽日，长安不见使人愁。”长安是朝廷的所在，日是帝王的象征。陆贾《新语·慎微篇》云：“邪臣之蔽贤，犹浮云之障日月也。”这两句诗暗示皇帝被奸邪包围，朝政昏庸。意寓言外，饶有深意，寄托着诗人怀才不遇、报国无门的沉痛心情。

【辑评】

李白登黄鹤楼有“眼前有景道不得，崔颢题诗在上头”之句，至金陵乃作《凤凰台》以拟之。

——明·高棅《唐诗品汇》引刘克庄语

此诗传者以为拟崔而作，理或有之。崔诗直举胸情，气体高浑；白诗寓目山河，别有怀抱。其言皆从心而发，即景而成，意象偶同，胜境各擅。

——清·乾隆帝《唐宋诗醇》

【相关资料】

王国巍：《“凤凰”自比“黄鹤”好——论李白〈登金陵凤凰台〉的超越性》，《西华大学学报(哲学社会科学版)》2005年第3期。

方子香：《李白〈登金陵凤凰台〉读后》，《诗刊》2009年第7期。

王德龙：《重读李白〈登金陵凤凰台〉发微》，《语文学刊》2010年第19期。

登 高

杜 甫

风急天高猿啸哀①，渚清沙白鸟飞回②。
无边落木萧萧下③，不尽长江滚滚来。
万里悲秋常作客④，百年多病独登台。
艰难苦恨繁霜鬓⑤，潦倒新停浊酒杯。

【注释】

①啸哀：指猿的叫声凄厉。

②渚(zhǔ)：水中的小块陆地。鸟飞回：鸟在急风中飞舞盘旋。

③落木：指秋天飘落的树叶。萧萧：风吹树叶声。

④万里：指远离故乡。常作客：长期漂泊他乡。

⑤艰难：兼指国运和自身命运。苦恨：极其遗憾。苦，极。繁霜鬓：形容白发多，如鬓边着霜雪。繁，增多。

【评析】

唐代宗大历二年(767)秋，杜甫独自登上夔州白帝城外的高台，登高临眺，百感交集。秋江景色一片萧瑟，诗人老病孤愁，更感身世飘零，写下了这首被誉为“古今七言律第一”(胡应麟《诗薮》)的名篇。

此诗前四句写登高见闻。夔州向以猿多著称，峡口更以风大闻名。秋日天高气爽，这里却猎猎多风。诗人登上高处，峡中不断传来猿猴凄厉的叫声，而江边洲渚上，鸟群也迎风飞翔、不住回旋。这是绝佳的秋景。其中天、风，沙、渚，猿啸、鸟飞，天造地设，自然成对。颔联集中表现了夔州秋天的典型特征。诗人仰望木叶茫无边际、萧萧而下，衬以奔流不息、滚滚而来的江水，一股凄凉萧瑟的感觉油然涌上心头。

颈联点明“悲秋”，在诗人独自登台时，联想到自己长期飘零的生涯，如今年老多病，沦落他乡，困顿难前，更加感受到人生之渺小。诗人将这种感情融扩在眼前的秋景中，显得更为浑厚。

尾联自然收结。诗人备尝艰难潦倒之苦，国难家仇，白发日多，再加上因病断酒，悲愁就更难排遣。登高本为是排遣抑郁，然而却更加惹恨添悲，无限凄凉。正如胡应麟所言，前六句“飞扬震动”，到此处“软冷收之，而无限悲凉之意，溢于言外”(《诗薮》)。

全诗通过登高所见秋江景色，倾诉了诗人长年漂泊、老病孤愁的复杂感情，沉郁顿挫，动人心弦，不愧是杜诗中的千古佳作。

【辑评】

杜“风急天高”一章五十六字，如海底珊瑚，瘦劲难名，沉深莫测，而精光万丈，力量万钧，通章章法、句法、字法，前无昔人，后无来学。微有说者，是杜诗，非唐诗耳。然此诗自当为古今七言律第一，不必为唐人七言律第一也。

——明·胡应麟《诗薮》

高浑一气，古今独步，当为杜集七言律诗第一。

——清·杨伦《杜诗镜铨》

对起对结，浑厚悲壮，大家数。此在夔州所作。江山境界，能助诗神。“风急天高”，极得登高之神情。

——清·胡以梅《唐诗贯珠》

前四句凭空写景，突然而起，层叠而下，势如黄河之水天上来，澎湃潆回，不可端倪。而以五、六句承明作客、登高情事，是何等神力！末二句对结，“苦恨”与“新停”对，“苦”字活用。

——清·李锳《诗法易简录》

【相关资料】

周吉本：《悲情愁绪的一种抒情模式——杜甫〈登高〉的一种解读》，《名作欣赏》2006 年第 7 期。

邱建农：《一曲忧国伤时的悲歌——杜甫〈登高〉赏析》，《语文知识》2004 年第 12 期。

张拉庆：《身世连家国 悲凉复雄阔——杜甫〈登高〉赏析》，《语文学刊》2008 年第 14 期。

左迁至蓝关示侄孙湘①

韩 愈

一封朝奏九重天②，夕贬潮州路八千③。
欲为圣明除弊事④，肯将衰朽惜残年⑤！
云横秦岭家何在⑥？雪拥蓝关马不前。
知汝远来应有意，好收吾骨瘴江边⑦。

【注释】

①唐宪宗元和十四年(819)正月，韩愈上疏谏迎佛骨，触怒唐宪宗，由刑部侍郎贬为潮州刺史。这首诗作于赴潮州途中。左迁：古代以右为尊，以左为卑，所以称降职为左迁。蓝关：蓝田关，在今陕西省蓝田县南。侄孙湘：侄孙韩湘，字北渚，是韩愈之侄韩老成的儿子。

②朝(zhāo)奏：早晨送呈的谏书，指韩愈《谏迎佛骨表》。九重(chóng)天：指皇帝。

③潮州：又称潮阳郡，州治在今广东省汕头市潮阳区。路八千：言长安和潮州间相距遥远。

④圣明：对唐宪宗李纯的颂词。弊事：政治上的弊端，指迎佛骨事。

⑤肯：岂肯。衰朽：衰弱多病。惜残年：顾惜晚年的生命。这时韩愈已五十二岁。

⑥秦岭：终南山，又名南山、太乙山，横亘在陕西省南部，为我国地理上的南北分界线。

⑦瘴江边：充满瘴气的江边，指贬所潮州。瘴气，旧指南方山林间湿热蒸郁致人疾病的气。《左传·僖公三十二年》载蹇叔哭师语："必死是间，余收尔骨焉"。

【评析】

韩愈(768—824)，字退之，河南河阳(今河南省孟州市)人，自称郡望昌黎，故世称韩昌黎，晚年曾为吏部侍郎，故也称韩吏部。唐宪宗时，曾随同裴度平定淮西藩镇之乱。在刑部侍郎任上，他上疏谏迎佛骨，触怒了宪宗，被贬为潮州刺史。韩愈是中唐古文运动的领袖。他主张文章要言之有物，反对六朝以来单纯追求形式美的骈俪文章，并且要求"惟陈言之务去"，追求语言的新颖流畅、文从字顺，从而实现了文风的革新，对散文发展有深远的影响。他的诗歌具有奇崛和散文化的倾向，是韩孟诗派的代表人物。有《韩昌黎集》。

唐宪宗元和十四年，韩愈上《论佛骨表》力谏宪宗"迎佛骨入大内"，触怒宪宗。幸得裴度等人说情，才改为贬潮州刺史。潮州在今广东东部，距长安路途十分遥远。当韩愈到达离京师不远的蓝田县时，他的侄孙韩湘，赶来同行。韩愈百感交集，提笔写下了这首诗。

首联点明获罪遭贬的缘由，早上呈上奏折后晚上即遭贬谪，而且是贬到八千里外的潮州。潮州乃烟瘴之地，可见处罚之迅速和严厉。如同《论佛骨表》中所写："佛如有灵，能作祸祟，凡有殃咎，宜加臣身"，诗人虽遭获严惩亦无怨悔，颔联就表明了这一点。第三句直书"除弊事"，认为自己是正确的，申述了自己忠而获罪和非罪远谪的愤慨。尽管招来一场弥天大祸，他还是"肯将衰朽惜残年"，刚直不屈，老而弥坚。

后两联扣题目中的"至蓝关示侄孙湘"。诗人远贬，严令启程，仓促离家；而家人亦随之遣逐。作者在《女挐圹铭》中追述道："愈既行，有司以罪人家不可留京师，迫遣之。女挐年十二，病在席，既惊痛与其父诀，又舆致走道，撼顿失食饮，节死于商南层峰驿。"由此可想见当时情景。当诗人行至蓝关时，侄孙韩湘赶到同行，此时"云横秦岭""雪拥蓝关"，既是实景，也富含象征意义。指明前路艰险，不知何日能重回长安，重回故乡。这一联，景阔情悲，蕴涵深广。尾联以“好收吾骨”作结，自料此去必死，故对韩湘安排后事，于沉郁中见悲壮之志。

【辑评】

语极凄切，却不衰飒。

——元·方回撰，李庆甲点校《瀛奎律髓汇评》引纪昀语

大气盘旋，以文章之法行之，然已开宋诗一派矣。

——高步瀛《唐宋诗举要》引吴闿生语

昌黎文章气节，震烁有唐。即以此诗论，义烈之气，掷地有声，唐贤集中所绝无仅有。

——俞陛云《诗境浅说》

【相关资料】

钟国榜：《英雄失路 慷慨悲凉——韩愈〈左迁至蓝关示侄孙湘〉赏读》，《现代语文(高中读写版)》2003 年第 9 期。

王祥，陈岚：《“欲为圣明除弊事，肯将衰朽惜残年!”——读韩愈〈左迁至蓝关示侄孙湘〉》，《课外语文(初中)》2006 年第 4 期。

登柳州城楼寄漳、汀、封、连四州刺史[1]

柳宗元

城上高楼接大荒[2]，海天愁思正茫茫。
惊风乱飐芙蓉水[3]，密雨斜侵薜荔墙[4]。
岭树重遮千里目，江流曲似九回肠[5]。
共来百越文身地[6]，犹自音书滞一乡。

【注释】

①柳州：今广西柳州市。漳州：今福建漳州市，刺史为韩泰。汀州：今福建长汀县，刺史为韩晔。封州：今广东封开县，刺史陈谏。连州：今广东连州市，刺史为刘禹锡。刺史：州的行政长官，相当于后世的知府。他们几人均在“永贞革新”失败后被贬为各偏远之州司马。

②接：连接；一说，目接、看到。大荒：旷远的荒野。

③惊风：狂风。飐：掀动。芙蓉：指荷花。

④薜荔：一种蔓生植物，也称木莲。

⑤九回肠：司马迁《报任安书》“肠一日而九回”，形容愁肠百结。

⑥百越：指百粤，指当时五岭以南各少数民族地区。文身：古代南方少数民族有文身的风俗。

【评析】

柳宗元(773—819)，字子厚，祖籍河东解县(今山西省运城市西)，故世称柳河东，历任秘书省校书郎、集贤殿正字、监察御史里行，后因永贞革新失败贬柳州刺史，故又称柳柳州。他与韩愈共同倡导唐代古文运动，其山水游记和寓言的成就尤其突出。同时，他也是一位优秀的诗人。有《柳河东集》。

公元 805 年，唐顺宗重用王叔文、柳宗元等革新派人物，发动“永贞革新”，由于保守派的反对，仅五个月就失败了。王叔文、王伾被贬斥而死，革新派的主要成员柳宗元、刘禹锡等八人分别谪降为远州司马。柳宗元贬永州司马，后改柳州刺史。这首七律，就是柳宗元初到柳州之时写的。

首联写诗人登上柳州城楼，胸中抑郁难言，眼中所见，是一片广阔的荒野，而同僚们的贬所便在这大荒之中，放眼望去，海天相接，于是感物起兴，茫茫愁思喷涌而出。第二联写的是近处所见。芙蓉与薜荔，来源于屈原的《离骚》：“制芰荷以为衣兮，集芙蓉以为裳”“揽木根以结茝兮，贯薜荔之落蕊”，正象征着人格的美好与芳洁。而诗人所见，却是它们在暴风雨中饱受摧残。这里隐括了同僚们同遭远贬的残酷现实。

第三联写远景。诗人由芙蓉和薜荔的风雨摧残想到了被贬到漳、汀、封、连四州的老友，然而望去却是重岭密林、江流曲折，难通音信。“九回肠”兼喻内心愁苦。尾联顺承颈联生发而来：我们共同被贬谪到这南方卑湿之地，水陆交通均为不便，别说互访了，就是互通音讯也变得奢侈了。本来同贬到大荒之地，已经够痛心的了，然而连音书也难通，这就更让人愁苦了。读到此处，令人不禁为诗人满怀愁思而触动。全诗情景相融，诗人的所思所感与眼前风景密切结合，不见痕迹。

【辑评】

起笔音节高亮，登高四顾，有苍茫百感之慨。三、四言临水芙蓉，覆墙薜荔，本有天然之态，乃密雨惊风横加侵袭，致嫣红生翠，全失其度。以风雨喻谗人之高张，以薜荔芙蓉喻贤人之摈斥，犹楚词之以兰蕙喻君子，以雷雨喻摧残。寄慨遥深，不仅写登城所见也。五、六言岭树云遮，所思不见，临江迟客，肠转车轮，恋阙怀人之意，兼而有之。收句归到寄诸友本意，言同在瘴乡，已伤谪宦，况音书不达，雁渺鱼沉，愈悲孤寂矣。

——俞陛云《诗境浅说》

【相关资料】

陈之品：《两种精神两首诗——读柳宗元〈登柳州城楼寄漳汀封连四州刺史〉与韩愈〈左迁至蓝关示侄孙湘〉》，《河北师范大学学报（哲学社会科学版）》1975年第2期。

霍松林：《说柳宗元〈登柳州城楼寄漳、汀、封、连四州〉》，《名作欣赏》1983年第1期。

王海东：《忧思如潮愁似海——浅评柳宗元〈登柳州城楼寄漳汀封连四州刺史〉》，《语文月刊》2002年第Z2期。

钱塘湖春行[①]

白居易

孤山寺北贾亭西[②]，水面初平云脚低[③]。
几处早莺争暖树[④]，谁家新燕啄春泥[⑤]。
乱花渐欲迷人眼[⑥]，浅草才能没马蹄。
最爱湖东行不足，绿杨阴里白沙堤[⑦]。

【注释】

①钱塘湖：指杭州西湖。

②孤山寺：唐初名正见寺，传说为天台宗开宗祖师智者大师之弟子法响禅师所建，寺院位于靖江北郊的孤山之巅。孤山，位于西湖的北部，坐落在后湖与外湖之间，孤峰耸立，景色秀丽，为湖山登临胜地。贾亭：指贾公亭，唐贞元（785—804）中，贾全出任杭州刺史，于钱塘潮建亭，人称“贾亭”或“贾公亭”。

③水面初平：春天湖水初涨，水面刚刚平了湖岸。初：副词，刚刚。云脚低：指云层低垂，看上去同湖面连成一片。

④早莺：初春时早来的黄莺。暖树：向阳的树。

⑤新燕：刚从南方飞回来的燕子。啄：衔取。

⑥乱花：各种颜色的野花。迷人眼：使人眼花缭乱。

⑦阴：同“荫”，指树荫。白沙堤：今白堤，又称沙堤、断桥堤，传为白居易所筑，故称“白堤”；白堤在西湖东畔，唐朝以前已有，白居易任杭州刺史时

所筑白堤在钱塘门外，是另一条。

【评析】

这是一首描写西湖的著名七律，将早春的西湖描绘得生趣盎然，令人油然生爱。

首联紧扣诗题总写湖水。前一句点出西湖的方位和四周景象，后一句正面写湖光水色：春水初涨，水面与堤岸齐平，空中舒卷的白云和湖面荡漾的波澜连成一片，正是典型的江南春湖的姿态。

中间两联细致地描绘了西湖春行所见景物。颔联写仰视所见禽鸟，以“早”“新”“争”“啄”表现莺燕新来的动态：黄莺争着飞向向阳的树木，新来的燕子正在忙碌地衔泥筑巢，一派春日里的勃勃生机。颈联写俯察所见花草。因为是早春，百花尚未完全盛开，只是零零散散地开放，用一个“乱”字来形容，非常恰切。而春草也刚刚长出，仅有没过马蹄那么长，所以是“浅”。而“渐欲”和“才能”又写出了那种随着春天而逐渐生长的动态美。在这两联中，诗人的遣词用语无不紧扣“春”字，准确而生动地把诗人眼中的早春气象透露出来。

尾联专写湖东的白沙堤，实际上直接点出诗人对钱塘湖的喜爱之情。白堤中贯西湖，可以总览全湖之胜。绿杨荫里，平坦而修长的白沙堤静卧碧波之中。诗人置身其间，饱览湖光山色之美，心旷而神怡。以“行不足”说明早春的西湖景色美不胜收，不但诗人兴味盎然，也带给读者无尽的回味。

【辑评】

佳处在象中有兴，有人在，不比死句。

——清·方东树《昭昧詹言》

【相关资料】

杨海中，陆志坚：《乱花浅草马蹄香——白居易〈钱塘湖春行〉简析》，《江苏教育》1983 年第 3 期。

马丕环：《移步换景 随物赋形——读白居易〈钱塘湖春行〉诗》，《阅读与写作》2009 年第 8 期。

酬乐天扬州初逢席上见赠[1]

刘禹锡

巴山楚水凄凉地[2]，二十三年弃置身[3]。

怀旧空吟闻笛赋[4]，到乡翻似烂柯人[5]。
沉舟侧畔千帆过，病树前头万木春。
今日听君歌一曲，暂凭杯酒长精神[6]。

【注释】

①酬：答谢，这里是以诗相答的意思。乐天：指白居易，字乐天。

②巴山楚水：古时四川东部属于巴国，湖南北部和湖北等地属于楚国。刘禹锡曾被贬到这些地方做官，所以用巴山楚水指诗人谪迁之地。凄凉地：指寂寞冷落的地区。

③二十三年：作者从被贬外地到回归京城长安的时间约为二十三年。

④闻笛赋：指西晋向秀的《思旧赋》，三国曹魏末年，向秀的朋友嵇康 、吕安因不满司马氏篡权而被杀害。后来，向秀经过嵇康、吕安的旧居，听到邻人吹笛，勾起了对故人的怀念，因写此赋追念。

⑤烂柯人：指晋人王质。相传王质上山砍柴，看见两个童子下棋，就停下观看，等棋局终了，手中的斧把已经朽烂。回到村里，才知道已过了一百年，同代人都已经亡故。作者以此典故表达自己遭贬二十三年的感慨。

⑥长：增长，振作。

【评析】

刘禹锡(772—842)，字梦得，彭城(今江苏省徐州市)人，贞元九年(793)，擢进士第，从事淮南幕府，入为监察御史。曾与柳宗元等人积极参加王叔文领导的“永贞革新”，失败后连遭贬谪，出任地方官。晚年还朝，为主客郎中，又以太子宾客分司东都，世称“刘宾客”。有《刘梦得文集》。

唐敬宗宝历二年(826)，刘禹锡罢和州刺史任返洛阳，同时白居易从苏州归洛，两位诗人在扬州相逢。白居易在筵席上写了一首诗相赠，他答了这一首。白诗最后两句说：“亦知合被才名折，二十三年折太多。”刘禹锡的这首答谢诗就顺此意而起，“巴山楚水凄凉地，二十三年弃置身”凝练地概括了二十多年的贬谪生涯。刘禹锡曾被贬到朗州(在今湖南省)、连州(在今广东省)、夔州(在今重庆市)等地，夔州属于古代巴国，朗州、连州等属于古代楚国。这些地区古代都很荒凉，所以用“巴山楚水凄凉地”来概括。这两句写出了作者长期被贬的愤慨心情。

颔联写贬谪中怀念老友，然而无由相见，只能空吟《思旧赋》。刘禹锡借这个典故寄托了他对因参与政治改革而被害致死的老友的怀念。现在重归旧地，却恍若隔世，如同当年的王质一般。“闻笛赋”与“烂柯人”两个典故，精练地传达了物是人非的独特感受。

白居易的赠诗中有"举眼风光长寂寞，满朝官职独蹉跎"这样两句，意思是说同辈的人都升迁了，只有你在荒凉的地方寂寞地虚度了年华，颇为刘禹锡抱不平。对此，诗人并没有陷入抑郁中，而以达观之心视之：沉舟侧畔，有千帆竞发；病树前头，正万木皆春。他从白诗中翻出这二句，反而劝慰白居易不必为他的坎坷而忧伤，表现出豁达的襟怀。"沉舟"二句描写形象生动，深刻地反映了事物变化发展的规律，因而成为广为传诵的名句。

尾联又回到席上酬答上来，诗人笔锋一转，从深沉的感慨中写出了昂扬的斗志，读来颇令人振奋。全诗跌宕起伏，沉郁中见豪放，确是酬赠诗中的上品。

【辑评】

"沉舟"二语，见人事不齐，造化亦无如之何！悟得此旨，终身无不平之心矣。

——清·沈德潜《唐诗别裁集》

梦得此诗，虽秋士多悲，而悟彻菀枯，能知此旨，终身无不平之鸣矣。

——俞陛云《诗境浅说》

【相关资料】

赵娟：《追怀以抒情，高歌以励志——解析刘禹锡〈酬乐天扬州初逢席上见赠〉》，《现代语文(文学研究版)》2006 年第 1 期。

陶沙：《寓理于景 跌宕生姿——读刘禹锡〈酬乐天扬州初逢席上见赠〉》，《课外语文》第 2010 年第 12 期。

锦　瑟①

李商隐

锦瑟无端五十弦②，一弦一柱思华年③。
庄生晓梦迷蝴蝶④，望帝春心托杜鹃⑤。
沧海月明珠有泪⑥，蓝田日暖玉生烟⑦。
此情可待成追忆，只是当时已惘然。

【注释】

①锦瑟：一种乐器，《周礼乐器图》："雅瑟二十三弦，颂瑟二十五弦，饰

以宝玉者曰宝瑟，绘文如锦者曰锦瑟。”《汉书·郊祀志上》：“秦帝使素女鼓五十弦瑟，悲，帝禁不止，故破其瑟为二十五弦。”古瑟大小不等，弦数也不同。

②无端：没来由，无缘无故。

③柱：弦的支柱。

④庄生句：《庄子·齐物论》：“庄周梦为蝴蝶，栩栩然蝴蝶也，自喻适志与，不知周也！俄然觉，则蘧蘧然周也。不知周之梦为蝴蝶与，蝴蝶之梦为周与？”

⑤望帝句：《华阳国志·蜀志》：“杜宇称帝，号曰望帝。……其相开明，决玉垒山以除水害，帝遂委以政事，法尧舜禅授之义，遂禅位于开明。帝升西山隐焉。时适二月，子鹃鸟鸣，故蜀人悲子鹃鸟鸣也。”子鹃即杜鹃，又名子规。梁萧统《文选》中所选左思《蜀都赋》注引《蜀记》云：“昔有人姓杜，名宇，王蜀，号曰望帝。宇死，俗说云：‘宇化为子规。’子规，鸟名也，蜀人闻子规鸣，皆曰：‘望帝也。’”

⑥沧海句：《博物志》：“南海外有鲛人，水居如鱼，不废绩织，其眼泣则能出珠。”《新唐书·狄仁杰传》：“仁杰举明经，调汴州参军，为吏诬诉黜陟，使阎立本如讯，异其才，谢曰：‘仲尼称观过知仁，君可谓沧海遗珠矣。’”

⑦蓝田句：《元和郡县志》：“关内道京兆府蓝田县：蓝田山，一名玉山，在县东二十八里。”《文选》载陆机《文赋》：“石韫玉而山辉，水怀珠而川媚。”《困学纪闻》卷十八：“司空表圣云：‘戴容州谓诗家之景，如蓝田日暖良玉生烟，可望而不可置于眉睫之前也。’李义山‘玉生烟’之句盖本于此。”

【评析】

李商隐(813—858)，字义山，号玉溪生，又号樊南生，祖籍怀州河内(今河南省沁阳市)，生于河南荥阳(今河南省荥阳市)，于唐文宗开成三年(838)进士及第，曾任弘农尉、东川节度使判官等职，因陷于牛李党争，辗转于各藩镇幕职之间，郁郁而不得志，抱憾终生。他是晚唐的著名诗人，与杜牧合称“小李杜”。

关于这首诗的主旨，历来众说纷纭。有人认为是悼念妻子王氏之作，有人认为是怀念令狐家的婢女，也有人认为是自伤身世之作，还有人认为是对自身诗歌创作的总结，说法不一而足。然而可以确定的是，这首诗饱含了诗人自己的身世之感和人生体验，甚至包括诗人的政治体验乃至爱情体验在内。诗人郁结之情难以开解，便发之以意象，寄之以一种惝恍的诗境。

诗的首联从五十弦之锦瑟着笔，“无端”一词已隐含无常之悲意，定下全诗基调。诗人手抚锦瑟，目睹其一弦一柱，不由得想起了逝去的年华，怅惘不已。那逝去的年华是什么样子的呢？诗人颔联并不直接接承，而是以庄生梦蝶、杜宇化鹃两个典故隐喻。庄子梦见蝴蝶后，懵懵然不知现实为何世；而杜宇一腔诚心，郁郁不散，化为杜鹃。人生如梦，前事皆非，而诗人的一腔理想也唯有如望帝化身杜鹃一样天天哀鸣。

律诗一般按照起承转合的逻辑顺序来创作，而这首诗里，诗人的颈联却并不承转，而是接着以典故托寓目睹瑟弦而起的幽思。沧海之明珠见遗于世，于是隐含泪水，将明珠人格化，暗喻自身的不得志；蓝田日暖，良玉生烟，然而却可望而不可即，以此隐喻理想的缥缈、难以实现。这两联四个典故表面上毫不相通，可诗人却打破了这种表面的显性逻辑关系，将自己难言的人生体验暗合在这四个典故构筑的四种情境里。这是一种类似意识流的写法，却取得了一种极佳的美学效果。尾联进一步点出"此情"，呼应首联的"年华"，结之以"惘然"，更明确指明追思年华的怅惘心情，从而使余韵绵绵，不绝于心。全诗语言精美，对仗谨严，是李商隐七言律诗的代表作。

【辑评】

《锦瑟》诗，人莫晓其意，或谓是令狐楚家青衣也。

——宋·刘攽《贡父诗话》

义山《锦瑟》诗云……山谷道人读此诗，殊不解其意，后以问东坡。东坡云："此出《古今乐志》，云：锦瑟之为器也，其弦五十，其柱如之。其声也，适、怨、清、和。"案李诗"庄生……"，适也；"望帝……"，怨也；"沧海……"，清也；"蓝田……"，和也。一篇之中，曲尽其意。史称其瑰迈奇古，信然。

——宋·胡仔《苕溪渔隐丛话》引黄朝英《缃素杂记》

以锦瑟为真瑟者痴，以为令狐楚青衣……亦痴。商隐情诗，借诗中两字为题者尽多，不独《锦瑟》。

——明·胡震亨《唐音癸签》

此悼亡之作也。

——清·朱鹤龄《李义山诗集笺注》

此悼亡之诗也。首特借素女鼓五十弦之瑟而悲、泰帝禁不可止以发端，言悲思之情，有不可得而止者。次联则悲其遽化为异物。腹联又悲其不能复起之九原也。曰思华年，曰追忆，指趣晓然，何事纷纷附会乎。钱饮光亦以为悼亡之诗，与吾意合；庄生句取义于鼓盆也。亡友程湘衡谓此义山自题其诗以开集首者，次联言作诗之旨趣，中联又自明其匠巧也。余初亦颇喜其说之新。然义山诗三卷出于后人掇拾，非自定，则程说固无据也。

——清·何焯《义门读书记》

何义门以为义山自题其诗以开集首者。首联……言平时述作，遽以成集，而一言一诺俱足追忆生平也。次联云云，言集中诸诗，或自伤其出处，或托讽于君亲；盖作诗之旨趣，尽于此也。中联云云，言清词丽句，珠辉玉润，而语多激映，又有根柢，则又自明其匠巧也。末联云云，言诗之所陈，虽不堪追忆，庶几后之读者知其人而论其世，犹可得其大凡耳。

——清·王应奎《柳南随笔》

《锦瑟》一篇，盖义山五十后自序之作也。

——清·宋翔凤《过庭录》

可望而不可即，非令狐不足当之。借喻显然。

——张采田《玉溪生年谱会笺》

余颇疑此诗乃是伤唐室之残破，与恋爱无关。

——岑仲勉《隋唐史》

《锦瑟》之冠全集，倘非偶然，则略比自序之开宗明义，特勿同前篇之显言耳。……首两句言景光虽逝，篇什犹留，毕世心力、平生欢戚，“清和适怨”，开卷历历，所谓“夫君自有恨，聊借此中传”。…… 三、四句言作诗之法也。……五、六句言诗成之风格或境界。……七、八句乃与首二句呼应作结，言前尘回首，怅触万端，顾当年行乐之时，即已觉世事无常，抟沙转烛，黯然于好梦易醒、盛筵必散。

——钱锺书《谈艺录》

自伤身世之说，较为切实合理。……首联谓见此五十弦之锦瑟，闻其弦弦所发之悲音，不禁怅然而忆己之华年往事。……颔腹二联，即承“思华年”而写回忆中之华年往事，……“庄生”句系状瑟声之如梦似幻，令人迷惘，用意处在“梦”字、“迷”字。而此种境界亦即以象征诗人身世之如梦似幻，惘然若迷。……“望帝”句系写瑟声之凄迷哀怨，如泣鹃啼血，着意处在“春心”字、“托”字。“春心”本指爱情之向往追求，常用以喻指对理想之追求。……“望帝”句殆谓己之壮心雄图及伤时忧国、感伤身世之情均托之哀怨凄断之诗歌，如望帝之化鹃以自摅哀怨也。杜鹃，即作者之诗魂。……“沧海”句写瑟声之清寥悲苦……“蓝田”句似写瑟声之缥缈朦胧……或以喻己所向往追求者，皆望之若有，近之则无。……要之，颔、腹二联并非具体叙述其华年往事，而系借瑟声之迷幻、哀怨、清寥、缥缈以概括摅写其华年所历之种种人生遭际、人生境界、人生感受。……末联含义明白……谓上述失意哀伤情事岂待今日追忆方不胜怅恨，即在当时亦惘然若失矣。

——刘学锴、余恕诚《李商隐诗歌集解》

【相关资料】

徐长波：《一篇〈锦瑟〉解人难——李商隐〈锦瑟〉新论》，《文教资料》2009年第24期。

郭俊群：《李商隐〈锦瑟〉解读》，《文学教育》2010年第3期。

孙绍振：《读李商隐〈锦瑟〉》，《语文建设》2010年第5期。

村　行

王禹偁

马穿山径菊初黄，信马悠悠野兴长①。
万壑有声含晚籁②，数峰无语立斜阳。
棠梨叶落胭脂色③，荞麦花开白雪香④。
何事吟余忽惆怅？村桥原树似吾乡⑤。

【注释】

①信马：听凭马随意而行。野兴：对山野的游兴。

②晚籁：指傍晚时山沟里发出的声音。籁，从孔穴中发出的声音。

③棠梨：杜梨，俗称野梨。

④荞麦：粮食作物的一种，因果实磨面如麦，故名。

⑤原树：原野上的树木。

【评析】

王禹偁(954—1001)，字元之，济州巨野(今山东省巨野县)人，宋太宗太平兴国八年(983)进士，初任地方官，后任知制诰、翰林学士。生性耿直，直言极谏，三次被贬。因曾贬谪黄州，世称王黄州。他对民间疾苦有比较深切的了解，能够继承美刺时政的诗歌传统。诗文风格质朴平易，开北宋诗文革新运动的先声。有《小畜集》《小畜外集》。

此诗写于宋太宗淳化二年(991)王禹偁被贬为商州(今陕西省商洛市商州区)团练副使时。诗以白描的手法写村野秀丽的秋景，情景交融，清新流畅，是王禹偁诗歌的代表作品。

首联“马穿山径菊初黄，信马悠悠野兴长”，诗人让马儿慢悠悠地在长满菊花的山路中信步前行，“悠悠”说明美丽的景色使诗人流连忘返，诗人的游兴正浓。

中间两联的对仗非常工整，特别是颔联，是历来传诵的名句。上句动中有静，下句静中有动，精巧工致。“数峰无语”，将山峰拟人化，仿佛是说山峰原先是会讲话的，暗示山峰也有生命或心灵。颈联里的“胭脂”与“白雪”，一红一白，色彩清新，风景如画。在这两联中，诗人调动了各种感官，分别从声、形、色、香等不同角度，生动形象地描写出了傍晚时分静穆而又多彩的山村秋景。

最后两句点明了全诗的主旨。诗人在这样美丽的风景中，却突然有一种失落、惆怅之感：村中小桥、原野中的树都与家乡的景物那么相似，而自己此刻却被贬异地，远离家乡，于是原先悠闲自在的勃勃游兴，立刻转化成无法消释的思乡之情了。由此可知，这首诗虽写村行风景，其实是借风景来传达内心的情绪：村行引起兴致，兴致生出赞美，赞美转为乡思。贯穿此诗的，正是诗人思念家乡的无限惆怅。

【辑评】

王元之诗，五代以来未有其安雅。

——清·刘熙载《艺概》

按逻辑说来，“反”包含先有“正”，否定命题总预先假设着肯定命题。诗人常常运用这个道理。山峰本来是不能语而“无语”的，王禹偁说它们“无语”或如龚自珍《己亥杂诗》说：“送我摇鞭竟东去，此山不语看中原”，并不违反事实；但是同时也仿佛表示它们原先能语、有语、欲语而此刻忽然“无语”。这样，“数峰无语”“此山不语”才不是一句不消说得的废话。……改用正面的说法，例如“数峰毕静”，就削减了意味，除非那种正面字眼强烈暗示山峰也有生命或心灵，像李商隐《楚宫》：“暮雨自归山悄悄。”

——钱锺书《宋诗选注》

【相关资料】

徐规：《王禹偁事迹著作编年》，中国社会科学出版社 1982 年版。

黎昌经：《看是平易 其实精纯——说王禹偁〈村行〉》，《语文教学与研究》1984 年第 11 期。

王林玉：《村桥原树似吾乡——王禹偁〈村行〉赏析》，《语文知识》2006 年第 3 期。

和子由渑池怀旧[①]

苏　轼

人生到处知何似[②]，应似飞鸿踏雪泥。
泥上偶然留指爪，鸿飞那复计东西。
老僧已死成新塔[③]，坏壁无由见旧题[④]。
往日崎岖还记否，路长人困蹇驴嘶[⑤]。

【注释】

①渑(miǎn)池：今河南省渑池县。这首诗是和苏辙《怀渑池寄子瞻兄》而作。

②人生句：此是和作，苏轼依苏辙原作中提到的雪泥引发出人生之感。

③老僧：指奉闲。据苏辙原诗自注："昔与子瞻应举，过宿县中寺舍，题老僧奉闲之壁。"

④坏壁：指奉闲僧舍。嘉祐元年(1056)，苏轼与苏辙赴京应举途中曾寄宿奉贤僧舍并题诗僧壁。

⑤蹇驴：跛脚的驴。苏轼自注："往岁，马死于二陵(按即崤山，在渑池西)，骑驴至渑池。"

【评析】

苏轼(1037—1101)，字子瞻，号东坡居士，眉州眉山(今四川省眉山市)人。宋仁宗嘉祐二年(1057)进士。神宗熙宁年间，苏轼对王安石新法持反对态度，不安于朝，先后通判杭州，知密州、徐州、湖州。元丰二年(1079)因乌台诗案被贬黄州。哲宗元祐年间被召还京，任翰林学士，但不满新法尽废，再度出朝外任。绍圣初，又以为文讥刺先朝的罪名远谪惠州、儋州。徽宗即位，遇赦北还，途中病逝于常州。苏轼在文学方面有杰出的成就。其文与欧阳修并称"欧苏"，其诗与黄庭坚并称"苏黄"，其词与辛弃疾并称"苏辛"。有《苏东坡集》《东坡乐府》等传世。

《和子由渑池怀旧》写于嘉祐六年(1061)。苏轼出任凤翔府签判，与苏辙分别。别后苏辙作《怀渑池寄子瞻兄》诗。苏轼则写了这首著名的和诗。

首句以提问发端，"应似"以下三句回答首句"何似"，意思是说，人们为了谋生或仕进，东奔西走，像什么呢？不过像飞鸿踏雪泥一样，在雪泥上留下一些爪痕，很快化为乌有。诗用雪泥鸿爪做比喻，描叙来去匆匆、倏忽消逝的形象，它既表现出乐观的人生态度，又流露出对人生不定的惆怅；既表现了对往事的怀念，又流露出对未来的向往；既表现了时间的运行、生命的短暂，又蕴含着深沉浓烈的离情别绪和漂泊感。“雪泥鸿爪”的成语就是由此而来，比喻往事遗留下来的痕迹。

后两联诗人笔锋转为写实，在前四句议论的基础上回忆实景，更为深刻。苏轼与苏辙当年参加科举考试，曾在渑池佛寺中投宿，在寺壁上题过诗。而此次再过此寺，老僧已死，诗壁已坏。于是回想起赶考路上，马死了，只好换骑小毛驴在那崎岖不平的山路上行走，一路颠簸，人困驴嘶。这是一段不能忘怀的历程。然而这并不消极，而含有与弟弟共勉之意。回溯往事，不忘昔日的艰难困苦，鸿还得飞翔，人生还要继续。全诗则由此显得圆转自如，摆脱了人生的短促与困惑而变得心胸开阔，意志坚定。

【辑评】

前四句单行入律，唐人旧格，而意境恣放，则东坡本色。

——清·纪昀《纪批苏诗》

【相关资料】

黄菊妹：《一首咏写人生的名作——读苏轼〈和子由渑池怀旧〉诗》，《语文月刊》2001 年第 7 期。

钟尚钧：《人似飞鸿踏雪泥——读苏轼〈和子由渑池怀旧〉》，《阅读与写作》2002 第 9 期。

陶文鹏：《雪泥鸿爪喻人生——苏轼〈和子由渑池怀旧〉》，《文史知识》2011 年第 1 期。

寄黄几复①

黄庭坚

我居北海君南海②，寄雁传书谢不能③。
桃李春风一杯酒，江湖夜雨十年灯。
持家但有四立壁④，治病不蕲三折肱⑤。
想得读书头已白，隔溪猿哭瘴溪藤⑥。

【注释】

①黄几复：名介，南昌人，是黄庭坚少年时的好友，时为广州四会（今广

东省四会市)县令。

②我居句：《左传·僖公四年》：“君处北海，寡人处南海，惟是风马牛不相及也。”作者在“跋”中说：“几复在广州四会，予在德州德平镇，皆海滨也。”

③寄雁句：传说雁南飞时不过衡阳回雁峰，更不用说岭南了。

④四立壁：《史记·司马相如传》：“文君夜亡奔相如，相如乃与驰归成都，家居徒四壁立。”

⑤蕲(qí)：祈求。肱(gōng)：上臂，手臂由肘到肩的部分，古代有三折肱而为良医的说法。

⑥瘴溪：旧传岭南边远之地多瘴气，故云。

【评析】

黄庭坚(1045—1105)，字鲁直，号涪翁，又号山谷道人，洪州分宁(今江西省修水县)人，治平四年(1067)进士，历任国子监教授、秘书丞等。哲宗绍圣二年(1095)，以修《神宗实录》不实的罪名，贬官涪州别驾。宋徽宗即位，曾一度起用，后又除名编管宜州(今广西省河池市宜州区)，卒于贬所。黄庭坚多才多艺，与张耒、秦观、晁补之并称“苏门四学士”。工书法，与苏轼、米芾、蔡襄并称“宋四家”。尤长于诗，是盛极一时的江西诗派开山之祖。有《豫章先生文集》。

这首诗写于宋神宗元丰八年(1085)，这时的黄庭坚在德州德平镇(今山东省商河县境内)任上，而他的好友黄几复则在广州四会(今广东省四会市)为官。他非常想念朋友，因此写下这首诗，抒发对朋友的怀念、赞赏、叹惋之情。

这首诗最为精彩是颔联两句。“桃李春风一杯酒，江湖夜雨十年灯”，两句不用动词，全靠意象的组合，所用意象又皆为平实、常见之物，但却在场景的跳跃转换中构成奇特的诗境。上句是在说当年与友人在春风桃李下饮酒赋诗的欢乐，下句则透过江湖、夜雨写出如今作为羁旅倦客的辗转漂泊，两句形成一个鲜明对比。而在这一对比中，诗人对往事的追怀、对今时的慨叹及与友人的深情都得以呈现出来。黄庭坚作诗推崇“平淡而山高水深”(《与王观复书》)。这一联可以说非常鲜明地体现了他的这种追求。

而在首联和颈联中，则又体现出黄庭坚用典灵活、化古为新的特色。首联“我居北海君南海”化用《左传》中的“君处北海，寡人处南海”，巧妙表达他与黄几复任职的地点相隔很远，自然引起下句“寄雁传书谢不能”，鸿雁传书表示传递书信，鸿雁为常用典故。传说雁南飞时不过衡阳回雁峰，更不用说岭南了。不仅说明诗人与朋友相隔遥远，音信难通，而且真切地表达了作者对黄几复的深切怀念之情。颈联上句则化用《史记·司马相如列传》中的“家居徒四壁立”，以其清贫写其为政廉洁，盛赞友人操行品格；下句“三折肱”化用《左传·定公十三年》：“三折肱，知为良医”的典故，有久病成医之意。这里不是说黄几复会“治病”，而是说他善“治国”。因为古代以治病喻治国，《国语·晋语八》曰：“上医医国，其次疾人。”诗中喻朋友处理政事干练，具有治国济世的出色才干。

【辑评】

张文潜谓余曰：黄九云：“桃李春风一杯酒，江湖夜雨十年灯。”真奇语。

——宋·王直方《王直方诗话》

初二句为破题，第三第四句为颔联。大凡颔联皆宜意对。春风桃李但一杯，而想象无聊窭空为甚，飘蓬寒雨十年灯之下，未见青云得路之便，其羁孤未遇之叹，具见矣。其句意亦就境中宣出。“桃李春风”“江湖夜雨”，皆境也。昧者不知，直谓境句，谬矣。

——宋·释普闻《诗论》

山谷“桃李春风一杯酒，江湖夜雨十年灯”，尽言杯酒别又十年灯矣。同一机轴，此最高处。

——宋·陈模《怀古录》

亦是一起，浩然一气涌出；五六一顿；结句与前一样笔法，山谷兀傲纵横一气涌现。然专学之，恐流入空滑，须慎之。

——清·方东树《昭昧詹言》

次句语妙，化臭腐为神奇也。三四为此老最合时宜语；五六则狂奴故态矣。

——清·陈衍《宋诗精华录》

【相关资料】

滕咸惠：《黄庭坚〈寄黄几复〉赏析》，《中学生阅读(高中版)》2004年第4期。

刘文胜：《巧用典故 情摄心魂——黄庭坚〈寄黄几复〉赏析》，《语文天地》2008年第9期。

洪迎华，王承丹：《绝妙好诗寄友情——黄庭坚〈寄黄几复〉赏析》，《名作欣赏》2008年第3期。

书 愤[①]

陆 游

早岁那知世事艰，中原北望气如山。

楼船夜雪瓜洲渡②，铁马秋风大散关③。
塞上长城空自许④，镜中衰鬓已先斑。
《出师》一表真名世⑤，千载谁堪伯仲间⑥。

【注释】

①此诗作于淳熙十三年(1186)，时作者居于山阴。

②楼船句：宋高宗绍兴三十一年(1161)，金主完颜亮大举南侵，攻占瓜洲，宋将虞允文在瓜洲、采石一带以战舰沿江据守，结果金兵发生内讧，完颜亮被杀，金兵溃退。楼船：高大的战船。瓜洲渡：在今江苏省扬州市南长江滨，与镇江隔江斜峙。

③铁马句：乾道八年(1172)，陆游在四川宣抚使王炎幕下任职。在陆游的积极参与下，王炎曾强渡渭水，与金兵在大散关发生激战。铁马：披着铁甲的战马。大散关：在今陕西省宝鸡市西南，为当时南宋和金的西部边界。

④塞上长城：据《宋书·檀道济传》载，檀北伐有功，但因遭疑忌被杀，死前曾感叹地说："乃复坏汝万里之长城。"

⑤《出师》：诸葛亮在蜀汉后主建兴五年(227)出师北伐曹魏时，写下了著名的《出师表》，诗人此处借以表明自己的心迹。

⑥伯仲：原指兄弟间长幼的次序，这里有相提并论的意思。

【评析】

陆游(1125—1210)，字务观，号放翁，越州山阴(今浙江省绍兴市)人。宋高宗绍兴二十三年(1153)，试礼部，名列前茅，但因触怒秦桧而被黜免。孝宗时赐进士出身。历任隆兴、夔州通判。中年入蜀，投身军旅生活。此后又先后任职福建、江苏等地。晚年退居家乡。陆游是伟大的爱国主义诗人，收复中原的信念始终不渝。他诗歌创作很多，今存九千多首，内容极为丰富。有《渭南文集》《剑南诗稿》传世。

《书愤》是陆游爱国诗的代表作，也是他七律的代表作。此诗作于陆游罢职归乡五年以后，恢复无望，壮志难酬，因此愤而有作。诗人回顾自己的亲身经历，抒发了诗人心系国家的忠诚以及报国无门的愤慨。

首句反问，不需回答而意即明，"那知"一词深沉真切地吐露了时过境迁之后，有志之士的辛酸失望和忧愤创痛。"艰"字道出了伟大诗人的无限义愤。其悲其恨、其愤其忧都是出于"中原北望气如山"的坚定信守，这里的"气"，指誓灭胡虏、恢复中原的豪情壮志。

颔联不用动词勾连，全用名词或名词性短语。诗人把表示军队、时令、地名的名词并列叠加在一起，构成了雄健激越的画面：乘楼船，冒夜雪，瓜洲渡死守；骑战马，迎秋风，大散关激战。生动描述了当年的战地生活，抒发了诗人报效祖国的豪情。

颈联中“空”表露诗人空有报国壮志和恢复中原的雄心；“先”字，使诗人顿生“迟暮之感”，有不得重用的悲哀。所以尾联中诗人想起了诸葛亮，特别是他的《出师表》。收复失地、统一祖国是诗人的意志，然而壮志未酬，鬓发已经斑白，他的愿望仍然不能实现。诗人在这里借古讽今，把当时的那些投降人物的阻挠干扰曲折而深沉地表述了出来。诗人以此作结，含义深远，余味无穷。

【辑评】

志在立功，而有才不遇；奄忽就衰，故思之而有“愤”也。妙在三四句，兼写景象，声色动人，否则近于枯竭。

——清·方东树《昭昧詹言》

全首浑成，风格高健，置之老杜集中，直无愧色。

——清·李慈铭《越缦堂诗话》

【相关资料】

骆守中：《读陆游的〈书愤〉》，《西北师范大学学报(社会科学版)》1986 年第 3 期。

晦庵：《伏枥难安之志 夜雪秋风之咏——陆游〈书愤〉浅析》，《语文学刊》1995 年第 4 期。

陆精康：《〈书愤〉赏析中的一个问题》，《语文建设》2004 年第 6 期。

关波：《心照日月天——浅谈陆游诗〈书愤〉》，《文学界(理论版)》2010 年第 5 期。

过零丁洋①

文天祥

辛苦遭逢起一经②，干戈寥落四周星③。
山河破碎风飘絮，身世飘摇雨打萍。
惶恐滩头说惶恐④，零丁洋里叹零丁。
人生自古谁无死，留取丹心照汗青⑤。

【注释】

①过：来到。零丁洋：海域名，在今广东珠江口外。此诗后原有注曰："上巳日，张元帅令李元帅过船，请作书招谕张少保投拜。遂与之言：'我自救父母不得，乃教人背父母，可乎？'书此诗遗之。李不能强，持诗以达张。但称'好人！好诗！'竟不能逼。"祥兴二年(1279)，元军追击在厓山的南宋最后一个皇帝赵昺，逼迫被囚的文天祥(文天祥于前一年十月被俘)招降守厓山的张世杰(即此诗原注中所云之"张少保")，文天祥作此诗以示元军统帅张弘范，表明了置个人生死于度外，决心以身殉国的崇高气节，悲壮而慷慨。

②起一经：依靠通达一种经书而进入仕途，这里指参加科举考试。宝祐四年(1256)，文天祥因对策擢进士第一。

③周星：岁星。岁星在天空循环一周为 12 年，故一周星为 12 年，四周星为 48 年，作者作此诗时 44 岁，此举其大概而言。

④惶恐滩：在今江西省万安县，赣江十八滩之一，水流险恶。宋端宗景炎二年(1277)，文天祥在江西兵败，经惶恐滩退往福建。

⑤汗青：史册，史书。古代以竹简记事，制作竹简时，须用火烤以去除竹简中的水分，称为汗青。

【评析】

文天祥(1236—1283)，字履善，号文山，吉州庐陵(今江西省吉安市)人，宋理宗宝祐四年(1256)进士第一。恭帝德祐元年(1275)，元兵渡江，文天祥奉诏勤王，出使元营被拘，后来逃脱，转战东南，力图恢复。最后兵败被俘，宁死不屈，从容就义。他后期的诗词，反映了他坚贞的民族气节和顽强的战斗精神，风格慷慨激昂，苍凉悲壮，具有强烈的感染力。有《文山先生全集》传世。

这首诗选自《指南后录》。诗的前六句追述了国家和个人的悲惨遭遇，后两句表达了自己捐躯报国的决心。

开篇叙述自己由于精通经书，受到国家重用，一晃就是几十年过去了，这是对自己生平的回顾。颔联叙述祖国被敌人蹂躏的惨象，好像被狂风撕烂的柳絮；作者一生动荡不安，有如无根的浮萍漂泊在水上，并遭受雨打风吹，从中可以联想国家的危亡命运和人民生活的颠沛流离。颈联也非常巧妙，"惶恐滩头说惶恐，零丁洋里叹零丁。"这里作者把地名和心理糅合在一起，语意双关，内心惶恐不安，孤苦伶仃之感倍增，增强了感染力。

"人生自古谁无死，留取丹心照汗青。"汗青是书册的代称。自古以来有哪一个人能够永生不死呢？死要死得有价值，要把自己的赤胆忠心留下来，让它在史册上光辉照耀。这两句不仅是广为传诵的名句，而且以磅礴的气势、高亢的格调收束全篇，表现出诗人的民族气节和舍生取义的生死观。全篇由悲而壮，由郁而扬，形成一曲千古不朽的壮歌。

【辑评】

大节如信公，不待诗为重。信公能诗，则尤可重耳。

——清·贺裳《载酒园诗话》

【相关资料】

王毅：《民族正气 光耀史册——关于文天祥和他的〈过零丁洋〉》，《中学语文》1984年第10期。

骆玉明：《书生意气亦自雄——读文天祥〈过零丁洋〉诗》，《中学生阅读(初中版)》2007年第12期。

四、七言绝句

出 塞[①]

王昌龄

秦时明月汉时关[②]，万里长征人未还。
但使龙城飞将在[③]，不教胡马度阴山[④]。

【注释】

①出塞：是唐代诗人写边塞生活的诗经常用的题目。

②秦时明月汉时关：指秦汉时的明月，秦汉时的关塞。意思是说，在漫长的边防线上，一直没有停止过战争。

③但使：只要。龙城飞将："龙城"指地名，而"飞将"则指威名赫赫的"汉之飞将军"李广。"龙城飞将"并不指一人，更是借代众多汉朝抗匈名将。

④不教：不叫，不让。胡马：这里指代外族入侵的骑兵。胡，古人对西北少数民族的称呼。度：越过。阴山：山名，指阴山山脉，在今内蒙古境内，汉时匈奴常常从这里南下侵扰中原地区。

【评析】

王昌龄(698—756)，字少伯，京兆长安(今陕西省西安市)人，开元十五年(727)进士及第，授秘书省校书郎，后来被贬岭南，又贬江宁丞、龙标尉。他在当时享有盛名，有“诗家天子王江宁”之称。尤长于七绝，后人誉为“七绝圣手”。他是盛唐著名边塞诗人。他的边塞诗气势雄浑，格调高昂，充满了积极向上的精神。

这首《出塞》是王昌龄的代表作之一，表现了作者对守边战士的深切同情，并且暗含了对当朝将领的讽刺。诗的前两句景物描写，贯通古今，将历史与现实绾结到一起。“秦时明月汉时关”互文见义。“互文”即古代诗文的相邻句子中所用的词语互相补充，结合起来表示一个完整的意思，是古汉语中一种特殊的修辞手法。诗中“秦”与“汉”互补见义，即明月仍是秦汉时的明月，山关仍是秦汉时的山关。月色、关塞依旧，然而“万里长征人未还”，尽管时光流逝，朝代变迁，人们却一直处于边防战争所带来的无限灾难与痛苦中。

后两句采用以古讽今的手法，借古代名将来讽刺当今边将的无能。年年岁岁都如此，什么时候才能结束战事？诗人代表万千百姓呼唤“但使龙城飞将在，不教胡马度阴山”，语意含蓄，情感深沉，充满关心国家安危的爱国激情。

【辑评】

“秦时明月”一章，前人推奖之而未言其妙。盖言师劳力竭而功不成，由将非其人之故。得飞将军备边，边烽自熄，即高常侍《燕歌行》归重“至今人说李将军”也。

——清·沈德潜《说诗晬语》

中晚(唐)绝句涉议论便不佳，此诗亦涉议论而未尝不佳。此何以故？风度胜故，情味胜故。

——清·黄生《唐诗摘钞》

七言，初唐风调未谐，开元、天宝诸名家，无美不备，李白、王昌龄尤为擅场。昔李沧溟推“秦时明月汉时关”一首压卷，余以为未允。必求压卷，则王维之“渭城”、李白之“白帝”、王昌龄之“奉帚平明”、王之涣之“黄河远上”，其庶几乎！而终唐之世，绝句亦无出四章之右者。

——清·王士禛《万首绝句选凡例》

以月属秦、以关属汉者，非月始于秦、关起于汉也，意谓月之临关，秦汉一辙，征人之出，俱无还期，故交互其文，而为可解不可解之语。

——清·唐汝询《唐诗解》

【相关资料】

魏腾达：《诗传边塞情——王昌龄〈闺怨〉〈出塞〉的比较分析》，《宁波教育学院学报》2003年第2期。

毕士奎：《相同的诗歌主旨 各异的艺术特质——高适〈燕歌行〉与王昌龄〈出塞〉（其一）比较阅读》，《苏州市职业大学学报》2005年第4期。

闻王昌龄左迁龙标遥有此寄①

李 白

杨花落尽子规啼②，闻道龙标过五溪③。
我寄愁心与明月，随君直到夜郎西④。

【注释】

①王昌龄天宝年间被贬为龙标县尉，此诗是李白听到这一消息时所作。左迁：贬官降职。《汉书·周昌传》："吾极知其左迁。"颜师古注："是时尊右而卑左，故谓贬秩位为左迁。"龙标：唐代县名，属巫州，在今湖南西部洪江市，唐时甚僻。

②杨花：柳絮。子规：杜鹃鸟，啼声哀婉凄切。这句宋蜀本作"扬州花落子规啼"。

③闻道：听说。龙标：指王昌龄，因曾为江宁丞、龙标尉而世称其为"王江宁""王龙标"。五溪：《通典》卷一八三："五溪谓酉、辰、巫、武、陵五溪也"，在今湖南西部和贵州东部一带。

④夜郎：唐代县名，在今贵州省桐梓县东，唐时隶属珍州。《通典》卷一八七："珍州，古蛮夷之地，大唐贞观七年置珍州或为夜郎郡。"此为李白"流夜郎"之夜郎。一说指今湖南省芷江县西南的唐夜郎县，天宝元年改为峨山县。随君：一作随风。

【评析】

李白听到好友王昌龄遭谗被贬的消息，写了这首抒写真诚友谊的诗篇，深切地表达了对王昌龄的同情和怀念。"愁心"二字是全篇的核心，是"诗眼"。诗人眼之所见、耳之所闻、心之所想，无一不是为"愁"而设。

诗人选择"杨花落尽""子规啼"这两种景物开篇，渲染出感伤的氛围，"落花"不仅仅交代了时令——这是"流水落花春去也"的暮春时节，更重要的是烘托感情，引人感伤。而且落花漂泊无定，本就含有飘零之感、离别之恨在内，切合当时情事，融情入景。子规鸟"不如归去"的啼鸣声，则更激发了凄楚的心绪。愁景——"花落尽"、愁声——"子规啼"给诗人心境蒙上一层愁云。这些情绪是从哪里来的呢？“闻道龙标过五溪”，次句直叙其事，首句景中之情找到了依据。“过五溪”，朋友要去穷乡僻壤之地，肯定十分困苦。故此句看似平平，不着悲痛之语，而悲痛之情自见，引出下文的“愁心”。

“我寄愁心与明月，随君直到夜郎西。”这两句诗所表现的意境，已见于此前的一些名作中。如谢庄《月赋》：“美人迈兮音尘缺，隔千里兮共明月。”张若虚《春江花月夜》：“此时相望不相闻，愿逐月华流照君。”但是把愁心打包寄给明月，让它随君西去的构思更加奇特优美。君走，我心亦随之而走，只要明月还在，就能将诗人的这份情谊传递到友人身边。这样真诚又奇异的设想，特为李白手笔。

【辑评】

太白七言绝，如“杨花落尽子规啼”“朝辞白帝彩云间”“谁家玉笛暗飞声”“天门中断楚江开”等作，读之真有挥斥八极、凌属九霄意。贺监谓为谪仙，良不虚也。

——明·胡应麟《诗薮》

首句托兴，次句赋事，末二句言情。

——近藤元粹《李太白诗醇》引谢叠山语

【相关资料】

杨景龙：《自由率真的诗仙风度——读〈闻王昌龄左迁龙标遥有此寄〉〈行路难〉》，《中学生阅读(初中版)》2002 年第 4 期。

唐纯红：《〈闻王昌龄左迁龙标遥有此寄〉简析》，《语文天地》2002 年第 24 期。

滁州西涧①

韦应物

独怜幽草涧边生②，上有黄鹂深树鸣③。
春潮带雨晚来急，野渡无人舟自横④。

【注释】

①滁州：今安徽省滁州市。西涧：滁州城西郊的一条小溪，有人称上马河，即今天的西涧湖(原城西水库)。

②独怜：独爱。

③上有黄鹂深树鸣：树荫深处的黄鹂发出诱人的叫声。黄鹂，黄莺。深树，树荫深处。

④野渡无人舟自横：郊野的渡口空无一人，只有空空的渡船自在地漂浮着。野渡，野外的渡口。自横，自由自在地漂浮着。

【评析】

韦应物(737—792)，长安(今陕西省西安市)人，历任洛阳丞、京兆府功曹参军、鄠县令、比部员外郎、滁州和江州刺史、左司郎中、苏州刺史，世称“韦江州”“韦左司”或“韦苏州”。诗歌效法陶渊明，属于闲淡高远一路，有《韦苏州集》。

《滁州西涧》是韦应物的代表作。诗歌塑造了一个宁静而冷寂的意境，并在其中寄寓着作者的情思，词气闲雅，风格淡远。

诗以“独怜”二字领起，“独怜”二字实为赏析本诗的关键。“独”字点明诗人置身于西涧僻静的环境中，独自欣赏风景。“怜”是爱惜之意，一方面，诗人偏爱他脚下涧边的幽草，“幽”字不仅写出草的繁茂、厚密等形态，而且写出草未经践踏的意态，显现环境的幽僻。另一方面，诗人偏爱他头顶上林木深处传来的黄鹂的啼鸣。这里运用了古典诗歌中以声衬静的手法，有“蝉噪林逾静，鸟鸣山更幽”之意，这婉转动听的鸣声，非但丝毫无损西涧环境的清幽宁静，相反倍显其静，并使画面生机盎然。

这种闲静高远的心境在诗歌后两句又一次得到强化。“春潮带雨晚来急，野渡无人舟自横。”“急”字写出了潮和雨的动态，春潮伴着雨水急急地涌来，野渡无人，而小舟自横。一个“自”字描绘出在潮水和急雨中小舟任意横浮的情景，蕴含着诗人悠闲自适的心情。这两句常常被后人化用，如宋人寇准《春日登楼怀归》“野水无人渡，孤舟尽日横”；宋词人廖世美《烛影摇红·题安陆浮云楼》“晚霁波声带雨，悄无人、舟横野渡”等。

【辑评】

沉密中寓意闲雅，如独坐看山，澹然忘归，诗之绝佳者。谢公曲意取譬，何必乃尔！

——明·桂天祥《批点唐诗正声》

“幽草”“黄鹂”，此君子在野，小人在位。“春潮带雨晚来急”乃季世危难多，如日之已晚，不复光明也。末句谓宽闲寂寞之滨，必有贤人如孤舟之横渡者，特君不能用耳。

——明·高棅《唐诗品汇》引谢叠山语

有以高闲、旷逸、清远、高妙为宗者，六朝则陶，唐则王、孟、储、韦、柳。

——明·胡应麟《诗薮》

闲淡心胸，方能领略此野趣。所难尤在此种笔墨，分明是一幅画图。

——清·黄叔灿《唐诗笺注》

【相关资料】

骆玉明：《徜徉于时间之外——谈韦应物〈滁州西涧〉》，《中学生阅读(初中版)》2004年第8期。

魏永雅：《诗、画、情的完美融合——韦应物〈滁州西涧〉赏析》，《中学语文》2004年第3期。

耿庆民：《韦应物〈滁州西涧〉赏析》，《语文天地》2006年第12期。

夜上受降城闻笛[①]

李　益

回乐峰前沙似雪[②]，受降城外月如霜。

不知何处吹芦管[③]，一夜征人尽望乡。

【注释】

①受降城：据说唐初名将张仁愿为了防御突厥，在黄河以北筑受降城，分东、中、西三城，在今内蒙古自治区境内。另有一种说法是，贞观二十年(646)，唐太宗亲临灵州接受突厥一部的投降，由此得名“受降城”。

②回乐峰：唐代有回乐县，灵州治所，在今宁夏回族自治区灵武市西南。回乐峰即当地的山峰。这里当指建在山上的烽火台，宋人编撰的《武经总要》云：“唐法，凡边城候望，每三十里置一烽，须在山岭高峰处。”

③芦管：笛子。

【评析】

李益(748—829)，字君虞，陇西姑臧(今甘肃省武威市)人，大历四年(769)登进士第，后因仕途失意，客游燕赵，参佐军幕，元和十五年(820)后入朝，历秘书少监、集贤学士、左散骑常侍等职，官至礼部尚书。他是中唐边塞诗的代表诗人。其边塞诗虽不乏壮词，但偏于感伤，主要抒写边地士卒久戍思归的怨望心情，不复有盛唐边塞诗的豪迈乐观情调。

《夜上受降城闻笛》一向被认为是李益七绝中的最佳之作。这首诗抒写征人久戍边地的怨情及思乡之情。前两句“回乐峰前沙似雪，受降城外月如霜”以对偶句写景，点题中“夜上受降城”。烽火台、沙漠、高城、月色，构成了征人思乡的典型环境。积雪一样的白沙，寒霜一样的月光，环境是格外的荒寒，使人强烈地感受到置身边塞的孤独。

后两句抒情，指“闻笛”引起的感情。第三句“不知何处吹芦管”，就像画外音，在宁静的背景上点缀，“沙似雪”“月如霜”的苦寒环境中飘来呜咽的羌笛声，怎能不引起征人缕缕不绝的乡思？“尽”字塑造了征人回头痴痴望乡的形象，道尽征人久戍边地的悲凉。回头“望”的动作成为生活中可以支撑他们生存下去的动力，故乡的回忆成为他们远离迷惘的精神食粮。

【辑评】

其《受降城闻笛诗》，教坊乐人取为声乐度曲。

——宋·计有功《唐诗纪事》

绝句，李益为胜，《回乐峰》一章(按，即指《夜上受降城闻笛》)，何必王龙标(王昌龄)、李供奉(李白)！

——明·王世贞《艺苑卮言》

七言绝，开元以下，便当以李益为第一。

——明·胡应麟《诗薮》

高格、高韵、高调，司空侍郎所谓“反虚入浑”者。

——清·李慈铭《越缦堂书简端记》

沙如雪，月如霜，上下交映，已觉苦寒，更闻芦管之声，益增凄恻，而征人触动离愁，安得不望乡以思归也？

——清·章燮《唐诗三百首注疏》

对苍茫之夜月，登绝塞之孤城，沙明讶雪，月冷凝霜，是何等悲凉之境！起笔以对句写之，弥见雄厚。后二句申足上意，言荒沙万静中，闻芦管之声随朔风而起。防秋多少征人，乡愁齐赴，则已之郁伊善感，不待言矣。

——俞陛云《诗境浅说续编》

【相关资料】

陈志明：《一首天下传唱的七绝——李益〈夜上受降城闻笛〉赏析》，《兰州大学学报(社会科学版)》1982年第2期。

李政，张秀平：《明月戍楼闻笛赋，为何欢喜为何愁——读高适〈塞上听吹笛〉与李益〈夜上受降城闻笛〉》，《语文知识》2003年第3期。

姜华忠，曹金鑫：《雪月黯旅思 笛起动征魂——〈塞上听吹笛〉〈夜上受降城闻笛〉比较阅读》，《中学语文园地(高中版)》2007 年第 3 期。

早春呈水部张十八员外①

韩 愈

天街小雨润如酥②，草色遥看近却无。
最是一年春好处③，绝胜烟柳满皇都④。

【注释】

①呈：恭敬地送给。张十八员外：指张籍，唐代诗人，在同族兄弟中排行第十八，曾任水部员外郎。

②天街：唐时长安城朱雀门大街亦名天门街，简称天街。酥：奶油。方世举注引《玉篇》：“酥，酪也。”此处形容小雨滋润着早春的土地，使之变得松软湿润起来。

③最是：正是。

④绝胜：远远超过。皇都：这里指长安城(唐朝京都)。

【评析】

此诗采用白描手法，简单两笔即勾勒出一幅烟雨迷蒙、春草似有若无的早春图画，写出了早春的神韵。短短数句，胜过千言万语。

“天街小雨润如酥”，“润”字写出春雨的及时和滋润，同“随风潜入夜，润物细无声”的轻柔相映成趣，十分微妙地表达出生活在北方的人送走严寒，迎来早春时独特的欣喜之情。

“草色遥看近却无”是历来备受称道的名句，早春时节，作者所见之景应该是不少的，但诗人特意选取草色作为早春之魂。通过遥看和近观的不同角度来描写草芽初生时的形态。远看似有一片朦胧的草色，而近看只有一星半点的草芽，并未能形成绿色的一片。然而淡淡的草色，却使人感受到勃勃的生机，融漾着精神的愉悦——春天到了，十分生动传神。

“最是一年春好处，绝胜烟柳满皇都。”这时的景色虽然单纯了一些，但这也远远胜过暮春三月“烟柳满皇都”的繁华胜景了。“最是”“绝胜”层层递进，突出早春的短暂和可贵。宋代苏轼《赠刘景文》诗说：“一年好景君须记，最是橙黄橘绿时。”与韩愈诗异曲同工，写一年好景，曲尽其妙。

【辑评】

景绝妙，写得亦绝妙。

——清·朱彝尊《批韩诗》

写照工甚，正如画家设色，在有意无意之间。

——清·黄叔灿《唐诗笺注》

【相关资料】

宗古：《自然与生命交融的礼赞——韩愈〈早春呈水部张十八员外〉赏析》，《作文新天地(初中版)》2008 年第 11 期。

潘鑫：《清新自然 写景写情——〈早春呈水部张十八员外〉赏析》，《中学课程辅导(初二版)》2004 年第 10 期。

范垂新：《一幅绝妙早春写景图——韩愈〈早春呈水部张十八员外〉(其一)赏析》，《课外语文(初中)》2007 年第 9 期。

乌衣巷①

刘禹锡

朱雀桥边野草花②，乌衣巷口夕阳斜。
旧时王谢堂前燕③，飞入寻常百姓家。

【注释】

①乌衣巷：金陵城中的一条街道，位于秦淮河南岸，与朱雀桥相近。三国时吴国曾在此设军营，军士皆着黑衣，故名乌衣巷。东晋时期王、谢等豪门世族多居于此。

②朱雀桥：六朝时金陵朱雀门外横跨秦淮河的大桥，邻近乌衣巷。故址在今南京聚宝门的镇淮桥。

③旧时：指晋代。

【评析】

《乌衣巷》是诗人刘禹锡《金陵五题》中的著名绝句。这是一首怀古诗，借描写乌衣巷的今日风景，感慨六朝士族的消逝，并寄寓对历史的思索。

第一句突出“野草花”。野草野花滋蔓在曾经行旅繁忙的朱雀桥畔，可见朱雀桥已是何等荒凉。第二句表现出乌衣巷不仅映衬在败落凄凉的古桥背景之下，而且还呈现在斜阳的残照之中。“斜”字用得极妙：一为夕阳西下，日薄西山的惨淡景象；一为残破景象的写照，乌衣巷衰草乱生，杂物横积，人迹罕至，斜阳笼罩着荒凉的乌衣巷。诗人运用以小见大、见微知著法，在朱雀桥后填上野草花，在乌衣巷口挂上夕阳，当年的繁华与今日的破败立刻构成鲜明的对比。

这种历史巨变、盛衰兴亡的转折在“旧时王谢堂前燕，飞入寻常百姓家”中得到充分体现。诗人举重若轻，怎么展现历史的巨“大”变迁？择取王、谢两大家族的没落。怎么展现两大家族的没落？择取燕子这一“小”物。“旧时”二字，赋予燕子以历史见证人的身份。“寻常”二字，则强调今日的居民是多么不同于往昔。燕子冬去春归，同一地点，曾经是“王谢堂”，现在为“百姓家”，两者的反差，反映世事变化，富贵无常，从中不难体会作者对这一变化发出的沧海桑田的无限感慨。

【辑评】

不言王、谢堂为百姓家，而借言于燕，正诗人托兴玄妙处。

——明·唐汝询《唐诗解》

若作燕子他去，便呆。盖燕子仍入此堂，王谢零落，已化作寻常百姓矣。如此，则感慨无穷，用笔极曲。

——清·施补华《岘佣说诗》

总见世异时殊，人更物换，而造语妙。

——清·徐元梦《历代诗发》

【相关资料】

孙晓明：《夕阳下的挽歌——读刘禹锡的七绝〈乌衣巷〉》，《中文自修》1995年第2期。

庄筱玲：《悲欣交集的凭吊——〈乌衣巷〉的一种解读》，《古典文学知识》2000年第2期。

陈复源：《一首含蓄深沉的怀古诗——〈乌衣巷〉赏析》，《中学生读写(初中)》2005年第6期。

泊秦淮[①]

杜　牧

烟笼寒水月笼沙[②]，夜泊秦淮近酒家。

商女不知亡国恨③，隔江犹唱《后庭花》④。

【注释】

①秦淮：指秦淮河，源出江苏省南京市溧水区东北，流经南京地区，入长江。相传为秦始皇南巡会稽时开凿的，用来疏通淮水，故称秦淮河。

②笼：笼罩。

③商女：指歌女，唐代歌妓、女伶通称“秋娘”，亦称为“秋女”。古人把五音宫商角徵羽与四季相配，因为商音凄厉，与秋天肃杀之气相应，故以商配秋，称为商秋。商女即秋女，也就是歌女。

④江：这里指秦淮河。长江以南，无论水的大小，口语都称为江。《后庭花》：乐曲《玉树后庭花》，以此曲填词者，今存数种，而以南朝陈后主陈叔宝所作最为有名。因陈后主是亡国之君，所以后人又把他所喜爱的《玉树后庭花》曲、词当作亡国之音的代名词。如《旧唐书·音乐志》引杜淹对唐太宗语：“前代兴亡，实由于乐。陈将亡也，为《玉树后庭花》；齐将亡也，而为《伴侣曲》。行路闻之，莫不悲泣，所谓亡国之音也。”许浑《金陵怀古》诗云：“《玉树》歌残王气终，景阳兵合戍楼空。”

【评析】

杜牧(803—852)，字牧之，京兆万年(今陕西省西安市)人，因晚年居长安南樊川别墅，故后世称“杜樊川”。唐文宗太和二年(828)进士，历任淮南节度使掌书记、监察御史、知制诰、中书舍人等职。其诗与李商隐齐名，并称“小李杜”。著有《樊川文集》。

此诗首句便不同凡响，一幅朦胧凄美的夜景图展现在眼前。诗人舟抵金陵，又值入夜时辰，这桨声灯影里的秦淮河当然平添许多特殊情怀，夜岚、月色、寒水、沙滩，还应该有舟中神色怅然的诗人。两个“笼”字的运用，又包含着微微浮动流走的意态，静中寓动。

第二句看似平平，却替前句所渲染的背景交代了时间、地点及事由，使此时的秦淮河更具典型意义，在照应诗题的同时又为下文做了铺垫：正是由于“近酒家”，才有了“商女”“亡国恨”“后庭花”，也由此才触动诗人的情怀。这七个字承上启下，可见诗人构思之深密。

最后两句含蓄地点明主旨，表面上好似在责怪那些低吟浅唱的歌女，都什么时候了，你们还在唱着这些靡靡之音！实际上在这首诗中，诗人想警醒的并不是供人消遣娱乐的商女，而是她们的听众，那些在这种衰世之年不以国事为怀反以亡国之音为乐的贵族豪绅，希望他们听到《后庭花》这首歌之后，能够想到陈后主因骄奢淫逸亡国的史实而有所反省。

有人曾把《泊秦淮》誉为晚唐七绝的压卷之作，想来不仅是因为这首诗有着清丽流畅的辞句、寄兴深微的构思、悲凉哀伤的意绪、凄凉沉郁的境界，更在于诗的深层意蕴，即其中包含着的诗人对统治者的批判、对时局的焦灼、对国家未来命运的担忧。

【辑评】

“烟笼寒水”，水色碧，故云“烟笼”；“月笼沙”，沙色白，故云“月笼”；下字极斟酌。夜泊秦淮，而与酒家相近，酒家临河故也。商女，是以唱曲作生涯者。唱《后庭花》曲，唱而已矣，哪知陈后主以此亡国，有恨于内哉？杜牧之隔江听去，有无限兴亡之感，故作是诗。

——清·徐增《而庵说唐诗》

首句写景荒凉，已为“亡国恨”勾魂摄魄。三、四推原亡国之故，妙就现在所闻犹是亡国之音感叹，索性用“不知”二字，将“亡国恨”三字扫空。

——清·杨逢春《唐诗绎》

首句写秦淮夜景。次句点明夜泊，而以“近酒家”三字引起后二句。“不知”二字感慨最深，寄托甚微。通首音节神韵，无不入妙，宜沈归愚叹为绝唱。

——清·李锳《诗法易简录》

牧之此诗所谓隔江者，指金陵与扬州二地而言。此商女当即扬州之歌女，而在秦淮商人舟中者。夫金陵，陈之国都也。《玉树后庭花》，陈后主亡国之音也。此来自江北扬州之歌女，不解陈亡之恨，在其江南故都之地，尚唱靡靡遗音。牧之闻其歌声，因为诗以咏之耳。

——陈寅恪《元白诗笺证稿》

首二句写夜泊之景。三句非责商女，特借商女犹唱《后庭花》曲以叹南朝之亡耳。六朝之局，以陈亡而结束，诗人用意自在责陈后主君臣轻荡，致召危亡也。

——刘永济《唐人绝句精华》

【相关资料】

范新阳：《杜牧〈泊秦淮〉之“商女”新议——兼论唐诗中的“商女”意象》，《名作欣赏》2006 年第 2 期。

杨绍玲：《情景交融，寄慨遥深——杜牧〈泊秦淮〉赏论》，《名作欣赏》2009 年第 9 期。

王向峰：《月色迷茫 感慨殊深——杜牧〈泊秦淮〉赏析》，《课外语文(初中)》2004 年第 5 期。

夜雨寄北[①]

李商隐

君问归期未有期[②]，巴山夜雨涨秋池[③]。
何当共剪西窗烛[④]，却话巴山夜雨时[⑤]。

【注释】

①寄北：寄赠给住在北方的妻子；一说是友人。此诗作于巴蜀无疑，然所寄之“君”究系何人，其说不一。《万首唐人绝句》题作《夜雨寄内》。

②君：你，指作者的妻子王氏；一说是友人。

③巴山：也叫大巴山，在今四川省南江县以北(泛指巴蜀之地)。

④何当：什么时候才能够。共剪西窗烛：在西窗下共剪烛芯。剪：剪去烛花，使烛光更加明亮。

⑤却：还，再，且；表示小小的转折。话：谈论。

【评析】

《夜雨寄北》表现了李商隐诗的另一种风格：质朴、自然。

“君问归期未有期”，字面上两处“期”重复，但却含有转折。“君问归期”显出询问者的焦急等待心情。“未有期”却回答没有归期，使得双方的期待落空，陷入有情人难长相守的苦痛之中，在希望相聚和难以相聚的失望之间完成第一次情感的翻转。

“巴山夜雨涨秋池”，点明地点、时间及诗人的处境，又渲染了诗人心头的孤寂之感。“涨”字的运用，不只在写池水涨，更是在写自己的思念之情在涨，此时的“涨”正是一种急切的表现。

诗人禁不住思念的折磨而想象了一个相聚的温馨场景：“共剪西窗烛”。一下排除了诗歌前面清冷孤寂的氛围，这是对远方人的安慰，也是对自己的鼓励。“却话巴山夜雨时”，在将来相聚的时候，要谈论今晚的孤独和思念。又回到“巴山夜雨”。诗里前一个“巴山夜雨”是实写眼前景观，后一个“巴山夜雨”是想象中的情境。全诗通过几次情感的翻转形成一个整体。此时的“巴山夜雨”到彼时彼地的“共剪西窗烛”，浸润着对未来的憧憬，却也融入了对现实空虚落寞的感受；在给人以安慰的同时又让人体会到诗人今夕的苦况。用这种画面性的想象来表达对亲人的思念，是诗人们常用的手法，如杜甫“何时倚虚幌，双照泪痕干”。

【辑评】

滞迹巴山，又当夜雨，即思剪烛西窗，将此夜之愁细诉，更觉愁绪缠绵，倍为沉挚。

——清·黄叔灿《唐诗笺注》

即景见情，清空微妙，玉溪集中第一流也。

——清·屈复《玉溪生诗意》

唐诗如贵介公子，风流闲雅，观此信然。

——明·周珽《唐诗选脉会通评林》引李梦阳语

婉转缠绵，荡漾生姿。

——清·王士禛《唐人万首绝句选》

【相关资料】

刘学文：《“巴山夜雨”李义山——读李商隐〈夜雨寄北〉》，《名作欣赏》2005年第24期。

王玉琴：《李商隐〈夜雨寄北〉赏析》，《文学教育(上)》2007年第3期。

孙绍振：《用图画来回答期盼——读李商隐〈夜雨寄北〉》，《语文建设》2007年第12期。

六月二十七日望湖楼醉书①

苏 轼

黑云翻墨未遮山②，白雨跳珠乱入船③。
卷地风来忽吹散④，望湖楼下水如天⑤。

【注释】

①望湖楼：在杭州钱塘门外西湖上。

②黑云翻墨：乌黑的云像打翻的墨汁。

③白雨：白色的雨点。跳珠：形容雨点落进湖中溅起的水珠。

④卷地风来：指狂风席地卷来。

⑤水如天：远远望去，水天一色，连成一片。

【评析】

《六月二十七日望湖楼醉书》是苏轼通判杭州期间创作的一组七言绝句，共有五首，这是第一首，也是最为著名的一首。

“黑云翻墨未遮山”，“未遮山”表现了黑云是突然而起的，像打翻的墨汁般的乌云向着山头涌来，可是还没来得及遮蔽整座山。一个“未”字包含着时间的流动，既显示了黑云的动态，又引起下文景物的描写，凸显变化之快。

“白雨跳珠乱入船”描写骤然而降的暴雨。“白”字写雨的颜色，颜色的描写可以想象雨势之大。“跳珠”比喻雨点又大又急，四处猛烈迸溅，就像珍珠掉下似的乱蹦乱跳。这句写雨的色彩、形状、动态，声响俱备，确实精彩。

“卷地风来忽吹散”，“忽”既写“卷地风”来得猛，也写风来得快，这突然而来的大风把云、雨都吹散了，给读者一种不可置信的猜测：刚才真的下暴雨了吗？起到“转”的作用。

“望湖楼下水如天”，云散、雨息、风停之后，湖面上又是一番景致，作者用“天”来比喻“水”，湖水就像天空那样宽阔无边，澄澈明净，宁静平和。水天相连，融为一体，心胸也为之豁朗。

诗人善于渲染气氛，从阴云压近湖面、急雨骤降的壮阔，写到烟消云散，雨过天晴，用笔跌宕起伏，而又从容不迫，描写天气变化的神速，精彩纷呈，使人目不暇接。

【辑评】

随手拈出，皆得西湖之神。

——清·王文诰《苏文忠公诗编注集成》

阴阳变化，开阖于俄顷之间。气势语壮，人不能及也。

——清·纪昀评点《苏文忠公诗集》卷七

【相关资料】

刘逸生：《信手拈来都成妙谛——苏轼的〈六月二十七日望湖楼醉书〉赏析》，《名作欣赏》1988 年第 4 期。

梁文宁：《瞬息万变 变中有序——苏轼〈六月二十七日望湖楼醉书〉赏析》，《语文月刊》1999 年第 5 期。

陶文鹏：《状瞬息变幻动景 寓政治人生哲理——苏轼〈六月二十七日望湖楼醉书〉赏析》，《文史知识》2011 年第 2 期。

晓出净慈寺送林子方[①]

杨万里

毕竟西湖六月中[②]，风光不与四时同[③]。

接天莲叶无穷碧④，映日荷花别样红⑤。

【注释】

①晓出：太阳刚升起。净慈寺：杭州西湖畔著名佛寺。林子方：作者的朋友。

②毕竟：到底。

③四时：这里指一年四季中除六月外的其他时候。

④接天：与天空接在一起。无穷碧：无边无际的碧绿色。

⑤别样：不一样。

【评析】

杨万里(1127—1206)，字廷秀，号诚斋，吉州吉水(今江西省吉水县)人，宋高宗绍兴二十四年(1154)进士，历仕高宗、孝宗、光宗三朝，力主抗金，秉性刚直，晚年触怒权相韩侂胄，罢官闲居十五年之久。他是南宋杰出的诗人，与陆游、范成大、尤袤合称南宋“中兴四大诗人”。初学江西诗派，后学王安石及晚唐诗，最终脱去江西、晚唐窠臼，以构思精巧、语言通俗、活泼清新而自成一家，号为“诚斋体”。有《诚斋集》。

这首诗的题目显示是为送别友人而作，但整首诗没有一个送别的字眼，作者不写离情别绪，不写与林子方的友情，而是极度赞美西湖，婉转表达对友人的挽留。

“毕竟西湖六月中，风光不与四时同”一句脱口而出，质朴无华，面对西湖的美景，诗人发出了由衷的赞叹。“毕竟”，语意坚定，到底是西湖的六月时节，此时的风光与春夏秋冬四季相比确实不同。那么六月的西湖与平时有什么不同呢？作者在写完感受后，继而叙述实景，“接天莲叶无穷碧，映日荷花别样红”。“无穷碧”写出了荷叶的多，望不到头，无边无际，似乎要和天连接起来了。“别样红”，在早晨的阳光照耀下，呈现与往日不同的红。诗人用一“碧”一“红”这样强烈色彩的对比，突出了莲叶和荷花给人的视觉带来的强烈的冲击力。两句寥寥十四字，就将满池的莲叶荷花描写得淋漓尽致，美不胜收。

【辑评】

宋诗人工于七言绝句而能不袭用唐人旧调者，以放翁、诚斋、后村为最。

——清·陈衍《石遗室诗话》

【相关资料】

甄居：《清新活泼 景丽情浓——读〈晓出净慈寺送林子方〉》，《中学语文》

1983年第12期。

陈书录：《〈晓出净慈寺送林子方〉中“六月中”补正》，《江海学刊》2004年第2期。

谭志永：《一样荷塘 别样情趣——杨万里〈晓出净慈寺送林子方〉与〈小池〉比较赏析》，《语文知识》2005年第10期。

观书有感

朱　熹

半亩方塘一鉴开①，天光云影共徘徊②。
问渠哪得清如许③？为有源头活水来④。

【注释】

①方塘：又称半亩塘，在福建尤溪城南郑义斋馆舍（后为南溪书院）内。鉴：镜。古人以铜为镜，包以镜袱，用时打开。

②“天光”句：是说天的光和云的影子反映在塘水之中，不停地变动，犹如人在徘徊。

③渠：他，指方塘。哪得：怎么会。清如许：这样清澈。

④源头活水：比喻知识是不断更新发展的，只有在人生的学习中不断学习运用探索，才能使自己永葆先进和活力，就像水源头一样。

【评析】

朱熹（1130—1200），字元晦，一字仲晦，号晦庵，别称紫阳，晚年自号晦翁、遁翁，徽州婺源（今属江西省）人，生于南剑州尤溪（今属福建省），徙居建阳（今属福建省）考亭。高宗绍兴十八年（1148）进士，授泉州同安县主簿，历知南康军、漳州、潭州。宁宗即位，召为焕章阁待制兼侍讲，但在朝仅四十多天，便因触犯权贵而被罢免。朱熹登第五十载，任地方官仅七年半，立朝时间更短，生平主要从事著述和讲学，是宋代理学集大成者。有《晦庵先生文集》传世。

作为理学家，朱熹的思维方式与一般的诗人自然有所不同，与其说在写诗，不如说在悟道。这首诗妙在趣味盎然，将读书治学的心得体会，转化为自然的意象，极富于形象感，又包含深刻的哲理。

诗的前两句写方塘之景：半亩见方的池塘澄澈见底，像一面打开的明镜。

“开”字与“共”字赋予了“半亩方塘”一种主动积极的色彩，使人感到，若不是池水主动地打开它这一面明镜，那蓝天与白云怎么能共徘徊。天光云影倒映在如镜的池水中这种景象，充满诗情画意。

后两句“问渠哪得清如许？为有源头活水来”以池塘为喻，说明了为学之道，必须不断积累，不断地吸收新的营养。如果没有知识的不断更新、不断积累，一个人的学问也就会变成一潭死水，毫无生气，也无从进步了。治学之道如此，办其他事情也是如此。

【辑评】

公尝举似所作绝句示学者云：“半亩方塘一鉴开，天光云影共徘徊。问渠那得清如许，为有源头活水来。”盖借物以明道也。

——宋·罗大经《鹤林玉露》

……言日新之功。

——元·金履祥《濂洛风雅》引王柏语

【相关资料】

王祥：《为有源头活水来——读朱熹〈观书有感〉》，《课外语文(初中)》2005年第10期。

黎烈南，黎皓：《多重美感 多种境界——读朱熹〈观书有感〉(其一)》，《名作欣赏》2005年第23期。

伏涤修：《未觉诗情与道妨，尽除理障出理趣——朱熹〈观书有感二首〉赏析》，《名作欣赏》2005年第23期。

真州绝句①

王士禛

江干多是钓人居②，柳陌菱塘一带疏③。
好是日斜风定后④，半江红树卖鲈鱼⑤。

【注释】

①真州：今江苏省仪征市，在扬州西南，南临长江。这首诗写于康熙元年(1662)，作者时任扬州推官。

②江干：江边。干，水涯，河岸，此指长江北岸。钓人：钓鱼的人，指

渔民。

③柳陌：两旁植有杨柳的道路。菱塘：生长菱芰的塘。疏：稀疏，疏朗。这里形容小路细长，柳树稀疏，房舍点缀其间。

④好是：最好的时候。是，此。日斜：太阳西落。风定：风静。

⑤红树：夕阳映照下树呈红色，故云。

【评析】

王士禛(1634—1711)，字贻上，号阮亭，又号渔洋山人，为避雍正讳，先后改名士正、士祯，新城(今山东省桓台县)人。顺治十五年(1658)进士，出任扬州推官，后升礼部主事，官至刑部尚书，康熙四十三年(1704)罢官归里。他论诗标举神韵，以清远为尚。著有《带经堂全集》。

《真州绝句五首》是一组写真州景物的小诗，共有五首，此为第四首。这是诗人最脍炙人口的名作。其特色在于不仅“诗中有画”，甚至要胜过画。诗人就像一个画家，随着诗笔的蔓延，展开了一幅天然的渔家生活画面。

前两句“江干多是钓人居，柳陌菱塘一带疏”，是用静态勾勒真州江岸恬静幽远的风景画，“疏”带有明丽爽洁的意思。江边疏疏落落地点缀着柳陌、菱塘、渔村茅舍。这些景物全取远景，好似是诗人触目所见，信手拈来，而所表现的诗情画意也是十分自然，整个画面呈现出一种和谐、安宁、幽静、闲适的情调。

后两句“好是日斜风定后，半江红树卖鲈鱼”，更显出风景的明丽来。“好”字，含有喜爱的意思，使读者感受到卖鲈鱼的自得其乐和诗人的心向往之。“红”字为全诗添上一抹暖色调，更增平和冲淡之趣。

【辑评】

板桥山色晚秋初，楚泽真州画不如。我爱新城诗句好，半江红树卖鲈鱼。

——明·宗梅岑《读阮亭先生真州绝句漫作》

神韵天然，不可凑泊。

——清·王士禛《渔洋诗话》

【相关资料】

邱淑健：《冲和淡远 清俊含蓄——王士禛〈真州绝句〉其四浅析》，《胜利油田党校学报》1990年第4期。

周懋昌：《着手成春 尽得风流——王士祯〈真州绝句〉(其四)评赏》，《古典文学知识》1997年第1期。

思考题

1. 王勃的《送杜少府之任蜀州》在思想内容上有什么突出的特点？

2.“泉声咽危石，日色冷青松”是王维《过香积寺》中的名句，请分析这两句诗歌的艺术表现。

3. 孟浩然在《望洞庭湖赠张丞相》一诗中如何委婉地表达了自己干谒的目的？

4. 元稹的《行宫》是如何体现盛衰之感的？

5. 试述杜甫《登高》如何体现了杜诗“沉郁顿挫”的特点。

6. 试述李商隐《锦瑟》中间两联的艺术表现，并说说这首诗在意象选择和意境营造上有怎样的特点。

7. 试述黄庭坚《寄黄几复》“桃李春风一杯酒，江湖夜雨十年灯”两句的艺术特色。

8. 试述王昌龄《出塞》(秦时明月汉时关)在思想内容上所达到的高度和艺术表现上所取得的成就。

9. 韦应物的《滁州西涧》表现了怎样的意境？

第三章　词　曲

第一节　词曲的文体特征和发展脉络

一、词的文体特征和发展脉络

词，最初被称为“曲子词”，是一种合乐歌唱的歌词。与诗相比，词的句式参差不齐，又称“长短句”。从文体形态上看，词有如下几个基本特征。

第一，每首词都有一个表示音乐性的词调(词牌)。一般来说，词调并不是词的题目，仅能把它当作词谱看待。到了宋代，有些词人为了表明词意，常在词调下面另加题目，或者一段小序。

第二，词大多分为两段，分别叫作上片、下片或上阕、下阕。不分段或分段较多的是少数。

第三，一般词调的字数和句子的长短都是固定的，有一定的格式。

第四，词的句式参差不齐，基本上是长短不均的句子。

第五，词对声韵有非常严格的规定，用字要分平仄，每个词调的平仄都有所规定，各不相同。

词产生于唐，流行于五代，极盛于宋代，衰微于元明，复兴于清。在文学史上，词以其特有的抑扬顿挫的节奏、错综变化的韵律、长短参差的句法以及深挚浓烈的感情，成为一种深受人们喜爱的文学体裁。

唐时，原产于西域的“胡乐”尤其是龟兹乐大量传入中原，与汉族原有的以清商乐为主的各种音乐相融合，产生了一种新的音乐——燕乐。燕乐曲调繁多，有舞曲，也有歌曲。歌曲的歌辞就是词的雏形，当时叫作“曲子词”。唐代的燕乐歌辞在其发展过程中，逐渐形成了一个显著的特点，即严格按照乐曲的要求来创作歌辞，包括依乐章结构分片，依曲拍为句，依乐声高下用字等，其文字形成了一种句子长短不齐而有定格的形式。这种新体歌辞，就是后来通常所称的“词”。

初盛唐时期，是词的萌芽阶段。词起源于民间，但在 1900 年敦煌石室打开之前，很难见到民间作品。敦煌词曲数量很大，作者多属社会下层，是典型的民间词，作品从内容、体制到语言风格，都表现出早期词的过渡性特征。民间词以相思离别题材为主，所以它在文人眼里不登大雅之堂，被视为诗余小道。

词体在民间兴起后，引起了一些文人的关注和模仿。盛唐文人所写的曲子词基本上都是整齐的五、七言形式，个别为长短句。中唐时，文人开始热衷于倚声填词。元和以后，文人填词逐渐增多，词正式成为一体。文人诗的语言及思想感情开始渗入词中，使词逐渐脱离原来的淳朴真挚、朴素生动但又粗糙简陋的原始状态，形成一种正式的文人文学体裁。到晚唐，温庭筠的词以秾丽的色彩、华艳的词藻、细腻的手法来描绘形象和刻画心理，形成了一种秾艳香软的艺术风格。这是文人词趋于成熟的一个标志。五代十国时期，倚声填词更是蔚然成风。西蜀与南唐二地，经济文化最为发达，成为词人雅集之地。西蜀词人的词大多收入《花间集》。而南唐词人则以李璟、李煜、冯延巳最为出色。

词入宋而发展到鼎盛状态，成为一种完全独立并与诗体相抗衡的文学形式。北宋词的主流依然是沿袭晚唐五代词风，吟风弄月，注重词的抒情性与音乐性。如晏殊、张先等刻意求精，使词的形制更加丰富，语言更加精练，意境更加深婉，风格更加细腻，特别是使词的音律更加精致合乐。北宋还有一些词人从词风词境入手，着意于词体的变革。范仲淹的《渔家傲》和王安石的《桂枝香》，词调慷慨苍凉，境界开阔悲壮，感情抑郁深沉。之后，苏轼有意利用词在语言形式上的某些特点，自由畅达地表现各种各样的生活情趣、生命感慨，不仅把本来属于诗歌的"言志"内容写到词中，而且把诗里已经出现的散文句式、语词也用在词里，使词的内容更加丰富，形式更加自由。另外，在苏轼之前，音乐是词的生命，音乐的特性重于文学的特性，因此协律合乐是填词的首要条件。苏轼尝试使词与音乐初步分离，摆脱音乐的附庸地位而成为独立存在的一种文学体裁。

南渡之后，词人们以不同的态度与方法进行创作，为宋词的继续发展注入了新的生命力。李清照承受了两宋之际国亡家破之痛，生活际遇、思想感情都发生了巨变，相应地，词的内容和情调也发生了变化，由明丽清新变为低徊惆怅、婉丽凄伤。其后，辛弃疾、陆游、姜夔等人，带来了宋词的再次繁荣。辛弃疾是伟大的爱国词人，他的许多词作缅怀故国河山、抒发抗金报国的志向、揭露南宋朝廷的苟且偷安，形成了豪放激昂的风格。南宋后期的词人如吴文英、张炎等，对过去各种表现手法进行筛选整理，在词的形式、语言技巧方面做出了新的贡献。

元代词上承两宋余绪，虽成就难以继盛，但也出现了不少词人，其中也不乏名篇佳作。元词的创作可分为两个阶段：第一个阶段包括出生于元统一之前词人的创作，如元好问、张之翰等。他们大多有着亡国和战乱的经历，往往在词中抒写怀念故国的黍离之悲。第二阶段则是出生于元统一之后到元亡之前词人的创作，有虞集、王旭、萨都剌等。他们大抵出生于忽必烈改元之后，没有经历过大的战乱，议论行藏出处、企慕半隐半俗的生活，是他们词作的主要内容。总体来看，元词思想和艺术俱臻上乘的数量少，整个创作局面呈衰微之状。

明初，刘基、高启等人仕途蹉跎，所作的词自成家数，各具特色，尚存宋元遗风。明中叶后，词风日下。杨慎、王世贞、汤显祖等人多有创作，却都不是当行词家。明末，由于社会发生变革，才给词的创作带来一线生机。陈子龙的早期词作风流绚丽、刚健婀娜，后期所作绵邈凄恻、神韵天然，算是明词的大家。

词经历元、明的衰落，到清代重放光芒。清代的词人、词作、词论均多于前代，被称为“中兴”。以陈维崧为宗主的阳羡词派、以朱彝尊为领袖的浙西词派、以张惠言为代表的常州词派，以及被称为“北宋以来，一人而已”的纳兰性德，都极有建树。

朱彝尊是清代“浙西词派”的开创者，著有词集《曝书亭词》，并编选《词综》表达自己的词学观。其词以姜夔、张炎为宗，多在字句声律方面下功夫，字琢句练，精工隽永，具有较高的艺术成就。陈维崧著有《迦陵词》，他与朱彝尊并称“朱陈”，作词多至 1800 首，数量上为古今词人之冠。他还创立了“阳羡词派”，模仿苏、辛，充满壮志豪情。

纳兰性德著有《饮水词》，代表了清词的最高成就，被况周颐《蕙风词话》誉为“国初第一词人”。其词多抒发离别相思之情和感伤幽婉的情怀，多用白描手法，直抒胸臆，自然流丽，风格颇近李后主。

清中期，张惠言开创常州词派，所著《词选序》全面阐述了自己词学理论，主张尊词体，提高词的地位，倡导意内言外、比兴寄托和“深美宏约”之风格，对扭转词风起了积极作用。他的《茗柯词》骋情惬意，细致生动，语言凝练干净，无绮靡浓艳之藻，主要抒发怀才不遇、漂泊无依和羁缚受制等心绪，词旨常在若隐若现之间。

扬州词人郑燮、黄景仁、洪亮吉等，不傍浙、常门户，博取各家之长，亦是填词的佼佼者。或以凄厉之笔，倾泻“盛世”的悲哀，或以幽怨之情，抒发惨伤的心怀。郑燮《板桥词》独标一格，风神豪迈，成就颇高。稍后，生于社会巨变之际的蒋春霖，感发无端，是太平天国战争中的离乱哀鸣。其词寓情于景，意境衰飒，水平较高。

近代以来，龚自珍词作成就颇高，共存词 150 余首，主要抒写对理想生命境界的憧憬、失落之后的感慨及乡情友思等。被称为“清季四大词人”的王鹏运、朱祖谋、况周颐、郑文焯，面临阽危的国势，都具有爱国激情，词作多忧世伤时之慨。

王国维是近代词学大家，不仅有理论专著《人间词话》，而且创作了大量词作，辑为《人间词》。王国维词语言清新流丽，意蕴哀婉，深情绵邈，诗情与灵智并举，词风直承李后主与纳兰性德，具有极高的艺术成就。

二、散曲的文体特征和发展脉络

人们通常所说的“曲”，包括剧曲与散曲。剧曲指的是杂剧、南戏、传奇等长篇戏曲的曲辞；散曲则是继诗、词之后兴起的一种新的抒情诗体。由于它与词在文体特征上有诸多相似之处，所以我们将其与词放在一起讨论。

散曲是一种同音乐结合的长短句歌词。它最早出现于何时，难以考订。大约源于宋、金时期民间流行的曲词。同时，少数民族乐曲流入中原并与中原音乐融合，导致传统的词和词曲不能再适应新的音乐形式，于是逐步形成了一种新的歌曲形式——散曲。散曲起源于北方，故又称北曲，至元代最为兴盛，元人称其为“乐府”或“今乐府”。

散曲之所以称为“散”，是与元杂剧的整套剧曲相对而言的。作家纯以曲体抒情，与科白情节无关，这就是“散”的含义。从文体上看，它有以下特点。

第一，在语言方面，虽然讲究格律，却吸收了口语自由灵活的特点，往往呈现出口语化、散文化的特征。

第二，在艺术表现方面，它比近体诗和词更多采用“赋”的手法来铺陈叙述，呈现出明快显豁、自然酣畅的审美特征。

第三，押韵比较灵活，可以平仄通押，句中还可以加衬字。一般来说，衬字可多可少。衬字具有明显的口语化、俚语化特征，能够使曲意更加明朗活泼。

第四，每首散曲都有曲牌，且属于一定的宫调。不同的曲牌在字数、句数、平仄和用韵等方面都有自己的规定。因此，每首散曲前面往往冠有类别名、宫调名、曲牌名和曲题名。

第五，散曲的类型包括小令、套数和介于两者之间的带过曲。小令，又叫“叶儿”，其名称源自唐代的酒令。单片只曲、调短字少是其基本特征。但还有一种联章体，是由数支小令联合而成，又称“重头小令”。“重头小令”是同题同调，内容相连，首尾句法相同，每首小令可以单独成韵，小令的数量没有限制，可多达百支。

“套数”，又称“套曲”“散套”或“大令”，由唐宋大曲、宋金诸宫调发展而来。其体制一般有三个特征：一是全套必须押韵相同；二是有【尾声】；三是同宫调的两个以上的只曲连缀而成。套数以其较长的篇幅，可以表达相对复杂的内容，或抒情，或叙事，或兼而有之。

小令和套数是散曲的两种主要形式，前者短小精悍，后者富丽雍容。带过曲由同一宫调的不同曲牌组成，如【雁儿落带得胜令】【骂玉郎带感皇恩采茶歌】等，曲牌最多不超过三首。带过曲属于小型曲组，与套数相比容量要小，且没有【尾声】。

相较诗、词而言，散曲具有明显的俗文学的色彩。

元代散曲作家，据不完全统计，有200余人，存世小令3800多首，套数470余套。由于正统文人士大夫不重视散曲，很少有人搜集整理成册，散佚的作品当不在少数。元代散曲的创作可分为前、后两个时期，大略以元成宗皇庆、延祐年间为界。前期散曲作家的活动中心在大都(今北京)，这是散曲兴盛时期。作家队伍中有地位显赫的达官贵人、文人雅士，如刘秉忠、卢挚、姚燧等；也有著名的杂剧作家，如关汉卿、白朴、马致远等；还有一些教坊艺人。由于作家的社会地位高下不同，思想感情各异，艺术素养差别也很大，使前期散曲呈现出丰富多彩的局面。在各类作家中，那些地位高、有才名的文人雅士如杨果、姚燧等，对新兴的诗歌体裁虽有兴趣，但只在游宴应酬场合小试才情，而且常以词的写法绳曲，尽管也有清新之作，却不能充分表现散曲的艺术特点。教坊艺人的作品，一般说来题材较窄，艺术上也较为粗糙，加之散佚甚多，不能探其全貌。最有成就的还是那些兼作杂剧的作家，如关汉卿、白朴、马致远等人。他们的作品既有民间文艺的通俗平易、质朴自然，又有锤炼开拓，提高了散曲的境界，如马致远的《秋思》套曲、关汉卿的《不伏老》套曲及他们的小令等。他们对散曲成长为一种富有特色的诗歌体裁，做出了很大贡献。

元代后期的创作中心逐渐移至杭州一带。随着散曲的繁盛和发展，这一时期出现了一批专作散曲的作家，如张可久、乔吉、贯云石、徐再思等。他们探究散曲的体制和规律，创作数量超过前期。从发展趋势来看，虽然继承和发扬了前期散曲通俗直白、生动活泼的特色，出现了像睢景臣《高祖还乡》及刘时中《上高监司》等难得的有特色的作品，但总的创作倾向却是趋于雅正典丽，逐渐失去前期的生命力。这一时期，曲学评论与音律研究著作也应运而生：贯云石的《阳春白雪序》是最早出现的散曲评论文章；周德清的《中原音韵》对于曲韵及曲的格律的研究，不论对杂剧还是散曲的创作，都有重要意义。此外，还出现了一些散曲选集，其中以杨朝英的《阳春白雪》和《朝野新声太平乐府》最为著名。

思考题

1. 与诗相比，词具有哪些独特的文体特征？
2. 词的发展经历了一个怎样的历程？试简要描述。
3. 什么是散曲？散曲具有哪些文体特征？

第二节 词曲鉴赏理论

一、古人鉴赏品评词曲的主要形式

1. 词话

词话是中国古代评论词作、词人、词派以及有关词的本事和考订的著作。词话兴起于宋代，杨绘所撰《时贤本事曲子集》被梁启超断为“最古词话”，王灼《碧鸡漫志》也是最早的词话之一。宋人词话中较为重要的还有胡仔《苕溪渔隐词话》、张炎《词源》等。元明两朝，词学衰微，词话著作几乎无见。晚清有所谓三大词话，即陈廷焯的《白雨斋词话》、况周颐的《蕙风词话》以及王国维的《人间词话》，代表了古代词话的最高水平。

2. 曲话

曲话是评论戏曲、戏曲作家、戏曲流派以及有关戏曲考订的著述。曲话起源于明代，它没有诗话、词话那么悠久的历史，也没有形成像诗话、词话那样相对独立定型的批评形式。专门以曲话命名的著作并不多。明代王骥德的《曲律》、徐渭的《南词叙录》、李渔的《闲情偶寄》、焦循的《花部农谭》等戏曲论著中包含了十分重要的曲话内容。

二、古人鉴赏品评词曲的主要观点

1. 别是一家说

词“别是一家”，是李清照在其《词论》中提出的词学观点。她主张把词从诗中区分开来，认为词是与诗不同的一种文体，词有自己独特的文体特征和风格。

第一，形式上，词应当严格讲究声律。她批评晏、欧、苏等人之词“皆句读不葺之诗尔，又往往不协音律”，将协律视为词的最基本特征之一，进而提出作词应分五音，分五声，分六律，分清浊轻重。

第二，内容上，词主情致。她认为词应该抒发的是相思离别的柔婉情致，并标举秦观为主情致的代表，认为秦词“情韵兼胜”。

第三，风格上，词尚文雅。她批评柳永词虽协音律，但“词语尘下”，格调低俗。

李清照的词“别是一家”说，要求严守音律，有些过于苛刻，如“歌词分五音，又分五声，又分六律，又分清浊轻重”等戒律，有时连她自己也未必能完全遵从。不过，这一观念严格区分了诗词界限，维护了词体独特的艺术特性和传统风格，有益于提高词的地位、发扬词的本体精神与美学风格，因而具有重要价值。

2. 沉郁说

“沉郁”说发端于杜甫，杜甫在《进〈雕赋〉表》中用“沉郁顿挫”来概括自己诗歌的艺术风格。清代陈廷焯十分推崇杜诗，把杜甫的诗说移之于论词，从而建立起“温厚以为体，沉郁以为用”的主张。陈氏所谓的“沉郁”，主要有两方面的含义。

第一，词要“意在笔先，神余言外”。词的意境之高即在“沉郁”，要写出既能反映现实，又于词中有所寄托的作品，作者就必须有真情实感，而且感情一定要深厚，“情不深而为词，虽雅不韵，何足感人”？这种深厚的思想感情又必须“温厚”，方得性情之“正”，否则就可能“思涉于邪”，“有失风人之旨”。因此，要求作者自觉地以“温柔敦厚”的诗教（即儒家的伦理观）为指导来进行创作，这就是“意在笔先”的真谛。

第二，提倡比兴。要表现“沉郁”的意境，必须运用比兴寄托的手法以言志，也就是要用形象反映现实、表达思想感情。作词贵在“有所感”“有所寄托”，“寄托不厚”则“感人不深”。反对无病呻吟，也反对“一直说去，不留余地”。借物以寓意，“又必若隐若现，欲露不露，反复缠绵，终不许一语道破”，这才是“体格之高”“性情之厚”，体现出思想内容与艺术形式的统一。

陈廷焯生于晚清，山河易代，蒿目时艰，提倡词中有所寄慨，深刻反映社会生活，是可以理解的。但主张以儒家诗教为核心，要求温厚为体，反对慷慨激昂的放歌，则未免失于偏狭。然而，他对艺术创作和艺术欣赏的许多深刻见解，确实超越前人，至今仍值得借鉴。

3. 词心说

况周颐的《蕙风词话》是近代一部有较大影响的词学著作，在这部著作中，况周颐提出了“词心说”。

“吾听风雨，吾览江山，常觉风雨江山外有万不得已者在。此万不得已者，即词心也。而能以吾言写吾心，即吾词也。此万不得已者，由吾心酝酿而出，即吾词之真也，非可强为，亦毋庸强求，视吾心之酝酿何如耳。吾心为主，而书卷其辅也。书卷多，吾言尤易出耳。”

也就是说作词要有充沛的感情，即“词心”。“词心”是一种不可遏制、不吐不快的情绪。这种情绪不是先验的，它来自“目前之境界”，即现实生活中的切身感受。事实上，“听风雨”“览江山”者大有人在，但并不是每个人都会有这种“万不得已”的情绪。这种情绪的出现，除了“目前之境界”，还有赖于“平日之阅历”，即生活的积累与思考。一个缺乏生活积累、对生活缺乏思考的人，不会产生那种“万不得已”的情绪。当然，有了这种“万不得已”的情绪，也不一定就能写出好词来。要写出一首好词，还要有天资，有学力。可见“词心”的产生，并不是那么容易的事。要有“平日之阅历”，要有“天资”“学力”，更要有“目前之境界”，这四者有机地融合在一起，才能构成引发“词心”的“词境”。有了“词境”，才会有“词心”。用“吾言”写吾之“词心”，便是“吾词”，有“词心”的作品才是好作品。

况周颐的“词心说”，突出性灵在创作中的重要作用，强调用富有个性的语言，抒发富有个性的情感，反对造作，反对为寄托而寄托，应该说，这是对常州派词学思想的一个重大突破，在中国词学思想史上占有一席重要位置。此外，他论词境、词笔、词与诗及曲之区别、词律、学词途径、读词之法、词之代变以及评论历代词人都能鞭辟入里，发前人所未发。

4. 境界说

王国维在探求历代词人创作得失的基础上，结合自己鉴赏和创作的切身经验，提出了“境界说”，认为“词以境界为最上，有境界则自成高格，自有名句”，“境非独谓景物也，喜怒哀乐，亦人心中之一境界，故能写真景物、真感情者，谓之有境界，否则谓之无境界”。有境界的作品，言情必沁人心脾，写景必豁人耳目，形象鲜明，富有感染力量。

“境界”有三层含义：第一，“境界”是情与景的统一。在《此君轩记》中，王国维借绘画阐述艺术创作中情景交融、物我冥合的特征：“如屈子之于香草，渊明之于菊，王子猷之于竹，玩赏之不足以咏叹之，咏叹之不足而斯物遂若为斯人之所专有，是岂徒有托而然哉！其于此数者，必有相契于意言之表也。善画竹者亦然。彼独有见于其原，而直以其胸中潇洒之致、劲直之气，一寄之于画，其所写者，即其所观；其所观者，即其所蓄者也。物我无间，而道艺为一，与天冥合，而不知其所以然。”总之，作品必须具备“情”与“景”的融合，且要“意与境浑”。

第二，情景须真。王国维一贯尚“真”，他认为“真文学”当不受功利的干预，做到景真、情真，而“情真”尤为重要，因为“感情真者，其观物亦真”。作品不但要有“情”有“景”，而且必须有“真景物、真感情”，这才可谓有“境界”。他所说的“真”不仅仅是真切的一己之情，而且是诗人对宇宙人生的终极关怀和体悟，是诗人“不失其赤子之心”“以血书者”之感情。这才是王国维向往的最高的“真”。只有具备这种“真”的艺术境界，文学才能“与哲学有同一性质，其所欲解者皆宇宙人生根本之问题”。

第三，“真景物、真感情”须得以鲜明真切地表达。作者观物写景，须感情真挚，而若不能恰当表现，文不逮意，则亦不能有境界。宋祁《玉楼春》“红杏枝头春意闹”，一“闹”字而境界全出，生动地渲染了杏花怒放、大好春光的美好景象；张先《天仙子》“云破月来花弄影”，一“弄”字而境界全出，写活了明月泻辉、花影摇曳的幽境和词人疏散闲适的情趣，都能把“真景物、真感情”表达得真切鲜活。

境界说是《人间词话》的核心，能够沟通其全部主张。王国维不仅把它视为创作原则，也把它当作批评标准。论断诗词的演变，评价词人的得失、作品的优劣、词品的高低，均从“境界”出发。

5. 蛤蜊蒜酪说

元人钟嗣成在《录鬼簿自序》中说道：“若夫高尚之士、性理之学，以为得罪于圣门者，吾党且啖蛤蜊，别与知味者道。”以“蛤蜊”之味来评誉元曲的风格，非常形象地概括了散曲的典型审美特色：通俗自然，豪放洒脱，泼辣诙谐。与“蛤蜊”相似，另一些论者则以“蒜酪”来譬喻曲。明人何良俊《四友斋丛说》就说：“然既谓之曲，须要有蒜酪。”蒜的味道偏于辛辣，酪则是北方草原民族的日常食品。以“蛤蜊”“蒜酪”来比拟曲的风格，说明散曲是以明快显豁、自然酣畅为主要审美取向的。

任讷《词曲通义·性质》说得更为明白：“曲以说得急切透辟、极情尽致为尚，不但不宽弛、不含蓄，且多冲口而出。若不能待者，用意则全然暴露于辞面；用比兴者，并所比所兴亦说明无隐。此其态度为迫切、为坦率，恰与词处相反地位。”诗词往往追求含蓄蕴藉，而散曲讲求明白透彻、通俗活泼，在风格上与诗词大异其趣。

散曲中当然也有写得比较典雅的一类，尤其后期的一些作家比较主动地追求雅化的风格。但从整体上看，散曲是以明快直白为本色的，不求“含蓄蕴藉”，而唯恐其意不显、其情不畅，直待酣畅淋漓而后止。关汉卿【南吕·一枝花】(不伏老)就是一个典型的例子。

三、词曲鉴赏的方法

古人词曲鉴赏理论对于我们鉴赏解读古词曲依然具有重要的借鉴意义。陈廷焯“沉郁说”提倡词要有所寄慨，运用比兴寄托的手法反映社会现实和民生疾苦，这使我们能通过词来了解当时的社会现实，使词具有一定的史料价值。但是词原本就是抒发个体生命的独特情感体验、内心世界缥缈幽微的情思意绪的，不应该以其是否反映宏大的社会生活作为评价词优劣的标准。况周颐“词心说”，强调创作过程中要有充沛的情感，突出性灵在创作中的重要作用，反对无病呻吟、无情造文。只有饱含激情和真情的作品，才能最终打动读者，所以，作品中是否饱含充沛而真切的感情，也是我们衡量作品优劣的重要标准。王国维“境界说”集众多文学鉴赏理论之大成，既强调作品情与景的统一，又主张情景须是真情实景，同时也要求情与景在真实的基础上得到最生动真切的表达。这对于我们欣赏古典词曲乃至一切古典诗词都具有重要的指导意义。然而，今古暌隔，生活于现代的我们毕竟早已脱离了古典学者们当年的语境，这给我们解读古典词曲带来了障碍，所以，我们在古人鉴赏理论和经验之外，还必须结合实际，有所取舍，并主要从以下几个方面做起。

第一，了解词牌、曲牌、题目以及小序等基本体式特征。词牌原本是乐曲的名称。词的撰写一般是先按律制谱，尔后才配以歌词。“前人按律以制调，后人按调以填词”，依照音谱所定的乐段乐句和音节声调来制词，所以作词叫作“填词”。而随着乐曲的逐渐失传，后人填词，往往只是依照前人所创词调的文字声律来作词了。因此，词牌与词的内容并不相关。当词完全脱离乐曲之后，词牌便仅作为文字、音韵结构的一种定式而留存了。

曲牌和词牌一样，记述标志了每支曲牌固定的字数、句数、句式、平仄和韵脚。散曲与词一样，采用长短句式，但更加灵活多变，可以根据内容的需要，突破规定曲牌的句数，进行增句。

题目是词曲的主题，一般在词牌(或曲牌)与正文之间。词这种文学体裁初出现时，词调与词题基本上是合一的。后来，词的内容逐渐与词调脱离，词调不足以表明该词的内容，这才另加词题，这大约从宋代开始。例如，苏东坡的《念奴娇》(词调名)，外加题目“赤壁怀古”，说明该词为何而作。曲题与词题一样，标明了散曲的主题，如马致远《天净沙·秋思》，秋思即为曲题。我们通过词题和曲题，就能了解作品的主题内容。

有些作者为了更清楚地交代创作的背景或者原因，在词题之外，还另附小序，如辛弃疾《摸鱼儿》(更能消几番风雨)，小序云：“淳熙己亥，自湖北漕移湖南，同官王正之置酒小山亭，为赋”，交代了作词的背景。小序对我们理解鉴赏词曲具有重要的指示意义。

不仅如此，我们对于词、曲的艺术形式特征也要有所掌握，并体会其独特的美感。长短句形成节奏上的错落有致，特殊的平仄要求带来音韵上的抑扬起伏。小令的写法注重简约含蓄，而慢词更讲究铺叙展衍。与词相比，散曲的遣字用语要更俚俗，口语化色彩比较鲜明。对这些艺术特征的了解和掌握，也是欣赏词、曲的重要路径。

第二，挖掘词曲的主题思想和情感意蕴。要正确理解古典词曲的思想内容，离不开知人论世。鲁迅先生说：“倘要论文，最好是顾及全篇，并且顾及作者全人，以及他所处的社会状态，这才较为确凿。”如李清照《一剪梅·红藕香残玉簟秋》，元代伊世珍《琅嬛记》载：“易安结缡未久，明诚即负笈远游，易安殊不忍别，觅锦帕书《一剪梅》以寄之。”这首词写于李清照与赵明诚新婚不久即远别之时。词中既有爱花惜春的遗憾，又有红颜易老的伤感，更有惜别怀人的烦闷，愁思浓郁，深婉迂曲，是一首抒写相思离别的别情词。

词曲在主题思想和情思意绪上具有自己独特的表现力，而与诗歌有所不同。王国维《人间词话》就谈到过诗、词的区别：“诗之境阔，词之言长。”词“能言诗之所不能言，而不能尽言诗之所能言。”词在表现特征上更为细腻婉约，善于表现人们内心许多曲折幽微的情感。曲又与诗、词有所不同，曲更为明爽活泼，可以表现许多明快显豁的情绪，体现出一种自然酣畅的美感，与以含蓄蕴藉为审美取向主流的诗词大异其趣。

还应注意的是，词、曲与市井文化有比较密切的关联，都市的繁荣和经济的发展，对于词曲的发展有直接的促进作用，因此许多词、曲体现出了颇为鲜明的市井风俗特征。一些词、曲表现了都市的繁华，如柳永《望海潮》；一些词、曲对节令有鲜明的记录，如欧阳修《生查子·元夕》、辛弃疾《青玉案·元夕》等；一些词、曲则对市井生活本身有鲜明的反映。了解这一特点，也有助于理解词曲主题思想和风格特征。

第三，总结词曲的艺术表现手法。为了更生动准确地表达出内在的思想感情，作家们经常会运用一些巧妙的艺术表现手法，如情景交融、动静结合、化实为虚或化虚为实、映衬烘托、对比反衬、用典化句、铺陈、比喻、兴寄、拟人、夸张、对偶等。对这些手法进行分析，并体会其所带来的表达效果，就能更好地感受古词曲的形象，领悟作者的感情。如李煜《虞美人》：“问君能有几多愁？恰似一江春水向东流。”把不可见的离愁用形象化的比喻描绘出来，化虚为实，形象可感。在词曲中，还有一些比较特别的表现手法。比如，领格字的运用。柳永《八声甘州》中就多处使用领格字，“对潇潇暮雨洒江天”的“对”字、“渐霜风凄紧，关河冷落，残照当楼”的“渐”字。不但使音韵铿锵，而且以“对”字写出了登高望远的阔大景象、以“渐”字写出了时间渐变的过程，层层渲染出词人面对秋景的悲哀情绪。因此，鉴赏古词曲，必须弄清艺术表现手法，体会词曲中的具体形象，才能正确理解和把握作品的深层内涵。

第四，抓住富于表现力的“题眼”。题眼是全部作品中最精彩和关键性的字。古人写诗作词，讲究锤炼字面。若在节骨眼处炼得好字，便使全句游龙飞动，令人刮目相看。宋祁“红杏枝头春意闹”、张先“云破月来花弄影”，如果无“闹”字、“弄”字，所写景色就会平淡无奇。而着一“闹”字、“弄”字，则境界全出，顿然改观。再如李清照《如梦令》“昨夜雨疏风骤，浓睡不消残酒。试问卷帘人，却道海棠依旧。知否？知否？应是绿肥红瘦。”全词题眼是“绿肥红瘦”，极富表现力。以“肥”字写叶，不仅有繁多、硕大之意，还让人联想到润泽鲜亮之状，极其准确凝练；以“瘦”字写花，不仅有少、小之状，还让人感受到惋惜怜悯之情，配合全词情调，表达出感伤哀婉情调。可见，要品读词曲，抓住“题眼”很关键。

思考题

1. 古人鉴赏词曲的形式有哪些？有哪些主要的观点？
2. 王国维“境界说”包含哪些含义？
3. 鉴赏词曲有哪些方法？

第三节 词曲名篇导读

一、词

菩萨蛮

温庭筠

小山重叠金明灭①，鬓云欲度香腮雪②。懒起画蛾眉③，弄妆梳洗迟④。

照花前后镜⑤，花面交相映⑥。新帖绣罗襦⑦，双双金鹧鸪⑧。

【注释】

①小山：屏风上绘的山景；一说指女子眉形。金：金色的曙光；一说画眉作金色。明灭：日光浮动，忽明忽暗，闪烁不定。

②鬓云：形容鬓发细柔乌黑。度：飘度，这里形容头发蓬乱，丝丝袅袅，半掩着面容，如飞飘之状。香腮雪：雪白的面颊。

③蛾眉：或作娥眉，枚乘《七发》有"皓齿娥眉"。

④弄妆：梳妆打扮。

⑤花：头上的妆饰品。前后镜：对镜戴花时，前后各置一镜，可以看到头部后方的样子。

⑥花面交相映：双镜之中，花朵与人面交相辉映，更显得人面如花。

⑦帖：贴金，用金线绣好花样，再贴缝在衣服上。罗襦：丝绸短袄。襦(rú)：短上衣。

⑧鹧鸪(zhè gū)：鸟名，其形如鸠，外形较美观。此句指罗襦上有金线绣成的双双鹧鸪图案。

【评析】

温庭筠(812—866)，本名岐，字飞卿，太原祁(今山西省祁县东南)人，恃才不羁，好讥刺权贵，终生不得志，官终国子助教。工诗擅词，诗与李商隐齐名，时称"温李"，然成就不如李；词的成就较高，在晚唐诸词人之上，是"花间派"首要词人，与韦庄齐名，并称"温韦"。

这首词写一位闺中贵妇的容貌装扮和苦闷心情。上片写床前屏风的景色及梳洗时的娇慵姿态；下片写妆成后的情态，暗示了女主人公孤独寂寞的心境。全词成功运用反衬手法，委婉含蓄地揭示了人物的内心世界：鹧鸪双双，反衬人物的孤独；容貌服饰的华丽，反衬人物内心的寂寞空虚。表面看来，这首词写的不过是女主人公从睡醒后到梳妆打扮完过程中的几个镜头，却能充分透露出她内心的悲凉幽怨，神情毕现。

这首词在描写方面表现出精致秾丽的特点。词人以“云”写柔美的秀发，以“雪”写白皙的肌肤，而一个“度”字，不但写出了秀发蓬乱的姿态，也撩拨着读者的怜惜之情。词的下阕，以繁丽的画面和华美的服饰，渲染出女子的空虚和期盼之情。其中“双双金鹧鸪”的细节描写在这首词中具有很重要的暗示作用：衣服上尚且有成双成对的鹧鸪，而女主人公却是形单影只。从这首词中可以看出，温词的抒情往往依赖铺陈和渲染的手法，从而形成了隐约绵密的独特风格。

【辑评】

此感士不遇之作也。篇法仿佛《长门赋》，而用节节逆叙。此章从梦晓后领起，“懒起”二字，含后文情事，“照花”四句，《离骚》初服之意。

——清·张惠言《词选》

飞卿词如“懒起画蛾眉，弄妆梳洗迟”，无限伤心，溢于言表。

——清·陈廷焯《白雨斋词话》

统观全词，谀之则为盛年独处，顾影自怜；抑之则侈陈服饰，搔首弄姿。

——李冰若《花间集评注》

“度”字含有飞动意。(“照花”两句)这里写“打反镜”，措词简明。

——俞平伯《唐宋词选释》

他用浓厚的彩色，刻画一个贵族少妇，从大清早起身，在太阳斜射进来的窗前，慢条斯理地理发、画眉、抹粉、涂脂，不断照着镜子，一面想着心事，最后梳妆好了，着上绣了成双小鸟的新衣，又顾影自怜起来，感到独处深闺的苦闷。他的手法，着实灵活，而且把若干名词当了形容词用，如“云”字形容发多，“雪”字形容肤白，又用“欲度”二字将两种静态的东西贯串起来，就使读者感到这美人风韵栩栩如生。在这短短的四十四个字中，情景双融，神气毕现。词的艺术造诣是很高的，可惜所描写对象只是一个艳丽而娇弱的病态美人。

——龙榆生《词曲概论》

全篇点睛的是“双双”两字，它是上片“懒”和“迟”的根源。全词描写女性，这里面也可能暗寓这位没落文人自己的身世之感。至若清代常州词家拿屈原来比他，说“照花前后镜”四句是《离骚》“初服”之意，那无疑是附会太过了。

——夏承焘《唐宋词欣赏》

此首写闺怨，章法极密，层次极清。首句，写绣屏掩映，可见环境之富丽；次句，写鬓丝缭乱，可见人未起之容仪。三、四两句叙事，画眉梳洗，皆事也。然“懒”字、“迟”字，又兼写人之情态。“照花”两句承上，言梳洗停当，簪花为饰，愈增艳丽。末句，言更换新绣之罗衣，忽睹衣上有鹧鸪双双，遂兴孤独之哀与膏沐谁容之感。有此收束，振起全篇。上文之所以懒画眉、迟梳洗者，皆因有此一段怨情蕴蓄于中也。

——唐圭璋《唐宋词简释》

此调本二十首，今存十四首，此则十四首之一。二十首之主题皆以闺人因思别久之人而成梦，因而将梦前、梦后、梦中之情事组合而成。此首则写梦醒时之情思也。首言思妇睡梦初醒，见枕屏而引动离情。“小山重叠”，兴起人远之感；“金明灭”，牵动别久之思。次句言睡余之态。三、四句，梳洗也；曰“懒”、曰“迟”，以见梳妆时之心情。五、六句，簪花也；花面交映，言其美也。七、八句，著衣也；“双双”句，又从见衣上之鸟成双引起人孤单之感。全首以人物之态度、动作、器物作客观之描写，而所写之人之心情乃自然呈现。此种心情，又为因梦见离人而起者，虽词中不曾明言，而离愁别恨已萦绕笔底，分明可见，读之动人。此温庭筠表达艺术之高也。

——刘永济《唐五代两宋词简析》

【相关资料】

俞平伯：《释温飞卿词五首》，《读词偶得》，上海书店 1984 年版。

吴小如：《说温庭筠〈梦江南〉两首》，《诗词札丛》，北京出版社 1988 年版。

张红，张华：《温庭筠词新释辑评》，中国书店 2003 年版。

叶嘉莹：《论温庭筠词之一》，《唐五代名家词选讲》，北京大学出版社 2007 年版。

张煜，吴相洲：《温庭筠〈菩萨蛮(小山重叠)〉的不同文化解读》，《漳州师范学院学报》2002 年第 1 期。

程遥：《红香翠软寓真情——温庭筠〈菩萨蛮〉析》，《吉林师范大学学报》1991 年第 4 期。

浣溪沙[1]

李 璟

菡萏香销翠叶残[2]，西风愁起绿波间。还与韶光共憔悴[3]，不堪看。

细雨梦回鸡塞远④，小楼吹彻玉笙寒⑤。多少泪珠无限恨，倚阑干。

【注释】

①《浣溪沙》：一题《山花子》，词牌名。

②菡萏(hàn dàn)：荷花的别称。销：凋落。

③韶光：美好的时光。

④鸡塞：鸡鹿塞，汉朝的边塞，在今内蒙古自治区境内，是古代具有重要军事意义的边镇。这里泛指边塞地区。

⑤彻：遍。

【评析】

李璟(916—961)，字白玉，五代十国时期南唐政权的第二个皇帝，史称中主，存词仅四首。

这是一首写思妇哀伤愁闷的名作。上阕由景写情：袅袅秋风，吹起湖面阵阵涟漪，不仅掠走了荷叶的苍翠碧绿，也掠走了她的清香。荷叶伴随时光一并憔悴。由葱翠到萧条，这样一个生命消殒的残忍过程，是这位多情少妇所不忍心去看的。然而，与韶光共憔悴的岂止残荷，还有她渐行渐远的年华。下阕由人事而写情：夜里想要随梦追逐到恋人出征的边关，然而毕竟山关路远，邈远难求，夜半醒来再也不能入睡，于是起身吹笙以解忧闷。谁知玉笙声寒，在这清风细雨的夜晚，更增凄冷之意。少妇也只能独倚栏杆，憾恨无限。意绪层次多转，灵活跳跃。

这首词代思妇抒发思念之情，但词中所吟咏的伤感哀愁是如此幽深沉郁，实已超过了思妇的一己之怨，达到了极为深刻的程度。“菡萏香销翠叶残，西风愁起绿波间”，写出了所有美好的事物，在无可阻挡的节候变化中迅速凋零残破，唯有如风一样的忧愁弥漫在水天之间，表达了一种无可挽回的衰颓萧飒的宿命之悲，令人震撼。王国维亦极赞赏此二句，认为“大有众芳芜秽，美人迟暮之感”(《人间词话》)。

全词语言清新自然、不事雕琢，构思新颖，意韵绵远，是李璟词的代表作。

【辑评】

南唐中宗《山花子》云：“还与韶光共憔悴，不堪看。”沉之至，郁之至，凄然欲绝。后主虽善言情，卒不能出其右之。

——清·陈廷焯《白雨斋词话》

“细雨梦回”二句，意兴清幽，自系名句。结尾“倚阑干”三字，亦有说不尽之意。

——清· 黄苏《蓼园词选》

南唐中主词“菡萏香销翠叶残，西风愁起绿波间”，大有众芳芜秽，美人迟暮之感。乃古今独赏其“细雨梦回鸡塞远，小楼吹彻玉笙寒”，故知解人正不易得。

——清·王国维《人间词话》

此首秋思词，首两句，从景物凋残写起，中间以含有无穷悲秋之感。“还与”两句，触景伤情，拍合人物。“不堪看”三字，笔力千钧，沉郁之极。较之李易安“人比黄花瘦”句，诚觉有仙凡之别。换头，别开一境，似断实连……梦回细雨，宁想人在塞外，怅惘之极，而独处小楼，惟有吹笙以寄恨，但风雨高楼，吹笙既久，致笙寒凝水，每不应律，两句对举，名隽高华，今古共传。陆龟蒙诗云：“妾思正如簧，时时望君暖”，中主词意正如此；而少游(编者按：秦观，字少游)“指冷玉笙寒”句，则又从中主翻出。或谓“玉笙吹彻，小楼寒侵”则非是也。末两句承上，申述悲恨，“倚阑干”三字结束，含蓄不尽。

——唐圭璋《唐宋词简释》

意以为全阕固脉注于一“残”字耳。“菡萏香销翠叶残”，是残荷也，“西风愁起绿波间”，是秋残也，“还与韶华共憔悴，不堪看”，是人在残年时对残景，诚然其不敢看也。王氏之所云有美人迟暮之感者盖如此也。“细雨梦回鸡塞远”，是残梦也，“小楼吹彻玉笙寒”，是曲残也，人在残年感已多，“多少泪珠何限恨”，矧更“倚阑干”对此残景乎？全阕脉络贯通，若拆散便不可得其的解；而意相联属，似亦并不宜摘句以欣赏之耳。

——傅庚生《中国文学欣赏举隅》

荆公曾问山谷曰：“江南词何者最好?”山谷以“一江春水向东流”为对。荆公曰：“未若‘细雨梦回鸡塞远，小楼吹彻玉笙寒’为妙。”冯延巳对中主语，极推重“小楼”七字，谓胜于己作。今就词境论，“小楼”句固极绮思清愁，而冯之“风乍起，吹皱一池春水”，托思空灵，胜于中主。冯语殆媚兹一人耶?

——俞陛云《唐五代两宋词选释》

中宗诸作，自以《山花子》二首为最，盖赐乐部王感化者也。此词之佳，在于沉郁。夫“菡萏销翠”，愁起西风，与韶华无涉也，而在伤心人见之，则夏景繁盛，亦易摧残，与春光同此憔悴耳。故一则曰“不堪看”，一则曰“何限恨”，其顿挫空灵处，全是情景融洽，不事雕琢，凄然欲绝。至“细雨”“小楼”二语，为“西风愁起”之点染语。炼词虽工，非一篇中之至胜处，而后人竞赏此二语，亦可谓不善读者矣。

——吴梅《词学通论》

这虽是一首描写思妇的词，但实际上作者是通过这个题材来抒写自己的心情。“细雨”两句极为王安石所欣赏，认为是南唐最好的词。

——夏承焘《唐宋词欣赏》

【相关资料】

詹安泰：《李璟李煜词》，人民文学出版社 1958 年版。

俞平伯：《释南唐中主词二首》，《读词偶得》，上海书店 1984 年版。

吴小如：《介绍南唐李璟的两首〈山花子〉》，《诗词札丛》，北京出版社 1988 年版。

陈如江：《低徊往复 沉郁悲凉——李璟〈浣溪沙·菡萏香销〉赏析》，《名作欣赏》1987 年第 5 期。

乌夜啼①

李 煜

林花谢了春红②，太匆匆，无奈朝来寒雨晚来风。 胭脂泪③，留人醉④，几时重⑤。自是人生长恨水长东。

【注释】

①《乌夜啼》：一名《相见欢》，唐玄宗时教坊曲名，后用为词调。

② 春红：春天的花。李白《怨歌行》“十五入汉宫，花颜笑春红”。杜甫《曲江对雨》有“林花着雨胭脂湿”，本词意境似从此句化出。

③胭脂泪：将人比花，以美人面颜上的胭脂和泪来比喻春花着雨。

④留：让，给以。醉：心醉。

⑤几时重：何时再重来。

【评析】

李煜(937—978)是南唐最后一位皇帝，人称李后主，性格柔弱，在政治上无所作为，却有着非凡的艺术才能，不但精通书画音乐，而且诗词文赋也无所不能。公元 975 年，宋兵攻破金陵，李煜开始了阶下囚的生涯，并最终被赐牵机药毒死，终年 42 岁。

这是一首即景抒情的小词，通过描写春残花落的自然情景，抒发人生失意的无限憾恨，是李煜后期词的代表作之一。上阕写在寒雨晚风的摧残下，林花凋零之速。“太匆匆”三字系口语，写出了对林花香消玉殒的怜惜和无奈。下阕以人写花，雨滴打在花瓣上，恰似美人脸上的清泪，惹人无限怜惜陶醉。春光将尽，何时再来？问春光何时再来，实际上也是暗问往昔的美好岁月何时再来，将一时的春愁延伸到无限的人生长恨。对于李煜来说，国破家亡不过使他过早地体会到了生命本身的脆弱，体会到了人生的无常。“自是”二字，暗示词人已经明确意识到残缺和憾恨原是人生的常态，绵绵的愁恨正如这长流的江水一样绵延不绝，与“问君能有几多愁，恰似一江春水向东流”意旨相类。

【辑评】

后主词，凄婉出飞卿之右，而骚意不及。

——清·陈廷焯《词则·大雅集》

词至后主而眼界始大，感慨遂深，遂变伶工之词为士大夫之词。

——清·王国维《人间词话》

词人者，不失其赤子之心者也。故生于深宫之中，长于妇人之手，是后主为人君所短处，亦即为词人所长处。

——清·王国维《人间词话》

后主为樊若水所卖，举国与人。词借伤春为喻，恨风雨之摧花，犹逆臣之误国，追魁柄一失，如水之东流，安能挽沧海尾闾、复鼓回澜之力耶？

——俞陛云《唐五代两宋词选释》

此词五段若一气读下，便如直头布袋，煮鹤焚琴矣。必须每韵作一小顿挫，则调情得而词情即见。词之致佳者，二者辄融会不分，此固余之前说也，得此而愈明。此词全用杜诗“林花著雨燕支湿”，却分作两片，可悟点化成句之法。上片只三韵耳，而一韵一折，犹书家所谓“无垂不缩”，特后主气度雄肆，虽骨子里笔笔在转换，而行之却浑然元气。谭献曰：“濡染大笔”，殆谓此也。首叙，次断，三句溯其经过因由，花开花谢，朝朝暮暮，风风雨雨，片片丝丝，包孕甚广，试以散文译之，非恰好三小段而何？下片三短句一气读。忽入人事，似与上片断了脉络。细按之，不然。盖“春红”二字已远为“胭脂”作根，而匆匆风雨，又处处关合“泪”字。春红着雨，非胭脂泪欤，心理学者所谓联想也。结句转为重大之笔，与“一江春水”意同，而此特沉著。后主之词，兼有阳刚阴柔之美。

——俞平伯《读词偶得》

此首伤别。从惜花写起，“太匆匆”二字，极传惊叹之神，“无奈”句，又转怨恨之情，说出林花所以速谢之故，朝是雨打，晚是风吹，花何以堪，人何以堪。说花即以说人，语固双关。“无奈”二字，且见无力护花、无计回天之意，一片珍惜怜爱之情，跃然纸上。下片，明点人事，以花落之易，触及人离别之易。花不得重上故枝，人亦不易重逢也。“几时重”三字轻顿；“自是”句重落，以水之必然长东，喻人必然长恨，语最深情。“自是”二字，尤能揭出人生苦闷之义蕴，与“此外不堪行”“肠断更无疑”诸语，皆重笔收束，沉哀入骨。

——唐圭璋《唐宋词简释》

【相关资料】

詹安泰：《李璟李煜词》，人民文学出版社 1958 年版。

俞平伯：《释南唐后主词五首》，《读词偶得》，上海书店 1984 年版。

叶嘉莹：《论李煜词之二》，《唐五代名家词选讲》，北京大学出版社 2007 年版。

破阵子

李 煜

四十年来家国[①]，三千里地山河[②]。凤阁龙楼连霄汉[③]，玉树琼枝作烟萝[④]，几曾识干戈[⑤]？　　一旦归为臣虏[⑥]，沈腰潘鬓消磨[⑦]。最是仓皇辞庙日[⑧]，教坊犹奏别离歌[⑨]，垂泪对宫娥[⑩]。

【注释】

①四十年：南唐始祖建国至后主为宋所灭，前后三十九年，举其成数而称四十年。

②三千里：南唐国土广大，为五代十国中的大国，所辖包括今江苏、安徽、江西、福建四省，三千里也是举其概数。

③凤阁龙楼：雕龙画凤的阁楼，帝王居所。霄汉：指云天。

④玉树琼枝：树如玉，枝如琼，比喻树木的美好。烟萝：枝繁叶茂的女萝。

⑤几曾：何曾。干戈：兵器。这句说，习惯了华丽奢靡的生活，哪里意识到会有战争？

⑥一旦归为臣虏：指被宋俘虏。

⑦沈腰：南北朝时诗人沈约在朋友信中有“老病百日数旬，革带常应移孔”的句子，后人用“沈腰”指人瘦。潘鬓：晋代文学潘岳在《秋兴赋序》里说他 32 岁时头发就开始花白，后以“潘鬓”作为中年鬓发初白的代称。

⑧最是：尤其是。庙：祖宗的祠庙。

⑨教坊：古代朝廷中掌管女乐的官署。

⑩宫娥：宫女。

【评析】

这首词写于李煜被软禁于汴京时。词人追忆辞别金陵的往事，有感而发。上阕描写南唐的历史风物，追忆往昔奢华的帝王生活，表达自己因贪于享受，不曾在军事上有所准备以致国破家亡的悔恨。下阕写被俘之后形容憔悴，两鬓苍苍，追忆当年遭难之时仓皇出都，在别离的歌声中辞别宫娥的情景。辞庙意味着失去社稷江山，辞宫娥即是失去美人，江山美人两失之，是国破家亡的双重灾难。

家国身世的巨大变化，并没有使他仅仅沉湎于对昔日美好岁月的怀念之中，也没有使他仅仅自怨自艾于生命个体的一己之悲，而是转入到对历史和现实的深切反思，他由此感受到命运的残酷，领悟了人生的悲凉寂寥。他超越了贵为帝王、贱为囚徒的一己之体验，而上升到普遍的广阔的人生感慨，故而能于千百年间引起千万人的共鸣。

【辑评】

苏东坡记李后主去国词云："最是仓皇辞庙日，教坊犹奏别离歌。挥泪对宫娥。"以为后主失国，当恸哭于庙门之外，谢其民而后行。乃对宫娥听乐，形于词句。余谓此词决非后主词也，特后人附会为之耳。观曹彬下江南时，后主预令宫中积薪，誓言若社稷失守，当携血肉以赴火。其厉志如此。后虽不免归朝，然当是时，更有甚教坊，何暇对宫娥也。

——宋·袁文《瓮牖闲评》

案此词或是追赋。倘煜是时犹作词，则全无心肝矣。至若挥泪听歌，特词人偶然语，且据煜词，则挥泪本为哭庙，而离歌乃伶人见煜辞庙而自奏耳。

——明·毛先舒《南唐拾遗记》

客观之诗人不可不多阅世，阅世愈深则材料愈丰富、愈变化，《水浒传》《红楼梦》之作者是也。主观之诗人不必多阅世，阅世愈浅则性情愈真，李后主是也。

——清·王国维《人间词话》

此首后主北上后追赋之词。上片，极写江南之豪华，气魄之沉雄，实开宋人豪放一派。换头，骤传被俘后之凄凉与被俘后之憔悴，今昔对照，警动异常。"最是"三句，忽忆当年临别时最惨痛之事。当年江南陷落之际，后主哭庙，宫娥哭主，哀乐声，悲歌声，哭声合成一片，直干云霄。宁复知人世何世耶。后主于此事，印象最深。故归汴之后，一念及之，辄为断肠。论者谓此词凄怆，与项羽拔山之歌，同出一揆。后主聪明仁恕，不独笃于父子、昆弟、夫妇之情，即臣民宫娥，亦无不一体爱护，故江南人闻后主死，皆巷哭失声，设斋祭奠。而宫娥之入掖庭者，又手写佛经，为后主资冥福，亦可见后主感人之深矣。

——唐圭璋《唐宋词简释》

【相关资料】

詹安泰：《李璟李煜词》，人民文学出版社1958年版。

韩广：《悠悠岁月山河——李煜〈破阵子〉悲情帝王血泪伤怀》，《名作欣赏》2009年第16期。

虞美人[①]

李　煜

春花秋月何时了？往事知多少[②]。小楼昨夜又东风，故国不堪回首月明中。　　雕栏玉砌应犹在，只是朱颜改[③]。问君能有几多愁？恰似一江春水向东流[④]。

【注释】

①虞美人：唐玄宗时教坊曲名，后用作词调。

②春花秋月：指良辰美景。了：完结。这两句是说，面对着春花秋月，不免想起以往的欢乐生活，因怕再见到它，故自问“何时了”。

③雕栏玉砌：雕绘的栏杆和玉一般的石阶，借指宫殿。朱颜改：容貌变得憔悴。这句是说，宫殿犹在而物是人非。

④问君句：是自问自答，这句是说，愁情像江水一样绵延不断。

【评析】

此词大约作于李煜归宋后的第二年(977年)。词中通过今昔交错对比，表现了一个亡国之君的无限凄苦和哀怨。

此词构思精巧独到。“春花秋月”，人多以为是世间美好之物，而词人却殷切企盼它早日“了”却；小楼“东风”带来暖春消息，却反而引起词人“不堪回首”的嗟叹，这是因为它们都勾起了词人物是人非、世事沧桑的惆怅，反衬出他囚居异邦的愁苦。由烹金馔玉、锦衣玉食的江南国主一变而为长歌当哭的阶下囚，词中对这一心境的描述，是真切而又深刻的。结句“一江春水向东流”，是以水喻愁的名句，化虚为实，酣畅淋漓地表达出愁思的长流不断，绵远无尽。词以问答始，以问答终，一气贯注，被王国维誉为是“有篇有句”(《人间词话》)的佳作。全词以明净凝练、优美清新的语言，运用比喻、象征、对比、设问等多种修辞手法，淋漓尽致地表达了词人内心的巨大悲哀。

这首词虽然抒写的是亡国之恨，却又在词人感伤哀叹中上升为普遍的人类情感。与循环往复的“春花秋月”相比，人生实在是太短暂；雕栏玉砌不变，而朱颜却容易消逝。人类生命在宇宙自然的生生灭灭之中，竟是如此的渺小和可悲。而当回首往事时，只有无穷无尽的忧愁，像涌动着的江水，喧嚣东去，滔滔不绝。此词虽由个人身世出发，却能唤起人类所共有的生命体验，因而有着极大的感染力。

【辑评】

李煜归朝后，郁郁不乐，见于词语。在赐第，七夕命故妓作乐，闻于外。又传“小楼昨夜又东风”。并坐之，遂被祸。

——宋·陆游《避暑漫钞》

有以水喻愁者，李颀曰：“请量东海水，看取浅深愁。”李后主云：“问君能有几多愁，恰似一江春水向东流。”……是也。贺方回云：“试问闲愁都几许，一川烟草，满城风絮，梅子黄时雨。”盖以三者比愁之多也，尤为新奇，兼兴中有比，意味更长。

——宋·罗大经《鹤林玉露》

太白(李白)曰：“请君试问东流水，别意与之谁短长。”(《金陵酒肆留别》)江南李主曰：“问君还有几多愁，恰似一江春水向东流。”略加融点，已觉精采。至寇莱公(准)则谓“愁情不断如春水”(《夜度娘》)，少游(秦观)云“落红万点愁如海”(《千秋岁》)，青出于蓝而胜于蓝矣。

——宋·陈郁《藏一话腴》

“归来休放烛花红，待踏马蹄清夜月”，致语也。“问君能有几多愁，恰似一江春水向东流”，情语也。后主直是词手。

——明·王世贞《艺苑卮言》

尼采谓：“一切文学，余爱以血书者。”后主之词，真所谓以血书者也。

——清·王国维《人间词话》

亡国之音，何哀思之深耶？传诵禁廷，不加悯而被祸，失国者不殉宗社，而任人宰割，良足伤矣。《后山诗话》谓秦少游词“飞红万点愁如海”出于后主“一江春水”句，《野客丛书》又谓白乐天之“欲识愁多少，高于滟滪堆”、刘禹锡之“水流无限似侬愁”，为后主词所祖，但以水喻愁，词家意所易到，屡见载籍，未必互相沿用。就词而论，李、刘、秦诸家之以水喻愁，不若后主之“春江”九字，真伤心人语也。

——俞陛云《唐五代两宋词选释》

奇语劈空而下，以传诵久，视若恒言矣。

——俞平伯《读词偶得》

此首感怀故国，悲愤已极。起句，追维往事，痛不欲生；满腔恨血，喷薄而出；诚《天问》之遗也。“小楼”句承起句，缩笔吞咽；“故国”句承起句，放笔呼号。一“又”字惨甚。东风又入，可见春花秋月，一时尚不得遽了。罪孽未满，苦痛未尽，仍须偷息人间，历尽磨折。下片承上，从故国月明想入，揭出物是人非之意。末以问答语，吐露心中万斛愁恨，令人不堪卒读。通首一气盘旋，曲折动荡，如怨如慕，如泣如诉。

——唐圭璋《唐宋词简释》

至其《虞美人》一首，更是哀伤入骨，词云(略)，问春花秋月何时可了，正求速死也。但小楼昨夜东风又入，恨不得即死也。

——唐圭璋《词学论丛·屈原与李后主》

这真是把天下人全都“一网打尽”的好词。

——叶嘉莹《迦陵论词丛稿》

【相关资料】

俞平伯：《释南唐后主词五首》，《读词偶得》，上海书店1984年版。

叶嘉莹：《论李煜词之三》，《唐五代名家词选讲》，北京大学出版社2007年版。

陈友康：《最绝望而不朽的诗篇——李煜〈虞美人〉解读》，《名作欣赏》2006年第7期。

刘志军：《亡国之痛的悲悼与遣怀——李煜〈虞美人·春花秋月〉赏析》，《名作欣赏》2007年第15期。

水觅舟：《愁如春水——漫说李煜〈虞美人〉》，《名作欣赏》2008年第17期。

彭知辉：《命运与个性铸就的伟词——李煜〈虞美人〉赏析》，《文史知识》2006年第1期。

桂枝香·金陵怀古

王安石

登临送目[①]，正故国晚秋[②]，天气初肃。千里澄江似练[③]，翠峰如簇[4]。征帆去棹残阳里[5]，背西风，酒旗斜矗。彩舟云淡，星河鹭起[6]，画图难足[7]。　　念往昔，繁华竞逐[8]。叹门外楼头[9]，悲恨相续[10]。千古凭高[11]，对此谩嗟荣辱[12]。六朝旧事随流水，但寒烟衰草凝绿。至今商女[13]，时时犹唱，《后庭》遗曲[14]。

【注释】

①登临送目：登山临水，举目望远。

②故国：旧都金陵。

③千里澄江似练：形容长江像一匹长长的白绢。语出谢朓《晚登三山还望京邑》："余霞散成绮，澄江静如练。"澄江，清澈的长江水。练，白色的绢。

④如簇：群峰好像攒聚在一起。簇，丛聚。

⑤去棹：停船。棹，划船的工具，形似桨，引申为船。

⑥星河鹭起：白鹭从沙洲上飞起。星河，指长江。

⑦画图难足：用图画也难以完美地表现它。

⑧豪华竞逐：（六朝的达官贵人）争着过豪华的生活。

⑨门外楼头：指南朝陈亡国惨剧。语出杜牧《台城曲》："门外韩擒虎，楼头张丽华。"韩擒虎是隋朝开国大将，他已带兵来到金陵朱雀门外，陈后主尚与他的宠妃张丽华于结绮阁上寻欢作乐。

⑩悲恨相续：指亡国悲剧连续发生。

⑪凭高：登高。这是说作者登上高处远望。

⑫谩嗟荣辱：空叹什么荣耀耻辱。

⑬商女：歌女。

⑭《后庭》遗曲：指歌曲《玉树后庭花》，传为陈后主所作。杜牧《泊秦淮》："商女不知亡国恨，隔江犹唱后庭花。"

【评析】

王安石（1021—1086），字介甫，号半山，抚州临川人（今江西省抚州市临川区邓家巷人），庆历二年（1042）进士，历任淮南节度判官、三司度支判官等职。神宗即位，出知江宁府，召为翰林学士兼侍讲，熙宁二年（1069），除参知政事，次年拜相，推行新法。由于保守派反对，新法迭遭攻击，王安石两度罢相，晚年退居江宁，封荆国公，世称王荆公。王安石是唐宋八大家之一，文风简洁精深，风格雄健峭拔。诗歌成就也很高，对宋诗特色的形成有重要影响。词虽不多，但意境开阔，一变五代旧习。有《临川先生文集》传世。

这首《桂枝香·金陵怀古》可能是王安石知江宁府时所作，是一首登临怀古之作。词的上阕写登临所见，“澄江”“翠峰”“征帆”“酒旗”“彩舟”“鹭起”，构成一幅雄伟壮丽的金陵晚秋图；下阕抒登临所感，对六朝统治者因竞逐豪奢而导致相继败亡的历史，发出了深深的慨叹。与此同时，怀古之中还包含对现实的思考，托古寓今，寄兴遥深。

这首词多处用典，却了无痕迹。作者善于化用前人的诗句，“门外楼头”化用杜牧《台城曲》“门外韩擒虎，楼头张丽华”之意；“六朝旧事随流水”化用唐代窦巩《南游感兴》“伤心欲问前朝事，惟见江流去不回”；“后庭遗曲”则化用杜牧《泊秦淮》“商女不知亡国恨，隔江犹唱《后庭花》”。诗句之意与词人意旨融合为一，妥帖自然，便让人有尺幅千里之感。

本词语言苍劲悲凉，意境开阔，摆脱了唐末五代以来秾艳香软、华靡柔丽的词风，将托古寓今、历史兴亡的题材带进词的领域，对词的发展有着重要的意义。

【辑评】

金陵怀古，诸公寄词于《桂枝香》，凡三十余首，独介甫最为绝唱。东坡见之，不觉叹息曰：“此老乃野狐精也。”

——《景定建康志》

词以意为主，不要蹈袭前人语意。如东坡中秋《水调歌》云……王荆公金陵《桂枝香》云……姜白石《暗香》赋梅云……此数词皆清空中有意趣，无笔力者未易到。

——南宋·张炎《词源》

“矗”字妙。清空中出意趣，无笔力者难为。

——明·卓人月《古今词统》

王半山词瘦削雅素，一洗五代旧习。

——清·刘熙载《艺概》

荆公不以词见长，而《桂枝香》一首，大为东坡叹赏。各家选本，亦皆采录。第其词只稳惬而已。

——吴梅《词学通论》

此首为金陵怀古之词，以笔力峭劲，为东坡所叹赏。上片写金陵之景，下片抒怀古之情。“登临送目”四字，笼照全篇。“正故国”两句，言时令与天气。“千里”两句，言山水之美。“征帆”以下，皆为江天景色。换头，历述古今盛衰之感，清空一气。“门外楼头”句，用杜牧之“门外韩擒虎，楼头张丽华”诗意。“六朝”句，用窦巩诗意。“商女”句，用牧之《泊秦淮》诗意。

——唐圭璋《唐宋词简释》

【相关资料】

艾治平：《宋词的花朵——宋词名篇赏析》，北京出版社 1985 年版。

徐翰逢：《王安石〈桂枝香·金陵怀古〉赏析》，《历代名篇赏析集成》，高等教育出版社 2009 年版。

陈如江：《匠心独运 卓尔不群——王安石〈桂枝香·金陵怀古〉赏析》，《名作欣赏》1982 年第 1 期。

张伯伟：《惺惺相惜“野狐精”——读王安石〈桂枝香·金陵怀古〉》，《文史知识》2002 年第 5 期。

雨霖铃①

柳 永

寒蝉凄切②，对长亭晚③，骤雨初歇。都门帐饮无绪④，留恋处，兰舟催发⑤。执手相看泪眼，竟无语凝噎⑥。念去去、千里烟波⑦，暮霭沉沉楚天阔⑧。　多情自古伤离别，更那堪，冷落清秋节⑨。今宵酒醒何处，杨柳岸、晓风残月⑩。此去经年⑪，应是良辰好景虚设⑫。便纵有千种风情⑬，更与何人说。

【注释】

①雨霖铃：唐玄宗时教坊大曲名，宋代另制新曲，用作词调。王灼《碧鸡漫志》卷五《雨霖铃》条：“《明皇杂录》及《杨妃外传》云：‘帝幸蜀，初入斜谷，霖雨弥旬。栈道中闻铃声，帝方悼念贵妃，采其声为《雨霖铃曲》以寄恨。’今双调《雨霖铃慢》，颇极哀怨，真本曲遗声。”

②寒蝉：又名寒蜇，蝉的一种。

③长亭：古代在路上设置的馆驿亭舍，供往来旅人休息。古制十里为一长亭，五里为一短亭。长亭又是人们送别之处。

④都门帐饮：在京都汴梁郊外设帐宴饮送别。无绪：心绪不佳。

⑤兰舟：木兰树木质坚硬，常用来做舟楫。这里借指舟船的华美。

⑥无语凝噎：因悲伤而气结声塞，说不出话来。

⑦念去去、千里烟波：想到将要越走越远，踏上千里烟波弥漫的水路。

⑧楚天：楚地，古时长江中下游一带属楚国。这里泛指南方。

⑨清秋节：秋季百木凋零，凄清冷寂，所以叫作清秋节。

⑩今宵句：这是设想来日酒醒后的情景。

⑪经年：一年又一年。

⑫应是：推想之语。

⑬纵：纵然。

【评析】

柳永(约987—约1053)，原名三变，字耆卿，排行第七，又称柳七，崇安(今福建省武夷山市)人，宋仁宗朝进士，官至屯田员外郎，故世称柳屯田。柳永在仕途上不得志，多流连于狭邪坊曲之间，写作了许多表现城市风光和歌妓生活的词作，并长于抒写羁旅行役之情。又精通音律，创作大量慢词，对词体的发展起了重要推动作用。其词雅俗共赏，在当时流传极其广泛，人称“凡有井水饮处，即能歌柳词”(叶梦得《避暑录话》卷下)。有《乐章集》传世。

这是一首著名的别情词，为柳永离开汴京、惜别恋人之作。上片叙写别离时的情景，下片设想别离后的凄清。

开篇起三句写离别的时间、地点和气氛。“寒”“晚”表明是深秋时日且是日暮黄昏；“长亭”乃分手之地；雨歇蝉鸣，烘托出气氛的清冷。次二句叙城郊设帐饯别。“无绪”写双方心乱如麻，“留恋”可见难舍难分之情状，“催发”写船夫揪心之唤。再二句写痛别之际。“执手”“泪眼”写不得不分离的痛苦与无奈，“无语凝噎”说明忧伤之至，难以成言。结二句写女子此刻的意念。“念去去”，想行程之远；“烟波”写水路之迷蒙，“暮霭沉沉”又暗示出来日茫茫的深沉凝重，成功渲染出离别的万千愁绪。

下片换头两句过渡。“伤离别”写人之多情，“清秋”写时之冷落。次二句设问设答。“酒醒”与上片“帐饮”呼应，想见离别之痛；“晓风残月”的景象，勾勒出一幅别后孤单的冷清图景。接下来几句继续设想：在未来的日子中，即使有“良辰好景”，也不会赏心悦目，纵有情意万千，也无知己之人可以诉说，来日漫漫，不知将如何熬过。整个下片营造出一种凄清的意境，透露着词人萧索的心绪与无限的感伤，如泣如诉，哀怨深婉。

全词层层铺陈，景深情长。“杨柳岸、晓风残月”堪称融情入景、情景交融之千古名句，为“十七八女郎，执红牙板”争唱一时。点染、铺叙手法的并用，虚与实的交织，把一首深情款款的别离之词写得自然晓畅，哀婉动人。

【辑评】

“千里烟波”，惜别之情已骋；“千种风情”，相期之愿又赊。真所谓善传神者。

——明·李攀龙《草堂诗余隽》

“今宵酒醒何处，杨柳岸，晓风残月。”与秦少游“酒醒处，残阳乱鸦”，同一景事，而柳词尤胜。

——明·王世贞《艺苑卮言》

送别词，清和朗畅，语不求奇，而意致绵密，自尔稳惬。

——清·黄苏《蓼园词评》

柳屯田“今宵酒醒何处，杨柳岸、晓风残月”，自是古今俊句。或讥为艄公登溷诗，此轻薄儿语，不足听也。

——清·贺裳《邹水轩词筌》

词有点，有染。柳耆卿《雨霖铃》云：“多情自古伤离别，更那堪冷落清秋节。今宵酒醒何处？杨柳岸、晓风残月。”上二句点出离别冷落，“今宵”二句乃就上二句意染之。点染之间，不得有他语相隔，隔则警句亦成死灰矣。

——清·刘熙载《艺概》

只后阕之首句用一“别”字，而全篇固无一处离却“别”意也。“长亭”，送别之地也。“帐饮”，祖饯以别也，“骤雨初歇”“寒蝉凄切”，离人更以伤别而“无绪”也。“留恋”，不忍别也，“催发”，不得不别也，“执手相看”“无语凝噎”，别情正苦，道不出也；“暮霭沉沉楚天阔”、“千里烟波”终是别。“多情自古伤”此事，又值“冷落清秋节”，别情其何以堪？待得“今宵酒醒”，行见孤舟舣泊于“杨柳岸”边，“晓风残月”，这思量起头儿一夜；“经年良辰好景虚设，千种风情更与何人说”，别后光阴，敢怕只有以眼泪洗面也。是以“别”为北辰，而敷辞为星拱也。陈质斋云：“柳词格不高，而音律谐婉，词意妥帖。承平气象，形容曲尽。尤工于羁旅行役。”盖亦见其善写别情，贯串有章也。

——傅庚生《中国文学欣赏举隅》

此首写别情，尽情展衍，备足无余，浑厚绵密，兼而有之。宋于庭谓柳词多“精金粹玉”，殆谓此类。起三句，点明时地景物，盖写未别之情景，已凄然欲绝。长亭已晚，雨歇欲去，此际不听蝉鸣，已觉心碎，况蝉鸣凄切乎。“都门”两句，写饯别时之心情极委婉。欲饮无绪，欲留不能。“执手”两句，写临别时之情事，更是传神之笔。“念去去”两句，推想别后所历之境。以上文字，皆郁结蟠屈，至此乃凌空飞舞。冯梦华所谓“曲处能直，密处能疏”也。换头，重笔另开，叹从来离别之可哀。“更那堪”句，推进一层。言己之当秋而悲，更甚于常情。“今宵”两句，逆入，推想酒醒后所历之境。惝恍迷离，丽绝凄绝。“此去”两句，更推想别后经年之寥落。“便纵有”两句，仍从此深入，叹相期之愿难谐，纵有风情，亦无人可说，余恨无穷，余味不尽。

——唐圭璋《唐宋词简释》

前三句虚写送别时之秋景，后乃言留君不住，别泪沾巾，目送兰舟向楚水湘云而去，举别时情事，次第写之。后半起句用提空之笔，言南浦、阳关，为自古伤心之事，况凉秋远役，遥想酒醒梦回，扁舟摇漾，当在垂杨岸侧、晓风残月之中。客情之凄凉，风景之清幽，怀人之绵邈，皆在"杨柳岸"七字之中，宜二八女郎红牙按拍，都唱屯田也。此七字已探骊得珠。后四句乃叙别后之情，以完篇幅。后阕以"自古伤离""更与何人说"二句作总结，提得起，勒得住，能手无弱笔也。

——俞陛云《唐五代两宋词选释》

此乃别京都恋人之词，当是出为屯田员外郎时所作。上半阕叙临别时之情景；下半阕乃设想别后相思之苦。从今宵以至经年均一时想到。"今宵"二句，传诵一时，盖所写之景与别情相切合。今宵别酒醒时恰是明早舟行已远之处，而"杨柳岸、晓风残月"又恰是最凄凉之景，读之自然使人感到一种难堪之情，故一时传诵以为名句。

——刘永济《唐五代两宋词简析》

【相关资料】

陈匪石：《宋词举》，金陵书画社 1983 年版。

谢桃坊：《柳永词赏析集》，巴蜀书社 1987 年版。

沈祖棻：《宋词赏析》，中华书局 2008 年版。

詹安泰：《柳永〈雨霖铃(寒蝉凄切)〉赏析》，《历代名篇赏析集成》，高等教育出版社 2009 年版。

刘文注：《重读柳永〈雨霖铃〉》，《北京大学学报》1996 年第 1 期。

黄卉：《清和朗畅 意致绵密——品味柳永〈雨霖铃〉》，《名作欣赏》2008 年第 17 期。

八声甘州[①]

柳　永

对潇潇暮雨洒江天[②]，一番洗清秋。渐霜风凄紧[③]，关河冷落[④]，残照当楼[⑤]。是处红衰翠减[⑥]，苒苒物华休[⑦]。惟有长江水，无语东流。

不忍登高临远，望故乡渺邈[⑧]，归思难收[⑨]。叹年来踪迹[⑩]，何

事苦淹留[11]？想佳人、妆楼颙望，误几回、天际识归舟[12]。争知我、倚阑干处[13]，正恁凝愁[14]。

【注释】

①八声甘州：唐教坊曲名，后用作词调，又名《潇潇雨》或《宴瑶池》。

②潇潇：雨声紧急。

③凄紧：霜风来得凄清而急剧，寒气袭人。

④关河：山河。

⑤残照：夕阳的余晖。

⑥是处：处处，到处。红衰翠减：花枯叶落。

⑦苒苒：渐渐，形容时光流逝。物华：美好的风物。休：凋残。

⑧渺邈：遥远。

⑨归思难收：归乡的情思难以收束。

⑩叹年来踪迹：感叹自己思乡不能归，至今漂流不定。

⑪何事：为何。淹留：久久停留。

⑫想佳人、妆楼颙望：设想自己的心上人还在家里抬头凝望我，思念我。误几回、天际识归舟：有多少回把远处的来船误认为是自己丈夫的归舟。颙(yóng)望：凝望，长望。

⑬争知：怎知。恁(nèn)：这样。

⑭凝愁：愁思凝结难解。

【评析】

这是一首写羁旅漂泊的词作。通篇贯穿一个“望”字。上阕写登楼凝望所见之景：黄昏时分，骤雨过后，秋色像被洗净了一番。寒风渐紧，山河冷寂，红霞映着小楼。花残叶落，物华将尽，生机不再，唯有长江水依然汩汩滔滔，向东流去。凄凉萧条的秋景中，透露出生命短暂、事业空落的悲哀。下阕写望中所思：故乡在遥不可及处，不忍登上高楼望远，怕缠绵的乡愁一发不可收拾。而佳人大概也在高楼上盼望着我的归来。她又有多少回把别人的归舟当作是我的归舟呢？她是否知道，我此时也正倚在阑干上对着远方翘首以望呢？思乡怀人的情绪，缠绵难解，与上阕羁旅漂泊的悲哀相互映衬，悲慨更深，乡情更切。此词景中含情，情由景生，把羁旅之苦、相思之痛融会在一起，境界阔大，意蕴深婉。

在艺术表现上，这首词善用领格字引起，增强了作品的层次感和音乐感。柳永在本词中多用去声领格字，如“对”“渐”“叹”“望”等，不但使节奏铿锵有力，而且使词意更富于层次感。如“渐”字的使用，“霜风凄紧、关河冷落、残照当楼”，都在写深秋黄昏的凄冷景象，“渐”字写出了一个逐渐的过程，融入了时间流逝的时间感，更使人感觉到秋日的迟暮。另外，此词多用双声叠韵词，双声如“清秋”“冷落”“渺邈”，叠韵如“长江”“无语”“阑干”，以及叠字“潇潇”“苒苒”，都有助于增强声调的抑扬顿挫，更好地表现心潮起伏不平的状态，可谓以声传情，声情并茂。无怪苏轼称《八声甘州》中的佳句“不减唐人高处”。

【辑评】

东坡云：世言柳耆卿曲俗，非也。如《八声甘州》云：“霜风凄紧，关河冷落，残照当楼。”此语于诗句不减唐人高处。

——宋·赵令畤《侯鲭录》

词有与古诗同妙者：“问甚时同赋，三十六陂秋色？”（姜夔《惜红衣》）即霸岸（王粲《七哀诗》）之兴也。“关河冷落，残照当楼”，即敕勒之歌也。

——清·刘体仁《七颂堂词绎》

诵耆卿“渐风霜凄紧，关河冷落，残照当楼”句，自觉神魂欲断。盖皆在神不在迹也。

——清·沈祥龙《论词随笔》

情景兼到，骨韵俱高，无起伏之情，有生动之趣，古今杰构，耆卿集中仅见之作。“佳人妆楼”四字连用俗极，择言贵雅，何不检点如是，致令白璧微瑕。

——清·陈廷焯《词则·大雅集》

长调自以周柳苏辛为最工，若屯田之《八声甘州》格调千古，不能以常词论之。

——清·王国维《人间词话》

飞卿词“照花前后镜，花面交相映。”此词境颇似之。

——梁启超《饮冰室评词》

起二句有俊爽之致。“霜风”“残照”三句音节悲抗，如江天闻笛，古戍吹笳，东坡极称之，谓唐人佳处不过如此。以其有提笔四顾之概，类太白之“牛渚望月”，少陵之“夔府清秋”也。其下二句顺笔写之，至结句江水东流，复能振起。后半首分三叠写法，先言已之欲归不得，何事淹留，次言闺人念远，误认归舟，与温飞卿之“过尽千帆皆不是，斜晖脉脉水悠悠”，皆善写闺人心事。结句言知君忆我，我亦忆君。前半首之“霜风”“残照”，皆在凝眸怅望中也。

——俞陛云《唐五代两宋词选释》

此首亦柳词名著。一起写雨后之江天，澄澈如洗。“渐霜风”三句，更写风紧日斜之境，凄寂可伤。以东坡之鄙柳词，亦谓此三句“唐人佳处，不过如此”。“是处”四句，复叹眼前景物凋残，惟有江水东流，自起首至此，皆写景。换头，即景生情。“不忍”句与“望故乡”两句，自为呼应。“叹年来”两句，自问自叹，与“为问新愁，何事年年有”句，同为恨极之语。“想”字贯至收处，皆是从对面着想，与少陵之“香雾云鬟湿，清辉玉臂寒”作法相同。小谢诗云：“天际识归舟”，屯田用其语，而加“误几回”三字，更觉灵动。收处归到“倚阑”，与篇首应。梁任公谓此首词境颇似“照花前后镜，花面交相映”，说亦至当。

——唐圭璋《唐宋词简释》

此为羁旅离别之词。盖旅人每遇节候迁移，景物变换，即动归思，而秋气萧索，尤易生悲感。故《楚辞·九辩》独于秋生悲。此词上半阕因秋雨引起离愁。“霜风”三句，乃秋雨望中远景，写得壮阔，故东坡称之。“红衰翠减”，即“物华休”，乃秋雨望中近景。“长江”句，见景物皆变，不变者惟有“长江”耳。下半阕即写引起之归思。“年来”二句，言客中情味索然，以见归之不可缓。“想佳人”以下，又从对面着想，写家人念游人，不知游人此时亦正思念人也。观“倚栏杆处”句，知首句“对潇潇暮雨”以下所见远近之景物，皆倚栏杆时眼中之物象也。全首布置井井，正其巧于铺叙之处。

——刘永济《唐五代两宋词简析》

【相关资料】

顾随：《顾随讲词曲》，凤凰出版社2011年版。

叶嘉莹：《说柳永词》，《北宋名家词选讲》，北京大学出版社2007年版。

沈祖棻：《宋词赏析》，中华书局2008年版。

泠风：《秋雨潇潇 归思难收——读柳永〈八声甘州〉》，《文史知识》2000年第10期。

凤栖梧[①]

柳 永

伫倚危楼风细细[②]。望极春愁[③]，黯黯生天际[④]。草色烟光残照里，无言谁会凭阑意[⑤]。　拟把疏狂图一醉[⑥]。对酒当歌[⑦]，强乐还无味[⑧]。衣带渐宽终不悔[⑨]，为伊消得人憔悴。

【注释】

①凤栖梧：也称《蝶恋花》，此调别名甚多，另有《鹊踏枝》《卷珠帘》《黄金

楼》等。

②伫倚危楼：久久伫立在高楼上。

③望极：极目远眺。

④黯黯：黯然销魂。此句是说因登高远望而产生感伤离别的春愁。

⑤会：理解。

⑥拟：打算。疏狂：狂放散漫。

⑦对酒当歌：曹操《短歌行》："对酒当歌，人生几何。譬如朝露，去日苦多。"

⑧强乐还无味：勉强为乐却又没有兴致。反用曹操《短歌行》句意："慨当以慷，忧思难忘。何以解忧，惟有杜康。"

⑨衣带渐宽：形容人日渐消瘦。《古诗十九首·行行重行行》："相去日已远，衣带日已缓。"

【评析】

此词欧阳修《六一词》和柳永《乐章集》均有收录，但一般认为是柳永所作。

这是一首把伤春与怀人融于一体的名作。上阕写登楼望远，借景抒情。作者凭楼远眺，和风细细，残照当楼，草色凄迷，春光即将消逝，而词人的黯然神伤之情却无人能会。下阕转入怀人。相思之深，即使强颜欢笑也终觉无味，为所思之人日渐消瘦亦不后悔。末句"衣带渐宽终不悔，为伊消得人憔悴"虽朴实无华，却流露出感人至深的悲情，一个为情所苦、九死未悔的痴人形象跃然纸上。

本词结构独特，先是围绕"春愁"借景抒情，继而寄情怀人，最终直抒喷薄的相思，引人入胜，感人肺腑，赢得了王国维"求之古今人词中，曾不多见"之盛赞。

【辑评】

古今之成大事业、大学问者，罔不经过三种之境界："昨夜西风凋碧树。独上高楼，望尽天涯路。"此第一境界也。"衣带渐宽终不悔，为伊消得人憔悴。"此第二境界也。"众里寻他千百度，蓦然回首，那人却在，灯火阑珊处。"此第三境界也。此等语皆非大词人不能道。然遽以此意解释诸词，恐为晏欧诸公所不许也。

——清·王国维《人间词话》

小词以含蓄为佳，亦有作决绝语而妙者，如韦庄"谁家年少足风流。妾拟将身嫁与，一生休。纵被无情弃，不能羞"之类是也。牛峤"须作一生拚，尽君今日欢”，抑其次矣。柳耆卿“衣带渐宽终不悔，为伊消得人憔悴”，亦即韦意而气加婉。

——清·王又华《古今词论》

长守尾生抱柱之信，拼减沈郎腰带之围，真情至语。

——俞陛云《唐五代两宋词选释》

此首，上片写境，下片抒情。“伫倚”三句，写远望愁生。“草色”两句，实写所见冷落景象与伤高念远之意。换头深婉。“拟把”句，与“对酒”两句呼应。强乐无味，语极沉痛。“衣带”两句，更柔厚。与“不辞镜里朱颜瘦”语，同合风人之旨。

——唐圭璋《唐宋词简释》

【相关资料】

谢桃坊：《柳永词赏析集》，巴蜀书社 1987 年版。

施议对：《柳永〈凤栖梧(伫倚危楼风细细)〉赏析》，《历代名篇赏析集成》，高等教育出版社 2009 年版。

叶嘉莹：《说柳永词》，《北宋名家词选讲》，北京大学出版社 2007 年版。

念奴娇·赤壁怀古①

苏　轼

大江东去，浪淘尽，千古风流人物。故垒西边，人道是、三国周郎赤壁②。乱石穿空，惊涛拍岸，卷起千堆雪③。江山如画，一时多少豪杰。　　遥想公瑾当年，小乔初嫁了④。雄姿英发，羽扇纶巾⑤，谈笑间、樯橹灰飞烟灭⑥。故国神游⑦，多情应笑我，早生华发⑧。人生如梦，一樽还酹江月⑨。

【注释】

①念奴娇：词牌名。念奴，唐天宝年间著名歌伎。赤壁：周瑜破曹操的赤壁，在今湖北省赤壁市。苏轼所游为黄州赤壁，一名赤鼻矶。

②故垒：旧时的营垒。人道是：人们传说是。周郎：周瑜年二十四为中郎将，吴中呼为周郎。

③千堆雪：浪花千叠，如冰似雪。“乱石穿空，惊涛拍岸，卷起千堆雪”又作“乱石崩云，惊涛裂岸，卷起千堆雪”。

④公瑾：周瑜的字。小乔：乔玄次女，周瑜妻，嫁周瑜在建安三年，为赤壁之战十年前的事。

⑤羽扇纶巾：手摇羽扇，头戴纶巾。这是古代儒将的装束，词中形容周瑜从容娴雅。纶巾：古代青丝带作的头巾。

⑥樯橹：船上的桅杆和橹。这里代指曹操的水军战船。

⑦故国：这里指旧地，当年的赤壁战场。

⑧多情应笑我，早生华发："应笑我多情早生华发"的倒装。

⑨酹：以酒洒地，以示祭奠。

【评析】

这首词是元丰五年(1082)七月苏轼谪居黄州时所作。宋神宗元丰二年(1079)，苏轼因反对新法，被构罪下狱，即乌台诗案，年底被贬到黄州。写作这首词时，苏轼已47岁。他深感年岁渐老，功名事业却未成，而且宦海风波不断，故借周瑜赤壁之战以抒发自己的感慨。

词的上阕咏赤壁，重在写景。开篇的"大江东去"数句，起调高亢，时跨古今，地迈万里，把奔腾不息的大江与悠悠千古的历史人物联系起来，使读者在广大的时间感和广阔的空间感中沉入对宇宙人生的深沉思索，境界开阔辽远。"人道是"句，是犹疑模糊之语，将江边故垒和周郎赤壁牵连在一起，引出所咏的历史人物。"乱石穿空"句正面写赤壁景色，勾画出古战场的险要形势，写出了它的雄奇壮丽，从而为下片吟咏英雄人物渲染了气氛。

下阕由景到人，借对周瑜的仰慕，抒发自己功业无成的感慨。写"小乔"意在烘托周瑜才华横溢和意气风发，突出人物的风姿；描写周瑜的赫赫战功，意在反衬自己年华老大而功业蹉跎。最后直抒怀抱，"多情"句，由凭吊周郎而反观自身，表达了词人壮志未酬的郁愤和感慨。虽有人生虚无之叹，但这种感情其实正是词人不甘沉沦、奋发向上的表现，虽然沉郁，但不失旷达豪爽的情调。全词意境开阔，感情奔放，笔力雄健，一洗婉约词绮罗香泽之态，表现出一种全新的气象，历来被看作苏轼豪放词的代表作。

【辑评】

东坡赤壁词"灰飞烟灭"之句，《圆觉经》中佛家语也。

——宋・邵博《邵氏闻见后录》

东坡"大江东去"赤壁词，语意高妙，真古今绝唱。

——宋・胡仔《苕溪渔隐丛话》

东坡在玉堂，有幕士善讴。因问："我词比柳七何如?"对曰："柳郎中词，只好合十七八女孩儿，执红牙板，歌‘杨柳岸晓风残月’。学士词，须关西大汉，执铁板，唱‘大江东去’。公为之绝倒。又：“大江东去”词，三“江”，三“人”，二“国”，二“生”，二“故”，二“如”，二“千”字，以东坡则可，他人固不可。然语意到处，他字不可代，虽重无害也。今人看文字，未论其大体何如，先且指点重字。

——宋·俞文豹《吹剑续录》

歌赤壁之词，使人抵掌激昂，而有未楫中流之心。

——宋·曹冠《燕喜词序》

夏口之战，古今喜称道之。东坡赤壁词殆戏以周郎自况也。词才百余字，而江山人物无复余蕴，宜其为乐府绝唱。

——金·元好问《题闲书赤壁赋后》

东坡“大江东去”词，“故垒西边，人道是三国周郎赤壁”，论调则当于“是”字读断，论意则当于“边”字读断。“小乔初嫁了，雄姿英发”，论调则“了”字当属下句，论意则“了”字当属上句，“多情应笑我，早生华发”，“我”字亦然。……文自为文，歌自为歌；然歌不得碍文，文不碍歌；是坡公雄才自放处，他家间亦有之，亦词家一法。

——清·王又华《古今词论》

题是怀古，意谓自己消磨壮心殆尽也。开口“大江东去”二句，叹浪淘人物，是自己与周郎俱在内也。“故垒”句至次阕“灰飞烟灭”句，俱就赤壁写周郎之事。“故国”三句，是就周郎拍到自己。“人生如梦”二句，总结以应起二句。总而言之，题是赤壁，心实为己而发。周郎是宾，自己是主。借宾定主，寓主于宾，是主是宾，离奇变幻，细思方得其主意处。不可但诵其词，而不知其命意所在也。

——清·黄苏《蓼园词评》

泛舟赤壁下，动怀古之思，虽在大江声里，已判今古，而地灵人杰，畤日风流未泯；今兹来游，疑公瑾之既赫奕于英年，应笑我蹉跎于华发。涉想及此，信其臆念所之，下忽接“人间如寄，一尊还酹江月”，回到现实，不以遐想作结，是能纵而能收也。

——傅庚生《中国文学欣赏举隅》

此首，上片即景写实，下片因景生情，极豪放之致。起笔，点江流浩荡，高唱入云，无穷兴亡之感，已先揭出。“故垒”两句，点赤壁。“乱石”三句，写赤壁景色，令人惊心骇目。“江山”两句，折到人事，束上起下。换头逆入。“遥想”四句，记公瑾当年之雄姿。“故国”以下平出。述吊古之情，别出明月，与江波相映。此境此情，真不知人间何世矣。

——唐圭璋《唐宋词简释》

江东战役，惟孙曹事于往史最有声色，临风酹酒，俯仰兴亡，是何等气概！起笔入门下马，已气压江东。“乱石”三句壮健称题。“江山”二句尤深雄慨。题为《赤壁怀古》，故下阕追怀瑜亮英姿，笑谈摧敌。“华发”句抚今思昔，有少陵“看镜”“倚楼”之思。结句感前朝之如梦，洒杯酒而招魂，瑜亮有知，当凌云一笑也。

——俞陛云《唐五代两宋词选释》

【相关资料】

袁行霈：《苏轼〈念奴娇·赤壁怀古〉赏析》，《历代名篇赏析集成》，高等教育出版社 2009 年版。

王思宇：《苏轼词赏析集》，巴蜀书社 1990 年版。

叶嘉莹：《说苏轼词》，《北宋名家词选讲》，北京大学出版社 2007 年版。

沈祖棻：《宋词赏析》，中华书局 2008 年版。

顾随：《顾随讲词曲》，凤凰出版社 2011 年版。

刘乃昌：《横槊气概 英雄本色——谈苏东坡〈念奴娇·赤壁怀古〉词》，《齐鲁学刊》1979 年第 4 期。

徐乃为：《苏轼〈念奴娇·赤壁怀古〉五辨》，《文学遗产》1999 年第 6 期。

赵逵夫：《也谈苏轼〈念奴娇·赤壁怀古〉中的几个问题》，《西北师范大学学报》2001 年第 5 期。

陈建华：《小乔初嫁与东坡多情——重读苏东坡〈念奴娇·赤壁怀古〉》，《名作欣赏》2009 年第 5 期。

郁玉英，王兆鹏：《宋词第一名篇〈念奴娇·赤壁怀古〉经典化探析》，《齐鲁学刊》2009 年第 6 期。

江城子·乙卯正月二十日夜记梦

苏　轼

十年生死两茫茫[①]，不思量[②]，自难忘。千里孤坟[③]，无处话凄凉。纵使相逢应不识，尘满面，鬓如霜[④]。　　夜来幽梦忽还乡，小轩窗[⑤]，正梳妆。相顾无言，惟有泪千行。料得年年肠断处，明月夜，短松冈[⑥]。

【注释】

①十年：苏轼结发妻子王弗去逝于英宗治平二年(1065)，距苏轼作此词已有十年之久。

②思量：想念。

③千里：王弗葬于四川眉山，与苏轼任所山东密州，相隔遥远，故称“千里”。

④尘满面二句：作者自叹年老憔悴。

⑤小轩窗：有窗的小室。此谓梦见妻子正当窗梳妆。

⑥短松冈：指坟墓所在之处，古人葬地多种松柏。短松：矮松。

【评析】

这是一首悼亡词。此词作于熙宁八年(1075)，苏轼正在密州(今山东省诸城市)任知州，他的妻子王弗在宋英宗治平二年(1065)死于开封，到此时已整整十年之久。作者通过日之所思、夜之所梦，表达了对亡妻永难忘怀的真挚情感和深沉的忆念，也寄寓了自己十年来宦海沉浮的无限感慨。

此词想象丰富，虚实结合。上阕开篇写对亡妻的深沉思念，是写实，“纵使相逢应不识”则是想象，是写虚；下阕在梦中与妻子重逢，亦实亦虚，做梦是实，而梦中种种皆为虚。作者在漫长的时间与广阔的空间之中驰骋自己的想象，把往昔、当下、梦境、未来融为一体，体现了词人对妻子无所不在的深刻思念。全词组织严密，一气呵成，但又曲折跌宕，波澜起伏。上阕八句写梦前的忆念及感情上的起伏，下阕前五句写梦中的悲喜，末三句述梦后的喟叹。感情悲欣交集，用笔进退自如，极尽曲折变化之能事。全词采用白描手法，出语如话家常，却字字从肺腑流出，自然而又深刻，平淡中寄寓诚挚。整首词意境深婉缠绵，情调凄凉哀怨，是脍炙人口的名作。

【辑评】

此首为公悼亡之作。真情郁勃，句句沉痛，而音响凄厉，诚后山所谓“有声当彻天，有泪当彻泉”也。起言死别之久。“千里”两句，言相隔之远。“纵使”二句，设想相逢不识之状。下片，忽折到梦境，轩窗梳妆，犹是十年以前景象。“相顾”两句，写相逢之悲，与起句“生死两茫茫”相应。“料得”两句，结出“肠断”之意。“明月”“松冈”，即“千里孤坟”之所在也。

——唐圭璋《唐宋词简释》

此词通篇采用白描手法，娓娓诉说自己的心情和梦境，抒发自己对亡妻的深情。情真意切，全不见雕琢痕迹；语言朴素，寓意却十分深刻。

——惠淇源《婉约词》

【相关资料】

夏承焘：《唐宋词欣赏》，北京出版社 2002 年版。

肖波：《一曲哀词摧肺肝——读苏轼〈江城子·乙卯正月二十日夜记梦〉》，《名作欣赏》2005 年第 23 期。

赵明剑：《“一种相思，两处闲愁”——论苏轼〈江城子·记梦〉与李清照〈一剪梅·红藕香残玉蕈秋〉的相同处》，《作家》2009 年第 16 期。

鹊桥仙[①]

秦　观

纤云弄巧[②]，飞星传恨[③]，银汉迢迢暗度。金风玉露一相逢[④]，便胜却人间无数。　　柔情似水，佳期如梦，忍顾鹊桥归路[⑤]！两情若是久长时，又岂在朝朝暮暮[⑥]！

【注释】

①鹊桥仙：词牌名，多咏七夕。

②纤云弄巧：纤细的云彩变幻出许多美丽的花样。传说织女精于纺织，能将天上的云织成锦缎。

③飞星传恨：飞驰的流星为牛郎、织女传递离恨。

④金风：秋风，秋在五行中属金。玉露：晶莹如玉的露珠，指秋露。

⑤忍顾：不忍心回头看。

⑥朝朝暮暮：日日夜夜。此指日夜相聚。

【评析】

秦观(1049—1100)字太虚，又字少游，别号邗沟居士，学者称淮海先生，扬州高邮(今属江苏省)人。神宗元丰八年(1085)进士，授定海主簿。哲宗时任秘书省正字兼国史院编修。绍圣元年(1094)坐元祐党籍出为杭州通判，贬监处州酒税，又削秩徙郴州，继而编管横州，复编管雷州。元符三年(1100)放还，至藤州卒。秦观以文学受知于苏轼，为苏门四学士之一。词为北宋一大家，擅于将羁旅之愁与男女柔情融为一体，是婉约风格的代表词人之一。有《淮海居士长短句》传世。

牛郎织女七夕相会的故事，汉魏以来一直吟唱不绝。但秦观此作却能别开蹊径，融写景、抒情和议论于一体，迥出前人之上。

起首三句，由云、星、银汉等物景展示七夕独有的抒情氛围，“巧”与“恨”，则将七夕人间“乞巧”的主题及“牛郎织女”故事的悲剧性特征点明，凝练而凄美感伤。“迢迢暗度”，写牛郎织女渡过银河相会的情节，字字传神。“金风玉露一相逢，便胜却人间无数”，描述与议论结合，赞扬牛郎织女一年一度的相会，胜过千百万人间夫妻的终日厮守。“一相逢”与“无数”的对比，形成情感上的张力，是对牛郎织女爱情价值的高度肯定，语言既生动形象，色彩鲜明，思想亦明晰透辟。

过片三句，写牛、女相逢时的缠绵柔情，以及如胶似漆恍如梦境的陶醉。“忍顾”的细节，将二人相聚而害怕立即分别的复杂心绪刻画入微。结尾的议论画龙点睛，“两情若是久长时，又岂在朝朝暮暮”，是说真正经得起推敲的恋情，不在朝朝暮暮的相守，而在时时刻刻的心灵相通。境界高远，心胸超迈。作者的议论与优美的形象、深沉的情感融合在一起，自由流畅却又婉约蕴藉，余味无穷。

【辑评】

相逢胜人间，会心之语；两情不在朝暮，破格之谈。

——明・李攀龙《草堂诗余隽》

七夕以双星会少别多为恨，独谓情长不在朝暮，化臭腐为神奇。

——明・沈际飞《草堂诗余正集》

按七夕歌以双星会少别多为恨，少游此词谓两情若是久长，不在朝朝暮暮，所谓化腐朽为神奇。凡咏古题，须独出心裁，此固一定之论。少游以坐党被谪，思君臣际会之难，因托双星以写意；而慕君之念，惋恻缠绵，令人意远矣。

——清・黄苏《蓼园词选》

俗情每因七夕为牛郎织女双星惜，惜其年只一度，欢娱之时暂而别日苦多也。此独云一相逢而胜却人间无数，更进以谓但得两情长久，不在朝朝暮暮；立意高人一等，是意寄而秀臻之例也。

——傅庚生《中国文学欣赏举隅》

《草堂诗余》评云：“七夕歌以双星会少别多为恨，少游此词，谓两情若久，不在朝朝暮暮，所谓化腐朽为神奇，宁不醒人心目。”夏闰庵云：“七夕词最难作，宋人赋此者，佳作极少，惟少游一词可观，晏小山《蝶恋花》赋七夕尤佳。”

——俞陛云《唐五代两宋词选释》

【相关资料】

沈祖棻：《宋词赏析》，中华书局 2008 年版。

顾之京：《一首最好的“七夕”词——论秦观的〈鹊桥仙〉》，《河北大学学报》1982 年第 4 期。

厚艳芬：《鹊桥仙会第一篇——品秦观词〈鹊桥仙〉》，《名作欣赏》1998 年第 4 期。

李小荣：《性别心理：秦观〈鹊桥仙〉的别样解读》，《古典文学知识》2011 年第 2 期。

苏幕遮

周邦彦

燎沉香①，消溽暑②。鸟雀呼晴③，侵晓窥檐语④。叶上初阳干宿雨⑤，水面清圆⑥，一一风荷举⑦。　　故乡遥，何日去？家住吴门⑧，久作长安旅⑨。五月渔郎相忆否？小楫轻舟⑩，梦入芙蓉浦⑪。

【注释】

①燎：烧。沉香：名贵香料，因放入水中下沉而得名，也称“水沉”“沉水”。

②消溽(rù)暑：消除潮湿的暑气。溽，湿润、潮湿。

③呼晴：唤晴。旧有鸟鸣可占晴雨之说。

④侵晓：快天亮之时。侵，渐近。

⑤宿雨：隔夜的雨。

⑥清圆：清润圆正。

⑦举：擎起。

⑧吴门：指现在的江苏省苏州市。

⑨长安：借指北宋的都城汴京。旅：客居。

⑩楫：桨。

⑪芙蓉浦：有荷花的水边。芙蓉，又叫“芙蕖”，荷花的别称。浦，水湾，河流。

【评析】

周邦彦(1056—1121)，字美成，号清真居士，钱塘(今浙江省杭州市)人。

历官太学正、庐州教授、知溧水县等，徽宗时提举大晟府(中央音乐机关)。精通音律，创作了不少新调。其词格律谨严，语言典丽精雅，善于铺叙，为后来格律派词人所宗。

这首词一向被看作是思乡词的杰作。在一个初夏之晨，词人溽暑难熬，因眼前荷而思及故乡之荷，兴起一阵朦胧的思乡之情。

上片描绘夏日景物。“燎沉香，消溽暑。鸟雀呼晴，侵晓窥檐语。”夏日的清晨，词人点燃了沉香以驱散潮湿闷热的暑气。鸟雀在窗外欢呼着，庆祝天气由雨转晴。它们仿佛有人一样的喜怒哀乐，会“呼”也会“窥”，活泼可爱。“叶上初阳干宿雨，水面清圆，一一风荷举。”清晨的阳光投射到荷叶上，昨夜滴落的雨珠已经干掉。荷叶擎擎如盖，清润圆正，迎风招展。词人之所以睹荷生情，把异乡的荷写得如此玲珑可爱，是因为他的故乡江南就是芙蓉遍地。

下片由荷花生发开去，梦回故乡。“故乡遥，何日去？家住吴门，久作长安旅。”荷花点燃了词人的思乡情。他扪心自问何时才能重归故里。“久”字则生动地体现了对宦游的厌倦。“五月渔郎相忆否？小楫轻舟，梦入芙蓉浦。”词人恍惚间随梦飞到了五月的江南，熟悉的渔郎正在河上摇着小船，穿梭于层层叠叠的莲叶……词人以梦作结，给人留下了无限遐想。

这首词语出天然，不事雕琢，准确而又生动地表现出荷花的风神与词人的乡愁，意境从容雅淡，格调自然清新。

【辑评】

上片，若有意，若无意，使人神眩。

——清·周济《宋四家词选》

不必以词胜，而词自胜。风致绝佳，亦见先生胸襟恬淡。

——清·陈廷焯《云韶集》

美成《青玉案》(按：当作《苏幕遮》)词：“叶上初阳干宿雨，水面清圆，一一风荷举。”此真能得荷花之神理者，觉白石《念奴娇》《惜红衣》二词，犹有隔雾看花之恨。

——清·王国维《人间词话》

“叶上”三句笔力清挺，极体物浏亮之致。

——俞陛云《唐五代两宋词选释》

【相关资料】

方钧鹤：《咏荷杰作 词中精品——周邦彦〈苏幕遮〉欣赏》，《古典文学知识》1999年第5期。

黎烈南：《两难之间见深情——周邦彦〈苏幕遮〉词赏析》，《古典文学知识》2007 年第 6 期。

刘扬忠：《周邦彦〈苏幕遮(燎沉香)〉赏析》，《历代名篇赏析集成》，高等教育出版社 2009 年版。

过常宝：《思乡的别一番滋味——周邦彦〈苏幕遮〉(燎沉香)》，《依然旧时明月》，中国人民大学出版社 2011 年版。

一剪梅

李清照

红藕香残玉簟秋[①]。轻解罗裳，独上兰舟[②]。云中谁寄锦书来，雁字回时，月满西楼[③]。　　花自飘零水自流。一种相思，两处闲愁。此情无计可消除，才下眉头，却上心头[④]。

【注释】

①玉簟(diàn)：华贵的竹席。

②罗裳：质地轻细的丝织衣裳。

③锦书：帛书，锦是有彩色花纹的丝织品。雁字：雁群飞时排成“一”字或“人”字，所以叫作“雁字”。

④却：又。

【评析】

“红藕香残玉簟秋”，这是一个荷残席冷、万物萧疏的秋天，天地一片冰凉。当词人面对花落水流、落红满地，内心升腾起莫名的焦虑和恐惧。词人正处在绚丽的年纪，而丈夫远游，空闺寂寞，一种生命空耗的感触油然而生。

泛舟出游，只不过是想让自己远离尘世的喧嚣，而此时天空当中响起的几声大雁的哀鸣却提醒了她的孤独：“云中谁寄锦书来，雁字回时，月满西楼。”月圆之夜，对敏感脆弱恰又处于孤独之境的人来说，这是个特别不幸的时间。她所能感到的就是“花自飘零水自流”：青春如落花空自凋残，而远游的丈夫恰如悠悠江水，不知何时能返回。然而李清照毕竟是李清照，她自有与寻常女子不同之处。在行将被离愁淹没之时，内心刹那之间产生了另一种想法，这种想法虽然短暂，但足以照亮她黯淡的心胸许久许久：“一种相思，两处闲愁。”她相信远方的丈夫也同样在思念着她。正是相思，将两人又紧紧联系在一起。想到这里，她内心充满了感动，而越是感动，她的离愁就越是浓郁："此情无计可消除，才下眉头，却上心头。"此时，词人不再恐惧，因为她与所思之人拥有一份共同的思念。这份共同的想念，足以让她抗拒孤独，而让她的生命充满沉甸甸的质感。

【辑评】

易安结褵未久，明诚即负笈远游。易安殊不忍别，觅锦帕书《一剪梅》词以送之。

——元·伊世珍《琅嬛记》

李易安"此情无计可消除，方下眉头，又上心头"，可谓憔悴支离矣。

——明·王世贞《艺苑卮言》

此词颇尽离别之情。语意飘逸，令人省目。

——明·李廷机《草堂诗余评林》

俞仲茅小词云："轮到相思没处辞，眉间露一丝。"视易安"才下眉头，却上心头"，可谓此儿善盗；然易安亦从范希文"都来此事，眉间心上，无计相回避"语脱胎，特更工耳。

——清·王士禛《花草蒙拾》

易安《一剪梅》词起句"红藕香残玉簟秋"七字，便是吞梅嚼雪，不食人间气象，其实寻常不经意语也。

——清·梁绍壬《两般秋雨庵随笔》

易安佳句，如《一剪梅》起七字云："红藕香残玉簟秋"，精秀特绝，真不食人间烟火者。

——清·陈廷焯《白雨斋词话》

【相关资料】

唐圭璋：《李清照词鉴赏》，齐鲁书社 1986 年版。

陈祖美：《李清照〈一剪梅(红藕香残玉簟秋)〉赏析》，《历代名篇赏析集成》，高等教育出版社 2009 年版。

赵福坛：《是谁"轻解罗裳，独上兰舟"？——李清照〈一剪梅〉试解》，《华南师范大学学报》1985 年第 4 期。

许金华：《千年谁知易安"愁"——李清照〈一剪梅〉词辨析》，《古典文学知识》2003 年第 5 期。

李瑞卿：《唯美的愁思——读李清照词〈一剪梅〉》，《名作欣赏》2004 年第 12 期。

刘淑丽：《落花流水 眉头心上：流动的相思——读李清照〈一剪梅〉》，《文史知识》2009 年第 9 期。

声声慢[①]

李清照

寻寻觅觅，冷冷清清，凄凄惨惨戚戚。乍暖还寒时候，最难将息[②]。三杯两盏淡酒，怎敌他晚来风急！雁过也，正伤心，却是旧时相识。　　满地黄花堆积。憔悴损，如今有谁堪摘！守着窗儿，独自怎生得黑[③]！梧桐更兼细雨，到黄昏、点点滴滴。这次第[④]，怎一个愁字了得。

【注释】

①声声慢：原调名《胜胜慢》。慢，即慢词、慢曲，词中长调。

②将息：调养，保养。

③怎生：怎么。

④次第：情境，况味。

【评析】

这首词是李清照晚年流寓江南抒发家国身世之感的杰作。

此词落笔见奇，以七组十四个叠字描绘出一位凄苦忧郁的愁妇形象。“寻寻觅觅”并非写实，而是表现一种无可寄托、若有所失的精神状态。接下去四句，通过眼前生活叙写愁情。“最难将息”表面上是就清晨气候而言，实际又与上文“寻寻觅觅”相呼应，表明词人从清晨时分便心神不宁，却又无处遣愁。“雁过也”三句，进一步刻画了主人公的悲愁心境。“却是旧时相识”中饱含着复杂的情味：古有鸿雁传书之说，词人早年生活中，丈夫远游在外时，曾热切幻想大雁为自己带来亲人的消息，为丈夫捎去自己的书信，《一剪梅》便有“云中谁寄锦书来，雁字回时，月满西楼”之句。可如今丈夫亡故，只能目送征鸿，独咽悲伤。此处“旧时相识”并非实指，是词人借特定景观将种种情愫凝聚为一体，以突显天涯沦落的悲伤。

下片紧承上文，进一步将词人的愁绪铺叙开去。“憔悴损”既是写花，又是自喻，是通过比兴手法倾注一腔悲情。“守着窗儿，独自怎生得黑”，写出了词人巨大的孤独和度日如年的感觉。“梧桐”二句与上片“晚来风急”相呼应，写黄昏时分秋雨梧桐引起的哀愁。词人在感受过晓寒、淡酒、风急、雁过、黄花堆积、梧桐细雨、残秋黄昏等一系列萧索情景之后，将难以名状、无法解脱的苦闷汇为沉痛至极的两句："这次第，怎一个愁字了得"，从而将情感推向巅峰。

成功运用叠字是本词最为突出的艺术特色。开篇三句十四个叠字，表达出三种境界："寻寻觅觅"写人的动作、神态；"冷冷清清"，写环境悲凉；"凄凄惨惨戚戚"，写内心世界的巨大伤痛。同时，叠字还造成音律的回环往复，加强了词作的音乐性。另外，本词善于借物抒情。上阕"淡酒""晚风""过雁"，下阕"黄花""梧桐""细雨"，都准确而形象地表达出女词人内心的愁情，最后逼出"怎一个愁字了得"的强烈感情，突然作结，沉痛无限。全词语言自然流畅，满纸呜咽，如泣如诉，动人心弦。

【辑评】

炼句精巧则易，平淡入调者难。且《秋词·声声慢》："寻寻觅觅，冷冷清清，凄凄惨惨戚戚。"此乃公孙大娘舞剑手。本朝非无能词之士，未曾有一下十四叠字者，用《文选》诸赋格。后叠又云："梧桐更兼细雨，到黄昏、点点滴滴。"又使叠字，俱无斧凿痕。更有一奇字云："守定窗儿，独自怎生得黑。""黑"字不许第二人押。妇人中有此文笔，殆间气也，有《易安文集》。

——宋·张端义《贵耳集》

近时李易安问云："寻寻觅觅，冷冷清清，凄凄惨惨戚戚。"起头连叠七字。以一妇人，乃能创意出奇如此。

——宋·罗大经《鹤林玉露》

宋人中填词，李易安亦称冠绝。使在衣冠，当与秦七、黄九争雄，不独雄于闺阁也。……《声声慢》一词，最为婉妙。……山谷所谓以故为新、以俗为雅者，易安先得之矣。

——明·杨慎《词品》

连用十四叠字，后又四叠字，情景婉妙，真是绝唱。后人效颦，便觉不妥。

——明·茅暎《词的》

易安此词首起十四叠字，超然笔墨蹊径之外。岂特闺帏，士林中不多见也。

——明·吴承恩《花草新编》

连下叠字无迹，能手。又，"黑"字妙绝。

——明·陆云龙《词菁》

李易安"被冷香消新梦觉，不许愁人不起"、"守着窗儿，独自怎生得黑"，皆用浅俗之语，发清新之思，词意并工，闺情绝调。

——清·彭孙遹《金粟词话》

李清照《声声慢》秋闺词云："寻寻觅觅，冷冷清清，凄凄惨惨戚戚。"首句连下十四个叠字，真如大珠小珠落玉盘也。

——清·徐釚《词苑丛谈》

柳七最尖颖，时有俳狎，故子瞻以是呵少游。若山谷亦不免，如"我不合太撋就"类，下此则蒜酪体也。惟易安居士"最难将息"、"怎一个愁字了得"，深妙稳雅，不落蒜酪，亦不落绝名，真此道本色当行第一人也。

——清·刘体仁《七颂堂词绎》

但"守着窗儿，独自怎生得黑"，又"梧桐更兼细雨，到黄昏点点滴滴"，正词家所谓以易为险、以故为新者，易安先得之矣。

——清·沈雄《古今词话·词品》

(《声声慢》)用仄律。从来此体皆收易安所作，盖其遒逸之气，如生龙活虎，非描塑可拟。其用字奇横而不妨音律，故卓绝千古。人若不及其才而故学其笔，则未免类狗矣。观其用上声、入声，如惨字、戚字、盏字、点字、滴字等，原可作平，故能谐协，非可泛用仄字而以去声填入也。其前结"正伤心，却是旧时相识"于"心"字豆句，然于上五下四者，原不拗，所谓此九字一贯下也。后段第二三句"憔悴损，如今有谁堪摘"，句法亦然。

——清·万树《词律》

《声声慢》一阕，张正夫称为公孙大娘舞剑器手，以其连下十四叠字也。此却不是难处，因调名《声声慢》，而刻意拨弄之耳。其佳处，后又下"点点滴滴"四字，与前照映有法，不是单纯落句。玩其笔力，本自矫拔，词家少有，庶几苏、辛之亚。

——清·陆昶《历朝名媛诗词》

双声叠韵字要著意布置。有宜双不宜叠，宜叠不宜双处。重字则既双且叠，尤宜斟酌。如李易安之"凄凄惨惨戚戚"，三叠韵，六双声，是锻炼出来的，非偶然拈得的。

——清·周济《宋四家词选序论》

叠字之法最古，义山尤喜用之。……宋人中易安居士善用此法。其《声声慢》一词，顿挫凄绝。词曰："寻寻觅觅，冷冷清清，凄凄惨惨戚戚。乍暖还寒时候，最难将息。"又云："梧桐更兼细雨，到黄昏点点滴滴。"二阕共十余个叠字，而气机流动，前无古人，后无来者，可为词家叠字之法。

——清·陆蓥《问花楼词话·叠字》

此十四字之妙，妙在叠字，一也，妙在有层次，二也，妙在曲尽思妇之情，三也。良人既已行矣，而心似有未信其即去者，用以“寻寻”。寻寻之未见也，而心似仍有未信其便去者，用又“觅觅”；觅者，寻而又细察之也。觅觅之终未有得，是良人真个去矣，闺闼之内，渐以“冷冷”；冷冷，外也，非内也。继而“清清”，清清，内也，非复外矣。又继之以“凄凄”，冷清渐蹙而凝于心。又继之以“惨惨”，凝于心而心不堪任。故终之以“戚戚”也，则肠痛心碎，伏枕而泣矣。似此步步写来，自疑而信，由浅入深，何等层次，几多细腻！不然，将求叠字之巧，必贻堆砌之讥，一涉堆砌，则叠字不足云巧矣。故“觅觅”不可改在“寻寻”之上，“冷冷”不可移植“清清”之下，而“戚戚”又必居最末也。且也，此等心情，惟女儿能有之，此等笔墨，惟女儿能出之。设使其征人为女，居者为男，吾知其破题儿便已确信伊人之不在迩也，当无寻寻觅觅之事，男儿之心粗故也。能词之士，多昂藏丈夫勉学莺莺燕燕者，故不能下如此之十四叠字耳。

——傅庚生《中国文学欣赏举隅》

这首词用了许多双声叠韵字。一开头就用连串的叠字，是为加强刻画她的百无聊赖的心情，从前人认为这是了不起的创造。尤其是末了几句，“梧桐更兼细雨，到黄昏，点点滴滴。这次第，怎一个愁字了得!”二十多个字里。舌音、齿音交相重叠，是有意以这种声调来表达她心中的忧郁和惆怅。这些句子不但读起来明白如话，听起来也有明显的音乐美，充分体现出词这种配乐文学的特色。因为词原来是唱的，要使人容易听得懂。刘体仁说这首词是“本色当行”，就是指它明白易懂而言。这首词借双声叠韵字来增强表达感情的效果，是从前词家不大用过的艺术手法。李清照是一个有高度文化修养的女作家，有真挚丰富的生活感情，又有她自己独特的见解，因此她确实当得起婉约词派杰出作家的称号。她这首《声声慢》词以细腻而又奇横的笔墨，用双声叠韵啮齿叮咛的音调，来写她心中真挚深刻的感情，这是从欧(阳修)、秦(观)诸大家以来所不曾见过的一首突出的代表作。

——夏承焘《唐宋词欣赏》

此首纯用赋体写竟日愁情，满纸呜咽。起下十四字叠字，总言心情之悲伤。中心无定，如有所失，故曰“寻寻觅觅”。房栊寂静，空床无人，故曰“冷冷清清”。“凄凄惨惨戚戚”六字，更深一层，写孤独之苦况，愈难为怀。以下分三层申言可伤之情景。“乍暖”两句，言气候寒暖不定之可伤。“三杯”两句，言晓风逼人之可伤。“雁过”两句，言雁声入耳之可伤。换头三句，仍是三层可伤之事。“满地”两句，言懒摘黄花之可伤。“守着”两句，言日长难黑之可伤。“梧桐”两句，言雨滴梧桐之可伤。末句，总束以上六层可伤之事。

——唐圭璋《唐宋词简释》

【相关资料】

吴熊和：《唐宋词探胜》，浙江文艺出版社 1983 年版。

唐圭璋：《李清照词鉴赏》，齐鲁书社 1986 年版。

叶嘉莹：《说李清照词》，《南宋名家词选讲》，北京大学出版社 2007 年版。

朱靖华：《〈声声慢〉赏析》，《李清照词鉴赏》，齐鲁书社 1986 年版。

吴小如：《说李清照〈声声慢〉》，《诗词札丛》，北京出版社 1988 年版。

史如赓：《情真、意深、语新——李清照词"声声慢"赏析》，《云南师范大学学报》1980 年第 3 期。

徐余，周洲：《哀思付繁弦 血泪寄山河——李清照词〈声声慢〉赏析》，《名作欣赏》1982 年第 2 期。

沈义芙：《李清照〈声声慢〉叠词义探》，《武汉大学学报》1984 年第 3 期。

王富仁：内感与外感 情绪与结构——李清照词〈声声慢(寻寻觅觅)〉赏析》，《名作欣赏》1992 年第 5 期。

江中云：《景随情迁、情景交融的"有我之境"——浅释李清照〈声声慢〉的意境之美》，《名作欣赏》2006 年第 19 期。

永遇乐·京口北固亭怀古①

辛弃疾

千古江山，英雄无觅孙仲谋处②。舞榭歌台，风流总被雨打风吹去。斜阳草树，寻常巷陌，人道寄奴曾住③。想当年，金戈铁马，气吞万里如虎④。　元嘉草草⑤，封狼居胥⑥，赢得仓皇北顾。四十三年⑦，望中犹记，烽火扬州路。可堪回首，佛狸祠下⑧，一片神鸦社鼓⑨。凭谁问，廉颇老矣⑩，尚能饭否？

【注释】

①京口：今江苏省镇江市。北固亭：在镇江城北一里的北固山上。

②孙仲谋：三国时的吴王孙权，字仲谋，曾建都京口，并打败了南进的曹操军队。

③寄奴：南朝宋武帝刘裕小名。刘裕先世由彭城移居京口，早年在京口起兵讨桓玄，又曾镇守京口。

④想当年三句：回忆刘裕北伐的功业。刘裕曾先后率晋军北伐，收复洛

阳、长安等地。

⑤元嘉：刘裕子刘义隆年号。草草：轻率。此句是说，刘义隆好大喜功，仓促北伐，却遭到对手的重创。

⑥封狼居胥：汉武帝元狩四年(前 119)霍去病远征匈奴，歼敌七万余，封狼居胥山而还。狼居胥山，在今蒙古国境内。词中用“元嘉北伐”失利事，以影射南宋“隆兴北伐”。

⑦四十三年句：作者于宋高宗绍兴三十二年(1162)南归，到写该词时正好为四十三年。

⑧佛(bì)狸祠：北魏太武帝拓跋焘小名佛狸。公元 450 年，他曾反击刘宋，两个月的时间里，兵锋南下，五路远征军分道并进，从黄河北岸一路穿插到长江北岸，在长江北岸瓜步山建立行宫，后来成为庙宇，即佛狸祠。

⑨神鸦：指在庙里吃祭品的乌鸦。社鼓：祭祀时的鼓声。到了南宋时期，当地老百姓只把佛狸祠当作一位神祇来奉祀供奉，而不知道它过去曾是一个皇帝的行宫。这几句感喟魏太武帝南侵留下的深刻影响。

⑩廉颇：战国时赵国名将。《史记・廉颇蔺相如列传》记载，廉颇被免职后，跑到魏国，赵王想再用他，派人去看他的身体情况，廉颇之仇人郭开贿赂使者，使者看到廉颇，廉颇为之米饭一斗，肉十斤，被甲上马，以示尚可用。使者受到贿赂，有意诋毁廉颇，报告赵王说：“廉颇将军虽老，尚善饭，然与臣坐，顷之三遗矢(屎)矣。”赵王以为廉颇已老，遂不用。作者这里以廉颇自比，表示雄心仍旧，但却没有人能任用他。

【评析】

辛弃疾(1140—1207)，字幼安，号稼轩，历城(今山东省济南市)人。出生时，中原已为金兵所占。绍兴三十一年(1161)参加抗金义军，不久归南宋，历任湖北、江西、湖南、福建、浙东安抚使等职。一生力主抗金，曾上《美芹十论》与《九议》，力呈抗金大计，为当权者所忌，落职闲居上饶几达二十年。其词多抒写力图恢复的报国之志，倾诉壮志难酬的悲愤，揭露南宋朝廷的苟且偷安，也有不少吟咏祖国河山的作品。风格沉雄豪迈，也不乏细腻柔媚之处。有《稼轩长短句》传世。

本词作于宁宗开禧元年(1205)，时辛弃疾任镇江知府，年已 66 岁。当时宰相韩侂胄准备北伐，词人一方面坚决主张抗金，同时又担心主事者轻敌冒进而致败。这首词体现了这样一种矛盾的心理，并对当权者不能真正理解他而表示愤慨。上阕即景生情，起调不凡，由眼前之景联想到两位著名的历史人物孙权与刘裕，对他们的业绩表示无限的向往和怀念。对历史人物的赞扬，也就是对主战派的期望和对南宋朝廷苟安求和者的讽刺和谴责。下阕用南朝刘义隆冒险北伐而招致大败的历史事实，忠告韩侂胄要吸取历史教训，不要草率从事。接着，用四十三年来抗金形势的变化，表示词人收复中原的决心不变。结尾三句，以廉颇自比，表示出词人报效国家的强烈愿望和对宋室不能选用人才的慨叹。

这首词用典非常精彩。使用的典故很多，而且多是史实，但都紧扣题旨，有怀古、忧世、言志多重意蕴，恰当地传达了词人那种壮志犹存、报国无门而深感悲愤的复杂情绪，具有动人心弦的力量，闪耀着爱国主义的思想光辉。全词豪迈悲壮，沉郁苍凉，是辛词的代表作。

【辑评】

稼轩词中第一。发端便欲涕落，后段一气奔注，笔不得遏。廉颇自拟，慷慨壮怀，如闻其声。谓此词用人名多者，当是不解词味。

——明・杨慎《词品》

典故一经其手，正不患多。

——明・卓人月《古今词统》

今人论词，动称辛、柳，不知稼轩词以“佛狸祠下，一片神鸦社鼓”为最，过此则颓然放矣。

——清・田同之《西圃词说》

此阕悲壮苍凉，极咏古能事。

——清・李佳《左庵词话》

稼轩《永遇乐》，岳倦翁尚谓其用事太实。然亦有法，材富则约以用之，语陈则新以用之，事熟则生以用之，意晦则显以用之，实处间以虚意，死处参以活话，如禅家转法华，弗为法华转，斯为善于运用。

——清・沈祥龙《论词随笔》

辛稼轩《永遇乐・京口北固亭怀古》一词，意在恢复，故追数孙刘，皆南朝之英主。屡言佛狸，以拓跋比金人也。

——清・宋翔凤《乐府余论》

此稼轩守南徐日作，全为宋事寄慨。“廉颇老矣，尚能饭否”，谓己亦衰老，恐无能为也。使事虽多，脉络井井可循，是在知人论世者。

——陈洵《海绡说词》

此首京口北固亭怀古词，虽曰怀古，实寓伤今之意。发端沉雄，与东坡“大江东去”相同，惟东坡泛言，稼轩则实本地风光。“舞榭”三句，承上奔往，极叹人物俱非。“斜阳”三句，记刘裕曾住之事。“想当年”两句，回忆刘裕盛况。换头，叹刘裕自为，不能恢复失地，四十三年自有重过此地之感。盖稼轩于绍兴三十二年知忠义军书记，尝奉表归朝。至开禧元年，又知镇江府，前后相距恰四十三年。“可堪”三句，仍致吊古之意，深叹当年宋之武功不竞，以致佛狸饮马长江，暗寓金人猖狂，亦同佛狸也。结句，自喻廉颇，悲壮之至。

——唐圭璋《唐宋词简释》

此词登京口北固山亭而作。人在江山雄伟处，形胜依然，而英雄长往，每发思古之幽情。况磊落英多者，当其凭高四顾，烟树人家，夕阳巷陌，皆孙、刘角逐之场，放眼古今，别有一种苍凉之思。况自胡马窥江去后，烽火扬州，犹有余动。下阕慨叹佛狸，乃回应上文“寄奴”等句。当日鱼龙战伐，只赢得“神鸦社鼓”，一片荒寒。往者长已矣，而当今岂无健者？老去廉颇，犹思用赵，但知我其谁耶？英词壮采，当以铁绰板歌之。

——俞陛云《唐五代两宋词选释》

【相关资料】

朱德才：《辛弃疾词新释辑评》，中国书店2006年版。

张华：《辛弃疾〈永遇乐·京口北固亭怀古〉赏析》，《历代名篇赏析集成》，高等教育出版社2009年版。

陈遇春：《谈辛词〈永遇乐·京口北固亭怀古〉》，《北京师范大学学报》1979年第4期。

樊运宽：《金戈铁马，气吞万里如虎——辛弃疾〈永遇乐·京口北固亭怀古〉浅析》，《广西师范大学学报》1979年第3期。

佟培基：《气吞万里如虎——读辛词〈永遇乐·京口北固亭怀古〉》，《河南大学学报》1979年第1期。

张清河：《壮爱国情怀 开一代词风——读辛弃疾〈永遇乐·京口北固亭怀古〉》，《名作欣赏》2011年第8期。

扬州慢①

姜 夔

淳熙丙申至日②，予过维扬③。夜雪初霁，荠麦弥望④。入其城则四顾萧条，寒水自碧，暮色渐起，戍角悲吟⑤。予怀怆然，感慨今昔，因自度此曲。千岩老人以为有《黍离》之悲也⑥。

淮左名都⑦，竹西佳处⑧，解鞍少驻初程。过春风十里⑨，尽荠麦青青。自胡马窥江去后⑩，废池乔木⑪，犹厌言兵。渐黄昏，清角吹寒[12]，都在空城。

杜郎俊赏[13]，算而今、重到须惊。纵豆蔻词工[14]，青楼梦好[15]，难赋深情。二十四桥仍在[16]，波心荡、冷月无声。念桥边红药[17]，年年知为谁生。

【注释】

①此调是为姜夔自度曲。自度指自己谱曲，与一般词作按曲填词不同。

②淳熙丙申：淳熙三年(1176)。至日：冬至。

③维扬：扬州。

④荠麦：荠菜和麦子。弥望：满眼。

⑤戍角：军中号角。

⑥千岩老人：南宋诗人萧德藻，字东夫，自号千岩老人。姜夔曾跟他学诗，又是他的侄女婿。《黍离》：《诗经·王风》篇名。周平王东迁后，周大夫经过西周故都见"宗室宫庙，尽为禾黍"，遂赋《黍离》诗志哀，后世即用"黍离"来表示亡国之痛。

⑦淮左：淮东。扬州是宋代淮南东路的首府，故称"淮左名都"。

⑧竹西佳处：杜牧《题扬州禅智寺》诗"谁知竹西路，歌吹是扬州"，宋人于此筑竹西亭，这里指扬州。

⑨春风十里：杜牧《赠别》诗"春风十里扬州路，卷上珠帘总不如"，这里用以借指扬州。

⑩胡马窥江：指1161年金主完颜亮南侵，攻破扬州，直抵长江边的瓜洲渡，到淳熙三年姜夔过扬州时已过去十六年。

⑪废池：废毁的池台。乔木：残存的古树。二者都是乱后余物，表明城中荒芜，人烟萧条。

⑫渐：向，到。清角：凄清的号角声。

⑬杜郎：杜牧。唐文宗大和七年到九年，杜牧在扬州任淮南节度使掌书记。俊赏：俊逸清赏。钟嵘《诗品序》："近彭城刘士章，俊赏才士。"

⑭豆蔻词工：杜牧《赠别》："娉娉袅袅十三余，豆蔻梢头二月初。"豆蔻：形容少女美艳。

⑮青楼梦好：杜牧《遣怀》有"十年一觉扬州梦，赢得青楼薄幸名"句。这几句说即便杜牧有诗才，也难以表达这种悲怆之情。

⑯二十四桥：杜牧《寄扬州韩绰判官》诗有"二十四桥明月夜，玉人何处教吹箫"句。二十四桥，有两说：一说唐时扬州城内有桥二十四座，皆为可纪之名胜，见沈括《梦溪笔谈·补笔谈》；一说专指扬州西郊的吴家砖桥(一名红药

桥)，“因古之二十四美人吹箫于此，故名”，见李斗《扬州画舫录》。

⑰红药：芍药。

【评析】

姜夔(约 1155—1209)，字尧章，号白石道人，饶州鄱阳(今江西省鄱阳县)人。他少年孤贫，屡试不第，终生未仕，一生转徙江湖，与杨万里、范成大、尤袤、辛弃疾、张镃等人有交往，擅长书法，精通音律。其词风格清空，音调谐美，上承周邦彦，下开吴文英、张炎一脉。有《白石道人诗集》《白石道人歌曲》等。

《扬州慢》词作于宋孝宗淳熙三年(1176)，时词人 20 余岁。宋高宗绍兴三十一年(1161)，金主完颜亮挥鞭南下，宋军溃败。词人路过扬州，目睹其荒凉破败，百感交集，自度此曲，以抒故国黍离之悲。“淮左”三句点明扬州昔日名满天下的繁华景象。解鞍驻马之后，映入眼帘的却是无边的青青荠麦，与杜牧笔下“春风十里扬州路”的盛况截然不同。“自胡马”三句，言明眼前的残败荒凉完全是由金兵南侵造成的，这在人们心灵上留下不可磨灭的创伤。“渐黄昏”二句，以回荡于整座空城之上的凄凉呜咽的号角声，进一步烘托今日扬州的凄清寥落。下片化用杜牧《赠别》《遣怀》《寄扬州韩绰判官》等诗意，抒写自己哀时伤乱、思古伤今的情怀。

本词善于运用今昔对比的反衬手法。上片用昔日的“名都”来反衬今日的“空城”，以昔日的“春风十里扬州路”(杜牧《赠别》)来反衬今日的“尽荠麦青青”荒凉景象。下片以昔日的“杜郎俊赏”“豆蔻词工”“青楼梦好”等风流繁华，来反衬今日的风流云散、对景难遣和深情难赋。以昔时“二十四桥明月夜”(杜牧《寄扬州韩绰判官》)的乐情，反衬今日“波心荡、冷月无声”的哀景。词作将咏史事写古人与抒己怀叹时事相结合，情景交融，对比鲜明，写出了战争给扬州城带来的万劫不复的灾难，以及给词人造成的巨大的心灵创伤。

全词洗尽铅华，用雅洁洗练的语言，描绘出凄淡清冷的画面，笔法空灵。词中多处借用前人诗句，使得词作具有雅致的风格。整首词声调低婉，寄寓深长，兼有清刚峭拔之气势、冷僻幽独之情怀，是一首情韵兼胜的佳作。

【辑评】

白石词疏影、暗香、扬州慢、一萼红、琵琶仙、探春、八归、淡黄柳等曲，不惟清空，又且骚雅，读之使人神观飞越。

——清・张炎《词源》

“犹厌言兵”的“厌”字，写得极其传神。意谓扬州遭兵火后，荒废的池沼、尚存的大树，至今仍厌恶谈论战事。无数伤乱语，他人累千百言，亦此韵味。

——清·陈廷焯《白雨斋词话》

“淮左名都，竹西佳处。”扬州府城东北有竹西亭，故杜牧诗云“谁知竹西路，歌吹是扬州。”“纵豆蔻词工，青楼梦好，难赋深情。”“豆蔻梢头二月初”及“十年一觉扬州梦，赢得青楼薄幸名”，皆牧之句。

——清·许昂霄《词综偶评》

词家有作，往往未能竟体无疵。每首中，要亦不乏警句，摘而出之，遂觉片羽可珍。……姜白石云：“波心荡、冷月无声。”又云“冷香飞上诗句。”

——清·李佳《左庵词话》

白石写景之作，如“二十四桥仍在，波心荡，冷月无声。”“数峰清苦，商略黄昏雨。”“高树晚蝉，说西风消息。”虽格韵高绝，然如雾里看花，终隔一层。梅溪、梦窗诸家写景之病，皆在一“隔”字，北宋风流，渡江遂绝，抑真有运会存乎其间耶。

——清·王国维《人间词话》

《诗·王风·黍离》：“彼黍离离，彼稷之苗，行迈靡靡，中心摇摇”。此词“过春风十里，尽荠麦青青”，正是暗用《黍离》故事也。杜牧之《遣怀》云：“落魄江湖载酒行，楚腰纤细掌中轻。十年一觉扬州梦，赢得青楼薄幸名。”又《寄扬州韩绰判官》云：“青山隐隐水迢迢，秋尽江南草未凋；二十四桥明月夜，玉人何处教吹箫?”此词之后阕“杜郎俊赏”云云，暗用牧之诗，随顺即借原诗之豪华气象，为今日萧条局面之反衬，几乎夺小杜之诗作此词之附庸；白石才高，大是可人。

——傅庚生《中国文学欣赏举隅》

此词极写兵后名都荒寒之状。“春风”二句其自序所谓“四顾萧条”也。“胡马”句言坏劫曾经，追思犹恸，况空城入暮，戍角吹寒，如李凌所谓“胡笳互动，……只令人悲憎切怛耳”。下阕过扬州者，以杜牧文词为最著，因以自况，言百感填膺，非笔墨所能罄。“冷月”二句诵之若商声激楚，令人心倒肠回。篇终“红药”句言春光依旧，人事全非，哀郢怀湘，同其沉郁矣。凡乱后感怀之作，词人所恒有，白石之精到处，凄异之音，沁人纸背，复能以浩气行之，由于天分高而酝酿深也。近人蒋鹿潭乱后过江诸作，哀音秀句，略能似之。

——俞陛云《唐五代两宋词选释》

亦峰以为“犹厌言兵”四字，“包括无限伤乱语。他人累千百言，亦无此韵味。”白石此词全首重点在“都在空城”。清角吹寒，也是白费，因城中已无人听，吹寒吹暖更有何人领略乎？上句“犹厌言兵”，犹笼统言之耳。

——吴世昌《词林新话》

此首写维扬乱后景色，凄怆已极。千岩老人，以为有《黍离》之悲，信不虚也。至文笔之清刚，情韵之绵邈，亦令人讽诵不厌。起首八字，以拙重之笔，点明维扬昔时之繁盛。“解鞍”句，记过维扬。“过春风”两句，忽地折入现时荒凉景象，警动异常。且十字包括一切，十里荠麦，则乱后之人与屋宇，荡然无存可知矣。正与杜甫“城春草木深”同意。“自胡马”三句，更言乱事之惨，即废池乔木，犹厌言之，则人之伤心自不待言。“渐黄昏”两句，再点出空城寒角，尤觉凄寂万分。换头，用杜牧之诗意，伤今怀昔，不尽欷歔。“重到须惊”一层，“难赋深情”又进一层，“二十四”两句，以现景寓情，字练句烹，振动全篇。末句收束，亦含哀无限，正亦杜甫“细柳新蒲为谁绿”之意。玉田谓白石《琵琶仙》，与少游《八六子》同工。若此首，亦与少游《满庭芳》同为情韵兼胜之作。惟少游笔柔，白石笔健。少游所写为身世之感，白石则感怀家国，哀时伤乱，境极凄焉可伤，语更沈痛无比。参军芜城之赋，似不得专美于前矣。周止庵既屈白石于稼轩下，又谓白石情浅，皆非公论。

——唐圭璋《唐宋词简释》

【相关资料】

陈匪石：《宋词举》，金陵书画社 1983 年版。

刘永济：《微睇室说词》，上海古籍出版社 1987 年版。

叶嘉莹：《说姜夔词之四》，《南宋名家词选讲》，北京大学出版社 2007 年版。

唐圭璋，潘君昭：《姜夔〈扬州慢（淮左名都）〉赏析》，《历代名篇赏析集成》，高等教育出版社 2009 年版。

朱鉴珉：《隐括唐人诗句 续发〈黍离〉悲音——读姜夔〈扬州慢〉》，《北京师范大学学报》1986 年第 3 期。

李之亮：《读姜夔〈扬州慢〉——兼说“清空”》，《文史知识》2000 年第 1 期。

王冬艳：《“黍离之悲”的余味——读姜夔〈扬州慢〉一词兼论其词风》，《齐齐哈尔大学学报》2004 年第 1 期。

蝶恋花

纳兰性德

今古河山无定据[①]。画角声中[②]，牧马频来去[③]。满目荒凉谁可语？西风吹老丹枫树。　从前幽怨应无数。铁马金戈[④]，青冢黄昏路[⑤]。一往情深深几许？深山夕照深秋雨。

【注释】

①无定据：没有定准。

②画角：军中号角。

③牧马：指牧马者，指挥军队的将领。

④金戈铁马：武器和战马，此处代指战争。

⑤青冢：王昭君墓。《汉书·匈奴传》："元帝以后宫良家子王绮，字昭君，赐单于。"昭君死后葬于南匈奴之地(今内蒙古呼和浩特)，人称"青冢"。

【评析】

纳兰性德(1655—1685)，字容若，号楞伽山人，满洲正黄旗人，大学士明珠长子，康熙十四年(1675)进士，授三等侍卫，再迁一等。他是清代最著名词人之一。其词作清新自然，直抒胸臆，情调感伤低沉，感情自然真挚。有《饮水词》。

这是一篇出塞怀古之作。"今古河山无定据"，起句即言江山多更迭的兴亡之感，总领全词，点明主旨。"画角"以下写眼前战争的频繁和塞外的荒凉萧索。下阕转入对战争的回顾和反思：无情的战争给这荒凉的塞外留下了无数的幽怨。末句以情语相问，以景语作结，将无限的深情隐含于无言的景物当中。整首词幽隐地表达了对战争的厌恶，风格苍凉慷慨，情韵哀婉深长。

【辑评】

此首通体俱佳。惟换头"从前幽怨"不叶，可倒为"幽怨从前"。

——吴世昌《词林新话》

几乎是孤臣孽子的情绪了。

——严迪昌《清词史》

这首小令，是性德侍从康熙皇帝出塞之作。表面是吊古，但有伤今之意，刚健中含婀娜。说从前幽怨，也不是很古的从前，铁马金戈，青冢黄昏，隐约透示着满清入关以前各民族间的战事痕迹。"今古河山无定据"，含而不露，不让人得以指摘。纳兰氏与爱新觉罗氏是世仇，性德虽仕于朝廷，怕还是"别有一番滋味在心头"。

——钱仲联《清词三百首》

【相关资料】

黄天骥：《纳兰性德和他的词》，广东人民出版社 1983 年版。

蝶恋花

王国维

阅尽天涯离别苦[①]。不道归来[②]，零落花如许。花底相看无一语，绿窗春与天俱暮[③]。　　待把相思灯下诉。一缕新欢，旧恨千千缕。最是人间留不住，朱颜辞镜花辞树[④]。

【注释】

①阅：经历。

②不道：不料。欧阳修《玉楼春》："尊前贪爱物华新，不道物新人渐老。"如许：像这样。

③绿窗：绿色的纱窗，指女子居所。韦庄《菩萨蛮》："劝我早归家，绿窗人似花。"

④朱颜：青春年少的容颜。李煜《虞美人》："雕栏玉砌应犹在，只是朱颜改。"

【评析】

王国维(1877—1927)，字伯隅、静安，号观堂、永观，浙江省海宁市盐官镇人，清末秀才，是近代的国学大师，在文学、美学、史学、哲学、古文字学等各方面都成就卓著。著有《人间词话》《人间词》。

光绪三十一年(1905)春天，长期奔走在外的词人回到家乡海宁。夫人莫氏原本体弱多病，两人久别重逢之际，难免有许多感伤。此词应当就是作于这种情形之下。

"阅尽天涯离别苦"，开篇即直陈久别给人带来的苦楚。离别诚然是痛苦的，但在词人眼里，连相逢也是苦楚的。因为时间无情，青春易逝。明明是久别后的相见，但鲜花早已零落，在分别的日子中，不知已有多少美好时光悄然溜走。因此花底相对，反而令人无语。就算想要互诉相思之情，却发觉一缕重逢之欢，远远抵不上千缕久别之恨。时光就是如此无情，花朵凋残、容颜老去，人们却永远无力阻挡。这份面对宇宙人生的无奈和悲观，直让人陷入循环无尽的哀痛之中。

【辑评】

离别是一个悲剧，归来还是一个悲剧。静安词的悲剧色彩之特别浓厚，正表现在这些地方。他笔下的人间悲剧，不是一时、一地的，不是单一、孤立的，而是延绵相续、重重叠叠的。在静安眼中，人生的苦海，从时、空两方面看都是无边无际、没有尽头的。

——陈邦炎《论静安词》

“最是人间留不住，朱颜辞镜花辞树”，实由冯延巳《踏鹊枝》“谁道闲情”上片末句“日日花前常病酒，不辞镜里朱颜瘦”脱出，而有出蓝之胜，应属《人间词》中名句之一。

——陈鸿祥《人间词话人间词注评》

词以抒述“人间苦”为多……言为心声，这满纸是“最是人间留不住”的绝望之吟，几乎已为他最终自沉于昆明湖预为留言。

——严迪昌《清词史》

【相关资料】

叶嘉莹：《王国维词新释辑评》，中国书店 2006 年版。

祖宝泉：《王国维词解说》，安徽教育出版社 2006 年版。

二、散　曲

天净沙·秋思[①]

马致远

枯藤老树昏鸦[②]，小桥流水人家，古道西风瘦马[③]。夕阳西下，断肠人在天涯[④]。

【注释】

①天净沙：曲牌名，小令。

②昏鸦：黄昏时归巢的乌鸦。

③西风：秋风。瘦马：马因长途跋涉而累瘦。

④断肠人：悲伤极度者。天涯：天边。

【评析】

马致远(约 1250—约 1321)，号东篱，大都(今北京)人，曾任江浙行省务官，晚年退隐山林，以诗酒自娱。他是当时大都“元贞书会”的杰出作者，与关汉卿、郑光祖、白朴并称“元曲四大家”。散曲有《东篱乐府》。

这支小令以写秋著称，被誉为“秋思之祖”，千百年来广为传诵。它以郊野日暮秋景为衬托，抒写了作者深沉绵远的愁思。作品中的主人公，是位骑着瘦马漂泊天涯、正承受着羁旅行役之苦的征人。此时，他正迎着寒凉的秋风行走在荒僻的古道上，眼前是“枯藤老树昏鸦”的荒凉破败。“小桥流水人家”散发着家庭生活的温暖恬静，但这种温暖恬静却是别人的。“断肠人在天涯”是全曲的点睛之笔，有了它，前面描绘的若干景象才有了感情色彩，从整体上构成一幅和谐的画面。

这支小令借景抒情，情景交融，情景妙合无痕。众多意象的并列组合构成一幅秋郊日暮羁旅图，作者把愁思融进这组图画当中，从而形象地表现了作者孤独寂寞的心境。语言凝练自然，明白如话，而意蕴丰富，意境深远。尤其是开头三句，由九个名词、九种景物组成，毫无雕琢，也不用动词和关联词语加以连接，而意境浑然自现。

【辑评】

秋思之祖。

——元·周德清《中原音韵·小令定格》

《天净沙》小令，纯是天籁，仿佛唐人绝句。

——清·王国维《宋元戏曲考·元剧之文章》

寥寥数语，深得唐人绝句妙境。有元一代词家，皆不能办此也。

——清·王国维《人间词话》

语语明白如画，而言外有无穷之意。

——清·王国维《宋元戏曲考》

明人辄喜摹此词，而终无佳者，于此见元人力厚。

——吴梅《顾曲麈谈》

【相关资料】

吴小如：《说马致远[天净沙]〈秋思〉》，《诗词札丛》，北京出版社 1988 年版。

杨福生，陈友冰，许振轩：《元人小令赏析》，安徽文艺出版社 1988 年版。

黄克：《马致远〔越调·天净沙〕〈秋思〉赏析》，《历代名篇赏析集成》，高等教育出版社 2009 年版。

崔子恩：《明白如画 蕴意无穷——马致远〈天净沙·秋思〉小析》，《名作欣赏》1985 年第 2 期。

魏崇武：《〈天净沙·秋思〉片谈》，《名作欣赏》1995 年第 4 期。

王志武：《马致远〔天净沙〕〈秋思〉赏析》，《古典文学知识》1998 年第 5 期。

金志仁：《三个句子的迷惑 一句评语的误会——也谈〈天净沙·秋思〉的析评》，《名作欣赏》1998 年第 3 期。

吴兆路：《马致远〈天净沙·秋思〉赏析》，《古典文学知识》1999 年第 6 期。

潘静：《论马致远〈秋思〉的文化审美意蕴》，《名作欣赏》2005 年第 14 期。

刘淑丽：《俊逸风流 羁旅绝唱——马致远〔越调·天净沙〕〈秋思〉赏析》，《名作欣赏》2006 年第 3 期。

山坡羊·潼关怀古[①]

张养浩

峰峦如聚[②]，波涛如怒，山河表里潼关路[③]。望西都[④]，意踌躇[⑤]。伤心秦汉经行处[⑥]，宫阙万间都做了土[⑦]。兴[⑧]，百姓苦；亡，百姓苦。

【注释】

①山坡羊：元曲牌名。潼关：关口名，在今陕西省潼关县东北。

②峰峦：山峰和山峦。

③山河表里：指潼关地势险要，外有黄河，内有华山。

④西都：指长安，今陕西省西安市。

⑤意踌躇：思绪起伏翻腾，也指陷入了沉思的状态。

⑥经行处：经过的地方。

⑦宫阙：泛指宫殿。

⑧兴：兴盛，与下边的“亡”(灭亡)相对。

【评析】

张养浩(1270—1329)，字希孟，号云庄，今山东省济南市人，历官监察御史、翰林学士、礼部尚书、参议中书省事等官职。在任监察御史时，因批评时政而为权贵所忌，被免官。元明宗天历二年(1329)，关中大旱，特拜陕西行台中丞，办理赈灾，不久便积劳成疾，卒于任所。他的散曲多写弃官后的田园隐逸生活，一些作品表达了对人民疾苦的关怀，揭露了统治者的罪恶。

这首曲是作者于元明宗天历二年(1329)就任陕西行台中丞途中所作。潼关东临崤山，西近华山，山山相连，峰峦如聚，上有高山，下有大河，黄河波涛滚滚，气势非凡。“山河表里”一句，指出潼关险要的地理位置。面对这种壮美的景色，作者不是抒发思古之幽情，却以“望西都，意踌躇”转过，陡然用“伤心”两字带出对秦汉的慨叹：“宫阙万间都做了土。兴，百姓苦；亡，百姓苦。”一个朝代兴盛了，必定大兴土木，修建豪华的宫殿，从而给人民带来巨大的灾难；一个朝代的灭亡，在战争中遭殃的也是黎民百姓。这其实是作者对以往历史所做的概括与评判。

作者以“怀古”为题，指出在封建社会无论怎样改朝换代，老百姓都难以逃脱深重的灾难和不幸，表达了作者对社稷苍生的深切同情和关怀。全曲只有44个字，写景、抒情、议论融为一体，以高度的艺术概括，表现了相当丰富深刻的思想内容，足抵一篇长篇政论。

【辑评】

写出何等沉痛的心情！结尾八个字，说尽了几千年来阶级社会制度所加给劳动人民的苦难。像这样的警句，真可说是前无古人了！

——龙榆生《词曲概论》

结句可为为刍狗者申冤。

——傅庚生《中国文学欣赏举隅》

【相关资料】

董上德：《忧患意识与人道情怀的融合——张养浩〔山坡羊·潼关怀古〕赏析》，《古典文学知识》1996年第1期。

黄克：《张养浩〔中吕·山坡羊〕〈潼关怀古〉赏析》，《历代名篇赏析集成》，高等教育出版社2009年版。

[仙吕]醉中天·咏大蝴蝶[①]

王和卿

弹破庄周梦[②]，两翅驾东风，三百座名园一采一个空。谁道风流种[③]？唬杀寻芳的蜜蜂[④]。轻轻飞动，把卖花人扇过桥东。

【注释】

①醉中天：仙吕宫曲调名。

②弹破：挣脱，冲破。庄周梦：《庄子·齐物论》：“昔者庄周梦为蝴蝶，栩栩然蝴蝶也。……俄然觉，则蘧蘧然周也？不知周之梦为蝴蝶与，蝴蝶之梦

为周与?”意为浮生若梦，变幻难测。

③道：形容，描述。风流种：才华出众、举止潇洒的人物。一说横行霸道的权势阶层。

④唬杀：吓得厉害。杀：极言程度很深。寻芳：采花。

【评析】

王和卿，生卒年不详，散曲家。散曲雅俗兼备而以俗见长。现存散曲小令21首，套曲一首，见于《太平乐府》《词林摘艳》等集中。朱权《太和正音谱》列其为“词林之英烈”。

这是元散曲中一首很著名的小令。作者以诙谐夸张的笔触描绘了一只硕大无比的蝴蝶。它乘风而起，竟能将三百座名园一采一个空，不仅吓坏了蜜蜂，还追逐着卖花人，并将其扇过了桥东。这只蝴蝶简直让人错愕。联系元代的社会现实，也许这只蝴蝶已被作者赋予了某种象征意义。或认为“蝴蝶”一类的“风流种”指才华出众、不拘礼法而有反抗性的人，或认为指元代那些惯于寻花问柳、仗势欺人的“花花太岁”和权豪势要。但无论是哪种解释，都可看出这只蝴蝶的非同寻常。

此曲在艺术表现手法方面别具特色，其新奇的想象与异乎寻常的夸张，近乎荒诞，给人留下难以磨灭的印象。语言恣肆朴野，浅近通俗，虽如随手之作，却耐人寻味。这正是散曲的上乘之境。

【辑评】

大名王和卿，滑稽佻达，传播四方。中统初，燕市有一大蝴蝶，其大异常。王赋《醉中天》小令……由是其名益著。时有关汉卿者，亦高才风流人也，王常以讥谑之，关虽极意还答，终不能胜。

——元·陶宗仪《南村辍耕录》

只起一句，便知是大蝴蝶。下文势如破竹，却无一句不是俊语。

——明·王骥德《曲律》

元王和卿与关汉卿俱以北调相高，偶见大蝴蝶飞过，和卿赋云云，汉卿遂罢吟。

——明·徐𤊹《徐氏笔精》

【相关资料】

杨福生，陈友冰，许振轩：《元人小令赏析》，安徽文艺出版社1988年版。

李汉秋等：《元曲四百首注释赏析》，中国工人出版社1997年版。

思考题

1. 李煜的《破阵子·四十年来家国》是在什么样的背景下写作的？表达了什么样的思想感情？

2. 以《雨霖铃》为例，简析柳永词的创作特色。

3. 前人认为苏轼的词“一洗绮罗香泽之态，摆脱绸缪宛转之度”（胡寅《酒边词序》），请以《念奴娇·赤壁怀古》为例，对这一观点加以分析。

4. 李清照的《声声慢》在艺术表现上有怎样的特点？

5. 试分析辛弃疾《永遇乐·京口北固亭怀古》一词的用典艺术。

6. 姜夔《扬州慢》表达了怎样的思想情感？在艺术表现上有怎样的特色？

7. 简述张养浩《山坡羊·潼关怀古》的思想内容。

第四章　散　文

第一节　散文的文体特征和发展脉络

一、散文的文体特征

中国古代散文是指先秦至新文化运动期间的散文，有三千多年的发展历史。“散文”的概念有广义、狭义之分。狭义的散文，指相对于骈文、辞赋的散行文章，这种文章多用散行单句，不拘格式，不刻意讲究排偶、音律、辞藻和用典，书写较为自由。广义的散文，则是指包括散体文、骈体文和辞赋在内的所有文章。骈体文亦即骈文，是与狭义的“散文”相对的概念，其书写方式以骈俪对偶为特征，讲究辞藻和用典，在平仄韵律方面也有很细致的要求。辞赋则是一种介于诗、文之间的文体，有押韵的要求，但在句式上相对自由。我们这里所说的，其实是广义的散文。

与“散文”密切相关的概念，还有“古文”。这个概念也有专指、泛指之别，用于专指始于中唐古文运动时，一些古文家为了与有“时文”之称的“骈文”相区别，便将先秦两汉的散体文章称为“古文”。后来“古文”的指称更加宽泛，凡中国古代的散文均称为“古文”，这是“古文”的泛指。

二、散文的分类

我国古代散文历史悠久，卷帙浩繁，名目非常之杂。因此，对它进行分类就显得尤其重要，也尤其困难。

自古以来，人们就不断地在做这方面的工作。例如，最开始对文体进行自觉分类的有曹丕的《典论·论文》、陆机的《文赋》等著作，它们具备了初步的文体分类的意识，但大都是举例的性质。真正研究文体分类的是西晋挚虞的《文章流别集》和东晋李充的《翰林论》，可惜都已失传。

到南北朝时期，文体分类得到了实质性的进展。代表性的著作有任昉的《文章缘起》、刘勰的《文心雕龙》和萧统的《文选》。任昉的《文章缘起》搜罗秦汉以来各种文章的名称，共计 85 种之多，但释词过于简略，分体也显得琐屑。

刘勰的《文心雕龙》则是一部“体大而虑周”的文学理论巨著。全书50篇，其中21篇都是在论述文体。这21篇的题目就列出了34种文体，包括骚、诗、乐府、赋、颂、赞、铭、诔、碑、哀、吊、杂文、史传、诸子、论、说、诏、策、檄、章、表、奏、启、书、记等。除了一级标题之外，还有二级标题涉及更细致的分类，如仅《书记》一篇就涉及24种文体，如此衍生，所列文体，数目相当可观，构成了一个完整、严密的文章分类体系。萧统的《文选》将文体分为37类，碍于选文的限制，文体总量少于《文心雕龙》。不过，此后很长一段时间，各种文学总集的编纂者在文体分类上，都以《文选》的体例为准则，如北宋李昉的《文苑英华》、姚铉的《唐文粹》、南宋吕祖谦的《宋文鉴》、元代苏天爵的《元文类》、明代程敏政的《明文衡》等。可以说，《文选》与《文心雕龙》这两本著作在文体分类史上开创了一个全新的局面。

到了明代，又有两部专门研究文体分类的著作，那就是吴讷的《文章辨体》和徐师曾的《文体明辨》。《文章辨体》将文体分为59类，其中散文49类；《文体明辨》分为127类，散文101类，这两部著作对文体类别划分之细，几乎达到了登峰造极的地步，但是如此的庞杂琐碎也让它们颇受诟病。

延至清代，桐城派姚鼐的《古文辞类纂》，将诗歌与散文分家，单独把散文编成总集，在分类上大大简化，只分为如下13类：论辩、序跋、奏议、书说、赠序、诏令、传状、碑志、杂记、箴铭、赞颂、辞赋、哀祭。这样的分类与前代相较，显得清晰明了，也达到了以简驭繁的效果。此后曾国藩的《经史百家杂钞》，则将散文分为著述门、告语门和记载门三类，这就更为简洁。至此，古代散文的分类日趋定型。

从现代研究的角度来看，古代散文按照写作方式和表达效用，我们可以分为三大类，在此基础上再来把握古代纷繁复杂的文体：

①议论文。包括论、辩、议、说、解、原、奏议文等。

②记叙文。包括传状、碑志、游记、杂记、笔记等。

③抒情文。包括辞赋、铭箴、哀祭文等。

三、散文发展的基本脉络

中国古代散文的发展和其他的文体一样，都受到中国古代社会政治文化和历史变迁的影响，不同时代的散文显示出不同的时代特点和社会风貌。

殷商之时，文字初创，由于生产力低下，人们普遍迷信鬼神，所以一些甲骨卜辞、易卦卜辞等成为最早的文字和文学。这些文字篆刻在动物兽骨上，简质古奥，主要是为了记事。虽然它们已经具备了“散文”的一些特征，但只是记事达意而已，谈不上文采和意趣。

春秋战国时期，社会发生了巨大的变革，王纲解纽，礼崩乐坏；私人讲学，处士横议；各持己见，百家争鸣，社会思潮空前活跃，于是诸子散文、历史散文应运而生，促成中国散文形成了第一个繁荣发展的局面。诸子散文以诸子论说为主，如《论语》《孟子》《庄子》《墨子》《韩非子》等；历史散文以历史题材为主，如《左传》《国语》《战国策》等。无论是诸子散文还是历史散文，这一时期散文的主要特色就是具有强烈的现实性和浓厚的政治色彩。

《论语》和《孟子》是诠释以"仁"为核心的儒家思想的著作。《论语》是记录孔丘及其弟子言行的著作，其中多是简短的谈话和问答，但是言简意赅，含蓄隽永，蕴含着极大的智慧和丰富的道理；《孟子》记载孟轲的言论。孟子长于辩论，因此书中语言明快，富于鼓动性。《墨子》宣扬了墨家"兼爱"的主张，语言朴素，说理明确，逻辑性很强，《兼爱》《非攻》等篇极具代表性。《庄子》则代表道家"无为而治"的主张，《庄子》散文在诸子散文中独具魅力，这表现在作者丰富而奇幻的想象力和敏锐的观察力，善用寓言，长于譬喻，使文章在恣意表达的同时富于趣味，在诸子散文中最具文学意味。《韩非子》代表法家的主张，文章结构严谨，锋芒锐利，说理深刻。《荀子》散文的特点在于论点明确、条分缕析、层次清楚、词汇丰富。《吕氏春秋》是秦丞相吕不韦门客的集体创作，它包括八览、六论、十二纪，兼有儒、道、墨、法、农诸家学说，书中保留了大量先秦时期的文献和佚事。它的特点是层层深入，条理清晰，并且善用寓言，长于譬喻，在说理的同时，又富于形象性。

《左传》是《春秋左氏传》的简称，又名《左氏春秋》，相传是春秋末年鲁国的史官左丘明所著，共 18 万字，记载了春秋 240 年间(鲁隐公元年至鲁哀公十四年)列国的政治、军事、外交活动、言论，以及天道、鬼神、灾祥、占卜之事。这部编年体史书叙事精彩，情节紧凑，战事描写尤为出色，又重视记录辞令，善于刻画人物，语言精练，是先秦历史叙事文成熟的代表之作。《国语》是中国最早的一部国别史著作，分别记载了周王朝及诸侯国之事，记言多于记事，所记大多为当时较有远见的开明贵族的话语。《战国策》作者不可考，现版本为西汉刘向辑成，同《国语》一样，也是分国记事，记载了西、东周及秦、齐、楚、赵等诸国之事，内容是谋臣策士的种种活动及辞说。其文章特点是长于说事，善用比喻，人物形象极为生动。

总之，先秦诸子散文和历史散文无论在思想上，还是在艺术风格上，都对后世散文的发展产生了极为深远的影响。

继先秦而起的两汉，国势强盛，经济文化比较发达，而且思想政治也颇有特点，于是汉代之文也因时而变。为适应统一大国弘扬帝业的需要，汉赋这种文体崛起并迅速发展，成为汉代最有时代特征的文章样式，司马相如、扬雄、班固、张衡等四人被后世誉为汉赋四大家。同时，适应汉王朝总结历史经验教训以巩固封建统治的需要，政论散文和历史散文也取得了重要成绩，如《史记》《汉书》等不朽之作的产生，标志着历史散文发展到了一个新的阶段。西汉时期司马迁的《史记》将传记散文推到了前所未有的高峰。东汉以后，书、记、碑、铭、论、序等文体日渐发展，抒情小赋也开始盛行。

具体来说，汉代初年，政论散文有着重要的发展。贾谊(前 200—前 168)是西汉初年杰出的文学家，他的《过秦论》总结了秦代灭亡的原因，汲取了秦末农民起义的教训，发展了先秦的民本思想。他的散文善用比喻，语言富于形象。除贾谊外，汉初还有不少散文家，他们的文章或论秦之得失，或针砭时弊。其中晁错和邹阳成就较高，晁错以《守边劝农疏》和《论贵粟疏》两篇散文最为著名。

汉武帝时，罢黜百家，独尊儒术，引经据典、典雅醇正的文风遂成为文坛主流。司马迁的《史记》也出现在这一时期。它将先秦历史散文又大大向前发展了一步，对后代叙事文学产生了深远影响。在《史记》的影响下，东汉产生了不少历史散文著作，班固的《汉书》便是其中的杰出代表。

赋是汉代出现的一种新文体。“赋”的名称始于战国赵人荀卿的《赋篇》，到后代逐渐形成了特定的体制。赋这种文体非常讲究文采和音韵，兼具诗歌和散文的双重性质，接近散文的称“文赋”，接近骈文的称“骈赋”。汉代兴盛的主要是“大赋”。大赋多采用主客问答的形式，结构宏大，内容上以写物为主，以润色鸿业为目的，兼有劝诫讽喻；在艺术表现上注重铺叙渲染，以铺张扬厉的手法和博富绚丽的辞藻对事物作穷形极貌的描写。汉初贾谊的《吊屈原赋》《鵩鸟赋》，司马相如(前 118—前 179)的《子虚赋》《上林赋》，西汉末年扬雄(前 53—18)的《甘泉赋》《羽猎赋》《长杨赋》《河东赋》，班固的《两都赋》，东汉张衡(78—139)的《二京赋》，都是汉赋的名篇。东汉以后还渐渐兴起一种抒情小赋，或托物言志，或咏物抒情，或针砭现实；艺术上虽然继承了大赋铺排手法，但较汉大赋简洁朴素得多，并且具有很强的抒情性。代表性的作品有张衡的《归田赋》、赵壹的《刺世疾邪赋》。

两汉之后的魏晋南北朝时期，社会动乱而思想活跃，儒家思想遭到冷遇而老庄思想盛行，这种社会现状也影响了散文的发展。建安时期的三曹、王粲首先摆脱了汉末板滞的文风，各自取得了突出成就。而正始时期的文人们慑于当时的文化高压政策而崇尚清谈，文风又趋之玄远。从西晋至南朝，重文采、尚华丽的文风盛行，骈文风靡一时，垄断文坛。到了东晋末年，陶渊明又以清新流利的笔调为文坛注入一股清风。就南北朝而言，比起南朝的低迷，北朝散文取得了突出的成就，例如，郦道元的《水经注》为历代文人所称道。

唐代初期骈俪文风盛行。及至中唐，韩愈大力反对浮华的骈俪文，提倡作古文，一时从者甚众，后又得到柳宗元的大力支持，古文创作日渐复苏，文学史上称其为古文运动。古文运动一方面是为了纠正六朝以来的骈俪文风，另一方面也是出于现实政治的需要。韩愈、柳宗元等主张文以载道，强调“不平则鸣”，对散文发展有着重要意义。晚唐时期，骈文又重新抬头并延续至宋初，致使西昆体的缛俪文风统治着文坛。欧阳修等人再一次掀起了古文革新，王安石、曾巩、苏轼、苏辙等人先后响应。他们的文学观念和创作实践，促使古文在北宋文坛取得了全面的胜利。古文运动树立了一种有为而作、反映现实、摆脱浮华、平易自然的新文风，大大提高了散文的抒情、叙事、议论的艺术功能。在古文运动的推动下，散文的类型日益丰富，写作技巧也日益成熟，产生了不少优秀的山水游记、寓言、传记、杂文等作品，著名的“唐宋八大家”也出现在这一过程中。

除了“唐宋八大家”的作品，两宋时期还有不少散文经典之作。北宋司马光的历史巨著《资治通鉴》，也非常具有文学价值。南宋时期还产生了许多优秀的政论文，在上书言事的过程中显现出极高的散文技巧和独特的艺术魅力。胡铨、陈亮、叶适是这方面的代表作家。南宋后期，随着理学的发展，儒者讲学、文人立说也呈现一派兴旺气象，促进了散文的发展。朱熹是其中的典型代表，其文章长于说理，造诣匪浅。此外，两宋时期大量笔记杂文类作品的涌现，也成为一道别样的风景，如洪迈的《容斋随笔》、王明清的《挥麈录》等。

元代以后，程朱理学被立为官方统治思想，重要的散文多为儒者之文，并且体现出了复古的倾向。明清确定了八股取士的科举之法，以《四书五经》为全部内容，并且在文体上有严苛的要求。“八股文”成为官方文体，也成为科考士子的功名富贵之所系，从而在文坛上占据了重要地位，并在一定范围内取得不小成绩。然而，随着时间的推移，八股文的弊端日渐显露，成为束缚文学创造力的僵化文体。在八股文之外，仍有众多作家坚持个性化的创作，继续推动着散文史的进程。

宋濂(1310—1381)是明初“开国文臣之首”，他的一部分传记文很有现实意义，比较著名的有《秦士录》《王冕传》《李疑传》等，除此之外，宋濂还提倡“温柔敦厚”的文风，《送东阳马生序》为后人所传诵。明中叶以后，针对程朱理学、八股文对人们思想和文学的束缚，以李梦阳、何景明为首的前七子发起“复古运动”，倡导“文必秦汉”。他们对扫荡八股文风起到了一定的积极作用，却又走上盲目效仿古人的道路。后来以李攀龙、王世贞为代表的“后七子”复古运动，再一次重复了他们的错误。归有光等“唐宋派”首先起来反对，万历年间，公安派也加入了猛烈抨击拟古主义的队伍。

公安派以袁宗道、袁宏道、袁中道三兄弟为代表，时称“三袁”，以袁宏道(1568—1610)最为著名。他们认为不同的时代有不同的文学，因此反对贵古贱今，盲目地模拟古人。袁宏道提出了“性灵说”，主张为文要打破传统古文的陈旧规律，写作应自然流露个性，不事雕琢。与公安派同时存在的还有以钟惺、谭元春为代表的竟陵派，他们也主张独抒性灵。公安派与竟陵派的散文主张催生了晚明小品文。张岱(1597—?)是晚明小品文作者中较有成就的一位。他的小品文题材广泛，山水名胜、风俗人情、戏曲技艺乃至古董玩具等皆可入文。更重要的是，他的散文语言清新活泼，形象生动，为文坛注入一股清流，《西湖七月半》《湖心亭看雪》是其代表作。

明清之际，侯方域(1618—1654)的散文取得了较高的艺术成就，代表作有《李姬传》《马伶传》等。清初也有不少成就突出的散文家，如王猷定、魏禧。王猷定(1599—约 1661)的传奇散文以传奇小说体打破了传统古文的写作手法，代表作有《李一足传》《汤琵琶传》《义虎记》等。魏禧(1624—1680)则比较擅长人物传记，代表作是《大铁椎传》。

桐城派是清中叶最著名的一个流派，主要作家有方苞、刘大櫆和姚鼐。方苞(1668—1749)继承归有光的传统，提出“义法”主张，并使之成为桐城派古文的基本理论。姚鼐对我国古代散文文体加以总结，分为论辩、序跋、奏议、书说、赠序、诏令、传状、碑志、杂说、箴铭、颂赞、辞赋、哀奠 13 类，也对散文研究做出了一定的贡献。值得注意的是，桐城派古文作品的选材用语只重阐明立意，而不刻意堆砌材料，因而文章比较简洁自然。代表作品有方苞的《狱中杂记》《左忠毅公逸事》，姚鼐的《登泰山记》等。但也正因为这种追求，使得文章容易缺乏生气。与桐城派对立存在的是提倡“骈文”的复社作家汪中(1744—1794)等人。

康有为(1858—1927)、梁启超(1873—1929)既是清末政治改良运动的代表人物，也是学术上改良派的代表作家。他们的散文无视传统古文的规模范式，直抒己见，畅所欲言，是政治斗争的有效工具。梁启超的新体散文为晚清的文体解放和新文化运动中的白话文运动开辟了道路，他的《少年中国说》闻名于世。此后，随着白话文的兴起，古代散文的发展历程走向了终结。

思考题

1. 简述先秦诸子散文和历史散文的发展情况。
2. 简述唐宋古文运动的大致进程及其文学史意义。

第二节 散文鉴赏理论

一、古人鉴赏品评散文的主要形式

1. 古代文论专著

从先秦时期，古代文论就已萌芽。魏晋南北朝是文论的繁荣时期，这时出现的著名文论有曹丕的《典论·论文》、陆机的《文赋》、挚虞的《文章流别论》、刘勰的《文心雕龙》等，都从不同程度上对散文的写作、章法、文体、风格等方面做出了论述和批评。此后文论继续发展和深化，虽然系统性的文论专著不太多，但也有一些重要著作，如元代陈绎曾的《文筌》，对散文写法有详细的讨论。明代宋濂的《文原》、清人刘熙载《艺概·文概》等，也都是专论散文的作品。

2. 古代散文选本

古代出现了众多的散文选本。这些选本的选择标准、分类方式等，都是鉴赏品评散文的直接体现。重要的选本，还会对散文的发展产生直接的推动作用。比如《文选》，在很长一段时间内对散文写作有着极为深刻的影响，甚至有"《文选》烂，秀才半"的谚语。还有一些选本本身就有着非常明确的文学理念，如《古文观止》《古文辞类纂》等。

3. 散文评点

古代还有一种随文学作品印行的文论文本，就是评点。所谓评点，包括评和点两个方面。评，主要是评语，是对整个作品或者作品的某一部分，甚至对作品的某些文句而发。点，有时叫批点，主要是符号标记，通过这些符号标记的运用，表明对作品的看法。这些符号标记，大致有点、长点(连点)、短点(如两点)、单圈、长圈(连圈)、短圈(如双圈)、套圈、三角、抹(长竖线)、撇(短竖线)、截(短横线)等，符号标记有时又有不同颜色。评和点或者同时使用，或者有评无点，或者有点无评。

南宋时期，散文评点盛行。吕祖谦《古文关键》、楼昉《崇古文诀》、真德秀《文章正宗》、谢枋得《文章轨范》都是评点之作。明代是评点的重要时期，在散文评点方面，主要是归有光《评点史记》，还有唐顺之、茅坤评点唐宋八大家古文。

4. 其他

此外，古人还有许多品评鉴赏散文的形式。有附于文学总集、别集和作品的序跋，如柳宗元的《读韩愈所著毛颖传后题》等；有谈论文学的书信，如白居易的《与元九书》、韩愈的《上兵部李侍郎书》、苏轼的《答谢民师书》、姚鼐的《与王铁夫书》等；还有在笔记中间涉及散文的品评，如沈括的《梦溪笔谈》、陆游的《老学庵笔记》、胡应麟的《少室山房笔丛》等。形式众多，不一而足。

二、古人鉴赏品评散文的主要观点

1. 文以载道

“文以载道”是古代散文理论中的一个重要命题。这一命题是宋代古文家周敦颐提出来的。他在《周子通书·文辞》中说：“文所以载道也，轮辕饰而人弗庸，涂饰也，况虚车乎！文辞，艺也；道德，实也。美则爱，爱则传焉。贤者得以学而至之，是为教。故曰：‘言之不文，行之不远。’然不贤者，虽父兄临之，师保勉之，不学也；强之，不从也。不知务道德而第以文辞为能者，艺焉而已。”这里所说的“道”，是指儒家的传统伦理道德。周敦颐认为，写作文章的目的，就是要宣扬儒家的仁义道德和伦理纲常，为封建统治的政治教化服务。

实际上，“文以载道”的观念很早就已露出端倪。儒家的思想意识和价值取向，是这一观念产生的深层因素。从孔子开始就非常重视“文”作为表达工具的功能：“言之无文，行而不远。”后来的荀子、扬雄、刘勰等人，也都非常注重“文”对于“道”的意义，如《文心雕龙·原道》：“道沿圣以垂文，圣因文而明道。”把“文”与“道”进一步联系起来是在中唐时期。韩愈、柳宗元所倡导的古文运动提倡“文以明道”。具有概括意义的是李翰在《昌黎先生序》中说的话：“文者，贯道之器也。”到了宋代道学家周敦颐、二程等人那里，“道”的意义被进一步凸显，于是“文以载道”的观念得以定型。

总体上说，这一经典口号是中国传统文化思想的一个体现，对古代散文的发展有重要的影响，促使古代散文向着重实用、重道德的方向发展。不过，对“道”的过分强调，也在一定程度上限制了文学性的充分发挥。

2. 不平则鸣

“不平则鸣”是韩愈提出的观点。《送孟东野序》言：“大凡物不得其平则鸣，草木之无声，风挠之鸣；水之无声，风荡之鸣；其跃也或激之，其趋也或梗之，其沸也或炙之。金石之无声，或激之鸣。人之于言也亦然，有不得已者而后言，其歌也有思，其哭也有怀。凡出乎口而为声者，其皆有不平者乎。”韩愈从事物的普遍规律立论，指出了创作触发的必然性。他强调创作的触发来源于外界，外界的作用引起创作的冲动，而社会人事激发的创作冲动往往尤其强烈。不平则鸣说，指出了创作触发的心理根据，对于解读品评散文中的思想情感有重要的认识价值。

3. 精粗内外

所谓精粗内外，是对文学作品构成的考察，认为文学作品由精粗或内外两方面构成。清代刘大櫆以精粗论文："神气者，文之最精处也；音节者，文之稍粗处也；字句者，文之最粗处也。然论文而至于字句，则文之能事尽矣。"（《论文偶记》）姚鼐论文之精粗更为细致，他说："所以为文者八，曰神、理、气、味、格、律、声、色。神、理、气、味，文之精也；格、律、声、色，文之粗也；然苟舍其粗，则精者亦胡以寓焉？"（《古文辞类纂·序目》）这些观点对于品评散文艺术有重要参考价值。

4. 义理、考据、辞章

义理、考据、辞章是桐城派三位一体的论学论文术语。姚鼐首次系统地提出和阐述了义理、考证（考据）、文章（辞章）三者相统一的观点，树立了桐城派文论的纲领。义理、考据、辞章相统一包含三层意思：一是三者作为构成"学问""文章"的一部分，各有存在的需要和价值，不可偏废；二是三者应该互相吸收和补充，以使各自更加丰富和完善；三是三者的关系是有层次的，"义理为干，而后文有所附，考据有所归"（王先谦《续古文辞类纂序》）。重义理以端正立言之旨，谈考据以充实作文内容，这都是站在古文家的立场上，从如何写好文章的角度来说的。这是作为文章家的桐城派与单讲理学的"义理派"、只重考据的"考据派"不同的地方。

三、散文鉴赏的方法

古代散文鉴赏理论对我们今天欣赏古代散文具有重要意义。我们欣赏一篇散文，可以从以下几方面进行。

第一，要识得文眼，领悟立意。

凡是构思精巧的散文，往往都有"文眼"，这是一篇文章的核心。鉴赏散文时，要尽力找出能揭示全篇旨趣和有画龙点睛作用的"文眼"，以便领会作者写作的缘由与目的。"文眼"的设置因文而异，可以是一个字、一句话，也可以是一种观点、一种情绪，乃至一景一物，都有可能是"文眼"所在。把握"文眼"，其实也就是要找文章的立意所在。

古代散文中，议论文的立意比较明白，作者大多都在文本中直抒己见，如贾谊《过秦论》卒章显志："仁义不施，而攻守之势异也。"苏洵在《六国论》中开门见山提出文章论点"六国破灭，弊在赂秦"。但是，状物抒情类和叙事写意类文章的立意有时候就不是那么一目了然。苏轼的《喜雨亭记》意在抒写久旱得雨，国泰民安的喜悦之情；欧阳修的《醉翁亭记》主要表现不以个人得失为意，而以民之乐为乐、与民同乐之志，但是这两篇开篇都是描摹景色和抒情写意，它们的文章立意是寄托在这种摹写之中的。另一类记叙类散文通常是通过记人或者叙事来抒情言志，而不是单纯的记人或叙事。例如归有光《项脊轩志》，实写轩中之景，而婉转抒情，追念亲人之爱，抒发自己安贫乐道之情怀。

不同文章的不同立意，需要通过仔细分析来把握。所谓“形散神不散”，散文表面起来是散的，但是因为“文眼”和立意的存在，它的“神”并不散。要想把握立意，就要从文章结构和行文线索入手。结构是文章的骨架，线索是文章的脉络。分析结构，抓住线索，才能透过散文“形散”的表象抓住其传神的精髓，继而深入理解作者的思路和文章的立意。由文章结构和行文线索入手，不仅有助于理解作者的写作意图，而且也是对作者谋篇布局本领的一种鉴赏。

把握立意的过程中，还要注意知人论世。准确评价一篇作品的思想内容，必须了解这个作家的生活经历、心路历程及他所处的时代背景，这样把握散文的立意，才不会产生偏差。

第二，要分析意象，感受意境。

散文常常托物寄意或托物言志，为了使读者具体感受到所寄寓的丰富内涵，作者常常会对所写的事物作细致的描绘和精心的刻画，与此同时，作者又会把自己内心的感悟、情感灌注到所描绘的景物当中。正如刘勰所说：“登山则情满于山，观海则意溢于海。”(《文心雕龙·神思》)。因此，在鉴赏散文，尤其是写景抒情性散文时，要特别注意分析作品中的意象，感受作品的意境。如柳宗元《至小丘西小石潭记》：“潭西南而望，斗折蛇行，明灭可见。其岸势犬牙差互……悄怆幽邃。以其境过其清，不可久居，乃记之而去。”这种清幽冷寂的景物实际上折射着作者凄清悲凉的心境，环境的清幽与作者内心的冷寂水乳交融，以至于到达凄神寒骨的审美效果。

鉴赏这类文本，离不开鉴赏者的想象与联想。散文意境是由艺术形象的比喻、象征、暗示的充分发挥而造成的一种广阔深远的美学境界。在这个美学境界里，作家的心灵世界，借助于艺术形象的比喻、象征、暗示得以体现。因此在鉴赏的时候，应先由文本的阅读去还原物象物境，再由意象展开想象和联想，深入到意境层面，这样才能很好地体会作品的韵外之致。

第三，鉴赏散文的语言。

好的散文语言往往凝练自然，又灵动优美，富于哲理，充满诗情画意。苏轼《记承天寺夜游》：“庭中如积水空明，水中藻荇交横，盖竹、柏影也。何夜无月？何处无竹柏？但少闲人如两人者耳。”全文仅八十余字，但语言简洁凝练，写景生动传神，韵味无穷，实为小品文中的精品。

鉴赏散文的语言艺术，要特别注意修辞手法的运用。这种修辞通常是作者刻意推敲而得，具有生动的表现力。独具匠心的修辞手法往往能够取得极为精彩的艺术效果，如苏轼《前赤壁赋》中描摹洞箫之声："其声呜呜然，如怨，如慕，如泣，如诉，余音袅袅，不绝如缕，舞幽壑之潜蛟，泣孤舟之嫠妇。"比喻、拟人、夸张兼而有之，把箫声的情状描摹得栩栩如生，宛若在耳，比起单纯的描写要使人印象深刻得多。

鉴赏语言还应当关注散文的文辞色调。文辞色调与作品的情感基调是相统一的，可以通过文辞色调来体会情感的激昂与沉郁，感知作者内心的喜怒哀乐。例如，范仲淹《岳阳楼记》就通过简短的文辞为我们描绘了两种截然不同的画面——"霪雨霏霏"与"春和景明"，由此来衬托阴暗和明丽这两种不同的心境。

在鉴赏散文语言时，还要关注其音乐美。散文家在行文的过程中，会注意情调与韵律节奏的和谐，在舒缓徐疾、抑扬顿挫之间造成一种悦耳动听、易于吟诵的音乐美感。例如欧阳修《醉翁亭记》，全文连用"也"字结尾的句式，非但没使人感觉单调与贫乏，反而觉得轻快活泼，读起来朗朗上口。

第四，品味散文的独特风格。

散文的风格与作家的个性直接相关。作家个性的不同，使得散文风格丰富多样，而散文风格的丰富多样才使得中国散文的艺苑百花齐放、竞相争艳。古代散文之所以能取得巨大的成就，新的风格的不断出现也是非常重要的原因。刘勰在《文心雕龙・体性》中曾把文学风格分为八体：典雅、远奥、精约、显附、繁缛、壮丽、新奇、轻靡。风格是作家艺术成熟的一个重要标志，著名的大家，往往都有自己非常独特的风格。以唐宋八大家为例，他们的散文风格也是姹紫嫣红、风采各异。韩文如大河澎湃，气势磅礴；柳文冷峻峭拔，立意精警；欧文别开生面又不失平易自然之貌。这些风格的不同使读者在阅读的时候能获得各种不同的审美体验。因此，辨析散文的风格，同样是散文鉴赏的重要方面。通过对散文风格的分析、体会，更容易体会作品的艺术魅力，也更容易达到心灵的共鸣。

思考题

1."文以载道"的观念对于我们鉴赏品评古代散文有怎样的意义？

2. 如何鉴赏品评古代散文的语言？

第三节 散文名篇导读

一、先秦两汉魏晋散文

郑伯克段于鄢[①]

《左传》

初[②]，郑武公娶于申[③]，曰武姜[④]。生庄公及共叔段[⑤]。庄公寤生[⑥]，惊姜氏，故名曰“寤生”，遂恶之。爱共叔段，欲立之，亟请于武公[⑦]，公弗许。及庄公即位，为之请制。公曰：“制，岩邑[⑧]也，虢叔[⑨]死焉。佗邑唯命[⑩]。”请京，使居之，谓之京城大叔[⑪]。

祭仲[⑫]曰：“都城[⑬]过百雉[⑭]，国之害也。先王之制，大都不过参国之一；中，五之一；小，九之一。今京不度，非制也，君将不堪。[⑮]”公曰：“姜氏欲之，焉辟害？”对曰：“姜氏何厌之有！不如早为之所，无使滋蔓，蔓，难图也。蔓草犹不可除，况君之宠弟乎？”公曰：“多行不义，必自毙，子姑待之。”

既而大叔命西鄙、北鄙贰于己[⑯]。公子吕[⑰]曰：“国不堪贰，君将若之何？欲与大叔，臣请事之；若弗与，则请除之，无生民心。”公曰：“无庸[⑱]，将自及。”大叔又收贰以为己邑，至于廪延。子封曰：“可矣，厚将得众。”公曰：“不义不暱，厚将崩。[⑲]”

大叔完聚[⑳]，缮甲兵，具卒乘，将袭郑。夫人将启之。公闻其期，曰：“可矣！”命子封帅车二百乘以伐京。京叛大叔段，段入于鄢，公伐诸鄢。五月辛丑，大叔出奔共。

书曰：“郑伯克段于鄢。”段不弟，故不言弟；如二君，故曰克；称郑伯，讥失教也；谓之郑志，不言出奔，难之也。

遂寘[㉑]姜氏于城颍，而誓之曰：“不及黄泉，无相见也。”既而悔之。颍考叔[㉒]为颍谷封人，闻之，有献于公。公赐之食，食舍肉。公问之，对曰：“小人有母，皆尝小人之食矣，未尝君之羹，请以遗之[㉓]。”公曰：“尔有母遗，繄我独无！”颍考叔曰：“敢问何谓也？”公语之故，且告之悔。对曰：“君何患焉？若阙地及泉，隧而相见，其谁曰不然？”公从之。公入而赋：“大隧之中，其乐也融融！”姜出而赋：“大隧之外，其乐也泄泄㉔。”遂为母子如初。

君子曰：“颍考叔，纯孝也，爱其母，施及庄公。《诗》曰：‘孝子不匮，永锡尔类。’㉕其是之谓乎！”

【注释】

①选自《左传·隐公元年》。郑，春秋时国名，姬姓，在今河南省新郑市一带。克：战胜。郑伯：指郑庄公。段：郑庄公之弟。鄢（yān）：郑地名，在今河南省鄢陵县境内。

②初：当初。《左传》追述以前的事情常用这个词，这里指郑伯克段于鄢以前。

③申：春秋时国名，姜姓，在今河南省南阳市北，后为楚所灭。

④武姜：郑武公之妻，“姜”是她娘家的姓，“武”是她丈夫武公的谥号。

⑤共叔段：郑庄公的弟弟，名段，他在兄弟之中年岁小，因此称“叔段”，失败后出奔共，因此又称“共叔段”。共，春秋时国名，在今河南省辉县市。叔，排行在末的兄弟。

⑥寤生：难产的一种，胎儿的脚先生出来。寤，通“牾”，逆，倒着。

⑦亟请于武公：屡次向武公请求。亟，屡次。于，介词，向。

⑧岩邑：险要的城镇。岩，险要。邑，人所聚居的地方。

⑨虢叔：东虢国的国君。虢，指东虢，古国名，为郑国所灭。

⑩佗邑唯命：别的地方，听从您的吩咐。佗，同“他”，指示代词，别的，另外的。唯命，只听从您的命令。

⑪大：同“太”。

⑫祭仲：郑国的大夫。

⑬都城：都邑的城墙。

⑭雉：古代城墙长三丈、高一丈为“一雉”。

⑮大都不过参国之一：大城的城墙不能超过国都城的三分之一。参，同叁，即“三”。国，国都。不度：不合制度。非制：不是（先王的）制度。

⑯西鄙、北鄙贰于己：谓将郑西部与北部边境之二邑既属于郑，又属于己，为两属之地。

⑰公子吕：字子封，郑国大夫。

⑱无庸：用不着。庸，用。

⑲不义不暱，厚将崩：不义就不能团结众多的人，势力再雄厚也要崩散。

⑳完：修治城郭。聚：聚集粮食。

㉑寘：同“置”。

㉒颍考叔：郑大夫。

㉓遗(wèi)：赠予，送给。

㉔泄泄(yè)：舒散快乐的样子。

㉕孝子不匮，永锡尔类：这句话的意思是，孝子孝敬父母无竭尽之时，所以能经常感化族类的人。匮，竭尽，穷尽。锡，赐予，给予。

【评析】

《左传》即《春秋左氏传》，是为传述《春秋》而作。它以《春秋》的记事为纲，叙述了丰富的历史事件，描绘了形形色色的历史人物，把《春秋》的简单记事发展为相对完整的叙事散文，有着很高的艺术成就，标志着先秦叙事散文的成熟。

这篇《郑伯克段于鄢》以凝练精彩的笔墨叙述了公元前722年郑国统治者内部发生的骨肉相残的事件，并且塑造了好几个性格鲜明的人物形象。姜氏因为生产庄公时难产而厌恶庄公。与之相反，她非常宠爱小儿子共叔段，请求郑武公废长立幼，屡次遭到拒绝却仍不善罢甘休，顽固之极。姜氏对两个儿子的一宠一恶，也奠定了本文的行文脉络。共叔段没有雄才大略，却充满野心，所以结局可想而知。郑庄公为了政治利益，抛弃亲情，丝毫不念及兄弟情谊。对于这三人之间的活动，本文很少作正面的描写，而是通过各种对话、行为来表现。通过故事情节的步步推进，人物的形象跃然纸上，性格鲜明。在结尾处，郑庄公被颍考叔感化，与姜氏和好如初，总算还令人感到一丝温暖。

这篇选文还可以看出《左传》在行文上的一个特点：不着褒贬，而褒贬自在其中。这种手法，正是《春秋》一书所惯用的手法，即后来常说的“春秋笔法”。郑庄公的阴险狡诈，姜氏的偏心溺爱，共叔段的贪得无厌，作者并不是直接告诉我们，而是通过他们各自的言行间接呈现出来。在看似波澜不惊的叙事中，令人深深感到封建统治者内部血腥仇杀的可怕。作者对这一事件的政治立场和思想倾向也得到了自然而然的显现。

【辑评】

盖左氏为书，叙事之最。自晋已降，景慕者多。

——唐·刘知几《史通》

一篇郑庄公文字，却以颍考叔结，是以颍考叔为“孝子”，而以郑庄公为“尔类”也。左氏用“君子曰”，例如此，严矣哉。

——明·金圣叹《天下才子必读书》

【相关资料】

蒋凡：《郑庄公与共叔段——读〈左传·郑伯克段于鄢〉札记》，《古典文学知识》1994年第1期。

谢虹光：《〈郑伯克段于鄢〉的历史解读》，《名作欣赏》1997年第2期。

邹忌讽齐王纳谏[①]

《战国策》

邹忌修八尺有余[②]，而形貌昳丽[③]。朝服衣冠，窥镜，谓其妻曰："我孰与城北徐公美？[④]"其妻曰："君美甚，徐公何能及君也！"城北徐公，齐国之美丽者也。忌不自信，而复问其妾曰："吾孰与徐公美？"妾曰："徐公何能及君也！"旦日[⑤]，客从外来，与坐谈[⑥]，问之："吾与徐公孰美？"客曰："徐公不若君之美也。"明日，徐公来，孰视之[⑦]，自以为不如；窥镜而自视，又弗如远甚。暮寝而思之，曰："吾妻之美我者，私我也；妾之美我者，畏我也；客之美我者，欲有求于我也。"

于是入朝见威王，曰："臣诚知不如徐公美。臣之妻私臣，臣之妾畏臣，臣之客欲有求于臣，皆以美于徐公[⑧]。今齐地方千里，百二十城，宫妇左右莫不私王，朝廷之臣莫不畏王，四境之内莫不有求于王。由此观之，王之蔽甚矣。[⑨]"

王曰："善。"乃下令："群臣吏民，能面刺寡人之过者[⑩]，受上赏；上书谏寡人者，受中赏；能谤讥于市朝[⑪]，闻寡人之耳者[⑫]，受下赏。"令初下，群臣进谏，门庭若市；数月之后，时时而间进[⑬]；期年[⑭]之后，虽欲言，无可进者。燕、赵、韩、魏闻之，皆朝于齐。此所谓战胜于朝廷[⑮]。

【注释】

①本文选自《战国策》。《战国策》是战国时期各种史料的汇编，原作者不详，西汉刘向编订为33篇，反映了战国时期各国的政治、军事、外交方面的一些活动情况和社会面貌，着重记录了战国时期一些谋臣策士的言论和谋略。邹忌：《史记》作驺忌，战国时齐人，善鼓琴，有辩才，齐桓公时就任大臣，威

王时为相，封于下邳(今江苏省邳州市西南)，号成侯，后又事宣王。讽：讽喻，指下级对上级以委婉曲折的言语进行规劝。纳谏：接受规劝改正错误。

②修：长，这里指身高。尺：战国时各国尺度不一，从出土文物推算，每尺相当于今 18 厘米到 23 厘米左右不一。这里的“一尺”大约等于现在的 23.1 厘米。

③昳丽：光艳美丽，气度不凡。

④孰与：比对方怎么样，表示疑问语气。

⑤旦日：明日，第二天。

⑥与坐谈：与之坐谈，与客人坐下谈话。介词“与”的后面省略宾语“之”。

⑦明日：又过了一天。孰视之：仔细地察看他。孰，通“熟”，仔细。之，指城北徐公。

⑧皆以美于徐公：都认为(我)比徐公美。以，动词，以为，认为。于，比。

⑨王之蔽甚矣：被动句，大王受蒙蔽很厉害。蔽，受蒙蔽，这里指因受蒙蔽而不能兼听。之，用于主谓之间取消句子独立性，无实义。甚，厉害。

⑩能面刺寡人之过者：能当面批评我的过错的人。面刺，当面指责。过，过错。

⑪能谤讥于市朝：能在公共场所指责议论(我的过失)。谤讥，公开议论指责。市朝，众人聚集的公共场所。

⑫闻寡人之耳者：传到我耳朵里的。

⑬时时：有时，不时，有时候。间：偶然，有时候。进：进谏。

⑭期年：一周年，满一年。

⑮此所谓战胜于朝廷：这就是在朝廷上战胜(别国)。意思是政治清明，不必用军事行动就可以使敌国畏服。

【评析】

《战国策》对某些历史事件的描述，较之《左传》更为细致和具体。本文虽然说理，但是从生活中说来，趣味盎然。齐相邹忌以自身生活中的小事设喻，劝说齐王必须广泛听取人民意见，以作为施政依据，是由此及彼，由小见大，从一件日常生活小事引发到政治生活中的治国道理，可谓寓深刻于平常。

这篇短文叙事写人都非常细致入微。邹忌劝说齐王广开言路，不是像一般人那样正面讲道理，而是用一段具体的家庭琐事打比方，来阐明纳谏的必要性和迫切性。这样由浅入深的譬喻方式，让人更易于接受。而邹忌对自己故事的叙述，同样形象生动。邹忌先是对镜自照，然后是问妻、问妾、问客，接着见到徐公，详细比较一番，从而引发思考。人物的动作心理，无不鲜活灵动，如在目前。

本文篇幅不长，三百多字的短文，却从家事说到国事，完整地记叙了邹忌与徐公比美和威王纳谏强齐两段故事，可谓言简意赅。如齐王听了谏辞以后，只用了一个“善”字就写出了齐王纳谏的决心；齐威王下令纳谏以后，只三十来字就交代清楚了纳谏之后发生的巨大变化，都称得上简洁有力。

【辑评】

邹忌将己之美、徐公之美，细细详勘，正欲于此参出微理。千古臣谄君蔽，兴亡关头，从闺房小语破之，快哉！

——清·吴楚材，吴调侯《古文观止》

通篇俱用三叠，凡七层，而文法变换，令人不觉，如水上波纹，起伏变幻，只一水耳。文章之妙极矣！

——明·钟惺《周文归》

【相关资料】

徐艾：《生动贴切的比喻，委婉严正的劝告——〈邹忌讽齐王纳谏〉浅析》，《成都大学学报(社会科学版)》1981 年第 2 期。

钟顶：《连类设喻 哲理深邃——析〈邹忌讽齐王纳谏〉中的类比推理》，《语文教学与研究》1985 年第 8 期。

逍遥游[①](节选)

《庄子》

北冥[②]有鱼，其名为鲲[③]。鲲之大，不知其几千里也；化而为鸟，其名为鹏[④]。鹏之背，不知其几千里也；怒[⑤]而飞，其翼若垂[⑥]天之云。是鸟也，海运[⑦]则将徙于南冥。南冥者，天池[⑧]也。

《齐谐》[⑨]者，志怪[⑩]者也。《谐》之言曰：“鹏之徙于南冥也，水击三千里，抟扶摇[⑪]而上者九万里，去以六月息者也。”野马[⑫]也，尘埃也，生物之以息相吹也。天之苍苍，其正色邪？其远而无所至极邪？其视下也，亦若是则已矣。且夫水之积也不厚，则其负大舟也无力。覆杯水于坳[⑬]堂之上，则芥[⑭]为之舟，置杯焉则胶，水浅而舟大也。风之积也不厚，则其负大翼也无力。故九万里，则风斯在下矣，而后乃今培[⑮]风；背负青天，而莫之夭阏[⑯]者，而后乃今将图南。

蜩与学鸠[17]笑之曰："我决[18]起而飞，抢榆枋[19]而止，时则不至，而控[20]于地而已矣，奚以[21]之九万里而南为？"适莽苍者，三餐而反，腹犹[22]果然；适百里者，宿舂粮；适千里者，三月聚粮。之二虫又何知！

小知[23]不及大知，小年不及大年。奚以知其然也？朝菌不知晦朔[24]，蟪蛄[25]不知春秋，此小年也。楚之南有冥灵[26]者，以五百岁为春，五百岁为秋；上古有大椿[27]者，以八千岁为春，八千岁为秋，此大年也。而彭祖[28]乃今以久特闻，众人匹[29]之，不亦悲乎？

汤之问棘也是已："穷发[30]之北，有冥海者，天池也。有鱼焉，其广数千里，未有知其修者，其名为鲲。有鸟焉，其名为鹏，背若太山[31]，翼若垂天之云，抟扶摇羊角[32]而上者九万里，绝[33]云气，负青天，然后图南，且适南冥也。斥鴳[34]笑之曰：'彼且奚适也？我腾跃而上，不过数仞[35]而下，翱翔蓬蒿之间，此亦飞之至也。而彼且奚适也？'"此小大之辩也。

故夫知效[36]一官、行[37]比一乡、德合一君、而[38]征一国者，其自视也亦若此矣。而宋荣子[39]犹然笑之。且举世而誉之而不加劝，举世非之而不加沮，定乎内外[40]之分，辩乎荣辱之境，斯已矣。彼其于世，未数数然[41]也。虽然，犹有未树也。夫列子[42]御风而行，泠然[43]善也，旬有五日而后反。彼于致福者，未数数然也。此虽免乎行，犹有所待者也。若夫乘天地之正，而御六气之辩[44]，以游无穷者，彼且恶乎待哉？故曰：至人无己，神人无功，圣人无名[45]。

【注释】

①节选自《庄子·逍遥游》。逍遥：优游自得的样子。"逍遥游"就是没有任何束缚地、自由自在地活动。

②冥：亦作"溟"，海之意。"北冥"，就是北方的大海。下文的"南冥"同此。传说北海无边无际，水深而黑。

③鲲：上古传说中的大鱼。

④鹏：传说中的大鸟。

⑤怒：奋起的样子，这里指鼓起翅膀。

⑥垂：边远；这个意义后代写作"陲"。一说遮，遮天。

⑦海运：海动。古有六月海动的说法，海水翻动而引起大风，鹏可以乘风

南飞。徙：迁移。

⑧天池：天然的大池。

⑨齐谐：书名，出于齐国。一说为人名。

⑩志怪：记载怪异的事物。志，记载。怪，怪异。

⑪抟：环旋着往上飞。一说“抟”当作“搏”，拍击的意思。扶摇：又名飙，由地面急剧盘旋而上的暴风。

⑫野马：春天林泽中的雾气，其浮动状如奔马，故名“野马”。

⑬坳：坑凹处，“坳堂”指厅堂地面上的坑凹处。

⑭芥：小草。

⑮培：通作“凭”，凭借。

⑯夭阏：又写作“夭遏”，意思是遏阻、阻拦。

⑰蜩：蝉。学鸠：一种小灰雀，这里泛指小鸟。

⑱决：迅疾的样子。

⑲抢：触、碰。“抢”也作“枪”。榆枋：两种树名。“抢榆枋而止”另有版本作“枪榆坊而止”。

⑳控：投下，落下来。

㉑奚以：何以。之：去到。为：句末疑问语气词。

㉒犹：还。果然：饱的样子。

㉓知：通“智”，智慧。

㉔朝：清晨。晦：农历每月的最后一天。朔：农历每月的第一天。一说“晦”指黑夜，“朔”指清晨。

㉕蟪蛄：虫名，夏初生，夏末死。

㉖冥灵：传说中的大龟。一说树名。

㉗大椿：传说中的古树名。

㉘彭祖：古代传说中年寿最长的人。乃今：而今。以：凭。特：独。闻：闻名于世。

㉙匹：配，比。

㉚穷发：不长草木的地方。

㉛太山：大山。一说即泰山。

㉜羊角：旋风，回旋向上如羊角状。

㉝绝：穿过，超越。

㉞斥鴳：指鴳雀，喻志向狭隘。

㉟仞：古代长度单位，周制为八尺，汉制为七尺。这里应从周制。

㊱效：功效；这里含有胜任的意思。官：官职。

㊲行：品行。比：比并。

㊳而：通作“能”，能力。征：取信。

㊴宋荣子：一名宋钘，宋国人，战国时期的思想家。犹然：喜笑的样子。

㊵内外：这里分别指自身和身外之物。在庄子看来，自主的精神是内在的，荣誉和非难都是外在的，而只有自主的精神才是重要的、可贵的。

㊶数数然：指急迫用世、谋求名利的样子。

㊷列子：列御寇，郑国人，战国时代思想家。御风：驾风。

㊸泠然：轻快的样子。

㊹乘：遵循，凭借。天地：这里指万物，指整个自然界。正：本；这里指自然的本性。御：含有因循、顺着的意思。六气：指阴、阳、风、雨、晦、明。辩：通作“变”，变化的意思。

㊺至人：指道德修养最高尚的人。无己：清除外物与自我的界限，达到忘掉自己的境界。神人：指精神世界完全能超脱于物外的人。无功：不建立功业。圣人：这里指思想修养臻于完美的人。无名：不追求名誉地位。

【评析】

《庄子》是战国时期庄子及其后学所撰的一部哲理散文集。其主要思想是重无为、齐万物、尚返真，追求主观精神的逍遥自适。其想象光怪陆离，语言挥洒自如，在先秦诸子散文中别具一格，极富文学性。

《逍遥游》是《庄子》诸篇中思想、艺术的代表作。庄子这里所阐发的，是通过“无己”“无功”“无名”的“坐忘”，从主观上摆脱客观现实的制约，以达到精神上思接千里、与道合一的遨游。作者描绘了一系列具体的事物形象，只为说明这个道理。无论是扶摇直上的大鹏，还是决起而飞的雀鸟，无论是不知晦朔的朝菌，还是寿命极长的上古大椿，这些事物形态虽有大小、长短之别，但所依傍的都是一样，都为“物”或“形”所束缚，算不上真正的逍遥游，进入不了绝对自由的境界。真正无所待的逍遥游必须能够“乘天地之正”“御六气之辩”以游无穷，即是顺应天地的法则、自然规律，自由地驾驭着各种变化，从而不受时间、空间的种种限制。

全篇一再阐述这种无所依凭的主张，追求精神世界的绝对自由，而这些主张和追求，又是借助一系列寓言和比喻来实现的。超乎想象的大鲲，“翼若垂天之云”的大鹏，蜩与学鸠的对话，御风而行的列子……作者将道理寄寓在离奇的想象和变幻莫测的形象之中，笔端洒脱恣肆，风格自由不羁，形成了独特的艺术魅力。

【辑评】

夫小大虽殊，而放于自得之场，则物任其性，事称其能，各当其分，逍遥一也，岂容胜负于其间哉！

——晋·郭象《庄子注·逍遥游题解》

夫大鹏之上九万，尺鴳之起榆枋，小大虽差，各任其性，苟当其分，逍遥一也。然物之芸芸，同资有待，得其所待，然后逍遥耳。唯圣人与物冥，而循大变为能，无待而常通，岂独自通而已！又从有待者，不失其所待，不失则同于大通矣。

——梁·刘孝标《世说新语·文学》注引向秀、郭象《逍遥义》

开首撰出逍遥游三字，是《南华》集中第一篇寓意文章。《庄子》文法断续之妙，如《逍遥游》忽说鹏，忽说蜩与学鸠、斥鴳，是为断；下乃接之曰“此大小之辨也”，则上文之断处皆续矣，而下文宋容子、许由、接舆、惠子诸断处，亦无不续矣。

——清·刘凤苞《南华雪心编·逍遥游总论》

文之神妙，莫过于能飞。庄子之言鹏飞，曰“怒而飞”。今观其文，无端而来，无端而去，殆得“飞”之机者，乌知非鹏之学为周哉？

——清·刘熙载《艺概·文概》

汪洋辟阖，仪态万方，晚周诸子之作，莫能先也。

——鲁迅《汉文学史纲要》

【相关资料】

褚斌杰，王景琳：《精比巧喻 奇幻莫测——读〈庄子·逍遥游〉》，《名作欣赏》1983 年第 1 期。

谢正强：《论〈庄子〉“逍遥游”的内涵与特色》，《求索》2003 年第 4 期。

王永豪：《“无已”逍遥、“无功”逍遥和“无名”逍遥——论庄子“逍遥游”思想的三个层面》，《社会科学研究》2007 年第 1 期。

报任安书(节选)

司马迁

太史公牛马走司马迁再拜言[①]，少卿足下[②]：曩者辱赐书[③]，教以慎于接物[④]，推贤进士为务，意气勤勤恳恳[⑤]，若望仆不相师，而用流俗人之言[6]。仆非敢如此也。仆虽罢驽[7]，亦尝侧闻长者之遗风矣[8]。顾自以为身残处秽[9]，动而见尤[10]，欲益反损[11]，是以独郁悒而谁与语[12]。谚曰："谁为为之？孰令听之？[13]"盖钟子期死，伯牙终身不复鼓琴。何则？士为知己者用，女为悦己者容。若仆大质已亏缺矣[14]，虽才怀隋、和[15]，行若由、夷[16]，终不可以为荣，适足以见笑而自点耳[17]。

……

仆之先非有剖符丹书之功[18]，文史星历[19]，近乎卜祝之间[20]，固主上所戏弄，倡优畜之[21]，流俗之所轻也。假令仆伏法受诛，若九牛亡一毛，与蝼蚁何以异？而世又不与能死节者比[22]，特以为智穷罪极，不能自免，卒就死耳。何也？素所自树立使然也[23]。人固有一死，或重于泰山，或轻于鸿毛，用之所趋异也[24]。太上不辱先[25]，其次不辱身，其次不辱理色[26]，其次不辱辞令，其次诎体受辱[27]，其次易服受辱[28]，其次关木索、被箠楚受辱[29]，其次剔毛发、婴金铁受辱[30]，其次毁肌肤、断肢体受辱[31]，最下腐刑极矣[32]！传曰[33]："刑不上大夫。"此言士节不可不勉励也[34]。猛虎在深山，百兽震恐，及在槛阱之中[35]，摇尾而求食，积威约之渐也[36]。故士有画地为牢，势可不入；削木为吏，议不可对[37]，定计于鲜也[38]。今交手足，受木索，暴肌肤，受榜箠[39]，幽于圜墙之中[40]，当此之时，见狱吏则头枪地[41]，视徒隶则心惕息[42]。何者？积威约之势也。及以至是[43]，言不辱者，所谓强颜耳[44]，曷足贵乎？且西伯，伯也，拘于羑里[45]；李斯，相也，具于五刑[46]；淮阴，王也[47]，受械于陈；彭越、张敖[48]，南面称孤，系狱具罪；绛侯诛诸吕，权倾五伯，囚于请室[49]；魏其，大将也，衣赭衣，关三木[50]；季布为朱家钳奴[51]；灌夫受辱于居室[52]。此人皆身至王侯将相，声闻邻国，及罪至罔加，不能引决自裁，在尘埃之中[53]。古今一体，安在其不辱也？由此言之，勇怯，势也；强弱，形也[54]。审矣，何足怪乎？夫人不能早自裁绳墨之外[55]，以稍陵迟，至于鞭箠之间，乃欲引节[56]，斯不亦远乎！古人所以重施刑于大夫者，殆为此也[57]。

夫人情莫不贪生恶死，念父母，顾妻子，至激于义理者不然，乃有不得已也[58]。今仆不幸，早失父母，无兄弟之亲，独身孤立，少卿视仆于妻子何如哉[59]？且勇者不必死节，怯夫慕义，何处不勉焉[60]？仆虽怯懦，欲苟活，亦颇识去就之分矣，何至自沉溺缧绁之辱哉[61]！且夫臧获婢妾，犹能引决[62]，况仆之不得已乎？所以隐忍苟活，幽于粪土之中而不辞者[63]，恨私心有所不尽，鄙陋没世而文采不表于后也[64]。

【注释】

①牛马走：像牛马般奔走供驱使的仆人，谦辞。

②少卿：任安字，西汉荥阳人，年轻时很贫困，后来为大将军卫青舍人，经卫青推荐，任郎中，后迁益州刺史。足下：对人尊敬的称呼。

③曩者：从前，过去。

④接物：待人接物。

⑤意气：情意。

⑥望：怨，责。师：用，采纳。

⑦罢驽：劣马，自喻才能低下。

⑧侧闻：从旁听到。

⑨顾：只是。身残处秽：指身体受宫刑，处在宦官的污秽地位。

⑩动而见尤：谓动则招来责难。

⑪欲益反损：本想对事情有所补益，结果反而有损害。

⑫郁悒：愁闷。谁与语：同谁去谈。

⑬谁为为之：为谁去做。孰令听之：让谁听这些话。

⑭大质：指身体。

⑮随、和：指随侯珠、和氏璧，喻才能出众。

⑯由、夷：指许由和伯夷，传说中的高洁之士。

⑰点：侮辱、玷污。

⑱剖符丹书：帝王颁发给功臣的券契。

⑲文史星历：文献、史籍、天文、律历，均为太史令的职事。

⑳卜祝：卜官和巫祝。

㉑倡优：乐人和伶人。畜：养。

㉒与能死节者比：与死于名节的人一样看待。

㉓素所自树立：自己平素所从事的职业和所处的地位（微贱）。

㉔用之所趋异也：因死的趋向不一样。

㉕太上：最上等的。

㉖理色：指脸色。

㉗诎体：被系累。诎，同“屈”。

㉘易服：换上赭色的囚服。

㉙关木索：戴上枷和绳索。关，穿。箠：杖。楚：荆条。箠、楚都是刑具。

㉚剔毛发：剃光头发。婴金铁：脖子上带铁链。婴，绕。

㉛毁肌肤、断肢体：指受残酷的肉刑。

㉜腐刑：指宫刑。

㉝传：指《礼记·曲礼》。

㉞士节：士大夫的气节。

㉟槛阱：关野兽的木笼和捕野兽的陷阱。

㊱积威约之渐也：指长期的威力和约束渐渐使虎驯服。

㊲削木句：即使是用木头雕刻一个法官，也没法对付他的审讯。

㊳鲜：鲜明，这里指自杀的态度鲜明。

㊴榜：大棒。

㊵圜墙：指牢狱。

㊶枪地：触地。

㊷徒隶：指狱吏。

㊸以：通“已”。

㊹强颜：勉强做出笑容。

㊺西伯：指周文王姬昌。羑里：殷纣王囚禁周文王的地方，在今河南省汤阴县境内。

㊻具于五刑：备受五种刑罚。

㊼淮阴：指淮阴侯韩信。

㊽彭越：初事项羽，不久降刘邦，封为梁王，后来被人诬告谋反，夷灭三族。张敖：张耳之子，袭父爵为赵王，因被人诬告谋反被囚。

㊾绛侯：周勃，汉初功臣，也因被人诬告而被下狱。

㊿魏其：魏其侯窦婴，在平定吴楚七国之乱时有军功，后与丞相田蚡不和，下狱，被杀。

51季布：项羽之将，曾数次困辱刘邦。项羽败死后，刘邦悬重金购求季布，季布剃发带钳，卖身给大侠朱家，后来朱家劝夏侯婴去劝刘邦赦免季布，季布遇赦，官至河东太守。

52灌夫：武帝时为太仆，后因得罪丞相田蚡被囚。

53罔：同“网”，指法网，刑法。引决自裁：自杀。尘埃：指监狱。

54这两句是说一个人的勇怯、强弱，是由客观形势决定的。

㊺审：明白。绳墨之外：指受法律制裁之前。

㊻陵迟：颓败。稍：渐。引节：为保持名节而死。

㊼远：指同保持名节相距很远，不能保持名节。重：慎重。

㊽激于义理：为义理所激发。乃有不得已：是有不能不这样做的原因。

㊾于妻子何如哉：对于妻子儿女又能怎样呢？

㊿勇者不必死节：勇敢的人不一定为名节而死。

(61)去就之分：舍生取义的道理。缧绁：捆绑犯人的绳索。

(62)臧获：古代对奴婢的贱称。

(63)粪土之中：形容污浊之处，指监狱。

(64)鄙陋：微贱。没世：终了一生，指死亡。表：显扬。

【评析】

司马迁，生卒年不可考，字子长，是汉代著名的历史学家和文学家。他所撰写的《史记》被鲁迅誉为“史家之绝唱，无韵之离骚”。而这部伟大的《史记》，却是在极其艰难的状态下写成的。当时，李陵被匈奴俘获并投降。武帝得知大怒，迁怒李陵亲族。司马迁冒死为李陵分辩。盛怒之下的武帝将司马迁下狱，处以腐刑。蒙此大难，司马迁虽然无比痛苦，但仍然坚持《史记》的写作。《报任安书》就是写于这样的情境中。

司马迁在这封信里向任安说明了自己得罪受刑的经过，并诉说自己甘愿蒙受这奇耻大辱的原因，表达了自己愤懑不平的情绪及忍辱负重的志气。这封信融议论、抒情、叙事于一体，文情并茂，辞气沉雄。叙事为议论铺垫，议论中又自然流出沉郁的情感，将作者内心久积的痛苦与怨愤表现得淋漓尽致。

这篇文章的成功之处还在于修辞手法的多样。文中多处使用比喻、对偶、排比、用典等手法。修辞的多样化，增强了文章的表达效果。如“泰山”“鸿毛”的譬喻，生动又深刻，成为后习用的成语。还有大量典故的运用，不但体现出作者作为史学家的渊博史识，而且有力传达出作者思考的深度和广度，拓展了表达的容量，使感情更加慷慨激昂，深沉壮烈。

【辑评】

此书反复曲折，首尾相续，叙事明白，豪气逼人。其感慨啸歌，大有燕赵烈士之风。忧愁幽思，则又直与《离骚》对垒，文情至此极矣。

——清·吴楚材，吴调侯《古文观止》

【相关资料】

徐敏：《血泪凝成的奇文——司马迁〈报任安书〉评赏》，《名作欣赏》1990 年第 6 期。

肖兴国：《死，有泰山鸿毛之别——读司马迁〈报任安书〉》，《上海大学学报(社会科学版)》1993 年第 3 期。

归田赋

张 衡

游都邑以永久①，无明略以佐时②；徒临川以羡鱼③，俟河清乎未期④。感蔡子之慷慨⑤，从唐生以决疑⑥。谅天道之微昧⑦，追渔父以同嬉⑧；超埃尘以遐逝⑨，与世事乎长辞⑩。

于是仲春令月⑪，时和气清。原隰郁茂⑫，百草滋荣。王雎鼓翼⑬，鸧鹒哀鸣⑭；交颈颉颃⑮，关关嘤嘤。于焉逍遥⑯，聊以娱情。

尔乃龙吟方泽，虎啸山丘⑰。仰飞纤缴⑱，俯钓长流；触矢而毙，贪饵吞钩；落云间之逸禽⑲，悬渊沉之魦鰡⑳。

于时曜灵俄景㉑，系以望舒㉒。极般游之至乐㉓，虽日夕而忘劬㉔。感老氏之遗诫㉕，将廻驾乎蓬庐。弹五弦之妙指㉖，咏周孔之图书㉗；挥翰墨以奋藻㉘，陈三皇之轨模㉙。苟纵心于物外，安知荣辱之所如㉚？

【注释】

①都邑：指东汉京都洛阳。永：长。久：滞。言久滞留于京都。

②明略：明智的谋略。这句意思说自己没有辅佐君主的谋略。

③徒临川以羡鱼：《淮南子·说林训》曰："临川流而羡鱼，不如归家织网。"用此典表明自己空有佐时的愿望。徒：空，徒然。羡：愿。

④俟：等待。河清：黄河水清，古人认为这是政治清明的标志。此句意思为，等待政治清明，未可预期。

⑤蔡子：战国时燕人蔡泽。慷慨：壮士不得志于心。

⑥唐生：唐举，战国时梁人。决疑：请人看相以开释自己对前途命运的疑惑。蔡泽未发迹时，游学诸侯，曾请唐举看相，后入秦，代范雎为秦相。

⑦谅：确实。微昧：幽隐。

⑧渔父：宋洪兴祖《楚辞补注》引王逸《渔父章句序》："渔父避世隐身，钓鱼江滨，欣然而乐。"嬉：乐。此句表明自己将追随渔父隐于川泽。

⑨超尘埃：指游乎尘埃之外。尘埃，比喻纷浊的事务。遐逝：远去。

⑩长辞：永别。由于政治昏乱，世路艰难，自己与时代不合，产生了归田隐居的念头。

⑪令月：好的时节。令，善。

⑫原：宽阔平坦之地。隰：低湿之地。郁茂：草木繁盛。

⑬王雎：鸟名，指雎鸠。

⑭鸧鹒：鸟名，指黄鹂。

⑮颉颃：鸟飞上下貌。

⑯于焉：于是乎。逍遥：安闲自得。

⑰而乃：于是。方泽：大泽。这两句言自己从容吟啸于山泽间，类乎龙虎。

⑱纤缴(jiǎo)：指箭。纤，细。缴，射鸟时系在箭上的丝绳。

⑲逸禽：云间高飞的鸟。

⑳魦鰡(shā liú)：一种小鱼，常伏在水底沙上。

㉑曜灵：日。俄：斜。景：同“影”。

㉒系：继。望舒：神话传说中为月亮驾车的仙人，这里代指月亮。

㉓般(pán)游：游乐。般：乐。

㉔虽：即使。劬：劳苦。

㉕感老氏之遗诫：指《老子》十二章：“驰骋田猎，令人心发狂。”

㉖五弦：五弦琴。指：通“旨”。

㉗周孔之图书：周公、孔子著述的典籍。此句写其读书自娱。

㉘翰：毛笔。藻：辞藻。此句写其挥翰怡情。

㉙陈：陈述。轨模：法则。

㉚如：往，到。以上两句说自己纵情物外，脱略形迹，不在乎荣辱得失所带来的结果。

【评析】

张衡(79—139)，字平子，南阳西鄂(今河南南阳市石桥镇)人，精通天文、阴阳、历算之学，先后做过太史令、侍中等官。《归田赋》作于张衡被黜为河间相期间(138)，是一篇著名的抒情小赋。

多用典故是此赋的一大特色，如“徒临川以羡鱼，俟河清乎未期”，分别引用《淮南子·说林训》和《左传·襄公八年》的典故。张衡充分利用了历史典故短小精悍但内涵丰富的优点，使得《归田赋》虽篇制短小，但却让人觉得充实。同时，作者所选用的这些典故又多是为人们所熟悉的典故，并不晦涩难懂。所以，这篇小赋以其雅致精练、平易清新的语句，包容了丰富的史实，并赋以新意。

《归田赋》采用了许多修辞手法，如叠韵、重复、双关等，如“关关嘤嘤”“交颈颉颃”，形象地描绘了田园山林和谐欢快的景色。又如“仰飞纤缴，俯钓长流；触矢而毙，贪饵吞钩”，以鱼鸟为譬，既反映了作者畅游山林、悠闲自得的心情，同时又颇含自戒之意。

《归田赋》显示出汉赋开始由散体大赋逐渐转入抒情小赋的倾向。其风格也不再讲究气势的铺排、辞藻的堆砌，更追求清新自然的表达效果。而多用四六字句，且讲究对偶的文风，实际上开启了骈赋的先河。

【辑评】

平子淹通，故虑周而藻密。

——南朝梁·刘勰《文心雕龙·体性》

【相关资料】

桑林佳：《谈〈归田赋〉的野趣美》，《广西师范大学学报(哲学社会科学版)》1994 年增刊第 2 期。

雒晓春：《不如归去——张衡〈归田赋〉赏析》，《名作欣赏》2009 年第 5 期。

陈情表

李 密

臣密言：臣以险衅①，夙遭闵凶②。生孩六月，慈父见背③。行年四岁，舅夺母志④。祖母刘悯臣孤弱，躬亲抚养。臣少多疾病，九岁不行，零丁孤苦，至于成立⑤。既无伯叔，终鲜兄弟；门衰祚薄⑥，晚有儿息⑦。外无期功强近之亲⑧，内无应门五尺之僮⑨。茕茕孑立，形影相吊⑩。而刘夙婴疾病⑪，常在床蓐⑫；臣侍汤药，未曾废离⑬。

逮奉圣朝，沐浴清化⑭。前太守臣逵，察臣孝廉⑮，后刺史臣荣，举臣秀才⑯。臣以供养无主，辞不赴命。诏书特下，拜臣郎中⑰，寻蒙国恩⑱，除臣洗马⑲。猥以微贱⑳，当侍东宫㉑，非臣陨首所能上报㉒。臣具以表闻，辞不就职。诏书切峻㉓，责臣逋慢㉔。郡县逼迫，催臣上道；州司临门㉕，急于星火。臣欲奉诏奔驰，则刘病日笃㉖；

欲苟顺私情[27]，则告诉不许。臣之进退，实为狼狈。

伏惟圣朝以孝治天下[28]，凡在故老[29]，犹蒙矜育[30]，况臣孤苦，特为尤甚。且臣少仕伪朝[31]，历职郎署[32]，本图宦达，不矜名节[33]。今臣亡国贱俘，至微至陋，过蒙拔擢，宠命优渥[34]，岂敢盘桓，有所希冀！但以刘日薄西山，气息奄奄，人命危浅，朝不虑夕。臣无祖母，无以至今日；祖母无臣，无以终余年。母孙二人，更相为命，是以区区不能废远[35]。

臣密今年四十有四，祖母今年九十有六，是臣尽节于陛下之日长[36]，报养刘之日短也。乌鸟私情[37]，愿乞终养。臣之辛苦，非独蜀之人士及二州牧伯所见明知[38]，皇天后土[39]，实所共鉴。愿陛下矜悯愚诚[40]，听臣微志[41]，庶刘侥幸，保卒余年。臣生当陨首，死当结草[42]。臣不胜犬马怖惧之情[43]，谨拜表以闻。

【注释】

①险衅：灾难祸患，指命运坎坷。

②夙：早，这里指幼年时。闵凶：忧患。

③背：背弃，指死亡。

④舅夺母志：指舅父侵夺了李密母亲守节的志向，这是母亲改嫁的委婉说法。

⑤成立：长大成人。

⑥祚：福泽。

⑦儿息：儿子。

⑧期功强近之亲：指比较亲近的亲戚，古代丧礼制度以亲属关系的亲疏规定服丧时间的长短，服丧一年称为“期”，九月称“大功”，五月称“小功”。

⑨应门五尺之僮：照管客人及开门等事的小童。

⑩茕茕孑立：生活孤单无靠。吊：安慰。

⑪婴：纠缠。

⑫蓐：通“褥”，褥子。

⑬废离：废养而远离。

⑭清化：清明的政治教化。

⑮太守：郡的地方长官。察：考察，这里是推举的意思。孝廉：当时推举人才的一种科目，“孝”指孝顺父母，“廉”指品行廉洁。

⑯刺史：州的地方长官。秀才：当时地方推举优秀人才的一种科目，由州

推荐，与后来经过考试的秀才不同。

⑰拜：授官。郎中：官名。

⑱寻：不久。

⑲除：任命官职。洗马：官名，太子的属官，在太子宫中掌管图书。

⑳猥：辱，自谦之词。

㉑东宫：太子居住的地方，这里指太子。

㉒陨首：丧命。

㉓切峻：急切严厉。

㉔逋慢：回避怠慢。

㉕州司：州官。

㉖日笃：日益沉重。

㉗苟顺：姑且迁就。

㉘伏惟：旧时奏疏、书信中下级对上级常用的敬语。

㉙故老：遗老。

㉚矜育：怜惜抚育。

㉛伪朝：指蜀汉。

㉜历职郎署：指曾在蜀汉官署中担任过郎官职务。

㉝矜：矜持爱惜。

㉞宠命：恩命，指拜郎中、洗马等官职。优渥：优厚。

㉟区区：形容感情恳切。

㊱陛下：对帝王的尊称。

㊲乌鸟私情：相传乌鸦反哺，所以常用来比喻子女对父母的孝养之情。

㊳二州：指益州和梁州。牧伯：指刺史。

㊴皇天后土：犹言天地神明。

㊵愚诚：愚拙的至诚之心。

㊶听：听许，同意。

㊷结草：据《左传·宣公十五年》记载，晋国大夫魏武子临死的时候，嘱咐他的儿子魏颗，把他的遗妾杀死以后殉葬。魏颗没有照他父亲说的话做。后来魏颗跟秦国的杜回作战，看见一个老人用打了结的草把杜回绊倒，杜回因此被擒。到了晚上，魏颗梦见结草的老人，他自称是没有被杀死的魏武子遗妾的父亲，是来报答他的恩情。后来就用“结草”表示对恩人的报答。

㊸犬马：作者自比，表示谦虚。

【评析】

李密(224—287)，字令伯，三国时犍为武阳(今四川省眉山市彭山区东)

人。少年孤苦，由祖母刘氏抚养长大。曾任蜀汉尚书郎。后晋武帝召他为太子洗马，因行孝道而谢绝。祖母死后，出仕为县令。

《陈情表》是李密写给晋武帝的一篇奏章。文章主要讲述祖母对自己的抚育之恩，表达自己想要辞去官职专心照顾祖母的心愿，期望能够得到武帝的允许。作者虽非文坛大家，可这一篇表文却使他闻名于世。这都是因为贯穿于全文之中的浓浓真情。作者无论是叙述自己的孤苦无依之情，还是叙述和祖母相依为命的深厚亲情，都极其真诚深挚，而作者对朝廷恩待的感激和对武帝的忠敬之心，也是以充满情感的笔调来写，故而真正做到了以情动人。

本篇的行文安排也非常精彩，顺着感情的线索逐层渐进，最终表达出作者的主旨。第一段以叙事为主，讲述祖母对自己的细心抚育、自己为祖母侍奉汤药等，从叙事的细节中体现出祖孙间的深情厚谊。第二段写朝廷对自己的恩遇，在感念皇恩的同时诉说出忠孝难全的困境。第三段从朝廷“以孝治天下”说起，说明孝行的重要性。情与理完美交融，最终顺理成章地引出了自己的请求。

语言的形象生动、自然精粹，也是本文的一大特点。文中虽出现不少四字句、对偶句，有骈文的整俪之工，但却并不雕琢。作者不刻意追求语言的工整，而任话语从肺腑中流出，自然真切，不见斧凿痕迹。文中的一些词句如“茕茕孑立，形影相吊”“日薄西山，气息奄奄”“人命危浅，朝不虑夕”等，直至今天还被人们经常引用。

【辑评】

俱从天真写出，无一字虚言驾饰。

——清·吴楚材，吴调侯《古文观止》

【相关资料】

施新：《入情入理 委婉恳切——李密〈陈情表〉赏析》，《名作欣赏》2000 年第 2 期。

魏家骏：《感天动地赤子情——〈陈情表〉分析》，《名作欣赏》2003 年第 8 期。

桃花源记

陶渊明

晋太元中[①]，武陵人捕鱼为业[②]。缘溪行[③]，忘路之远近。忽逢桃花林，夹岸数百步，中无杂树，芳草鲜美，落英缤纷④。渔人甚异之。复前行，欲穷其林⑤。

林尽水源，便得一山。山有小口，仿佛若有光。便舍船，从口入。初极狭，才通人。复行数十步，豁然开朗。土地平旷，屋舍俨然⑥，有良田美池桑竹之属。阡陌交通，鸡犬相闻。其中往来种作，男女衣着，悉如外人。黄发垂髫⑦，并怡然自乐。

见渔人，乃大惊，问所从来。具答之。便要还家⑧，设酒杀鸡作食。村中闻有此人，咸来问讯。自云先世避秦时乱，率妻子邑人来此绝境，不复出焉，遂与外人间隔。问今是何世，乃不知有汉，无论魏晋⑨。此人一一为具言所闻，皆叹惋。余人各复延至其家，皆出酒食。停数日，辞去。此中人语云："不足为外人道也。"

既出，得其船，便扶向路⑩，处处志之。及郡下，诣太守，说如此。太守即遣人随其往，寻向所志，遂迷，不复得路。

南阳刘子骥⑪，高尚士也；闻之，欣然规往⑫，未果，寻病终⑬。后遂无问津者⑭。

【注释】

①太元：东晋孝武帝年号(376—396)。
②武陵：郡名，在今湖南省常德市境内。
③缘：沿着。
④落英：落叶。缤纷：杂乱貌。
⑤穷：尽。
⑥俨然：整齐的样子。
⑦黄发垂髫：指老人和小孩。
⑧要：同"邀"，邀请。
⑨无论魏晋：更不用说魏晋了。
⑩便扶向路：就顺着前时的路走。
⑪刘子骥：刘驎之，《晋书》有传。
⑫欣然规往：高兴地规划往游。
⑬寻：不久。
⑭问津：问路，这里是访求的意思。

【评析】

陶渊明(约 365—427)，字元亮，又一说名潜，字渊明，号五柳先生，私谥靖节，东晋浔阳柴桑人(今江西省九江市)。陶渊明曾做过几任小官，也曾有过一定的志向。可惜他身处乱世，东晋政府偏安江左，各地政权混战不休。即便有满腔抱负，也不可能得到实现。于是义熙元年(405)，他辞去了上任仅81天的彭泽县令，从此归耕田园。之后，作者将对现实的不满和对理想的追求倾诉在文学创作中。

《桃花源记》是作者为《桃花源诗》写的序。在这篇序中，作者以一个捕鱼人的经历为线索展开故事，描画出一个与世隔绝、宁静美好的社会。那里没有战乱，没有苛捐杂税，没有人事纷扰，也没有钩心斗角，人与人之间的关系非常和谐。这个桃源世界，对于生活在现实世界中的人们来说，充满着诱惑。然而，这种世界又是不可能存在的。它只能是一个理想，是作者精神的寄托，体现着陶渊明对人类社会的一种深刻关怀与思考。从此之后，世外桃源成了一种超脱现实的美好世界的代名词。

这篇文章的构思颇为巧妙。作者有意把一切都写得好像真有其事，从捕鱼者的视角来展开，对桃源世界作细致的描绘，这就缩短了读者与作品的心理距离，把读者从现实世界引入到迷离恍惚的桃花源。最后的“不足为外人道也”，以及渔人返寻所志、迷不得路，又使读者从这朦胧飘忽的幻想世界又退回到现实世界，心中反而更加充满了对它的依恋。这种真假结合、虚实相生的写法，极富感染力。

【辑评】

唐人有诗云“山僧不解数甲子，一叶落知天下秋”，及观渊明诗云“虽无纪历志，四时自成岁”。便觉唐人费力如此，如《桃花源记》言“尚不知有汉，无论魏晋”，可见造语之简妙，盖晋人工造语，而渊明其尤也。

——宋·唐庚《唐子西文录》

【相关资料】

朱效蕴：《〈桃花源记〉赏析》，《河南教育》2002年第9期。

李相银：《〈桃花源记〉的寓言式解读》，《名作欣赏》2003年第2期。

二、唐宋散文

滕王阁序(节选)

王 勃

豫章故郡①，洪都新府②。星分翼轸③，地接衡庐④。襟三江而带五湖⑤，控蛮荆而引瓯越⑥。物华天宝，龙光射牛斗之墟⑦；人杰地灵，徐孺下陈蕃之榻⑧。雄州雾列，俊采星驰⑨。台隍枕夷夏之交，宾主尽东南之美。都督阎公之雅望，棨戟遥临⑩；宇文新州之懿范，襜帷暂驻⑪。十旬休假，胜友如云⑫；千里逢迎，高朋满座。腾蛟起凤，孟学士之词宗⑬；紫电青霜，王将军之武库⑭。家君作宰，路出名区，童子何知，躬逢胜饯。

时维九月，序属三秋⑮。潦水尽而寒潭清，烟光凝而暮山紫。俨骖騑于上路，访风景于崇阿。临帝子之长洲，得天人之旧馆⑯。层台耸翠，上出重霄；飞阁翔丹，下临无地。鹤汀凫渚，穷岛屿之萦回；桂殿兰宫，即冈峦之体势。

披绣闼，俯雕甍：山原旷其盈视，川泽纡其骇瞩。闾阎扑地，钟鸣鼎食之家⑰；舸舰迷津，青雀黄龙之轴⑱。云销雨霁，彩彻区明⑲。落霞与孤鹜齐飞，秋水共长天一色。渔舟唱晚，响穷彭蠡之滨⑳；雁阵惊寒，声断衡阳之浦㉑。

遥襟甫畅㉒，逸兴遄飞。爽籁发而清风生㉓，纤歌凝而白云遏㉔。睢园绿竹㉕，气凌彭泽之樽㉖；邺水朱华㉗，光照临川之笔㉘。四美具，二难并㉙。穷睇眄于中天，极娱游于暇日。天高地迥，觉宇宙之无穷；兴尽悲来，识盈虚之有数。望长安于日下㉚，目吴会于云间㉛。地势极而南溟深，天柱高而北辰远㉜。关山难越，谁悲失路之人；沟水相逢，尽是他乡之客。怀帝阍而不见㉝，奉宣室以何年㉞。

【注释】

①豫章：滕王阁在今江西省南昌市。南昌，为汉豫章郡治。

②洪都：汉豫章郡，唐改为洪州，设都督府。

③星分翼轸(zhěn)：古人习惯以天上星宿与地上区域对应，称为“某地在某星之分野”。据《晋书·天文志》，豫章属吴地，吴越扬州当牛斗二星的分野，与翼轸二星相邻。翼、轸，星宿名，属二十八宿。

④衡：衡山，此代指衡州(今湖南省衡阳市)。庐：庐山，此代指江州(今江西省九江市)。

⑤三江：泛指长江中下游的江河。五湖：南方大湖的总称。

⑥蛮荆：古楚地，今湖北、湖南一带。瓯越：古越地，即今浙江地区。古东越王建都于东瓯(今浙江省永嘉县)。

⑦物华二句：据《晋书·张华传》，晋初，牛、斗二星之间常有紫气照射，据说是宝剑之精，上彻于天。张华命人寻找，果然在丰城（今江西省丰城市，古属豫章郡）牢狱的地下，掘出龙泉、太阿二剑。后这对宝剑入水化为双龙。

⑧徐孺句：徐孺，徐孺子的省称。徐孺子名稚，东汉豫章南昌人，当时隐士。据《后汉书·徐稚传》，东汉名士陈蕃为豫章太守，不接宾客，惟徐稚来访时，才设一睡榻，徐稚去后又悬置起来。

⑨采：通“寀”，官吏。

⑩都督：掌管督察诸州军事的官员，唐代分上、中、下三等。阎公：名未详。棨（qǐ）戟：外有赤黑色缯作套的木戟，古代大官出行时用。这里代指仪仗。

⑪宇文新州：复姓宇文的新州（在今广东境内）刺史，名未详。襜（chān）帷：车上的帷幕，这里代指车马。

⑫十旬休假：唐制，十日为一旬，遇旬日则官员休沐，称为“旬休”。假通“暇”，空闲。

⑬腾蛟起凤：《西京杂记》：“董仲舒梦蛟龙入怀，乃作《春秋繁露》。”又：“扬雄著《太玄经》，梦吐凤凰集《玄》之上，顷而灭。”孟学士：名未详。

⑭紫电青霜：《古今注》：“吴大皇帝（孙权）有宝剑六，二曰紫电。”《西京杂记》：“高祖（刘邦）斩白蛇剑，刃上常带霜雪。”王将军：名未详。

⑮三秋：古人称七、八、九月为孟秋、仲秋、季秋，三秋即季秋，九月。

⑯帝子、天人：都指滕王李元婴。

⑰闾阎：里门，这里代指房屋。钟鸣鼎食：古代贵族鸣钟列鼎而食。

⑱舸（gě）：《方言》：“南楚江、湘，凡船大者谓之舸。”青雀黄龙：船的装饰形状。轴：通“舳（zhú）”，船尾把舵处，这里代指船只。

⑲彩：虹。彻：通贯。

⑳彭蠡：古大泽名，即今鄱阳湖。

㉑衡阳：今属湖南省，境内有回雁峰，相传秋雁到此就不再南飞，待春而返。

㉒甫：方才。

㉓爽籁：管子参差不齐的排箫。

㉔白云遏：形容音响优美，能驻行云。《列子·汤问》：“薛谭学讴于秦青，未穷青之技，自谓尽之，遂辞归。秦青弗止，饯于郊衢。抚节悲歌，声振林木，响遏行云。”

㉕睢（suī）园绿林：指汉梁孝王菟园。《水经注》：“睢水又东南流，历于竹圃……世人言梁王竹园也。”

㉖彭泽：县名，在今江西省湖口县东。陶渊明曾官彭泽县令，世称陶彭

泽。樽：酒器。陶渊明《归去来兮辞》有“有酒盈樽”之句。

㉗邺水：在邺下(今河北省临漳县)。邺下是曹魏兴起的地方。朱华：荷花。曹植《公宴诗》：“秋兰被长坂，朱华冒绿池。”

㉘光照句：临川，郡名，今江西省抚州市。这里指代谢灵运。谢曾任临川内史，《宋书》本传称他“文章之美，江左莫逮”。

㉙四美：指良辰、美景、赏心、乐事。二难：指贤主、嘉宾难得。

㉚望长安句：《世说新语·夙惠》：“晋明帝数岁，坐元帝膝上。有人从长安来，元帝因问明帝：‘汝意谓长安何如日远?’答曰：‘日远，不闻人从日边来，居然可知。’元帝异之。明日集群臣宴会，告以此意，更重问之，乃答曰：‘日近。’元帝失色曰：‘尔何故异昨日之言邪?’答曰：‘举目见日，不见长安。’”

㉛吴会：吴郡，今江苏省苏州市。云间：上海松江区的别称，因西晋文学家陆云(字士龙)对客自称“云间陆士龙”而得称。

㉜天柱：《神异经》：“昆仑之山，有铜柱焉，其高入天，所谓天柱也。”北辰：《论语·为政》：“为政以德，譬如北辰，居其所而众星共(拱)之。”

㉝帝阍(hūn)：天帝的守门人。屈原《离骚》：“吾令帝阍开关兮，倚阊阖而望予。”

㉞奉宣室句：贾谊迁谪长沙四年后，汉文帝复召他回长安，于宣室中问鬼神之事。宣室，汉未央宫正殿，为皇帝召见大臣议事之处。

【评析】

《滕王阁序》是王勃名作之一。滕王阁在今江西省南昌市赣江滨。唐高祖之子滕王李元婴任洪州都督时(653)始建，后阎姓都督为洪州牧，宴群僚于阁上。王勃前往交趾探望父亲，路经此地，受邀参加宴会，即席作此序，技惊四座。

全文运思谋篇，都紧扣题目，铺叙了滕王阁一带的人文自然景观，抒发了作者怀才不遇、报国无门的感慨。全文共分四部分，本书节选前三部分。第一部分描述洪都的人杰地灵，叙述洪都雄伟的地势、珍异的物产、杰出的人才及尊贵的宾客。第二部分描绘滕王阁秋日的美景，勾画出一幅流光溢彩的滕王阁秋景图，近观远眺，都是浓墨重彩，写出了滕王阁既壮美又秀丽的景色。第三部分由对宴会的描写转而引出人生的诸多感慨。未著录的第四部分自叙遭际，并对全文作结，表示当此离别之际，既遇知音，自当赋诗作文，以作留念。全文层次井然有序，脉络清晰，由地及人，由人及景，由景及情，可说是丝丝入扣，情景合一。

这是一篇非常精彩的骈文。文章对景物的描绘极其生动，使人仿佛置身其中，充溢着美感。“落霞与孤鹜齐飞，秋水共长天一色”一联，动静相合，意境浑融，千古传诵不绝。全文辞藻富丽，用典极多，而通篇对偶，句式整齐，却丝毫不让人感觉束缚，同时又声律和谐，朗朗上口，富于音乐美。这些长处，无不闪耀着作者杰出的文学才华。

【辑评】

文兴到落笔，不无机调过熟之病。而英思壮采，如泉源之涌，流离迁谪，哀感骈集，固是名作，不能抹杀。

——高步瀛《唐宋文举要》引王益吾语

【相关资料】

康明轩：《少年心事当拏云——〈滕王阁序〉意境浅析》，《名作欣赏》1986 年第 1 期。

许嘉甫：《〈滕王阁序〉小考》，《文学遗产》1994 年第 2 期。

袁盛勇，张桂芬：《融情入景 感人至深——王勃〈滕王阁序〉赏析》，《语文月刊》2002 年第 3 期。

春夜宴从弟桃李园序

李 白

夫天地者，万物之逆旅[①]；光阴者，百代之过客[②]。而浮生若梦，为欢几何[③]？古人秉烛夜游，良有以也[④]。况阳春召我以烟景，大块假我以文章[⑤]。会桃李之芳园，序天伦之乐事[⑥]。群季俊秀，皆为惠连[⑦]；吾人咏歌，独惭康乐[⑧]。幽赏未已，高谈转清[⑨]。开琼筵以坐花，飞羽觞而醉月[⑩]。不有佳作，何伸雅怀[⑪]？如诗不成，罚依金谷酒数[⑫]。

【注释】

①夫：用在句首，表示阐发议论的语气。者：用在主语后面，表示语音及语气上的停顿。逆旅：旅馆，迎接宾客的地方。逆，迎。

②过客：过路的旅客。

③浮生：谓世事无定，人生短促。这是旧时对人生的消极看法。汉贾谊《鹏鸟赋》："其生若浮兮，其死若休。"几何：多少。

④秉烛夜游：谓及时行乐。秉，执。《古诗十九首》之十五："生年不满百，

常怀千岁忧。昼短苦夜长，何不秉烛游!”良：实在，的确。以：原因，道理。也：表示肯定语气。

⑤阳春：温暖的春天。烟景：春天的美好景色。大块：大自然。《庄子·齐物论》：“夫大块噫气，期名为风。”成玄英疏：“大块者，造物之名，自然之称。”清人俞樾认为“大块”就是地，见《诸子评议》卷一。文章：错综美丽的色彩或花纹。这里指锦绣般的自然景物。

⑥芳园：花园。序：欢舒，畅谈。天伦：旧指父子、兄弟等天然的亲属关系。

⑦群季：诸弟。古人兄弟按年龄排列，称伯、仲、叔、季。惠连：南朝宋文学家谢惠连，陈郡阳夏人，是谢灵运的族弟，当时人称他们为“大小谢”。作者借以赞誉诸弟的才华。

⑧吾人：相当于现代汉语的“我”。咏歌：吟诗，作诗。康乐：指谢灵运，在晋时袭封康乐公，所以称谢康乐，是南朝宋的著名诗人，善于描绘自然景色，开文学史上的山水诗一派。这里是作者借以自愧。独惭：犹言自愧。

⑨幽：沉静，安闲。清：清雅。

⑩琼筵：比喻珍美的筵席。南朝齐谢朓《始出尚书省》诗：“既通金闺籍，复酌琼筵醴。”坐花：坐在花间。飞：形容不断举杯喝酒。羽觞：古代喝酒用的两边有耳的杯子。醉月：即醉于月下，中间省去介词“于”。上一句的“坐花”结构相同。

⑪伸：抒发。雅怀：高雅的情怀。

⑫依：按照，根据。金谷酒数：泛指宴会上罚酒的杯数。晋朝富豪石崇家有金谷园。石崇常在园中同宾客饮宴，即席赋诗，不会做的要罚酒三杯。石崇《金谷诗序》中有“遂各赋诗，以叙中怀，或不能者，罚酒三斗”的句子。

【评析】

这篇文章作于开元二十一年(733)前后，李白与堂弟们在春夜宴饮赋诗，为之作序。作者虽以“浮生若梦”开头，但却充满对生命的热爱。在桃李芬芳的季节，作者与兄弟畅游于明媚春光之中，品味着自然的美景，享受着亲人欢聚的天伦之乐。摆酒设宴、谈笑风生中，洋溢着蓬勃的青春气息。

这篇作品虽然是文，却和李白的诗一样飘逸俊爽。文笔酣畅，叙事灵动，有一种一气呵成的风采。间有精彩的骈对，使文章更加出彩，如“开琼筵以坐花，飞羽觞而醉月”，生动而潇洒。行文之中，洋溢着满满的诗情画意。酣畅淋漓的文气，鲜明反映着李白特有的那种高傲蔑俗、放荡不羁的性格特点。龚自珍曾说：“庄、屈实二，不可以并，并之以为心，自白始。”庄子的飘逸和屈原的瑰丽在李白这篇短文中得到了充分的体现，并且融合为李白所特有的风格。是以这篇文章虽短，但却极具艺术魅力。

【辑评】

发端数语，已见潇洒风尘之外。而转落层次，语无泛设，幽怀逸趣，辞短韵长，读之增人许多情思。

——清·吴楚材，吴调侯《古文观止》

【相关资料】

郁梅：《浮生若梦——读李白〈春夜宴桃李园序〉》，《名作欣赏》2012年第5期。

祭十二郎文

韩　愈

年　月　日[①]，季父愈闻汝丧之七日[②]，乃能衔哀致诚[③]，使建中远具时羞之奠[④]，告汝十二郎之灵。

呜呼！吾少孤[⑤]，及长，不省所怙[⑥]，惟兄嫂是依。中年，兄殁南方[⑦]，吾与汝俱幼，从嫂归葬河阳[⑧]，既又与汝就食江南[⑨]，零丁孤苦，未尝一日相离也。吾上有三兄[⑩]，皆不幸早世。承先人后者[⑪]，在孙惟汝，在子惟吾，两世一身[⑫]，形单影只。嫂常抚汝指吾而言曰："韩氏两世，惟此而已。"汝时尤小，当不复记忆；吾时虽能记忆，亦未知其言之悲也。

吾年十九，始来京城。其后四年，而归视汝[⑬]。又四年，吾往河阳省坟墓[⑭]，遇汝从嫂丧来葬[⑮]。又二年，吾佐董丞相于汴州[⑯]，汝来省吾；止一岁[⑰]，请归取其孥[⑱]；明年，丞相薨[⑲]，吾去汴州，汝不果来[⑳]。是年，吾佐戎徐州[㉑]，使取汝者始行[㉒]，吾又罢去[㉓]，汝又不果来。吾念汝从于东[㉔]，东亦客也，不可以久；图久远者，莫如西归，将成家而致汝。呜呼！孰谓汝遽去吾而殁乎[㉕]！吾与汝俱少年，以为虽暂相别，终当久相与处，故舍汝而旅食京师，以求斗斛之禄[㉖]；诚知其如此，虽万乘之公相[㉗]，吾不以一日辍汝而就也[㉘]！

去年孟东野往[㉙]，吾书与汝曰："吾年未四十，而视茫茫，而发苍苍，而齿牙动摇。念诸父与诸兄，皆康强而早世，如吾之衰者，其能久存乎！吾不可去，汝不肯来，恐旦暮死，而汝抱无涯之戚也[30]。”孰谓少者殁而长者存，强者夭而病者全乎！

呜呼！其信然邪？其梦邪？其传之非其真邪？信也，吾兄之盛德而夭其嗣乎？汝之纯明而不克蒙其泽乎[31]？少者强者而夭殁，长者衰者而存全乎？未可以为信也。梦也，传之非其真也？东野之书、耿兰之报[32]，何为而在吾侧也？呜呼！其信然矣！吾兄之盛德而夭其嗣矣！汝之纯明宜业其家者[33]，不克蒙其泽矣！所谓天者诚难测，而神者诚难明矣！所谓理者不可推，而寿者不可知矣！

虽然，吾自今年来，苍苍者或化而为白矣，动摇者或脱而落矣[34]。毛血日益衰[35]，志气日益微[36]，几何不从汝而死也！死而有知，其几何离[37]；其无知，悲不几时，而不悲者无穷期矣。

汝之子始十岁[38]，吾之子始五岁[39]，少而强者不可保，如此孩提者[40]，又可冀其成立耶？呜呼哀哉？呜呼哀哉！

汝去年书云：“比得软脚病[41]，往往而剧。”吾曰：“是疾也，江南之人，常常有之。”未始以为忧也。呜呼！其竟以此而殒其生乎！抑别有疾而至斯乎？汝之书，六月十七日也。东野云：汝殁以六月二日。耿兰之报无月日。盖东野之使者，不知问家人以月日；如耿兰之报，不知当言月日。东野与吾书，乃问使者，使者妄称以应之耳。其然乎？其不然乎？

今吾使建中祭汝，吊汝之孤与汝之乳母[42]，彼有食可守以待终丧[43]，则待终丧而取以来[44]；如不能守以终丧，则遂取以来。其余奴婢，并令守汝丧。吾力能改葬[45]，终葬汝于先人之兆[46]，然后惟其所愿[47]。

呜呼！汝病吾不知时，汝殁吾不知日。生不能相养以共居，殁不得抚汝以尽哀[48]。敛不凭其棺[49]，窆不临其穴[50]。吾行负神明，而使汝夭，不孝不慈，而不得与汝相养以生，相守以死。一在天之涯，一在地之角，生而影不与吾梦相依，死而魂不与吾梦相接。吾实为之，其又何尤[51]。彼苍者天，曷其有极[52]！

自今已往，吾其无意于人世矣。当求数顷之田，于伊、颍之上[53]，以待余年，教吾子与汝子，幸其成[54]；长吾女与汝女，待其嫁[55]，如此而已。

呜呼！言有穷而情不可终，汝其知也邪？其不知也邪？呜呼哀哉！

尚飨[56]。

【注释】

①年　月　日：此为拟稿时原样。《文苑英华》作“贞元十九年五月廿六日”；但祭文中说十二郎在“六月十七日”曾写信给韩愈，“五”字当误。

②季父：父辈中排行最小的叔父。

③衔哀：心中含着悲哀。致诚：表达赤诚的心意。

④建中：人名，当为韩愈家中仆人。时羞：应时的鲜美佳肴。羞，同“馐”。

⑤孤：幼年丧父称“孤”。《新唐书·韩愈传》：“愈生三岁而孤，随伯兄会贬官岭表。”

⑥怙(hù)：《诗经·小雅·蓼莪》：“无父何怙，无母何恃”，后世因用“怙”代父，“恃”代母。失父曰失怙，失母曰失恃。

⑦中年兄殁南方：代宗大历十二年(777)，韩会由起居舍人贬为韶州(今广东省韶关市)刺史，次年死于任所，年43岁。时韩愈11岁，随兄在韶州。

⑧河阳：今河南省孟州市西，是韩氏祖宗坟墓所在地。

⑨就食江南：唐德宗建中二年(781)，北方藩镇李希烈反叛，中原局势动荡，韩愈随嫂迁家避居宣州(今安徽省宣城市)。

⑩吾上有三兄：三兄指韩会、韩介，还有一位死时尚幼，未及命名。一说，吾指韩愈和十二郎；三兄指韩愈的两个哥哥和十二郎的哥哥韩百川(韩介的长子)。

⑪先人：指已去世的父亲韩仲卿。

⑫两世一身：子辈和孙辈均只剩一个男丁。

⑬视：古时探亲，上对下曰视，下对上曰省。贞元二年(786)，韩愈19岁，由宣州至长安应进士举，至贞元八年春始及第，其间曾回宣州一次。但据韩愈《答崔立之书》与《欧阳生哀辞》均称20岁至京都举进士，与本篇所记相差一年。

⑭省(xǐng)：探望，此引申为凭吊。

⑮遇汝从嫂丧来葬：韩愈嫂子郑氏卒于贞元九年(793)，韩愈有《祭郑夫人文》。贞元十一年，韩愈往河阳祖坟扫墓，与奉其母郑氏灵柩来河阳安葬的十二郎相遇。

⑯董丞相：指董晋。贞元十二年(796)，董晋以检校尚书左仆射，同中书

门下平章事任宣武军节度使，汴、宋、亳、颍等州观察使。时韩愈在董晋幕中任节度推官。汴州：今河南省开封市。

⑰止：住。

⑱取其孥(nú)：把家眷接来。孥，妻和子的统称。

⑲薨(hōng)：古时诸侯或二品以上大官死曰薨。贞元十五年(799)二月，董晋死于汴州任所，韩愈随葬西行。去后第四天，汴州即发生兵变。

⑳不果：没能够。指因兵变事。

㉑佐戎徐州：当年秋，韩愈入徐、泗、濠节度使张建封幕任节度推官。节度使府在徐州。佐戎，辅助军务。

㉒取：迎接。

㉓罢去：贞元十六年五月，张建封卒，韩愈离开徐州赴洛阳。

㉔东：指故乡河阳之东的汴州和徐州。

㉕孰谓：谁料到。遽(jù)：骤然。

㉖斗斛之禄：指微薄的俸禄。斗斛(hú)，唐时十斗为一斛。韩愈离开徐州后，于贞元十七年(801)来长安选官，调四门博士，贞元十九年，迁监察御史。

㉗万乘(shèng)：指高官厚禄。古代兵车一乘，有马四匹，封国大小以兵赋计算，凡地方千里的大国，称为万乘之国。

㉘辍汝：和上句“舍汝”义同。辍(chuò)，停止。就：就职。

㉙去年：指贞元十八年(802)。孟东野：指韩愈的诗友孟郊，是年出任溧阳(今属江苏)尉，溧阳去宣州不远，故韩愈托他捎信给宣州的十二郎。

㉚无涯之戚：无穷的悲伤。涯，边。戚，忧伤。

㉛纯明：纯正贤明。不克：不能。蒙：承受。

㉜耿兰：生平不详，当是宣州韩氏别业的管家人。十二郎死后，孟郊在溧阳写信告诉韩愈，时耿兰也有丧报。

㉝业：用如动词，继承之意。

㉞动摇者或脱而落矣：时年韩愈有《落齿》诗云：“去年落一牙，今年落一齿：俄然落六七，落势殊未已。”

㉟毛血：指体质。

㊱志气：指精神。

㊲其几何离：分离会有多久呢？意谓死后仍可相会。

㊳汝之子：十二郎有二子，长韩湘，次韩滂。韩滂出嗣十二郎的哥哥韩百川为子，见韩愈《韩滂墓志铭》。始十岁：当指长子韩湘。十岁，一本作“一岁”，则当指韩滂，滂生于贞元十八年(802)。

㊴吾之子始五岁：指韩愈长子韩昶，贞元十五年(799)韩愈居符离集(今安

徽宿州市埇桥区符离集镇)时所生，小名曰符。

㊵孩提：本指二三岁的幼儿，此为年纪尚小之意。

㊶比(bì)：近来。软脚病：脚气病。

㊷吊：此指慰问。孤：指十二郎的儿子。

㊸终丧：守满三年丧期。《孟子·滕文公上》："三年之丧，……自天子达于庶人，三代共之。"

㊹取以来：指把十二郎的儿子和乳母接来。

㊺力能改葬：假设之意。即先暂时就地埋葬。合下句连续可知。

㊻兆：葬域，墓地。

㊼惟其所愿：才算了却心事。

㊽抚汝以尽哀：指抚尸恸哭。

㊾敛：同"殓"。为死者更衣称小殓，尸体入棺称大殓。

㊿窆(biǎn)：下棺入土。

51何尤：怨恨谁?

52彼苍者天，曷其有极：意谓青苍的上天啊，我的痛苦哪有尽头啊。《诗经·唐风·鸨羽》："悠悠苍天，曷其有极?"

53伊、颍(yǐng)：伊水和颍水，均在今河南省境。此指故乡。

54幸其成：韩昶后中穆宗长庆四年进士。韩湘后中长庆三年进士。

55长(zhǎng)：用如动词，养育之意。待其嫁：韩愈有三婿，李汉、蒋系、樊宗懿；十二郎之婿，据高澍然说，是李干。

56尚飨：古代祭文结语用辞，意为希望死者享用祭品。

【评析】

《祭十二郎文》写于贞元十九年(803)，十二郎即指韩愈的侄子韩老成。韩愈幼年丧父，由兄嫂抚养成人。兄嫂的儿子老成与他年纪相仿，两人自幼相守，共历患难，因此感情特别深厚。老成的逝世，对韩愈来说无疑是一个沉重的打击。因此这篇祭文，流溢着韩愈对老成的一片深情，追叙与十二郎相关的日常小事，抒发十二郎之死带来的悲痛之情，并寄托了作者自己对宦海沉浮和人生无常的感慨。文章感情真挚，直抒衷情，溢于言表。

这篇祭文非常鲜明地体现着韩愈在散文上的革新。在文体形式上，这篇祭文不拘常格。一般而言，祭文比较规整，多为骈体。而韩愈破骈为散，以散句单行，以强烈的感情带动语言的表达，文气贯注而下。文中时时称十二郎为"汝"，形成作者与死者的对话，如泣如诉，有特别的感染力。在语言上，韩愈不用华词丽藻，而选择平易晓畅的语言，长短错落，疑问、感叹、陈述等各种句式，反复、重叠、排比等多种修辞手法，任意调遣，行于所当行，止于不得不止，淋漓尽致地抒发了与十二郎阴阳两隔的深切悲痛。

【辑评】

通篇情意刺骨，无限凄切，祭文中千年绝调。

——明·茅坤《唐宋八大家文钞·昌黎文钞》

情之至者，自然流为至文。读此等文，须想其一面哭一面写，字字是血，字字是泪，未尝有意为文，而文无不工。

——清·吴楚材，吴调侯《古文观止》卷七

祭文体，本以用韵为正格……至《祭十二郎文》，至痛彻心，不能为辞，则变调为散体。

——林纾《韩柳文研究法韩文研究法》

【相关资料】

曹淑智：《从〈祭十二郎文〉看韩愈的哀祭文》，《广西师范大学学报》1984 年第 2 期。

秦朝晖：《祭文中千年绝调——从文本层次论谈〈祭十二郎文〉》，《名作欣赏》2006 年第 8 期。

陋室铭

刘禹锡

山不在高①，有仙则名②，水不在深，有龙则灵③。斯是陋室④，惟吾德馨⑤。苔痕上阶绿，草色入帘青。谈笑有鸿儒⑥，往来无白丁⑦。可以调素琴⑧，阅金经⑨。无丝竹之乱耳，无案牍之劳形⑩。南阳诸葛庐⑪，西蜀子云亭⑫。孔子云：何陋之有⑬？

【注释】

①在：在于，动词。

②名：名词作动词，出名。

③灵：形容词作动词，灵异，神奇，也有灵气的意思。

④斯：指示代词，这。是：判断动词。陋室：简陋的屋子。

⑤惟：只有。德馨：品德高尚。

⑥鸿儒：大儒，此指博学而又品德高尚的人。鸿，大。

⑦白丁：指没什么学问的人。

⑧调：调弄，弹琴。素琴：不加装饰的琴。

⑨金经：古代用泥金书写而成的佛经，泛指佛经。

⑩案牍(dú)：官府的公文。牍，古代写字用的木简。劳形：使身体劳累。

⑪南阳：地名，今河南省南阳市西。诸葛亮在出山之前，曾在南阳卧龙岗中隐居躬耕。

⑫子云：扬雄，字子云，西汉时文学家，蜀郡成都人。

⑬何陋之有：有什么简陋呢？语见《论语·子罕》："子欲居九夷，或曰：'陋，如之何？'子曰：'君子居之，何陋之有？'"孔子认为，九夷虽然简陋，但是有君子住在那里，就不简陋了。

【评析】

《陋室铭》通篇虽只81字，但可谓字字珠玑，朗朗上口。全篇借陋室以言志，通过对陋室的描写，表达作者甘居陋室、安贫乐道的高尚节操。全篇情与景会，事与心谐，细读之下，不觉陋室之陋，反觉陋室之雅。

陋室之雅包括许多方面。有环境之雅，"苔痕上阶绿，草色入帘青"，映衬着主人宁静淡泊的心境；有人文之雅，"谈笑有鸿儒，往来无白丁"，表明主人高雅脱俗的情怀；还有心境之雅，"无丝竹之乱耳，无案牍之劳形"，写出了主人在陋室中的恬然自适。种种陋室之雅，无不让人感受到作者追求之高远、精神之富有。文章结尾引用孔子的话，说明"有德者居之，则陋室不陋"，与前文"斯是陋室，惟吾德馨"遥相呼应，把一个"陋"字彻底翻了过来，表达出"陋室不陋"的主旨，是最后的点睛之笔，作者胸怀之旷远、品德之高洁也就在"陋室"中熠熠生辉。

【辑评】

陋室之可铭，在德之馨，不在室之陋也。惟有德者居之，则陋室之中，触目皆成佳趣。末以"何陋"结之，饶有逸韵。

——清·吴楚材，吴调侯《古文观止》

【相关资料】

曾明《文简意厚 烘云托月——析〈陋室铭〉的艺术特色》，《西南民族学院学报(哲学社会科学版)》1983年第1期。

阿房宫赋

杜 牧

六王毕①，四海一。蜀山兀②，阿房出。覆压三百余里③，隔离天日。骊山北构而西折④，直走咸阳⑤。二川溶溶⑥，流入宫墙。五步一楼，十步一阁。廊腰缦回⑦，檐牙高啄。各抱地势，勾心斗角。盘盘焉⑧，囷囷焉⑨，蜂房水涡，矗不知乎几千万落⑩。长桥卧波，未云何龙？复道行空⑪，不霁何虹⑫？高低冥迷，不知西东。歌台暖响，春光融融；舞殿冷袖，风雨凄凄。一日之内，一宫之间，而气候不齐。

妃嫔媵嫱⑬，王子皇孙，辞楼下殿，辇来于秦⑭，朝歌夜弦，为秦宫人。明星荧荧，开妆镜也；绿云扰扰，梳晓鬟也；渭流涨腻，弃脂水也⑮；烟斜雾横，焚椒兰也⑯。雷霆乍惊，宫车过也，辘辘远听⑰，杳不知其所之也⑱。一肌一容，尽态极妍，缦立远视，而望幸焉⑲，有不得见者，三十六年⑳。燕、赵之收藏，韩、魏之经营，齐、楚之精英，几世几年，剽掠其人㉑，倚叠如山。一旦不能有，输来其间。鼎铛玉石㉒，金块珠砾，弃掷逦迤㉓，秦人视之，亦不甚惜。

嗟乎！一人之心，千万人之心也。秦爱纷奢，人亦念其家。奈何取之尽锱铢㉔，用之如泥沙？使负栋之柱㉕，多于南亩之农夫㉖；架梁之椽，多于机上之工女；钉头磷磷，多于在庾之粟粒㉗；瓦缝参差，多于周身之帛缕㉘；直栏横槛，多于九土之城郭㉙；管弦呕哑㉚，多于市人之言语。使天下之人，不敢言而敢怒。独夫之心㉛，日益骄固。戍卒叫㉜，函谷举㉝，楚人一炬㉞，可怜焦土。

呜呼！灭六国者，六国也，非秦也。族秦者，秦也，非天下也。嗟乎！使六国各爱其人，则足以拒秦；秦复爱六国之人，则递三世，可至万世而为君㉟，谁得而族灭也㊱？秦人不暇自哀，而使后人哀之；后人哀之而不鉴之，亦使后人而复哀后人也。

【注释】

①六王：指战国时齐、楚、燕、韩、赵、魏六国之君。

②兀(wù)：秃兀，指山上树林砍尽，只剩下光秃的山顶。

③覆压：覆盖。三百余里：指宫殿占地面积大。《三辅皇图》载：阿房宫

“规恢三百余里”。

④骊山：在今陕西省西安市临潼区东南。构：建筑。

⑤走：趋向。咸阳：秦朝的国都。

⑥二川：指渭水和樊川。渭水源出甘肃，流经陕西省；樊川即樊水，是灞水的支流，在今陕西省。

⑦廊腰：走廊中间的转折处。缦，无花纹的丝绸。

⑧盘盘：盘旋。焉：犹“然”。

⑨囷囷(qūn)：聚集。

⑩矗：高耸。落：座、所，建筑物的单位量词。一说指院落、院子。

⑪复道行空：宫中楼阁相通，上下都有通道，称复道。因筑在山上，故称行空。

⑫霁(jì)：雨停云开。

⑬妃：帝王的妾，太子王侯的妻。嫔(pín)：宫中女官。媵(yìng)：后妃陪嫁的女子。嫱(qiáng)：宫中女官。

⑭辇(niǎn)：古代贵族乘坐的人力车。此用作动词，乘车。

⑮脂水：洗胭脂的水。

⑯椒、兰：两种芳香植物。

⑰辘(lù)辘：车声。

⑱杳(yǎo)：远。

⑲望幸：盼望皇帝到来。幸，古代称皇帝亲临为幸。

⑳秦始皇在位共36年之多(前246—前210)，在兼并六国前自不能罗致诸侯子女，这里是夸张。

㉑其人：其民。唐人避太宗李世民讳，以“人”代“民”。

㉒鼎：古代一种三足两耳的贵重器物。铛(chēng)：铁锅，三足。

㉓逦迤(lǐ yǐ)：接连不断。这里是说到处都是。

㉔锱铢(zī zhū)：古时的重量单位。《说文》：六铢为锱。此极言微小。

㉕负栋：支撑栋梁的柱子。

㉖南亩：泛指农田。

㉗庾：粮仓。

㉘帛缕：丝绸衣服上的纱线。

㉙九土：九州，指全国。郭：外城。

㉚管弦：指箫笙、琴瑟等乐器。呕哑：乐器发出的声音。

㉛独夫：丧尽人心的暴君，指秦始皇。

㉜戍卒叫：指陈胜、吴广在谪戍渔阳途中，于大泽乡振臂一呼，率众

起义。

㉝函谷举：指刘邦攻破函谷关。举，攻破，拔取。

㉞楚人一炬：公元前206年，项羽入咸阳，杀秦国降王子婴，“烧秦宫室，火三月不灭”(《史记·项羽本纪》)。楚人，指项羽，项羽是楚将项燕的后代，故称楚人。

㉟递三世：传至第三代。

㊱族灭：即灭族。古有灭三族、九族、十族的酷刑。此指秦朝彻底覆灭。

【评析】

本文选自杜牧《樊川文集》，作于唐敬宗宝历元年(825)。作者在《上知己文章启》中说：“宝历大起宫室，广声色，故作《阿房宫赋》。”所以这篇赋是借古讽今，即借秦始皇荒淫豪奢最后归于灭亡的史实，来讽喻大修宫室的当朝皇帝唐敬宗。《阿房宫赋》思想深刻，用语华美，在思想和艺术两方面都取得了极高的成就。

在思想深度方面，杜牧通过描写阿房宫的兴建及其毁灭生动形象地总结了秦朝统治者因为骄奢而亡国的历史教训，指出“后人”(指当时统治者)如不知借鉴，必将重蹈历史的覆辙。这是向唐朝统治者发出的警告，反映了作者忧国忧民、匡世济俗的情怀。

在艺术特征方面，本文充分发挥了赋的特长，而又避免了赋的短处。作者灵活运用赋体常用的铺陈、排比、夸张、渲染等手法，但又不至于一味铺张扬厉，而是紧密围绕思想中心，融合叙事、抒情、议论等表现方式，使全文层次分明，高潮迭起。在语言上，本文骈散结合，参差错落，音律调和，声情并茂。不少语言既精练又清新，如“廊腰缦回，檐牙高啄”“长桥卧波，未云何龙？复道行空，不霁何虹”等，有着极强的艺术表现力。

【辑评】

曾子固言牧赋宏壮巨丽，驰骋上下，累数百言，至“楚人一炬，可怜焦土”其论盛衰之变，判于此矣。

——宋·潘淳《潘子真诗话》

前幅极写阿房之瑰丽，不是羡慕其奢华，正以见骄横敛怨之至，而民不堪命也。便伏有不爱六国之人意在，所以一炬之后，回视向来瑰丽，亦复何有！以下因尽情痛悼之，为隋广、叔宝等人炯戒，尤有关治体，不若《上林》《子虚》徒逢君之过也。

——清·吴楚材，吴调侯《古文观止》

【相关资料】

蓝锡麟：《〈阿房宫赋〉的讽喻特色和写作技巧》，《西南师范大学学报（人文社会科学版）》1980 年第 4 期。

张文利：《别出心裁 千古一叹——〈阿房宫赋〉艺术探微》，《语文教学通讯》2003 年第 12 期。

魏家骏：《〈阿房宫赋〉：思想与文采齐飞》，《名作欣赏》2006 年第 11 期。

岳阳楼记[1]

范仲淹

庆历四年春，滕子京谪守巴陵郡[2]。越明年，政通人和，百废具兴，乃重修岳阳楼，增其旧制[3]，刻唐贤今人诗赋于其上[4]；属予作文以记之[5]。

予观夫巴陵胜状[6]，在洞庭一湖[7]。衔远山，吞长江，浩浩汤汤[8]，横无际涯；朝晖夕阴，气象万千。此则岳阳楼之大观也[9]，前人之述备矣[10]。然则北通巫峡[11]，南极潇湘[12]，迁客骚人[13]，多会于此，览物之情，得无异乎？

若夫霪雨霏霏[14]，连月不开；阴风怒号，浊浪排空；日星隐耀，山岳潜形；商旅不行，樯倾楫摧[15]；薄暮冥冥，虎啸猿啼。登斯楼也，则有去国怀乡，忧谗畏讥[16]，满目萧然，感极而悲者矣。

至若春和景明[17]，波澜不惊，上下天光，一碧万顷；沙鸥翔集，锦鳞游泳[18]；岸芷汀兰[19]，郁郁青青。而或长烟一空，皓月千里，浮光跃金[20]，静影沉璧[21]，渔歌互答，此乐何极！登斯楼也，则有心旷神怡，宠辱偕忘，把酒临风，其喜洋洋者矣。

嗟夫！予尝求古仁人之心，或异二者之为[22]，何哉？不以物喜[23]，不以己悲；居庙堂之高[24]，则忧其民；处江湖之远[25]，则忧其君。是进亦忧，退亦忧。然而何时而乐耶？其必曰：先天下之忧而忧，后天下之乐而乐乎！噫！微斯人[26]，吾谁与归？

时六年九月十五日。

【注释】

①选自《范文正公集》。作于宋仁宗庆历六年(1046)，作者知邓州时。

②滕子京：名宗谅，字子京，范仲淹的朋友，与范仲淹为同年进士，原任庆州(今甘肃省庆阳市)知州，因被人诬告贬知岳州(今湖南省岳阳市)。巴陵郡：岳州的古称。

③具：同“俱”字。增其旧制：扩大了原来的规模。

④唐贤：唐代一些有名望的人士。

⑤属：同“嘱”，嘱托。

⑥夫：语助词。胜状：最出色的景致。

⑦洞庭一湖：洞庭湖。

⑧衔：包含。浩浩汤汤(shāng shāng)：形容水势很大的样子。

⑨大观：壮阔的景象。

⑩述：描写，指上述“唐贤今人诗赋”。

⑪ 巫峡：长江三峡之一，在今湖北省巴东县西面，与重庆市巫山县相接，长四十余千米。

⑫ 南极潇湘：向南一直通到潇水和湘水。潇、湘，指湖南的潇水和湘水。潇水是湘水的支流，湘水流入洞庭湖。

⑬迁客骚人：迁客，被降职调往远地方做官的人。骚人，屈原曾作《离骚》，后世因称诗人为“骚人”。

⑭若夫：虚词，用在一句一段的开头以引起下文，意义与“若是”相似。霪雨：连绵的雨。霏霏：纷纷下落。

⑮樯倾楫摧：桅杆歪斜，船桨断折。

⑯去国：离开国都。忧谗：担心别人诽谤。

⑰春和景明：春光晴和，景物鲜明。

⑱锦鳞：这里借指水中美丽的游鱼。

⑲岸芷(zhǐ)：岸上的香草。汀兰：小洲上的兰花。

⑳浮光：照耀在水波上的月光。跃金：金色的波光在闪烁。

㉑静影沉璧：月亮映在平静的水面像圆形的玉璧。

㉒二者：指上述悲喜两种态度。

㉓物：外物，客观环境。

㉔庙堂：指朝廷。

㉕江湖：指贬谪在边远地区，或闲居乡间。

㉖微：非。斯人：此人，即古仁人。

【评析】

本文是北宋庆历六年(1046)范仲淹应好友滕子京之请，为重修岳阳楼所写的记文。庆历五年，由于庆历新政遭到反对，范仲淹离开朝廷，出知邓州(今河南省邓州市)，实际上与被贬岳州的滕子京的境遇非常相似。

这是一篇应邀而作的记文，但作者不去详细记述岳阳楼的修建情况，也不是为了单纯描绘岳阳楼的美丽风景，更没有为滕子京歌功颂德。作者关注的核心，是一个关乎立身处世的问题：在政治打击和宦海浮沉中应当抱持一种怎样的心态？因此，全文在结构上，只略写作记缘由和岳阳楼的概观，引出登楼者的“览物之情”，重点描绘了明丽和晦暗的两种洞庭之景，以及因览景之不同而带来的心境悲喜。在此基础上，最后提出一种超越这两种情境的境界，就是不以物喜、不以己悲的高远情怀，点明“先天下之忧而忧，后天下之乐而乐”的文章主旨。这是作者的内心思考，也是与滕子京的共勉，凝聚着作者忧国忧民的政治品格与超越物我的人生态度。这种闪光的精神是《岳阳楼记》之所以能够成为千古名篇的重要原因。

在艺术特点上，本文除了结构严密、构思精妙外，还引入了许多骈偶之句，尤其在描摹景物时，往往对仗工整，词采富丽。骈散结合的句式，读来朗朗上口。不仅如此，作者还充分融会了写景、叙事、议论、抒情等表现手法。在简明的记事中引出景物的描摹，在精彩的写景中牵带其情感的波澜，又在情绪的绵延之处生发出议论。可谓由事入景，由景生情，由情化理，精彩无比。

【辑评】

范文正公为《岳阳楼记》，用对语说时景，世以为奇。尹师鲁读之曰“《传奇》体耳”。《传奇》，唐裴铏所著小说也。

——宋·陈师道《后山诗话》

首尾布置与中间状物之妙，不可及矣，然最妙处在临了断遣一转语，乃知此老胸襟宇量，直与岳阳、洞庭同其广大。

——宋·楼昉《崇文古诀》

【相关资料】

袁行霈：《先天下之忧而忧 后天下之乐而乐——范仲淹〈岳阳楼记〉讲析》，《名作欣赏》1981 年第 1 期。

江立中：《〈岳阳楼记〉：一朵迁谪文学的奇葩》，《南京师范大学文学院学报》2003 年第 3 期。

前赤壁赋①

苏 轼

壬戌之秋②，七月既望③，苏子与客泛舟，游于赤壁之下。清风徐来④，水波不兴⑤。举酒属客⑥，诵明月之诗⑦，歌窈窕之章⑧。少焉⑨，月出于东山之上，徘徊于斗牛之间⑩。白露横江⑪，水光接天。纵一苇之所如，凌万顷之茫然⑫。浩浩乎如冯虚御风⑬，而不知其所止，飘飘乎如遗世独立⑭，羽化而登仙⑮。

于是饮酒乐甚，扣舷而歌之⑯。歌曰："桂棹兮兰桨⑰，击空明兮溯流光⑱。渺渺兮予怀⑲，望美人兮天一方⑳。"客有吹洞箫者，倚歌而和之㉑，其声呜呜然，如怨如慕㉒，如泣如诉。余音袅袅㉓，不绝如缕㉔。舞幽壑之潜蛟㉕，泣孤舟之嫠妇㉖。

苏子愀然㉗，正襟危坐㉘，而问客曰："何为其然也㉙？"客曰："'月明星稀，乌鹊南飞'㉚，此非曹孟德之诗乎？西望夏口㉛，东望武昌㉜；山川相缪㉝，郁乎苍苍㉞。此非孟德之困于周郎者乎㉟？方其破荆州，下江陵，顺流而东也㊱，舳舻千里㊲，旌旗蔽空，酾酒临江㊳，横槊赋诗㊴，固一世之雄也，而今安在哉？况吾与子渔樵于江渚之上，侣鱼虾而友麋鹿㊵，驾一叶之扁舟㊶，举匏樽以相属㊷。寄蜉蝣于天地㊸，渺沧海之一粟㊹。哀吾生之须臾㊺，羡长江之无穷。挟飞仙以遨游，抱明月而长终㊻。知不可乎骤得㊼，托遗响于悲风㊽。"

苏子曰："客亦知夫水与月乎？逝者如斯㊾，而未尝往也。盈虚者如彼㊿，而卒莫消长也[51]。盖将自其变者而观之，则天地曾不能以一瞬[52]。自其不变者而观之，则物与我皆无尽也，而又何羡乎？且夫天地之间，物各有主。苟非吾之所有，虽一毫而莫取。惟江上之清风，与山间之明月，耳得之而为声，目遇之而成色。取之无禁，用之不竭。是造物者之无尽藏也[53]，而吾与子之所共适[54]。"

客喜而笑，洗盏更酌[55]。肴核既尽[56]，杯盘狼籍[57]。相与枕藉乎舟中[58]，不知东方之既白。

【注释】

①这篇散文是宋神宗元丰五年(1082)苏轼贬谪黄州(今湖北省黄冈市)时所

作。因后来还写过一篇同题的赋，故称此篇为《前赤壁赋》，十月十五日写的那篇为《后赤壁赋》。赤壁：实为黄州赤鼻矶，并不是三国时期赤壁之战的旧址，当地人因音近亦称之为赤壁，苏轼知道这一点，将错就错，借景以抒发自己的怀抱。

②壬戌：宋神宗元丰五年(1082)，岁次壬戌。

③既望：农历每月十五日为“望日”，十六日为“既望”。

④徐：舒缓地。

⑤兴：起，作。

⑥属(zhǔ)：倾注，引申为劝酒。

⑦明月之诗：指《诗经·陈风·月出》，详见下注。

⑧窈窕之章：《月出》诗首章为：“月出皎兮，佼人僚兮，舒窈纠兮，劳心悄兮。”“窈纠”同“窈窕”。

⑨少焉：一会儿。

⑩斗牛：星座名，即斗宿(南斗)、牛宿。

⑪白露：白茫茫的水气。横江：笼罩江面。

⑫此二句意：任凭小船在宽广的江面上飘荡。纵：任凭。一苇：比喻极小的船，《诗经·卫风·河广》：“谁谓河广，一苇杭(航)之。”如：往。凌：越过。万顷：形容江面极为宽阔。

⑬冯虚御风：乘风腾空而遨游。冯，通“凭”。虚，太空。御，驾驭。

⑭遗世独立：出离尘世，超然独立。

⑮羽化：道教把成仙叫作“羽化”，认为成仙后能够飞升。登仙：登上仙境。

⑯扣舷：敲打着船边，指打节拍。

⑰桂棹(zhào)、兰桨：用兰、桂香木制成的船桨。

⑱空明：月亮倒映水中的澄明之色。溯：逆流而上。流光：在水波上闪动的月光。

⑲渺渺：悠远的样子。

⑳美人：比喻内心思慕的贤人。

㉑倚歌：按照歌曲的声调节拍。

㉒怨：哀怨。慕：眷恋。

㉓余音：尾声。袅袅：形容声音婉转悠长。

㉔缕：细丝。

㉕幽壑：深谷，这里指深渊。此句意：潜藏在深渊里的蛟龙为之起舞。

㉖嫠(lí)妇：孤居的妇女。白居易《琵琶行》写孤居的商人妻云：“去来江口

守空船，绕船月明江水寒。夜深忽梦少年事，梦啼妆泪红阑干。”这里化用其事。

㉗愀(qiǎo)然：忧愁变色。

㉘正襟危坐：整理衣襟，严肃地端坐着。

㉙何为其然也：箫声为什么会这么悲凉呢?

㉚所引是曹操《短歌行》中的诗句。

㉛夏口：故城在今湖北省武汉市武昌区。

㉜武昌：今湖北省鄂州市。

㉝缪：通“缭(liǎo)”，环绕。

㉞郁：茂盛的样子。

㉟孟德之困于周郎：指汉献帝建安十三年(208)，吴将周瑜在赤壁之战中击溃曹操。周郎：周瑜24岁为中郎将，吴中皆呼为周郎。

㊱方其三句：指建安十三年刘琮率众向曹操投降，曹军不战而占领荆州、江陵。方：当。荆州：辖南阳、江夏、长沙等八郡，今湖南、湖北一带。江陵：当时的荆州首府。

㊲舳舻(zhú lú)：战船前后相接。

㊳酾(shī)酒：斟酒。

㊴赋诗：有人认为所赋诗即为《短歌行》(对酒当歌)。

㊵侣：伴侣，这里用作动词。麋(mí)：鹿的一种。

㊶扁(piān)舟：小舟。

㊷匏(hù)樽：酒葫芦。

㊸寄：寓托。蜉蝣：一种朝生暮死的昆虫。此句比喻人生之短暂。

㊹渺：小。沧海：大海。此句比喻人类在天地之间极为渺小。

㊺须臾：片刻，时间极短。

㊻长终：至于永远。

㊼骤：突然。

㊽遗响：余音，指箫声。悲风：秋风。

㊾逝者如斯：语出《论语·子罕》：“子在川上曰：‘逝者如斯夫，不舍昼夜。’”逝，往。斯，此，指水。

㊿盈虚者如彼：指月亮的圆缺。

51卒：最终。消长：增减。

52曾：语气副词。一瞬：一眨眼的工夫。

53是：这。造物者：天地自然。无尽藏(zàng)：无穷无尽的宝藏。

54适：享用。

㊺更酌：再次饮酒。
㊻肴核：荤菜和果品。既：已经。
㊼狼藉(jí)：凌乱。
㊽枕藉(jiè)：相互枕着睡觉。

【评析】

在“乌台诗案”后不久，苏轼就被贬谪到了黄州。黄州时期虽是苏轼政治上的低潮期，却是其文学上的一个丰收期。《前赤壁赋》与《后赤壁赋》就是这一时期留下的不朽名篇。

以往的游记散文，大多以写景或者借景抒情为主，而苏轼的不少游记散文，却开创了一种新的写法。在这些文章中，作者并不着意写景，或者借景抒情，而是以阐明道理、发表议论为主。借题发挥、借景立论的独特风貌贯穿于字里行间。《前赤壁赋》就是这种新型游记的代表。

这篇赋分三个层次展开。首先描写泛舟时欣赏到的清远美妙的秋日夜景，以及飘摇乎天地间、御风而“登仙”的超然之乐。接着以客人“如怨如慕，如泣如诉”的洞箫声引出对历史人物兴亡的慨叹，对现实人生短促无常的感伤，以及不得与天地长终的遗憾。最后因悲生悟，阐述万物变与不变的道理，以使自己的抑郁心情得到解脱，与客人共尽夜游之兴。这三个层次层层深入，水到渠成，将作者的纵情山水之乐与随遇而安的人生态度完美地结合在一起。行文如行云流水，意脉贯通，同时又写出了情感的跌宕起伏，层层深入而不显单薄。

这是一篇文赋。主客对答是赋体常用的行文格式，本文保留并成功运用了这种格式，从而把作者内心矛盾的两个方面真实地呈现于读者面前，也将作者开朗旷达的胸怀和超越世俗的境界展露无遗。与此同时，这篇赋又打破了传统赋体的束缚，引入了自由灵动的散文笔调，使文章既有对偶声律的赋体之美，又有挥洒自如的散文之美。优美的意境融合着深刻的人生哲理，故能享誉千古。

【辑评】

此赋学《庄》《骚》文法，无一句与《庄》《骚》相似，非超然之才，绝伦之识，不能为也。

——宋·谢枋得《文章轨范》

以文为赋，藏叶韵于不觉，此坡公工笔也。凭吊江山，恨人生之如寄；流连风月，喜造物之无私。一难一解，悠然旷然。

——清·张伯行《唐宋八大家文钞》

【相关资料】

顾伟钢：《试析〈前赤壁赋〉的虚无思想》，《名作欣赏》1985 年第 6 期。

李厚肃：《浅谈〈前赤壁赋〉的思想和艺术特色》，《中国文学研究》1988 年第 2 期。

李金松：《逍遥之乐背后的隐微心曲——苏轼〈前赤壁赋〉主旨新探》，《古典文学知识》2005 年第 1 期。

三、明清散文

送东阳马生序

宋　濂

余幼时即嗜①学。家贫，无从②致书③以观，每假借④于藏书之家，手自笔录，计日以还。天大寒，砚冰坚，手指不可屈伸，弗之怠⑤。录毕，走⑥送之，不敢稍逾约⑦。以是人多以书假余，余因得遍观群书。既加冠⑧，益慕圣贤之道。又患⑨无硕师⑩名人与游，尝⑪趋⑫百里外，从乡之先达⑬执经叩问⑭。先达德隆望尊⑮，门人弟子填其室⑯，未尝稍降辞色⑰。余立侍左右，援疑质理⑱，俯身倾耳以请⑲；或遇其叱咄⑳，色愈恭，礼愈至㉑，不敢出一言以复㉒；俟㉓其欣悦，则又请焉。故余虽愚，卒获有所闻。

当余之从师也，负箧曳屣㉔行深山巨谷中。穷冬㉕烈风，大雪深数尺，足肤皲裂㉖而不知。至舍㉗，四支㉘僵劲不能动，媵人㉙持汤㉚沃灌㉛，以衾㉜拥覆，久而乃和。寓逆旅㉝，主人日再食，无鲜肥滋味之享。同舍生皆被绮绣，戴朱缨宝饰之帽，腰白玉之环，左佩刀，右备容臭㉞，烨然㉟若神人；余则缊袍敝衣㊱处其间，略无慕艳意。以中有足乐者，不知口体之奉㊲不若人也。盖余之勤且艰若此。

今虽耄老，未有所成，犹幸预君子之列，而承天子之宠光，缀公卿之后，日侍坐备顾问，四海亦谬称其氏名，况才之过于余者乎？

今诸生学于太学㊳，县官㊴日有廪稍之供，父母岁有裘葛之遗，无冻馁之患矣；坐大厦之下而诵《诗》《书》，无奔走之劳矣；有司业、博士㊵为之师，未有问而不告，求而不得者也；凡所宜有之书皆集于此，不必若余之手录，假诸人而后见也。其业有不精，德有不成者，非天质之卑，则心不若余之专耳，岂他人之过哉？

东阳马生君则在太学已二年，流辈[41]甚称其贤。余朝京师[42]，生以乡人子谒余，撰长书以为贽[43]，辞甚畅达。与之论辨，言和而色夷[44]。自谓少时用心于学甚劳。是可谓善学者矣！其将归见其亲也，余故道为学之难以告之。谓余勉乡人以学者，余之志也；诋我夸际遇之盛[45]而骄乡人者，岂知余者哉！

【注释】

①嗜：特别爱好。

②无从：没有办法。

③致书：得到书，这里是买书的意思。致：得到。

④假借：同义复词，指借。“假”也是借的意思。

⑤弗之怠：即“弗怠之”，不懈怠，不放松抄书。“之”是“怠”的宾语，指“笔录”这件事。

⑥走：跑。

⑦逾约：超过约定的期限。

⑧既加冠：加冠之后，指已成年。古时男子二十岁举行加冠（束发戴帽）仪式，表示已经成人。后人常用“冠”或“加冠”表示年已二十。

⑨患：担心，忧虑。

⑩硕师：学问渊博的老师。硕，大。

⑪尝：曾经。

⑫趋：奔向。

⑬先达：有道德、有学问的前辈。

⑭叩问：求教。叩，请教。

⑮德隆望尊：道德声望高。又作德高望重。望，声望，名望。

⑯门人弟子填其室：学生挤满了他的屋子。门人、弟子，指学生。填，塞，这里指拥挤。

⑰辞色：言语和脸色。

⑱援疑质理：提出疑难，询问道理。援，引，提出。质，询问。

⑲俯身倾耳以请：弯下身子，侧着耳朵（表现尊敬而专心）请教。

⑳叱咄：训斥，呵责。

㉑至：周到。

㉒复：这里指辩解。

㉓俟：等待。

㉔负箧(qiè)曳屣(xǐ)：背着书箱，拖着鞋子(表示鞋破)。

㉕穷冬：隆冬。

㉖皲(jūn)裂：皮肤因寒冷干燥而开裂。

㉗舍：这里指学舍，书馆。

㉘支：通“肢”，四肢。

㉙媵(yìng)人：服侍的人。

㉚汤：热水。

㉛沃灌：浇洗。

㉜以：用。衾(qīn)：被子。

㉝寓逆旅：住在旅店里。逆旅，旅店。

㉞容臭(xiù)：香袋。臭：气味，这里指香气。

㉟烨(yè)然：光彩照人的样子。

㊱缊袍敝(bì)衣：破旧的衣服。缊，旧絮。敝，破。

㊲以中有足乐者，不知口体之奉不若人也：因为心中有足以快乐的事情，所以不觉得吃的、穿的不如别人。

㊳太学：国子监，设于京城，是全国最高学府。

㊴县官：这里指朝廷。廪稍：国家供给的粮食。

㊵司业、博士：指国子监司业、国子监博士，都是教官。

㊶流辈：同辈的人。

㊷朝京师：这里指去官后进京朝见皇帝。

㊸以乡人子谒余：以同乡晚辈的身份拜见我。谒，拜见。撰长书以为贽：写一封长信作为表示敬意的礼物。长书，长信。贽，初次见面时表敬意的礼物。

㊹夷：平和。

㊺际遇之盛：好的遭遇。这里指官位之盛。

【评析】

宋濂(1310—1381)，字景濂，号潜溪，浦江(今浙江省浦江县)人。宋濂与高启、刘基并称为“明初诗文三大家”，历任修撰《元史》总裁官、翰林院学士等。洪武十三年，受胡惟庸案而被流放茂州，途中病死于夔州。

明洪武十年(1377)，宋濂告老还乡。第二年，应诏从家乡浦江到应天(今江苏省南京市)朝见朱元璋，正在太学读书的同乡晚辈马君则特地前来拜访。于是宋濂写了这篇序，介绍自己的学习经历和学习态度，勉励他勤奋学习，成为德才兼备的人。

在文章中，作者并没有因为自己的身份地位而对前来拜访的马君则说教，而是现身说法，叙述自己少年时代艰难的求学经历和学习的勤奋刻苦，由自身出发，拉近距离，动之以情，晓之以理，因而有很好的劝学效果。作者对马君则的殷切期望，也自然寓于其中。

文章结构严谨，条理清晰。由于作者描述的是自己的求学经历，因此亲切感人，正如一位长辈坐在你的面前为你娓娓道来，没有压迫感的交流，使读者非常易于接受。在叙述过程中，作者运用了对比手法，以自己过去求学之艰难，反衬马生在太学学习条件的优越。寓理于事，以事明理，具有很强的说服力。文章语言简洁流畅，恳切自然，非常能体现宋濂散文深厚雅健的风格特点。

【辑评】

古来大经济大学问，皆从困苦艰难中得之。膏粱子弟，虽日举此诏之，未必有济。

——清·王文濡《宋元明文评注读本》

【相关资料】

陈麟德，刘兆清：《古梅深情话幽寒——谈宋濂的〈送东阳马生序〉》，《江苏教育》1981 年第 4 期。

王月：《寓理于事，躬行劝学——〈送东阳马生序〉导读》，《文学界(理论版)》2010 年第 5 期。

项脊轩志[①]

归有光

项脊轩，旧南阁子也[②]。室仅方丈，可容一人居。百年老屋，尘泥渗漉[③]，雨泽下注[④]；每移案，顾视无可置者[⑤]。又北向，不能得日，日过午已昏。余稍为修葺[⑥]，使不上漏。前辟四窗，垣墙周庭[⑦]，以当南日，日影反照，室始洞然[⑧]。又杂植兰桂竹木于庭，旧时栏楯[⑨]，亦遂增胜[⑩]。借书满架，偃仰啸歌，冥然兀坐[⑪]，万籁有声，而庭阶寂寂，小鸟时来啄食，人至不去。三五之夜，明月半墙，桂影斑驳[⑫]，风移影动，珊珊可爱[⑬]。然予居于此，多可喜，亦多可悲。

先是，庭中通南北为一，迨诸父异爨[⑭]，内外多置小门墙，往往而是[15]。东犬西吠，客逾庖而宴[16]，鸡栖于厅。庭中始为篱，已为墙，凡再变矣。家有老妪，尝居于此。妪，先大母婢也[17]，乳二世[18]，先妣抚之甚厚[19]。室西连于中闺[20]，先妣尝一至。妪每谓予曰："某所，而母立于兹[21]。"妪又曰："汝姊在吾怀，呱呱而泣；娘以指扣门扉[22]，曰：'儿寒乎？欲食乎？'吾从板外相为应答[23]。"语未毕，余泣，妪亦泣。

余自束发读书轩中[24]。一日，大母过余曰："吾儿，久不见若影，何竟日默默在此，大类女郎也？"比去[25]，以手阖门，自语曰："吾家读书久不效，儿之成，则可待乎？"顷之，持一象笏至[26]，曰："此吾祖太常公宣德间执此以朝[27]，他日汝当用之。"瞻顾遗迹，如在昨日，令人长号不自禁[28]。

轩东故尝为厨，人往，从轩前过。余扃牖而居[29]，久之能以足音辨人。

轩凡四遭火，得不焚，殆有神护者。

项脊生曰[30]：蜀清守丹穴，利甲天下，其后秦皇帝筑女怀清台[31]。刘玄德与曹操争天下，诸葛孔明起陇中[32]。方二人之昧昧于一隅也[33]，世何足以知之？余区区处败屋中[34]，方扬眉瞬目[35]，谓有奇景，人知之者，其谓与坎井之蛙何异[36]？

余既为此《志》[37]，后五年，吾妻来归[38]。时至轩中，从余问古事，或凭几学书。吾妻归宁[39]，述诸小妹语曰："闻姊家有阁子，且何谓阁子也？"其后六年，吾妻死，室坏不修。其后二年，余久卧病无聊，乃使人复葺南阁子，其制稍异于前。然自后余多在外，不常居。

庭有枇杷树，吾妻死之年所手植也，今已亭亭如盖矣[40]。

【注释】

①项脊轩：作者的书房。归有光祖父归隆道，曾居住太仓县(今江苏省太仓市)之项脊泾，故以项脊名轩。志，记事的文或书，同"记"。

②阁子：指小屋。

③渗漉(lù)：指渗漏，水从孔隙漏下。

④雨泽下注：雨水如注而下。

⑤顾视：环顾四周。

⑥修葺(qì)：修补。葺，修补房屋。

⑦垣墙周庭：在庭院的四周筑起围墙。

⑧洞然：明亮的样子。

⑨栏楯(shǔn)：栏杆。楯，栏杆的横木。

⑩增胜：增加美观。

⑪冥然兀坐：静静地独自坐着。冥然，静默的样子。

⑫桂影斑驳：桂树的影子错落成斑。

⑬珊珊：亦作“姗姗”，女子缓缓行动的样子。这里指风吹过树叶的声音，宋玉《神女赋》：“动雾縠以徐步兮，拂墀声之珊珊。”

⑭迨：及，到。诸父：几位伯父叔父。异爨(cuàn)：各自起灶烧火做饭，指分家。

⑮往往而是：指到处都是门墙。

⑯逾庖而宴：穿过厨房去赴宴。庖，厨房。

⑰先大母：已故的祖母。

⑱乳二世：哺育过两代人。

⑲先妣：已故的母亲。

⑳中闺：妇女住的内室。

㉑而：同“尔”，你。

㉒门扉：门扇。

㉓板外：门外。

㉔束发：成童的成龄。或说八岁，或说十五岁，成童时把头发束于头顶为髻，因以为成童的代称。

㉕比去：临走。

㉖象笏(hù)：象牙笏板。笏，笏板，亦称手板，古时官僚朝见皇帝时手中所持的狭长板子，用以记事。

㉗吾祖太常公：指归有光祖母的祖父夏昶，是永乐进士，官至太常寺卿。宣德：明宣宗朱瞻基年号(1426—1435)。

㉘长号(háo)：引声长哭。

㉙扃牖(jiōng yǒu)：关着窗户。扃，门窗、箱柜上的插闩。这里用作动词。

㉚项脊生：作者自称。

㉛蜀清三句：《史记·货殖列传》：“巴蜀寡妇清，其先得丹穴，而擅其利数世，家亦不訾。清，寡妇也，能守其业，用财自卫，不见侵犯。秦始皇以为贞妇而客之，为筑女怀清台。”丹穴：丹砂矿。客之：待以宾客之礼。

㉜陇中：当作“隆中”，山名，在今湖北省襄阳市西，诸葛亮未遇到刘备

前，隐居于隆中。

㉝方：当，正在。昧昧：不明，指不出名。一隅：一个角落。

㉞区区：渺小的样子。这里是谦辞。

㉟扬眉瞬目：神采飞扬，形容得意。

㊱埳(kǎn)井之蛙：《庄子·秋水篇》中说，埳井之蛙向东海之鳖夸耀它所处的水坑很宽广。后来比喻孤陋寡闻的人。《荀子·正论》："浅不足与测深，愚不足与谋知，坎井之蛙不可与语东海之乐。"埳井，小水洼。埳，同"坎"。

㊲此《志》：即这篇《项脊轩志》。自此以下是补写。

㊳吾妻：作者妻魏氏。来归：嫁过来。

㊴归宁：回娘家探亲。

㊵亭亭：高高直立的样子。如盖：形容枝叶繁盛，树冠如盖。盖，伞。

【评析】

归有光(1506—1571)，字熙甫，号震川，昆山(今江苏省昆山市)人。嘉靖十九年(1540)中举人，后会试屡次不第，徙居嘉定(今上海市嘉定区)，读书谈道，学徒众多。嘉靖四十四年(1565)方中进士，历长兴知县、南京太仆寺丞等职。有《震川先生集》。他是明中叶著名散文家，他的散文博采唐宋诸家之长，又有自己的风格——平易近人、朴素清新。

《项脊轩志》是归有光散文的代表作品。与其他在艺术技巧上取得较高成就的散文作品不同，它没有惊人的情节，也没有华丽的词语，只是围绕着项脊轩，回顾了自己读书和生活的种种情景。

项脊轩是作者青少年时代读书的书斋。这是一间十分狭小，仅"可容一人居"的百年老屋。这间小屋牵系着的许多人和事，正是作者时时追怀、难以忘却的。作者目睹小屋几经变迁，小小的项脊轩，可以说见证着作者的身世遭遇和家庭的兴衰变化。那里充溢着他的希望和梦想，也记录着他的喜悦和悲哀。作者将怀念祖母、母亲和爱妻的深切感情系在项脊轩的兴废和一些琐事的记叙上，看似平淡无味，可是却蕴含着极为深厚的情感，细碎而感人，平淡而情深。

文章结构颇具特色，虽然没有主要的人或事作为线索，所记人事极其繁杂，但却没有琐屑之感，反而显得格局玲珑，神气凝聚。作者善于选取生活细节，如写母亲的往事，抓住扣门扉、问饥寒两个细节，写亡妻则撷取问古事、种枇杷等片断，看似轻描淡写，却充满种种温情。文章简洁生动，语言清新凝练，韵味无穷，极具抒情性。

【辑评】

(归有光)所为抒写怀抱之文，温润典丽，如清庙之瑟，一唱三叹，无意于感人，而欢愉惨恻之思，溢于言语之外，嗟叹之，淫佚之，自不能已已。

——明·王锡爵《明太仆寺寺丞归公墓志铭》

熙甫为文，原本六经，而好《太史公书》，能得其风神脉理。其于八大家，自谓可肩欧、曾，临川则不难抗行。

——清·钱谦益《列朝诗集小传》

【相关资料】

黄秋耘：《至情言语即出声——读归有光〈项脊轩志〉》，《名作欣赏》1981年第1期。

姜汉林：《〈项脊轩志〉赏析》，《云南师范大学学报(哲学社会科学版)》1985年第1期。

顾农：《〈项脊轩志〉的奥妙》，《古典文学知识》2001年第6期。

西湖梦寻序

张 岱

余生不辰[①]，阔别西湖二十八载，然西湖无日不入吾梦中，而梦中之西湖，实未尝一日别余也。

前甲午、丁酉[②]，两至西湖，如涌金门商氏之楼外楼、祁氏之偶居，钱氏、余氏之别墅及余家之寄园，一带湖庄，仅存瓦砾。则是余梦中所有者，反为西湖所无。及至断桥一望，凡昔日之歌楼舞榭，弱柳夭桃，如洪水淹没，百不存一矣。余及急急走避，谓余为西湖而来，今所见若此，反不若保吾梦中之西湖为得计也。

因想余梦与李供奉异，供奉之梦天姥也[③]，如神女名姝，梦所未见，其梦也幻。余之梦西湖也，如家园眷属，梦所故有，其梦也真。今余僦居他氏[④]，已二十二载，梦中犹在故居。旧役小溪[⑤]，今已白头，梦中仍是总角[⑥]。夙习未除，故态难脱，而今而后，余但向蝶庵岑寂[⑦]，蘧榻纡徐[⑧]，惟吾梦是保，一派西湖景色，犹端然未动也。儿曹诘问，偶为言之，总是梦中说梦，非魇即呓也[⑨]。

余犹山人，归自海上，盛称海错之美⑩，乡人竞来共舐其眼⑪。嗟嗟！金虀瑶柱⑫，过舌即空，则舐眼亦何救其馋哉？第作“梦寻”七十二则，留之后世，以作西湖之影。

【注释】

①不辰：生不得时。

②甲午：此指1654年，清历是顺治十一年，南明历是永历八年。丁酉：此指1657年，清历是顺治十四年，南明历是永历十一年。

③李供奉：指李白，作有《梦游天姥吟留别》诗。

④僦(jiù)居：租屋居住。

⑤溪：同“奚”，仆役。

⑥总角：古代男女未成年前束发为两结，形状如角，故称总角。

⑦岑寂：冷清、寂寞。呓：睡中说话。

⑧蘧(qú)：旅舍。纡徐：从容宽舒的样子。

⑨魇：梦中惊叫。呓：梦中说话。

⑩海错：海产种类繁多，通称为海错。

⑪舐(shì)：以舌取食或舔物。

⑫金虀(jī)瑶柱：食品名，谓精美的食物。虀，同“齑”，捣碎的姜、蒜或韭菜碎末儿。瑶柱，就是俗称的干贝。

【评析】

张岱(1597—1679)，字宗子，又字石公，号陶庵，又号蝶庵，山阴(今浙江省绍兴市)人，出生仕宦世家，少为富贵公子，爱繁荣，好山水，晓音乐、戏曲。明亡后不仕，入山著书以终。有《陶庵梦忆》《西湖梦寻》《琅嬛文集》等。

张岱曾多年侨居杭州，明亡以后，虽然避迹山居，但西湖的美好景色每日都萦绕在他的心头、梦中。于是，他又两至西湖，没想到“梦中所有者，反为西湖所无”。他在失落感叹之余，只能以“保吾梦中之西湖”作为自慰，写作了《西湖梦寻》，为后人留存“西湖之影”。《西湖梦寻》共收文72篇，包罗西湖山水、园林、风俗、人物等方方面面，内容丰富多彩，笔法精练细致，见识高而情致远，是张岱的代表作之一。本文是这部作品集的序文，作于康熙十年(1671)七月十六日。

文章说明了写作《西湖梦寻》的缘由，表达了作者在国破家亡之后对故国家园的思恋之情。作者写作本文时年逾七十，一种往事成空的苍凉情感也溢于言表，而其清新的笔法和蕴藏其中的复杂真情，使得张岱无愧于晚明小品圣手的称号。

值得注意的是，《西湖梦寻》与《陶庵梦忆》都以“梦”命题，寄托着作者深沉真挚的情思。作者对现实的不满在梦中得到弥补，梦中的世界都是非常完美的，寄予着作者的信念和理想，体现着晚明时期思想解放潮流中浓郁的人文气息。

【辑评】

有郦道元之博奥，有刘同人之生辣，有袁中郎之倩丽，有王季重之诙谐，无所不有，其一种空灵晶映之气，寻其笔墨，又一无所有。为西湖传神写照，政在阿堵矣。

——清·祁豸佳《西湖梦寻序》

【相关资料】

乔力：《梦醒忽惊啼秋语 易代兴亡总似梦——说张岱〈西湖梦寻·自序〉》，《文史知识》1995 年第 1 期。

登泰山记[1]

姚 鼐

泰山之阳[2]，汶水西流[3]，其阴[4]，济水东流[5]。阳谷皆入汶[6]，阴谷皆入济。当其南北分者[7]，古长城也。最高日观峰[8]，在长城南十五里。

余以乾隆三十九年十二月[9]，自京师乘风雪[10]，历齐河、长清[11]，穿泰山西北谷，越长城之限[12]，至于泰安。是月丁未[13]，与知府朱孝纯子颖由南麓登[14]。四十五里[15]，道皆砌石为磴[16]，其级七千有余。泰山正南面有三谷。中谷绕泰安城下，郦道元所谓环水也[17]。余始循以入[18]，道少半[19]，越中岭，复循西谷，遂至其巅。古时登山，循东谷入，道有天门[20]。东谷者，古谓之天门溪水，余所不至也。今所经中岭及山巅[21]，崖限当道者，世皆谓之天门云[22]。道中迷雾冰滑，磴几不可登。及既上[23]，苍山负雪，明烛天南[24]，望晚日照城郭，汶水、徂徕如画[25]，而半山居雾若带然[26]。

戊申晦[27]，五鼓[28]，与子颖坐日观亭[29]，待日出。大风扬积雪击面。亭东自足下皆云漫。稍见云中白若樗蒱数十立者[30]，山也。极天云一线异色[31]，须臾成五彩，日上正赤如丹[32]，下有红光动摇承之，或曰，此东海也[33]。回视日观以西峰，或得日，或否，绛皓驳色，而皆若偻[34]。

亭西有岱祠[35]，又有碧霞元君祠[36]。皇帝行宫在碧霞元君祠东[37]。是日，观道中石刻，自唐显庆以来[38]，其远古刻尽漫失[39]。僻不当道者[40]，皆不及往。

山多石，少土。石苍黑色，多平方，少圜[41]。少杂树，多松，生石罅[42]，皆平顶。冰雪，无瀑水，无鸟兽音迹[43]。至日观数里内无树，而雪与人膝齐。

桐城姚鼐记

【注释】

①泰山：在今山东省泰安市北，是我国的“五岳”之首，有“天下第一山”之美誉，又称东岳。

②阳：这里指山的南面。

③汶水：俗称大汶河，发源于今山东省济南市莱芜区，西南流经泰安市东。

④阴：这里指山的北面。

⑤济水：上游发源于今河南省济源市西王屋山，下游从黄河分出。

⑥阳谷：指南面山谷中的水流。

⑦当其二句：在那山南山北水流分界的地方，是古长城。古长城，指战国时齐国所筑的长城，西起山东省平阴县，经泰山北冈阳谷、阴谷分界处，东至胶南的琅琊台入海。

⑧日观峰：在泰山山顶，五更天可在峰顶观日出，故名。

⑨乾隆三十九年十二月：公元 1775 年 1 月。

⑩京师：清首都，即今北京市。乘：冒着。

⑪齐河、长清：分别为今齐河县与今济南市长清区。

⑫限：界限。

⑬是月丁未：这里指乾隆三十九年十二月二十八日，公元 1775 年 1 月 29 日。

⑭朱孝纯：字子颖，乾隆二十七年举人，当时任泰安府知府。

⑮四十五里：实际仅二十几里。

⑯磴(dèng)：石头台阶。

⑰郦道元：北魏地理学家，著《水经注》。环水：载见《水经注·汶水》。

⑱循以入：指沿着中谷进去。

⑲道少半：路走了一小半。

⑳天门：泰山地名，为登泰山顶峰通常经由的山口。

㉑今所句：谓现在所走的登山路线，是经过中岭到达山顶。及，到达。

㉒崖限二句：谓那像门户一样挡着道路的山崖，人们都称它为天门。限，门槛。云，语气助词。

㉓及：等到。

㉔明烛天南：雪光明亮，照耀着南边天空。烛，动词，照耀的意思。

㉕徂徕(cú lái)：山名，在山东省泰安市东南。

㉖居雾：停留着的云雾。若带然：像白带子一样。

㉗戊申：二十九日。晦：农历每月的最后一天。表明这个月是小月。

㉘五鼓：指五更，天快亮的时候。

㉙日观亭：亭名，在日观峰上。

㉚稍见：依稀可见。樗蒲：古代的一种赌具，形状像后来的骰子，此喻远方云雾中带雪的山峰。

㉛极天句：在天的尽头，有一线云烟，颜色特别。

㉜日上句：太阳冉冉上升，颜色纯红如朱砂。

㉝东海：泛指东方的海洋。

㉞回视五句：回头看日观峰以西的山峰，有的被阳光照射，有的照不到，或红或白，颜色错杂，然而，却都像弯腰曲背。绛，大红色。皓，白色。驳，颜色不纯。偻，弯腰曲背的样子。

㉟岱祠：指泰山顶的东岳庙，奉祀泰山神东岳大帝。

㊱碧霞元君祠：在泰山绝顶，建于宋真宗时，初名昭应祠，嘉靖年间改今名。碧霞元君，女神名，相传为东岳大帝的女儿。

㊲皇帝行宫：这里指清高宗在泰山的临时住处。乾隆十三年(1748)春，清高宗巡视山东，曾在泰山住宿。行宫，皇帝外出时的住处。

㊳显庆：唐高宗李治的年号(656—661)。

㊴漫失：磨灭缺失。

㊵僻不当道者：偏僻不在路边的。

㊶圜(yuán)：通“圆”。

㊷石罅(xià)：石缝。

㊸冰雪三句：这时正值隆冬，到处是冰雪，没有瀑布，也没有什么鸟兽的叫声和踪迹。

【评析】

姚鼐(1731—1815)，字姬传，一字梦谷，号惜抱居士，今安徽省桐城市人，乾隆二十八年(1763)进士，曾任礼部主事、四库全书纂修官等。不久就辞官南归，著书讲学，凡四十余年。他是清代著名的散文家，是桐城派的中心人物，与方苞、刘大櫆并称为"桐城三祖"。著有《惜抱轩全集》，编有《古文辞类纂》等。

本篇选自《惜抱轩文集》。作为一篇游记文，它主要记述了作者在隆冬除夕，从泰山南麓经中岭登日观峰的行程和沿途观感。本文记述路程清楚求实，条理明晰，用笔洗练，能够以简洁的词语记述事实，写景状物生动自然。如泰山日出的一段，先交代日出前云雾弥漫的环境，再写登高所见的邈远山峰，然后集中笔墨写日出时的壮丽景色，逐层渐进，情态逼真。

在写作上，这篇游记将"义理""考据""辞章"融于一体。记述行程、路径、地理，均以实为归依，间或有恰到好处的考证，体现了作者博学和安排文章的功力。而在适当的地方，又能表现出作者的雅致豪情。整体笔调雅淡，学识渊博，结构简洁，文辞清丽。作者博雅君子的风貌，在记事写景中自然流露出来。因此本文既是"桐城派"的佳作，也是泰山游记中的一篇杰作。

【辑评】

具此神力，方许作大文。世多有登岳辄作游记自诧者，读此当为搁笔。

——清·王先谦《续古文辞类纂》

典要凝括。余以同治五年从曾文正公登岱，观日出。读此益服其状物之妙。

——清·黎庶昌《续古文辞类纂》

【相关资料】

季国平：《从〈登泰山记〉谈姚鼐山水游记的艺术特色》，《语文学刊》1983年第3期。

迟崇起：《简洁凝练 逼真如画——〈登泰山记〉赏析》，《文史知识》1997年第2期。

宁夏江：《雅洁别致的学人游记——〈登泰山记〉赏析》，《古典文学知识》2010年第5期。

病梅馆记

龚自珍

江宁之龙蟠[①]，苏州之邓尉[②]，杭州之西溪[③]，皆产梅[④]。或曰[⑤]：“梅以曲为美，直则无姿[⑥]；以欹为美，正则无景[⑦]；以疏为美，密则无态[⑧]。”固也[⑨]。此文人画士心知其意，未可明诏大号[⑩]以绳天下之梅也[⑪]；又不可以使天下之民，斫直、删密、锄正[⑫]，以夭梅、病梅为业以求钱也[⑬]。梅之欹、之疏、之曲，又非蠢蠢求钱之民，能以其智力为也。有以文人画士孤癖之隐明告鬻梅者[⑭]，斫其正，养其旁条，删其密，夭其稚枝[⑮]，锄其直，遏其生气[⑯]，以求重价[⑰]，而江浙之梅皆病。文人画士之祸之烈至此哉[⑱]！

予购三百盆，皆病者，无一完者[⑲]。既泣之三日，乃誓疗之，纵之，顺之[⑳]。毁其盆，悉埋于地，解其棕缚[㉑]。以五年为期，必复之全之[㉒]。予本非文人画士，甘受诟厉[㉓]，辟病梅之馆以贮之[㉔]。

呜呼！安得使予多暇日[㉕]，又多闲田，以广贮江宁、杭州、苏州之病梅，穷予生之光阴以疗梅也哉[㉖]！

【注释】

①江宁：江宁府，今南京市。龙蟠：龙蟠里，在今南京市清凉山下。

②邓尉：山名，在今苏州市西南。

③西溪：地名，在今杭州市灵隐山西北。

④皆产梅：都盛产梅，意思是以梅著称。

⑤或曰：有人说。

⑥姿：风姿。

⑦欹：倾斜。景：景致。

⑧态：姿态。

⑨固也：意思是历来是这样认为的。

⑩明诏大号：公开宣告，大声呼告。诏，告诉，一般指上告下。

⑪绳：绳墨，木匠取直用的器具。这里作动词，衡量。

⑫斫直：砍掉笔直的。删密：剪掉繁密的。锄正：锄掉端正的。

⑬夭梅、病梅：使梅病残。这里“夭”“病”都作动词用。

⑭孤癖之隐：独特嗜好的心理。孤癖，奇特的嗜好。隐，隐衷。

⑮稚枝：幼枝，嫩枝。

⑯遏：压抑，抑制。

⑰重价：高价。

⑱烈：厉害，严重。

⑲完：完整，完好。

⑳纵：放开，解放。顺：顺从。

㉑棕缚：棕绳的束缚。

㉒复：恢复。全：保全。

㉓诟厉：辱骂。

㉔辟：开辟，设置。

㉕暇：空闲。

㉖穷：尽。

【评析】

龚自珍(1792—1841)，又名巩祚，字璱人，号定庵，仁和(今属浙江省杭州市)人，出身于官宦家庭，嘉庆二十三年(1818)27岁时中举人，38岁中进士，曾任内阁中书、宗人府主事和礼部主事等，后辞官南归，卒于江苏丹阳书院。著有《定庵文集》。

清代的统治是历代封建统治中最为封闭压制的。一方面，八股取士，借科举严格控制士子思想；另一方面，大兴文字狱，严酷镇压异己思想。《病梅馆记》就是在这种背景下创作的。全篇托物言志，通过谴责人们对梅花的摧残，形象地揭露和抨击了清朝封建统治阶级束缚人民思想、摧残人才的罪行，表达了作者砸烂人才发展的精神桎梏的呼吁和追求个性解放的思想。

本文的表现形式和手法非常独特，采用小品文的形式，以梅喻人，借题发挥。全文共三段，第一段剖析了产生病梅的根由；第二段表明自己疗梅的行动和决心；第三段抒写自己辟馆疗梅的苦心。文章无处不写梅，但只是曲笔，目的是要托梅议政。文章夹叙夹议，结构严谨，篇幅短小却有深刻的内涵。

这篇文章可以同作者著名的《己亥杂诗》联系来看："九州生气恃风雷，万马齐喑究可哀。我劝天公重抖擞，不拘一格降人才。"万马齐喑的局面就是病梅遍地的情形，在此形势下，想要国家焕发生气，必须大胆革新，不拘一格地选拔人才。《病梅馆记》和《己亥杂诗》虽诗文异体，而思想同质。

【辑评】

孜孜创新，一空依傍，把向来的格调，都解放了。……龚氏是全力改革文学，无论是教导诗文词，都能自成一家，思想亦奇警可喜，实是新文学的先驱者。(龚氏的文体，实在发源于诸子)。

……

全篇都是比喻，说得多么痛快，那时能有这种反抗思想，是不易得的。

——清末民初·曾朴《译龚自珍〈病梅馆记〉题解》

【相关资料】

方伯荣：《托物喻人 借梅议政——龚自珍〈病梅馆记〉赏析》，《名作欣赏》1983 年第 4 期。

程杰：《龚自珍〈病梅馆记〉写作时间与相关梅事考》，《江海学刊》2005 年第 6 期。

思考题

1. 试析《郑伯克段于鄢》在叙述战事和塑造人物上的特点。
2. 试析《庄子·逍遥游》的思想内容和艺术风格。
3. 司马迁的《报任安书》是在怎样的背景下写成的？表达了作者怎样的思想情感？
4. 试析《滕王阁序》的艺术成就。
5. 韩愈的《祭十二郎文》在写法上有什么样的特色？
6. 试析杜牧《阿房宫赋》的主题思想，并说明作者是如何表达这一主题思想的。
7. 结合作品，分析宋濂《送东阳马生序》如何通过对比手法实现主旨的表达。
8. 试析归有光《项脊轩志》在叙事抒情方面的特色。

第五章　戏　曲

第一节　戏曲的文体特征和发展脉络

戏曲是一种综合的艺术形式，包含了文学、音乐、舞蹈、美术、武术、杂技等多种艺术元素。早在原始社会，戏剧就有了萌芽，经过漫长的发展与演变，逐渐形成了比较成熟的戏曲艺术体系。元、明、清三代是中国古代戏曲的繁盛时期，其中最具代表性的是元杂剧和明清传奇。因此本章主要介绍杂剧和传奇。

一、杂剧的文体特征和发展脉络

杂剧是在宋杂剧和金院本的基础上发展起来的一种戏剧样式，大约出现于金末元初，成熟于元代。元杂剧具有非常完整而严密的结构体制。

第一，“四折一楔子”，这是元杂剧最常见的剧本结构形式。每个剧本一般由四折戏组成，有时再加一个楔子。所谓的“折”相当于现在的“幕”，是戏曲组织的单元，也是全剧矛盾冲突的自然段落。四折，即是开端、发展、高潮、结局四个阶段。四折之外，为了交代情节或贯穿线索，往往在全剧之首或折与折之间，加上一小段独立的戏，称为“楔子”。安排在第一折之前的称为开场楔子，置于各折之间的称为过场楔子。楔子本义是木器榫合处为弥缝填裂而楔入的小木片。元杂剧中的楔子承担着承前启后的功能。一本四折的结构并非一成不变，也有一些比较特殊的例子，如《赵氏孤儿》为五折，《秋千记》是六折，《西厢记》是五本二十一折。

此外，在剧本的开头或结尾还有“题目正名”，也就是用两句或四句话标明剧情提要，确定剧本名称。如《窦娥冤》的题目正名为：“秉鉴持衡廉访法，感天动地窦娥冤。”

第二，元杂剧以北方音乐为基础，采用北曲联套的形式。元杂剧每折用一个套曲，每个套曲一般都由同一宫调的若干支曲牌组成。常见的是第一折用仙吕，第二折用南吕，第三折用中吕，第四折用双调。少数剧本的各折，也有使用其他宫调的。在每一宫调之内，各有数十支曲牌。曲词按曲牌填写，一折之中的每支曲牌都押同一韵脚，不可换韵。有时又有向其他宫调借用一支或几支曲牌的情况，称为借宫。

第三，元杂剧角色分为旦、末、净、杂。旦包括正旦、外旦、小旦、大旦、老旦、搽旦。正旦是歌唱的女主角。外旦、贴旦是次要的女演员。末包括正末、小末、冲末、副末。正末是歌唱的男主角，外末、副末是次要的男演员。冲末是首次上场的男演员。净是地位低下的喜剧性人物。杂是以上三类之外的演员。有孤(官)、驾(皇帝)、卜儿(老妇人)等。

第四，元杂剧一般是一人主唱。正旦主唱的剧称旦本，如《窦娥冤》由窦娥主唱；正末主唱的称为末本，如《汉宫秋》由汉元帝主唱。但也有少数剧本，随着剧情的发展，主唱人物有所变化。如《赚蒯通》第一折正末扮张良，二、三、四折正末扮蒯通，主唱人物也随之变换。

第五，除唱词外，杂剧文本还包括宾白与科介。宾白是曲词外演员说的话，包括人物的对白和独白，由白话和部分韵语组成。对白与话剧的对话相似，独白兼有叙述的性质，在情节的发展和人物的塑造上起着重要的作用。科介也称科范、科，指唱、白以外的人物动作、表情及舞台效果等。

杂剧的成熟经历了一个很长的过程。“杂剧”一词在晚唐即已出现。到宋代，由于城市商品经济的繁盛，市民阶层对文化生活的需求增大，东京(今河南省开封市)出现了集中演出各种伎艺的瓦肆、勾栏，为戏剧向综合艺术发展提供了条件。宋杂剧是在继承歌舞戏、参军戏、歌舞、说唱、民间歌曲等艺术传统的基础上发展形成的。当时，杂剧在宫廷中的演出，虽穿插于诸般伎艺之中，但已具有独立演出的形态。到了南宋，随着政治中心南移，杂剧又盛行于临安(今浙江省杭州市)等地。它在诸般伎艺中已居于首要地位。元朝建立后，以大都(今北京市)为核心的北方地区汇聚了财富、人力、物力，成为文化艺术的中心。文人因备受轻视而绝意仕进者，常与杂剧艺人共同进行创作，从而使杂剧在北方地区繁盛起来。南北统一后，元杂剧逐渐流传至江南临安等地。元初至元、大德年间，是杂剧发展的鼎盛时期。大都以及各地的杂剧演出非常活跃，作家辈出，名作如林，如关汉卿的《窦娥冤》《救风尘》《拜月亭》《单刀会》，王实甫的《西厢记》，马致远的《汉宫秋》，纪君祥的《赵氏孤儿》等，皆为不朽之作。元末恢复科举，文人转趋功名仕进。与此同时，传奇在南方日渐兴起，元杂剧由此渐趋衰落。

明代以后，有一类篇幅较短的戏曲也被称为杂剧，在一个剧本内可以兼用南北曲，也可以专用南曲。实际上是较短的传奇，但一般仍称为杂剧。戏曲史上为了与元杂剧相区别，将其称之为南杂剧。其中虽有少数较好的作品，如徐渭的《四声猿》等，却也终不能挽回杂剧衰落的命运。至此，杂剧艺术已在中国戏曲音乐的发展历程中完成了自己的使命。

二、明清传奇的文体特征和发展脉络

明清传奇是以唱南曲为主的长篇戏曲形式，是宋元南戏的进一步发展。明代初叶，在北曲杂剧衰落的时期，南戏得到了迅速的发展，并且吸收了北曲杂剧的某些优秀成分，逐渐演进到了传奇的阶段，从而开创了我国戏曲史上以传奇为主的新时期。

传奇的体制是在南戏的基础上发展而成的，保留了南戏原有的一些基本体制和格律，同时又有了新的发展。其文体特征主要有以下几点。

第一，剧本分出，而且每出都有目。如《桃花扇》，“却奁”(第七出)、“骂筵”(第二十四出)、“沉江”(第三十八出)、“入道”(第四十出)等。每出皆有人物下场诗。如“余韵”(第四十一出)下场诗：“渔樵同话旧繁华，短梦寥寥记不差；曾恨红笺衔燕子，偏怜素扇染桃花。笙歌西第留何客？烟雨南朝几人家？传得伤心临去语，年年寒食哭天涯。”

第二，普遍运用南北曲合套的形式。在后期的南戏作品中，虽已开始运用南北曲合套的形式，但还不普遍，还是一种较为特殊的现象，而且南北曲合套的形式也不多，比较单一。在传奇里，南北曲合套不仅得到了普遍运用，而且合套的形式也多样化，有一南一北交替使用的，也有南北混用的。另外，剧作家们在运用这一形式时，都从剧情的需要出发，以南北曲调声情上的差异来突出人物性格的对比，加强戏剧冲突，做到了剧情与曲调的和谐统一。

第三，广泛使用集曲。所谓集曲，就是从同一宫调或声情相近的宫调内选取不同曲牌的各一段，连成一支新的曲调。凡集曲都为宜于生、旦抒情之用的细曲或可粗可细之曲。传奇多出自文人之手，喜欢在剧中抒情，故长套细曲增多，而原有的细曲已不够用了，于是就采用集曲的方法。但集曲若用得过多就不便搬演；即使搬演，也令观众昏昏欲睡。因此，传奇中集曲的增加，也带来了一定的弊病，是传奇后来逐渐走向衰微的原因之一。

第四，曲律更为严格。在南戏中，有的曲调，如【福马郎】【四边静】【光光乍】等既可用作净、丑的冲场曲，又可用作联套曲，而且有时生、旦也可以唱，但在传奇里，这些曲调只能用作净、丑的冲场曲，不能联套，更不能由生、旦角演唱。

第五，角色体制有了较大发展。宋元南戏只有七个基本角色，到了明清传奇，从这七个基本角色中又分化出几个新的角色。王骥德《曲律·论部色》云：“今之南戏(传奇)，则有正生、贴生(或小生)、正旦、贴旦、老旦、外末、净、丑(中净)、小丑(小净)，共十二人，或十一人，与古小异。”清李斗《扬州画舫录》也载：“梨园以副末开场，为领班，副末以下老生、正生、老外、大面、二面、三面七人，谓之男脚色(角色)；老旦、正旦、小旦、贴旦四人，谓之女脚色；打诨一人，谓之‘杂’。此‘江湖十二脚色’。”据此，传奇的角色较南戏增加了五个。

传奇从明初兴起，到清代中叶衰落。在这350多年的发展过程中，大致经历了三个阶段。

明初是南戏逐渐向传奇演进的阶段，因此，其体制和表演形式都还不够完善。明统治者为了巩固统治地位，一方面禁演那些有损于帝王后妃形象、有害于封建统治的戏曲，另一方面又鼓励戏曲作家写“神仙道扮及义夫节妇、孝子顺孙”的戏曲，使得明代早期戏剧道德教化色彩很重。

明代中叶到明末清初，是传奇发展的黄金时期。在这一时期，传奇创作出现了三个高潮：第一，嘉靖年间，魏良辅改革昆山腔并经梁辰鱼作《浣纱记》将昆山腔搬上舞台以后，许多文人学士也纷纷拈笔挥毫，编写传奇，一时作家作品大量涌现。这一时期明王朝的统治开始出现危机，内忧外患连续不断。这样的社会现实，引起了传奇作家们的关注。他们在传奇作品里不同程度地对当时的社会现实有所反映，在传奇的题材和内容上，初步扭转了明初以来一味宣扬封建道德的倾向，出现了《宝剑记》《鸣凤记》《浣纱记》这样具有现实内容的传奇作品。第二，万历年间，出现了以汤显祖“四梦”为标志的传奇创作高潮。城市经济的发展给戏曲的繁荣提供了雄厚的物质条件和广大的观众基础。同时，主张“百姓日用即道”的王阳明心学也给传奇创作提供了新的内容。这一时期出现了许多具有反封建内容的作品，戏曲批评也获得了较大的发展。一些戏曲作家开始总结和探讨传奇创作规律，出现了许多戏曲理论著作，如王骥德的《曲律》、吕天成的《曲品》、沈璟的《唱曲当知》等。而且，戏曲作家们还围绕传奇创作的有关理论问题进行了积极的探讨，如汤显祖和沈璟之间就重剧本内容还是重戏曲格律、重文采还是重本色等问题展开了争论。第三，明末清初，传奇作家们大都经历了国破家亡的动乱生活，能够面向现实，在传奇中较为真实地反映社会面貌。以李玉为代表的苏州派作家在传奇中热情歌颂市民群众反清复明的斗争。这一时期的传奇作家大多能够兼顾思想内容和戏曲格律，从而使传奇作品具有较高的艺术性。

清代中叶以后，传奇逐渐衰落。洪升和孔尚任是传奇创作的最后一个高峰。此后，传奇创作日落西山，最终为新兴的花部诸腔戏所代替。

思考题

1. 元杂剧在体制方面有哪些特征?
2. 简述明清传奇的发展脉络?

第二节 戏曲鉴赏理论

一、古人鉴赏品评戏曲的主要形式

1. 戏曲理论专著

在中国戏曲史上，产生了一大批戏曲理论著作，古代的戏曲史论、戏曲创作论和戏曲表演论都得到了较大程度的发展。戏曲史论，主要包括对戏曲起源与形成的探索，对各种戏曲形式的论述，对戏曲声腔的艺术特征及其沿革与流变的考察，以及对各个历史时期戏曲兴衰及其原因的总结。另外，也包括对戏曲史料的记载，或记载剧作家和演员的生平事迹，或记载剧目，或记载曲坛掌故等。戏曲创作论则包括对戏曲创作中一些规律问题的探讨，如戏曲功能、内容与形式的关系问题，也包括对戏曲创作技巧的探讨。戏曲表演论主要讨论戏曲表演中的一些基本技巧，如唱、念、做、打等。由于早期的导演是由演员或戏班主充任的，这些由演员或班主兼任的导演通常只是以口传身教的原始方式进行导演工作，而且受到文化水平的局限，虽有丰富的导演经验，但未能总结出来。直到明代中叶以后，一些剧作家兼任了导演工作后，才从理论上对戏曲导演行为进行了比较系统地总结。

明代万历年间王骥德的《曲律》是戏曲史上第一部较系统、完善的理论专著。它探讨了南曲和北曲的源流、南曲声律、传奇作法及戏曲创作的诸多问题，并对元、明两代戏曲家和作品进行了广泛的品评，对戏曲创作技巧和写作规律加以总结，对风神、虚实、本色、当行等问题做了深入思考，对戏曲的布局与剪裁、宫调与语言等都有全面的论述，因而对后世的戏曲理论批评产生了深远的影响。

2. 曲话

曲话也是古人鉴赏品评戏曲的重要形式。比较有代表性的如清代李调元的《雨村曲话》，以辑录前人论述为主，间或附以己见。上卷主要称引元曲作家的名句，品评其炼词造句的成就和音律风格的特色；下卷着重对明代传奇戏曲的词采问题作比较深入的探讨。又如清代另一位曲论家梁廷枏的《藤花亭曲话》，详列元明清剧作者所作杂剧和传奇剧目、同名剧目，用曲牌命名的剧目等，女作家、僧道的作品亦均列出。书中对辞藻、结构、音律和戏曲掌故亦有论述。

3. 以诗、词、曲论曲

以诗、词、曲的形式发表对戏曲的看法，也是古人鉴赏品评戏曲的重要形式。如清代凌廷堪的《论曲绝句》三十二首就是一组极具理论价值的论曲诗，对戏曲发展史、元杂剧、明清传奇、戏曲文学创作以及戏曲音乐创作等均有论述。如第三首："谁凿人间曲海源？诗余一变更销魂。倘从五字求苏李，忆否完颜董解元。"推本溯源，认为戏曲滥觞于金代董解元的《西厢记诸宫调》，并且充分肯定明清传奇具有与元代北杂剧迥异的、引人入胜的艺术魅力。

4. 戏曲序跋

中国古代戏曲序跋数量可观，内容丰富，是研究中国戏曲史、戏曲美学、戏曲作家、戏曲创作与传播等诸方面的重要资料宝库，也是品评鉴赏戏曲作品的重要参考文献。如吴作梅《〈长生殿〉跋》认为洪升作《长生殿》的动机与司马迁作《史记》相同，都是"发愤著书"，陈四如《〈桃花扇〉跋》认为《桃花扇》具有春秋笔法，有利于我们深入理解《长生殿》与《桃花扇》的主旨。明清两代的戏曲作品、选集，多数都附有序或跋，为我们了解作家、解读作品提供了方便。

5. 戏曲评点

戏曲评点是一种包括凡例、题辞、眉批、夹批、总评、读法、圈点、集评甚至音释、笺注等形式在内的批评样式。明代中晚期，随着传奇、杂剧创作的繁荣，戏曲评点也兴盛一时。到明末清初，戏曲评点蔚然成风，凡有新的剧本问世，几乎立即就有评家为之评点，成为中国戏曲学和文学批评史的一种奇特现象。今从各公私藏家的版本看，标有"李卓吾先生批评"的剧本就有《西厢记》《荆钗记》《琵琶记》《红拂记》《玉簪记》等十数种。而标明汤显祖"玉茗堂批评"的共有 13 种之多，其中或有书商的伪托，但所批《董西厢》和《王西厢》确有他的亲笔题识。清代，戏曲评点仍很盛行，大家辈出。其中最具代表性的当推金圣叹批点《西厢记》，另有毛声山评点《琵琶记》，吴舒凫批点《长生殿》，吴氏三妇合评《牡丹亭》，程琼评点《才子牡丹亭》等。

6. 笔记、尺牍、小品等中的评论

明清人的笔记、尺牍、小品等，常常笔涉艺苑曲坛，或记载当时佚闻，或书写即时感受，在鉴赏品评的同时，也透出许多理性的思考。明代胡应麟的《少室山房笔丛》是一部内容十分广博的学术笔记，戏曲亦在其研治之列。他以一个艺术鉴赏家的独特视角，提出了一些有别于传统戏曲理论的真知灼见。如舞台演出的和谐美、剧本创作的"谬悠其事"说及案头文学"工"之美等，对传统曲学有所突破。书中对曲目名称来源、作家籍里的考辨，对于后人研究戏曲也大有助益。晚明张岱的小品集《陶庵梦忆》中有许多精彩文字记录了明末官宦家乐和民间的演剧活动。其中有文人与演员串戏以自娱，有家乐随时演出以自炫，有民间戏班的大规模演出以与万人同乐等记载。他笔下的西湖之春、扬州清明、秦淮之夏、虎丘中秋等民间戏剧盛会，更是有声有色，令人神往。清人李斗《扬州画舫录》记录昆曲及花部的诸多演员，其论曲喜言“神”“态”之类气质，如论小生张德容演《寻亲记》“酸态如画”，小旦马大保演《占花魁》“有娇鸟依人最可怜之致”等，妙趣横生。

二、古人鉴赏品评戏曲的主要观点

1. 教化论

“文以载道”是中国文化的一大传统。传统戏曲由于其覆盖面广、文化含量大等特点，在中华传统文化建构中处于一种特殊地位：一方面，与经典、诗文、正史相比，它是比较俗野鄙陋的；另一方面，它又发挥着经典、诗文、史书无法替代的社会作用，尤其在传播、推广正统意识形态方面，甚至可能收到比圣贤书还要突出的教化效果。高明在写《琵琶记》时说：“不关风化体，纵好也徒然。”李渔《闲情偶记》云：“武人之刀，文士之笔，皆杀人之具也。刀能杀人，人尽知之；笔能杀人，人则未尽知也。然笔能杀人，犹有或知之者，至笔之杀人，较刀之杀人，其快、其凶，更加百倍，则未有能知之而明言以戒世者。……窃怪传奇一书，昔人以代木铎。因愚夫愚妇识字知书者少，劝使为善，诫使勿恶，其道无由，故设此种文词，借优人说法，与大众齐听，谓善者如此收场，不善者如此结果，使人知所趋避，是药人寿世之方、救苦弭灾之具也。”认为曲作者之笔就像锋利的刀刃一样，是能深入社会人世予以解剖的，故戏曲有警世劝人之效。戏曲的对象是“识字知书者少”的社会群体，因此，通过明白的话语、演员的形象化表演，能够发挥其救世教人的功用。对戏曲教化功能的强调，从元至清不绝如缕，曲论家们甚至一度将戏曲是否具有讽谏和教化意义作为评判戏剧优劣的重要标准。而作曲以警世教化，也是众多戏曲作家的不懈追求。

2. 至情论

明中叶以来，随着阳明心学的兴起，思想界掀起一股离经叛道、崇尚心性、独抒性灵的思想解放浪潮。在这股浪潮的冲击下，人的观念出现了前所未有的突破：把人从神圣的伦理规范、严密的政治规范中解放出来，置于活生生的世俗生活之中，充分肯定世俗人情的真切含蕴和感性欲望的合理意义，并鼓励世俗的生活、自然的情欲及独立自由的个性。戏曲评点学中的“至情”论便在这一思潮中产生。

李卓吾、金圣叹、汤显祖等，是旗帜鲜明的至情论者，有许多振聋发聩、发人深省的论说。汤显祖在《董解元西厢题辞》云：“万物之情各有其至，董以董之情而索崔张之情于花月徘徊之间，余亦以余之情而索董之情于笔墨烟波之际。”在《西厢记叙》中，他进一步发挥说“其描写神情，不露斧斤”“见精神而不见文字，即所谓千古第一神物”。强调作家的才情，主张直抒胸臆，驰骋想象，要求真情自然流露。沈际飞评《牡丹亭》曰：“抽尽情丝，织成意锦，从无讨有，从空摭实，使人忽啼忽笑。”人的世界本当是情的世界，唯有情到了极纯真的程度，才“可以造立世界”；唯有情获得充分自由地施展，方可以无损于天地之道。陈继儒盛称《西厢》，是因为“一见如许生情，极尽风流雅致”，“看书处摹尽喜忧情，回书处诉尽相思味，一转一折，步步生情”。王思任在《批点玉茗堂牡丹亭序》中认为，汤显祖塑造人物的独创性是对人物内在情感深刻而细致的把握和发挥：“其款置数人，笑者真笑，笑即有声；啼者真啼，啼即有泪；叹者真叹，叹即有气。杜丽娘之妖也，柳梦梅之痴也……无不以筋节窍髓，口探其七情生动之微也。”他分析杜丽娘的性格云：“隽过言鸟，触似羚羊，月可沉，天可瘦，泉台可瞑，獠牙判发可狎而处，而‘梅’‘柳’两字，一灵咬住，必不肯使劫灰烧失。”强调了杜丽娘身上“情”的“生者可以死，死者可以生”的动人心魄的力量。

“至情论”可以说是对教化论的一个反驳，承接着阳明心学高扬生命个体自由精神的余脉，与“存天理，灭人欲”的传统理学观念分庭抗礼，是明末思想解放运动的重要组成部分。

3. 声律论

与汤显祖推崇至情、崇尚文采不同，沈璟主张戏曲应该重格律、重本色。剧作家必须熟悉曲牌，严格按照曲牌格律的具体规定写作，才能让演员唱起来顺口，达到预期的艺术效果。他编著了《南九宫十三调曲谱》，对南戏、传奇及昆腔曲牌格律进行归纳、总结，为剧作家创作提供了范例。他还编撰有《唱曲当知》《论词六则》《遵制正吴编》等曲学著作，对作家创作及演员演唱的具体问题进行了探讨、辨析。在戏曲语言方面，他要求戏曲必须是能够搬演的“场上之曲”，要令观众能解能懂，务必通俗浅近、质朴古拙，反对过于骈丽典雅的语言风格。沈璟的声律论，对于纠正传奇创作中不合音律、脱离舞台的弊病，矫正骈丽靡缛之风，有积极的意义，对后世戏曲创作产生了深远影响。

4. 境界论

中国古代曲论深受诗论和词论的影响。曲论家们往往把曲文看作是一种诗，或是诗词的变体。诗论中许多审美概念，如神、意、趣、境等，也随之被移植到曲论中来。汤显祖最早在曲论中使用“境界”一词。他在《红梅记总评》中说：“境界纡回宛转，绝处逢生，极尽剧场之变。大都曲中光景，依稀《西厢》《牡丹亭》之季孟间。”此处所云“境界”，显然包容了情、景、意的形象总体。王国维在《人间词话》中曾标举境界理论，且使境界学说系统化，成为一种博大精深、具有总结性的诗歌意境理论，继之又运用它来阐述元杂剧及南戏的艺术成就。他在《宋元戏曲考·元剧之文章》中说："然元剧最佳处，不在其思想结构，而在其文章。其文章之妙，亦一言以蔽之，曰：有意境而已矣。"这里的"文章"，即元剧中的曲辞。曲词因有"意境"而尽显其妙。与《人间词话》相比，王国维曲论中的意境，除言情写景之外，也约略兼顾了述事，以适应叙事体文学的需要，应该说这是戏曲意境论的重大推进。

戏曲意境与诗歌意境相比，二者在审美范畴和审美特征上是基本一致或相通的，但其构成形态及表现手法不尽相同。如果说诗歌意境的营造离不开炼字炼意，往往炼妥一字，境界顿出，戏曲的意境则在于情节、场景或细节的设置。中国古典戏剧理论成熟较晚，在戏曲境界论形成以前，诗歌意境理论已源远流长且根深蒂固。作为同一民族文化土壤上生长的姊妹艺术，其精神必然具有共同的血脉，境界论为戏曲理论所沿袭，理所应当。

三、戏曲鉴赏的方法

我们今天所说的古典戏曲鉴赏，不是指欣赏舞台演出，而是针对流传至今的文本形态，也就是剧本。剧本在写作当时，与演出有着密切的关联，但时过境迁，对于今天的我们而言，则是一种独立的文学样式。在鉴赏戏曲文学时，古人的戏曲鉴赏理论具有重要的借鉴意义。教化论、至情论、境界论及声律论，是古典戏曲理论中最具代表性的观点，它们从不同角度为我们提供了进行戏曲鉴赏的着眼点。我们对古代戏曲文学的鉴赏，可以从以下几个方面进行。

首先，把握主要的矛盾冲突。矛盾冲突是戏曲的核心，所有的戏曲都必须靠矛盾冲突去推动情节发展，并在情节推进过程中完成人物形象的塑造。在鉴赏戏曲文学时，我们一定要分析戏中矛盾冲突的设置是否合理、准确，情节布局是否充满曲折跌宕的戏剧性。所谓合理和准确，就是要求矛盾冲突有连贯性和逻辑性。矛盾冲突的发展一般都是互为因果，有着密切依存关系的。没有前面的铺垫，后面的发展会使人感到突兀，甚至不能接受。因此我们看戏时一定要留意上一段是否为下一段做准备，下一段是不是上一段的继续和发展。戏曲的剧情要曲折跌宕，一波三折，才能引人入胜。平铺直叙，是戏曲的大忌。

其次，关注戏曲中的悬念和意外。戏曲演出能否成功，悬念的设置十分重要。所谓悬念，就是利用观众对故事情节和人物命运的关切所产生的期待心理而在剧中设置一些悬而未决的矛盾现象。戏剧悬念安排得好，能造成观众的紧张感，使他们集中注意力关注剧情的发展，从而达到心理满足的欣赏效果。一般来说，悬念在一出戏中应该形成得越早越好，这样可以一下子抓住观众的情绪，能很有兴趣地将戏继续看下去。随着戏曲情节的发展，悬念也要发展，往往在戏中形成第一个悬念后，还有第二、第三个悬念，随着观众对剧中人物命运关注的加深，后来的悬念，不仅要进一步引起观众的好奇，而且要有更浓的感情色彩。

创造意外也是使剧情曲折跌宕的重要手段。所谓意外，是指异乎常情、出乎意料但又引人入胜的情节。如王实甫《西厢记》原本崔母在贼寇包围寺院时许下诺言，谁能退兵就将自己的女儿许配给谁，而在张生借兵退敌之后，崔母却意外地赖婚，剧情至此又出现新的波折。接下来便有了逼张生赴京赶考的事件，于是便有了长亭送别的经典场面。

再次，把握和分析人物形象。戏曲是塑造人物形象的艺术，其中所塑造的人物形象是否立体可感，对人物形象的描绘是否精细到位，是评价戏曲好坏的重要尺码。戏曲十分注重塑造具有鲜明生动的个性特征、具有某种典型意义的人物。由于戏曲艺术受时空的限制，不可能像中长篇小说那样对人物作面面俱到、精雕细琢的描绘和刻画，只能突出地表现人物性格的主要方面。因此，戏曲中的人物要求鲜明生动，能给观众以具体深刻的印象，如窦娥的爱憎分明，杜丽娘的一往情深，红娘的热情爽朗等。我们在欣赏戏曲时，要注意人物及人物间的关系，分清主要人物和次要人物，尤其要关注人物性格之间的对比与陪衬。所谓对比，是通过塑造性格差异很大的人物，以鲜明的差别来凸显人物各自的性格特点，如《将相和》中的廉颇与蔺相如，一武一文，两人都是有功之臣，但前者性格急躁，妒贤嫉能；而后者大度宽容，有谦让之风。在强烈的对比中，两个人物的形象更加生动。所谓陪衬，是通过描绘性格基本一致而又有所差别的人物，形成一种层次感，用来表现人物性格特点。《白蛇传》中白娘子和小青，两人思想感情基本一致，小青全力支持白娘子和许仙的爱情婚姻，但也对许仙的懦弱动摇而气恼，白素贞性格温和，小青则性格刚烈。小青想一剑刺死薄情的许仙，而白娘子虽又气又恼，却又疼又爱，替许仙向小青求情，小青的刚烈衬托出白素贞的温柔深情。

我们还要注意人物的动作和语言。戏曲是行为艺术，通过动作、行动来塑造人物形象是戏曲塑造人物的重要艺术手段。一个微小的动作，往往能生动地表现出人物的某些性格特点。如《窦娥冤》第一折张驴儿要强行与窦娥拜堂成亲，“张驴儿做扯正旦拜科，正旦推跌科”，把张驴儿的无赖蛮横和窦娥的坚决抗争表现得淋漓尽致。戏曲也是语言的艺术。每个人都有自己的个性，每个人的语言也都表现各自的性格，因而戏曲作品中的语言，特别要求个性化。《窦娥冤》第一折“（净扮赛卢医上，诗云）行医有斟酌，下药依本草；死的医不活，活的医死了。”通过赛卢医的自嘲，一个诙谐的庸医形象跃然纸上。

最后，关注曲辞本身的艺术特色。文人创作的戏曲作品往往会强调曲辞的精致优雅。其优秀者或写意绘景，情思绵绵，有无限的韵味，如《牡丹亭》第十出《惊梦》中的【皂罗袍】："原来姹紫嫣红开遍，似这般都付与断井颓垣。良辰美景奈何天，赏心乐事谁家院？朝飞暮卷，云霞翠轩；雨丝风片，烟波画船。锦屏人忒看的这韶光贱！"又或是评古论今，直抒胸臆，说尽人间沧桑，如《桃花扇》中的【哀江南】："俺曾见金陵玉殿莺啼晓，秦淮水榭花开早，谁知道容易冰消！眼看他起朱楼，眼看他宴宾客，眼看他楼塌了！这青苔碧瓦堆，俺曾睡风流觉，将五十年兴亡看饱。"这些曲辞生动优美，意境高妙，能够充分表达文人的精神意趣，传递作者对社会深刻的反思，具有很高的艺术价值。有相当一部分曲辞已经被当成独立的作品广为传播。我们在阅读古代戏曲作品时，要特别注意品味这些包含了深刻思想、美好情性和丰富意蕴的唱词，并将其和类似的诗词比较，领略其独特的文学魅力。

思考题

1. 古人鉴赏品评戏曲的形式有哪些？
2. 鉴赏品评戏曲的方法有哪些？

第三节　戏曲名篇导读

一、元杂剧

窦娥冤第三折

关汉卿

（外[①]扮监斩官上，云）下官监斩官是也。今日处决犯人，着做公的把住巷口[②]，休放往来人闲走。（净扮公人，鼓三通、锣三下科。刽子磨旗[③]、提刀，押正旦带枷上，刽子云）行动些，行动些，监斩官去法场上多时了。（正旦唱）

【正宫】【端正好】没来由犯王法，不提防遭刑宪，叫声屈动地惊天！顷刻间游魂先赴森罗殿，怎不将天地也生埋怨[④]。

【滚绣球】有日月朝暮悬，有鬼神掌着生死权。天地也，只合把清浊分辨，可怎生糊突了盗跖颜渊[⑤]？为善的受贫穷更命短，造恶的享富贵又寿延。天地也，做得个怕硬欺软，却元来也这般顺水推船。地也，你不分好歹何为地？天也，你错勘贤愚枉做天！哎，只落得两泪涟涟。

（刽子云）快行动些，误了时辰也。（正旦唱）

【倘秀才】则被这枷纽的我左侧右偏，人拥的我前合后偃。我窦娥向哥哥行有句言[⑥]。（刽子云）你有甚么话说？（正旦唱）前街里去心怀恨，后街里去死无冤，休推辞路远。

（刽子云）你如今到法场上面，有什么亲眷要见的，可教他过来，见你一面也好。（正旦唱）

【叨叨令】可怜我孤身只影无亲眷，则落的吞声忍气空嗟怨。（刽子云）难道你爷娘家也没的？（正旦云）止有个爹爹，十三年前上朝取应去了，至今杳无音信。（唱）早已是十年多不睹爹爹面。（刽子云）你适才要我往后街里去，是什么主意？（正旦唱）怕则怕前街里被我婆婆见。（刽子云）你的性命也顾不得，怕他见怎的？（正旦云）俺婆婆若见我披枷带锁赴法场餐刀去呵，（唱）枉将他气杀也么哥，枉将他气杀也么哥[7]。告哥哥，临危好与人行方便。

（卜儿哭上科，云）天那，兀的不是我媳妇儿！（刽子云）婆子靠后。（正旦云）既是俺婆婆来了，叫他来，待我嘱付他几句话咱。（刽子云）那婆子，近前来，你媳妇要嘱付你话哩。（卜儿云）孩儿，痛杀我也！（正旦云）婆婆，那张驴儿把毒药放在羊肚儿汤里，实指望药死了你，要霸占我为妻。不想婆婆让与他老子吃，倒把他老子药死了。我怕连累婆婆，屈招了药死公公，今日赴法场典刑。婆婆，此后遇着冬时年节，月一十五，有瀽不了的浆水饭[8]，瀽半碗儿与我吃；烧不了的纸钱，与窦娥烧一陌儿[9]。则是看你死的孩儿面上。（唱）

【快活三】念窦娥葫芦提当罪愆[10]，念窦娥身首不完全，念窦娥从前已往干家缘；婆婆也，你只看窦娥少爷无娘面。

【鲍老儿】念窦娥伏侍婆婆这几年，遇时节将碗凉浆奠；你去那受刑法尸骸上烈些纸钱，只当把你亡化的孩儿荐。（卜儿哭科，云）孩儿放心，这个老身都记得。天那，兀的不痛杀我也！（正旦唱）婆婆也，再也不要啼啼哭哭，烦烦恼恼，怨气冲天。这都是我做窦娥的没时没运，不明不暗，负屈衔冤。

（刽子做喝科，云）兀那婆子靠后，时辰到了也。（正旦跪科）（刽子开枷科）（正旦云）窦娥告监斩大人，有一事肯依窦娥，便死而无怨。（监斩官云）你有什么事？你说。（正旦云）要一领净席，等我窦娥站立；又要丈二白练，挂在旗枪上[11]。若是我窦娥委实冤枉，刀过处头落，一腔热血休半点儿沾在地下，都飞在白练上者。（监斩官云）这个就依你，打甚么不紧[12]。（刽子做取席站科，又取白练挂旗上科）（正旦唱）

【耍孩儿】不是我窦娥罚下这等无头愿[13]，委实的冤情不浅；若没些儿灵圣与世人传，也不见得湛湛青天。我不要半星热血红尘洒，都只在八尺旗枪素练悬。等他四下里皆瞧见，这就是咱苌弘化碧[14]，望帝啼鹃[15]。

（刽子云）你还有甚的说话，此时不对监斩大人说，几时说那？（正旦再跪科，云）大人，如今是三伏天道，若窦娥委实冤枉，身死之后，天降三尺瑞雪，遮掩了窦娥尸首。（监斩官云）这等三伏天道，你便有冲天的怨气，也召不得一片雪来，可不胡说！（正旦唱）

【二煞】你道是暑气暄[16]，不是那下雪天；岂不闻飞霜六月因邹衎[17]？若果有一腔怨气喷如火，定要感的六出冰花[18]滚似绵，免着我尸骸现；要什么素车白马，断送出古陌荒阡[19]！

（正旦再跪科，云）大人，我窦娥死的委实冤枉，从今以后，着这楚州亢旱三年[20]。（监斩官云）打嘴！那有这等说话！（正旦唱）

【一煞】你道是天公不可期，人心不可怜，不知皇天也肯从人愿。做甚么三年不见甘霖降，也只为东海曾经孝妇冤[21]。如今轮到你山阳县。这都是官吏每无心正法，使百姓有口难言。

（刽子做磨旗科，云）怎么这一会儿天色阴了也？（内做风科，刽子云）好冷风也！（正旦唱）

【煞尾】浮云为我阴，悲风为我旋，三桩儿誓愿明题遍。（做哭科，云）婆婆也，直等待雪飞六月，亢旱三年呵，（唱）那其间才把你个屈死的冤魂这窦娥显。

（刽子做开刀，正旦倒科）（监斩官惊云）呀，真个下雪了，有这等异事！（刽子云）我也道平日杀人，满地都是鲜血，这个窦娥的血都飞在那丈二白练上，并无半点落地，委实奇怪。（监斩官云）这死罪必有冤枉，早两桩儿应验了，不知亢旱三年的说话，准也不准？且看后来如何。左右，也不必等待雪晴，便与我抬他尸首，还了那蔡婆婆去罢。（众应科，抬尸下）

【注释】

①外：“外末”的省称，正末以外的次要男角。有时也为“外旦”“外净”的省称。王国维《古剧脚色考》：“元剧有外旦、外末，而又有外。外则或扮男，或扮女，当为外末、外旦之省。”

②做公的：衙门里的差役，也叫公人。

③磨旗：挥旗开路。宋代孟元老《东京梦华录》卷七：“先一人空手出马，谓之引马；次一人磨旗引马，谓之开道。”

④生：副词，深、甚。

⑤盗跖颜渊：盗跖是春秋时所谓“大盗”；颜渊是孔子的贤德弟子。颜渊短命而盗跖长寿，故说天地糊涂。

⑥哥哥行（háng）：哥哥那里。行，指示方位词，一般用于人称或自称的后面。

⑦也么哥：或作“也波哥”，表示感叹的语气词，无实义。

⑧瀽(jiǎn)：倾、倒。这里指拜祭时浇奠酒浆。

⑨一陌儿：古时一百钱称为陌。宋代沈括《梦溪笔谈》卷四：“今之数钱，百钱谓之‘陌’者，借‘陌’字用之，其实只是‘百’字，如‘什’与‘伍’耳。”

⑩葫芦提：或作“胡卢蹄”，宋元时口语，糊里糊涂的意思。清代翟灏《通俗编》引《明道杂志》：“钱文穆内相决一大滞狱，苏长公誉以为霹雳手，钱曰：‘仅名胡卢蹄耳’。”

⑪旗枪：杆子上装有枪头的旗子。

⑫打什么不紧：有什么要紧。元代谓要紧为打紧，“不”字为加强语气词。《元典章》：“海道官粮，运将大都里来，是最打紧勾当。”

⑬无头愿：用头颅相拼的誓愿。

⑭苌(cháng)弘化碧：苌弘，传说中周朝的忠臣。《庄子·外物》：“苌弘死于蜀，藏其血，三年而化为碧。”碧，青绿色的美石。

⑮望帝啼鹃：望帝是传说中的蜀王，名叫杜宇，他在蜀称帝，后让位于其相开明，死后魂魄化为鹃鸟。每年春耕时节，鹃鸟鸣叫，蜀人怀念望帝，因呼为杜鹃或杜宇。事见《蜀王本纪》《华阳国志·蜀志》。

⑯暄：太阳的暖气。

⑰飞霜六月因邹衍：邹衍，战国人，相传他被谗下狱，仰天大哭，时值夏天，竟然降霜。

⑱六出冰花：指雪花，雪花为六瓣。

⑲要什么二句：东汉时，张劭死后，友人范式从远地乘素车白马前往吊丧，见《后汉书·范式传》。后来就用“素车白马”代表送葬。断送，发送。

⑳亢旱：大旱。

㉑东海曾经孝妇冤：传说汉东海有寡妇周青，为侍奉婆婆发誓不嫁，婆婆自缢而死后，小姑告官，诬蔑周青杀死婆婆。官吏失察，判处周青死刑。临死之际，周青指着身旁的竹竿对人说：“如果我无罪，血当沿着竹竿往上流。”其言果应，随后东海地方大旱三年。

【评析】

关汉卿(1225？—1300?)，字汉卿，号已斋叟，大都(今北京市)人。关汉卿的[南吕·一枝花]《不伏老》套数，自述平生多才艺，矢志寄迹于娱乐场之中。关汉卿最终成为“驱梨园领袖”“捻杂剧班头”，被誉为元曲四大家之首。杂剧题材多样，曲词亦俗亦雅，具有较强的时代生活气息。

《窦娥冤》是关汉卿悲剧创作的巅峰之作。从剧情看，它是一部公案剧，年轻女子窦娥被控杀人，官府判她有罪处斩，新任官员重审此案，窦娥被认定无罪，冤情最终得到昭雪。全剧共四折。这是其中第三折，描述窦娥含冤赴刑的悲惨情景，是全剧的高潮。

本折戏由三部分组成：第一部分从开头至“只落得两泪涟涟”，写窦娥身戴枷锁，在赴刑途中倾诉满腔冤屈，谴责天地鬼神：“地也，你不分好歹何为地？天也，你错勘贤愚枉做天！”第二部分从“刽子云”至“负屈衔冤”是窦娥与婆婆的诀别。她一边继续表白自己的冤屈，一边嘱托后事，恳请婆婆顾怜自己。第三部分从“刽子做喝科”至结束，窦娥死前发下三桩誓愿，桩桩应验，既证明了自己的清白，又期望上天能够惩治邪恶。窦娥对天、地的指责，实际上是对最高统治者的诅咒。戏剧冲突的实质，至此已由窦娥与个别官吏之间的矛盾发展为窦娥与整个黑暗官僚制度之间的对立。戏剧在揭露了元代吏治的腐败残酷的同时，也展示了窦娥至诚至孝的善良心灵和不屈不挠的反抗精神。

窦娥临刑前发出的三桩誓愿，在现实生活中显然是不可能实现的，但是作者运用浪漫的手法，使这些不可能发生的事在舞台上一一呈现，既可使情节发生戏剧性的变化，又可使主题进一步深化。苍天显灵的情节，一方面表达了作者对窦娥的同情，同时也形象地说明了，窦娥之“怨”和“恨”虽能感天动地，却无力戳破不良社会的黑幕，显示了作者内心的无奈。

本折三部分之间张弛结合、疾徐相间、疏密有致，富有鲜明的艺术节奏。开幕时刽子手摇旗提刀，监斩官厉声吆喝，窦娥呼天抢地的悲诉怒斥，立刻将读者引入了浓重的悲剧氛围。接着，作者宕开一笔，转入婆媳诀别的悲戚场面。窦娥悲叹身世，哀怨低回，与第一部分的高亢激昂形成鲜明的对比，在剧情发展上构成一张一弛的戏剧波澜。而这一“弛”恰又为下一“张”蓄势，剧情转入高潮，读者的悲悯情怀也随之进入顶峰。可谓匠心独运，跌宕多姿。

【辑评】

明以后，传奇无非喜剧，而元则有悲剧在其中……其最有悲剧之性质者，则如关汉卿之《窦娥冤》，纪君祥之《赵氏孤儿》。剧中虽有恶人交构其间，而其蹈汤赴火者，仍出于其主人翁之意志，即列之于世界大悲剧中，亦无愧色也。

——清・王国维《宋元戏曲史》

【相关资料】

陈俊山：《元代杂剧赏析》，天津人民出版社 1983 年版。
王国维：《宋元戏曲史》，上海古籍出版社 2008 年版。
翁敏华：《窦娥冤第三折简析》，《四川师范大学学报》1980 年第 4 期。
黎小钟：《〈窦娥冤〉第三折在塑造窦娥形象上的地位和作用》，《西华师范大学学报》1981年第2期。

张大新：《试析〈窦娥冤〉第三折》，《河南大学学报》1981年第1期。

长亭送别

王实甫

(夫人、长老上，开[①])今日送张生赴京，就十里长亭，安排下筵席。我和长老先行，不见张生小姐来到。(旦、末[②]、红同上，旦云)今日送张生上朝取应去。早是离人伤感，况值那暮秋天气，好烦恼人也呵！“悲欢聚散一杯酒，南北东西万里程。”(旦唱)

【正宫】【端正好】[③]碧云天，黄花地[④]，西风紧，北雁南飞。晓来谁染霜林醉[⑤]？总是离人泪。

【滚绣球】恨相见得迟，怨归去得疾。柳丝长玉骢难系[⑥]，恨不倩疏林挂住斜晖[⑦]。马儿迍迍行，车儿快快随，却告了相思回避，破题儿又早别离[⑧]。听得道一声“去也”，松了金钏；遥望见十里长亭，减了玉肌[⑨]。此恨谁知！

(红云)姐姐今日不打扮？(旦云)你那知我的心里呵！(旦唱)

【叨叨令】见安排着车儿、马儿，不由人熬熬煎煎的气；有甚么心情花儿、靥儿[⑩]，打扮得娇娇滴滴的媚；准备着被儿、枕儿，则索昏昏沉沉的睡[⑪]；从今后衫儿、袖儿，都揾湿做重重叠叠的泪。兀的不闷杀人也么哥[⑫]，兀的不闷杀人也么哥。久已后书儿、信儿，索与我凄凄惶惶的寄[⑬]。

(做到、见夫人科)[⑭](夫人云)张生和长老坐，小姐这壁坐，红娘将酒来。张生，你向前来，是自家亲眷，不要回避。俺今日将莺莺与你，到京师休辱末了俺孩儿，挣揣一个状元回来者[⑮]。(末云)小生托夫人余荫，凭着胸中之才，觑官如拾芥耳[⑯]。(洁云[⑰])夫人主见不差，张生不是落后的人。(把酒了，坐)(旦长吁了)(旦唱)

【脱布衫】下西风黄叶纷飞，染寒烟衰草萋迷。酒席上斜签着坐的，蹙愁眉死临侵地[⑱]。

【小梁州】我见他阁泪汪汪不敢垂，恐怕人知。猛然见了把头低，长吁气，推整素罗衣。

【幺】[19]虽然久后成佳配，奈时间怎不悲啼。意似痴，心如醉，昨宵今日，清减了小腰围。

（夫人云）小姐把盏者！（红递酒，旦把盏了）（旦唱）

【上小楼】合欢未已，离愁相继。想着俺前暮私情，昨夜成亲，今日别离。我谂知这几日相思滋味[20]，却元来比别离情更增十倍。

【幺】年少呵轻远别，情薄呵易弃掷。全不想腿儿相挨，脸儿相偎，手儿相携。你与俺崔相国做女婿，妻荣夫贵[21]，但得一个并头莲[22]，强似状元及第。

（红云）姐姐不曾吃早饭，饮一口儿汤水。（旦云）红娘呵，甚么汤水咽得下！（唱）

【满庭芳】供食太急，须臾对面，顷刻别离。若不是酒席间子母每当回避，有心待与他举案齐眉[23]。

【幺】虽然是厮守得一时半刻，也合着俺夫妻共桌而食。眼底空留意，寻思起就里，险化做望夫石。

（夫人云）红娘把盏者。（红把酒科了）（旦唱）

【快活三】将来的酒共食，尝着似土和泥。假若便是土和泥，也有些土气息、泥滋味。

【朝天子】暖溶溶玉醅[24]，白泠泠似水，多半是相思泪。眼面前茶饭怕不待要吃，恨塞满愁肠胃。蜗角虚名，蝇头微利[25]，拆鸳鸯在两下里。一个这壁，一个那壁，一递一声长吁气。

（夫人云）辆起车儿，俺先回去，小姐随后和红娘来。（下）（末辞洁科）（洁云）此一行别无话儿，贫僧准备买登科录看，做亲的茶饭少不得贫僧的。先生在意，鞍马上保重者！“从今经忏无心礼[26]，专听春雷第一声[27]。”（下）（旦唱）

【四边静】霎时间杯盘狼藉，车儿投东，马儿向西，两意徘徊，落日山横翠。知他今宵宿在那里？有梦也难寻觅。

（旦云）张生，此一行得官不得官，疾早便回来。（末云）小姐心儿里艰难。小生这一去白夺一个状元[28]，真乃是“青霄有路终须到，金榜无名誓不归。”（旦云）君行别无所赠，口占一绝，为君送行：“弃掷今何在，当时且自亲。还将旧来意，怜取眼前人。”（末云）小姐之意差矣，张珙更敢怜谁？谨赓一绝[29]，以剖寸心：“人生长远别，孰与最

关亲？不遇知音者，谁怜长叹人？”（旦唱）

【耍孩儿】淋漓襟袖啼红泪[30]，比司马青衫更湿[31]。伯劳东去燕西飞[32]，未登程先问归期。虽然眼底人千里，且尽生前酒一杯。未饮心先醉，眼中流血，心内成灰。

【五煞】[33]到京师服水土，趁程途，节饮食，顺时自保揣身体。荒村雨露宜眠早，野店风霜要起迟！鞍马秋风里，最难调护，最要扶持。

【四煞】这忧愁诉与谁？相思只自知，老天不管人憔悴。泪添九曲黄河溢，恨压三峰华岳低[34]。到晚来闷把西楼倚，见了些夕阳古道，衰草长堤。

【三煞】笑吟吟一处来，哭啼啼独自归。归家若到罗帏里[35]，昨宵个绣衾香暖留春住[36]，今夜个翠被生寒有梦知。留恋你别无意，见据鞍上马，阁不住泪眼愁眉。

（末云）有甚言语嘱付小生咱？（旦唱）

【二煞】你休忧文齐福不齐[37]，我只怕你停妻再娶妻。你休要“一春鱼雁无消息”[38]！我这里“青鸾有信频须寄”[39]，你却休“金榜无名誓不归”。此一节君须记：若见了那异乡花草，再休似此处栖迟[40]。

（末云）再谁似小姐？小生又生此念。小姐放心，小生就此拜辞。（旦唱）

【一煞】青山隔送行，疏林不做美，淡烟暮霭相遮蔽。夕阳古道无人语，禾黍秋风听马嘶。我为甚么懒上车儿内，来时甚急，去后何迟！

（红云）夫人去好一会，姐姐，咱家去！（旦唱）

【收尾】四围山色中，一鞭残照里。遍人间烦恼填胸臆，量这些大小车儿如何载得起[41]？

（旦、红下）（末云）仆童赶早行一程儿，早寻个宿处。泪随流水急，愁逐野云飞。（下）

【注释】

①开：元杂剧术语，即开始说话的意思。

②旦：元杂剧中的女主角，此处指崔莺莺。末：元杂剧中的男主角，此处指张君瑞。

③正宫：北曲宫调名称。端正好：北曲曲牌名称，以下【滚绣球】【叨叨令】等均同。

④碧云天，黄花地：语出范仲淹《苏幕遮》："碧云天，黄叶地，秋色连波，波上寒烟翠。"

⑤晓来谁染霜林醉：指秋林变红的样子。醉，脸红，此指秋天树叶转红。

⑥玉骢(cōng)：玉花骢，名马，此处指马。

⑦倩：指请人做事。

⑧迍迍(zhūn)：慢慢，行动迟缓的样子。破题儿：开头，头一回。

⑨金钏(chuàn)：古代妇女的一种腕部饰品。这几句是说，分离之苦使人瞬间消瘦。

⑩靥(yè)儿：靥钿，古代妇女面颊上的装饰物。

⑪则索：只好。

⑫兀的不闷杀人也么哥：怎么不烦闷死人呢！兀的不，怎么不。

⑬凄凄惶惶：赶紧的意思，一作"恓恓惶惶"。

⑭做到、见夫人科：指旦、末做到达以及拜见夫人的动作。科，为杂剧中标示舞台动作的术语。

⑮挣揣(chuài)：争取。

⑯觑官如拾芥：比喻求取功名非常容易。芥，小草。

⑰洁：洁郎。元代时期称呼僧人为洁郎，此指普救寺的长老。

⑱酒席上斜签着坐的，蹙愁眉死临侵地：形容莺莺斜着身子坐着，一副愁眉不展、失魂落魄的样子。签，插。死临侵地，形容快要死掉的样子。

⑲幺：指按原曲调重复唱一遍。

⑳谂(shěn)知：知道、了解。

㉑妻荣夫贵：此处反用"夫荣妻贵"之意，意谓当以夫妻恩情为重、世俗功名为轻。

㉒并头莲：并开的莲花，比喻两情相守，今称为"并蒂莲"。

㉓举案齐眉：此处指恩爱夫妻。案，有脚的拖盘。东汉梁鸿之妻，为丈夫端上食物时，把托盘高举与眉齐，后世常用以比喻夫妻相敬如宾，语见《后汉书·梁鸿传》。

㉔暖溶溶：形容酒温热而多的样子。溶溶，多的样子。玉醅：美酒。

㉕蜗角虚名，蝇头微利：比喻微小而虚空的名利。蜗角，蜗牛的触角，比喻微小之地。苏轼《满庭芳》："蜗角虚名，蝇头微利，算来着甚干忙。事皆前定，谁弱又谁强。"

㉖经忏：指佛经。忏，为人忏悔所诵的经文。

㉗春雷第一声：比喻中状元的捷报。

㉘白夺：誓必夺得。

㉙赓（gēng）：续。

㉚红泪：指女子流泪。

㉛比司马青衫更湿：形容心情比被贬谪江州的白居易与沦落的琵琶女更伤心。语出白居易《琵琶行》："座中泣下谁最多，江州司马青衫湿。"

㉜伯劳东去燕西飞：比喻两人分离。此句化用古乐府"东飞伯劳西飞燕"句。伯劳，鸟名。

㉝五煞：曲牌名，用在套曲结尾的部分。单独用时称为"煞"；连续使用时多依其在套曲中的位置取名，位于倒二者称"二煞"，倒第三者称为"三煞"，以此类推。

㉞泪添九曲黄河溢，恨压三峰华岳低：黄河因添离泪而满溢出来，华山因离恨所压而低。此处用来形容离泪之多与离恨之深。

㉟罗帏：罗帐。

㊱绣衾：绣被。

㊲文齐福不齐：谓文章足以登第而命运不济，为当时成语。

㊳一春鱼雁无消息：谓一去没有消息。"鱼雁"，代指书信。此语出自秦观《鹧鸪天》："一春鱼鸟无消息，千里关山劳梦魂。"

㊴青鸾：青鸟。古代有青鸾送信的传说，此代指传送信息的信使。《山海经·大荒西经》："有三青鸟，赤首黑目，身青。"传说青鸾是西王母驾临前的信使，是凤凰的前身，色泽亮丽，体态轻盈，后人将它视为传递幸福佳音的使者。李璟《摊破浣溪沙》："青鸟不传云外信，丁香空结雨中愁。"

㊵栖迟：停留，眷恋、沉醉的意思。

㊶大小：指大大小小的烦恼。

【评析】

王实甫，名德信，大都（今北京市）人，生卒年不详，主要活动约在元贞、大德间（1295—1307）。王实甫所作杂剧有 14 种，以儿女风情题材居多。今仅存《西厢记》《丽春堂》《破窑记》三种及《芙蓉亭》《贩茶船》各一折。剧作风格秀丽婉转，《西厢记》一剧是其代表作。

《长亭送别》是《西厢记》第四本的第三折。这一折写的是张生赴京赶考、莺莺为之送别的情景。本折共分为四部分：第一部分为开头科白及【端正好】等三曲，是赴长亭路上的场面，写莺莺愁苦的心境；第二部分从"做到见夫人科"至

“专听春雷第一声”，是长亭饯别的场面，主要刻画莺莺、张生二人缠绵依恋而又无可奈何的内心纠结，突出莺莺珍重爱情、轻视功名的思想感情；第三部分从【四边静】至“小生就此拜辞”，是临别叮嘱的场面，莺莺既希望张生“得官不得官，疾早便回来”，又担心他考中后“停妻再娶妻”，表明她对尚未完全得到的爱情的深切珍惜和忧虑；第四部分从【一煞】至结尾，是两人分手后的场面，描写莺莺目送张生离去时依依难舍的情景和离别后的痛苦。

在这一折中，矛盾冲突的焦点集中在对科举功名的态度上。老夫人执意在“拷红”后第二日即打发张生上京赴考，并扬言“驳落呵休来见我”，表现出一种毫无回旋余地的强横顽固立场。张生原本就是一个打算上朝取应的举子，由于邂逅莺莺才滞留蒲东，现在爱情已获得，上京应考就是顺理成章的事。因此，在求取功名这一点上，他和老夫人态度基本一致，没有内心斗争。只有莺莺是反对张生上京赴考的，她更看重的是爱情本身。但她无力留住张生，内心十分痛苦。在她心目中，金榜题名只不过是“蜗角虚名，蝇头微利”，不是爱情的前提和基础，因此临别时不忘叮嘱张生“得官不得官，疾早便回来”，其叛逆的性格和对爱情的执着态度与老夫人形成鲜明的对照。莺莺的离愁别恨，是她对张生一往情深的表现，也体现了她不能掌握自己命运的悲哀，因而闪耀出反抗封建礼教的思想光辉。

本折通过景物描写突出戏曲环境，渲染送别的氛围，景物与主人公的离愁别恨浑然一体。作者将女主人公置身于离别的氛围中集中刻画。“晓来谁染霜林醉？总是离人泪。”火红的霜林映照着莺莺无法言传的苦衷。在莺莺的自问自答中，秋景愈发萧瑟迷离，人物的内心也愈发抑郁悲伤。离情别意和犹疑不安的心绪，都在这一片无边的秋色中延伸开来，极具感染力。

《西厢记》曲辞华美，作者广泛熔铸唐诗宋词意境，以高度的语言技巧写就浓郁的抒情气氛。《长亭送别》中的《端正好》一曲化用范仲淹《苏幕遮》词句，既写秋天之景，又写离人之情，情景交融，臻于化境，遂成千古绝唱。《叨叨令》则用经过锤炼的口语，一泻无余地倾诉了别离的愁闷。相同句式的排比，既加强了语言的节奏感，又使得感情更加凝重深沉。这一折戏非常突出地体现了《西厢记》的艺术特色和成就。

【辑评】

新杂剧，旧传奇，《西厢记》天下夺魁。

——明・贾仲明增补《录鬼簿》

天地间最动人归思者，莫如山色，而最慰人悬望者，莫如残照。何别？天涯游子，触景增怀。对青山之无恙，久客而悲他乡，睹落日之无多，长策而归故里。人情往往然也，未有伤心特甚如今。

——清·陈维崧《才子西厢醉心篇》

王实甫作《西厢》，以研炼浓丽为能，此是词中异军，非曲家出色当行之作。

——吴梅《顾曲麈谈》

【相关资料】

吴国钦：《长亭送别 令人心折》，《西厢记艺术谈》，广东人民出版社 1983 年版。

星汉：《寓情于景 情景交融——读〈西厢记·长亭送别〉的两段曲词》，《戏剧文学》1982 年第 2 期。

张人和：《〈西厢记〉论证·篇章选析(第四本第三折)》，东北师范大学出版社 1995 年版。

俞为民：《别情依依愁思长——〈西厢记·长亭送别〉赏析》，《古典文学知识》2003 年第 4 期。

刘汉光：《炼刚为柔 绵里藏针——试析〈长亭送别〉的戏剧性》，《名作欣赏》2007 年第 4 期。

二、明清传奇

闺 塾①

汤显祖

(末上)“吟余改抹前春句，饭后寻思午晌茶。蚁上案头沿砚水，蜂穿窗眼咂瓶花。”我陈最良杜衙设帐②，杜小姐家传《毛诗》，极承老夫人管待。今日早膳已过，我且把毛注潜玩一遍③。(念介)“关关雎鸠，在河之洲。窈窕淑女，君子好逑。”好者好也，逑者求也。(看介)这早晚了④，还不见女学生进馆，却也娇养的凶；待我敲三声云板⑤。(敲云板介)春香，请小姐解书。

【绕池游】(旦引贴捧书上)素妆才罢，缓步书堂下。对净几明窗潇洒。(贴)昔氏贤文⑥，把人禁杀。恁时节则好教鹦哥唤茶。(见介)(旦)先生万福。(贴)先生少怪。(末)凡为女子，鸡初鸣，咸盥、漱、栉、笄，问安于父母⑦；日出之后，各供其事。如今女学生以读书为事，须要早起。(旦)以后不敢了。(贴)知道了。今夜不睡，三更时分，请先生上书。(末)昨日上的《毛诗》，可温习？(旦)温习了，则待讲解。(末)你念来。(旦念书介)“关关雎鸠，在河之洲。窈窕淑女，君子好逑。”(末)听讲，“关关雎鸠”，雎鸠是个鸟；关关，鸟声也。(贴)怎样声儿？(末作鸠声)(贴学鸠声诨介)[8](末)此鸟性喜幽静，在河之洲。(贴)是了。不是昨日是前日，不是今年是去年，俺衙内关著个斑鸠儿，被小姐放去，一去去在何知州家。(末)胡说，这是兴。(贴)兴个甚的那？(末)兴者起也，起那下头。窈窕淑女，是幽闲女子，有那等君子好好的来求他。(贴)为甚好好的求他？(末)多嘴哩。(旦)师父，依注解书，学生自会。但把《诗经》大意，敷演一番。

【掉角儿】(末)论《六经》，《诗经》最葩[9]，闺门内许多风雅。有指证，姜嫄产哇[10]；不嫉妒，后妃贤达[11]。更有那咏鸡鸣，伤燕羽，泣江皋，思汉广[12]，洗净铅华[13]。有风有化[14]，宜室宜家[15]。(旦)这经文偌多[16]？(末)“《诗》三百[17]，一言以蔽之”，没多些，只“无邪”两字，付与儿家。书讲了。春香，取文房四宝来模字。(贴下取上)纸、墨、笔、砚在此。(末)这甚么墨？(旦)丫头错拿了，这是螺子黛，画眉的。(末)这甚么笔？(旦作笑介)这便是画眉细笔。(末)俺从不曾见。拿去，拿去！这是甚么纸？(旦)薛涛笺[18]。(末)拿去，拿去。只拿那蔡伦造的来。这是甚么砚？是一个是两个？(旦)鸳鸯砚。(末)许多眼[19]？(旦)泪眼[20]。(末)哭什么子？一发换了来。(贴背介)好个标老儿[21]！待换去。(下换上)这可好？(末看介)著。(旦)学生自会临书。春香还劳把笔[22]。(末)看你临。(旦写字介)(末看惊介)我从不曾见这样好字。这甚么格[23]？(旦)是卫夫人传下美女簪花之格[24]。(贴)待俺写个奴婢学夫人[25]。(旦)还早哩。(贴)先生，学生领出恭牌[26]。(下)(旦)敢问师母尊年？(末)目下平头六十。(旦)学生待绣对鞋儿上寿，请个样儿。(末)生受了[27]。依《孟子》上样儿，做个“不知足而为屦”罢了[28]。(旦)还不见春香来。(末)要唤他么？(末叫三度介)(贴上)害淋的。(旦作恼介)劣丫头那里来？(贴笑介)溺尿去来。原来有座大花园。花明柳绿，好耍子哩。(末)哎也，不攻书，花园去。待俺取荆条来。(贴)荆条做甚么？

【前腔】女郎行[29]，那里应文科判衙[30]？止不过识字儿书涂嫩鸦[31]。(起介)(末)古人读书，有囊萤的[32]，趁月亮的[33]。(贴)待映月，耀蟾蜍眼花；待囊萤，把虫蚁儿活支煞[34]。(末)悬梁刺股呢[35]？(贴)比似你悬了梁，损头发；刺了股，添疤痆[36]。有甚光华！(内叫卖花介)(贴)小姐，你听一声声卖花，把读书声差[37]。(末)又引逗小姐哩。待俺当真打一下。(末做打介)(贴闪介)你待打，打这哇哇，桃李门墙[38]，险把负荆人唬煞[39]。(贴抢荆条投地介)(旦)死丫头，唐突了师父，快跪下。(贴跪介)(旦)师父看他初犯，容学生责认一遭儿[40]。

【前腔】手不许把秋千索拿，脚不许把花园路踏。(贴)则瞧罢。(旦)还嘴，这招风嘴[41]，把香头来绰疤[42]；招花眼[43]，把绣针儿签瞎[44]。(贴)瞎了中甚用？(旦)则要你守砚台，跟书案，伴诗云，陪子曰，没的争差[45]。(贴)争差些罢。(旦挦贴发介)[46]则问你几丝儿头发，几条背花[47]？敢也怕些夫人堂上那些家法。(贴)再不敢了。(旦)可知道？(末)也罢，松这一遭儿。起来。(贴起介)

【尾声】(末)女弟子则争个不求闻达，和男学生一般儿教法[48]。你们工课完了，方可回衙。咱和公相陪话去。(合)怎辜负的这一弄明窗新绛纱[49]。(末下)(贴作背后指末骂介)村老牛，痴老狗，一些趣也不知。(旦作扯介)死丫头，"一日为师，终身为父"，他打不的你？俺且问你：那花园在那里？(贴作不说)(旦做笑问介)(贴指介)兀那不是[50]！(旦)可有什么景致？(贴)景致么，有亭台六七座，秋千一两架。绕的流觞曲水[51]，面着太湖山石。名花异草，委实华丽。(旦)原来有这等一个所在，且回衙去。

(旦)也曾飞絮谢家庭(李山甫)，(贴)欲化西园蝶未成(张泌)。

(旦)无限春愁莫相问(赵嘏)，(合)绿阴终借暂时行(张祜)。

【注释】

①《闺塾》为《牡丹亭》第七出，写杜丽娘听塾师陈最良讲解《诗经》。戏中旦角为杜丽娘，贴角为春香，末角为陈最良。

②设帐：教书。东汉经学家马融坐在绛纱帐内教学生，后因称坐馆教书为"设帐"。

③潜玩：暗中细细加以玩味。

④早晚：时候。

⑤云板：一种形状如云的铁制敲打乐器，官署用它来向后堂通报事情。

⑥昔氏贤文：指古代圣贤的文章。一说是书名，指一种用格言编成的启蒙

读物。

⑦鸡初鸣三句：见《礼记·内则》篇，是古代妇女的生活守则。盥(guàn)：洗手。漱：漱口。栉(zhì)：梳头。笄(jī)：发簪，这里指盘好头发。

⑧诨(hùn)：插科打诨。

⑨论《六经》二句：《六经》中以《诗经》最有文采。《易》《诗》《书》《礼》《乐》《春秋》都是儒家的经典著作，合称《六经》。葩(pā)：花，这里是华丽、有文采的意思。韩愈《进学解》曰"《诗》正而葩"，故有称《诗经》为《葩经》的。

⑩姜嫄产哇：古代传说，姜嫄是黄帝的曾孙帝喾的妃子。她在天帝的大脚趾印上踏了一脚，因而有孕，遂生后稷。见《诗经·大雅·生民》。哇，通"娃"。

⑪不嫉妒二句：《诗经·周南》中的《樛木》和《螽斯》二首，旧注以为是写后妃贤达、不妒忌的。

⑫更有那四句：咏鸡鸣，指《诗经·齐风·鸡鸣》；伤燕羽，指《诗经·邶风·燕燕》；泣江皋，指《诗经·召南·江有汜》；思汉广，指《诗经·周南·汉广》；旧说这四篇诗都是写女子美德的。

⑬铅华：铅粉，女子的化妆用品。

⑭有风有化：有教育意义。

⑮宜室宜家：语出《诗经·周南·桃夭》，意思是女子在夫家调理得一家和顺。

⑯偌(ruò)多：这么多。

⑰《诗》三百：语本《论语·为政》。《诗经》有诗 305 篇，三百是约数。

⑱薛涛笺：唐代女诗人薛涛制的一种彩色信纸。

⑲眼：今广东省肇庆市高要区端溪出产的端砚，带有天然的斑点，称为眼；一方砚，眼的数目多少不等，有白、赤、黄等不同颜色。

⑳泪眼：端砚上的眼有活眼、泪眼、死眼之分，眼不很清润明朗的叫泪眼。泪眼次于活眼，比死眼好。死眼又比没有眼好。

㉑标老儿：古板、执拗的人。

㉒把笔：初学写字，不会使毛笔，指导者握住执笔者的手帮着写，叫把笔，也叫把字。

㉓格：法式。

㉔卫夫人：亦称李夫人，名铄，字茂漪。晋卫恒从女，李矩妻。工书法，善隶书及正书。相传王羲之、王献之的书法，皆她所传。美女簪花：形容书法娟秀。

㉕奴婢学夫人：意思是说做奴婢的学着夫人的样子，指学不像。《说郛》卷

二十三引《宾退录》："羊欣书似婢作夫人，不堪位置。而举止羞涩，终不似真。"

㉖出恭牌：指请假上厕所。明代试场不让考生擅离座位，考生上厕所，凭牌出入。

㉗生受：难为、有劳的意思。

㉘不知足而为屦：语出《孟子·告子》，这里用来讽刺陈最良的迂腐和书呆子气。

㉙女郎行(háng)：女儿家。

㉚应文科：应科举考试。判衙：指官员坐堂办事。

㉛书涂嫩鸦：比喻书法拙劣或胡乱写作。这里指随便写几个字。

㉜囊萤：晋代车胤，家贫买不起灯油，就盛萤火虫于练囊之内，就其光而读书。事见《晋书·车胤传》。

㉝趁月亮：南齐江泌，家贫点不起灯，就在月下借月光读书。事见《南齐书·江泌传》。

㉞活支煞：活活地弄杀。

㉟悬梁刺股：指苏秦、孙敬刻苦读书的故事。《战国策·秦策一》："(苏秦)读书欲睡，引锥自刺其骨。"《楚国先贤传》："(孙敬)闭户读书，睡则以绳系颈，悬之梁上。"

㊱疤(nà)：伤疤。

㊲差：同"岔"，打扰。

㊳门墙：师门。《论语·子张》："夫子之墙数仞，不得其门而入。"

㊴负荆人：此指犯了错误的人。唬(hǔ)煞：吓死。

㊵责认：责备，训斥。

㊶招风嘴：招惹是非的嘴。

㊷绰：同"戳"，烫。

㊸招花眼：招惹是非的眼，这里有爱瞧热闹的意思。

㊹签：刺。

㊺争差：差错。

㊻挦(xián)：扯。

㊼背花：背上被鞭打的伤痕。

㊽女弟子二句：意谓女学生不要做官，只有这一点和男的不一样。

㊾一弄：一派。

㊿兀那：那，但语气要强调一些。

51流觞曲水：宜于游宴的曲水。古代人在三月三日上巳节修褉聚会，把装着酒的杯子放在溪上，顺水流下去，酒杯漂到谁的跟前，谁就取杯饮酒。

【评析】

汤显祖(1550—1616)，字义仍，号若士，又号海若，晚年别署清远道人，江西临川(今江西抚州)人。21岁中举，因拒绝张居正的结纳，直到万历十一年才(1583)才中进士，又因不受张四维、申时行的拉拢，而仕居下僚，曾任南京太常博士、南京詹事府主簿、南京礼部祠祭司主事。在南京礼部祠祭司任内，于万历十九年上《论辅臣科臣疏》而遭贬，贬广东徐闻，后量移浙江遂昌县令，三年后去官还乡，归隐于临川。作品《牡丹亭》《南柯记》《邯郸记》《紫钗记》，合称“临川四梦”。

《闺塾》是《牡丹亭》的第七出，近代演出本又常称为《春香闹学》，描写小姐杜丽娘、侍女春香在闺塾听老塾师陈最良授课的情景。通过教学过程的搬演，展现了封建礼教与年轻人烂漫真情的冲突，对封建教育进行了辛辣的嘲讽，并生动地刻画了三个不同性格的人物，充满喜剧色彩。

剧本一开场，丽娘、春香因来迟，招致陈最良的一通说教。春香以“今夜不睡，三更时分，请先生上书”，瓦解了所谓女规的威严。在陈最良一本正经地讲解《诗经》时，春香让先生学雎鸠鸣叫，并多番以淳朴而略带狡黠的追问和应答，让陈最良尴尬不堪，同时也调侃了封建妇德。而关于陈最良不识画眉细笔、薛涛笺、鸳鸯砚，又乱引《孟子》“不知足而为屦”等描写，使得一个酸腐无趣的老儒生形象跃然纸上。杜丽娘为平息两人的冲突，责备春香，实际上亦真亦假，她对花园景致的关注，说明其实她此时已无心学习，心已飞向高墙外的大花园。这出戏为后来杜丽娘的游园、惊梦埋下伏笔，酝酿了此后更大的戏剧冲突。

这出戏人物形象鲜明生动，人物语言富有个性化，剧场气氛诙谐幽默、轻松有趣。春香是杜丽娘的侍女和陪读，天真直率，大胆泼辣，天性开朗，思想单纯，很少受封建礼教的束缚，敢开先生的玩笑，敢于挑战师道尊严。和杜丽娘相比，春香的语言更加诙谐幽默，行为更加具有反抗性。杜丽娘是大家闺秀，因是独生女而被父母视为掌上明珠，从小受到严格的管束，以至连家中有一座大花园她都不知道。她的性格比较复杂，知书达礼而又向往自由，温良贤淑而又不失个性，稳重而又不失机敏。出于礼节，她对陈最良始终保持恭谨，但对其“依注解书”又表现出不满；虽则不满，却只是委婉地说：“学生自会，但把《诗经》大意敷演一番。”当陈最良要打春香时，她佯装发怒，既维护了先生的面子，又遮掩了自己的心思。她不像春香那样公然嘲笑那个宣传封建礼教的塾师陈最良，却同样厌烦陈最良的说教，向往高墙大院外的自由天地，表现了她对封建教育的抵制及对个性解放的追求。陈最良是个迂腐无趣的道学先生，严格遵守封建教义，暴露了封建社会一些知识分子的共同弱点，体现了作者的批判精神。

【辑评】

汤若士，明之才人也，诗、文、尺牍，尽有可观，而其脍炙人口者，不在尺牍、诗文，而在《还魂》一剧(《牡丹亭》)。使若士不草《还魂》，则当日之若士，已虽有而若无，况后代乎？是若士之传，《还魂》传之也。

——明·李渔《闲情偶寄》

【相关资料】

赵山林：《牡丹亭选评》，上海古籍出版社 2002 年版。

黄天骥：《汤显祖〈牡丹亭·闺塾〉赏析》，《历代名篇赏析集成》，高等教育出版社 2009 年版。

徐凤生，于雷：《举重若轻 妙趣横生——〈牡丹亭·闺塾〉赏析》，《上海戏剧》1981 年第 4 期。

哀江南[①]

孔尚任

(净云[②])……我三年没到南京，忽然高兴，进城卖柴。路过孝陵[③]，见那宝城享殿，成了刍牧之场。

(丑[④])呵呀呀！那皇城如何？

(净)那皇城墙倒宫塌，满地蒿莱了[⑤]。

(副末掩泪介[⑥]，云)不料光景至此。

(净)俺又一直走到秦淮，立了半晌，竟没一个人影儿。

(丑)那长桥旧院[⑦]，是咱们熟游之地，你也该去瞧瞧。

(净)怎的没瞧，长桥已无片板，旧院剩了一堆瓦砾。

(丑捶胸介)咳！恸死俺也！

(净)那时疾忙回首，一路伤心；编成一套北曲，名为《哀江南》。待我唱来！(敲板唱弋阳腔介[⑧])俺樵夫呵！

【哀江南】【北新水令】山松野草带花挑，猛抬头秣陵重到[⑨]。残军留废垒，瘦马卧空壕；村郭萧条，城对着夕阳道。

【驻马听】野火频烧，护墓长楸多半焦[10]。山羊群跑，守陵阿监几时逃[11]。鸽翎蝠粪满堂抛，枯枝败叶当阶罩；谁祭扫，牧儿打碎龙碑帽。

【沈醉东风】横白玉八根柱倒，堕红泥半堵墙高。碎琉璃瓦片多，烂翡翠窗棂少。舞丹墀燕雀常朝[12]，直入宫门一路蒿，住几个乞儿饿殍[13]。

【折桂令】问秦淮旧日窗寮，破纸迎风，坏槛当潮，目断魂消。当年粉黛，何处笙箫[14]？罢灯船端阳不闹，收酒旗重九无聊。白鸟飘飘，绿水滔滔，嫩黄花有些蝶飞，新红叶无个人瞧。

【沽美酒】你记得跨青溪半里桥，旧红板没一条。秋水长天人过少，冷清清的落照，剩一树柳弯腰。

【太平令】行到那旧院门，何用轻敲，也不怕小犬哰哰[15]。无非是枯井颓巢，不过些砖苔砌草。手种的花条柳梢，尽意儿采樵；这黑灰是谁家厨灶？

【离亭宴带歇拍煞】俺曾见金陵玉殿莺啼晓，秦淮水榭花开早，谁知道容易冰消！眼看他起朱楼，眼看他宴宾客，眼看他楼塌了！这青苔碧瓦堆，俺曾睡风流觉，将五十年兴亡看饱。那乌衣巷不姓王[16]，莫愁湖鬼夜哭，凤凰台栖枭鸟[17]。残山梦最真，旧境丢难掉，不信这舆图换稿[18]！诌一套《哀江南》，放悲声唱到老。

【注释】

①《哀江南》：选自清代孔尚任的《桃花扇》传奇。

②净：角色名，所扮大抵是粗暴勇猛的人物，如京剧之花脸。此指明末著名艺人苏昆生，擅长唱曲。

③孝陵：明朝开国皇帝朱元璋的寝陵，在今南京市紫金山。

④丑：角色名，多扮演反面人物或小人物。此指明末著名说书艺人柳敬亭。

⑤蒿莱：野生植物。

⑥副末：演出开场时向观众介绍剧情概要的角色，兼做杂差。此指老赞礼。

⑦长桥旧院：明末南京的繁华之地，多指歌妓聚居之所。

⑧弋阳腔：明末四大声腔之一，源于今江西省弋阳县，盛行于民间。

⑨秣(mò)陵：今南京市，秣陵为古称。

⑩长楸：高大的楸树，古代常种于道旁。

⑪阿监：太监。

⑫丹墀：群臣朝见天子之处，因台阶是赤色的，故名。

⑬饿殍：饿死的人。

⑭当年粉黛，何处笙箫：指当年繁华的景象难以寻觅。

⑮哰哰(láo)：狗叫声。

⑯王：东晋时的名门王导家族，曾聚居在乌衣巷附近。

⑰莫愁湖、凤凰台：均为南京名胜。

⑱舆图换稿：指江山易代。舆图，地图。

【评析】

孔尚任(1648—1718)，字聘之，又字季重，号东塘、岸堂，曲阜人，孔子64代孙，清初戏曲作家、诗人。《哀江南》是孔尚任传奇《桃花扇》结尾的一套北曲。教曲师傅苏昆生在南明灭亡后重游南京，满眼凄凉景象，于是抚今追昔，抒发兴亡之感，表达了怀念故国的无限哀思。

这套北曲由七支曲子组成，先铺写景物，寓情于景，后直抒胸臆，慷慨悲歌。第一支是引子，写苏昆生故地重游，见到战后南京的凄凉景象，为全文定下沉郁悲怆的基调。第二支至第六支以苏昆生游南京的踪迹为线索，由远而近，从城郊写到孝陵，从故宫写到秦淮，从板桥写到旧院，描写南明灭亡后南京各处的凄凉景象，通过对比，突出地表现了南明兴亡的历史变迁，在景物描写中蕴含了强烈的黍离之悲，不言情而情自在景中。第七支曲子是尾声，慨叹南京今昔景象的变化，痛悼南明的灭亡，唱出强烈的亡国哀痛。结尾“残山梦最真，旧境丢难掉。不信这舆图换稿！诌一套《哀江南》，放悲声唱到老”，点明全篇主旨，也将情绪推向了最高潮。

曲中的语言非常生动、准确、形象。“舞丹墀燕雀常朝”，“舞”字形象地刻画出燕雀在丹墀上跳来跳去、自由自在的情形；一个“朝”字，又把这种情形与臣子拜见天子的庄严礼仪联系起来，给人以今昔对比的联想，昔日的神圣宫廷，如今却极端衰败；“剩一树柳弯腰”的“剩”字，意味深长，表明柳树是昔日众多柳树中的残存之柳，使人想见当年丝丝绿柳夹岸垂翠的美景，饱含作者感时伤世的无限凄凉。

【辑评】

元人杂剧，辞则美矣，然不知描写人格为何事。至国朝之《桃花扇》则有人格矣！

——清·王国维《文学小言》

这一套凭吊兴亡的唱词，着眼在“不信这舆图换稿”七个字，唤醒了多少爱国人士的民族意识！这个剧本，所演的都是真人真事，穿插结构，煞费经营，它在戏曲史上的地位，是不可动摇的。

——龙榆生《词曲概论》

实写今日之荒芜景色，则虚写当年之豪华气象，借来为衬托之资。中所用抒情之句，皆写乱亡之慨，故写景之句，虽两两相比，悲喜相埒，终能侧重于悲，而其喜亦转为悲之复笔也。再，悲喜之情，以笔力之浅深较，不以字句之多寡胜也。

——傅庚生《中国文学欣赏举隅》

【相关资料】

蒋星煜：《〈桃花扇〉研究与欣赏》，上海人民出版社 2008 年版。

乔迈：《余音绕梁 百年不绝——〈桃花扇·哀江南〉欣赏》，《戏剧文学》1980 年第 5 期。

赖汉屏：《魂兮归来哀江南——读〈桃花扇·哀江南〉》，《名作欣赏》1982 年第 2 期。

思考题

1.《窦娥冤》一剧，窦娥在临刑之前发了三桩誓愿，你如何看待？

2.《长亭送别》中，崔莺莺有怎样的内心挣扎？

3.《闺塾》一折中，杜丽娘、春香、陈最良各自具有怎样的性格特点？试结合作品进行分析。

4.《哀江南》表达了怎样的思想情感？

第六章　小　说

第一节　小说的文体特征和发展脉络

一、小说的文体特征

中国古代的小说文体是一个非常复杂的概念。在不同的历史时期，小说的内涵和外延也不相同。譬如魏晋时期的小说，主要是志异、志人；唐代的小说主要指传奇；而到明清时期，则又包含了话本和章回小说等。不仅如此，中国古代小说与西方文学中的小说概念也有许多的不同。英国小说家、评论家福斯特在他著名的《小说面面观》一书中曾作了这样的定义："小说是用一定篇幅的散文写成的一部虚构作品。"然而这个定义却不足以解释中国古代小说。一方面，古代小说并不限于"散文"，往往是韵散结合，还有不少作品是以韵文为主体的。另一方面，福斯特"一定篇幅"的说法大体上是以五万字为界，超过五万字才能被视作小说，而中国古代小说因体式不同，从百十字到上百万言，千差万别。再有，关于"虚构"，虽然这在现代被认为是小说的基本特点，但对古代小说来说却不可一概而论。古代的一些小说，它们并不主动追求虚构，反而因史传文学的影响而看重"实录"的精神。所以说，古代小说的概念有其特殊性，需要在古代文学的具体语境中去领会。总体上看，中国古代成熟的小说具有以下几个基本特征。

第一，有相对完整的故事情节。小说的情节安排可以顺应题材的需要而有不同。或是情节曲折、引人入胜；或是表现一些人性深处或生活的某一侧面，用丰富的细节来展现人与事。

第二，有性格鲜明的人物形象。

第三，有合理的虚构和想象。小说作者应有较为明确的创作意识，小说的创作应是"有意为之"的。即便作者是秉持着"实录"的动机来创作，也应具备一定的虚构和想象。

第四，以叙述体为主。从语体上说，可以是用文言，也可以用白话。从篇幅上说，可以是精妙短章，也可以是皇皇巨著，但总体上要以叙事为主。

大致来看，中国古代小说有两个系统，即文言小说系统和白话小说系统，二者相互交错，并行发展。因此，下面将分别介绍两大系统的发展脉络。

二、文言小说的发展脉络

先秦两汉虽未产生符合小说文体基本条件的作品，但这一漫长的历史时期却是中国文言小说的萌芽阶段。这一时期的《山海经》《淮南子》《穆天子传》《燕丹子》等中的神话传说，《孟子》《庄子》《韩非子》《战国策》中的寓言故事及《左传》《战国策》和《史记》等史传文学，都孕育着小说艺术的因素，为小说文体的形成创造了条件。值得注意的是，由于史传文学极为发达，中国古代早期的小说与历史传记存在着千丝万缕的联系。

魏晋南北朝时期是文言小说发展的童年期。该时期的小说篇幅短小、叙事简单，只是粗呈故事梗概，并且基本是根据传闻加以直录，较少进行艺术的想象和细节的描写。虽有人物性格的初步刻画，但还不能展开。所以还只是初具小说的规模，并非成熟的小说作品。魏晋南北朝小说可以分为志怪和志人两类。志怪小说记述神仙方术、殊方异物、鬼魅妖怪、佛法灵异。志人小说记述人物的言谈举止、奇闻佚事。在中国文言小说史上，魏晋南北朝的志怪小说和志人小说是不可或缺的一环。前者以干宝的《搜神记》为代表，后者以刘义庆的《世说新语》为代表。《搜神记》主要记录神异故事，内容十分丰富，大多篇幅短小，情节较为简单，但充满神奇诡异的色彩，对后世有深远影响，如唐代传奇故事、蒲松龄的《聊斋志异》等都和它有着密切的联系。《世说新语》主要记载魏晋名士的逸闻轶事和玄虚清谈。鲁迅先生曾盛赞道："记言则玄远冷隽，记行则高简瑰奇"(《中国小说史略》)。《世说新语》中所提及的各类人物，无论帝王、将相，或是僧侣、隐士，有的重在形貌，有的重在才学，但都能够突出表现人物的特点，通过独特的言谈举止描绘出人物的独特性格，使之气韵生动、跃然纸上。《世说新语》的语言简约含蓄，隽永传神，透出各种机智和幽默。正如胡应麟《少室山房笔丛》卷十三所说："读其语言，晋人面目气韵，恍忽生动，而简约玄澹，真致不穷。"许多成语出自此书，被后世广泛运用。如拾人牙慧、难兄难弟、咄咄怪事等。《世说新语》对后世有着十分深远的影响，不仅模仿其的小说不断出现，而且不少戏曲、小说也都取材于此。

"小说亦如诗，至唐而一变"(鲁迅《中国小说史略》)。从中国小说发展史的角度来看，唐人小说是一次质的飞跃。唐人小说数量众多，仅《太平广记》一书所收录的唐人小说就很可观，单篇 40 余篇，专集 40 余部，一共约有千篇之数，大体分为两类：一为传奇，二为志怪。唐人小说繁荣发达的原因，除了对魏晋南北朝小说创作经验的继承发展之外，与当时的政治昌明、文化发达以及科举"行卷""温卷"之风都分不开。唐传奇的出现，标志着我国文言小说的成熟。唐传奇是指唐代流行的文言小说，作者大多以记、传为标题，以史家笔法，传奇闻异事。唐传奇的发展经历了三个时期。初、盛唐时代为发轫期，也是由六朝志怪到成熟的唐传奇之间的一个过渡阶段。作品数量相对较少，艺术表现也还不够成熟。中唐时代是传奇发展的兴盛期，这一阶段名家、名篇辈出。如白行简的《李娃传》、元稹的《莺莺传》、沈既济的《任氏传》、陈鸿的《长恨歌传》、李朝威的《柳毅传》等。但唐传奇在经过发轫期的准备、兴盛期的蓬勃之后，于晚唐开始退潮，出现了由盛转衰的局面。虽然此时的作品数量仍不少，并出现了传奇专集，如裴铏的《传奇》，但这些作品大多篇幅短小，内容单薄，艺术和思想都失去了前一时期的光彩。

宋人的文言短篇小说大体可分为三种类型：一是传奇体，乃唐人小说的余绪；二是笔记体，是志人小说的演化；三是志怪体，是志怪小说的延续。宋人传奇小说的总体成就不如唐人。鲁迅《宋人之说话及其影响》就认为："唐人大抵写时事，而宋人则多讲古事；唐人小说少教训，而宋则多教训。大概唐时讲话自由些，虽写时事，不至于得祸；而宋时则忌讳多，所以文人便设法加避，去讲古事。加之宋时理学盛极一时，因为小说也多理性化了。"总之，宋代传奇多历史题材，虽理性色彩更重，但也时有佳作，如无名氏的《李师师外传》等。此外，宋人笔记特多，是此前从未有过的现象。其中不少为小说或近似小说的作品，如司马光的《涑水纪闻》、孙光宽的《北梦琐言》、周辉的《清波杂志》等。宋代的志怪小说，多平实而少文采，成就虽不如记录历史琐闻的笔记，但也有几部颇具影响的作品，如吴淑的《江淮异闻录》、洪迈的《夷坚志》等。宋人的文言短篇小说的成就虽不如唐，然而数量与种类繁多，在小说史上也应占一席之地。而且宋人编纂了卷帙浩繁的《太平广记》，北宋初年以前的众多文言短篇小说，多赖以保存至今，这也是宋代对文言小说的重大贡献。

金元时期的文言短篇小说，无论数量、质量都没有超过宋代水平。但发展线索未断，而且有一些较有影响的集子，如刘祁的《归潜志》、元好问的《续夷坚志》、陶宗仪的《南村辍耕录》等。

明代的文言短篇小说虽然不能与同时期的白话长、短篇小说比肩，但是在文言小说发展史上占有重要的一席。明代出现了很多著名的传奇、志怪集，如瞿佑的《剪灯新话》、李祯的《剪灯余话》、邵景詹的《觅灯因话》等。这些集子中有许多文情并茂的作品。另外，某些散文大家如刘基、宋濂也间有若干小说名篇。

宋初至明末的六百多年间，文言短篇小说大多类似晋唐，然又难以逾越前代。至清代，这一情形大变，文言短篇小说高度繁荣，出现了具有世界影响的《聊斋志异》，把文言短篇小说的发展推向最高峰。《聊斋志异》记录神仙狐鬼精魅故事，“用传奇法而以志怪”(鲁迅)。《聊斋》的“志怪”与六朝的“志怪”的根本区别是：蒲松龄“志怪”而不信“怪”，六朝人则“志怪”而信“怪”；六朝人“志怪”是有意无意地宣扬“怪”，而蒲松龄的“志怪”乃是有意寄托于“怪”。《聊斋志异》有云：“集腋成裘，妄续幽冥之录；浮白载笔，仅成孤愤之书；寄托如此，亦足悲矣!”《聊斋》一出，仿作兴起，虽无一能与之抗衡，但也各有成就。影响较大的，有袁枚《子不语》、王士禛《池北偶谈》等。《聊斋志异》风行百余年后，纪昀的《阅微草堂笔记》问世，此书以笔记的形式编写而成，主要搜集各种狐鬼神仙、劝善惩恶、因果报应等乡野怪谈，以及亲身听闻的奇情轶事。虽与《聊斋》同为文言短篇志怪小说，但侧重记事明理，故事情节欠曲折，人物形象欠丰富，而且议论过多，缺乏《聊斋》那样浓厚的小说意味，因而文学价值不如《聊斋志异》。

三、白话小说的发展脉络

小说发展到宋代，发生了一次根本变化，这就是话本的产生，标志着白话小说的日渐兴起。以文言短篇小说为主的宋以前小说史，从此逐渐转向以白话小说为主的小说史；与此同时，文言短篇小说也仍然沿着自身的轨迹继续发展。自此，中国小说史由文言、白话两条线索并行、交互发展，它们既有各自的特点，又相互吸收、渗透。白话小说在中国小说史上所占的分量越来越重，地位也越来越高，而且白话短篇小说和白话长篇小说有如花开并蒂，各有硕果。

1. 白话短篇小说发展脉络

宋人话本的产生对古代小说史而言具有革命性的意义。第一，从文言到白话，增强了小说的表现力，扩大了读者面，拓展了小说的社会功能。第二，作品描写的对象从表现封建士子为主转向平民，尤其是市民，作品的思想观点、美学情趣随之发生了变化。第三，奠定了白话长、短篇小说的基础。因此鲁迅先生认为，话本的兴起，“实在是中国小说史上的一大变迁”(《中国小说史的历史的变迁》)。

话本的兴起要从“说话”说起。“说话”的本义是口传故事。“说话”作为一种技艺，起源于唐，盛于宋。唐以前的“说话”活动仅仅流行于士大夫之间，多是供统治阶级娱乐消遣。到了唐代，“说话”开始向市民阶层发展。唐人的文言小说、变文等，从内容和形式，都对“话本”的产生有影响。宋代“说话”上承唐代，因城市经济的繁荣、瓦舍勾栏的设立、说话艺人的增多、市井听众的捧场，民间说话呈现出商业化和职业化的特点。随着说话活动的兴盛，在书场中流传的故事越来越多，以口传故事为蓝本的文字记录本，以及受说话体式影响而衍生出的其他故事文本也日渐增多，后世统称之为“话本”。话本经公开流传，为文人模拟仿作，又形成“拟话本”。

宋元时代，话本大多单篇流传，且多出于民间艺人之手，很少署名，致使不少作品至今弄不清具体的写作年代。研究小说的人将它们收集一起，统称为“宋元话本”。“宋元话本”按内容细分，可分为小说话本、讲史话本、说经话本三种。宋元小说话本以爱情和公案题材为主，有一定的体制；讲史话本，多出自元代，今仅存《全相平话五种》《新编五代史平话》《大宋宣和遗事》几种；说经，原意为演说佛书，今存的宋元说经话本，只有无名氏的《大唐三藏取经诗话》。其中，讲史话本和说经话本既对章回小说的形成有积极的影响，又开历史小说和神魔小说的滥觞。

明代是白话小说的成熟期，也是白话小说蓬勃发展的时期。就白话短篇小说而言，明人做出了三方面的贡献：第一，对宋元话本及当时流传的一些艺术上有缺陷的话本进行了加工润色；第二，搜集整理话本小说集；第三，创作了大量的拟话本。明代短篇白话小说最繁荣的时期是在万历以后，尤其在南方，城市经济发达，以反映市民生活为主要内容的白话短篇小说日益发展。最有代表性的集子是洪楩的《清平山堂话本》、冯梦龙的“三言”(《喻世明言》《警世通言》《醒世恒言》)和凌濛初的“二拍”(《初刻拍案惊奇》《二刻拍案惊奇》)。

《清平山堂话本》原分为六集，共收话本 60 篇，总称《六十家小说》。今仅存 27 篇，多为宋元旧作，未加润饰；少数为明人作品。“三言”共收白话小说 120 篇，其中有经冯梦龙加以润饰的话本，也有他独立创作的拟话本，以明代作品居多。“二拍”则全为凌蒙初创作的拟话本。冯梦龙是一位全能的通俗文学家，对通俗小说也有卓越的见解。他编的“三言”佳作颇多，题材广泛，涉及当时社会生活的各个方面，艺术价值很高，从中可以看出宋元明话本的突出成就。“二拍”与“三言”同时代，都是重要的拟话本集，共收作品 80 篇。“二拍”“抒情写景，如在耳目”(孙楷第语)，艺术成就也非常不俗。清初“抱瓮老人”从“三言二拍”精选出 40 篇，定名《今古奇观》，这个选集流传很广，影响很大。明末清初，在“三言二拍”的影响下，出现的拟话本集子共有 40 余部。它们的思想、艺术性虽不及“三言二拍”，但去粗存精，也有些作品值得一读，如崇祯年间“天然痴叟”的《石点头》、明末“酌元亭主人”的《照世杯》、清初李渔的《十二楼》、“东鲁古狂生”的《醉醒石》、周清源的《西湖二集》等。

2. 白话长篇小说发展脉络

明初，《三国演义》与《水浒传》相继问世，标志着中国小说史进入从以短篇小说为主转向以长篇小说为主的新时期。虽然短篇文言、白话小说一直以自身的规律发展前进，并且时有佳作、时有高潮，但其总体成就与规模则无法与长篇小说相比。明代“四大奇书”独占鳌头，并且开创了各自的领域：《三国演义》是最早的一部长篇章回体历史小说，同时也是历史小说的经典之作；《水浒传》既是第一部全面描写农民起义的巨著，也是英雄传奇的典范；《西游记》既是第一部长篇神魔小说，又是神魔小说的高峰；《金瓶梅》既是第一部写世情的长篇小说，又是第一部由文人独立创作的长篇小说。“四大奇书”的巨大成就深刻地影响着长篇小说的发展，以至形成了长篇小说创作的四个系列：《三国》系列、《水浒》系列、《西游》系列、《金瓶梅》系列。可以说，“四大奇书”的影响深入整个社会，参与着人们的精神生活。这种潜移默化的巨大力量是难以估量的。

清代乾隆年间，《儒林外史》和《红楼梦》两部长篇巨著相继问世。在《儒林外史》出现之前，小说史上虽不乏讽刺之作，却没有一部能像《儒林外史》这样足以成为讽刺小说的经典。所以鲁迅《中国小说史略》对《儒林外史》不吝好评：“《儒林外史》出，乃秉持公心，指擿时弊，机锋所向，尤在士林；其文蹙而能谐，婉而多讽；于是说部中乃始有足称讽刺之书。”在“四大奇书”之外，《儒林外史》另辟蹊径，直接影响了晚清谴责小说的写作。至于《红楼梦》的成就和影响，更无须多言，无论其思想性还是艺术性，都是中国小说史和文学史上的巅峰，同时也是世界文学中的名著。如果说《三国演义》《水浒传》《西游记》在民间影响甚大，《儒林外史》《红楼梦》则在士大夫之间获得了重要的回响。尤其是《红楼梦》，传世之初就在士大夫中成为一种习尚和时髦：“开谈不说《红楼梦》，读尽诗书也枉然。”在《红楼梦》尚未问世时就有人评点。两百多年来，评论者摩肩接踵，续作汗牛充栋。对《红楼梦》的研究，早已形成一种学派——红学，研究者人数之多、研究成果之富，在中国小说史上绝无仅有。

清乾嘉以降，考据之风盛行，士大夫不那么热衷小说。直到晚清，这种现象才发生变化，小说重新得到蓬勃发展。晚清社会处于大变革时期。众多杂志创刊问世、印刷事业的发达兴旺、小说理论高度发展，都为小说创作和传播提供了便利的条件。据近人粗略统计，晚清长篇小说总数在千种以上。“四大小说家”(李伯元、吴趼人、刘鹗、曾朴)中，仅李伯元、吴趼人二人就创作了数十种长篇小说。晚清小说的内容、技法，都有许多新因素，体现出变革时期的特点。其中最著名的是“四大谴责小说”：李伯元的《官场现形记》、刘鹗的《老残游记》、吴趼人的《二十年目睹之怪现状》、曾朴的《孽海花》。

总而言之，中国古代小说发展的历史脉络大体可概括为：宋代以前，主要是文言短篇小说的单线发展；宋元以后，文言、白话、长篇、短篇多线发展，呈现出多姿多彩的状态。

思考题

1. 中国古代小说的文体特征是什么?
2. 传统的“小说”和今天所说的“小说”有什么异同?
3. 简述中国古代小说的发展脉络。

第二节　小说鉴赏理论

一、古人鉴赏品评小说的主要形式

随着小说的产生发展，不断有人对它做出评价、解释。但由于小说在文学史上长期被排斥在高雅文学殿堂之外，致使小说理论也不受重视，因此古代并没有专门的小说理论著作。与小说相关的理论资料，主要散见于小说评点和序跋中。它们结合具体作品，对小说的创作和鉴赏提出了一系列基本问题，并进行了颇为深入的探索。

1. 小说评点

小说评点是中国古典小说批评的一种重要形式。古人读小说时，常于字里行间、书头眉端写上简要评语；或者用笔圈点，用于品藻文翰。这就是所谓的评点。小说评点的体例一般包括：总评、回评、眉批、夹批或旁批、圈点等几种。这种形式由诗文评点借鉴而来，对小说艺术技巧、艺术特征和艺术价值有较为集中的分析和探索。若说最能体现中国古代小说批评特色的重要形式，当属评点无疑。

小说评点滥觞于宋代刘辰翁，他对《世说新语》的评点开了小说评点的先河。通过对《世说新语》的评点，刘辰翁对人物的肖像、性格、语言发表了不少精粹的见解。

明代中叶以后，评点之风盛行起来，出现了一批优秀的小说评点家。如李贽对《水浒传》进行精心的评点，为小说理论的进一步发展奠定了良好的基础；又如叶昼对《三国演义》《水浒传》《西游记》等小说的评点等。众多高质量评点的出现，使零星的小说评点逐步形成明清之际蔚为大观的小说评点潮流。

明末清初，金圣叹继承和发扬了李贽、叶昼等人的理论，通过对《水浒传》的评点，将小说评点推向高潮。金圣叹对《水浒传》艺术成就的探索，达到了前所未有的高度。不仅如此，他还发展了综合型的评点形态，即由“读法”“眉批”“夹批”“回批”等多个部分有机组成的批评形式。这一形式经毛氏父子、张竹坡等人进一步发展，成为小说评点史上最规整系统的评点形态。毛宗岗对《三国演义》的评点、张竹坡对《金瓶梅》的评点、脂砚斋对《红楼梦》的评点，都提出了许多有价值的艺术见解，并将小说评点推向新的高峰。

2. 小说序跋

小说序跋(包括总序、引言、志、读法等)也是古代鉴赏品评小说的重要形式。为小说写作序跋大约始于魏晋之际，而兴盛于明清。明清时期小说创作的繁荣，带来了理论的活跃。当时的小说家和理论家都喜欢为小说写序跋，评价小说的社会作用，认为小说可以和正统的诗文经史相媲美，并结合丰富的创作经验和具体的作品，提出具有理论意义的艺术见解。这使序跋成为当时流行的小说理论形式之一。如蒋大器的《三国志通俗演义序》从宏观上阐述了演义小说的艺术特点、教育作用及其普及历史知识的重要意义。李贽的《忠义水浒传序》把司马迁"发愤著书"的理论用于小说创作。冯梦龙、凌濛初等人在"三言二拍"序中论及小说的醒世功能和教育作用。金圣叹、毛氏父子、张竹坡三家评点都在书首安排了一篇《读法》，作为全书批评文本提纲挈领的部分。值得注意的是，比起带有感性鉴赏性质的小说评点，序跋对小说艺术的批评更有体系性，理论色彩更浓。

3. 其他

直至近现代，专门、系统的小说理论才开始陆续产生。梁启超《论小说与群治之关系》首开先河，自觉地把小说的地位从"小道"提高到前所未有的高度，并用政治解读的模式进行小说研究。王国维的《红楼梦评论》另辟蹊径，引入西方哲学、美学理论进行《红楼梦》研究。其后鲁迅的《中国小说史略》作为第一部小说史专书，与胡适的《白话小说史》一道，开辟了一门新兴学科——小说史学。此外，郑振铎、阿英、俞平伯、孙楷第等人也对小说进行了深入的研究，并取得了令人瞩目的研究成果。

二、古人鉴赏品评小说的主要观点

1. 泄愤说

中国古代文学向来有"发愤著书""不平则鸣"的传统，受此影响，小说创作也有"泄愤说"。小说"泄愤说"始于明代的刘敬。他在《剪灯余话序》中说："此特以泄其暂尔之愤懑，一吐其胸中之新奇，而游戏翰墨云尔。"更鲜明地打出"泄愤说"旗帜的则是李贽。李贽在《忠义水浒传序》中曰："古之圣贤，不愤则不作矣。不愤而作，譬如不寒而颤，不病而呻吟也，虽作何观乎？《水浒传》者，发愤之所作也。"强调小说是"发愤之作"，有深刻的创作动机。之后，叶昼称评点《水浒传》是"抒其愤懑"。张竹坡评点《金瓶梅》打破旧观点，认为这是一部泄愤的世情书，而不是一部淫书。之后，蒲松龄自称《聊斋志异》是"孤愤之书"，用明确的创作自述和杰出的写作实践为"泄愤说"提供了丰富的依据和有力的支持。

将泄愤说移植到小说创作，并将其进一步发展，具有不可低估的理论价值和实际意义。第一，在"惩劝教化"说盛行之时，泄愤说强调真情实感，对从观念出发的、说教式创作方法是一次有力的冲击，对打破"惩劝"模式有积极的意义。第二，泄愤说是从作品与作者的联系来谈小说创作，强调创作主体在小说创作中的决定作用，这有利于小说摆脱经史的附庸地位，凸显其独立的艺术价值。“泄愤说”体现着小说理论的趋于成熟。

2. 虚实论

关于虚实关系的探讨，是中国古代小说理论中一项重要论题。从汉代至魏晋南北朝的几百年间，人们对小说创作中的虚构性尚没有自觉的意识，常把虚构与真实相互混淆。直至唐代，人们才对小说创作的虚构问题有了比较明确的认识，如古神子评论《博异志》“语其虚，则源流具在”。这在小说观念演变史上具有转折性意义，是一个质的飞跃。

引起较大争论的是历史演义小说中的历史事实与艺术虚构的关系问题。这一问题，将长期以来人们对虚实关系的讨论推向高潮。蒋大器在《三国志通俗演义序》中评论《三国志通俗演义》曰：“文不甚深、言不甚俗；事纪其实，亦庶几乎史。……一开卷，千百载之事豁然于心胸矣。其间亦未免一二过与不及，俯而就之，欲观者有所进益焉。”这就指出历史小说要尊重历史，再现历史真实，但历史小说又大可不必事事都写，允许“一二过与不及”，增添虚构成分。李贽也探讨了小说中的艺术真实与历史真实的区别，并肯定了艺术真实的价值。他认为小说中的艺术真实，有别于历史真实。李贽在《批评三国志》第四十五回总评中曰：“郎借蒋干以害蔡瑁、张允，此等计策，如同小儿，即非老瞒，亦自窥破，谓老瞒入其计中乎，决无此事，但可入通俗演义中，以惊俗人耳。妙哉技也。真通俗演义也。”之后，谢肇淛在《五杂俎》中也说：“凡为小说及杂剧戏文，须是虚实相半，方为游戏三昧之笔。”明确提出在虚构与事实两者的关系上应是“虚实相半”，否则就是不懂得小说创作之“三昧”。

总体来说，虚实理论在明清取得了长足的发展，人们认识到虚构是小说创作的一种重要手法，也是小说的本质特征之一。叶昼在《水浒传》第一回总评中写道：“《水浒传》事节都是假的，说来却似逼真，所以为妙。”可见叶昼清楚地意识到小说的虚构性，并且肯定了这种虚构性的艺术价值。冯梦龙在《警世通言叙》中则说：“野史尽真乎？曰：不必也。尽赝乎？曰：不必也。然则，去其赝而存其真乎？曰：不必也。”他认为小说“事真而理不赝，即事赝而理亦真”。可见明清时期的小说评论家已深刻认识到虚构的必要性，若事事追求生活的真实，就会违背艺术真实；而合理的虚构，蕴含着艺术的真实。

3. 典型论

明清时期，随着众多人物丰富、形象鲜明的小说作品的出现，小说批评也进一步深入探索创作的内部规律，对小说人物形象及性格的分析评点日渐增多，并且包含了典型理论的思路，注重从类型特征上来揭示人物形象的典型性。

叶昼不但高度评价了《水浒传》人物描写的成就，并且精辟地总结了《水浒传》塑造人物的艺术经验，其云：“《水浒传》文字妙绝千古，全在同而不同处有辨。”既从理论上指出了艺术形象个性化的重要意义，又总结出塑造艺术典型的重要经验。

其后，金圣叹发展了叶昼的理论。金圣叹在评价《水浒传》时认为，《水浒传》之所以如此成功，无非是注重写人物性格，成功地塑造出众多典型形象。“独有《水浒传》，只是看不厌，无非为他把一百八个人性格，都写出来。”(《〈水浒传〉读法》)《水浒传》不仅写出了众多人物性格，而且这些人物性格都是个性化的：“叙一百八人，人有其性情，人有其气质，人有其形状，人有其声口。”(《〈水浒传〉序三》)更难能可贵的是，即便是同一类型的人物性格，也写出了他们每个人独特的个性。《水浒传》所描绘的世界未必是读者所熟识的，但它反映出了当时社会生活中某些带有普遍性的现象，这些现象和特征通过个性化的“一百八个人”表现出来，因而能引起读者的广泛联想，所以“任凭提起一个，都似旧时熟识”(《〈水浒传〉读法》)。

又如毛宗岗在《读三国志法》中提出“三奇”“三绝”说，还做了细致的分析，认为关羽是绝伦超群的名将，孔明是名高万古的贤相，曹操是智计足以揽人才而欺天下的奸雄。毛氏颇有见地地发现，作者从诸多方面刻画这三个形象，使之丰满生动，成为各自具有独特性格的艺术典型。再如张竹坡重视人物的个性化，总结出《金瓶梅》“善用犯笔而不犯”的形象塑造方法，并明确提出“典型”的概念；脂砚斋评《红楼梦》，也提出小说要塑造具有独特个性的“新人”，进一步丰富了人物形象塑造的理论。

虽然我国古代的小说批评并未像西方那样提出明确的“典型论”，但诸评家对小说的人物性格、典型形象等重大问题的深入探索，为后人研究古代小说提供了很好的借鉴。

三、小说鉴赏的方法

中国古代的小说理论非常丰富多彩，众多著名的小说理论家、批评家，从各个方面审视小说，对小说的本质特征、发展规律、艺术技巧、美学风貌等，进行了有益的探讨。在这一过程中，中国古代的小说理论也形成了自己的特点。评点与序跋是古人品评小说的主要方式，这种方式有其优点，也有其缺陷。其优点体现为直观、灵活，形式多样，它可以从小说的具体情节出发，或长或短，自由发挥，做到从心所欲，谈古论今。胸中之块垒可以借人物故事而得以宣泄，思想议论也可随作品具体情节而得到阐发。直观式的点评，在语言表达上也具有审美特征，评点家使用形象鲜明、色彩瑰丽的词句，容易唤起读者在精神层面的共鸣。这种灵活的形式特性和直观感悟式的批评格局，无疑是小说评点吸引评点者和读者的一个重要原因。然而，这种感悟式的评点缺少系统化的理论架构。评点家很少有意地将评论组成一个层次分明、独立于小说文本之外的逻辑体系。而且评点对小说文本有很强的依附性，容易停留在表面的直观感悟，对一些规律性问题的探讨有所不足，很少能形成独立的理论体系并反过来指导小说的创作。这是这种批评形态对小说理论构建的制约。

相比之下，西方的理论因其自身系统化、规范化，在指导小说创作方面显得更游刃有余。他们擅长思辨的研究方法，在已创作的小说中归纳、总结，孕育出新的理论体系，并再次指导创作，从而给理论和小说都带来了生命与活力。西方小说自文艺复兴以来呈现出多样化的潮流，小说叙事学、形式主义、结构主义等各种理论的发展，对小说鉴赏，同样有重要参考价值。

在这种情况下，我们今天鉴赏品评小说应当将中国古代小说理论与当代小说理论有效结合起来，兼取二者所长，用一种综合的思路来看待中国古代小说，以实现对小说的品鉴和欣赏。我们对于古代小说的鉴赏，可以从以下几个方面进行。

首先，对不同类型小说的特点要有准确的把握。要清楚文言小说与白话小说在源流、形态、风格等方面的差别，清楚话本、章回小说在体式上各自的特点等。这是鉴赏一篇小说首要的、基础的功夫。

其次，鉴赏小说对人物的塑造。人物是小说中最重要的因素之一，就整体而言，成功的人物塑造是大多数伟大小说卓越成就的标志之一。我们的阅读经验也能够证明这一点。一般的小说读者读过一个小说文本之后，也许未必能详细地复述出小说的故事情节，未必能记住小说对某个场面的生动描写，但大多数人都会记住小说刻画的人物。因此，小说中的人物塑造是鉴赏小说的重要内容。《三国演义》中的“三绝”曹操、关羽、诸葛亮，《水浒传》中的林冲、武松、李逵，都是鲜活灵动、跃然纸上的人物，他们各有特色，绝不雷同。即便是性格相似的人物，作者也会通过各种细节来体现他们细微的不同，如鲁智深的粗中有细和李逵的鲁莽冲动就绝不相同。

在鉴赏这些人物时，我们还要特别注意分析小说塑造人物所使用的技巧。人物塑造涉及不少具体方法，如形象描写、行动描写、细节描写、语言描写、心理描写，还有正面描写、侧面描写等。如《红楼梦》中王熙凤的出场，就是先闻其声、再见其人，将王熙凤泼辣的个性呈现得淋漓尽致。把握了这些方法和技巧，再来看小说中的人物，会对人物形象有更全面、更深刻的认识。

再次，鉴赏小说的情节设置与结构安排。情节展开的过程，以及在此过程中不断出现的悬念、紧张、曲折，是小说吸引人的关键所在。为了能够吸引读者，作者在情节设置与结构安排上往往费尽苦心。短篇小说中，可以关注小说中具有线索意义的事物，如《蒋兴哥重会珍珠衫》中的“珍珠衫”，《杜十娘怒沉百宝箱》中的“百宝箱”，都是对于情节推动有重要作用的事物，也都是作者精心设置的结果。长篇小说篇幅很长，在情节结构上往往更需要作者的精心设计。例如“草蛇灰线”，便是情节安排上的重要技巧。金圣叹评《水浒传》，特别注重发现这样的安排，包括景阳冈一段连写 18 次“哨棒”，紫石街一段连写 16 次“帘子”和 38 次“笑”等。脂砚斋评《红楼梦》也非常关注作者在情节安排上的独特技巧：“事则实事，然亦叙得有间架，有曲折，有顺逆，有映带，有隐有见，有正有闰，以至草蛇灰线、空谷传声、一击两鸣、明修栈道、暗度陈仓、云龙雾雨、两山对峙、烘云托月、背面傅粉、千皴万染诸奇。”各种方法，不一而足。

不过，对于小说情节的鉴赏应与人物鉴赏联系起来。事实上，一部小说的情节往往是与小说人物密切相关的。人物性格是推动情节发展的内在动因，而小说通过情节展示出来的往往正是人物性格及成长。

最后，我们还应当注意鉴赏小说的细节描写。细节描写是小说中非常重要的部分，包括对人物形象、人物行为、人物心理、环境景物等各方面的细腻、具体地呈现。这些细节描写，常常对人物的性格和情节的推进有重要的意义。细节处理的细致程度，直接影响着一篇小说的感染力。如《世说新语》对人物形象的刻画，就是聚焦于一些细节，通过王蓝田吃鸡子的行为，体现其“性急”的特点；通过谢安听完捷报仍下棋如故的细节，来体现他的镇定。又如《婴宁》中多次出现关于“花”的细节描写，有效衬托了女主人公天真纯洁的性格特点。鉴赏古代小说，要善于发现类似的细节描写，并评价其对小说表达的作用和意义。

思考题

1. 简述古人品评鉴赏小说的主要形式。
2. 古代小说评论者如何看待虚与实的问题？
3. 我们应如何欣赏古代小说？

第三节　小说名篇导读

一、南北朝小说

王子猷居山阴[①]

《世说新语》

王子猷居山阴，夜大雪，眠觉，开室命酌酒，四望皎然。因起彷徨，咏左思《招隐》诗[②]，忽忆戴安道[③]。时，戴在剡[④]，即便夜乘小船就之[⑤]。经宿方至[⑥]，造门不前而返[⑦]。人问其故。王曰："吾本乘兴而行，兴尽而返，何必见戴？"

【注释】

①王子猷：王羲之第五子王徽之，字子猷，性孤高，好竹。曾任东晋大司马桓温的参军。山阴：今浙江省绍兴市。本文选自刘义庆《世说新语·任诞》。

②左思：西晋初年著名作家，字太冲，临淄人。左思有《招隐》诗："杖策招隐士，荒涂横古今。岩穴无结构，丘中有鸣琴。白雪停阴岗，丹葩曜阳林。"

③戴安道：戴逵，字安道，博学能文，隐居不仕，是王徽之的朋友。

④剡：地名。今浙江省嵊州市西南。

⑤就之：前往拜访他。就：到。

⑥经宿：历经一夜。

⑦造门不前而返：到了门口没有进去就往回走。造：到，至。

【评析】

《世说新语》是我国第一部文言志人小说，主要记述魏晋时期士族阶层的逸闻轶事。与现代小说不同的是，它没有完整的故事情节，而是采撷人物在现实生活中的零星片段来记述人物的言行，一般只用数行文字，短的只有三言两语，但人物形象却栩栩如生。《世说新语》的成就在于，它不仅生动地刻画了人物性格，而且反映了当时的社会风貌。作品中对魏晋士人言行的记述，充分地展示了魏晋士人所特有的不慕功利、纵情任性、潇洒飘逸的风度。这就是后人所说的魏晋风度。

这种风度在对王徽之的记述中表现得格外突出。王徽之作为东晋名门贵胄，身居显位，又负一时才名。虽然《世说新语》中关于他的记载并不算多，但雪夜访戴的故事却极其经典，几乎成了魏晋风流的典型代表。

这段故事虽短，却颇具波澜。王徽之的行为似乎总是出人意表：在大雪之夜醒来，竟然不惧寒冷而开室酌酒；因雪景诗而思念戴逵，竟然能够立即夜乘小船前往；经过一宿来到朋友门前，竟然又不入而返。这一连串的出人意表，在故事的最后得到了解释："乘兴而行，兴尽而返。"原来在其中牵引着王徽之行为的，正在这个"兴"字。"行"与"返"，都出于"兴"，也可以说"行"与"返"本身就是目的。这是何等的洒脱，又是何等的自在，何等的随性而为！

全文文字简洁又含蓄凝练，寥寥几笔，就将王徽之放诞、率真、适意、不计得失的魏晋风韵表现得淋漓尽致，千载之下犹且令人神往不已。

【辑评】

读其语言，晋人面目气韵，恍然生动，而简约玄澹，真致不穷，古今绝唱也。

——明·胡应麟《少室山房笔丛》

【相关资料】

张斗和：《子猷访戴》，《语文月刊》1996 年第 11 期。

宁稼雨：《〈世说新语·雪夜访戴〉赏读》，《名作欣赏》2011 年第 7 期。

王蓝田性急①

《世说新语》

王蓝田性急。尝食鸡子②，以箸刺之③，不得，便大怒，举以掷地。鸡子于地圆转未止。仍下地以屐齿蹍之④，又不得，瞋甚⑤，复于地取内口中⑥，啮破即吐之⑦。王右军⑧闻而大笑曰："使安期有此性⑨，犹当无一豪可论⑩，况蓝田邪？"

【注释】

①王蓝田：王述，字怀祖，东晋人，袭封蓝田侯，官至散骑常侍、尚书令。本篇选自《世说新语·忿狷》。

②鸡子：鸡蛋。

③箸(zhù)：筷子。刺：探取，夹取。

④屐：古人穿的一种木制鞋，鞋底由木齿支撑。蹍(niǎn)：踏，踩。
⑤ 瞋(chēn)：眼睛圆睁着。
⑥内：通“纳”，放入。
⑦啮破：嚼破。
⑧王右军：晋代著名书法家王羲之，字逸少，曾官右军将军，世称王右军。
⑨使：假如。安期：王述的父亲王承，字安期，当时颇有名气。
⑩豪：同“毫”。可论：可取之处。

【评析】

《世说新语》善于运用细节描写来刻画人物性格，常常在微小的生活细节中表现出人物的个性。本文就是一篇刻画人物性格的精品。通过王蓝田吃鸡蛋这样一件日常琐事，即把他性急易怒的暴躁性格表现得十分传神，使人过目难忘。

王蓝田仅仅因为没能用筷子夹起鸡蛋，便勃然大怒，将鸡蛋扔到地上。又因为看到鸡蛋在地上转个不停，他便走下坐榻，要用脚去踩。然而鸡蛋滑溜，老是踩不住，更是让他怒火中烧。更为可笑的是，王蓝田最后索性把鸡蛋从地上捡起来，放进嘴里狠狠咬破再吐出来。其实，不过是一枚鸡蛋而已，何必要如此大动干戈？吃鸡蛋如此，做其他事可想而知。由此可见王蓝田性急易怒的典型性格。

这个不足百字的小故事，写得波澜起伏，生动传神。作者采用了一连串的动词“刺、掷、蹍、啮、吐”以描写人物行为，又用“怒、瞋”等词刻画人物神态，并在这些行为和神态中反映出王蓝田怒气的不断升级，使读者如见其状，如闻其声。一个急性子形象跃然纸上，让人忍俊不禁。

【辑评】

(王)述清贵简正，少所推屈，唯以性急为累。

——南朝宋·何法盛《晋中兴书》

《世说新语》今本凡三十八篇，自《德行》至《仇隙》，以类相从，事起后汉，止于东晋，记言则玄远冷俊，记行则高简瑰奇，下止缪惑，亦资一笑。

——鲁迅《中国小说史略》

【相关资料】

裴登峰，张立华：《古代文学中的两个“急性子”》，《名作欣赏》2010 年第 10 期。

二、唐宋传奇

莺莺传(节选)

元 稹

张生游于蒲[1]，蒲之东十余里，有僧舍曰普救寺，张生寓焉。适有崔氏孀妇，将归长安，路出于蒲，亦止兹寺。崔氏妇，郑女也；张出于郑[2]，绪其亲[3]，乃异派之从母[4]。是岁，浑瑊薨于蒲[5]，有中人丁文雅[6]，不善于军[7]，军人因丧而扰，大掠蒲人。崔氏之家，财产甚厚，多奴仆，旅寓惶骇，不知所托。先是张与蒲将之党有善，请吏护之，遂不及于难。十余日，廉使杜确[8]将[9]天子命以总戎节[10]，令于军，军由是戢[11]。郑厚张之德甚[12]，因饰馔以命张[13]，中堂宴之。复谓张曰："姨之孤嫠未亡[14]，提携幼稚，不幸属师徒大溃，实不保其身，弱子幼女，犹君之生[15]，岂可比常恩哉？今俾以仁兄礼奉见，冀所以报恩也。"命其子，曰欢郎，可十余岁，容甚温美。次命女："出拜尔兄，尔兄活尔。"久之辞疾，郑怒曰："张兄保尔之命，不然，尔且掳矣，能复远嫌乎[16]？"久之乃至，常服睟容[17]，不加新饰。垂鬟接黛[18]，双脸销红而已[19]，颜色艳异，光辉动人。张惊为之礼，因坐郑旁。以郑之抑而见也[20]，凝睇怨绝，若不胜其体者[21]。问其年纪，郑曰："今天子甲子岁之七月，终于贞元庚辰，生年十七矣。"张生稍以词导之，不对，终席而罢。

张自是惑之，愿致其情，无由得也。崔之婢曰红娘，生私为之礼者数四，乘间遂道其衷[22]。婢果惊沮[23]，腆然而奔[24]，张生悔之。翼日，婢复至，张生乃羞而谢之，不复云所求矣。婢因谓张曰："郎之言，所不敢言，亦不敢泄。然而崔之姻族，君所详也，何不因其德而求娶焉？"张曰："余始自孩提，性不苟合。或时纨绮间居[25]，曾莫流盼。不为当年，终有所蔽[26]。昨日一席间，几不自持[27]。数日来，行忘止，食忘饱，恐不能逾旦暮[28]。若因媒氏而娶，纳采问名[29]，则三数月间，索我于枯鱼之肆矣[30]。尔其谓我何[31]？"婢曰："崔之贞慎自保，虽所尊不可以非语犯之[32]，下人之谋，固难入矣。然而善属文[33]，往往沉吟章句[34]，怨慕者久之。君试为喻情诗以乱之[35]，不然则无由也。”张大喜，立缀春词二首以授之[36]。

是夕，红娘复至，持彩笺以授张曰：“崔所命也。”题其篇曰《明月三五夜》，其词曰：“待月西厢下，迎风户半开。拂墙花影动，疑是玉人来。”张亦微喻其旨，是夕，岁二月旬有四日矣。崔之东有杏花一株，攀援可逾。既望之夕，张因梯[37]其树而逾焉，达于西厢，则户半开矣。红娘寝于床，生因惊之。红娘骇曰：“郎何以至？”张因绐之曰：“崔氏之笺召我也，尔为我告之。”无几，红娘复来，连曰：“至矣！至矣！”张生且喜且骇，必谓获济[38]。及崔至，则端服严容，大数张曰：“兄之恩，活我之家，厚矣。是以慈母以弱子幼女见托。奈何因不令之婢[39]，致淫逸之词，始以护人之乱为义，而终掠乱以求之[40]，是以乱易乱，其去几何？诚欲寝其词[41]，则保人之奸，不义；明之于母，则背人之惠，不祥；将寄与婢仆，又惧不得发其真诚。是用托短章，愿自陈启，犹惧兄之见难，是用鄙靡之词，以求其必至。非礼之动，能不愧心，特愿以礼自持，无及于乱。”言毕，翻然而逝。张自失者久之，复逾而出，于是绝望。

数夕，张生临轩独寝，忽有人觉之[42]。惊骇而起，则红娘敛衾携枕而至。抚张曰：“至矣！至矣！睡何为哉？”并枕重衾而去。张生拭目危坐久之，犹疑梦寐，然而修谨以俟[43]。俄而红娘捧崔氏而至，至则娇羞融冶，力不能运支[44]体，曩时端庄，不复同矣。是夕旬有八日也，斜月晶莹，幽辉半床。张生飘飘然，且疑神仙之徒，不谓从人间至矣。有顷，寺钟鸣，天将晓，红娘促去。崔氏娇啼宛转，红娘又捧之而去，终夕无一言。张生辨色而兴，自疑曰：“岂其梦邪？”及明，睹妆在臂，香在衣，泪光荧荧然，犹莹于茵席而已。

是后又十余日，杳不复知。张生赋《会真诗》三十韵，未毕，而红娘适至。因授之，以贻崔氏。自是复容之，朝隐而出，暮隐而入，同安于曩所谓西厢者，几一月矣。

【注释】

①蒲：蒲州，也称河中府，辖今山西西南部龙门山以南，稷山、盐池及永乐镇以西地区，州治在今永济市。

②张出于郑：张生的母亲也是郑家的女儿。

③绪其亲：论起亲戚来。

④异派之从母：另一支派的姨母。

⑤浑瑊：唐将，西域铁勒九姓的浑部人，屡立战功，曾是河中府的最高军事主官。

⑥中人：这里指监军的大宦官。唐代开元以后，以宦官监督军队，宦官有很大权力。

⑦不善于军：不会带兵，和军队感情不好。

⑧杜确：当时继浑瑊之后，任河中尹兼绛州观察使的官员。

⑨将：秉奉。

⑩总戎节：主持军务。

⑪军由是戢：军队从此安定下来。

⑫厚张之德甚：非常感激张生的恩德。

⑬饰馔以命张：整顿酒菜来款待张生。

⑭孤嫠未亡："孤"，孤独。"嫠"，守寡。"未亡"，未亡人，古时寡妇的自称，意思是丈夫已死，自己也不应该再活下去，不过仅仅还没有死罢了。"孤嫠未亡"，统指寡妇。

⑮犹君之生：如同你给他们活的命。

⑯远嫌：远离以避免嫌疑。

⑰睟容：天然光泽的面孔。

⑱垂鬟接黛：两鬓垂在眉旁，是少女的发式。黛，妇女用来画眉的青黑颜色，后用来代指妇女的眉毛。

⑲双脸销红：两颊飞红的样子。销，散布。

⑳抑而见：强迫出见。

㉑若不胜其体者：身体好像支持不住似的。

㉒道其衷：说出自己的心事。

㉓惊沮：吓坏了。

㉔腆然：害羞的样子。

㉕纨绮间居：和妇女们在一起。纨绮，用为妇女的代词。

㉖不为当年，终有所蔽：从前所不做的事情(指追求女人)，如今到底被迷惑住了。

㉗不自持：自己不能克制。

㉘恐不能逾旦暮：恐怕不能过早晚之间，意思是快要因相思而死了。

㉙纳采问名：古时订婚的手续。纳采，用雁为礼物送给女方。问名，问女方的姓名，去占卜吉凶，以决定婚事能否进行。

㉚索我于枯鱼之肆：《庄子·外物》里的寓言；庄子在路上看见车道里有一

条鲫鱼，它叫住庄子，请弄一点水来救活它。庄子答应到吴越去引西江的水来救它。它说："我只要一点点水就可以活命；等你远道去引西江水来，那只好到卖干鱼的店铺里去找我了。"这个故事，比喻远水救不了近火。

㉛尔其谓我何：你说我该怎么办？

㉜非语：不合理、不正经的话。

㉝善属文：会做文章。把东西连缀起来叫作"属"；缀字成文，所以称做文章为"属文"。

㉞沉吟章句：指研究诗文作法。沉吟，本指迟疑不决，这里作思考、推敲。

㉟乱之：打动她。

㊱缀：作。

㊲梯：爬。

㊳必谓获济：以为一定会成功。

㊴不令：不好，不懂事。

㊵掠乱：乘危要挟。

㊶寝其词：不说破、不理会。

㊷觉之：唤醒他。

㊸修谨以俟：打扮得整整齐齐，恭恭敬敬地等待着。修，修饰。谨，恭谨。

㊹支：同"肢"。

【评析】

元稹的《莺莺传》讲述了一个缠绵悱恻的爱情故事，其对女主人公莺莺的刻画，尤为细腻传神。

选文极为生动地表现了莺莺的言行：初次与张生见面，莺莺矜持自重，张生"以词导之"，她却"终席而罢"不交一言。然而当张生以春词二首赠之时，她却马上回诗，暗示约会的时间和地点。可是当张生如约而至时，她又义正词严地斥责张生，说得张生"自失"久之，"于是绝望"。数夕之后，她却自己来到张生房中自荐枕席，大胆表达自己的爱意，以至"朝隐而出，暮隐而入"。

其言、其行看似自相矛盾、匪夷所思，但是这种言行不一正是作品的神来之笔，是少女矛盾心理的真实表现。一方面，她作为大家闺秀，礼教约束很重，一举一动都要符合当时的行为准则。唐代青年男女都清醒地认识到，两情相悦与婚姻是完全不同的两件事，婚姻更讲究门当户对。这正是崔莺莺与张生两人同时忧虑的现实问题。莺莺家道中落，适逢父亲亡故，权且寄居庙宇，张生前途未定。现实如此，莺莺才会担心自己与张生婚姻上存在的阻碍。所以莺莺身上表现出来的想与说、说与做之间的矛盾，是她对所处现实环境的警觉和思考，是对自己未来命运的深切忧虑。但另一方面，莺莺偶遇张生，张生不但解救她家出于危难，她又是一个正当思春妙龄的少女，她有心相托，但又不放心于他，在不放心之余又难以抑制少女的爱慕之情。而最终莺莺自荐枕席，情感战胜了现实伦理和礼教。由此可见，在对莺莺形象的刻画中，作者实际上仍是在突出一个“情”字。

总之，崔莺莺含蓄而多情、敢爱又矜持的形象刻画得极为鲜明，在中国小说史上大放异彩。

【辑评】

唐之举人先藉当世显人，以姓名达之主司，然后以所业投献，逾数日又投，谓之温卷。如幽怪录、传奇等皆是也。盖此等文备众体，可以见史才、诗笔、议论。……据此，小说之文宜备众体。《莺莺传》中忍情之说，即所谓议论。会真等诗，即所谓诗笔。叙述离合悲欢，即所谓史才。皆当日小说文中，不得不具备者也。

——宋·赵彦卫《云麓漫钞》

虽文章尚非上乘，而时有情致，固亦可观，惟篇末文过饰非，遂堕恶趣。

——鲁迅《中国小说史略》

【相关资料】

周先慎：《〈莺莺传〉的叙事艺术和写情艺术》，《名作欣赏》1999年第2期。

谢柏梁：《元稹〈莺莺传〉非文过饰非作》，《中国文学研究》1991年第2期。

周亮：《一位戴着封建枷锁追求爱情幸福的女性——论〈莺莺传〉中的崔莺莺》，《贵州师范大学学报(社会科学版)》1997年第3期。

虬髯客传

杜光庭

隋炀帝①之幸②江都也，命司空杨素守西京③。素骄贵，又以时乱，天下之权重望崇者，莫我若也，奢贵自奉，礼异人臣。每公卿入言，宾客上谒，未尝不踞床而见，令美人捧出，侍婢罗列，颇僭于上④，末年愈甚，无复知所负荷、有扶危持颠之心⑤。

一日，卫公李靖以布衣上谒，献奇策。素亦踞见。公前揖曰：

“天下方乱，英雄竞起。公为帝室重臣，须以收罗豪杰为心，不宜踞见宾客。”素敛容而起，谢公，与语，大悦，收其策而退。当公之骋辩也，一妓有殊色，执红拂，立于前，独目公。公既去，而执拂者临轩，指吏曰：“问去者处士第几？住何处？”公具以答。妓诵而去。

公归逆旅[6]。其夜五更初，忽闻叩门而声低者，公起问焉。乃紫衣戴帽人，杖揭一囊。公问谁？曰：“妾，杨家之红拂妓也。”公遽延入。脱衣去帽，乃十八九佳丽人也。素面华衣而拜。公惊答拜。曰：“妾侍杨司空久，阅天下之人多矣，无如公者。丝萝非独生，愿托乔木，故来奔耳。”公曰：“杨司空权重京师，如何？”曰：“彼尸居余气[7]，不足畏也。诸妓知其无成，去者众矣。彼亦不甚逐也。计之详矣。幸无疑焉。”问其姓，曰：“张。”问其伯仲之次。曰：“最长。”观其肌肤、仪状、言词、气性，真天人也。公不自意获之，愈喜愈惧，瞬息万虑不安，而窥户者无停屦[8]。数日，亦闻追讨之声，意亦非峻[9]。乃雄服乘马，排闼而去[10]，将归太原。

行次灵石旅舍，既设床，炉中烹肉且熟。张氏以发长委地，立梳床前。公方刷马，忽有一人，中形，赤髯如虬，乘蹇驴而来[11]。投革囊于炉前，取枕欹卧[12]，看张梳头。公怒甚，未决，犹亲刷马。张熟视其面，一手握发，一手映身摇示公，令勿怒。急急梳头毕。敛衽问其姓[13]。卧客答曰：“姓张。”对曰：“妾亦姓张，合是妹。”遽拜之。问第几。曰：“第三。”问妹第几。曰：“最长。”遂喜曰：“今夕幸逢一妹。”张氏遥呼：“李郎且来见三兄！”公骤礼之。

遂环坐。曰：“煮者何肉？”曰：“羊肉，计已熟矣。”客曰：“饥。”公出市胡饼[14]。客抽腰间匕首，切肉共食。食竟，余肉乱切送驴前食之，甚速。

客曰：“观李郎之行，贫士也。何以致斯异人？”曰：“靖虽贫，亦有心者焉。他人见问，故不言，兄之问，则不隐耳。”具言其由。曰：“然则将何之？”曰：“将避地太原。”曰：“然。吾故非君所致也。”曰：“有酒乎？”曰：“主人西，则酒肆也。”公取酒一斗。既巡，客曰：“吾有少下酒物，李郎能同之乎？”曰：“不敢。”于是开革囊，取一人头并心肝。却头囊中，以匕首切心肝，共食之。曰：“此人天下负心者，衔之十年，今始获之。吾憾释矣。”

又曰："观李郎仪形器宇，真丈夫也。亦闻太原有异人乎?"曰："尝识一人，愚谓之真人也。其余，将帅而已。"曰："何姓?"曰："靖之同姓。"曰："年几?"曰："仅二十。"曰："今何为?"曰："州将之子[15]。"曰："似矣，亦须见之。李郎能致吾一见乎?"曰："靖之友刘文静者[16]，与之狎。因文静见之可也。然兄何为?"曰："望气者言太原有奇气，使吾访之。李郎明发，何日到太原?"靖计之日。曰："期达之明日，日方曙，候我于汾阳桥。"言讫，乘驴而去，其行若飞，回顾已失。公与张氏且惊且喜，久之，曰："烈士不欺人，固无畏。"促鞭而行。

及期，入太原，果复相见。大喜，偕诣刘氏[17]。诈谓文静曰："有善相者思见郎君，请迎之。"文静素奇其人，一旦闻有客善相，遽致使迎之[18]。使回而至，不衫不履，裼裘而来，神气扬扬，貌与常异。虬髯默然居末坐，见之心死，饮数杯，招靖曰："真天子也!"公以告刘，刘益喜，自负。既出，而虬髯曰："吾得十八九矣，然须道兄见之。李郎宜与一妹复入京，某日午时，访我于马行东酒楼，楼下有此驴及瘦驴，即我与道兄俱在其上矣。到即登焉。"又别而去，公与张氏复应之。

及期访焉，宛见二乘。揽衣登楼，虬髯与一道士方对饮，见公惊喜，召坐围饮，十数巡，曰："楼下柜中，有钱十万，择一深隐处安一妹。某日复会于汾阳桥。"如期至，即道士与虬髯已到矣，俱谒文静。时方弈棋，揖而话心焉。文静飞书迎文皇看棋[19]。道士对弈，虬髯与公傍侍焉。俄而文皇到来，精采惊人，长揖而坐。神气清朗，满坐风生，顾盼炜如也。道士一见惨然，下棋子曰："此局全输矣!于此失却局哉，救无路矣!复奚言!"罢弈而请去。既出，谓虬髯曰："此世界非公世界，他方可也。勉之，勿以为念。"因共入京。虬髯曰："计李郎之程，某日方到。到之明日，可与一妹同诣某坊曲小宅相访。李郎相从一妹，悬然如磬。欲令新妇祗谒[20]，兼议从容，无前却也。"言毕，吁嘘而去。

公策马而归。即到京，遂与张氏同往。至一小板门，扣之，有应者，拜曰："三郎令候李郎、一娘子久矣。"延入重门，门愈壮丽。婢四十人，罗列廷前。奴二十人，引公入东厅。厅之陈设，穷极珍异，巾箱、妆奁、冠镜、首饰之盛，非人间之物。巾栉妆饰毕[21]，请更衣，衣又珍异。既毕，传云："三郎来！"乃虬髯纱帽裼裘而来，亦有龙虎之状，欢然相见。催其妻出拜，盖亦天人耳。遂延中堂，陈设盘筵之盛，虽王公家不侔也。四人对馔讫，陈女乐二十人，列奏于前，若从天降，非人间之曲。

食毕，行酒。家人自堂东舁出二十床[22]，各以锦绣帕覆之。既陈，尽去其帕，乃文簿钥匙耳。虬髯曰："此尽宝货泉贝之数[23]。吾之所有，悉以充赠。何者？欲以此世界求事，当或龙战三二十载，建少功业。今既有主，住亦何为？太原李氏，真英主也。三五年内，即当太平。李郎以奇特之才，辅清平之主，竭心尽善，必极人臣。一妹以天人之姿，蕴不世之艺，从夫之贵，以盛轩裳。非一妹不能识李郎，非李郎不能荣一妹。起陆之渐，际会如期，虎啸风生，龙腾云萃，固非偶然也。持余之赠，以佐真主，赞功业也，勉之哉！此后十年，当东南数千里外有异事，是吾得事之秋也。一妹与李郎可沥酒东南相贺。"因命家童列拜，曰："李郎一妹，是汝主也！"言讫，与其妻从一奴，乘马而去。数步，遂不复见。

公据其宅，乃为豪家，得以助文皇缔构之资[24]，遂匡天下。贞观十年，公以左仆射平章事。适东南蛮入奏曰："有海船千艘，甲兵十万，入扶余国，杀其主自立。国已定矣。"公心知虬髯得事也。归告张氏，具衣拜贺，沥酒东南祝拜之。

乃知真人之兴也，非英雄所冀，况非英雄者乎？人臣之谬思乱者，乃螳臂之拒走轮耳。我皇家垂福万叶，岂虚然哉？或曰："卫公之兵法，半乃虬髯所传耳。"

【注释】

①隋炀帝：隋朝第二任皇帝，名杨广。

②幸：指封建帝王到达某地。

③西京：今西安。

④僭(jiàn)：超越本分。

⑤扶危持颠：指挽回处于危难中的国家或人。扶，帮助；持，把握；颠，倾倒。

⑥逆旅：旅店。

⑦尸居余气：像尸体一样但还有一口气，指人将要死亡。也比喻人暮气沉沉，无所作为。

⑧屦：古代用麻葛制成的一种鞋。

⑨峻：严厉苛刻。

⑩排闼：推门，撞开门。

⑪蹇驴：跛蹇驽弱的驴子。

⑫敧：倾侧。

⑬捡衽：同“敛衽”，整理衣襟。

⑭胡饼：烧饼。

⑮州将之子：指唐太宗李世民，其父李渊当时任太原留守。

⑯刘文静：字肇仁。隋末为晋阳令，后随李渊起兵，有军功。

⑰诣：拜访。

⑱遽：急忙。

⑲文皇：唐太宗死后谥“文皇帝”。

⑳祗谒：恭敬地进见。

㉑巾栉：包头巾，梳头发。

㉒舁(yú)：抬。

㉓泉贝：货币。

㉔缔构：创业。

【评析】

杜光庭(850—933)，字宾圣，京兆杜陵(今陕西西安东南)人。懿宗咸通间，应举不第，入天台山为道士。僖宗避黄巢乱入蜀，杜光庭应召为官，后留蜀，事前蜀王建父子，为谏议大夫、户部侍郎，赐号广成先生。晚年隐居在青城山。著作留存有《广成集》《神仙感遇传》《墉城集仙录》等。

《虬髯客传》是唐传奇中最著名的作品之一。小说成功塑造了红拂、虬髯客和李靖的形象，历来为后人称道。

红拂出场着墨不多，仅有寥寥数语：“一妓有殊色，执红拂，立于前，独目公。”却由此衬托出她独特出众的眼光。她虽为侍妓，但极有远见，看到李靖后，发觉他是个奇才，所以定下了出奔的决心。夜奔旅店一节，就更出色地写出了她超凡脱俗的仪容和胆略。出奔的装扮、投奔的原因及之后周密的安排，无不写出她的胆识与机智。红拂的形象，用李靖的话来说就是：“观其肌肤、仪状、言辞、气性，真天人也。”

虬髯客本来是个大豪侠，早年也有争夺天下之志，但见到李世民的风度卓绝之后，自知无法超越，于是倾尽家财资助李靖，让他辅佐李世民成就功业。他有知人之明，能看出李世民是未来天下之主，看出李靖是辅佐明君的贤臣，同时又能成人之美，万贯家财一手相送，甘心支持李靖与李世民的霸业。由此可见，虬髯客不但富有远见卓识，而且拥有豪迈的英雄气概。

李靖的形象同红拂、虬髯客相比，也并不逊色。出场写出了李靖的胸怀大志。红拂对他的关注，也间接体现了李靖的出色。他能大胆接受红拂的出奔，同样体现出其胆识。在初遇虬髯客时，李靖对虬髯客的无礼很是生气，但在红拂的暗示之下，他又能马上转变过来，可见他善于听取意见。而他最后选择明主，终成一代大业，显现出一以贯之的英雄本色。

总之，这篇小说在人物塑造上的成就非常杰出。通过不同侧面对几个人物进行了生动描写，表现不同人物各自的典型性格，并在不同性格的交错映衬中愈发凸显出人物的特色，从而形成一篇精彩动人的故事。

【辑评】

凡变异之谈，盛于六朝；然多传录舛讹，未必尽幻设语。至唐人乃作意好奇，假小说以寄笔端。

——明·胡应麟《少室山房笔丛·二酉缀集》

虽尚不离搜奇记逸，然叙事婉转，文辞华艳，与六朝之粗陈梗概者较，演进之迹甚明，而尤显者乃在是时始有意为小说。

——鲁迅《中国小说史略》

【相关资料】

梁湘如：《风尘三侠的“选择”哲学——〈虬髯客传〉的一种解读》，《名作欣赏》2001 年第 1 期。

卞孝萱：《论〈虬髯客传〉的作者、作年及政治背景》，《东南大学学报(哲学社会科学版)》2005 年第 3 期。

三、明清白话小说

杜十娘怒沉百宝箱[①](节选)

冯梦龙

却说他舟有一少年，姓孙名富，字善赉，徽州新安人氏。家资巨万，积祖扬州种盐[②]。年方二十，也是南雍中朋友。生性风流，惯向青楼买笑，红粉追欢，若嘲风弄月，到是个轻薄的头儿。事有偶然，其夜亦泊舟瓜洲渡口，独酌无聊。忽听得歌声嘹亮，凤吟鸾吹不足喻其美。起立船头，伫听半晌，方知声出邻舟。正欲相访，音响倏已寂然。乃遣仆者潜窥踪迹，访于舟人。但晓得是李相公雇的船，并不知歌者来历。孙富想道："此歌者必非良家，怎生得他一见？"展转寻思，通宵不寐。捱至五更，忽闻江风大作。及晓，彤云密布，狂雪飞舞。怎见得，有诗为证：

千山云树灭，万径人踪绝。
扁舟蓑笠翁，独钓寒江雪。

因这风雪阻渡，舟不得开。孙富命艄公移船，泊于李家舟之傍。孙富貂帽狐裘，推窗假作看雪。值十娘梳洗方毕，纤纤玉手揭起舟傍短帘，自泼盂中残水，粉容微露，却被孙富窥见了，果是国色天香。魂摇心荡，迎眸注目，等候再见一面，杳不可得。沉思久之，乃倚窗高吟高学士《梅花诗》二句[③]，道：

雪满山中高士卧，月明林下美人来。

李甲听得邻舟吟诗，舒头出舱，看是何人。只因这一看，正中了孙富之计。孙富吟诗，正要引李公子出头，他好乘机攀话。当下慌忙举手，就问："老兄尊姓何讳？"李公子叙了姓名乡贯，少不得也问那孙富。孙富也叙过了。又叙了些太学中的闲话，渐渐亲熟。孙富便道："风雪阻舟，乃天遣与尊兄相会，实小弟之幸也。舟次无聊，欲同尊兄上岸，就酒肆中一酌，少领清诲，万望不拒。"公子道："萍水相逢，何当厚扰？"孙富道："说那里话！'四海之内，皆兄弟也'。"喝教艄公打跳[④]，童儿张伞，迎接公子过船，就于船头作揖。然后让公子先行，自己随后，各各登跳上涯。

行不数步，就有个酒楼。二人上楼，拣一副洁净座头，靠窗而坐。酒保列上酒肴。孙富举杯相劝，二人赏雪饮酒。先说些斯文中套话，渐渐引入花柳之事。二人都是过来之人，志同道合，说得入港[⑤]，一发成相知了。

孙富屏去左右，低低问道："昨夜尊舟清歌者，何人也？"李甲正要卖弄在行，遂实说道："此乃北京名姬杜十娘也。"孙富道："既系曲中姊妹，何以归兄？"公子遂将初遇杜十娘，如何相好，后来如何要嫁，如何借银讨他，始末根由，备细述了一遍。孙富道："兄携丽人而归，固是快事，但不知尊府中能相容否?”公子道：“贱室不足虑[⑥]。所虑者老父性严，尚费踌躇耳!”孙富将机就机，便问道：“既是尊大人未必相容，兄所携丽人，何处安顿？亦曾通知丽人，共作计较否?”公子攒眉而答道：“此事曾与小妾议之。”孙富欣然问道：“尊宠必有妙策[⑦]。”公子道：“他意欲侨居苏杭，流连山水。使小弟先回，求亲友宛转于家君之前，俟家君回嗔作喜，然后图归。高明以为何如?”孙富沉吟半晌，故作愀然之色，道：“小弟乍会之间，交浅言深，诚恐见怪。”公子道：“正赖高明指教，何必谦逊?”孙富道：“尊大人位居方面[⑧]，必严帷薄之嫌[⑨]，平时既怪兄游非礼之地，今日岂容兄娶不节之人？况且贤亲贵友，谁不迎合尊大人之意者？兄枉去求他，必然相拒。就有个不识时务的进言于尊大人之前，见尊大人意思不允，他就转口了。兄进不能和睦家庭，退无词以回复尊宠。即使留连山水，亦非长久之计。万一资斧困竭[⑩]，岂不进退两难!”

公子自知手中只有五十金，此时费去大半，说到资斧困竭，进退两难，不觉点头道是。孙富又道：“小弟还有句心腹之谈，兄肯俯听否?”公子道：“承兄过爱，更求尽言。”孙富道：“疏不间亲，还是莫说罢。”公子道：“但说何妨?”孙富道：“自古道：‘妇人水性无常。’况烟花之辈，少真多假。他既系六院名姝，相识定满天下；或者南边原有旧约，借兄之力，挈带而来，以为他适之地。”公子道：“这个恐未必然。”孙富道：“既不然，江南子弟，最工轻薄。兄留丽人独居，难保无逾墙钻穴之事。若挈之同归，愈增尊大人之怒。为兄之计，未有善策。况父子天伦，必不可绝。若为妾而触父，因妓而弃家，海内必以兄为浮浪不经之人。异日妻不以为夫，弟不以为兄，同袍不以为友[⑪]，兄何以立于天地之间？兄今日不可不熟思也!”

公子闻言，茫然自失，移席问计：“据高明之见，何以教我?”孙富道：“仆有一计，于兄甚便。只恐兄溺枕席之爱，未必能行，使仆空费词说耳!”公子道：“兄诚有良策，使弟再睹家园之乐，乃弟之恩人也。又何惮而不言耶?”孙富道：“兄飘零岁余，严亲怀怒，闺阁离心，设身以处兄之地，诚寝食不安之时也。然尊大人所以怒兄者，不过为迷花恋柳，挥金如土，异日必为弃家荡产之人，不堪承继家业耳！兄今日空手而归，正触其怒。兄倘能割衽席之爱，见机而作，仆愿以千金相赠。兄得千金，以报尊大人，只说在京授馆，并不曾浪费分毫，尊大人必然相信。从此家庭和睦，当无间言。须臾之间，转祸为福。兄请三思，仆非贪丽人之色，实为兄效忠于万一也！”

李甲原是没主意的人，本心惧怕老子，被孙富一席话，说透胸中之疑，起身作揖道：“闻兄大教，顿开茅塞。但小妾千里相从，义难顿绝，容归与商之。得其心肯，当奉复耳。”孙富道：“说话之间，宜放婉曲。彼既忠心为兄，必不忍使兄父子分离，定然玉成兄还乡之事矣。”二人饮了一回酒，风停雪止，天色已晚。孙富教家僮算还了酒钱，与公子携手下船。正是：

逢人且说三分话，未可全抛一片心。

却说杜十娘在舟中，摆设酒果，欲与公子小酌，竟日未回，挑灯以待。公子下船，十娘起迎。见公子颜色匆匆，似有不乐之意，乃满斟热酒劝之。公子摇首不饮，一言不发，竟自床上睡了。十娘心中不悦，乃收拾杯盘，为公子解衣就枕，问道：“今日有何见闻，而怀抱郁郁如此？”公子叹息而已，终不启口。问了三四次，公子已睡去了。十娘委决不下，坐于床头而不能寐。

到夜半，公子醒来，又叹一口气。十娘道：“郎君有何难言之事，频频叹息？”公子拥被而起，欲言不语者几次，扑簌簌掉下泪来。十娘抱持公子于怀间，软言抚慰道：“妾与郎君情好，已及二载，千辛万苦，历尽艰难，得有今日。然相从数千里，未曾哀戚。今将渡江，方图百年欢笑，如何反起悲伤？必有其故。夫妇之间，死生相共，有事尽可商量，万勿讳也。”

公子再四被逼不过，只得含泪而言道：“仆天涯穷困，蒙恩卿不弃，委曲相从，诚乃莫大之德也。但反覆思之，老父位居方面，拘于礼法，况素性方严，恐添嗔怒，必加黜逐。你我流荡，将何底止[12]？夫妇之欢难保，父子之伦又绝。日间蒙新安孙友邀饮，为我筹及此事，寸心如割！”

十娘大惊道：“郎君意将如何？”公子道：“仆事内之人，当局而迷。孙友为我画一计颇善，但恐恩卿不从耳！”十娘道：“孙友者何人？计如果善，何不可从？”公子道：“孙友名富，新安盐商，少年风流之士也。夜间闻子清歌，因而问及。仆告以来历，并谈及难归之故，渠意欲以千金聘汝[13]。我得千金，可藉口以见吾父母；而恩卿亦得所天。但情不能舍，是以悲泣。”说罢，泪如雨下。

十娘放开两手，冷笑一声道：“为郎君画此计者，此人乃大英雄也！郎君千金之资既得恢复，而妾归他姓，又不致为行李之累，发乎情，止乎礼，诚两便之策也。那千金在那里？”公子收泪道：“未得恩卿之诺，金尚留彼处，未曾过手[14]。”十娘道：“明早快快应承了他，不可挫过机会。但千金重事，须得兑足交付郎君之手，妾始过舟，勿为贾竖子所欺[15]。”

时已四鼓，十娘即起身挑灯梳洗道：“今日之妆，乃迎新送旧，非比寻常。”于是脂粉香泽，用意修饰，花钿绣袄，极其华艳，香风拂拂，光采照人。装束方完，天色已晓。孙富差家僮到船头候信。十娘微窥公子，欣欣似有喜色，乃催公子快去回话，及早兑足银子。公子亲到孙富船中，回复依允。孙富道：“兑银易事，须得丽人妆台为信。”公子又回复了十娘，十娘即指描金文具道：“可便抬去。”孙富喜甚，即将白银一千两，送到公子船中。

十娘亲自检看，足色足数，分毫无爽。乃手把船舷，以手招孙富。孙富一见，魂不附体。十娘启朱唇，开皓齿道：“方才箱子可暂发来，内有李郎路引一纸[16]，可检还之也。”

孙富视十娘已为瓮中之鳖，即命家僮送那描金文具，安放船头之上。十娘取钥开锁，内皆抽替小箱。十娘叫公子抽第一层来看，只见翠羽明珰，瑶簪宝珥，充牣于中[17]，约值数百金。十娘遽投之江中。李甲与孙富及两船之人，无不惊诧。又命公子再抽一箱，乃玉箫金管；又抽一箱，尽古玉紫金玩器，约值数千金。十娘尽投之于大江中。岸上之人，观者如堵。齐声道：“可惜，可惜！”正不知什么缘故。最后又抽一箱，箱中复有一匣。开匣视之，夜明之珠，约有盈把。其他祖母绿、猫儿眼，诸般异宝，目所未睹，莫能定其价之多少。众人齐声喝彩，喧声如雷。十娘又欲投之于江。李甲不觉大悔，抱持十娘恸哭，那孙富也来劝解。

十娘推开公子在一边，向孙富骂道：“我与李郎备尝艰苦，不是容易到此。汝以奸淫之意，巧为谗说，一旦破人姻缘，断人恩爱，乃我之仇人。我死而有知，必当诉之神明，尚妄想枕席之欢乎！”又对李甲道："妾风尘数年，私有所积，本为终身之计。自遇郎君，山盟海誓，白首不渝。前出都之际，假托众姊妹相赠，箱中韫藏百宝[18]，不下万金。将润色郎君之装，归见父母，或怜妾有心，收佐中馈[19]，得终委托，生死无憾。谁知郎君相信不深，惑于浮议，中道见弃，负妾一片真心。今日当众目之前，开箱出视，使郎君知区区千金，未为难事。妾椟中有玉，恨郎眼内无珠。命之不辰[20]，风尘困瘁[21]，甫得脱离，又遭弃捐。今众人各有耳目，共作证明，妾不负郎君，郎君自负妾耳！"

于是众人聚观者，无不流涕，都唾骂李公子负心薄幸。公子又羞又苦，且悔且泣，方欲向十娘谢罪。十娘抱持宝匣，向江心一跳。众人急呼捞救。但见云暗江心，波涛滚滚，杳无踪影。可惜一个如花似玉的名姬，一旦葬于江鱼之腹！三魂渺渺归水府，七魄悠悠入冥途。

当时旁观之人，皆咬牙切齿，争欲拳殴李甲和那孙富。慌得李、孙二人，手足无措，急叫开船，分途遁去。李甲在舟中，看了千金，转忆十娘，终日愧悔，郁成狂疾，终身不痊。孙富自那日受惊，得病卧床月余，终日见杜十娘在傍诟骂，奄奄而逝。人以为江中之报也。

【注释】

①节选自明代冯梦龙所编写的《警世通言》。

②积祖：祖祖辈辈。种盐：做盐商。

③高学士：明初著名诗人高启，曾任翰林院编修，故称高学士。

④打跳：安排跳板。

⑤入港：谈得投机。

⑥贱室：对别人称自己妻子的谦辞。

⑦尊宠：旧时对别人小妾的敬称。

⑧位居方面：掌一方重任。

⑨帷薄之嫌：指违反封建礼教的男女关系诸种现象。此处指李、杜的结合。帷，帷幔。薄，帘。帷与薄都是障隔内外的东西，用来比喻男女有别。

⑩资斧：旅费。

⑪同袍：这里指同事、朋友。

⑫底止：归宿，了结。

⑬渠：他。

⑭过手：拿到。

⑮贾竖子：对商人的詈词，意思是商人小子。

⑯路引：出行所带的执照证明。

⑰充牣：充满。

⑱韫：藏。

⑲收佐中馈：收留下来帮忙操持家务，意即承认她的妾室身份。中馈，古代以主妇司家中馈食，故中馈为正妻之职。

⑳命之不辰：命途不顺。

㉑风尘困瘁：陷入令人痛苦厌倦的妓女生活。

【评析】

冯梦龙(1574—1646)，字犹龙，别号龙子犹、墨憨斋主人、姑苏词奴等，长洲(今苏州)人。早年屡试不中，崇祯三年(1630)方才考取贡盛，任丹徒县训导，后任福建寿宁县知县。崇祯十一年(1638)离任还乡。冯梦龙搜集、整理、出版的话本集有《喻世明言》《警世通言》《醒世恒言》，合称“三言”，共收录白话短篇小说120篇。

《杜十娘怒沉百宝箱》是“三言二拍”中一篇脍炙人口的小说，它叙述了一个凄婉动人的悲剧，生动刻画了杜十娘这样一个既柔情又刚烈的奇女子。

杜十娘的形象十分丰满。首先，她是一个温柔多情的女子。选文中，作者以十分精彩的文字描写她对李甲的体贴和抚慰。然而，作者并没有把杜十娘写成一个单纯沉醉于情爱的浅薄女子形象，而是更着力刻画杜十娘刚毅、坚贞的一面。当李甲决定把杜十娘卖给孙富，她原本的终身之计及她诚挚的爱情都在瞬间化为泡影。拥有可观财富的她被情人以区区千金出卖，她为了幸福而苦心经营的种种努力，顿时显得荒唐可笑。性情刚烈的杜十娘悲愤交加，欲哭无泪。她清楚地看到了自己的前途，不愿苟且从命，仍刚强又冷静地对待自己即将到来的命运。当李甲自以为收获千金、暗自欢喜之时，杜十娘却当着孙富、李甲及两船之人打开她的百宝箱，将其中的各种珍宝珠玉投入江中，而杜十娘自己也跳水自尽。这样双重毁灭的结局，震撼人心，也最为鲜明地显示了杜十娘的坚决刚烈的个性。

李甲作为一个反面人物，同样刻画得相当成功。他轻易就被孙富说动，打算将杜十娘卖给孙富，全不顾及两人之间的感情，而且还要佯装与十娘商量的样子。可见他非但薄情寡义，还是个十足的伪君子。杜十娘正是从这里看到了李甲的丑恶嘴脸，于是选择了自我毁灭。而李甲这样见利忘义的人物，也注定了一无所有。

杜十娘的悲剧有着深刻的社会根源。传统道德观念中妇女的依附性地位和妓女卑微的社会地位，人与人之间以利相交的关系，共同造成了杜十娘的悲剧命运。然而，杜十娘对幸福生活的积极追求，对人格尊严的勇敢捍卫，以及对个人命运的努力抗争，无不展现出鲜明的人格魅力，有力地控诉着这个以利相交的罪恶社会，从而给读者留下极其强烈的主观印象，成为一个散发着美丽光辉的女性人物。

【辑评】

十娘休怪郎心黑，自被魔缠无眼力。明珠纵不沉湘波，纨扇亦宁保颜色。

——清·林百举《杜十娘曲》

新安人，天下有情人也！其说李郎也，口若河；其识十娘也，目如电。惜十娘之早遇李生而不遇新安人也！使其遇之，虽文君之于相如，欢如是耳！虽然，女不死不侠，不痴不情，于十娘又有何憾焉？

——明·宋存标《情种》

大抵唐人选言，入于文心；宋人通俗，谐于里耳。天下之文心少而里耳多，则小说之资于选言者少，而资于通俗者多。试今说话人当场描写，可喜可愕，可悲可涕，可歌可舞；再欲捉刀，再欲下拜，再欲决脰，再欲捐金。怯者勇，淫者贞，薄者敦，顽钝者汗下。虽小诵《孝经》《论语》，其感人未必如是之捷且深也。噫！不通俗而能之乎？

——明·冯梦龙《古今小说序》

墨憨斋增补《平妖》，穷工极变，不失本末，其技在《水浒》《三国》间。至所纂《喻世》《醒世》《警世》三言，极摹人情世态之歧，备写悲欢离合之致，可谓钦异拔新，恫心戒目，而曲终奏雅，归于厚俗。

——明·笑花主人《今古奇观序》

【相关资料】

阮温凌：《曲线结构 对比手法——〈杜十娘怒沉百宝箱〉艺术赏析》，《名作欣赏》1984 年第 3 期。

张中：《论杜十娘》，《明清小说研究》1994 年第 1 期。

陈雪军：《红颜一怒为哪般——杜十娘形象浅析》，《文史知识》1997 年第 5 期。

鲁提辖拳打镇关西(节选)[1]

施耐庵

三人来到潘家酒楼上，拣个齐楚阁儿里坐下。提辖坐了主位[2]，李忠对席，史进下首坐了。酒保唱了喏，认得是鲁提辖，便道："提辖官人，打多少酒？"鲁达道："先打四角酒来[3]。"一面铺下菜蔬果品按酒，又问道："官人，吃甚下饭？"鲁达道："问甚么！但有，只顾卖来，一发算钱还你！这厮，只顾来聒噪[4]！"酒保下去，随即烫酒上来，但是下口肉食，只顾将来摆一桌子。

三个酒至数杯，正说些闲话，较量些枪法，说得入港[5]，只听得隔壁阁子里有人哽哽咽咽啼哭。鲁达焦躁，便把碟儿盏儿都丢在楼板上。酒保听得，慌忙上来看时，见鲁提辖气愤愤地。酒保抄手道："官人要甚东西，分付卖来。"鲁达道："洒家要甚么[6]！你也须认得洒家！却恁地教甚么人在间壁吱吱的哭[7]，搅俺弟兄们吃酒？洒家须不曾少了你酒钱！"酒保道："官人息怒。小人怎敢教人啼哭，打搅官人吃酒？这个哭的是绰酒座儿唱的父女两人，不知官人们在此吃酒，一时间自苦了啼哭。"鲁提辖道："可是作怪！你与我唤得他来。"酒保去叫。不多时，只见两个到来：前面一个十八九岁的妇人，背后一个五六十岁的老儿，手里拿串拍板，都来到面前。看那妇人，虽无十分容貌，也有些动人的颜色，拭着眼泪，向前来深深的道了三个万福。那老儿也都相见了。

鲁达问道："你两个是那里人家？为甚啼哭？"那妇人便道："官人不知，容奴告禀。奴家是东京人氏，因同父母来渭州投奔亲眷，不想搬移南京去了。母亲在客店里染病身故，女父二人流落在此生受。此间有个财主，叫做'镇关西'郑大官人，因见奴家，便使强媒硬保，要奴做妾 。谁想写了三千贯文书，虚钱实契，要了奴家身体。未及三个月，他家大娘子好生利害，将奴赶打出来，不容完聚，着落店主人家追要原典身钱三千贯，父亲懦弱，和他争执不得，他又有钱有势。当初不曾得他一文，如今那讨钱来还他？没计奈何，父亲自小教得奴家些小曲儿，来这里酒楼上赶座子，每日但得这些钱来，将大半还他，留些少女父们盘缠。这两日酒客稀少，违了他钱限，怕他来讨时受他羞耻。女父们想起这苦楚来，无处告诉，因此啼哭。不想误触犯了官人，望乞恕罪，高抬贵手！"

鲁提辖又问道："你姓甚么？在那个客店里歇？那个镇关西郑大官人在那里住？"老儿答道："老汉姓金，排行第二。孩儿小字翠莲。

郑大官人便是此间状元桥下卖肉的郑屠，绰号镇关西。老汉父女两个只在前面东门里鲁家客店安下。”鲁达听了道：“呸！俺只道那个郑大官人，却原来是杀猪的郑屠！这个腌臜泼才[8]，投托着俺小种经略相公门下做个肉铺户[9]，却原来这等欺负人！”回头看着李忠、史进，道：“你两个且在这里，等洒家去打死了那厮便来！”史进、李忠抱住劝道：“哥哥息怒，明日却理会。”两个三回五次劝得他住。

鲁达又道：“老儿，你来！洒家与你些盘缠，明日便回东京去，怎么样？”父女两个告道：“若能回乡去时，便是重生父母，再长爷娘。只是店主人家如何肯放？郑大官人须着落他要钱。”鲁提辖道：“这个不妨事，俺自有道理。”便去身边摸出五两来银子，放在桌上，看着史进道：“洒家今日不曾多带得些出来；你有银子，借些与俺，洒家明日便送还你。”史进道：“直甚么，要哥哥还！”去包裹里取出一锭十两银子放在桌上。鲁达看着李忠道：“你也借些出来与洒家。”李忠去身边摸出二两来银子。鲁提辖看了见少，便道：“也是个不爽利的人！”鲁达只把这十五两银子与了金老，分付道：“你父女两个将去做盘缠，一面收拾行李。俺明日清早来发付你两个起身，看那个店主人敢留你！”金老并女儿拜谢去了。鲁达把这二两银子丢还了李忠。

三人再吃了两角酒，下楼来叫道：“主人家，酒钱洒家明日送来还你。”主人家连声应道：“提辖只顾自去，但吃不妨，只怕是提辖不来赊。”三个人出了潘家酒肆，到街上分手。史进、李忠各自投客店去了。只说鲁提辖回到经略府前下处，到房里，晚饭也不吃，气愤愤地睡了。主人家又不敢问他。

再说金老得了这一十五两银子，回到店中，安顿了女儿，先去城外远处觅下一辆车儿，回来收拾了行李，还了房宿钱，算清了柴米钱，只等来日天明。当夜无事。次早五更起来，父女两个先打火做饭，吃罢，收拾了。天色微明，只见鲁提辖大踏步走入店里来，高声叫道：“店小二，那里是金老歇处？”小二道：“金公，鲁提辖在此寻你。”金公开了房门道：“提辖官人，里面请坐。”鲁达道：“坐甚么！你去便去，等甚么！”金老引了女儿，挑了担儿，作谢提辖，便待出门。店小二拦住道：“金公，那里去？”鲁达问道：“他少你房钱？”小二道：“小人房钱，昨夜都算还了；须欠郑大官人典身钱，着落在小人身上看管他哩。”鲁提辖道：“郑屠的钱，洒家自还他，你放这老儿还乡去！”那店小二那里肯放。鲁达大怒，揸开五指[10]，去那小二脸上只一掌，打得那店小二口中吐血；再复一拳，打落两个当门牙齿。小二爬将起来，一道烟跑向店里去躲了。店主人那里敢出来拦他。金老父女两个忙忙离了店中，出城自去寻昨日觅下的车儿去了。

且说鲁达寻思，恐怕店小二赶去拦截他，且向店里掇条凳子[11]，坐了两个时辰，约莫金公去得远了，方才起身，迳到状元桥来。

且说郑屠开着两间门面，两副肉案，悬挂着三五片猪肉。郑屠正在门前柜身内坐定，看那十来个刀手卖肉。鲁达走到门前，叫声“郑屠！”郑屠看时，见是鲁提辖，慌忙出柜身来唱喏道[12]：“提辖恕罪！”便叫副手掇条凳子来，“提辖请坐。”鲁达坐下道：“奉着经略相公钧旨：要十斤精肉，切作臊子，不要见半点肥的在上面。”郑屠道：“使得，——你们快选好的切十斤去。”鲁提辖道：“不要那等腌臜厮们动手，你自与我切。”郑屠道：“说得是，小人自切便了。”自去肉案上拣了十斤精肉，细细切做臊子[13]。那店小二把手帕包了头，正来郑屠报说金老之事，却见鲁提辖坐在肉案门边，不敢扰来，只得远远的立住，在房檐下望。

这郑屠整整的自切了半个时辰，用荷叶包了道：“提辖，叫人送去？”鲁达道：“送甚么！且住，再要十斤都是肥的，不要见些精的在上面，也要切做臊子。”郑屠道：“却才精的，怕府里要裹馄饨，肥的臊子何用？”鲁达睁着眼道：“相公钧旨分付洒家，谁敢问他？”郑屠道：“是合用的东西，小人切便了。”又选了十斤实膘的肥肉，也细细的切做臊子，把荷叶包了。整弄了一早辰，却得饭罢时候。那店小二那里敢过来，连那正要买肉的主顾也不敢拢来。

郑屠道：“着人与提辖拿了，送将府里去？”鲁达道：“再要十斤寸软骨，也要细细地剁做臊子，不要见些肉在上面。”郑屠笑道：“却不是特地来消遣我？”鲁达听得，跳起身来，拿着那两包臊子在手，睁着眼，看着郑屠道：“洒家特地要消遣你！”把两包臊子劈面打将去，却似下了一阵的“肉雨”。郑屠大怒，两条忿气从脚底下直冲到顶门，心头那一把无明业火焰腾腾的按捺不住，从肉案上抢了一把剔骨尖刀，托地跳将下来。鲁提辖早拔步在当街上。众邻居并十来个火家，那个敢向前来劝。两边过路的人都立住了脚，和那店小二也惊得呆了。

郑屠右手拿刀，左手便来要揪鲁达；被这鲁提辖就势按住左手，赶将入去，望小腹上只一脚，腾地踢倒在当街上。鲁达再入一步，踏住胸脯，提起那醋钵儿大小拳头，看着这郑屠道："洒家始投老种经略相公，做到关西五路廉访使，也不枉了叫做'镇关西'！你是个卖肉的操刀屠户，狗一般的人，也叫做'镇关西'！你如何强骗了金翠莲？"扑的只一拳，正打在鼻子上，打得鲜血迸流，鼻子歪在半边，却便似开了个油酱铺，咸的、酸的、辣的一发都滚出来。郑屠挣不起来，那把尖刀也丢在一边，口里只叫："打得好！"鲁达骂道："直娘贼⑭！还敢应口！"提起拳头来就眼眶际眉梢只一拳，打得眼棱缝裂，乌珠迸出，也似开了个彩帛铺，红的、黑的、紫的都绽将出来。两边看的人惧怕鲁提辖，谁敢向前来劝。

郑屠当不过，讨饶。鲁达喝道："咄！你是个破落户！若只和俺硬到底，洒家倒饶了你！你如今对俺讨饶，洒家偏不饶你！"又只一拳，太阳上正着，却似做了一个全堂水陆的道场，磬儿、钹儿、铙儿一齐响。鲁达看时，只见郑屠挺在地上，口里只有出的气，没了入的气，动掸不得。

鲁提辖假意道："你这厮诈死，洒家再打！"只见面皮渐渐的变了。鲁达寻思道："俺只指望痛打这厮一顿，不想三拳真个打死了他。洒家须吃官司，又没人送饭，不如及早撒开。"拔步便走，回头指着郑屠尸道："你诈死，洒家和你慢慢理会！"一头骂，一头大踏步去了。街坊邻居并郑屠的火家，谁敢向前来拦他。

鲁提辖回到下处，急急卷了些衣服盘缠，细软银两⑮，但是旧衣粗重都弃了；提了一条齐眉短棒，奔出南门，一道烟走了。

【注释】

①节选自《水浒》(七十回本)第二回。《水浒传》版本，主要有三种，百回本，百二十回本，七十回本。经历代学者多方考证，百回本为最早定本，百二十回本乃是在百回本基础上"插增"了征田虎、征王庆的故事二十回，从而凑齐了宋江集团招安后征辽、征田虎、征王庆、征方腊的"征四寇"的四大武功。一

般认为所插增的二十回艺术平庸，时序乖谬，专家并不看重。但普通民众往往贪多求全，有百二十回的版本便不买百回版，致其广为流行。至于七十回本，乃是金圣叹的杰作。金圣叹认为《水浒》精华在前七十回，故而拦腰斩断，假托为莫须有的“古本”。他标举的旗帜是反对招安，在书中多处做了窜改。当然，金圣叹的窜改往往对原文有点铁成金之效。

②提辖：官名。宋代州郡多设置提辖或由守臣兼任，专管统辖军队，训练教阅、督捕盗贼。

③角：一种盛酒器皿。

④聒噪：本意指吵闹，这里泛指打扰，烦扰。

⑤入港：交谈投机，多见于早期白话。

⑥洒家：宋元时关西一带人的自称。

⑦恁地：怎么、如此、这样。

⑧腌臜：肮脏，不干净，意思为让人讨厌。

⑨经略：官名。宋置经略安抚使，掌一路民兵之事，简称“经略”。

⑩揸：把手指伸张开。

⑪掇：用双手拿，用手端。

⑫唱喏：古代男子所行之礼，叉手行礼，同时出声致敬。

⑬臊子：肉沫，细剁的肉。

⑭直娘贼：骂人话。意思是不知廉耻。

⑮细软：指轻巧而便于携带的贵重物品。

【评析】

施耐庵(1296？—1370?)，生平事迹材料极少。一说是杭州人，一说是兴化(今江苏兴化市)人。目前学者多认为施耐庵是《水浒传》的作者，依据是，嘉靖间最早著录此书的高儒《百川书志》题作“钱塘施耐庵的本，罗贯中编次”。

《水浒传》最大的成就在于塑造了一批英雄好汉的形象，其中鲁智深是塑造得最好的形象之一。

鲁智深虽是鲁莽性急之人，却扶危济困，宅心仁厚。在听得隔壁阁子里有人哽哽咽咽啼哭，他“焦躁，便把碟儿盏儿都丢在楼板上……气愤愤地”，对酒保态度十分蛮横，这是鲁莽性急之处；但当倾听了金氏父女对郑屠的血泪控诉后，先是赠银，再是护送，足见他侠义之心。

鲁智深虽然豪放，却粗中有细。他来到郑屠肉铺，以买肉为名当众戏弄郑屠，杀郑屠威风，又激他与自己打斗，这反映了他智慧的一面。本是替金氏父女出头打抱不平，首先挑衅滋事，引得“郑屠大怒”，可见他心思缜密，目的就在于激起郑屠之怒，为打抱不平寻找理由，让大家了解“拳打郑屠”是正义行为，由此足见他的策略与智慧。

鲁智深三拳就把一向威风作恶的镇关西打得毫无还手之力，最后竟一命归西，衬托出鲁智深的勇猛与武艺高强。文中以形象生动的比喻，从味觉、视觉与听觉上写出郑屠被打的感受，以此表现鲁智深三拳之勇猛。三拳三个落点，一拳比一拳厉害，三次被打的感觉也不相同，虽是从被打的郑屠的角度来写，却正可以显现出鲁智深的疾恶如仇、勇猛无敌。

如此一位疾恶如仇又慷慨豪爽、勇而有谋又粗中有细的草莽英雄，可见《水浒传》在人物形象塑造上的巨大成功，这也正是《水浒传》长盛不衰的原因。

【辑评】

李和尚曰：描写鲁智深，千古若活，真是传神写照妙手。且《水浒传》文字妙绝千古，全在同而不同处有辨。如鲁智深、李逵、武松、阮小七、石秀、呼延灼、刘唐等，众人都是急性的，渠形容刻画来，各有派头，各有光景，各有家数，各有身份，一毫不差，半些不混，读去自有分辨，不必见其姓名，一睹事实就知某人某人也。

——明·李贽《李卓吾先生批评忠义水浒传》回评

写鲁达为人处，一片热血直喷出来，令人读之深愧虚生世上，不曾为人出力。孔子云：“诗可以兴”，吾于稗官亦云矣。

——清·金圣叹《第五才子书施耐庵水浒传》回评

【相关资料】

汪远平：《异曲同工 各臻其妙——“鲁提辖拳打镇关西”与“武松醉打蒋门神”比析》，《名作欣赏》1983 年第 2 期。

王欲祥：《不着痕迹 尽显神采——〈鲁提辖拳打镇关西〉赏析》，《古典文学知识》1998 年第 4 期。

林黛玉进贾府[①]

曹雪芹

且说黛玉自那日弃舟登岸时，便有荣国府打发了轿子并拉行李的车辆久候了。这林黛玉常听得母亲说过，他外祖母家与别家不同。他近日所见的这几个三等仆妇，吃穿用度，已是不凡了，何况今至其家。因此步步留心，时时在意，不肯轻易多说一句话，多行一步路，惟恐被人耻笑了他去。自上了轿，进入城中，从纱窗向外瞧了一瞧，其街市之繁华，人烟之阜盛，自与别处不同。又行了半日，忽见街北蹲着两个大石狮子，三间兽头大门，门前列坐着十来个华冠丽服之人。正门却不开，只有东西两角门有人出入。正门之上有一匾，匾上大书“敕造宁国府”五个大字[②]。黛玉想道：这必是外祖之长房了。想着，又往西行，不多远，照样也是三间大门，方是荣国府了。却不进正门，只进了西边角门。那轿夫抬进去，走了一射之地[③]，将转弯时，便歇下退出去了。后面的婆子们已都下了轿，赶上前来。另换了三四个衣帽周全十七八岁的小厮上来，复抬起轿子。众婆子步下围随至一垂花门前落下。众小厮退出，众婆子上来打起轿帘，扶黛玉下轿。林黛玉扶着婆子的手，进了垂花门[④]，两边是抄手游廊[⑤]，当中是穿堂[⑥]，当地放着一个紫檀架子大理石的大插屏[⑦]。转过插屏，小小的三间厅，厅后就是后面的正房大院。正面五间上房，皆雕梁画栋，两边穿山游廊厢房[⑧]，挂着各色鹦鹉、画眉等鸟雀。台矶之上，坐着几个穿红着绿的丫头，一见他们来了，便忙都笑迎上来，说：“刚才老太太还念呢，可巧就来了。”于是三四人争着打起帘笼，一面听得人回话：“林姑娘到了。”

黛玉方进入房时，只见两个人搀着一位鬓发如银的老母迎上来，黛玉便知是他外祖母。方欲拜见时，早被他外祖母一把搂入怀中，心肝儿肉叫着大哭起来。当下地下侍立之人，无不掩面涕泣，黛玉也哭个不住。一时众人慢慢解劝住了，黛玉方拜见了外祖母——此即冷子兴所云之史氏太君，贾赦贾政之母也。当下贾母一一指与黛玉：“这是你大舅母，这是你二舅母，这是你先珠大哥的媳妇珠大嫂子[⑨]。”黛玉一一拜见过。贾母又说：“请姑娘们来。今日远客才来，可以不必上学去了。”众人答应了一声，便去了两个。

不一时，只见三个奶嬷嬷并五六个丫鬟，簇拥着三个姊妹来了。第一个肌肤微丰，合中身材，腮凝新荔，鼻腻鹅脂，温柔沉默，观之可亲。第二个削肩细腰，长挑身材，鸭蛋脸面，俊眼修眉，顾盼神飞，文彩精华，见之忘俗。第三个身量未足，形容尚小[⑩]。其钗环裙袄，三人皆是一样的妆饰。黛玉忙起身迎上来见礼，互相厮认过，大家归了坐。丫鬟们斟上茶来。不过说些黛玉之母如何得病，如何请医服药，如何送死发丧。不免贾母又伤感起来，因说："我这些儿女，所疼者独有你母，今日一旦先舍我而去，连面也不能一见，今见了你，我怎不伤心！"说着，搂了黛玉在怀，又呜咽起来。众人忙都宽慰解释，方略略止住。

众人见黛玉年貌虽小，其举止言谈不俗，身体面庞虽怯弱不胜，却有一段自然的风流态度⑪，便知他有不足之症⑫。因问："常服何药，如何不急为疗治？"黛玉道："我自来是如此，从会吃饮食时便吃药，到今日未断，请了多少名医修方配药，皆不见效。那一年我三岁时，听得说来了一个癞头和尚，说要化我去出家，我父母固是不从。他又说：'既舍不得他，但只怕他的病一生也不能好的。若要好时，除非从此以后总不许见哭声；除了父母之外，凡有外姓亲友之人，一概不见，方可平安了此一世。'疯疯癫癫，说了这些不经之谈⑬，也没人理他。如今还是吃人参养荣丸。"贾母道："正好，我这里正配丸药呢，叫他们多配一料就是了。"

一语未了，只听后院中有人笑声，说："我来迟了，不曾迎接远客！"黛玉纳罕道："这些人个个皆敛声屏气，恭肃严整如此，这来者系谁，这样放诞无礼⑭？"心下想时，只见一群媳妇丫鬟围拥着一个人从后房门进来。这个人打扮与众姑娘不同，彩绣辉煌，恍若神妃仙子：头上戴着金丝八宝攒珠髻⑮，绾着朝阳五凤挂珠钗⑯；项上带着赤金盘螭璎珞圈⑰；裙边系着豆绿宫绦双衡比目玫瑰佩⑱；身上穿着缕金百蝶穿花大红洋缎窄褃袄⑲，外罩五彩刻丝石青银鼠褂⑳；下着翡翠撒花洋绉裙㉑。一双丹凤三角眼㉒，两弯柳叶吊梢眉㉓，身量苗条，体格风骚㉔，粉面含春威不露，丹唇未启笑先闻。黛玉连忙起身接见。贾母笑道："你不认得他。他是我们这里有名的一个泼皮破落户儿㉕，南省俗谓作'辣子'，你只叫他'凤辣子'就是了。"黛玉正不知以何称呼，只见众姊妹都忙告诉他道："这是琏嫂子。"黛玉虽不识，也曾听见母亲说过，大舅贾赦之子贾琏，娶的就是二舅母王氏之内侄女，自幼假充男儿教养的，学名王熙凤。黛玉忙陪笑见礼，以"嫂"呼之。这熙凤携着黛玉的手，上下细细打谅了一回㉖，仍送至贾母身边坐下，因笑道："天下真有这样标致的人物，我今儿才算见了！况且这通身的气派，竟不像老祖宗的外孙女儿，竟是个嫡亲的孙女，怨不得老祖宗天天口头心头一时不忘。只可怜我这妹妹这样命苦，怎么姑妈偏就去世了！”说着，便用帕试泪。贾母笑道：“我才好了，你倒来招我。你妹妹远路才来，身子又弱，也才劝住了，快再休提前话。”这熙凤听了，忙转悲为喜道：“正是呢！我一见了妹妹，一心都在他身上了，又是喜欢，又是伤心，竟忘记了老祖宗。该打，该打！”又忙携黛玉之手，问：“妹妹几岁了？可也上过学？现吃什么药？在这里不要想家，想要什么吃的、什么玩的，只管告诉我；丫头老婆们不好了，也只管告诉我。”一面又问婆子们：“林姑娘的行李东西可搬进来了？带了几个人来？你们赶早打扫两间下房，让他们去歇歇。”

说话时，已摆了茶果上来。熙凤亲为捧茶捧果。又见二舅母问他：“月钱放过了不曾[27]？”熙凤道：“月钱已放完了。才刚带着人到后楼上找缎子，找了这半日，也并没有见昨日太太说的那样的，想是太太记错了？”王夫人道：“有没有，什么要紧。”因又说道：“该随手拿出两个来给你这妹妹去裁衣裳的，等晚上想着叫人再去拿罢，可别忘了。”熙凤道：“这倒是我先料着了，知道妹妹不过这两日到的，我已预备下了，等太太回去过了目好送来。”王夫人一笑，点头不语。

当下茶果已撤，贾母命两个老婆婆带了黛玉去见两个母舅。时贾赦之妻邢氏忙亦起身，笑回道：“我带了外甥女过去，倒也便宜[28]。”贾母笑道：“正是呢，你也去罢，不必过来了。”邢夫人答应了一声“是”字，遂带了黛玉与王夫人作辞，大家送至穿堂前。出了垂花门，早有众小厮们拉过一辆翠幄青绸车[29]，邢夫人携了黛玉，坐在上面，众婆子们放下车帘，方命小厮们抬起，拉至宽处，方驾上驯骡，亦出了西角门，往东过荣府正门，便入一黑油大门中，至仪门前方下来[30]。众小厮退出，方打起车帘，邢夫人搀着黛玉的手，进入院中。黛玉度其房屋院宇，必是荣府中花园隔断过来的。进入三层仪门，果见正房厢庑游廊[31]，悉皆小巧别致，不似方才那边轩峻壮丽；且院中随处之树木山石皆在。一时进入正室，早有许多盛妆丽服之姬妾丫鬟迎着，邢夫人让黛玉坐了，一面命人到外面书房去请贾赦。一时人来回话说：“老爷说了：‘连日身上不好，见了姑娘彼此倒伤心，暂且不忍相见。劝姑娘不要伤心想家，跟着老太太和舅母，即同家里一样。姊妹们虽拙，大家一处伴着，亦可以解些烦闷。或有委屈之处，只管说得，不要外道才是。'”黛玉忙站起来，一一听了。再坐一刻，便告辞。邢夫人苦留吃过晚饭去，黛玉笑回道：“舅母爱惜赐饭，原不应辞，只是还要过去拜见二舅舅，恐领了赐去不恭，异日再领，未为不可。望舅母容谅。”邢夫人听说，笑道：“这倒是了。”遂令两三个嬷嬷用方才的车好生送了姑娘过去。于是黛玉告辞。邢夫人送至仪门前，又嘱咐了众人几句，眼看着车去了方回来。

一时黛玉进了荣府，下了车。众嬷嬷引着，便往东转弯，穿过一个东西的穿堂，向南大厅之后，仪门内大院落，上面五间大正房，两边厢房鹿顶耳房钻山㉜，四通八达，轩昂壮丽，比贾母处不同。黛玉便知这方是正经正内室，一条大甬路，直接出大门的。进入堂屋中，抬头迎面先看见一个赤金九龙青地大匾，匾上写着斗大的三个大字，是“荣禧堂”，后有一行小字：“某年月日，书赐荣国公贾源”，又有“万几宸翰之宝”㉝。大紫檀雕螭案上，设着三尺来高青绿古铜鼎，悬着待漏随朝墨龙大画㉞，一边是金蜼彝㉟，一边是玻璃盒。地下两溜十六张楠木交椅，又有一副对联，乃乌木联牌，镶着錾银的字迹㊱，道是：

座上珠玑昭日月，堂前黼黻焕烟霞㊲。

下面一行小字，道是：“同乡世教弟勋袭东安郡王穆莳拜手书。”

原来王夫人时常居坐宴息，亦不在这正室，只在这正室东边的三间耳房内。于是老嬷嬷引黛玉进东房门来。临窗大炕上铺着猩红洋罽㊳，正面设着大红金钱蟒靠背，石青金钱蟒引枕㊴，秋香色金钱蟒大条褥㊵。两边设一对梅花式洋漆小几。左边几上文王鼎匙箸香盒㊶；右边几上汝窑美人觚㊷——觚内插着时鲜花卉，并茗碗痰盒等物。地下面西一溜四张椅上，都搭着银红撒花椅搭㊸，底下四副脚踏。椅之两边，也有一对高几，几上茗碗瓶花俱备。其余陈设，自不必细说。老嬷嬷们让黛玉炕上坐，炕沿上却有两个锦褥对设，黛玉度其位次，便不上炕，只向东边椅子上坐了。本房内的丫鬟忙捧上茶来。黛玉一面吃茶，一面打谅这些丫鬟们，妆饰衣裙，举止行动，果亦与别家不同。

茶未吃了，只见一个穿红绫袄青缎掐牙背心的丫鬟走来笑说道[44]："太太说，请林姑娘到那边坐罢。"老嬷嬷听了，于是又引黛玉出来，到了东廊三间小正房内。正房炕上横设一张炕桌，桌上磊着书籍茶具[45]，靠东壁面西设着半旧的青缎背引枕。王夫人却坐在西边下首，亦是半旧的青缎靠背坐褥。见黛玉来了，便往东让。黛玉心中料定这是贾政之位。因见挨炕一溜三张椅子上，也搭着半旧的弹墨椅袱[46]，黛玉便向椅上坐了。王夫人再四携他上炕，他方挨王夫人坐了。王夫人因说："你舅舅今日斋戒去了，再见罢。只是有一句话嘱咐你：你三个姊妹倒都极好，以后一处念书认字学针线，或是偶一顽笑，都有尽让的。但我不放心的最是一件：我有一个孽根祸胎，是家里的'混世魔王'，今日因庙里还愿去了，尚未回来，晚间你看见便知了。你只以后不要睬他，你这些姊妹都不敢沾惹他的。"

黛玉亦常听得母亲说过，二舅母生的有个表兄，乃衔玉而诞，顽劣异常，极恶读书，最喜在内帏厮混[47]；外祖母又极溺爱，无人敢管。今见王夫人如此说，便知说的是这表兄了。因陪笑道："舅母说的，可是衔玉所生的这位哥哥？在家时亦曾听见母亲常说，这位哥哥比我大一岁，小名就唤宝玉，虽极憨顽，说在姊妹情中极好的。况我来了，自然只和姊妹同处，兄弟们自是别院另室的，岂得去沾惹之理？"王夫人笑道："你不知道原故：他与别人不同，自幼因老太太疼爱，原系同姊妹们一处娇养惯了的。若姊妹们有日不理他，他倒还安静些，纵然他没趣，不过出了二门，背地里拿着他两个小幺儿出气[48]，咕唧一会子就完了。若这一日姊妹们和他多说一句话，他心里一乐，便生出多少事来。所以嘱咐你别睬他。他嘴里一时甜言蜜语，一时有天无日，一时又疯疯傻傻，只休信他。"

黛玉一一的都答应着。只见一个丫鬟来回："老太太那里传晚饭了。"王夫人忙携黛玉从后房门由后廊往西，出了角门，是一条南北宽夹道。南边是倒座[49]三间小小的抱厦厅[50]，北边立着一个粉油大影壁，后有一半大门，小小一所房室。王夫人笑指向黛玉道："这是你凤姐姐的屋子，回来你好往这里找他来，少什么东西，你只管和他说就是了。"这院门上也有四五个才总角的小厮[51]，都垂手侍立。王夫人遂携黛玉穿过一个东西穿堂，便是贾母的后院了。于是，进入后房门，已有多人在此伺候，见王夫人来了，方安设桌椅。贾珠之妻李氏捧饭，熙凤安箸，王夫人进羹。贾母正面榻上独坐，两边四张空椅，熙凤忙拉了黛玉在左边第一张椅上坐了，黛玉十分推让。贾母笑道："你舅母你嫂子们不在这里吃饭。你是客，原应如此坐的。"黛玉方告了座，坐了。贾母命王夫人坐了。迎春姊妹三个告了座方上来。迎春便坐右手第一，探春左第二，惜春右第二。旁边丫鬟执着拂尘[52]、漱盂、巾帕。李、凤二人立于案旁布让[53]。外间伺候之媳妇丫鬟虽多，却连一声咳嗽不闻。寂然饭毕，各有丫鬟用小茶盘捧上茶来。当日林如海教女以惜福养身，云饭后务待饭粒咽尽，过一时再吃茶，方不伤脾胃。今黛玉见了这里许多事情不合家中之式，不得不随的，少不得一一改过来，因而接了茶。早见人又捧过漱盂来，黛玉也照样漱了口。盥手毕，又捧上茶来，这方是吃的茶。贾母便说："你们去罢，让我们自在说话儿。"王夫人听了，忙起身，又说了两句闲话，方引凤、李二人去了。贾母因问黛玉念何书。黛玉道："只刚念了《四书》。"黛玉又问姊妹们读何书。贾母道："读的是什么书，不过是认得两个字，不是睁眼的瞎子罢了！"

一语未了，只听外面一阵脚步响，丫鬟进来笑道："宝玉来了！"黛玉心中正疑惑着："这个宝玉，不知是怎生个惫懒人物[54]，懵懂顽童？——倒不见那蠢物也罢了。"心中想着，忽见丫鬟话未报完，已进来了一位年轻的公子：头上戴着束发嵌宝紫金冠[55]，齐眉勒着二龙抢珠金抹额[56]；穿一件二色金百蝶穿花大红箭袖[57]，束着五彩丝攒花结长穗宫绦，外罩石青起花八团倭缎排穗褂[58]；登着青缎粉底小朝靴[59]。面若中秋之月，色如春晓之花，鬓若刀裁，眉如墨画，面如桃瓣，目若秋波。虽怒时而若笑，即瞋视而有情。项上金螭璎珞，又有一根五色丝绦，系着一块美玉。黛玉一见，便吃一大惊，心下想道："好生奇怪，倒像在那里见过一般，何等眼熟到如此！"只见这宝玉向贾母请了安[60]，贾母便命："去见你娘来。"宝玉即转身去了。一时回来，再看已换了冠带：头上周围一转的短发，都结成小辫，红丝结束，共攒至顶中胎发，总编一根大辫，黑亮如漆，从顶至梢，一串四颗大珠，用金八宝坠角[61]；身上穿着银红撒花半旧大袄，仍旧带着项圈、宝玉、寄名锁[62]、护身符等物；下面半露松花撒花绫裤腿，锦边弹墨袜，厚底大红鞋。越显得面如敷粉，唇若施脂；转盼多情，语言常笑。天然一段风骚，全在眉梢；平生万种情思，悉堆眼角。看其外貌最是极好，却难知其底细。后人有《西江月》二词，批宝玉极恰，其词曰：

无故寻愁觅恨，有时似傻如狂。纵然生得好皮囊[63]，腹内原来草莽。
潦倒不通世务，愚顽怕读文章。行为偏僻性乖张[64]，那管世人诽谤！
富贵不知乐业，贫穷难耐凄凉。可怜辜负好韶光，于国于家无望。
天下无能第一，古今不肖无双。寄言纨袴与膏粱：莫效此儿形状！

贾母因笑道："外客未见，就脱了衣裳，还不去见你妹妹！"宝玉早已看见多了一个姊妹，便料定是林姑妈之女，忙来作揖。厮见毕归坐，细看形容，与众各别：两弯似蹙非蹙罥烟眉，一双似喜非喜含情目。态生两靥之愁，娇袭一身之病[65]。泪光点点，娇喘微微。闲静时如姣花照水，行动处似弱柳扶风。心较比干多一窍，病如西子胜三分[66]。宝玉看罢，因笑道："这个妹妹我曾见过的。"贾母笑道："可又是胡说，你又何曾见过他？"宝玉笑道："虽然未曾见过他，然我看着面善，心里就算是旧相识，今日只作远别重逢，亦未为不可。"贾母笑道："更好，更好，若如此，更相和睦了。"宝玉便走近黛玉身边坐下，又细细打量一番，因问："妹妹可曾读书？"黛玉道："不曾读，只上了一年学，些须认得几个字[67]。"宝玉又道："妹妹尊名是那两个字？"黛玉便说了名。宝玉又问表字。黛玉道："无字。"宝玉笑道："我送妹妹一妙字，莫若'颦颦'二字极妙。"探春便问何出。宝玉道："《古今人物通考》上说[68]：'西方有石名黛，可代画眉之墨。'况这林妹妹眉尖若蹙，用取这两个字，岂不两妙！"探春笑道："只恐又是你的杜撰。"宝玉笑道："除《四书》外，杜撰的太多，偏只我是杜撰不成？"又问黛玉："可也有玉没有？"众人不解其语，黛玉便忖度着因他有玉，故问我有也无，因答道："我没有那个。想来那玉是一件罕物，岂能人人有的。"宝玉听了，登时发作起痴狂病来，摘下那玉，就狠命摔去，骂道："什么罕物，连人之高低不择，还说'通灵'不'通灵'呢！我也不要这劳什子了[69]！"吓的众人一拥争去拾玉。贾母急的搂了宝玉道："孽障！你生气，要打骂人容易，何苦摔那命根子！"宝玉满面泪痕泣道："家里姐姐妹妹都没有，单我有，我说没趣；如今来了这们一个神仙似的妹妹也没有，可知这不是个好东西。”贾母忙哄他道：“你这妹妹原有这个来的，因你姑妈去世时，舍不得你妹妹，无法处，遂将他的玉带了去了：一则全殉葬之礼，尽你妹妹之孝心；二则你姑妈之灵，亦可权作见了女儿之意。因此他只说没有这个，不便自己夸张之意。你如今怎比得他？还不好生慎重带上，仔细你娘知道了[70]。”说着，便向丫鬟手中接来，亲与他带上。宝玉听如此说，想一想大有情理，也就不生别论了。

当下，奶娘来请问黛玉之房舍。贾母说：“今将宝玉挪出来，同我在套间暖阁儿里[71]，把你林姑娘暂安置碧纱橱里[72]。等过了残冬，春天再与他们收拾房屋，另作一番安置罢。”宝玉道：“好祖宗，我就在碧纱厨外的床上很妥当，何必又出来闹的老祖宗不得安静。”贾母想了一想说：“也罢了。”每人一个奶娘并一个丫头照管，余者在外间上夜听唤。一面早有熙凤命人送了一顶藕合色花帐，并几件锦被缎褥之类。

黛玉只带了两个人来：一个是自幼奶娘王嬷嬷，一个是十岁的小丫头，亦是自幼随身的，名唤作雪雁。贾母见雪雁甚小，一团孩气，王嬷嬷又极老，料黛玉皆不遂心省力的，便将自己身边的一个二等丫头，名唤鹦哥者与了黛玉。外亦如迎春等例，每人除自幼乳母外，另有四个教引嬷嬷[73]，除贴身掌管钗钏盥沐两个丫鬟外，另有五六个洒扫房屋来往使役的小丫鬟。当下，王嬷嬷与鹦哥陪侍黛玉在碧纱橱内。宝玉之乳母李嬷嬷，并大丫鬟名唤袭人者，陪侍在外面大床上。

【注释】

①本篇节选自《红楼梦》第三回。

②敕(chì)造：奉皇帝之命建造。敕，皇帝诏令的一种。

③一射之地：就是一箭之地，大约一百五十步。

④垂花门：中国传统住宅中的一种门，门的上头建有类似屋顶样式的盖，四角有下垂的短柱，柱端雕花彩绘。

⑤抄手游廊：院门内两侧环抱的走廊。

⑥穿堂：宅院中，坐落在前后两个院落之间可以穿行的厅堂。

⑦大插屏：放在穿堂中的大屏风，除做装饰外，还可以遮蔽视线，以免进入穿堂就直见正房。

⑧穿山游廊：从山墙开门接起的游廊。山，指房子两侧的墙，形状如山，俗称山墙。

⑨先珠大哥的媳妇珠大嫂子：指贾政已去世的儿子贾珠之妻李纨。

⑩形容：形体容貌。

⑪风流：风韵。态度：言行举止所表现的神态。

⑫不足之症：中医指由身体虚弱引起的病症，如脾胃虚弱，叫中气不足；气血虚弱，叫正气不足。

⑬不经之谈：荒诞的、没有根据的话。

⑭放诞：行为放纵，不守规矩。

⑮金丝八宝攒珠髻：用金丝穿绕珍珠和镶嵌八宝制成的珠花的发髻。

⑯朝阳五凤挂珠钗：一种长钗，钗上分出五股，每股一只凤凰，口衔一串珍珠。

⑰赤金盘螭璎珞圈：螭(chī)，古代传说中无角的龙。璎珞，连缀起来的珠玉。圈，项圈。

⑱双衡比目玫瑰佩：衡，佩玉上部的小横杠，用以系饰物。比目玫瑰佩，用玫瑰色的玉片雕琢成的双鱼形的玉佩。

⑲缕金百蝶穿花大红洋缎窄裉(kèn)袄：指在大红洋缎的衣面上用金线绣成百蝶穿花图案的紧身袄。

⑳五彩刻丝石青银鼠褂：石青色的衣面上有各种彩色刻丝，衣里是银鼠皮的褂子。刻丝，在丝织品上用丝平织成的图案，与凸出的绣花不同。

㉑翡翠撒花洋绉裙：翡翠，翠绿色。撒花，在绸缎上用散碎小花点组成的花样或图案。

㉒丹凤三角眼：俗称丹凤眼，眼角向上微翘。

㉓柳叶吊梢眉：形容眉梢斜飞入鬓的样子。

㉔风骚：这里指姿容俏丽。

㉕泼皮破落户儿：原指没有正当生活来源的无赖。这里形容凤姐的泼辣，是戏谑的称呼。

㉖打谅：同“打量”。

㉗月钱：旧时富户大家每月按等级发给家中人等的零用钱。

㉘便(biàn)宜：这里是方便的意思。

㉙翠幄(wò)青绸车：用粗厚的绿色绸类作车帐，用青色绸作车帘的车桥。

㉚仪门：官署、邸宅大门内的第二重正门。

㉛厢庑(wǔ)：正房前面两旁的廊屋。

㉜两边厢房鹿顶耳房钻山：两边的厢房用钻山的方式与鹿顶的耳房相连接。耳房，连接正房两侧的小房子。钻山，指山墙上开门或者开洞，与相邻的房子或者游廊相接。

㉝万几宸(chén)翰之宝：这是皇帝印章上的文字。万几，同“万机”，是皇帝政务繁多、日理万机的意思。宸翰，皇帝的笔迹。宝，皇帝的印玺。

㉞待漏随朝：指上朝前百官列队等待上朝的情形。漏，铜壶滴漏，古代计时器，代指时间。随朝，按照大臣的班列朝见皇帝。

㉟金蜼彝：有蜼形图案的青铜祭器，这里指贵重陈设品。蜼(wèi)，一种体形较大的长尾猴。彝，古代青铜器中礼器的通称。

㊱錾(zàn)银：一种银雕工艺。錾，雕刻。

㊲黼黻(fǔ fú)：古代官僚贵族礼服上绣的花纹。

㊳罽(jì)：毛织的毯子。

㊴引枕：坐时搭扶胳膊的一种圆墩形的倚枕。

㊵秋香色：淡黄绿色。

㊶文王鼎匙箸香盒：文王鼎，周代传国国鼎，这里说的是小型仿古香炉。匙箸，拨弄香灰的工具。香盒，盛香料的盒子。

㊷汝窑美人觚(gū)：宋代汝州窑(在今河南省汝州市)烧制的一种仿古瓷器。觚，古代一种盛酒的器具；长身细腰，形如美人，故名美人觚。

㊸椅搭：搭在椅上的一种长方形的绣花绸缎饰物。

㊹掐牙：锦缎双叠成细条，嵌在衣服或者背心的夹边上，仅露少许，作为装饰。

㊺磊着：层叠地放着。

㊻弹墨椅袱：弹墨，以纸剪镂空图案覆于织品上，用墨色或者其他颜色弹或喷成各种图案花样。椅袱，用棉、缎之类做成的椅套。

㊼内帏：女子的居处。帏，幕帐。

㊽小幺(yāo)儿：身边使唤的小仆人。幺，幼小。

㊾倒座：与正房相对、朝向相反的房子。

㊿抱厦厅：回绕堂屋后面的侧室。

51总角：指童年时期、细年时期。

52拂尘：一种拂拭尘土或驱赶蝇蚊的用具，形如马尾，后有持柄，俗称“蝇甩子”。

53布让：宴席间向客人敬菜，劝餐。

㊴惫懒：诞皮赖脸的意思。

㊵嵌宝紫金冠：把头发束扎在头顶部的一种髻冠，上面插戴各种饰物或镶嵌珠玉。

㊶二龙抢珠金抹额：装饰着二龙抢珠图案的金抹额。抹额，围扎在额前，用以压发、束额的饰带。

㊷二色金百蝶穿大红箭袖：用两色金线绣成的百蝶穿花图案的大红窄袖衣服。

㊸石青起花八团倭缎排穗卦：团，圆形团花。倭缎，又称东洋缎。排穗，排缀在衣服下面边缘的彩穗。

㊹青缎粉底小朝靴：指黑色缎面、白色厚底、半高筒的靴子。青缎，黑色的缎子。朝靴，古代百官穿的“乌皮履”。

㊺请了安：指问安。清代的请安礼节是，在口称“请某人安”的同时，男子打千，女子双手扶左膝，右腿微屈，往下蹲身。

㊻坠角：置于朝珠、房帐等下端起下垂作用的小饰品，这里指辫子梢部所坠的饰物。

㊼寄名锁：旧时怕幼儿夭亡，给寺院或者道观一定财物，让幼儿当寄名弟子，并在幼儿的项下系一小金锁，叫“寄名锁”。

㊽皮囊：指人的躯壳。佛教认为人的灵魂永世不灭，人的肉体只是为灵魂提供暂时住所，犹如皮口袋。

㊾偏僻：偏激，不端正。乖张：偏执，不驯顺，与众不同。

㊿态生两靥(yè)之愁，娇袭一身之病：意思是妩媚的风韵生于含愁的面容，娇怯的情态出于孱弱的病体。态，情态，风韵。靥，面颊上的酒窝。袭，承继。

66心较比干多一窍，病如西子胜三分：比干是商代纣王的叔父。《史记·殷本纪》载，纣王淫乱，比干曰：“为人臣者，不得不以死争。”纣王怒：“吾闻圣人心有七窍。”剖比干，观其心。古人认为心窍越多越有智慧。这里极言黛玉之聪慧。西子，即西施，下句是说明黛玉病弱娇美胜过西施。

67些须：稍许，稍微。

68《古今人物通考》：从下文来看，可能是宝玉的杜撰。

69劳什子：如同说“东西”“玩意”，含有嫌恶之意。

70仔细：小心。

71套间：与正房相连的两侧房间。暖阁儿：在套间内再隔成小的房间，内设炕褥，两边安有隔扇，上有一横楣，形成床帐的样子，称暖阁。

72碧纱橱：也称隔扇门、格门。用以隔断房间，中间两扇可以开关。宫殿或富贵人家常在格心处安装玻璃或糊各色纱，所以叫“碧纱橱”。“碧纱橱里”，是指以碧纱橱隔开的里间。

⑦③教引嬷嬷：清代皇子一出生，就有保姆、乳母各八人；断乳后，增“谙达”，“凡饮食、言语、行步、礼节，皆教之”(见《清稗类钞》)。贵族家庭的“教引嬷嬷”，职务与皇宫的“谙达”相似。

【评析】

曹雪芹(1715？—1763？)，名霑，字梦阮，号雪芹，又号芹圃、芹溪。曹雪芹生长在南京，少年时代曾经历过一段富贵的贵族生活。十三四岁时随家回北京，曾在皇族学堂“右翼宗学”里当过掌管文墨的杂差。晚年居住在北京西郊，生活穷苦。乾隆二十七年(1762)，幼子夭亡，这年除夕，曹雪芹也因贫病交加而离开人世，留下了一部未完成的《红楼梦》。

《红楼梦》是中国古典小说的巅峰之作。其人物之精彩、笔法之曲折、文笔之优美、意蕴之丰厚，在历代小说中都堪称一流，因而成为古代文学史上一部不可多得的经典。

人物塑造是《红楼梦》的重要成就之一，王熙凤可说是众多人物中尤为突出的一个，她在第三回的出场非常精彩，未见其人，先闻其声。先声夺人——这是作者给王熙凤的出场安排，不但显现出王熙凤直爽泼辣的性格特点，也间接表现出她在贾府的特殊地位。而在对王熙凤言谈举止的描绘中，又显示出她的精明能干。王熙凤深知黛玉是贾母最疼爱的外孙女，先是极言恭维，又突然悲悯起黛玉的身世，由喜转悲。可当贾母一劝，便立刻转悲为喜，迅速完成了感情的转变。她的眼睛、嘴巴虽在黛玉身上，心思却又时时在贾母身上。她的嘘寒问暖、关心备至，既能讨黛玉的好，又是向贾母承欢邀宠，同时还巧妙地显露出当家主妇的身份。通过这些细密的起伏变化，足见王熙凤察言观色、机变逢迎的高超本事。

作者是善于腾挪的高手。王熙凤的出场已赚尽读者眼光，而贾宝玉的出场方式又与王熙凤不同。如果说王熙凤的出场如同她的性格那般直接爽利，而宝玉的出场恰好相反，真是一波三折、千呼万唤。黛玉进贾府这日，作者特地写宝玉往庙里还愿去了，一直拖到大家都不在场，才让他回家与黛玉相见。这种安排，有利于避免其他人物的干扰，集中笔墨来写两位主角的相会。而在宝玉登场前，又先让宝玉在各种人的话语中出现：黛玉早已从自己母亲口中得知宝玉的存在，而到贾府后王夫人又说宝玉是“混世魔王”。宝玉就在黛玉的种种疑惑中姗姗来迟，从而让所有读者为之眼前一亮。

小说对林黛玉的描写同样非常巧妙。一方面，通过黛玉进贾府的过程，细细铺写贾府内外，包括宏伟的外观、考究的布局、华贵的陈设、繁细的礼仪、豪门的气度等。而且作者也借林黛玉的眼睛，将贾府的日常生活与各色人物的身份地位都勾勒出一个大概，从而为整部小说的展开提供了重要的铺垫。另一方面，林黛玉谨慎小心、自尊自怜的性格特点也在初入贾府的过程中得到了鲜明呈现。

【辑评】

不写黛玉眼中之宝玉，却先写黛玉心中已毕有一宝玉矣，幻妙之至。只冷子兴口中之后，余已极思欲一见，及今尚未得见，狡猾之至。

——清·脂砚斋回评(甲戌本)

第三回专写黛玉形貌、神情，是此回之主。中间带写王熙凤、迎春、探春、惜春，因主及宾，故亦写及装束、仪容，又带出王夫人、邢夫人、李纨及宁荣二府房屋、家人、小使、丫鬟，即点出袭人、鹦哥、王嬷、李嬷等人。末后带起薛宝钗家。看他不慌不忙，出落次序，有极力描写者，有淡描本色者，有略言大段者，有宾有主，有宾中之主、宾中之宾：笔墨笼罩全部。

——清·王希廉《增评补图石头记》回评

【相关资料】

陆开丰：《读〈林黛玉进贾府〉》，《广西师范大学学报(哲学社会科学版)》1983 年第 4 期。

张超：《浓妆淡抹各相宜——〈林黛玉进贾府〉中王熙凤、林黛玉肖像描写比较谈》，《名作欣赏》1996 年第 3 期。

黄洽：《另磨新墨 锐笔独出——〈红楼梦〉"林黛玉进贾府"赏析》，《古典文学知识》2004 年第 2 期。

四、明清文言小说

婴　宁

蒲松龄

王子服，莒之罗店人，早孤，绝慧，十四入泮①。母最爱之，寻常不令游郊野。聘萧氏，未嫁而夭，故求凰未就也②。

会上元，有舅氏子吴生邀同眺瞩③，方至村外，舅家仆来招吴去。生见游女如云，乘兴独游。有女郎携婢，拈梅花一枝，容华绝代，笑容可掬。生注目不移，竟忘顾忌。女过去数武，顾婢子笑曰："个儿郎目灼灼似贼！"遗花地上，笑语自去。生拾花怅然，神魂丧失，快快遂返。

至家，藏花枕底，垂头而睡，不语亦不食。母忧之，醮禳益剧[4]，肌革锐减[5]。医师诊视，投剂发表，忽忽若迷。母抚问所由，默然不答。适吴生来，嘱秘诘之[6]。吴至榻前，生见之泪下，吴就榻慰解，渐致研诘，生具吐其实，且求谋画。吴笑曰："君意亦痴！此愿有何难遂？当代访之。徒步于野，必非世家，如其未字[7]，事固谐矣，不然，拚以重赂，计必允遂。但得痊瘳，成事在我。"生闻之不觉解颐。吴出告母，物色女子居里。而探访既穷，并无踪迹。母大忧，无所为计。然自吴去后，颜顿开，食亦略进。

数日吴复来，生问所谋。吴绐之曰[8]："已得之矣。我以为谁何人，乃我姑之女，即君姨妹，今尚待聘。虽内戚有婚姻之嫌，实告之无不谐者。"生喜溢眉宇，问："居何里？"吴诡曰："西南山中，去此可三十余里。"生又嘱再四，吴锐身自任而去[9]。生由是饮食渐加，日就平复。探视枕底，花虽枯，未便雕落，凝思把玩，如见其人。怪吴不至，折柬招之，吴支托不肯赴招。生恚怒[10]，悒悒不欢。母虑其复病，急为议姻，略与商榷，辄摇首不愿，惟日盼吴。

吴迄无耗[11]，益怨恨之。转思三十里非遥，何必仰息他人？怀梅袖中，负气自往，而家人不知也。伶仃独步，无可问程，但望南山行去。约三十余里，乱山合沓，空翠爽肌，寂无人行，止有鸟道。遥望谷底丛花乱树中，隐隐有小里落。下山入村，见舍宇无多，皆茅屋，而意甚修雅。北向一家，门前皆丝柳，墙内桃杏尤繁，间以修竹，野鸟格磔其中[12]。意其园亭，不敢遽入。回顾对户，有巨石滑洁，因坐少憩。

俄闻墙内有女子长呼："小荣！"其声娇细。方伫听间，一女郎由东而西，执杏花一朵，俯首自簪；举头见生，遂不复簪，含笑拈花而入。审视之，即上元途中所遇也。心骤喜，但念无以阶进。欲呼姨氏，顾从无还往，惧有讹误。门内无人可问，坐卧徘徊，自朝至于日昃[13]，盈盈望断，并忘饥渴。时见女子露半面来窥，似讶其不去者。忽一老媪扶杖出，顾生曰："何处郎君，闻自辰刻来，以至于今。意将何为？得勿饥也？”生急起揖之，答云：“将以探亲。”媪聋聩不闻[14]。又大言之。乃问：“贵戚何姓？”生不能答。媪笑曰：“奇哉！姓名尚自不知，何亲可探？我视郎君亦书痴耳。不如从我来，啖以粗粝，家有短榻可卧。待明朝归，询知姓氏，再来探访。”生方腹馁思啖，又从此渐近丽人，大喜。从媪入，见门内白石砌路，夹道红花片片坠阶上，曲折而西，又启一关，豆棚花架满庭中。肃客入舍，粉壁光如明镜，窗外海棠，枝朵探入室中，裀藉几榻[15]，罔不洁泽。甫坐，即有人自窗外隐约相窥。媪唤：“小荣！可速作黍。”外有婢子嗷声而应。坐次，具展宗阀。媪曰：“郎君外祖，莫姓吴否？”曰：“然。”媪惊曰：“是吾甥也！尊堂，我妹子。年来以家屡贫，又无三尺之男，遂至音问梗塞。甥长成如许，尚不相识。”生曰：“此来即为姨也，匆遽遂忘姓氏。”媪曰：“老身秦姓，并无诞育，弱息亦为庶产。渠母改醮，遗我鞠养。颇亦不钝，但少教训，嬉不知愁。少顷，使来拜识。”

未几婢子具饭，雏尾盈握[16]。媪劝餐已，婢来敛具。媪曰：“唤宁姑来。”婢应去。良久，闻户外隐有笑声。媪又唤曰：“婴宁，汝姨兄在此。”户外嗤嗤笑不已。婢推之以入，犹掩其口，笑不可遏。媪瞋目曰：“有客在，咤咤叱叱，是何景象？”女忍笑而立，生揖之。媪曰：“此王郎，汝姨子。一家尚不相识，可笑人也。”生问：“妹子年几何矣？”媪未能解；生又言之。女复笑，不可仰视。媪谓生曰：“我言少教诲，此可见矣。年已十六，呆痴裁如婴儿。”生曰：“小于甥一岁。”曰：“阿甥已十七矣，得非庚午属马者耶？”生首应之。又问：“甥妇阿谁？”答曰：“无之。”曰：“如甥才貌，何十七岁犹未聘？婴宁亦无姑家，极相匹敌，惜有内亲之嫌。”生无语，目注婴宁，不遑他瞬。婢向女小语云：“目灼灼，贼腔未改！”女又大笑，顾婢曰：“视碧桃开未？”遽起，以袖掩口，细碎连步而出。至门外，笑声始纵。媪亦起，唤婢襆被，为生安置。曰：“阿甥来不易，宜留三五日，迟迟送汝归。如嫌幽闷，舍后有小园，可供消遣；有书可读。”

次日至舍后，果有园半亩，细草铺毡，杨花糁径。有草舍三楹，花木四合其所。穿花小步，闻树头苏苏有声，仰视，则婴宁在上，见生来，狂笑欲堕。生曰：“勿尔，堕矣！”女且下且笑，不能自止。

方将及地，失手而堕，笑乃止。生扶之，阴捘其腕[17]。女笑又作，倚树不能行，良久乃罢。生俟其笑歇，乃出袖中花示之。女接之，曰："枯矣！何留之？"曰："此上元妹子所遗，故存之。"问："存之何益？"曰："以示相爱不忘。自上元相遇，凝思成病，自分化为异物；不图得见颜色，幸垂怜悯。"女曰："此大细事，至戚何所靳惜[18]？待郎行时，园中花，当唤老奴来，折一巨捆负送之。"生曰："妹子痴耶？"女曰："何便是痴？"生曰："我非爱花，爱拈花之人耳。"女曰："葭莩之情，爱何待言。"生曰："我所为爱，非瓜葛之爱，乃夫妻之爱。"女曰："有以异乎？"曰："夜共枕席耳。"女俯首思良久，曰："我不惯与生人睡。"语未已，婢潜至，生惶恐遁去。

少时，会母所，母问："何往？"女答以园中共话。媪曰："饭熟已久，有何长言，周遮乃尔[19]。"女曰："大哥欲我共寝。"言未已，生大窘，急目瞪之。女微笑而止。幸媪不闻，犹絮絮究诘。生急以他词掩之，因小语责女。女曰："适此语不应说耶？"生曰："此背人语。"女曰："背他人，岂得背老母？且寝处亦常事，何讳之？"生恨其痴，无术可悟之。食方竟，家人捉双卫来寻生。先是，母待生久不归，始疑。村中搜觅已遍，竟无踪兆，因往寻吴。吴忆曩言，因教于西南山村寻觅。凡历数村，始至于此。生出门，适相值，便入告媪，且请偕女同归。媪喜曰："我有志，匪伊朝夕[20]。但残躯不能远涉，得甥携妹子去，识认阿姨，大好！"呼婴宁，宁笑至。媪曰："大哥欲同汝去，可装束。"又饷家人酒食，始送之出，曰："姨家田产丰裕，能养冗人。到彼且勿归，小学诗礼，亦好事翁姑。即烦阿姨择一良匹与汝。"二人遂发。至山坳回顾，犹依稀见媪倚门北望也。

抵家，母睹姝丽，惊问为谁。生以姨妹对。母曰："前吴郎与儿言者，诈也。我未有姊，何以得甥？"问女，女曰："我非母出。父为秦氏，没时，儿在褓中，不能记忆。"母曰："我一姊适秦氏良确，然殂谢已久[21]，那得复存？"因审诘面庞、志赘[22]，一一符合。又疑曰："是矣！然亡已多年，何得复存？"疑虑间，吴生至，女避入室。吴询得故，惘然久之，忽曰："此女名婴宁耶？"生然之。吴极称怪事。问所自知，吴曰："秦家姑去世后，姑丈鳏居，祟于狐，病瘠死。狐生女名婴宁，绷卧床上，家人皆见之。姑丈没，狐犹时来。后求天师符粘壁上，狐遂携女去。将勿此耶?”彼此疑参，但闻室中嗤嗤，皆婴宁笑声。母曰：“此女亦太憨。”吴生请面之。母入室，女犹浓笑不顾。母促令出，始极力忍笑，又面壁移时方出。才一展拜，翻然遽入，放声大笑。满室妇女，为之粲然[23]。

吴请往觇其异[24]，就便执柯[25]。寻至村所，庐舍全无，山花零落而已。吴忆姑葬处仿佛不远，然坟垅湮没，莫可辨识，诧叹而返。母疑其为鬼，入告吴言，女略无骇意。又吊其无家，亦殊无悲意，孜孜憨笑而已。众莫之测，母令与少女同寝止，昧爽即来省问，操女红精巧绝伦。但善笑，禁之亦不可止。然笑处嫣然，狂而不损其媚，人皆乐之。邻女少妇，争承迎之。母择吉为之合卺[26]，而终恐为鬼物，窃于日中窥之，形影殊无少异。至日，使华装行新妇礼，女笑极不能俯仰，遂罢。生以憨痴，恐泄漏房中隐事，而女殊密秘，不肯道一语。每值母忧怒，女至一笑即解。奴婢小过，恐遭鞭楚，辄求诣母共话[27]，罪婢投见恒得免。而爱花成癖，物色遍戚党；窃典金钗，购佳种，数月，阶砌藩溷[28]，无非花者。

庭后有木香一架，故邻西家，女每攀登其上，摘供簪玩。母时遇见，辄诃之[29]，女卒不改。一日西人子见之，凝注倾倒。女不避而笑。西人子谓女意属己，心益荡。女指墙底笑而下，西人子谓示约处，大悦。及昏而往，女果在焉，就而淫之，则阴如锥刺，痛彻于心，大号而踣[30]。细视，非女，则一枯木卧墙边，所接乃水淋窍也。邻父闻声，急奔研问[31]，呻而不言；妻来，始以实告。爇火烛窍[32]，见中有巨蝎如小蟹然，翁碎木，捉杀之。负子至家，半夜寻卒。邻人讼生，讦发婴宁妖异[33]。邑宰素仰生才，稔知其笃行士，谓邻翁讼诬，将杖责之，生为乞免，遂释而出。母谓女曰：“憨狂尔尔，早知过喜而伏忧也。邑令神明[34]，幸不牵累。设鹘突官宰[35]，必逮妇女质公堂，我儿何颜见戚里?”女正色，矢不复笑。母曰：“人罔不笑，但须有时。”而女由是竟不复笑，虽故逗之亦终不笑，然竟日未尝有戚容。

一夕，对生零涕。异之。女哽咽曰：“曩以相从日浅[36]，言之恐致骇怪。今日察姑及郎，皆过爱无有异心，直告或无妨乎?妾本狐产。母临去，以妾托鬼母，相依十余年，始有今日。妾又无兄弟，所恃者惟君。老母岑寂山阿，无人怜而合厝之[37]，九泉辄为悼恨。君倘不惜烦费，使地下人消此怨恫，庶养女者不忍溺弃。”生诺之，然虑坟冢迷于荒草。女但言无虑。刻日夫妇舆榇而往[38]。女于荒烟错楚中，指示墓处，果得媪尸，肤革犹存。女抚哭哀痛。舁归，寻秦氏墓合葬焉。是夜，生梦媪来称谢，寤而述之。女曰：“妾夜见之，嘱勿惊郎君耳。”生恨不邀留。女曰：“彼鬼也。生人多，阳气胜，何能久居？”生问小荣，曰：“是亦狐，最黠。狐母留以视妾，每摄饵相哺，故德之常不去心；昨问母，云已嫁之。”由是岁值寒食，夫妇登秦墓，拜扫无缺。女逾年生一子，在怀抱中，不畏生人，见人辄笑，亦大有母风云。

异史氏曰：“观其孜孜憨笑，似全无心肝者。而墙下恶作剧，其黠孰甚焉！至凄恋鬼母，反笑为哭，我婴宁殆隐于笑者矣。窃闻山中有草，名‘笑矣乎’，嗅之则笑不可止。房中植此一种，则合欢、忘忧，并无颜色矣。若解语花，正嫌其作态耳。”

【注释】

①入泮：古代学宫前有泮水，故称学校为泮宫。科举时代学童入学为生员，称为“入泮”。

②求凰：相传汉代司马相如作琴歌《凤求凰》曰：“凤兮凤兮归故乡，遨游四海求其凰。”借此曲向卓文君求爱。比喻男子向女子表达爱意。

③眺瞩：登高远望。

④醮禳(jiào ráng)：设醮禳解。

⑤肌革：肌肤，皮肉。

⑥诘：问。

⑦未字：指女子尚未许配。

⑧绐：同“诒”，欺骗，欺诈。

⑨锐身：挺身，自告奋勇。

⑩恚怒：生气，愤怒。

⑪无耗：没有消息。

⑫格磔：鸟鸣声。

⑬日昃：太阳偏西。

⑭聋聩：耳聋。

⑮裀(yīn)藉：坐卧的垫具。

⑯雏尾盈握：指肥嫩的小鸡。

⑰阴：暗地里，悄悄地。捘：用手指按。

⑱靳惜：吝啬。

⑲周遮：唠叨。

⑳匪伊朝夕：不止一朝一夕。

㉑殂谢：死亡。用于书面语。

㉒志赘：指身体上的特征或标记。志，通“痣”。赘，赘疣，俗称瘊子。

㉓粲然：笑容灿烂的样子。

㉔觇(chān)：察看。

㉕执柯：《诗经·豳风·伐柯》：“伐柯如何？匪斧不克；取妻如何？匪媒不得。”后以“执柯”指做媒。

㉖合卺：古代婚礼仪式之一。

㉗诣：到，旧时特指到尊长那里去。

㉘藩溷(hùn)：篱笆和厕所。

㉙诃：同“呵”，呵斥。

㉚踣：跌倒。

㉛研问：仔细询问。

㉜爇(ruò)：烧。

㉝讦(jié)发：告发。

㉞邑令：县令。

㉟鹘突：不明白事理。

㊱曩：以往、从前。

㊲合厝(cuò)：合葬。

㊳舁榇：载棺以随。

【评析】

蒲松龄(1640—1715)，字留仙，一字剑臣，号柳泉，淄川(今山东淄博市淄川区)人。19岁进学，后屡应乡试不中，晚年仅得岁贡。家贫不足自给，大半生在本县缙绅人家作塾师。康熙十八年(1679)进入毕氏家坐馆，宾主相处的甚融洽，70岁方才撤帐归家。近人辑有《蒲松龄集》，短篇小说集《聊斋志异》是他的代表作。

《聊斋志异》是蒲松龄创作的一部文言小说集，讲述了许多曲折离奇的故事，塑造了众多充满魅力的艺术典型，堪称中国古典文言短篇小说的一部巅峰之作。《婴宁》是其中尤为著名的一篇。婴宁可以说是蒲松龄笔下最美的女性形象之一。

婴宁是一个非常天真烂漫的少女，蒲松龄赋予了她许多极具浪漫情怀的性格特点。婴宁最大的特点就是爱笑，从一出场就是带着笑的："拈梅花一枝，容华绝代，笑容可掬"，随即又"遗花地上，笑语自去"，使得男主人公一见倾心。再见王子服时，同样也是憨笑不已。就连举行婚礼时也"笑极不能俯仰"，甚至使婚礼仪式不能顺利进行。小说四千字，写婴宁之"笑"的地方竟达四十余处，有含笑、嗤笑、隐笑、憨笑、忍笑、纵笑、微笑、狂笑……千姿百态，美不胜收。

婴宁的笑是有深刻寓意的。在中国几千年的封建社会里，女性的一举一动都被礼教纲常所束缚，不能自如地表达内心的情绪。而婴宁的笑，是如此烂漫，如此恣意，将规矩的束缚、形式的制约通通打破，把最天真、最真实的一面毫不修饰地呈现在人们眼前，因而有着独特的魅力。然而婴宁最终还是不笑了，她因为社会伦理而选择了改变。婴宁由笑到不笑，是发人深省的。这说明社会伦理很难以个人的力量抗拒。不过，婴宁对不笑的坚持同样引人深思，我们在觉得惋惜的同时，也更能意识到婴宁之笑的可贵，也能感觉到婴宁对自我的另一种执着。

蒲松龄称婴宁是"隐于笑者"。婴宁在一定程度上代表着蒲松龄理想中的女性。婴宁那烂漫天真的美丽笑颜，凝聚着作者对人格深处自然天性的无限向往和追求。

【辑评】

此篇以"笑"字立胎，而以花为眼，处处写笑，即处处以花映带之。"拈梅花一枝"数语，以伏全文之脉，故文章全在提掇处得力也。以拈花笑起，以摘花不笑收，写笑层见叠出，无一意冗复，无一笔雷同，不笑后复用力反衬，后仍结转"笑"字，篇法严密乃尔。

——清·但明伦《自批聊斋》

人各面目，每篇各具局面，排场不一，意境翻新，令读者每至一篇，另长一番精神。如福地洞天，别开世界；如太池未央，万户千门；如武陵桃源，自辟村落。不似他手，黄茅白苇，令人一览而尽。

——清·冯镇峦《读聊斋杂说》

若子服于婴宁，拈梅初遇，托掩面而解颜；执杏重逢，更相视而莫逆。似此一笑，百媚丛生，何待千金；两眉常展，诚忧无不忘，而欢可永合矣。虽憨笑疑痴，狂笑疑俗，乃房中私急，何曾邻里或闻。而墙下变生，顿时阳城徒惑。倘云乐而不厌，亶其然乎？如谓怒者为常，不可测矣。况悲鬼母，不嫌易笑为啼，改葬秦坟，毕竟先号后笑也哉！

——清·方舒严评点《聊斋志异》

【相关资料】

赵伯陶：《〈婴宁〉的命名及其蕴涵》，《明清小说研究》1995年第1期。

杜贵晨：《人类困境的永久象征——〈婴宁〉的文化解读》，《文学评论》1999年第5期。

孙海平，杨永洁：《浅析〈婴宁〉的叙事技巧》，《蒲松龄研究》2005年第2期。

柳　青[①]

纪　昀

断天下之是非，据礼据律而已矣，然有于礼不合、于律必禁，而介然孤行其志者。

亲党家有婢名柳青[②]，七八岁时，主人即指与小奴益寿为妇，迨年十六七，合婚有日[③]，益寿忽以博负逃[④]。久而无耗，主人将以配他奴，誓死不肯。婢颇有姿，主人乘间挑之，许以侧室，亦誓死不肯。乃使一媪说之曰[⑤]："汝既不肯负益寿，且暂从主人，当多方觅益寿，仍以配汝。如不从，既鬻诸远方[⑥]，无见益寿之期矣！"婢泣数日，竟俯首荐枕席，唯时时促觅益寿。

越三四载，益寿自投归。主人如约为合卺[⑦]。合卺之后，执役如故，然不复与主人交一语。稍近之，辄避去；加以鞭笞，并赂益寿使逼胁，讫不肯从。无可如何，乃善遣之。临行以小箧置主母前[⑧]，叩拜而去。发之，皆主人数年所私给，纤毫不缺。

后益寿负贩[⑨]，婢缝纫，拮据自活，终无悔心。余乙酉家居，益寿尚持铜磁数事来售，头已白矣。问其妇，云已死。

异哉，此婢不贞不淫，亦贞亦淫，竟无可位置，录以待君子论定之。

【注释】

①本篇选自纪昀《阅微草堂笔记》。

②亲党：亲戚，亲信。
③合婚：结为婚姻。
④博：赌债。
⑤媪：老妇人。
⑥鬻：卖。
⑦合卺：古代婚礼仪式之一，即新夫妇在新房内共饮合欢酒。
⑧箧：小箱子。
⑨负贩：担货贩卖。

【评析】

纪昀(1724—1805)，字晓岚，直隶献县(今河北献县)人，由编修官至侍读学士，累迁至礼部尚书，主纂《四库全书》。著《阅微草堂笔记》，包括五种：《滦阳消夏录》《如是我闻》《槐西杂志》《姑妄听之》《滦阳续录》。

这篇小说叙述了一个非常特别的爱情故事，着力刻画了一个不易评价，甚至有些惊世骇俗的奇女子形象。

柳青的身世非常曲折。故事一开端，就交代了婢女柳青在七八岁时被主人指为小奴益寿之妇之事。可柳青快到结婚年龄之时，益寿因事逃走，婚事化成泡影。更为严重的是，柳青由此面临着两种难堪的选择：一是另嫁“他奴”，一是给主人当“侧室”。她誓死不肯，明确表露了她非益寿不嫁的决心。然而，柳青在争取爱情的斗争中，并没有消极地以死对抗，她的奇异之处就在于，她毅然做出了不惜献出贞操来换取将来与心上人永久团聚的决定。虽然成为“侧室”，得到了主人的诸多恩宠，但柳青心心念念仍在益寿身上，“唯时时促觅益寿”。三四年后，益寿终于回来了。柳青坚持初衷，促使主人不得不履行自己的诺言，二人得以完婚。

婚后的柳青对丈夫的坚贞是令人感动且佩服的。她避免与主人有任何的接触。主人非常生气。然而无论主人是对柳青“加以鞭笞”，还是“赂益寿使逼胁”，都不能改变柳青的决心。最终，主人无可奈何之下，只能成全了这一对历经磨难、矢志不渝的有情人。柳青终于靠自己的顽强和努力挣脱了枷锁，迎来了幸福的开端。

柳青性格的闪光点还体现在临走前的一个细节上。柳青将数年来主人给她的私房钱全都交还给了主母，斩断与主人的所有瓜葛。由此愈发可见柳青对丈夫的坚贞与专一，同时也可看到柳青不为金钱所动的高洁品格。

柳青为情而不惜失身，同时又为情而“威武不能屈，富贵不能淫”。这种矛盾的统一，使柳青成为一个让作者“无可位置”、难以评断的奇女子，闪耀出绚丽夺目的奇异光彩。

【辑评】

《阅微草堂笔记》虽“聊以遣日”之书，而立法甚严，举其体要，则在尚质黜华，追踪晋宋；自序云：“缅昔作者，如王仲任、应仲远引经据古，博辨宏通；陶渊明、刘敬叔、刘义庆简淡数言，自然妙远。诚不敢妄拟前修，然大旨期不乖于风教者”，即此之谓。……惟纪昀本长文笔，多见秘书，又襟怀夷旷，故凡测鬼神之情状、发人间之幽微、托鬼狐以抒己见者，隽思妙语，时足解颐；间杂考辨，亦有灼见。

——鲁迅《中国小说史略》

思考题

1. 请以《王子猷居山阴》《王蓝田性急》为例，说说《世说新语》在写人叙事方面的特点。

2.《虬髯客传》塑造了几个典型的人物？他们各自有怎样的性格特点？

3. 在《鲁提辖拳打镇关西》中，作者描写鲁智深拳打郑屠的三拳，采用了什么表现手法？收到了怎样的艺术效果？

4. 请以《林黛玉进贾府》中王熙凤、贾宝玉的登场为例，分析《红楼梦》在叙事和人物塑造方面的艺术成就。

5. 在小说《婴宁》中，婴宁具有怎样的性格特点？她的“笑”有什么内在的含义？